ullstein

Das Buch

Pirio Kasparov fährt aus einem Alptraum hoch. Wieder schwimmt sie weit draußen vor der Küste Maines im Wasser. Wieder ist es kalt und dunkel. Wieder überlebt sie, und ihr Freund Ned wird nicht gefunden. Auch von seinem Fischerboot fehlt jede Spur. Und dann spürt sie wieder die Hand seines kleinen Sohnes Noah in ihrer, der nicht weint, weil er stark sein will.

War es wirklich ein Unfall? Pirio schwört sich, herauszufinden, was wirklich passiert ist. Ihre abenteuerliche Suche nach der Wahrheit führt sie über Boston nach Nordkanada und in die weiten Gewässer der Baffin Bay in Alaska.

Die Autorin

Elisabeth Elo ist Jahrgang 1956 und unterrichtet kreatives Schreiben in New England. *Die Frau, die nie fror* ist ihr erster Roman.

ELISABETH ELO

DIE FRAU, DIE NIE FROR

Roman

Aus dem Amerikanischen
von Kathrin Bielfeldt
und Jürgen Bürger

Ullstein

Besuchen Sie uns im Internet:
www.ullstein-taschenbuch.de

MIX
Papier aus verantwortungsvollen Quellen
FSC® C083411

Ungekürzte Ausgabe im Ullstein Taschenbuch
1. Auflage September 2015

Titel der amerikanischen Originalausgabe: *North of Boston*
(Viking, New York 2014)
Umschlaggestaltung: ZERO Werbeagentur, München,
unter Verwendung einer Vorlage von Cornelia Niere, München
Titelabbildung: © Matthias Buchholz/gallerystock
Satz: LVD GmbH, Berlin
Gesetzt aus der Minion
Druck und Bindearbeiten: CPI books GmbH, Leck
Printed in Germany
ISBN 978-3-548-28729-4

In Erinnerung an meinen Vater,
William Jacob PANTTAJA

KAPITEL 1

Er war ein Verlierer«, lallt Thomasina mit hängendem Kopf. »Aber ein guter Verlierer.« Die Flasche Stolichnaya hat sie in eine unangenehme, aber auch versöhnliche Stimmung versetzt. Ich könnte jetzt selbst ein paar Kurze vertragen, um meine Trauer und die Schuldgefühle zu betäuben, dass ich überlebt habe. Aber einer muss nüchtern bleiben, für Noah.

Thomasina grapscht nach etwas, das sie in der Luft sieht – vielleicht nichts, ein halluzinierter Funken, ein Staubkorn –, und ihre Stimme wird tonlos und matt. »Ich habe ihn nie geliebt. Ich wollte nur Sperma.« Sie schiebt die Flasche halb über den Küchentisch und legt den Kopf auf die verschränkten Arme. Ihre Schultern heben und senken sich ein paarmal. Trauer? Übelkeit? In ihrem Zustand könnte es beides sein, oder auch nur ein gleichgültiger Schluckauf. Doch als sie das Gesicht hebt, ist es verheult. »Aber ein bisschen muss ich ihn geliebt haben, denn im Moment fühle ich mich *übelst* beschissen.«

Noah steckt den Kopf um die Ecke. Er hat weder das schwere, kantige Aussehen von Ned noch Thomasinas eindringliche Bilderbuch-Schönheit aus jüngeren Jahren. Er ist klein, dünn, blass. Mit den dunklen Augenringen wirkt er fast wie ein Mönch. Er redet nicht viel, hat keine Freunde. Vielleicht kommen wir deshalb so gut miteinander aus.

»Noah, Baby. Mama macht dir jetzt was zu essen.« Thomasina steht unsicher auf und schwankt zum Kühlschrank. Als sie die Tür öffnet, sehen Noah und ich hinein. Gatorade Limone, eine halbe Tomate, schimmelige Hamburger-Brötchen. »Möchtest du ein Tomaten-Sandwich, mein Baby?«

»Nein, danke«, sagt Noah. Er ist schon immer höflich gewesen. Er schlendert zurück ins Wohnzimmer, um sich wieder in die knifflige Aufgabe zu vertiefen, mit der er eben beschäftigt war. Ich habe ihn schon ganze futuristische Städte aus Zungenspateln, Eisstielen und Zahnstochern bauen sehen.

Thomasina schwankt immer weiter ausholend, dann beginnen sich ihre Augen zu verdrehen, die Lider flattern und schließen sich. Sie gleitet am Kühlschrank hinunter und bricht auf dem Boden zusammen. Ich hebe einen ihrer Arme um meinen Hals, ziehe sie hoch und schleife sie über das abgewetzte Linoleum in das feuchtkalte Schlafzimmer im hinteren Teil der Wohnung. Der Boden ist zugemüllt mit Klamotten und Schuhen. Ich erkenne die Cowboystiefel aus Echsenleder, die sie abends zum Ausgehen anzieht. Ich lasse Thomasina auf das breite Doppelbett fallen und schiebe ihre Beine auf die Matratze.

Der Sturz bringt sie wieder zu Bewusstsein. »Du musst ihm erklären, wie's passiert ist, Pirio«, murmelt sie. »Er vertraut dir. Er *liebt* dich. Und keiner weiß besser, was er sagen soll, als du – du bist ja *dabei gewesen.*« Sie dreht den Kopf zur geschlossenen Jalousie. »Weißt du noch, damals, als wir zwei kleine Mädchen waren, um die sich keiner gekümmert hat?«, fragt sie trübsinnig. »Da haben wir uns eben selbst um uns gekümmert. Es war super, aber wir waren so traurig. Waren wir doch, oder, Pirio?«

»Wir sind klargekommen«, sage ich energisch und versuche, sie von dem Kaninchenbau alter Qualen wegzulotsen.

»Ist es zu fassen, Pirio? Ich glaub's einfach nicht. Ned tot.

Hey, das hat beides drei Buchstaben! Jetzt hat Noah keinen Vater mehr. Mein Baby ist Halbwaise. Der arme kleine Junge.«

Ich sage nichts. Ich kann's auch nicht fassen. Ich würde alles tun, um es ungeschehen zu machen. Ich frage mich immer wieder, was ich hätte tun können, finde aber keine Antwort. Niemand hätte ihn retten können. Abgesehen von den Feiglingen auf dem Schiff.

»Willst du wissen, von wem ich letzte Nacht geträumt hab?«, fragt Thomasina sinnierend. Manchmal bin ich eifersüchtig darauf, wie die Sauferei ihrer Phantasie erlaubt, durch wirklich jede Gasse und Seitenstraße zu irren, die sie erspäht. »Vom größten Arschloch *aller Zeiten*. Du weißt, wen ich meine. Du und ich, wir sind wie zwei Eier, ein Ei wie das andere. Egal. Hast du Eier?« Sie legt zwei Finger auf die Lippen, zensiert sich selbst. »Ups. So hab ich's nicht gemeint.« Die Hand plumpst von ihrem Mund, und die Lider beginnen wieder wie verrückt zu flattern. »Rate, Pirio. Ich wette, du kommst auf Anhieb drauf. Das größte Arschloch *aller Zeiten* war … Es war …« Ihre Stimme senkt sich zu einem Flüstern. »Es war …« Ihre Augen schließen sich.

»Es war Dickhead Bates«, sage ich leise.

Ich schiebe ihr einige Kissen unter Kopf und Schultern, um sie höher zu lagern, damit sie nicht erstickt, falls sie sich erbricht, und decke sie zu. Ich nehme mir einen Moment, um mich zu sammeln, gehe dann ins Wohnzimmer.

Noah schaut von seinem Projekt auf. »Wie geht's meiner Mom?«

»Sie schläft.«

Er nickt. Mit seiner geringen Lebenserfahrung hat er keine Vorstellung davon, wie sehr er sich sorgen sollte. Er weiß, dass seine Mutter sich große Mühe gibt, nicht so viel zu trinken. Manchmal kommt er abends in meine Wohnung, damit sie zu

Treffen gehen kann. Dann geht sie tagelang überhaupt nicht vor die Tür. Er ist es gewöhnt, dass sie sich zu den absurdesten Zeiten hinlegt.

Mir zieht ein Hauch Indol und Harnsäure in die Nase. Übersetzt: Scheiße und Pisse. Auf dem Tisch in der Ecke steht ein kleiner Plastikkäfig. Ich schiebe die Abdeckung zurück, greife hinein, lege meine Hand um ein zitterndes kleines Bündel, das sich in einem Haufen Sägemehl versteckt, und setze den Hamster in Noahs hohle Hände. Er fängt an, leise auf ihn einzureden, und reibt seine Wange am Fell des Nagers. *Hi, Jerry. Geht's dir gut, Jerry?* Ich brauche ein Weilchen, um den Käfig sauber zu machen. Als Jerry von Noah wieder hineingesetzt wird, macht er sich ganz rund und wühlt sich in das frische Sägemehl, das verwirrenderweise nach süßen Pinien und beißendem Ammoniak riecht. Ich versuche mir vorzustellen, wie die billigen chemischen Zusatzstoffe auf seine winzigen Riechorgane wirken, und gelange zu dem Schluss, dass ihm der Geruch seiner eigenen Fäkalien wahrscheinlich lieber war. Ich bin überhaupt kein Freund der Idee, Tiere in Käfigen zu halten. Wäre er nicht Noahs Haustier, hätte ich ihn längst freigelassen.

»Komm, Noah, ich lad dich auf einen Hamburger ein«, sage ich.

Thomasina und ich sind zusammen aufs Internat gegangen. Ich war von der siebten Klasse an auf der Gaston School: Es war eine der wenigen Schulen, die mein Vater Milosa gefunden hatte, wohin man so früh Kinder abschieben konnte. Sie lag in Boothbay, Maine, aber es fühlte sich an wie Tomsk, Sibirien; der Ort, von dem mir erzählt wurde, dass die russische Regierung um 1944 herum dort meine Großeltern mütterlicherseits aus den Augen verloren hatte. Meine Mutter starb, als ich zehn war, so alt wie Noah jetzt. Sowieso nie ein Engel, wurde ich zunehmend trotziger und verschlossener. Ich hörte einfach auf, die neugierigen Fragen der Erwachsenen zu beantworten und ihre hysterischen Warnungen zu befolgen. Zahlreiche von Milosas Freundinnen versuchten herauszufinden, was mit mir los sei, doch irgendwann gaben sie alle auf. Dann heiratete er wieder, und meine Stiefmutter Maureen verschwendete keine Zeit, sondern erklärte mich direkt und endgültig zu einem echten Problemkind. Zum Beweis, dass sie richtiglag, hatte sie stapelweise Bücher und brachte einen Doktor im Kinderkrankenhaus dazu, ihr zuzustimmen. Ein Internat mit viel »Struktur« sei genau das Richtige. Genau genommen war Rektor Richard (Dickhead) Bates nicht einmal annähernd das größte Arschloch an der Gaston School. Es gab noch viel sadistischere als ihn.

Thomasina kam in der neunten Klasse nach Gaston, das Abfallprodukt einer bitteren Scheidung, nach der keiner der beiden Eltern das Sorgerecht wollte. Sie war magersüchtig dünn, tief gebräunt von einer Reise mit ihrer Mutter auf die Azoren, geschmückt mit silbernen Kreolen und Armreifen bis hoch zum linken Ellbogen. Und da sie immer noch Zahnspangen auf ihren großen, eckigen Zähnen trug, oben und unten, wirkte sie wie ein kleines braunes verhungerndes Tier, gefangen in einem Metallkäfig. Ihre Augen sahen ständig feucht aus, als könnten sie jederzeit überschwappen, was allerdings nie geschah. Sie war viel zu skeptisch – und das dauerhaft –, um über irgendetwas eine Träne zu vergießen.

Wir taxierten uns, erkannten uns als das, was wir waren, und akzeptierten, wovon wir annahmen, es sei unser düsteres Schicksal. Wir schwänzten; tranken Boone's Farm, Budweiser und Lancer Rosé; kletterten über die hohe Steinmauer, von der die achtzehn Morgen Schulgelände umgeben waren, und sprangen auf den geteerten Randstreifen der Route 27; fuhren per

Anhalter in die Stadt. Wo immer wir hinkamen, bewiesen wir große Meisterschaft darin, so viele Leute anzupissen wie möglich. Nach zwei Jahren Entfremdung durch Abschottung tat es gut, jemanden zu haben, mit dem man sich gemeinsam Ärger einhandeln konnte.

Nach dem Schulabschluss kehrte ich nach Boston zurück, und Thomasina begleitete mich. Wir mieteten uns Wohnungen nur ein paar Blocks voneinander entfernt in Brookline, einer überwiegend noblen, stellenweise heruntergekommenen, urbanen Gegend, und lebten jeder sein Leben. Ich begann in unserem Familienunternehmen zu arbeiten, einer Parfümfirma, benannt nach meiner Mutter, Inessa Mark. Thomasinas Eltern – einer von ihnen in Frankreich, der andere an der Westküste – hatten haufenweise Geld und ein unendlich schlechtes Gewissen, was unter dem Strich bedeutete, sie musste nie arbeiten.

In der ersten Zeit feierten Thomasina und ich ohne Sinn und Verstand. Die schickeren Bars langweilten uns bald; all diese Typen in ihren Brooks-Brothers-Anzügen nahmen sich selbst viel zu ernst. Wir tendierten immer mehr zu den schäbigeren Spelunken, besonders unten in der Hafengegend. Fischer und Hafenarbeiter klebten uns buchstäblich an den Fersen. Wir genossen die Macht, die wir hatten, und schmeichelten uns selbst damit, überall wo wir hinkamen, Herzen zu brechen.

Dann lernte Thomasina Ned kennen, und die beiden zogen sich aus der Barszene zurück, um in ihrem vermeintlichen Liebesnest zu kuscheln. Ich soff und flirtete noch eine Weile weiter, bis ich die lahmen Anmachsprüche der rülpsenden Idioten nicht mehr hören konnte, und schrieb mich an der UMass Boston ein, um Russisch und russische Literatur zu studieren. Ich vermute, es war so eine Art Suche nach den eigenen Wurzeln – mein Versuch, das russische Wesen zu verstehen und zu meiner russischen Vergangenheit eine Beziehung aufzubauen. Es hat nicht funktioniert. Ich war nicht sicher, wonach ich wirklich suchte, und so war's auch keine große Überraschung, als ich es nicht fand. Aber ich lernte, einigermaßen gut Russisch zu sprechen, auch wenn ich dazu bislang nicht viel Veranlassung hatte.

Es erstaunte mich nicht wirklich, als Thomasinas und Neds Beziehung zerbröselte. Er war Sohn irisch-italienischstämmiger Arbeiter aus South Boston, sie eine brillante, privilegierte und faule Bilderstürmerin. Anfangs schienen sie das alles locker zu überwinden. Sie strahlten sich an wie zwei Engel, in denen Megawattbirnen brannten. Diese Phase hielt, wie ich verwundert feststellte, fast drei Monate. Dann muss er wohl gedacht haben, zumindest von seiner Seite wäre nun alles Wesentliche gesagt, und fing an, nur noch ausdruckslos zu glotzen und sich unpassend am Sack zu kratzen. Woraufhin sie die volle Wucht ihres unterforderten Intellekts mit demütigenden Bemerkungen demonstrierte, die so brillant satirisch waren, dass er sie nicht mal verstand. Der Alkohol führte die zwei an den Rand von Gewalttätigkeiten – ruinierte Abendessen, zerschlagene Teller und Nachbarn, die aus dem Fenster brüllten, sie sollten die Schnauze halten. Sie konnte ihm seine Schlichtheit einfach nicht verzeihen. Als Noah zur Welt kam, waren die beiden längst getrennt.

Sie hatten nie geheiratet, und Neds Eltern sowie seine Schwester weigerten sich anzuerkennen, dass Noah überhaupt mit ihnen verwandt war. Sie zogen die Version vor, Thomasina hätte Ned bezirzt, für die Brut eines anderen Kerls herzuhalten. Um ehrlich zu sein, habe ich Neds Vaterschaft auch in Frage gestellt und weiß, dass Ned von Zeit zu Zeit verdutzt war, ein so geniales Kind gezeugt zu haben, das weder ihm noch irgendwem sonst, den er kannte, ähnlich war. Aber Ned war immer ein guter Vater, zumindest so gut, wie jemand es unter diesen Umständen sein kann. Er bestand darauf, Unterhalt zu zahlen, obwohl kein Gericht es verlangt hatte und Thomasina nicht darauf angewiesen war. Er kaufte Tickets für die Bruins, Red Sox und Patriots. Winter, Sommer, Herbst – Ned und Noah machten immer ihre Ausflüge. Er holte Noah jedes zweite Wochenende ab – Mittag essen und ein Besuch im Park oder der Bibliothek, abhängig vom Wetter. Wenn Thomasina darum bat, holte er ihn sogar von der Schule ab. Manchmal erlaubte Thomasina Ned, über Nacht zu bleiben, und wenn er es tat, schien er dankbar dafür zu sein. Ich stelle mir vor, wie er versuchte, seine Southie-Manieren zurückzufahren und nicht zu blöd rüberzukommen. Für etwas Zärtlichkeit tun die Menschen so ziemlich alles.

Doch obwohl Ned seinen Anteil übernahm, war Thomasina als alleinerziehende Mutter überfordert. Ihre Eltern, die schon keine Zeit für ihre einzige Tochter hatten, waren noch viel weniger an ihrem Enkelkind interessiert, und auch in die Schulpflegschaft passte sie nicht so recht. Doch nichts davon erklärt, warum sich eine ziemlich normale Form der zugegebenermaßen recht hässlichen, aber dennoch relativ überschaubaren Ausschweifungen im letzten Jahr in eine heftige und erbärmliche Alkoholabhängigkeit verwandelt hat.

Sie weiß, sie steckt in Schwierigkeiten. Sie hat alles versucht. Nicht nur die Anonymen Alkoholiker, sondern auch Rational Recovery, Tarotkarten, das Enneagramm, Therapien, Heilquellen, Meditation, die Beichte, den Blinden vorzulesen und nur noch Wein zu trinken. Nichts half. Mal hat sie ein paar nüchterne Tage, mal erfreut sie sich ein bis zwei Wochen eines klaren Kopfes, aber letzten Endes schließt sich ihre zitternde Hand dann doch wieder um den Hals einer Flasche. Wenn man Thomasina heute so ansieht, würde man nie darauf kommen, wie sie damals war – dass sie mit sechzehn innerhalb weniger Monate fehlerfrei Französisch gelernt hat, jede Rolle in Shakespeare kannte und Lincolns Gettysburg Address fast komplett rückwärts aufsagen konnte, wobei sie am Schluss in schallendes Gelächter ausbrach. Aber man hat wahrscheinlich kein Problem, sich vorzustellen, dass es sich bei den Beulen in ihrer Handtasche um kleine Flaschen Flugzeug-Gin handelt.

Man steht hilflos daneben; man hat wirklich Angst um sie. Man nimmt eine innere Verzweiflung wahr, etwas, das viel düsterer ist, als man dachte. Am liebsten würde ich mich von Thomasinas unaufhaltsamer, zunehmender Selbstzerstörung abwenden. Doch dann denke ich an Noah und greife nach dem Telefon. Höre mich sagen: *Wie geht es dir? Wie geht's Noah? Was gibt's Neues?*

Ich bin Noahs Patentante. Im Ernst. Das ist so ein katholisches Ding. Als er zwei Monate alt war, stand ich neben Thomasina und Ned vor dem Seitenaltar einer großen Kirche, Noah auf dem Arm. Das Taufbecken war aus kaltem, weißem Marmor. Ein Priester klebte an meiner Seite, dessen Ornat intensiv nach verrottendem, mittelalterlichem, von einer Heißmangel geglättetem Leder roch. Er stellte mir eine Frage: *Schwörst du dem Satan ab und allen seinen Werken?* Ich blinzelte verdattert. *Satan?* Aber Ned und Thomasina sahen zu, und ich hielt Noah in den Armen, also dachte ich ernsthaft darüber nach und antwortete: »Falls ich ihn jemals treffen sollte, werde ich wissen, was zu tun ist.«

Diese Antwort muss wohl gut genug gewesen sein, denn der Priester gab mir das Zeichen, Noah über das Becken zu halten. Er hielt den Becher in seiner Hand schräg, und Wasser floss über Noahs Stirn ins Marmorbecken. Noah verzog sein knitteriges Gesicht, aber weinte nur ein bisschen. Schon als Baby hatte er seine Gefühle im Griff, als wüsste er, dass in der Welt für sie nicht viel Platz sein würde. Zu meiner Überraschung hatte ich Tränen in den Augen. Ich wollte ihm meinen ganzen Patentanten-Segen zuteilwerden lassen, musste ihm aber nur einen Kuss geben. Ich sah, wie Thomasina und Ned sich die Hände drückten. Wir sahen uns mit einer gewissen schüchternen Nacktheit an, wohl wissend, dass wir über einen perfekten Augenblick in unserem Leben gestolpert waren. Ein Moment so flüchtig wie alle anderen, und schon wieder vorbei.

Jetzt, bei Taffy's, einem Restaurant an der Ecke, hat Noah einen Hamburger mit Fritten vor sich und strafft seine Schultern. Er nimmt das Brötchen in die Hand, hebt es zum Mund und beißt einen riesigen Happen ab. Er kaut wie ein Löwe, schlingt es herunter. Als ich ihn gefragt habe, hat er zugegeben, hungrig zu sein. Möglicherweise ist er sogar ausgehungert.

Es ist jetzt drei Tage her, dass sein Vater ertrunken ist. Ich habe keine Ahnung, wie viel er über den Unfall weiß. Die Geschichte war in den Nachrichten, und das schon ausführlicher als in einer bloßen Randnotiz. Ein Foto von Ned, das Gesicht eines ganz normalen Typen, es schwebt in einem kleinen Kasten neben dem perfekten Titelbild-Gesicht der Nachrichtensprecherin und wird dann größer, um den ganzen Bildschirm auszufüllen. Als sein Gesicht in dem Kasten war, sah er aus wie ein netter junger Mann, den man von der Highschool kennt und der vergessen hat, sich die Haare zu kämmen. Über den ganzen Bildschirm aufgebläht, konnte man die braunen Verfärbungen seiner Haut sehen, die jahrelang den Elementen ausgesetzt war. Seine teegrünen Augen wirkten blutunterlaufen, skeptisch, möglicherweise verlogen. Oder vielleicht sah er nur so aus, weil in den Nachrichten jeder dazu neigt, wie ein Krimineller auszusehen. Auf jeden Fall hätte es sich für Noah vollkommen falsch angefühlt, das Bild seines verstorbenen Vaters im Fernsehen zu sehen.

»Möchtest du wissen, wie es passiert ist, Noah?«

»Okay.« Er hat gelernt, entgegenkommend zu sein.

»Es war ein Zusammenstoß, so wie auf der Autobahn, nur dieser hier war auf dem Meer.«

»Das *weiß* ich doch schon.« Er tunkt eine Fritte in ein Papiereimerchen mit Ketchup, um zu zeigen, wie wenig interessant es ist.

Natürlich. Er weiß alles über Zusammenstöße; er hat Tausende im Fernsehen gesehen. Funken fliegen, Gebäude fallen in sich zusammen, Autos gehen in Flammen auf. *Echt ö-de.*

Ich ziehe das Papiertischset unter dem Teller hervor, auf dem mein Sandwich liegt, und drehe es um. Mit einem von der Kellnerin geborgten Kuli zeichne ich die Küstenlinie, von Cape Cod bis Maine. Ich zeichne die Inseln im Boston Harbor ein und schraffiere grob die Erhebung von Georges Bank. »Dein Dad und ich waren hier«, erkläre ich und zeige auf einen Punkt, der ungefähr fünfundzwanzig Meilen nordöstlich von Boston liegen soll. »Es kam dichter Nebel auf. Dein Dad stand am Ruder, ich war am Heck und habe Köder in die Hummerfallen getan. Es war alles ganz ruhig. Ich konnte noch nicht einmal den Bug sehen. Als Nächstes erinnere ich mich daran, dass etwas Großes in uns hineinkrachte. Riesig, Noah. Ein Frachter. Er traf uns steuerbord, volle Breitseite. Das bedeutet, genau in der Mitte. Ich bin gesprungen, und als ich wieder an die Wasseroberfläche kam und mich umschaute, sah ich das zersplitterte Boot deines Dads und den Frachter, der weiterfuhr.«

»Mein Dad ist weggeschwommen, so wie du.«

»Die Küstenwache hat an dem Tag fünf Stunden nach ihm gesucht, bis die Sonne unterging, und am nächsten Tag vom Morgengrauen bis zum Sonnenuntergang. Sie hatten zwei Patrouillenboote, zwei Hubschrauber und ein Suchflugzeug, eine C-130. Eine Suche von fast zwanzig Stunden, Noah. Ein paar Fischer waren auch da draußen – Freunde von deinem Vater.

Sehr viele Leute waren dabei. Sie haben von dort, wo ich gefunden wurde, einen Radius von acht Meilen abgesucht.«

»Cool«, sagt er. Sein Blick ist leer, als wäre das, was ich sage, nicht wirklich real.

»Sie haben ihn nicht gefunden, Noah.«

»Er ist davongekommen, genau wie du. Er ist weggetaucht.«

»Er hätte irgendwann wieder auftauchen und Luft holen müssen.«

»Nicht, wenn er nach Atlantis geschwommen ist.«

»Atlantis gibt es nicht.«

»Gibt es doch.« Vorwurfsvoll sieht er mich an.

Ich passe auf ihn auf, seit er klein war. Ich bin seine Gute-Fee-Patentante, die mit ihm Spiele spielt und ihn bereitwillig auf Phantasiereisen begleitet; und die ihm nie sagt, er solle vernünftig sein oder seine Zähne putzen. So kennt er mich noch nicht.

Ich warte ab.

Noah tunkt eine weitere Fritte in den Ketchup. Er zieht sie einige Male über die dünne Pappe der Hamburger-Schachtel, was rötliche Streifen hinterlässt. Vielleicht schreibt er Hieroglyphen und versucht, so zu kommunizieren. Wenn das der Fall sein sollte, bin ich wahrscheinlich der einzige Mensch auf Erden, der noch versuchen würde, sie zu entziffern.

»Ein Monster hat meinen Dad getötet«, versucht er zu erklären.

»Er ist ertrunken, Noah«, sage ich sanft. »Er ist fort.«

Wütend zieht er die Augenbrauen zusammen, seine kleinen Nasenlöcher flattern. »Warum ist das Boot in ihn reingekracht? Warum haben sie nicht aufgepasst, wohin sie fahren?« Das hatte man ihm hundert Mal gesagt. *Pass auf. Nicht rennen. Guck hin, was du tust.* Aber er hat bereits herausgefunden, dass sich Erwachsene nicht an ihre eigenen Regeln halten.

»Es war ein Unfall, Noah. Zusammenstöße auf dem Meer

kommen häufiger vor, als man denkt.« Ich könnte mich dafür treten, dass es sich so banal anhört.

»Warum haben die Leute nicht angehalten, um nach ihm zu suchen?«

»Gute Frage«, sage ich und versuche, Zeit zu schinden.

Ich fühle mich so hilflos, dass ich verzweifle. Ich will nicht, dass Noah meine Wut sieht. Hätte der Kapitän den Frachter direkt gestoppt, gleich nachdem er gemerkt hatte, was passiert war, hätte er uns beide problemlos retten können. Aber das tat er nicht. Er fuhr einfach weiter. Wollte sich wahrscheinlich die offiziellen Ermittlungen ersparen und den möglichen Schaden, den sein Ansehen deswegen nehmen könnte.

Aber das kann ich Noah nicht sagen. Also gebe ich ihm die naheliegende Antwort. »Die Küstenwache ermittelt. Sie werden die Leute und das Boot finden und ihnen genau diese Frage stellen.«

Er sieht mich mit den müden, ratlosen Augen eines enttäuschten Mannes an. Er weiß, dass ich etwas verschweige.

»Es ist möglich, dass die Leute auf dem Boot noch nicht einmal gemerkt haben, dass sie uns gerammt haben«, sage ich. »Der Frachter war ungefähr hundertfünfzig Meter lang und wog ich weiß nicht wie viele Tonnen. Doppelter Stahlrumpf. Die Brücke war fast drei Stockwerke hoch. Und welchen Sinn hat es schon, bei diesem Nebel überhaupt Ausschau zu halten? Sie verlassen sich bei so einem Wetter auf ihr Radargerät. Aber der Ozean ist groß, und damit hatten sie nicht gerechnet. Wenn sie dann so etwas Kleines wie den Hummerkutter deines Vaters sehen, dann denken sie vielleicht, es ist nur Zeugs, das im Meer treibt, zum Beispiel Ölfässer oder irgendwelcher Müll.«

Noahs Lippe zittert. Er versucht, nicht zu weinen. Tränen sind bei ihm so selten, dass die Aussicht, auch nur eine fallen zu sehen, mir in der Seele weh tut.

Aber er fängt sich wieder, schaut aus dem Fenster. Auf der gegenüberliegenden Straßenseite sind ein Lampenladen, ein Walgreens und ein indisches Lebensmittelgeschäft. Weiter die Straße hinunter gibt es einen Park mit einem Spielplatz, wo er oft mit seinem Dad hingegangen ist und manchmal auch mit mir. Als kleines Kind mochte er die Schaukel, aber die Rutsche nicht. Auf der Schaukel konnte er die Augen nach ungewöhnlichen Ereignissen offen halten, die Rutsche war zu verwirrend.

Ich frage mich, was er wohl denkt. Vielleicht, dass die Welt ein ungerechter und gefährlicher Ort ist, nur, dass er keine Worte dafür hat. Vielleicht denkt er auch überhaupt nicht und saugt nur alles auf. Autos, Schiffe, Nebel. Betrunkene Mütter, ferne Väter. Zusammenstoß. Ich wünschte, ich hätte nicht gesagt, dass man das Boot seines Vaters vielleicht mit Müll verwechselt hat.

Ich zeichne ein Schiff, das aussieht wie die *Molly Jones.* »Da gibt es noch etwas Wichtiges, das du wissen sollst. Dein Dad hätte vielleicht über Bord springen und wegschwimmen können, so wie ich. Aber wenn er das getan hätte, wären wir beide gestorben, weil keiner gewusst hätte, dass wir da draußen waren. Also blieb dein Dad im Ruderhaus und hat die Küstenwache gerufen.«

Noah starrt mich an, und es fällt mir schwer, ihm in die Augen zu sehen.

»Dein Dad hat mir das Leben gerettet.«

Noah runzelt die Stirn. Langsam hebt er seinen Hamburger hoch. »Wollte er dich heiraten?«

»Nein. Wir waren nur Freunde.«

»Warum?«

»Warum wir Freunde waren?«

»Warum wollte er dich nicht heiraten?«

»Wollte er einfach nicht. Zu heiraten ist etwas Besonderes. Wir waren froh, einfach Freunde zu sein.«

»Warum haben Mom und Dad nicht geheiratet? Waren sie auch nur Freunde?«

Jetzt wird's knifflig. Ich erkläre ihm, dass sie mal mehr als nur Freunde waren und dann Freunde wurden.

Er legt auf den Teller, was von seinem Hamburger übrig ist, nimmt die obere Brötchenhälfte ab, pult eine Scheibe eingelegte Gurke aus dem Senf-Ketchup-Matsch und legt sie sorgsam an den Rand der Verpackung. »Wenn du und Dad geheiratet hättet«, sagt er, ohne aufzusehen, »wärst du jetzt meine Stiefmutter.«

Daran erkenne ich, wie weh es ihm tut; so etwas hat er noch nie zu mir gesagt. Ich nehme mir Zeit, bevor ich antworte: »Ich bin nicht fürs Muttersein gemacht, Noah. Aber wenn ich von jemandem die Stiefmutter sein müsste, dann wollte ich deine sein.«

Er sieht mich mit so viel Vertrauen an, wie man jemandem nur schenken kann, und ich denke drei Wörter, die ich seit dem Tod meiner Mutter nicht mehr benutzt habe. *Ich liebe dich.* Ich würde sie ihm sagen, doch ich fürchte, ich kann nicht halten, was die Worte versprechen.

Noah kramt etwas aus seiner Jackentasche. Es ist eine gelbweiße Scheibe, durchsiebt von kleinen Adern und Löchern. Fünf Zentimeter im Durchmesser, gut zwei Zentimeter dick, die Ränder glatt wie Glas.

»Das ist schön«, sage ich. »Woher hast du es?«

»Von Dad. Er hat mir auch andere Sachen geschenkt.«

»Wo hat er es her?«

»Von einem Wal.«

»Das hat er dir erzählt?« Es sieht vage so aus, als könne es von einem Tier stammen, aber ich habe noch nie so einen Knochen gesehen. Ich vermute, es handelt sich um eine Art Stein. Offensichtlich ist er geschnitten worden und scheint auch poliert worden zu sein.

Noah beugt sich vor. »Mein Dad hat mal gegen einen Wal gekämpft«, flüstert er. »Er ist in ein kleines Boot gestiegen und ist ihm gefolgt und hat ihn mit einer Harpune getötet. Der Wal ist nicht sofort gestorben. Er hat meinen Dad noch durch die halbe Welt gezogen, doch der hat sich mit aller Kraft festgehalten. Der Wal hat die ganze Zeit geblutet, und am Ende ist er dann verblutet, und mein Dad hat ihn zurück zum Schiff geschleppt. Er ist die ganze Nacht auf gewesen und hat ihn in Stücke zerteilt. Ein paar von den Knochen hat er behalten. Siehst du?« Er winkt mit der elfenbeinfarbenen Scheibe. »Ein Walknochen.« Er gibt ihn mir.

Als Baby hatte Noah riesige dunkelblaue Augen. Seine Lippen schürzten sich beim Atmen manchmal zu winzigen Küssen, so als könne er gar nicht anders und müsse die Liebe, die ihn erfüllte, hinaus in die Welt senden. Wir spielten immer ein Spiel: Wir saßen uns gegenüber, er im Hochstuhl, ich auf einem Küchenstuhl. Dann gaben wir uns etwas – eine Gummiente, eine Ninjafigur oder ein anderes kleines Spielzeug – eine lange Zeit immer hin und her, während wir uns anlächelten. Das hier erinnert mich daran. Doch als ich ihm die Scheibe wiedergeben will, schiebt er sie direkt zu mir zurück.

Vielleicht ist der Held, den ich ihm beschrieben habe – der, der den Notruf absetzt –, nicht gut genug. Er braucht einen, der Harpunen schwingt.

Langsam drehe ich den Schatz in meiner Hand, untersuche ihn respektvoll. »Schön, Noah. Wirklich, wunderschön.«

Er nimmt ihn und stopft ihn wieder in seine Jackentasche, schließt sie, knöpft die Lasche zu und sieht sich im Restaurant nach den essenden Menschen um. Plötzlich ist er wieder ein rastloses Kind, gestärkt durch einen Hamburger, mit dem sicheren Gefühl, die Geschichten glauben zu dürfen, die ihn trösten, und die Tatsachen ignorieren zu können, die er nicht versteht. Es ist noch etwas Zeit, bis er Hausaufgaben machen muss, und er sagt: »Hey, Pirio, wenn wir hier fertig sind, können wir dann zu dir gehen und noch ein bisschen Domino spielen?«

KAPITEL 2

Es ist Samstagmorgen, eine Woche nach dem Unfall, und ich sitze in einem in Stille getauchtes Fernsehstudio in Brighton. Hinter dem grellen Scheinwerferlicht verbirgt sich ein Livepublikum von über zweihundert Fans des legendären Jared Jehobeth, der mir in einem Klubsessel direkt gegenübersitzt. Er wirkt total entspannt. Scheinbar in Gedanken rückt er seine Krawatte zurecht und ruft seine Showtime-Persönlichkeit ab, wo auch immer er sie abgespeichert hat. Links von mir steht ein winziger Tisch. Ich bemerke das fürsorglich bereitgestellte Glas Wasser, sollte es mir gleich die Kehle zuschnüren.

Ich hätte nie gedacht, jemals an einem solchen Ort zu landen. Ich hasse Fernsehen im Allgemeinen und Frühstücksfernsehen im Besonderen. Als der TV-Produzent anrief und mich als Gast in die Sendung einlud, nachdem er den Artikel über den Unfall im *Boston Globe* gelesen hatte, habe ich sofort abgelehnt.

Dann dachte ich darüber nach. Niemand hatte sich gemeldet und die Verantwortung für die Kollision übernommen. Je mehr Zeit verging, desto wahrscheinlicher war es, dass der Frachter, der die *Molly Jones* versenkt hatte, unbehelligt davonkam. Was, wenn das Publikmachen der Geschichte ein Besatzungsmitglied dazu brachte, eine Aussage zu machen oder einen anonymen Hinweis zu geben? Also rief ich den TV-Produzenten zurück.

In diesem Augenblick frage ich mich allerdings, ob das eine kluge Entscheidung war. Ich streiche mir die Haare aus dem Nacken und locker über die Schulter, und schon taucht eine Regieassistentin neben mir auf, sprüht, kämmt und legt mein Haar wieder so, wie es vorher war. Unter den heißen Lampen beginnt das dicke Puder-Make-up, mit dem sie mich eingeschmiert haben, bereits von meinem Gesicht abzurutschen. Ich bin froh, den Rest der Kosmetik-Camouflage, die sie mir aufdrängen wollten, weggelassen zu haben. Ein junger Aufnahmeleiter in T-Shirt und Jeans steht unterhalb der Bühne, hält die Finger hoch und zählt die Sekunden herunter, bis die rote Lampe aufleuchten wird, die signalisiert, dass wir auf Sendung sind.

Jetzt richtet der Aufnahmeleiter seinen Zeigefinger schweigend und übertrieben deutlich auf uns beide auf der Bühne – und am Rande meines Blickfelds leuchtet die rote Lampe auf. Mir wird schwindelig vor Angst. Es ist, als wäre ein Gerüst weggezogen worden. Ich schaue an mir herunter und stelle fest, dass ich tatsächlich Kleidung anhabe – eine rote Seidenbluse, einen kurzen grauen Rock über schwarzen Strumpfhosen und hohe schwarze Stiefel. Zwischenzeitlich ist Jared Jehobeth aufgeleuchtet wie eine Neonbirne. Er versprüht so viel Selbstvertrauen und Charme, dass selbst der unscheinbare braune Anzug irgendwie adrett aussieht. Er begrüßt sein Studiopublikum und die Fernsehzuschauer zu *Jared Jehobeth am Morgen*. Die leicht zweideutigen Anspielungen des Titels lassen ihn noch nicht einmal blinzeln. Stattdessen leuchten seine Augen wie unschuldige blaue Luftballons, und mit seinem braunen Haarschopf und dem pinkfarbenen Rouge, das sie ihm auf die Wangen gepudert haben, sieht er so vertrauenswürdig aus wie ein Franziskanermönch. Aber er hat den Ruf eines knallharten Interviewers – er hat die Hersteller mangelhafter Produkte dem Gespött der Öffentlichkeit preisgegeben, hat prügelnde Ehemänner und Väter, die ihrer Unterhaltspflicht nicht nachkommen, dazu gebracht, zusammenzubrechen und ihre Familien um Verzeihung zu bitten.

Er erklärt, heute habe er einen ganz besonderen Gast, eine junge Dame mit außergewöhnlichem Mut, die hier ist, um eine außergewöhnliche Geschichte zu erzählen, die man kaum glauben kann. Es klingt so gut, dass ich einen Augenblick lang vergesse: Er spricht über mich.

»Schaltet *Survivors* aus, Leute, denn das hier ist das echte Leben. Nach einer Kollision sank das Fischerboot, auf dem sie war; der Kapitän ist wahrscheinlich ertrunken; doch diese unglaubliche junge Frau trieb fast vier Stunden bei Wassertemperaturen von sechs Grad Celsius im Nordatlantik, bevor sie gerettet wurde. Soweit wir wissen, hat noch niemand je zuvor so etwas geschafft, meine Freunde. Die längste Zeit, die ein durchschnittlicher Mensch bei diesen Temperaturen überlebt, sind maximal ein bis zwei Stunden. Sie ist eine inspirierende Überlebenskünstlerin, ein medizinisches Wunder und eine junge Frau, die sehr viel Glück gehabt hat!« Er wendet sich mir zu, mit Augen, die vor wohlwollender Bewunderung glänzen. »Ich danke Ihnen, dass Sie heute hier sind, Pirio Kasparov. Und nun erzählen Sie uns, was da draußen passiert ist.«

Mein Hals zieht sich zusammen. Ich möchte am liebsten von der Bühne stürmen. Voller Entsetzen sehe ich ihn stumm und entschuldigend an.

Er lässt ein winziges Anzeichen heftigster Verärgerung durchblicken.

Ich sage die Wahrheit und weiß, es klingt wie eine Ausflucht. »Ich fürchte, an besonders viel kann ich mich nicht mehr erinnern.«

Übertrieben ungläubig lehnt Jared Jehobeth sich zurück. »Sie sind von einem sinkenden Boot weggeschwommen und haben

Stunden im eiskalten Wasser gepaddelt – und waren, wenn ich richtig informiert bin, immer noch bei Bewusstsein, als man Sie fand. Sie *müssen* sich doch an etwas erinnern!«

Okay. *Augen zu und durch.* Ich nehme allen Mut zusammen, konzentriere mich, versetze mich zurück in den Moment. Unmittelbar, als hätte sie ein paar Meter von der Bühne entfernt gestanden und auf ihren Auftritt gewartet, erscheint eine breite Wand aus gestreiftem, grauem Wasser über mir, hebt sich, wölbt sich und beginnt zu fallen. Ich halte instinktiv die Luft an. In meinen Ohren ist ein grauenvolles Dröhnen, das so unvorstellbar entsetzlich ist, dass ich mein Leben geben würde, nur damit es aufhört.

Anscheinend werde ich blass, denn Jared Jehobeth interveniert: »Erinnern Sie sich zurück an den Moment kurz vor dem Unglück. Was haben Sie gerade getan?«

»Es fühlte sich an wie … nun, zuerst … stand ich am Heck. Mein Freund, Ned Rizzo –«

»Der Mann, der starb. Er war Familienvater, richtig?«

»Ja.« Ich hoffe, dass Noah nicht zuschaut. Er sieht nicht viel fern, und *Jared Jehobeth* ist nicht gerade seine Sendung, aber ich habe Thomasina gesagt, sie soll ihn heute Morgen auf jeden Fall von der Glotze fernhalten.

»Ich habe die Ködertaschen der Hummerfallen gefüllt. Es war sehr neblig. Von dort, wo ich stand, konnte ich nur Ned im Ruderhaus sehen. Er hatte eine gelbe Öljacke an. Diese Sachen leuchten so, wissen Sie?« Ich schweife ab zu irrelevanten Details, zu allem, was mich davon abhält, nach vorn zu stürzen.

Jared Jehobeth zwingt mich, ihn anzusehen, ähnlich einem visuellen Schwitzkasten. Seine Augen sind mitleidsvoll, gebieterisch. Wenn dieses Interview vorbei ist, werde ich ihn nie wiedersehen. Aber im Moment ist er so etwas wie ein bester Freund.

»Ich habe mit dem Befüllen aufgehört, als Blut aus meinem rechten Daumen quoll. Die Scharniere an den Hummerfallen sind ziemlich scharf. Ich habe einen leeren Eimer am Seil über die Reling geworfen, habe Seewasser hochgezogen und meine Hand hineingehalten, um sie zu betäuben und die Blutung zu stoppen.« Ich höre mich selbst und bin beeindruckt. Wie kompetent ich klinge!

»Sie müssen gewusst haben, dass selbst eine kurze Zeit im Wasser bei diesen Temperaturen möglicherweise tödlich sein könnte.« Dieser Mann ist genial.

»Darüber habe ich nicht nachgedacht.«

»Aber Sie haben es gewusst.«

»Ja.«

Jared Jehobeth wirft dem Publikum ein breites triumphierendes Grinsen zu. Er wird mich zu einer Heldin machen, und nur darum geht es hier. Ich komme mir wie ein Idiot vor, das nicht vorhergesehen zu haben. Bin aber auch ein wenig beeindruckt. Wenn man sich überlegt, wie einfach man einen Menschen neu erfinden kann, und wie falsch. Ich habe nichts anderes getan, als aus einem todgeweihten Boot zu springen, um mich zu retten. Anschließend ist mein Körper ganz von allein in eine Art Ruhezustand verfallen, medizinisch unerklärlich und bislang nur selten dokumentiert, durch den in meinen lebenswichtigen Organen irgendwie eine untere Temperaturgrenze eingehalten werden konnte, bis die Küstenwache eintraf und mich aus der Suppe fischte. Ich war nur noch ein schlaffer Sack von bläulich aufgedunsenem Fleisch, als sie mich gefunden haben. Nichts, was ich mir als Verdienst anrechnen kann oder anrechnen möchte.

»Um ehrlich zu sein, war ich etwas seekrank. Ich bin kein erfahrener Fischer. Die Nässe und Kälte haben mir überhaupt nicht gefallen.«

Das Publikum lacht freundlich-mitfühlend. Ich bin genau wie sie.

»Ned meinte, ich würde mich irgendwann an das Schlingern gewöhnen, aber es war der Geruch, den ich nicht ausstehen konnte. All dieser Diesel, gemischt mit den Ködern, die im Prinzip nur verfaulte Heringsinnereien sind.«

Das Publikum stöhnt mitleidig.

»Wie auch immer, mir ging es ziemlich dreckig, und der Nebel machte es nur noch schlimmer. Ich habe immer wieder hineingestarrt und versucht, den Horizont zu finden, aber ich konnte kaum den Bug sehen.

Kurz vor der … äh, Kollision war es still – zu still. Ich bemerkte eine riesige schwarze Wand ein paar Meter vor dem Bug, die dort im Nebel irgendwie vor uns lauerte. Zuerst schien sie sich nicht zu bewegen. Dann wurde mir klar, dass sie schnell an Steuerbord vorbeiglitt. Im nächsten Moment krachte der Stahlrumpf eines riesigen Schiffes – so hoch, dass ich den oberen Teil nicht sehen konnte – in das Seitendeck, ungefähr drei Meter von mir entfernt.

Das Deck fing unter meinen Füßen an aufzubrechen. Es gab einen schrecklichen Lärm. Das Nächste, was ich weiß, ist, dass ich einen Kopfsprung über die Seite ins Wasser gemacht habe. Ich erinnere mich nicht daran, Angst gehabt zu haben. Ich dachte nur, wie unfair, weil mir doch sowieso schon schlecht war, und nun würde ich auch noch klatschnass.«

»Was haben Sie noch gedacht?«, fragt Jared Jehobeth atemlos.

Ich schließe die Augen und konzentriere mich. »Ich dachte … *Bitte stirb nicht, Ned.*«

»Ah«, er lehnt sich zufrieden zurück. »Und was ist dann passiert?«

»Man erleidet einen Schock, wenn man in so kaltes Wasser fällt. Alles an einem steht unter Schock. Dann fühlt man nichts mehr. Eine Weile bin ich unter Wasser geschwommen und war überrascht, dass sich meine Arme und Beine bewegten.«

»Wie war es dort unten?«

Fast lächele ich. Er will einen Reisebericht, als wäre ich gerade zurück von einem exotischen Ort. Vielleicht aus der Welt des kleinen Nemo. Oder vom Planeten des Riesenkraken.

Aber meine Geschichte hat eine eigene Dynamik, da ist keine Zeit für Fragen. »Ich habe nicht nach Luft geschnappt. Meine Atemwege verschlossen sich einfach. Meine Arme und Beine bewegten sich wie verrückt – aber alles passierte instinktiv. Ich bin in der Highschool geschwommen und schwimme immer noch mehrmals pro Woche im YMCA. Das hat mir möglicherweise geholfen – ich weiß nicht. Ich sah ein Leuchten und nahm an, es sei die Oberfläche, also bin ich dorthin. Dann war ich an der Luft, musste würgen und habe versucht, den Kopf über Wasser zu halten. Schließlich habe ich zurückgeschaut.«

»Was haben Sie gesehen?«

Ich schüttele kaum merklich den Kopf. Diesen Teil werde ich nicht erzählen. Es tut viel zu weh. Dennoch sehe ich die Szene ganz deutlich vor mir: Die vordere Hälfte der *Molly Jones* rollt wie ein Kopf, abgetrennt durch eine Guillotine, von dem riesengroßen Schiff fort, neigt sich, verharrt kurz, verschwindet dann schneller unter den Wellen, als ich es für möglich gehalten hätte, während der Frachter lautlos aus einer Nebelschwade in die nächste gleitet, ein riesiges schwimmendes Bollwerk aus Stahl.

Jared Jehobeths dramasüchtige Blicke ignorierend, fahre ich mit der Geschichte fort: »Ich wurde gegen ein Brett getrieben. Ich ergriff es, schlang ein Ende zwischen meine Beine und legte mich lang darauf. Schließlich rollten die riesigen Bugwellen des Schiffes über mich hinweg. Ich ging unter und tauchte wieder auf. An diesem Punkt hatte ich die größte Angst, glaube ich.«

»Hatten Sie Schmerzen?«

»Nein. Unterkühlung tut nicht weh. Man wird schlapp und … schläft einfach irgendwie ein.«

Jared Jehobeth hebt seine Krawatte an, streicht sie glatt und lächelt. »Nun, wir sind wirklich glücklich, Sie heute bei uns zu haben, Ms Kasparov. Jetzt erzählen Sie doch mal, wie es sich anfühlte, als Ihnen klarwurde, dass Sie gerettet wurden, dass Sie nach all dem, was Sie durchgemacht hatten, in Sicherheit waren.«

»Ich wünschte, ich könnte diese Frage beantworten, aber von der eigentlichen Rettung weiß ich nichts mehr. Sie haben mir erzählt, ich wäre bei Bewusstsein gewesen, aber ich erinnere mich nur noch daran, nackt in einem Schlafsack aufgewacht zu sein, eingehüllt in die starken Arme eines sehr warmen, sehr lebendigen Mannes.«

»Oh, wunderbar!«, sagt Jared Jehobeth, wird munter und zwinkert dem Publikum zu. »Der Austausch von Körperwärme ist ein anerkanntes Mittel gegen Unterkühlung. Waren Sie überrascht?«

»Ich dachte, ich wäre gestorben und im Himmel.«

Das Publikum bricht in Applaus aus, und ich könnte schwören, Jared Jehobeth zwinkert auch mir eine Nanosekunde zu, die Anerkennung von einem Schauspieler für den anderen. Ich grinse, ohne es zu wollen, und kann es selbst nicht fassen. Ich ziehe dieses Ding mit Bravour durch. Es fühlt sich ekelhaft an und wie im Rausch.

»Tatsächlich befanden Sie sich im Helikopter der Küstenwache, auf dem Weg in die Sicherheit«, erklärt er. »Das ist wirklich eine phantastische Geschichte. Vielen Dank dafür, dass Sie sie mit uns geteilt haben. Meine Damen und Herren, Pirio Kasparov, eine echte Überlebenskünstlerin!«

Das Publikum klatscht wieder begeistert. Ich kann jenseits der blendenden Scheinwerfer nichts erkennen, aber ich spüre, wie mir eine Woge der geballten Zuneigung entgegenschlägt. Was überraschend angenehm ist.

Jared Jehobeth schwingt in seinem Stuhl herum, um in die Kamera zu schauen. »Bleibt bei uns, Leute. Nach einer kurzen Werbeunterbrechung sind wir gleich wieder zurück.«

Die rote Lampe erlischt, wir sind nicht mehr auf Sendung. Jared Jehobeth fällt in sich zusammen wie ein Ballon. Er zieht ein Taschentuch heraus und wischt sich über die Stirn. Die Regieassistentin taucht neben mir auf und begleitet mich von der Bühne zurück in den trist-grünen Raum, wo gerade der nächste Studiogast, ein Diätguru, hereingeführt wird. Sie bedankt sich, gibt mir meinen Mantel.

»War's das?«, will ich wissen.

Sie lächelt gleichgültig. »Ja, Sie können jetzt gehen.«

Minuten später stehe ich auf dem Parkplatz. Ein leichter Regen benetzt mein Gesicht. Ich fühle mich ein wenig, als hätte ich Helium im Hirn, ein bisschen unwirklich. Auf der einen Seite donnert der Verkehr über den Mass Pike, auf der anderen Seite ragen monströse Gewerbegebäude hoch auf. Ich fahre mit meinem zwölf Jahre alten Saab in die Stadt zurück und frage mich, ob jemand anrufen und einen Hinweis geben wird.

KAPITEL 3

Auf die hohe, mittelalterlich aussehende Fassade der Gate of Heaven Church in South Boston fällt ein feuchtkalter Schatten. Wenn man Gott nicht fürchtete, bevor man vor dieser Kirche stand, war das anschließend mit Sicherheit anders. Oder doch zumindest denjenigen, der so ein bedrohliches, unbarmherziges Gebäude in Auftrag gegeben hatte. Trauernde marschieren in Reih und Glied durch die schweren beschlagenen Türen, klappen ihre Regenschirme zusammen und knöpfen ihre Trenchcoats auf. Es ist dieselbe Kirche, in der Noah getauft wurde; beim Eintreten erinnere ich mich an das weiße Marmorbecken neben dem weit entfernten Altar. Ich gleite in eine der hinteren Bänke und beobachte, wie Neds Freunde nacheinander hereinkommen.

Man erkennt die Fischer an ihren roten, wettergegerbten Gesichtern. Einer von ihnen humpelt – vielleicht verletzt von einem herumfliegenden Haken oder weil er gegen ein Seitendeck gequetscht wurde. Die meisten von ihnen waren wahrscheinlich schon einmal bei einer Beerdigung ohne Sarg. Sie scheinen sich drinnen nicht sehr wohl zu fühlen, wo sie trockene Luft atmen und hinter ihren untersetzten, pragmatischen Frauen herstiefeln müssen.

Neds Eltern, seine Schwester und sein Schwager mit ihren

unbändigen Zwillingen sitzen bereits in der vordersten Bank. Genau wie Thomasina und Noah, allerdings auf der anderen Seite des Gangs. Neds Mutter Phyllis ist darüber wahrscheinlich entsetzt und wünscht sich, sie hätte den Bereich abgeriegelt, um Thomasina vom Rampenlicht fernzuhalten. Aber Thomasina ist offensichtlich früh genug da gewesen, um sich den guten Platz zu sichern, bevor es jemand anderes tat, mit Noah an ihrer Seite, wie ein Maskottchen. *Seht ihr? Das hier ist sein Kind, egal was ihr denkt.* Sie trägt ein voluminöses schwarzes Cape mit einer Kapuze, das an Gevatter Tod höchstpersönlich erinnert oder an eine übertrieben fromme Nonne. Ich vermute, darunter trägt sie ein enges, halb durchsichtiges, vielleicht sogar mit Pailletten besetztes T-Shirt und eine noch engere Dreihundert-Dollar-Designerjeans. Außerdem würde ich darauf wetten, dass ihre Augen mit Eyeliner und haufenweise Mascara geschminkt sind, die, wenn sie weint, grauenvoll zerlaufen werden. In diesem Stadium ihrer Sucht ist sie außerstande, angemessene Schicklichkeit an den Tag zu legen, was nicht heißen soll, dass sie jemals gut darin war.

Der Priester lässt alle warten und tritt dann von der Seite auf, wie ein Kirchen-Rockstar in einer üppigen lila Robe, der von einer Horde Messdiener in wehenden weißen Gewändern zum Altar geleitet wird. Er dreht uns den Rücken zu, hebt die Arme zu dem riesigen Kruzifix über dem Tabernakel, senkt sie im Gebet und geht dann weiter zu einem Rednerpult links vom Altar, wo er zu sprechen beginnt. Er hat ein Jungengesicht und eine klare, ruhige Stimme; ich versuche zuzuhören, aber es fühlt sich an, als hätte ich Watte in den Ohren. In Sachen Religion bin ich taub und kann nur nervös herumzappeln. Der Gottesdienst zieht sich ewig hin. Man würde ja annehmen, das Fehlen eines Leichnams würde die Sache etwas beschleunigen.

Schließlich verlässt der Priester den Altar und schreitet mit flatternder Robe gebieterisch durch den Mittelgang. Thomasina und Noah schließen sich ihm schnell an. Neds Eltern, seine Schwester und ihre Familie sind gezwungen, in ihrem Kielwasser zu folgen. Thomasina überrascht mich mit ihrer feierlichen Haltung und Würde; wenn's drauf ankommt, ist sie in der Lage, auf ihre tadellose Oberschichtserziehung zurückzugreifen. Es ist Phyllis, die ein rotes Gesicht hat, schwankt und sich die Augen tupft. Wir Trauernde lassen sie passieren, machen ihnen reichlich Platz. Die Familie des Verstorbenen bildet einen inneren Kreis der Trauer, den jeder respektiert … und meiden möchte.

Hintereinander verlassen die Leute die Bankreihen. Ich bleibe zurück, zögere seltsamerweise zu gehen. Ich hatte mir von diesem Gottesdienst etwas versprochen. Vermutlich so was wie Trost. Ich habe ein Bild von Ned vor Augen, wie er, mit gläsernem Blick und aufgedunsen, dicht über dem von Trawlern durchpflügten Meeresboden treibt, wobei ihm in der Strömung das Haar um den Schädel wedelt wie Seegras, und einer der Hummer, die er fangen wollte, trudelt über seine orangefarbene Steppweste.

Mein Blick streift blind über die bemalten Statuen der Heiligen, die flackernden roten Votivkerzen, den holzgeschnitzten Kreuzweg. Alles dazu gedacht, die Menschheit mit Leid und Tod zu versöhnen. Ich wünsche mir von Herzen, die schrägen Mythen der Religion würden bei mir funktionieren, doch das tun sie nicht. Dennoch kann ich mich im Moment nicht losreißen. Was, wenn mir etwas entgeht, ich den Wald vor lauter Bäumen nicht sehe? Was, wenn ich mich irre?

Ich schaffe es, mich zusammenzureißen, und schließe mich den letzten Nachzüglern an, die in das marmorne Foyer strömen. Am Eingang herrscht Tumult. Wegen der vielen Leute kann ich nichts sehen, doch ich höre zunächst laute Stimmen und dann, mit einem zunehmend unguten Gefühl, Thomasinas Gekreische.

»Was machen Sie denn da? Lassen Sie mich los!«

Ich dränge mich durch die Menge nach vorn, und das Erste, was ich sehe, ist Phyllis, die starr und vor Wut schäumend Thomasina und Noah den Ausgang versperrt. Sie trägt einen kleinen, runden Hut, einen dunklen Mantel und dunkle Pumps; sie hat krause, mit Haarspray fixierte Locken. Sie wirkt wie eine Frau, die hart gearbeitet, viel entbehrt, um wenig gebeten und sich stets an die Regeln gehalten hat. Also eine Frau, die Verbitterung als ihr gutes Recht ansieht. Eine Hand umklammert dicht vor der Brust eine kleine schwarze Handtasche, die andere hat anscheinend gerade Thomasina zurückgestoßen.

»Wie können Sie es wagen, vor uns zu gehen! Wie können Sie es wagen, überhaupt hierherzukommen! Sie haben meinen Sohn ruiniert – er war nie mehr derselbe, nachdem er mit Ihnen zusammen war. Und jetzt platzen Sie hier rein und setzen sich in die erste Bank, als wären Sie seine Frau. Warum sind Sie gekommen? Sie gehören hier nicht her! Sie haben kein Recht, vor uns zu gehen!«

Ich zucke zusammen. Ich sehe, wie Noah erstarrt. Thomasina greift nach seiner Hand. Dutzende von Leuten schauen zu, keiner gibt einen Laut von sich.

An diesem Punkt erwacht Neds Vater, der direkt hinter seiner Frau gestanden hat, aus seinem fassungslosen Staunen, tritt einen Schritt vor, nimmt Phyllis am Ellenbogen und führt sie zur Tür. Sie stolpert mit qualvoll gerötetem Gesicht hinaus und ruft über die Schulter zurück: »Sehen Sie sich doch nur an! So kommen Sie in die Kirche – angezogen wie eine Schlampe! Es ist mir egal, wenn ich in der Hölle schmore, weil ich sage –«

Die wuchtigen Türen verschlucken ihre Worte, und die Menge steht eine Weile regungslos da. Dann setzen sich die Ersten wieder in Bewegung, tauchen ihre Finger kurz ins Weihwasser und bekreuzigen sich mit gesenktem Kopf, während sie Gebete murmeln. Es ist, als hätten sie beschlossen, dass vielleicht gar nichts passiert war. Oder, falls doch, dass es jetzt auch nicht mehr zu ändern war. Aber als sie die Kirche verlassen, schlagen sie einen weiten Bogen um Thomasina und Noah, die immer noch dort stehen, wie zwei menschliche Statuen auf einer quadratischen Marmorwiese.

»Thomasina –« Ich berühre ihren Arm.

»Schon in Ordnung, Pirio. Ich komme damit klar«, sagt sie mit fester Stimme.

Ihre Augen sind auf die Tür gerichtet. Dahinter erwartet sie ein Spießrutenlauf die steinernen Stufen hinunter. Gefolgt von einem überfüllten Bürgersteig und einer Ecke, an der Leute in kleinen Gruppen beisammenstehen werden und reden. Starre Blicke, Getuschel, verächtliches Grinsen. Dann die Autofahrt nach Hause mit einem trauernden, verleugneten Zehnjährigen. Aber ja, sie wird damit klarkommen. Durch die Menge zu gehen, ohne Gefühle zu zeigen. Sich etwas Vages und fast Glaubhaftes auszudenken, um Noah zu erklären, was gerade passiert ist. *Es ist nicht deine Schuld. Es ist meine. Deine Großeltern mögen mich nicht besonders. Albern, oder?* Niemand käme besser mit dieser Herausforderung klar als Thomasina. Sie wird es sogar ganz einfach aussehen lassen. Aber heute Abend, wenn sie allein ist, wird sie wieder nach dem Stolichnaya greifen, statt wie üblich nach ihrem Wein. Wird sich die Flasche reinknallen und aus den Latschen auf die Couch kippen, wo Noah sie am nächsten Morgen finden und sich kurz fragen wird, ob sie noch am Leben ist.

Sie atmet tief ein, greift Noahs Hand noch fester; er wirft mir einen ängstlich-verwirrten Blick zu, und ich nicke ermutigend. Und los gehen sie, durchgedrückter Rücken, Augen geradeaus. Ein Mann hält ihnen die Tür auf, schaut aber fort, als sie hindurchgehen. Vielleicht aus Feigheit, oder einfach nur aus Schmerz, lungere ich so lange im Foyer herum, bis es ganz leer ist. Als ich schließlich vor die Tür trete, ist von Thomasina und Noah oder Phyllis und ihrer Familie nichts mehr zu sehen.

Es dämmert bereits. Das Licht hat einen gedeckten violetten Ton angenommen. Eine dicke weiße Taube watschelt auf mich zu, schwankt von einem Fuß auf den anderen, als wären die Beine unterschiedlich lang. In diesem Licht leuchten die Federn regelrecht. Spontan gehe ich in die Hocke, und die Taube nähert sich meiner ausgestreckten Hand. Sie pickt einen Augenblick an meinen Fingern und entfernt sich dann ohne Eile.

Das ist die zweite seltsame Sache, die mir in jüngster Zeit passiert ist. Gestern habe ich mitten in der Nacht einen Dudelsack spielen hören. Ich habe das Fenster geöffnet und mich hinausgelehnt. Es war ein friedvolles Lied, das ich noch nie zuvor gehört hatte. Ich habe lange gelauscht, und als ich wieder zurück ins Bett ging, spielte die Musik immer noch. Es fühlte sich an, als würde der Dudelsack mich zurück in den Schlaf singen.

Meine Taube fliegt hoch, auf das gegenüberliegende Gebäude, und verschwindet hinter dem Dach. Direkt darunter steht ein Mann auf dem Bürgersteig. Er mustert mich besorgt. Er ist um die dreißig, mittelgroß, mit einem breiten Gesicht, einer wuchtigen schwarzen Brille und lockigem braunen Haar, das ihm fast bis zur Schulter reicht. Eine Hand steckt in der Tasche. Irgendetwas daran wirkt kontrolliert, eine gezügelte Kraft, Worte, die von verschlossenen Lippen zurückgehalten werden.

Er überquert die Straße, kommt zügig die Stufen hinauf und streckt seine Hand aus. »Larry Wozniak, ein alter Freund von Ned.«

Ich schüttele seine Hand – sie ist warm und trocken. Mir fällt auf, dass ich seine linke Hand in meiner linken Hand halte.

»Furchtbar, nicht? Er war noch so jung.« Er scheint zu wissen, dass er Plattitüden von sich gibt.

Ich stimme undeutlich zu und gehe die Stufen hinab. Es war eine lange Beerdigung, und ich bin nicht in der Stimmung für Geplauder.

»Sie waren auf dem Boot, oder?«, fügt er eilig hinzu, während er mir folgt. »Ich habe Ihr Foto in der Zeitung gesehen und Sie wiedererkannt. Ich, äh … ich wollte wissen, ob … Waren Sie und Ned, äh –? Wie gut kannten Sie ihn?« Er ist rot geworden und fängt an zu stottern.

»Wenn Sie wissen wollen, ob wir ein Liebespaar waren, dann lautet die Antwort nein. Freunde, ja. Aber nur bis zu einem gewissen Punkt.«

»Tatsächlich?« Er sagt das so, als wäre meine Antwort sehr viel interessanter, als sie im Grunde ist, und passt seine Schrittlänge der meinen an. »Was meinen Sie mit ›bis zu einem gewissen Punkt‹?«

»Ich meine damit, dass ich mit seiner Ex-Freundin befreundet und die Patentante seines Kindes bin. Ich bin mit ihm auf dem Hummerboot rausgefahren, weil er Hilfe brauchte. Es war ein neues Boot, er hatte sich gerade erst selbständig gemacht und noch keinen festen Mann fürs Achterdeck gefunden. Es war Samstag, ich hatte nichts Besseres vor, also habe ich zugesagt. Ich probiere gern neue Dinge aus.«

»Oh, mir war nicht klar, dass Sie kein richtiger Fischer sind.«

»Nein, ich tue nur so. Man könnte auch sagen, ich bin ein fischender Dilettant. Obwohl diese Unterscheidung, denke ich, eigentlich keine Rolle mehr spielen sollte, wenn man in ein tödliches Unglück auf See verwickelt war.«

»Nein, vermutlich nicht.« Er wirkt auf eine Art zurückhaltend, bei der man merkt, dass sie nur flüchtig ist. »Ich nehme an, Ned hat Ihnen erklärt, was zu tun war.«

»Er hat mir gezeigt, wie man die Ködertaschen der Hummerkörbe füllt, bevor wir den Hafen verließen. Sagte, auf dem Rückweg würde er mir zeigen, wie man die Reusen einholt. Wir wollten vor Einbruch der Dunkelheit wieder zu Hause sein.«

»Hat er jemals gesagt, warum er so plötzlich auf Hummerfang umgestiegen ist?«

»Ned hat zwanzig Jahre lang auf kommerziellen Fang- und Verarbeitungsschiffen und auch in der Langleinenfischerei gearbeitet. Vielleicht war er es leid, für ein seelenloses Unternehmen wochenlang auf dem Meer Grundfische zu fangen, und wollte sein eigenes Boot, sein eigenes kleines Unternehmen. Erscheint mir logisch.«

»Aber er hat nie genau gesagt, wieso?«

»Er hat nie viel über sich geredet. Dafür ausgiebig über die Red Sox, Bruins und Patriots. Und über das Wetter. So wie *Schöner Tag heute, nicht?* Oder *Sieht für mich nach Regen aus.*«

Larry hat sich die ganze Zeit um Laternenpfähle und Briefkästen geschlängelt, um auf dem schmalen Bürgersteig mit mir Schritt zu halten. Er trägt einen schäbigen alten Trenchcoat über einem dunkelgrauen Nadelstreifen-Sakko, dazu schwarzes T-Shirt und Jeans. Ich finde, er hätte für den Anlass wenigstens passendere Hosen anziehen können. Manchmal fühlt es sich so an, als gäbe die ganze Welt auf und ginge zur Schlampigkeit über. Vermutlich habe ich ein bisschen was von Phyllis.

»Warum wollen Sie das alles wissen?«, frage ich zunehmend genervt.

»Reine Neugier, nehme ich an. Wir hatten den Kontakt verloren. Ich wusste nicht, was er so trieb.« Dann, als sei ihm gerade die Idee gekommen, fragt er: »Darf ich Sie zu Ihrem Wagen begleiten?«

»Wir sind schon da«, sage ich und stecke den Schlüssel in die Tür des Saabs.

Er scharrt unbeholfen mit den Füßen. »Eines noch: Haben Sie, äh, haben Sie gesehen, wer Sie gerammt hat?«

»Sie meinen das Boot, das uns überfahren hat?« Ich kann gar nicht glauben, dass er mich das jetzt fragt.

Er schaut weg. »Ja, haben Sie den Namen auf dem Heckbalken oder irgendwelche Nummern an der Seite gesehen?«

»Nein, ich habe den Namen nicht gesehen. Für mich war es nur ein Schiff. Ein riesengroßes Scheißschiff.«

KAPITEL 4

Die zweite Hälfte des Rituals – die Beerdigungsfeier – findet in Neds Lieblingskneipe statt, in Murphy's Pub. Alle seine Freunde sind da, aber keiner seiner engen Verwandten. Es gibt ein Büfett mit kalten Platten, Lasagne, Salat, Kuchen. Und einen DJ, dem gesagt wurde, er solle Musik aus den 60er, 70er und 80er Jahren auflegen – die Songs, zu denen Ned sein Leben gelebt hat. Es ist wie ein Hochzeitsempfang, nur ohne das sich glücklich küssende Paar und die Mädchen in den grässlichen Kleidern. Aber alle reden, lachen, weinen und trinken genauso, als hinge ihr Leben davon ab, und man kann davon ausgehen, dass viele sich auf eine lange Nacht einstellen, so dass die gewalttätige Hölle, die sie in sich tragen, ausbrechen kann, wenn sie will.

Ich entdecke Noah und Thomasina an der Theke und bahne mir einen Weg durch den überfüllten Raum. Noah hockt vor einem Schinkensandwich, Fritten, eingelegten Gurken und einer Cola. Die bläulichen Schatten unter seinen Augen und die Tatsache, dass er seine Krawatte gelockert hat, lassen ihn wie einen müden Bankangestellten aussehen. Er wirkt erleichtert, aus Gottes Zuständigkeitsbereich entlassen worden zu sein, aber unsicher, wie er sich unter Erwachsenen benehmen soll, die sich wie ungezogene Kinder aufführen. Thomasina stibitzt dem

Barkeeper eine Maraschino-Kirsche und bietet sie Noah an. Er lehnt ab – er nimmt es schrecklich genau, was Regeln angeht –, also stopft sie sich die Kirsche schnell in den Mund und legt den Stiel auf ihre Cocktailserviette. Das vor ihr stehende Glas enthält eine klare Flüssigkeit, in der kleine Bläschen aufsteigen, und eine Zitronenscheibe. »Mineralwasser«, informiert sie mich umgehend, aber ihr Blick schweift ab, denn sie weiß, dass es nicht dabei bleiben wird.

Noah verfolgt das Baseballspiel im Fernseher über der Bar. Einer der Typen, die sich das Spiel ansehen, schiebt Noah eine Schale Erdnüsse rüber und verwickelt ihn in ein Gespräch unter Männern, darüber, wer gewinnen wird. Noah rückt einen Hocker weiter zu ihm heran, damit er die Erdnüsse essen und den Fernseher besser sehen kann. Ich setze mich auf den freigewordenen Platz. Auf der anderen Seite neben Thomasina sitzt ein Mann mit dunklem Haar, weicher olivfarbener Haut und einem jugendlichen, femininen Gesicht. Er lehnt sich zu ihr hinüber und schenkt der dramatischen Brünetten in den hautengen Jeans besondere Aufmerksamkeit. Abgesehen von der Musik und dem Fernseher ist es sehr laut.

»Was für eine Zicke, oder?«, sagt Thomasina. »Ich habe noch nicht einmal die Hälfte von dem gesagt, was mir in den Sinn kam. Aber als sie Hand an mich gelegt hat … da hätte ich sie umbringen können.«

Der dunkelhaarige Typ fragt: »Wen umbringen?«

»Phyllis Rizzo.«

Das findet er amüsant, sagt aber nichts.

»Ehrlich, Pirio. Kannst du glauben, dass sie vor Noah all diese Sachen gesagt hat?«

»Vor allen«, verbessert sie der Mann hilfsbereit.

»Ach, was soll's. Jede Beerdigung braucht ihre Szene«, sage ich und hoffe, die Unterhaltung umzulenken.

Ein großer Mann schlängelt sich durch, seine Augen fest auf mich gerichtet. Ich brauche ein paar Sekunden, bis ich John Oster wiedererkenne, und dann rutscht mir das Herz in die Kniekehlen. *Rums!* Wie ein Fahrstuhl, der in zwei Sekunden zwanzig Stockwerke nach unten rauscht. Gegen diese Reaktion ist man machtlos, wenn man plötzlich jemandem begegnet, mit dem man intensiv Sex hatte, egal wie lange das her ist.

Er hat sich in zehn Jahren schwer verändert. Der lodernde Haarschopf von einst ist dünner geworden und ordentlich gestutzt, so dass die helle Kopfhaut durchscheint. Sein Haaransatz ist auch auf dem Rückzug. John Osters rote Haare glichen einmal einem gewagten Festival, also kann ich gar nicht anders, als diese Veränderungen zu bedauern. Trauriger noch, all die einstmals scharfen Kanten seines Körpers sind abgerundet, als hätten die Torwächter des mittleren Alters entschieden, sie zu ihrem eigenen Schutz mit einer Lage fleischiger Noppenfolie abzupolstern.

Aber es ist immer noch John Oster. Das metallische Blitzen in seinen Augen und die ungestüme Allein-gegen-die-Welt-Haltung, die das Schicksal zu verspotten schien – so ist nur er. Niemand hat ihn jemals John genannt: Er hieß immer Crazy John, Johnny O. oder Oyster Man. Er hat mehr Geschichten erzählt als Jesus, die meisten davon über gefährliche Herausforderungen und Rettungen in letzter Minute. Über Sachen, die nicht hätten passieren dürfen und doch geschehen waren. Über Verlierer, die bekommen hatten, was sie verdienten. Er war zynisch, anstößig, loyal und oft unaufrichtig. Er hatte Feinde, aber noch mehr Freunde, die ihn dafür respektierten, dass er die Dinge tat und sagte, die sie sich nicht trauten. Von Zeit zu Zeit gewährte er mir einen Blick in seine Seele. Dort kämpften Engel gegen Dämonen. Die meiste Zeit lagen sie punktemäßig nah beieinander; doch manchmal lagen die Dämonen vorn. Man sah, wie er außer Kontrolle geriet – die plötzlichen Anfälle dunklen Grübelns; die winzigen, hässlichen Grausamkeiten; der bösartige Mangel an Selbstachtung. Frauen fanden ihn sexy, doch die meisten hielten sich von ihm fern.

Ned und er waren zusammen in Southie aufgewachsen und lebten nie weit voneinander entfernt. Als Thomasina und Ned zusammenkamen, erschien es John und mir logisch, dasselbe zu tun. Ich habe damals viel getrunken, sogar mehr als Thomasina, und dachte nicht besonders viel über mein Handeln nach, ließ mich einfach wie ein Korken mit der Strömung treiben, egal wohin, Hauptsache schnell. Meine Beziehung zu John Oster ähnelte zu Anfang einem dissonanten Musikstück, dauerte länger, als ich gedacht hatte, geriet vorhersehbar ins Straucheln, als unsere erheblichen Unterschiede aufeinanderprallten, und wurde gegen Ende ziemlich übel. Im Laufe der Jahre hörte ich hin und wieder etwas von ihm, meistens über Ned. Die beiden arbeiteten für eine Firma namens Ocean Catch Seite an Seite auf Hochsee-Trawlern und in der Ringwadenfischerei, bis Ned schließlich kündigte.

Johnny legt Thomasina in einer halbherzigen Beileidsbekundung lässig einen Arm um die Schulter, während er mich nicht aus den Augen lässt. »Wie geht's, Fremde?«

»Habe gehört, du hast geheiratet«, erwidere ich. »Glückwunsch.«

»Ja, richtig. Hab jetzt vier Jungs. Hält uns auf Trab.«

»Vier? Du verschwendest keine Zeit.«

»Kevin, Sean, Riley und Patrick. Bei uns wird's nie langweilig.« Doch seine Augen sagen etwas anderes. Nämlich, dass es oft verdammt langweilig wird.

»Habe ich mal das Vergnügen, sie kennenzulernen?«

»Sie sind zu Hause bei meiner Frau.« Pause. »Ich habe gehört, du hast *nicht* geheiratet?«

»Mir gefällt meine Freiheit.«

Seine Augen glänzen. »Ja. Das war schon immer so.«

Das ist die Art von Bemerkung, um die man einen weiten Bogen machen sollte, besonders wenn sie von einem Ex kommt.

»Denkst du noch manchmal an mich?«, fragt er einfach so.

»Ich versuch's zu vermeiden.«

»Ich denke auch nicht an dich.«

Thomasina, die der Unterhaltung mit einem seltsamen Vergnügen folgt, gibt so etwas wie ein ersticktes Bellen von sich.

»Wie wäre es trotzdem mit einem Tanz, wegen Ned und der guten alten Zeit?«, fragt Johnny.

Klingt für mich ganz in Ordnung. Was sonst sollte man auf einer irischen Beerdigung zu Ehren des Verstorbenen tun, wenn nicht mit einem Typen zu tanzen, den man mal flachgelegt hat? Wir gehen hinüber zu einer winzigen Parkettfläche in der Mitte des Raumes. Nur ein anderes Pärchen schwoft langsam zum Klang von »Beast of Burden«. Eigentlich bin ich ganz froh. Mein Körper fühlt sich an, als wäre er in einer Gruft eingeschlossen gewesen, und ich muss ihn wieder zum Leben erwecken. Johnny trampelt etwas rum und findet dann den Groove. Seine Augen sind halb geschlossen, und seine Haut wird vom Schein der farbigen Lichterkette an der Wand grellbunt beleuchtet. Es fühlt sich seltsam okay an, sich ihm gegenüber zur Musik zu wiegen. Weil ich weiß, dass er Ned gern gehabt hat. Weil er auch trauert.

Inzwischen haben sich andere zu uns auf die Tanzfläche gesellt. Ich tanze eine lange Zeit ohne Unterbrechung – mit Johnny, mit einem anderen Typen und mit Noah, der mit seiner Krawatte zauberhaft aussieht. Ich wirbele herum und lasse mich von der Musik durchströmen, bis sie alle Anspannung, die sich in mir angesammelt hatte, weggespült hat. Danksagungen fließen von meinem wunden Herzen zu Led Zeppelin, The Band und den Rolling Stones.

Der Typ, der sich mir vor der Kirche vorgestellt hat, Larry Sowieso, sitzt am Tisch einer lärmenden Gruppe von Neds Fischerkumpels. Die meisten tragen blaue Anzughemden mit gelockerten blau gestreiften Krawatten. Blau auf blau scheint die Farbkombi für Männer zu sein, die sich in anderen Klamotten wohler fühlen. Larry sagt nicht viel. Vielleicht hält er nicht besonders viel von wilden irischen Beerdigungsfeiern. Immer mal wieder wendet er den Kopf in meine Richtung und beobachtet mich. Starrt nicht, sondern schaut einfach nur. Als wäre ich jemand, an dem er kein persönliches Interesse hat, den er aber im Auge behalten muss. Eine kleine Schwester, vielleicht. Es ist vollkommen klar, dass wir noch einmal miteinander sprechen werden, bevor der Abend vorüber ist.

Thomasina und Noah sind an einen großen runden Tisch in der Ecke umgezogen, weiter weg von der Musik. Der dunkelhaarige Typ, der an der Theke neben Thomasina gesessen hatte, ist auch dort, beugt sich dicht zu Noah vor und fuchtelt mit den Händen direkt vor Noahs teilnahmslosem Gesicht herum. Mich beschleicht bei diesem Anblick ein ungutes Gefühl, also ziehe ich mir einen Stuhl heran und schließe mich ihrem Tête-à-Tête an.

»Du musst upgraden«, sagt der Typ gerade. »Smartphones sind echt viel besser. Hast du schon eine Freundin, hm? Mit dem Ding hier kannst du ihr den ganzen Tag simsen.« Er zeigt auf ein Mobiltelefon, das zwischen ihnen auf dem Tisch liegt – ein flaches schwarzes Ding mit einem glänzenden Display.

»Ich hab keine Freundin. Ich bin in der fünften Klasse«, sagt Noah.

»Hast keine Freundin? Was ist los mit dir, Alter? Muss doch ein paar heiße Mädels geben, wo du bist. Jedenfalls, wenn du eine Freundin hast, kannst du sie mit diesem Teil voll beeindrucken. Ihr geht zum Bowling oder so, was immer ihr Kids so macht, und du lässt es in der Tasche, und wenn der richtige Moment gekommen ist, dann ziehst du's ganz cool raus, so als wär's nichts Besonderes. Die wird Augen machen, das schwör ich dir.« Er schaltet das Telefon ein und beginnt, auf dem Touchscreen herumzutippen. »Pass auf: Du hast hier einen Computer, ein Telefon, eine Kamera und Internet, alles zusammen in einem Ding. Und dein iPod – du lädst einfach alles drauf. Und Bücher auch. Einfach so, zack. Und während du auf deinen Big Mac wartest, liest du William *fucking* Shakespeare. Oder beim Ölwechsel. Was du willst, Alter. Ein Klick, und los geht's.«

Noah sieht den Typen nachdenklich an und versucht, aus ihm schlau zu werden. Als ihm das nicht gelingt, erinnert er sich an seine guten Manieren. »Vielen Dank, aber ich möchte gerade kein Upgrade.«

»Es kostet dich null, wenn du mir dafür dein altes Handy gibst.«

»Wie ich schon sagte, ich hab's nicht dabei. Mom hat mir verboten, es mitzunehmen, weil sie nicht will, dass ich die ganze Zeit spiele.«

»Du hast es nicht im Auto gelassen, oder?«

Noah schüttelt den Kopf.

»Tja, zu blöd, dass du nicht rankommst, denn so verpasst du das Geschäft deines Lebens.« Der Typ wischt das neue Telefon vom Tisch und verstaut es in seiner Tasche. »Ich hätte offen und ehrlich mit dir getauscht. Aber, hey, falls du dein altes Handy findest, mache ich's immer noch. Okay, kleiner Mann? Sind wir im Geschäft?«

»Hey, Noah«, sage ich und fixiere den Typen, »wer ist dein neuer Freund?«

»Max«, antwortet Noah gedehnt, als wäre die eine Silbe schon zu viel.

Max streckt seine Hand aus, und wir begrüßen uns über

Noahs Kopf hinweg, aber nur flüchtig. Einen richtigen Händedruck kann man das nicht nennen.

»Pirio«, stelle ich mich vor, obwohl er nicht gefragt hat.

»Wie war das?«

»Pirio«, wiederhole ich betont langsam.

Max nickt, als hätte er verstanden, scheint aber von der Herausforderung durch meinen Namen genervt zu sein und wendet seine Aufmerksamkeit wieder Thomasina zu, die mit anderen am Tisch plaudert.

Noah zeichnet die verschiedenen Stadien der Evolution in ein Notizbuch, das er mitgebracht hat. Bisher hat er einzellige Organismen, Amöben und einige seltsam aussehende Fische gemalt.

»Der braucht einen Schnurrbart«, sage ich und zeige auf einen.

»Vielleicht Schnurrhaare«, kommt er mir entgegen.

»Moment. Haben Fische Schnurrhaare?« Ich bin mir tatsächlich nicht sicher.

»Pirio –« Das könnte sowohl ja als auch nein bedeuten.

»Ich glaube, ich hab mal an einem Fisch im Aquarium Schnurrhaare gesehen. War so ein blauer, dickbäuchiger Typ mit Glupschaugen und Hängebacken. Hat genauso ausgesehen wie mein Onkel Fred.«

»Du hast gar keinen Onkel Fred.«

»Woher willst du das wissen? Ich könnte in Russland sechs Onkel Freds haben. Alle tanzen in der Steppe Kasatschok und brüllen *Oie*!«

»*Oie?*«, wiederholt er stirnrunzelnd.

»Russisch für: *Hey, hübsche Lady, willst du mich heiraten?*«

Noah lächelt.

Es ist nicht leicht, ihn zum Lächeln zu bringen, aber die Mühe lohnt sich, denn sein Gesicht wird dann weich und wunderschön.

»Magst du jetzt nach Hause gehen?«, frage ich.

Er sieht mich dankbar an. »Au ja.«

Zwei Stunden später leert sich Murphy's Pub. Nur drei große runde Tische sind immer noch von feiernden Trauergästen belegt. Der DJ spielt triste Rausschmeißermusik; dasselbe Pärchen schlurft seit einer Stunde über die Tanzfläche, aneinander zusammengebrochen, entweder betrunken oder halb eingeschlafen, und zwei zerzauste Frauen sitzen laut weinend in der Ecke, als wär's ein Job, für den sie bezahlt würden. Am Büfett sind nur noch Krümel übrig – Kuchenteller mit nichts anderem mehr darauf als verschmierten Plastikmessern, an denen Glasurklumpen kleben; Salatschalen mit verwelkten und ölgetränkten Salatblättern, die an den Rändern haften. Vor einer halben Stunde hat der Barkeeper ungefähr zwanzig Schnapsgläser mit irischem Whiskey gefüllt, für alle, die einen wollten – seine Opfergabe für den alten Kumpel Ned. Ein Haufen Leute versammelte sich, hob die Gläser, nahm einen großen gläubigen Schluck und spürte das heilige Brennen.

Thomasina, Max, Johnny, ein paar andere Leute und ich sitzen zusammen an einem großen Tisch. Noah wurde zu Hause mit einem Babysitter abgesetzt, und Thomasina hat sich die hochhackigen Stiefel ausgezogen und schon lange auf Wodka mit Eis umgestellt. Der Typ, der neben mir sitzt, geht. Larry nähert sich dem Tisch und fragt, ob er sich setzen darf. Ich sage, klar, und frage ihn, warum er so lange gebraucht hat. Er antwortet, er hätte so lange gewartet, bis ein Platz neben mir frei geworden wäre. Eine Antwort, die Respekt verdient.

Wir versuchen es ein zweites Mal mit der Unterhaltung. Irgendwie kommen wir auf Skifahren, was er mag, gehen über zum Angeln, was er nicht mag (zu langweilig), und drehen ein paar Runden um andere unwichtige Themen. Wenn er zu persönlich wird, sage ich etwas Flapsiges. Wenn ich zu persönlich werde, wechselt er das Thema. Wir verbringen eine ganze Weile in diesem schrägen Ballett.

Thomasina schwenkt ihren Kopf in unsere Richtung. Ihr Glitzern in den Augen lässt mich wissen, dass sie Larry abgeschätzt hat und findet, er sei annehmbares Partner-Material – ob für sie oder mich, ist schwer zu sagen.

»Wie heißt du?«, brüllt sie, als stünde er am anderen Ende eines Flugzeughangars. Der Wodka hat jenen Teil ihres Gehirns anästhesiert, der für Abstandsmessungen zuständig ist.

»Larry«, brüllt er gutmütig zurück und macht mit bei ihrem ulkigen Ferngespräch.

»Larry? Larry? Du willst mich verarschen! *Larry* reimt sich auf *Sherry*!« Sie ist entzückt und wirft uns beiden einen verschwörerischen Blick zu. Ihr Alkoholrausch ist so offenkundig und irgendwie liebenswert, dass sie sich solche infantilen Bemerkungen erlauben kann. Sie zeigt auf Max, der mit hingerissenem Gesicht ihren Treuhandfonds-Körper ansieht, mit Kurven wie ein sexy Dollarzeichen. »Und was hältst du von *diesem* Typen, Pirio? Unheimlich süß, oder? Max, Max, Max!«, kräht sie.

Wenn man sie in diesem Moment anhalten und nachsehen würde, was sie in ihrem Kopf hat, fände man wahrscheinlich das Foto einer strahlend weißen Doppelhochzeit mit der Bildunterschrift, *Pirio und Thomasina finden anständige Typen und führen endlich ein ruhiges, glückliches Leben.*

Max nutzt ihren Enthusiasmus, um ihr einen dramatischen Kuss auf die Wange zu geben. Sie schlingt die Arme um ihn, so als ob Daddy von der Arbeit nach Hause kommt. »Ich kann gar nicht glauben, wie sehr ich dich schon mag«, sagt sie.

Ich sehe ihn mir genauer an. Max ist schnell und fit wie ein Leichtgewichtsboxer, mit rastlosen Augen und einem Grübchen, das immer wieder aufblitzt. Er hat eine aufgeregte Unkonzentriertheit an sich und ist ununterbrochen in Bewegung: Eine Augenbraue hebt sich, er redet mit den Händen, seine Knie wippen. Er flüstert ihr etwas ins Ohr, das sie zum Lachen bringt. Ich versuche sofort abzuschätzen, wie er ein Kind behandeln würde – genau genommen einen emotional komplexen Zehnjährigen mit einem Hochbegabten-IQ. Der Gedanke ist zu bedrückend, um ihm weiter nachzugehen.

Thomasina gibt Max eine gespielte Ohrfeige für irgendeine Unanständigkeit, die er wohl gerade vorgeschlagen hat, und lehnt sich dann über meinen Schoß, um mit unserem neuen Vierten im Bunde ein pseudointimes Gespräch zu beginnen: »Warst du schon mal verliebt, Larry?«

»Ein- oder zweimal«, gibt er zu.

»Das ist alles? Bist du wahnsinnig? Ich war schon *Hunderte* von Malen verliebt!« Sie macht eine ausladende Bewegung, als wolle sie die Welt umarmen, und lehnt sich dann wieder gemütlich nach vorn. »Aber nie wirklich. Wirkliche, echte Liebe. Aber, vielleicht ist er derjenige, mhm?« Sie winkt mit dem gehobenen Daumen Richtung Max, der entzückt zusieht. »Es sind schon seltsamere Dinge passiert. Man lernt einen Typen auf der Beerdigung seines Nicht-Ehemanns kennen … Und? Vielleicht nicht ganz koscher, könnte man sagen. Aber ich sage mal so: Was ist daran verkehrt? Man muss ihn doch *irgendwo* kennenlernen, oder? *Der Braten der Beerdigung versorgte kalt die Hochzeitstafel.* Das ist Shakespeare, nur falls du dich wunderst. Ich wusste mal viel über Shakespeare. Und nicht nur *Hinfort, verdammter Fleck* und *Ein Königreich für ein Pferd*. Hey, willst du wissen, wie dieser Typ mit vollem Namen heißt?«

Larry zieht ein interessiertes Gesicht.

»Maxwell Little-Pierce. Das ist sein richtiger, echter Name. Ich nenne ihn Mr Maximum. Max-i-*mhm*. Stammt quasi direkt von der *Mayflower* ab.« Sie lehnt sich zurück und hebt wie ein Professor den Zeigefinger. »Und *das* war vielleicht ein dolles Schiff!« Eine so beachtliche Feststellung verlangt nach einem großen Schluck Wodka.

Man muss Larry zugutehalten, dass er ihre Worte nicht kommentiert und Thomasina zu anderen Themen übergehen lässt. Johnny hat sich alles schweigend angesehen und manchmal einen Schluck Bier aus der Flasche getrunken. Sein Stuhl ist ein Stück zurückgezogen und in einem seltsamen Winkel gekippt, so dass es gleichermaßen distanziert und leicht bedrohlich wirkt.

Eine traurige Schwere ergreift mich, als Thomasina weiter wirres Zeug redet. Max schmust mit ihr, sie schiebt ihn weg und versucht ihn gleichzeitig wieder zu sich heranzuziehen, indem sie ihn vorne am Pullover festhält.

»Hey! Warte, Lady. Du leierst ihn aus!«, sagt er in gespielter Empörung, lehnt sich vor und küsst sie.

Das ist mehr, als ich ertragen kann, und ich verabschiede mich. Larry schiebt seinen Stuhl zurück, steht auf und will offensichtlich ebenfalls gehen.

Mit kalter, nüchterner Stimme, die quer über den Tisch jagt, sagt Johnny: »Warte mal, Larry. Ist doch Larry, oder? Du hast uns noch gar nicht erzählt, woher du Ned kanntest.«

Die Frage scheint Larry zu überraschen. Er zögert einen Augenblick zu lange und sagt dann, sie wären zusammen zur Schule gegangen. »Schon lange her«, fügt er mit einem selbstironischen Lachen hinzu und legt eine Hand locker auf die Rückenlehne seines Stuhls.

»Tatsächlich? Wo noch mal?« Oyster Man lässt ihn nicht vom Haken.

Larry schaut sich in der Kneipe um, als versuche er sich geographisch zu orientieren. »Äh … Auf die South Boston High.«

Am Tisch wird es still.

»*Was?*« Ich starre Larry angewidert an.

»Ach, Schatz«, nuschelt Thomasina, »mein Nicht-Ehemann hatte ein Basketball-Stipendium auf der BC High. Das wissen selbst die Entchen auf dem Common.«

Bei dem Blick, den Johnny Larry jetzt zuwirft, würde der Ententeich glatt zufrieren.

Larry streitet es weder ab, noch versucht er es zu erklären. Er folgt mir zur Tür.

Die Jacken und Mäntel sind ein einziges großes Durcheinander, hängen in der kleinen Garderobe teils an Haken oder sind zu Boden gefallen. Ich finde meinen, und während ich ihn anziehe, sagt Larry: »Ich habe mich gefragt … bevor Sie gehen …«

Also, das ist ja wohl nicht zu fassen, denke ich, *dieser unverschämte Idiot will fragen, ob ich mit ihm ausgehe.*

Für das, was mir jetzt in den Sinn kommt, gibt es keine Entschuldigung, aber vielleicht mildernde Umstände: Ich bin allein, ich bin traurig, ich fürchte mich vor dem Ertrinken, und ich fühle mich schuldig, weil ich überlebt habe. Aus diesem Grund fange ich wahrscheinlich an, über die Liebe nachzudenken und warum sie mir entglitten ist und warum ich sowieso nie daran geglaubt habe. Freundschaft, vielleicht. Erotik, mit Sicherheit. Diese beiden Eigenschaften in ein und derselben Person zu finden würde mir mehr als reichen. Aber romantische Liebe, *wahre* Liebe, das, wovon Thomasina geschwärmt hat? Nein, nicht wirklich. Nicht mehr als ein *égoïsme à deux*. Die simple Tatsache, dass es einfacher ist, wenn man getrunken hat, sollte einem zu denken geben. Es ist nicht so, dass mir so etwas nicht das eine oder andere Mal passiert wäre, ich mich nicht habe mitreißen lassen, mein Verstand nicht ausgesetzt hätte oder ich nicht schon mal das Gefühl gehabt hätte, die Strohhütte, in der mein Herz schlägt, wäre über Nacht zu einem Palast geworden. Aber der Palast wurde jedes Mal geplündert, die großen Hallen in Schutt und Asche gelegt. Bei dem Gedanken an mein letztes Debakel mit einem Kerl, bei dem sich herausstellte, dass er verheiratet war, fühle ich mich immer noch mies. Also sehe ich Lügner-Larry und seine Frage auf den Lippen mit kaltem Blick an, rolle ein dickes *Nein* auf meine Zungenspitze und bin bereit, es abzufeuern.

Aber statt mich zu fragen, ob ich mit ihm ausgehen möchte, will er wissen, was ich am liebsten esse. Er lässt es langsam angehen.

Ich mag alles, sage ich. Nahrung sei ein Geschenk Gottes, und ich hätte keine Vorlieben.

Er erzählt, er würde gern Indisch kochen. Sein Hühner-Curry sei besonders gut.

Ich gratuliere ihm und knöpfe derweil meinen Mantel zu. Er sollte zügig fragen, denn sonst bin ich aus der Tür.

»Würden Sie –?«

»Nein! Weil Sie gelogen haben. Sie sind nicht mit Ned zur Schule gegangen.«

»Ich meinte Grundschule, nicht Highschool.«

»Nein, nein, nein. Sie haben nicht Grundschule gesagt. Sie sagten South Boston *High*. Außerdem haben Sie keinen Bostoner Akzent. Wenn Sie sich schon als Stadtmensch ausgeben wollen, hätten Sie sich zumindest den Bostoner Akzent zulegen können.«

Er blinzelt nicht. Sagt nichts.

»Sind Sie so ein Anwalt, der mit Unfallopfern sein Geld macht? Spezialisiert auf Personenschäden? Oder nur so ein verkorkster Typ, der uneingeladen auf Partys aufkreuzt?«

»Sehen Sie, ich habe mich gefragt, falls Sie mal darüber reden wollen, was da draußen passiert ist –«

»Wo draußen?«

»Auf dem Atlantik. Falls Sie sich noch an Details erinnern –«

»Mein Gott, Sie *sind* einer dieser Anwaltstypen, stimmt's? Geben Sie mir jetzt Ihre Karte, oder was? Was für ein Mistkerl sind Sie? Sie gehen auf eine *Beerdigung* und machen so was?«

»Vermutlich hab ich's nicht anders verdient.« Er blinzelt langsam, schämt sich, lässt aber den Sturm über sich ergehen. »Hier ist meine Nummer. Falls Sie später reden möchten. Falls es etwas, irgendetwas gibt, das Sie mir sagen möchten.«

Er gibt mir mit der linken Hand einen Zettel. Mir fällt jetzt auf, dass er die rechte Hand kaum bewegt. Es ist nicht wie ein Stück rohes Fleisch, das am Ende seines Arms baumelt, sondern eher wie ein Päckchen, das er fest an seine Seite drückt. Es zeugt von Geschicklichkeit, dass mir seine Lähmung nicht früher aufgefallen ist.

Er tut mir nicht leid. Mitleid ist kränkend. Und ich bin verdammt angepisst. Ich stopfe den Zettel in meine Tasche und bin aus der Tür.

Eine kühle, feuchte Nacht. Das Neon-Kleeblatt über dem Pub spiegelt sich in einer Pfütze auf dem Gehweg. An einer verlassenen Kreuzung springt die Ampel auf Rot. Ich überquere die Straße, gehe und atme, gehe und atme. Wenn ich momentan nicht gerade die Klänge von Dudelsackmusik höre oder mich mit Tauben anfreunde, bin ich wütend – auf kleine Dinge, große Dinge, auf alles. Zu überleben sollte einen Menschen dankbar machen, und das bin ich. Aber ich bin auch wütend, als wäre ein Teil von mir, den ich wirklich brauche, da draußen auf dem Atlantik gestohlen worden, und nun bin auch ich irgendwie ein Krüppel.

Am Ende des Häuserblocks schaue ich über die Schulter. Er steht auf dem Bürgersteig, hat den Kragen aufgestellt, die Brillengläser schimmern. Dann wendet er sich leicht ab und tut so, als wäre er mir nicht mit Blicken gefolgt.

KAPITEL 5

Am nächsten Abend, zurück von der Arbeit, greife ich geistesabwesend nach dem klingelnden Telefon auf dem Küchentresen. Als ich jedoch die Nummer des Anrufers sehe, erstarrt meine Hand mitten in der Bewegung. Er ist ein bisschen spät dran mit seinen Beileidsbekundungen und damit, mir zu meinem Überleben zu gratulieren. Aber andererseits überrascht es mich, dass er überhaupt anruft, wenn man daran denkt, welche Worte bei unserem letzten Treffen gefallen sind. Wie er betonte (und darin ist er immer sehr flott), hätte er nie versprochen *bla, bla, bla … Das Einzige, was er mir schuldete, wäre Ehrlichkeit.* Ich habe mit »Analysiere dieses Koan: Der betrügende Ehemann redet von Ehrlichkeit« gekontert.

Ich hebe den Hörer nicht ab, und er beginnt, mir eine Mitteilung aufs Band zu sprechen: »Pirio? Pirio? Bist du da? Ich habe die Nachrichten gesehen. Entschuldige, dass ich nicht früher angerufen habe. Wollte nur sichergehen, dass bei dir alles in Ordnung ist. Nicht ewig sauer sein, okay? Tu nicht so, als wenn das, was wir hatten, gar nichts war. Es war wertvoll, etwas Besonderes. Das weißt du auch. Du bedeutest mir etwas, ich denke ständig an dich. Lass mich zumindest wissen, dass es dir gutgeht –«

Seine Stimme klingt wie die Abenddämmerung im August,

wenn der warme Tag die kühle Nacht trifft und sie sich küssen. Von der Ohrmuschel aus breitet sich die Stimme in meinem ganzen Körper aus, plätschert über jeden Zentimeter Haut. Der Geist, sagt man, ist plastisch – löst sich ständig auf und erneuert sich wieder. Ich warte auf den Tag, an dem er meine Erinnerungen an die Erregung und die Zufriedenheit auflöst, die illusorische *Vollkommenheit*, die ich eine kurze Zeitlang mit ihm zusammen gespürt habe.

Ich drücke die Löschtaste, noch bevor er ausreden kann, und stehe eine ganze Weile nur da und starre auf den stummen Anrufbeantworter auf dem Tresen. Er liegt dort, flach und schwarz, so hässlich wie ein totgefahrenes Tier. Der bekannte Schmerz in meiner Brust setzt ein. Ich darf ihn nicht zurückrufen.

Um Ablenkung ringend, wende ich mich dem Stapel Post zu, den ich aus dem Briefkasten im Eingang mit nach oben gebracht habe, und fange direkt an, in einem Haus-und-Garten-Katalog zu blättern. Wehmütig stelle ich mir ein Leben auf dem Lande vor, wo ich einen Schuppen haben könnte, eine Schubkarre und Grabwerkzeug, wie zum Beispiel einen Knollenpflanzer. Es ist nur ein kleiner Schritt, bis ich mich selbst als Herrin über blühende Tulpenfelder sehe – Blumenzüchter zu werden muss eine sehr erbauliche Karriere sein. Aber schon bald langweilen mich die Hochglanzseiten, und ich werfe den Katalog kurzerhand in die Altpapiertonne. Dann stocke ich.

Vor mir liegt ein weißer Briefumschlag mit einem geprägten Siegel in der Ecke, der Absender in vier dunkelblauen Zeilen mit traditioneller Schrift: Navy Experimental Diving Unit, U. S. Naval Sea Systems Command, U. S. Naval Support Activity, Panama City, FL. Meine erste Reaktion ist Paranoia: Ich habe etwas falsch gemacht. Meine zweite, dass sie etwas von mir wollen.

Sehr geehrte Ms Kasparov,

wir senden unser tiefes Beileid bezüglich des tragischen Verlustes von Mr Edward Rizzo, Kapitän der *Molly Jones* aus South Boston, MA.

Wir wurden darauf aufmerksam gemacht, dass Sie im Verlauf dieses Unglücks Meerestemperaturen von fünf bis acht Grad Celsius über einen Zeitraum von vier Stunden ausgehalten haben.

Die Navy Experimental Diving Unit (NEDU) ist das seriöseste und angesehenste Forschungs-, Entwicklungs-, Test- und Evaluierungs-Zentrum rund um den Komplex Tauchen sowie die führende Einrichtung für biomedizinische und biotechnische Lösungen im Rahmen militärischer Unterwasseroperationen.

Wir sind daran interessiert, mehr über die Umstände Ihres Überlebens und die Fähigkeit Ihres Körpers zu erfahren, sich diesen extremen Bedingungen zu widersetzen. Unsere Forschung auf diesem Gebiet deutet darauf hin, dass es individuelle biochemische Leitungsbahnen und neurologische Funktionen gibt, die zu einer verstärkten physiologischen Reaktion beitragen. Momentan versuchen wir, diese Funktionen zu identifizieren, um sie sinnvoll bei Auswahl und Training von Militärpersonal einzusetzen.

Wir wären Ihnen sehr dankbar, wenn Sie einer umfassenden körperlichen Untersuchung, einem Stresstest und einem DNA-Screening in unserem Hauptsitz in Panama City zustimmen würden. Die Ergebnisse wären streng vertraulich und würden ausschließlich wissenschaftlichen Zwecken dienen.

Bitte setzen Sie sich umgehend mit unserem Büro in Verbindung, um einen Termin abzustimmen. Kosten für Anreise und Unterkunft werden von der U. S. Navy übernommen. Wir werden Ihnen ebenfalls eine kleine Aufwandsentschädigung für Ihre Teilnahme an der militärischen Forschung anbieten können.

Wir danken Ihnen für Ihren Dienst am Vaterland.

Mit freundlichen Grüßen
Commander Audrey Stockwell

Ich muss den Brief mehrmals lesen. Ist das wirklich wahr? Bin ich gerade eben vom netten Mädchen von nebenan, das Glück gehabt hat und im Frühstücksfernsehen auftritt, zur potentiellen Geheimwaffe der USA avanciert?

Ich google Panama City und sehe Fotos von glitzernden Buchten und sandigen Stränden, zweistöckigen Gebäuden mit charmanten Fassaden, Autos ohne Rost, Palmen, die aussehen wie Skulpturen von Palmen, geeignet, im Miniaturformat aus Kunststoff gegossen und im Norden auf kalte Fensterbänke gestellt zu werden, als Beweis für die Existenz der Tropen. Durchschnittliche Temperatur im September: achtundzwanzig Grad.

Ich war nie ein großer Fan des Militärs. Ich habe nichts dagegen, aber ich wollte einfach nie bei den ganzen Kriegsangelegenheiten mitmachen. Aber ich bin mir ziemlich sicher, dass man aus dieser Sache nicht so leicht rauskommt – Dienst am Vaterland und so weiter –, und außerdem muss ich etwas tun, um zu verhindern, dass ich den Telefonhörer abnehme, wenn er wieder anruft. Und in Florida kann mich wenigstens die Sonne wärmen.

Zwei große, graue Augen sehen mich an. Die Iris ist von einem dunklen Rand umgeben, und schwarzer Kajalstift umrahmt das obere und untere Lid. Der Eyeliner und die dunklen Irisringe bilden fast konzentrische Kreise um die Pupillen. Sie haben eine hypnotisierende Wirkung. Wenn man lange genug in diese Augen schaut, hat man das Gefühl, man könne darin versinken.

Das Haar ist weißblond und rund um den Kopf auf ungefähr drei Zentimeter abgeschnitten. Nur am Scheitel stehen ein paar widerspenstige Locken gerade nach oben. Offensichtlich ist es keine normale Frau. Sie sitzt auf einer Parkbank, in einem langen, ausladenden Mantel. Es schneit. Der Hintergrund des Fotos ist flach und unscharf, überbelichtet. Nur zwei Reihen dunkler Buchsbäume sind zu erkennen, die sich in die Ferne erstrecken, dazwischen ein weißer Korridor, makellos und kalt. Winzige Schneeflocken haben sich auf die Schultern der Frau gesetzt und glitzern in ihrem Haar. Oben ist ihr Mantel offen, darunter, das sieht man, ist sie nackt. Ihre Brüste sind klein, sehr weiß und rund, das Mantelrevers verbirgt die Nippel.

Am unteren Rand des Fotos steht in einer lockeren Handschrift wie auf einem Promi-Autogramm: *L'Amour du Nord. Von Inessa Mark.* Dies waren die Anzeige und der Duft, der der jungen Parfümfirma meiner Mutter nationale Aufmerksamkeit und irgendwann auch internationalen Erfolg bescherte.

Das Foto ist riesig; es nimmt eine ganze Wand in Milosas Stadthaus in Beacon Hill ein. Ich glaube, zuerst hat er es zur Schau gestellt, um seine Flittchen einzuschüchtern. Wenn sie erst einmal ihre berühmte, eindringliche Schönheit sahen, dachte er, würde ihnen klarwerden, dass sie sich noch so sehr anstrengen, aber trotzdem nie bis zu dieser Stufe seiner ersten und wahrscheinlich einzigen Liebe aufsteigen könnten. Ich glaube nicht, dass es irgendeine groß gekümmert hat. Sie schienen froh genug zu sein, ein Übernachtungs- oder Wochenendgast von Milosa Kasparov zu sein, den sie Mike nannten.

Maureen war anders – intelligenter, zielstrebiger. Als junge Marketingleiterin war sie die logische Wahl für die Übernahme des Tagesgeschäftes, als meine Mutter starb. Sie hatte Inessa Mark, Inc. fest in ihrer Hand, während sich Milosa mehrere Jahre lang depressiven Ausschweifungen hingab, die mit der Hochzeit der beiden endeten. Sie hat die Firma gerettet, und ihn. Sie verdient eindeutig mehr Achtung, als ich bereit bin, ihr entgegenzubringen.

Nun kommt sie näher und reicht mir ein langstieliges Glas Weißwein. Perfekt geeist, kühlt es die Innenfläche meiner Hand. Maureens Gesicht ist ein niedliches auf der Spitze stehendes Dreieck; ihre Hände sind so klein wie die eines Mädchens. Sie steht freundschaftlich neben mir, den Kopf geneigt in lockerer Abschätzung ihrer Vorgängerin. »Sie war zauberhaft, oder?«

Maureen streckt ihre Worte so lang, dass man gar nicht anders kann als zuhören. Der träge Tonfall klingt leicht südlich, obwohl sie in einem gewöhnlichen Bostoner Vorort aufgewachsen ist, einem jener Orte, die mit ihrer durchdachten Bequemlichkeit und Unbehaglichkeit die Menschen verflachen lassen.

»Aber diese voluminösen Mäntel, das war kein besonders attraktiver Stil, findest du nicht auch?« Sie zieht eine Augenbraue hoch, als wären wir Schwestern, die sich etwas aus solchen Dingen machten.

Stilbildung ist etwas, um das sich Maureen zeitlebens bemüht hat; Stil bei Düften, Einrichtung und Kleidern. Im Moment trägt sie ein dunkelgrünes Etuikleid aus Satin, nackte Beine und Ballerinas, zweifellos für das Abendessen. Normalerweise läuft sie barfuß im Haus herum, aber immer in einem Kleid. Sie muss über hundert davon in ihrem Schrank haben, die meisten sehen leicht nach Kostümierung aus, wie bei Barbie. Sie neigt dazu, sich wie ein Geburtstagsgeschenk anzuziehen, mit Schleifchen und Gürteln und passendem dies und das.

»Ich mag voluminöse Mäntel«, sage ich.

In ihrem Testament hat meine Mutter den Mehrheitsanteil an Inessa Mark, Inc. komplett ihrem Mann hinterlassen, unter einigen Bedingungen – erstens, wenn ich wollte, würde ihr Anteil an meinem einundzwanzigsten Geburtstag auf mich übergehen, und zweitens, wieder, wenn ich es wollte, würde die gesamte Firma nach seinem Tod an mich fallen. Natürlich wollte ich das. Für mich ist Inessa Mark, Inc. meine Mutter, die Verbundenheit mit meiner Mutter und mein Schicksal. Es ist ein heiliger Treuhandfonds, der meinem Leben einen Sinn und eine Richtung gegeben hat und mich, als ich um die zwanzig war, vor den typischen Krisen der Gleichaltrigen bewahrt hat. Nachdem ich neben meinem Studium an der UMass halbtags in der Firma gearbeitet und einfache Jobs ausgeführt hatte, war ich froh, nach dem Examen in eine Vollzeit-Management-Position aufsteigen zu können. Milosa nahm es in Angriff, mir die geschäftliche Seite der Firma beizubringen, und als mein Können und mein Selbstbewusstsein langsam wuchsen, zog er sich nach und nach zurück. Er hatte sowieso nie die Firma geliebt, sondern meine Mutter. Heutzutage kommt er nicht häufiger als ein- bis zweimal wöchentlich in das Büro in der Boylston Street, während Maureen, wie üblich, alles am Laufen hält. Ich finde es immer wieder seltsam und erstaunlich, wie drei so unterschiedliche Individuen, die innerhalb eines so komplizierten Netzes aus Spannungen leben, es trotzdem schaffen, halbwegs vernünftig zusammenzuarbeiten.

Jeffrey, unser Koch und Haushälter, kündigt an, das Essen sei fertig, und Maureen und ich gehen ins Esszimmer. Der Tisch ist mit einer eindrucksvollen Menge an Porzellan, Tafelsilber und Kristallgläsern gedeckt. An jedem Platz steht eine Ansammlung von Wedgwood-Tellern und Waterford-Gläsern; zwei verschwenderisch gedrehte Kerzenleuchter; und in der Mitte ein wunderschönes Arrangement weißer Lilien in einer geschliffenen Glasvase. Die Wände des Raums sind in hellem Erbsengrün gestrichen, eine authentische Kolonialfarbe, und ein abgewetzter orientalischer Teppich erstreckt sich über den Boden. Royal-Doulton-Figuren bevölkern die Regalbretter der Queen-Anne-Anrichte; und die Fenster zur historischen Kopfsteinpflasterstraße, in der es inzwischen dunkel ist, werden von goldenen Seidenvorhängen umrahmt, zurückgehalten von verzierten Quasten. Jedes Mal, wenn ich diese Bastion gekünstelter Traditionen betrete, möchte ich schreien. Obwohl er es vehement abstreiten würde und sich oft so verhält, als wäre das genaue Gegenteil der Fall (und damit noch Öl ins Feuer gießt), ist Milosa seine ärmliche, russische Herkunft zutiefst peinlich. Also benimmt er sich großindustrieller als die Großindustriellen und neuenglischer als die Neuengländer. Beacon Hill hatte noch nie einen loyaleren unehelichen Sohn als ihn.

Maureen und ich nehmen unsere Plätze am Tisch ein – Maureen an dem einen Ende, ich in der Mitte. Milosas Platz bleibt leer. Er kommt immer zuletzt zum Essen: Die anderen warten zu lassen ist seine Art, Herrschaft auszuüben. Jeffrey kündigt das Menü an: Schwertfisch mit sonnengetrockneten Tomaten und schwarzer Tapenade, Knoblauchrisotto, grüne Bohnen mit Mandeln und Landbrot aus der nahe gelegenen Bäckerei.

»Jeffrey, die Vorhänge«, sagt Maureen und winkt leicht mit dem Zeigefinger.

Er zieht sie zu und eilt aus dem Esszimmer, das leuchtende Geschirrtuch, an dem er seine Hände abwischt, flattert aus seiner Gesäßtasche. Ein paar Sekunden später ist er mit zwei kleinen Tellern zurück. Riesenshrimps auf einem Bett aus zerstoßenem Eis neben Silberschalen mit Cocktailsoße und Meerrettich.

Maureen winkt die Teller fort. »Lassen Sie uns mit der Vorspeise warten, bis Mr Kasparov sich gesetzt hat.«

Jeffrey wirft mir einen *Also wirklich!*-Blick zu.

Milosas Schritte sind auf der Treppe zu hören. Als er den Raum betritt, knallt Jeffrey Maureen den Teller vor die Nase. Milosa setzt sich, wir drei schütteln unsere Leinenservietten aus und legen sie uns auf den Schoß.

»Was mit dir passiert ist, ist wirklich außergewöhnlich«, erklärt mein Vater. Er spricht mit einem russischen Akzent und kommt immer direkt zur Sache. Wir haben uns seit dem Unfall nicht gesehen, und wie üblich hat Maureen das Abendessen veranlasst.

Er nimmt einen pinkfarbenen Shrimp mit den Fingern auf, inspiziert ihn und stopft ihn sich ganz in den Mund. Er glaubt, der harte Teil des Schwanzes, den die meisten Leute auf dem Teller liegen lassen, sei gut für die Verdauung. Langsam zermalmt sein Kiefer die Schale, mit einer rotierenden Bewegung wie bei einer Ziege.

»Und natürlich tut es uns leid wegen deines Freundes«, fügt Maureen hinzu. Einer ihrer liebsten Irrtümer besteht darin, dass sie und Milosa in Gefühlsdingen etwas gemeinsam haben.

»Wie hast du es geschafft zu überleben?«, will Milosa wissen.

Ich muss lächeln. Das ist immer seine Frage: *Wie?* Er käme nie auf die Idee, Gott zu fragen, warum es menschliches Leid gibt. Er würde wissen wollen, wie das Universum entstanden ist. Und bei der Antwort würde er genau zuhören, denn im Hinterkopf stellt er sich die Frage, ob er es nicht vielleicht selbst hinbekäme. Jetzt sind seine hellen Augen inquisitorisch auf mich gerichtet und warten auf meine Antwort.

»Ich habe keine Ahnung.«

Maureen lacht, als hätte ich etwas Charmantes gesagt. »Du musst eine gute Schwimmerin sein.«

»Ganz anständig, nehme ich an. Ich schwimme dreimal pro Woche eine Meile im YMCA. Aber das weißt du doch.«

»Natürlich. Wie dumm von mir.«

Milosa sieht mir direkt in die Augen. »Wie eine Katze bist du dem Tod entkommen. Du musst irgendetwas gemacht haben.«

»Ich habe stundenlang auf einem treibenden Wrackteil gelegen.«

»Nein, wenn du nichts getan hättest, wärst du gestorben. Vielleicht war es nur ein Gedanke oder eine Entscheidung. Aber du hast *irgendetwas* getan, um zu überleben.«

Während ich Zitrone auf einen Shrimp spritze, erzähle ich, dass mir sehr kalt und ich sehr nass war und die Küstenwache mich herausgefischt hat.

Er sieht mich entrüstet an. »*Ty ne byla gotowa umeret*«, behauptet er beharrlich. *Du warst noch nicht bereit zu sterben.*

Mir wird klar, dass Milosa durch meine Erfahrung einen versteckten, irrationalen Glauben bestätigt sehen will: Nicht, dass ich, Pirio, noch nicht bereit zum Sterben war. Sondern dass man nicht sterben muss, bis man dazu bereit ist. Dass ausreichend starrköpfige Individuen selbst bestimmen, wo es langgeht. Menschen wie er.

Er führt einen weiteren gekringelten Shrimp zum Mund, und mir fällt auf, dass seine Augen ungewöhnlich stumpf und glasig sind. Milosa wird häufig viel jünger geschätzt als siebzig. Er hält sich mit Squash und Schwimmen fit (was er mir als Kind beigebracht hat) und nimmt eine ganze Batterie von Nahrungsergänzungsmitteln, die pro Tag mehr kosten, als die meisten Familien in einer Woche für Lebensmittel ausgeben. Alle drei Monate geht er zu einem der gefragtesten Ärzte Bostons und lässt sämtliche teuren Tests durchführen, die ohne Ausnahme zeigen, dass er sich bester Gesundheit erfreut. Milosa hat fürchterliche Angst davor zu sterben. Die Aussicht einer Niederlage kann er nicht ertragen.

»Ach, lasst uns nicht über solche Sachen reden«, sagt Maureen mit einem leichten Schaudern.

Dann verkündet sie, ihre neue Produktlinie für Teenager-Mädchen käme gut voran. (Wann immer wir emotionalen Herausforderungen gegenüberstehen, wechseln wir Kasparovs das Thema und sprechen über die Arbeit.) Sie will sie *Sweet Surprise* nennen. Es wird fruchtig sein – mit der Kopfnote Grapefruit und der Basisnote Mango. Frisch und frech, fröhlich und ungestüm. Zielgruppe: Kids und junge Teenager, daher preiswert und heiter verpackt, in Wassermelonen-Pink und -Grün. Erstes Produkt für den Markteinstieg: ein Eau de Toilette, danach, in schneller Folge, flankierende Produkte – ein Gel, Talkum und Duschgel, mit möglichen Spin-offs wie Waschlotion fürs Gesicht und dieses Lipgloss in Tuben, ohne das man kein Mädchen mehr sieht. Alles wird über Drugstoreketten verkauft, mit kostenlosen Duftrubbel-Karten und Einzelaufstellern. Demnächst muss über die endgültige Zusammensetzung entschieden werden, die den Produktionszeitplan und das Erscheinungsdatum vorgibt. Maureens Herzenswunsch ist jetzt ein berühmtes Promigesicht.

Ich sage zu, bei dem entscheidenden Meeting für die Zusammensetzung mit dabei zu sein, wenn sie so weit ist.

»Denk daran, wir reden von Kids und jungen Teenagern«, erinnert sie mich.

»Mit anderen Worten, fruchtig.«

»Genau.« Sie scheint erleichtert darüber, mich an Bord zu wissen, und wirft Milosa einen gespannten Blick zu, der bisher noch nichts gesagt hat.

Jeffrey hat die Teller des Hauptgangs abgeräumt und serviert seine berühmte, fettarme Zitronencreme, während Maureen und ich unser Gespräch über die neue Linie beendet haben.

Maureen sieht ihren Ehemann einige nachdenkliche Sekunden lang an. Seine Schultern hängen herab wie bei einer Taube, und sein Löffel klappert unbeholfen gegen die kleine Dessertschale aus Porzellan. Die Worte, die ihr auf der Zunge liegen, fallen nicht, und sie macht ein offensichtlich enttäuschtes, langes Gesicht. Maureen wünscht sich seine Unterstützung, seine Bewunderung, doch sie weiß, dass sie die nicht bekommen wird, wie immer. Er hat sie geheiratet, doch er liebt sie nicht und behält seine Gefühle grundsätzlich für sich. Schatten gleiten über ihr Gesicht, vielleicht aufblitzende Erinnerungen an vorangegangene Kränkungen. Ihr Unterkiefer verkrampft sich, sie beißt sich auf die Lippe. Ich habe sie vorher schon an diesem Punkt gesehen – darum ringend, den gähnenden emotionalen Abgrund auszugleichen, der sich zwischen ihr und dem Mann erstreckt, den sie immer noch versucht zu lieben.

Maureen hat die kalorienarme Creme noch nicht einmal angerührt und scheint sie nun widerwärtig zu finden. Sie wirft ihre Serviette auf den Tisch und mir eine scharfe Frage zu, während sie Milosa anfunkelt: »Wenn wir den persönlichen Duft deiner Mutter finden würden, glaubst du, dein Vater wäre *dann* interessiert?«

Milosa hebt den Kopf, sieht sie einen Augenblick regungslos an und isst weiter sein Dessert. Maureen stürmt aus dem Esszimmer.

Ein weiteres Familienessen bei den Kasparovs.

Kurz darauf verlässt auch Milosa den Raum, und ich bleibe zurück, nippe an meinem Kaffee, den Jeffrey mir serviert hat, und bin froh, ein paar Minuten für mich zu haben. Ich habe eine nicht unbeträchtliche Zeit mit dem Versuch verbracht, die Geschichte meiner Eltern aus den ganzen zufälligen Einzelheiten zusammenzustückeln, die ich als Kind mitbekommen und die ich aus Leuten herausgequetscht habe, die beide gut kannten.

Die zwei hatte immer schon eine geheimnisvolle Aura umgeben, vermutlich entstanden aus Scham. Bisher weiß ich so viel: Milosa wurde in einem gottverlassenen Dorf geboren, dessen Namen er angeblich vergessen hat, in eine Familie hinein, die er kaum erwähnt. Sowie er dazu in der Lage war, ging er nach Moskau, hungrig auf die Annehmlichkeiten des Kapitalismus. Er sagt, er hätte eine Model-Agentur gegründet, aber vermutlich war er eher als Zuhälter tätig. Ich habe versucht, ihn dazu zu kriegen, es zuzugeben, aber er weicht dieser Frage sehr geschickt aus. Auf alle Fälle war einer seiner Kunden ein berühmter amerikanischer Designer, und bald belieferte Milosa die New Yorker Modewelt mit slawischen und baltischen Schönheiten.

Meine Mutter war eine davon, eine eins achtzig große, neunzehn Jahre alte Estländerin, deren Eltern während der sowjetischen Besetzung nach Sibirien deportiert wurden. Sie wuchs in Tallinn bei einem Onkel auf, der Maurer war und sie auf eine Weise schlecht behandelte, die ich nur erahnen kann. Wie auch Milosa floh sie, sobald sie konnte.

Beide liebten sich von Anfang an leidenschaftlich, was zwei turbulente Jahrzehnte lang so blieb. Sie setzten alles auf ihre Karriere als Model und gingen zusammen nach Amerika. Dort entschieden sie sich für Boston, in der Annahme, sie hätten dort mehr Ruhe als in New York. Doch ihre langen Abwesenheiten, der kometenhafte Aufstieg und die vielen verlangenden, auf sie gerichteten Blicke machten ihn furchtbar eifersüchtig. Je mehr er versuchte, sie zu kontrollieren, desto unabhängiger und launenhafter wurde sie und verspottete ihn beinahe mit ihrem Erfolg. Er wünschte sich eine traditionelle Hochzeit, und natürlich wies sie ihn ab. Erst als er verstand, welche Leidenschaft sie für die Kreation von Düften hegte, und ihr zeigte, wie man aus diesem Hobby ein existenzfähiges und dann erfolgreiches Geschäft aufbauen konnte, willigte sie in die eheliche Verbindung ein. Und so erlangte sie, Ende zwanzig, mit meiner Ankunft die genaue Kopie eines gefestigten Lebens.

Wenn meine Mutter das Herz und die Seele von Inessa Mark, Inc. war, dann war er der Kopf. Er verhalf ihrer Firma ans Licht, Betonung auf *Licht*. Sein Reich lag im Schatten, wohin zu blicken sich niemand die Mühe machte. Seine Buchhaltung erfasste höchstens das Minimum von dem, was der Staat verlangte, und davon war das meiste, nehme ich an, fiktiv. Niemand wusste genau, was er trieb – höchstwahrscheinlich hatte er mehr als nur ein Geschäft. Wir sahen lediglich die spektakulären Ergebnisse.

Obwohl meine Eltern einander in der Welt der Liebe fast zerstörten, gibt es keinen Zweifel daran, dass sie brillante Geschäftspartner waren.

Fakt ist, dass mein Vater tatsächlich Interesse zeigen *würde*, wenn man die Formel für den persönlichen Duft meiner Mutter jemals fände. Und ich auch. Nachdem sie *L'Amour du Nord* und ein paar andere Parfüms für ihre Linie kreiert hatte, stellte Isa sich ein eigenes, namenloses Parfüm zusammen. Es wurde nur flaschenweise in einer Manufaktur in Grasse hergestellt, nach einem Rezept, das nirgendwo aufgeschrieben werden durfte. Es war ihr eigener Duft, der nur von ihr getragen wurde. Fachleute, die es kannten, sagten, es wäre exquisit gewesen, ein Parfüm, das gegen die besten am Markt antreten könnte. Eine sichere Goldgrube, behaupteten einige. Ich kannte es nur als den Duft meiner Mutter und hätte das eine nicht vom anderen trennen können. Der Duft gehörte zu ihr wie das Licht zu einem glitzernden Pool. Die Frau und der Duft dieser Frau – beides zusammen machte mich glücklich, ich fühlte mich geliebt und sicher.

Wenn nur ein paar Tropfen des Parfüms überlebt hätten, könnte man sie in den Gas-Chromatographen geben und wüsste die Zusammensetzung. Doch als Isa starb, nahmen die Frauen, die Milosa engagiert hatte, um ihr Zimmer auszuräumen, die letzte Flasche mit. Als man sie beschuldigte, leugneten sie es geradewegs und wortreich. Es nagt immer noch an mir, dass etwas so Kostbares auf diese Weise verlorengehen konnte. Wann immer jemand bei Inessa Mark heute Isas Duft erwähnt, folgt ein Moment andachtsvollen Schweigens, in dem Gedenken, was hätte sein können. Für mich scheint es manchmal, als wäre nicht nur das Parfüm verschwunden, sondern mit ihm die Chance, dass ihre Firma eines Tages wirklich zu einer Luxusmarke würde.

Ich werde vom klingelnden Telefon geweckt. Greife danach.

»Wer hat euch gerammt?«, will Milosa ohne große Vorrede wissen. Normale Sätze, wie *Entschuldige, dass ich um zwei Uhr nachts anrufe, aber ich muss dir etwas wirklich Wichtiges sagen*, gehören nicht zu seinem Repertoire.

»Was?«

»Wer hat euch gerammt? Welches Schiff?«

»Ach, das. Ich weiß es nicht.« Ich stütze mich auf den Ellbogen und schalte das Licht an.

Aus dem Hörer ertönen grummelnde Laute. Milosa hustet flach. Im Hintergrund spielt Rachmaninows Klavierkonzert Nr. 2. Diese grüblerischen, leidenschaftlichen Akkorde würde ich überall wiedererkennen. Er hat sich offensichtlich in seinem Büro voller Bücher im zweiten Stock verbarrikadiert. Ich habe keine Ahnung, was er dort oben anderes tut, als Brandy zu trinken, Zigarren zu rauchen, klassische Musik zu hören und gegen einen Schachcomputer zu spielen.

»Wieso weißt du das nicht? Es muss doch eine Untersuchung gegeben haben?«, sagt er.

Ich erkläre ihm, dass die Küstenwache Nachforschungen anstellt.

»Was meinst du mit *Nachforschungen anstellt*? Es handelt sich um ein Gewaltverbrechen.«

»Bitte, Milosa. Es ist mitten in der Nacht.«

»Glaubst du diesen Leuten? Dieser Küstenwache?«

»Natürlich. Es ist ihr Job, solche Sachen herauszufinden. Ihr Beruf.«

Er stöhnt über so viel Blödheit. Misstrauen gegenüber öffentlich Angestellten ist tief in der russischen Seele verwurzelt. »Du bist viel zu gutgläubig. Immer viel zu gutgläubig. Ihr Amerikaner seid zu weich.«

»Nein, wir Amerikaner leben rein zufällig in einer funktionierenden Gesellschaft, wo die Menschen im Prinzip rational und bei Verstand sind.« Es erfüllt mich mit einer gewissen Befriedigung, ihn bäurisch dastehen zu lassen, da er mir so oft das Gefühl gibt, naiv zu sein.

»Ha! Du hast keine Ahnung von der Welt!«

Ich schwinge meine Beine unter der Decke hervor und richte mich auf. »Etwas spät für solche Sachen, findest du nicht auch?«

»Du hast gesagt, es sei ein großes Schiff gewesen, ein Frachter. Wie kann es so lange dauern, ein Schiff von dieser Größe zu finden?«

»Die Größe hat nichts damit zu tun. Es gibt Verfahren, an die sie sich halten müssen, die vielleicht zeitraubend sind, aber am Ende, da bin ich sicher, finden sie es.« Nun beginne ich selbst daran zu zweifeln. Es sind schon neun Tage vergangen, und ich habe noch nichts von der Küstenwache gehört. Aber ich lasse mir nicht von Milosa mit seinen düsteren, dramatischen Ansichten meinen Schlaf rauben.

»Was wirst du tun?« Er bohrt direkt nach, als wäre die Voraussetzung – dafür, dass ich etwas unternehmen müsste – bereits klar erfüllt.

»Was kann ich denn tun?«

»Du fragst mich, was du tun kannst?« Eine seiner nervigsten Angewohnheiten ist die Art, wie er eine dumme Frage, die man gerade gestellt hat, mit einer Stimme wiederholt, mit der sie sich zehnmal dümmer anhört.

»Was ich damit sagen will, Milosa, ist: Das ist nicht meine Aufgabe.«

Pause. Er lässt mich hören, wie meine Passivität klingt. »Erinnerst du dich an *Der Malteserfalke*?«

Oh, noch so eine Sache, die Milosa in seinem Büro im zweiten Stock tut: Er schaut Kriminalfilme. Keine Thriller mit vollbusigen, keuchenden Damen und billigen Special Effects, sondern Detektivfilme, wo der Protagonist nachdenken muss.

»Es ist zwei Uhr nachts. Worauf willst du hinaus?«, frage ich.

»Sam Spade hat gesagt: ›Wenn der Partner eines Mannes ermordet wird, muss dieser Mann etwas tun.‹«

Ich stöhne. »Bitte, Milosa. Geh ins Bett. Stell den Brandy weg und geh ins Bett.« Ich hänge auf und schalte das Licht aus. Lasse mich in die Kissen fallen, wälze mich hin und her und komme mit einem großen Seufzer zur Ruhe, die Augen weit offen. Die Scheinwerferlichter eines vorbeifahrenden Autos flackern über die Zimmerdecke. Ich warte auf die nächsten tastenden Scheinwerfer. Da sind sie. Ich fange an, die Wagen zu zählen, die unten auf der Straße vorbeifahren. Als ich bei zehn angekommen bin, fluche ich und schlage die Bettdecke zurück. Ich schlurfe in die Küche, öffne die Tür des Kühlschranks und stehe barfuß im gelben Schein des Lichtes. *Sam Spade*, denke ich, als ich nach dem Orangensaft greife. *Himmel, was für ein Scheiß.*

KAPITEL 6

Um neun Uhr morgens rufe ich von meinem Büro bei Inessa Mark die Küstenwache an. Ich werde zu Captain Anthony Cavalieri, Stabschef der US Coast Guard First District, durchgestellt. Er entschuldigt sich dafür, mich nicht früher angerufen zu haben. Der erste Unfallbericht vom 7. September ist geprüft worden. Es gibt einige Komplikationen, einige Bedenken. Er würde mich gern bitten, zu ihm auf die Station zu kommen, um einen detaillierteren Bericht abzugeben. Dann stellt er mich zurück zu seiner Sekretärin, die mir sagt, er hätte um drei Uhr eine Lücke in seinem Terminplan.

Mein Magen verkrampft sich. Komplikationen, Bedenken. Jeden Tag seit dem Unglück habe ich auf den Anruf der Küstenwache gewartet, auf die Nachricht, sie hätten den Frachter gefunden und würden nun offizielle Strafmaßnahmen einleiten. Stattdessen stelle ich fest, dass mysteriöse Probleme aufgetaucht sind und man sich nicht einmal die Mühe gemacht hat, mich zu informieren. Ich bin froh, dass ich mich heute Morgen für die Arbeit ordentlich angezogen habe: ein schwarzes Wollkleid, das die Knie bedeckt, schwarze Strumpfhosen und knöchelhohe Stiefel aus weichem, jägergrünem Wildleder. Eine indigoblaue, einreihige Jil-Sander-Jacke mit gesittetem, rundem Kragen, Mikimoto-Perlenohrringe, das Haar in einem weichen Knoten im

Nacken. Klamotten (außer den Stiefeln), die mich daran erinnern, dass ich mich benehmen muss.

Am Nachmittag verlasse ich das Büro und versuche mir auf dem Weg in die Innenstadt ins Gedächtnis zu rufen, was ich am Tag des Unfalls gesagt habe, als ich eine Stunde lang von einem schüchternen Beamten mit rotblonden Locken und liebenswert pummeligen Händen vernommen wurde. Er stellte Fragen über Fragen, teilweise im Kreis, um dann zu derselben Frage, nur etwas anders formuliert, zurückzukehren, weswegen ich mir später überlegt hatte, ob er wohl in Befragungsmethoden geschult worden war. Es hatte den Anschein, als notiere er sich Berge von Informationen, viel mehr, als ich tatsächlich gegeben hatte, und er beobachtete mich manchmal mit rotgerändertem, freundschaftlichem Blick.

Ich weiß überhaupt nicht mehr, was ich ihm erzählt habe. Ich fühlte mich leicht durchgedreht, als hätte ich einige Gläser Sekt getrunken. Ich wusste, sie hatten Ned nicht gefunden, doch was das bedeutete, war noch nicht in mein Bewusstsein vorgedrungen. Stattdessen kam bei mir in unregelmäßigen Abständen der angenehm diffuse Gedanke auf, dass Ned einfach irgendwann demnächst auftauchen würde. Wenn ich ihn sähe, würden wir erleichtert lachen. Das ist vielleicht ein Tag gewesen! Auch das Wunder meiner eigenen Rettung war mir zu diesem Zeitpunkt noch gar nicht klar. Mir gefiel es, dass die Jungs so ein großes Getue um mich machten, aber warum sie immer wieder sagten, ich sei unglaublich, begriff ich nicht. Mir wurde eine überzählige Uniform der Küstenwache gegeben, die sich himmlisch anfühlte. Über meinen Schultern lag eine warme Decke. Ich fand alles süß und schick, selbst die wässrige, heiße Schokolade, die der vernehmende Beamte mir in einem Pappbecher servierte.

Als er seine Grübchen-Fingerknöchel knacken ließ und mir versicherte, man würde sofort mit einer gründlichen Untersuchung anfangen, war ich so weit, dass man mir ein Stofftier geben und mich hätte ins Bett stecken können. Ich hatte keine Gehirnzelle mehr übrig, um der Vorgehensweise zu folgen, die er mir erläuterte – es hatte etwas mit dem Logbuch des Schiffes zu tun, Sachbeweisen und einer sich offiziell anhörenden Behörde. Ich bekam nur mit, dass ich nach Hause gehen und mir keine Sorgen machen sollte. Und das klang ziemlich gut.

Mein alter Saab rollt die Stuart Street hinunter, durch Chinatown, weiter Richtung Hafen und schließlich die Atlantic Avenue rauf ins North End. Es ist ein kühler, grauer Tag in Boston. Wie meistens. Ich parke in der Garage, durchquere die Schwärme von Touristen, die am Kai entlangspazieren. Das Gebäude der Küstenwache ist ein schlichter Ziegelsteinquader mit ein paar Dreiecksformen aus Glas und Stahl oben auf dem Dach. Ohne dieses modernistische Architekturzeugs ist es so nüchtern und geradlinig wie der Bürstenschnitt eines Seemanns.

Ich habe heute Morgen im Internet nach Cavalieri gesucht, und als er sich vorstellt, fühlt es sich an, als wäre er ein Bekannter. Das Foto im Netz sah nett aus und war ungefähr zehn Jahre alt. In Wirklichkeit stehen seine Augen dichter beieinander, seine Spalte im Kinn ist weniger stark ausgeprägt und sein Nacken nicht so fleischig. Sein Büro ist genauso bedrückend funktional wie alles andere in dem Gebäude.

»Es tut mir leid wegen Mr Rizzo«, sagt Cavalieri und geleitet mich zu einem Stuhl. Er begibt sich hinter seinen Schreibtisch. Er versucht, mich nicht unter die Lupe zu nehmen, was ihm nicht gelingt, und ist nicht raffiniert genug, damit es unbemerkt bleibt. Ihm scheint zu gefallen, was er sieht, denn als er sich setzt, lächelt er viel zu breit für jemanden, der gerade sein Beileid ausgesprochen hat.

»Vier Stunden in sechs Grad kaltem Wasser. So etwas habe ich noch nie gehört. Und viel Fett haben Sie auch nicht gerade auf den Knochen«, sagt er und nutzt erneut die Gelegenheit, meinen Körper in Augenschein zu nehmen.

»Ich habe mir eine Rippe geprellt«, sage ich, was stimmt. Es tut immer noch weh.

Sein Lächeln wird breiter, als wäre er von meiner geprellten Rippe zusätzlich beeindruckt.

Meine Rippe hört ihren Namen und fängt an zu schmerzen.

»Zweitausendsiebenhundert Schiffe passieren jedes Jahr diesen Hafen«, erklärt Cavalieri. »Das sind ungefähr sieben oder acht pro Tag. Am 7. September waren drei zum entsprechenden Zeitpunkt in diesem Gebiet, aber alle in den ausgewiesenen Fahrrinnen und zwischen drei und sechs Seemeilen von dem Punkt entfernt, an dem Sie gefunden wurden. Wir haben ein paar Tage nach dem Ereignis die Rümpfe der Schiffe im Bereich der Wasserlinie fotografiert und keinerlei forensische Hinweise, keine Farbabplatzungen, Kratzer oder Beulen gefunden. Es wurden schriftliche Stellungnahmen des Kapitäns, des Ersten und Zweiten Offiziers und des Ersten Maschinisten eines jeden Schiffes eingeholt und der Akte hinzugefügt. Sie alle bestreiten, an dem Unglück beteiligt gewesen zu sein. Die Logbücher der Schiffe enthalten keine besonderen Einträge und passen wie erwartet genau zu den Positionen, die vom VMS, dem automatischen Überwachungssystem für Fischereischiffe, aufgezeichnet worden sind. Satellitenfotos sind wegen des Nebels nicht zu gebrauchen.«

Er macht eine Pause. »Bei der Suche wurde das EPIRB Ihres Bootes geortet – es war bereits ein paar Meilen weggetrieben, als wir es gefunden haben.«

»EPIRB?«

»Eine Notfunkbake, ein kleines Gerät, das bei Wasserkontakt aktiviert wird und ein Funksignal sendet. Leider werden diese Signale nicht ständig so eng überwacht, wie sie sollten.« Er sieht mich pflichtbewusst entschuldigend an. »Dort, wo man Sie aufgegriffen hat, hat man sonst nicht viel gefunden. Nur ein paar hölzerne Wrackteile, eine nicht aufgeblasene Rettungsinsel und einen Ölfleck. Die Rettungsinsel hat sich wahrscheinlich deshalb nicht aufgeblasen, weil sie in den Halterungsgurt verwickelt war.«

»Was für einen Halterungsgurt?«

»Das ist der Gurt, mit dem die Rettungsinsel am Schiff befestigt wird. Ein Fehler aus Unerfahrenheit, nehme ich an. Die *Molly Jones* war ein nagelneues Schiff, und ich vermute, Mr Rizzo war noch nicht mit der gesamten Ausrüstung an Bord vertraut.« Er zuckt die Achseln. »Die Rettungsinsel hätte sowieso nicht geholfen, wenn man fast oder ganz ohne Vorwarnung gerammt wird.«

Er lehnt sich zurück, verschränkt seine Finger hinter dem Kopf ineinander, die Ellbogen nach außen. Er hat seinen Job erledigt, und jetzt ist es, als warte er auf den Beginn eines Filmes, den er unbedingt sehen möchte. Er will von mir wissen, woran ich mich erinnere.

Ich sage, ich hätte ein großes Schiff gesehen, aber ich weiß nicht, was für eines. Dachte zuerst, es sei ein Frachter, aber es hätte auch ein Tanker oder Containerschiff sein können. Als ich im Wasser war und zurückgeschaut habe, habe ich auch nicht viel mehr gesehen. Der Nebel radierte alles aus, bis auf den Teil des Schiffes, der direkt über die *Molly Jones* hinwegfuhr. Ich habe zu keinem Zeitpunkt gesehen, was sich an Deck befand, noch nicht einmal das Deck selbst und definitiv keine Schrift oder andere Zeichen. Ich bin mir noch nicht einmal sicher, was die gesamte Form dieses Dings angeht. Das Einzige, an das ich mich zu erinnern meine, ist die Farbe: grau.

»Sie meinen zu erinnern?«, wiederholt er.

Ich nicke.

»Grau«, wiederholt er vorsichtig, als würde er ein ungewöhnliches Horsd'œuvre probieren.

Zugegebenermaßen ist das keine besonders große Hilfe.

Durch die Internetlektüre von Cavalieris Lebenslauf heute Morgen weiß ich, dass er eine enorme Erfahrung zur See besitzt. Er war Maschinist auf einem Eisbrecher, Ausbilder im Coast Guard Training Center und hatte bereits sämtliche leitenden Funktionen eines Sektorkommandanten der Küstenwache inne: war als OCMI, FOSC, FMSC und SMC für die Überwachung und Kontrolle von Handelsschiffen, für die Sicherheit der Häfen und auf See, für Maßnahmen bei Katastrophen und Havarien sowie die Seenotrettung zuständig. Meine Augen wurden ganz glasig, als seine Titel und Auszeichnungen sich immer weiter häuften. Für mich addierte sich das zu: Cavalieri hat sich schon oft mit üblen Geschichten herumgeschlagen und ist es gewöhnt, schlechte Nachrichten zu überbringen.

»Ms Kasparov, es tut mir leid, Ihnen sagen zu müssen, dass wir in dieser Sache mit unserem Latein am Ende sind. Abgesehen von Ihrer Zeugenaussage haben wir noch nicht einmal den Beweis, dass die Kollision tatsächlich stattgefunden hat.«

»Was meinen Sie mit *abgesehen von meiner Zeugenaussage*? Reicht die nicht?«

»Doch, natürlich. Was ich sagen will, ist, dass wir keine handfesten Beweise einer Kollision haben. Ich kann Ihre Geschichte nicht untermauern.«

»Meine *Geschichte*?« Das ist schlimmer, als ich erwartet hatte. »Was die *Molly Jones* versenkt hat, war keine Geschichte, Captain.«

Cavalieri steht auf, geht hinter seinem Schreibtisch auf und ab. Die Sache gefällt ihm genauso wenig wie mir. »Zumindest eines der Logbücher muss doch gefälscht sein«, beharre ich hitzig. »Erzählen Sie mir nicht, dass so etwas nicht schon früher passiert ist.«

»Nein, nein«, winkt er ab. »So etwas passiert. Schon ein einziger Grad Kursabweichung reicht aus, damit die großen Schiffe von der Fahrrinne abkommen. Sowie sie bemerken, was passiert ist, korrigieren sie ihren Kurs, aber in der Zwischenzeit können sie weder umdrehen noch manövrieren, noch besonders gut abbremsen. Die Crews sind notorisch nachlässig und wollen nie Schuld haben. Es gibt reichlich Fälle von maritimer Fahrerflucht, besonders bei den ausländischen Frachtern, vermuten wir, und es gibt recht einfache Methoden, was das Vertuschen angeht. Ich wünschte nur, ich hätte mehr Informationen, die ich in meinen Bericht an die NTSB aufnehmen könnte.«

»Muss ich wissen, was diese Buchstaben bedeuten?«

Er hört den bissigen Unterton und schaut mich argwöhnisch an, falls ich hysterisch werden sollte. »National Transportation Safety Board. Das ist die Bundesbehörde, die sich um Unfälle auf See kümmert.«

»Also machen das gar nicht Sie?«

»Die Küstenwache liefert einen Erstbericht, aber die NTSB führt die weiteren Ermittlungen und legt einen abschließenden und umfassenden Bericht vor. Ihre Version ist die offizielle Geschichte.«

Bei der Erwähnung der Bundesbehörde werden meine schlimmsten Befürchtungen wahr. Jetzt bin ich sicher, dass man das Schiff, das die *Molly Jones* versenkt und Ned getötet hat, niemals finden wird. In diesem Augenblick wird mir klar, dass ich zehn Tage lang den Atem angehalten und auf Gerechtigkeit gehofft habe. Und auf Wahrheit, Trost – wie immer man es nennen mag. Nicht um meinetwillen, sondern für Noah. Als ich versucht habe, ihm im Taffy's zu erklären, warum sein Vater gestorben ist, und dabei merkte, wie fadenscheinig und lächerlich sich alles anhörte, wurde mir klar, wie wichtig eine echte Erklärung ist. Denn wenn ein Elternteil schon durch einen bizarren Unfall ums Leben kommen muss, dann verdient das Kind danach ein gewisses Maß an Bemühen und Rechenschaft. Es verdient zumindest eine Entschuldigung von den Leuten, die es verbockt haben.

Ich frage Cavalieri, wie lange die Ermittlungen der NTSB dauern werden.

»Das hängt davon ab, was sie finden. Es kann alles sein, von ein paar Wochen bis zu einigen Monaten, selbst ein Jahr, wenn es kompliziert sein sollte. Sie arbeiten sorgfältig und langsam. Da fällt mir ein – Sie können helfen, indem Sie das hier ausfüllen.«

Er nimmt ein Klemmbrett mit ein paar Papieren von seinem Schreibtisch und gibt es mir. Das oberste Blatt ist Formular 157K3, Kollisionsbericht. Es sind mehrere Seiten in kleiner Schrift, und die Antworten müssen in die dafür vorgesehenen Leerzeilen eingefügt werden. Praktischerweise ist ein Kugelschreiber mit einer Kette an dem Klemmbrett befestigt.

»Ich habe Ihnen doch bereits alle Informationen gegeben.«

»Wir benötigen die Formulare für die Akte«, erklärt er verhalten entschuldigend. Seine Stimme wird sanft, als er sich anschickt, mich zu entlassen. »Ich möchte Ihnen versichern, dass wir alles in unserer Macht Stehende tun. Sobald mir neue Informationen vorliegen, werde ich es Sie umgehend wissen lassen.«

»Was ist mit Mr Rizzos sterblichen Überresten?«

»Wir sind nicht dafür ausgerüstet, Leichen in so tiefen Gewässern zu finden. Die Navy wäre mit Spezialtauchern oder einem Unterseeroboter dazu in der Lage, sie würden es aber nur im Rahmen eines größeren Forschungsprojektes tun.«

Ich stehe auf, und wir sind auf Augenhöhe. »Wie lauten die Namen der drei Schiffe, die am 7. September in der Nähe des Unglücksortes waren?«

Sein Kinn zieht sich einen Hauch zurück. Damit hatte er nicht gerechnet, aber er reagiert schnell. »Wir kümmern uns für Sie darum, Ms Kasparov.«

»Ich will es wissen.«

»Ich weiß, das ist schwer für Sie …«

»Ich will es *wissen.*«

Er taxiert mich wieder. Inzwischen muss er sich ziemlich sicher sein, dass ich mich nicht mit ihm nach der Arbeit auf irgendein Motelzimmer schleichen werde, denn er lässt seine Stimme auf eine kalte, behördliche Temperatur absinken. »Ich fürchte, es ist mir nicht gestattet, Ihnen diese Informationen zu geben.«

»Warum denn nicht? Das müssen doch öffentlich zugängliche Informationen sein. Das kann doch nicht angehen.«

»Die Situation ist heikel«, erwidert er und blinzelt langsam.

Ah, ich verstehe. Er will nicht, dass ich Kapitäne schikaniere, jemanden beschuldige, an Bord beschränkter Schiffe klettere und eine internationale Szene veranstalte. Ich lächle fast. Er wird mich für eine Frau in einem schwarzen Designerkleid halten, die besser auf der Newberry Street beim Shopping aufgehoben wäre. »Ist in Ordnung, Captain. Ich brauche Ihre Hilfe nicht. Ich finde die Schiffe schon allein.«

Ein hartherziges Licht blitzt in Cavalieris Augen auf. »Wie Sie möchten.«

Er kommt zügig um den Schreibtisch herum und öffnet die Tür seines Büros. Ich sehe, wie die Sekretärin zur Seite schaut. Er zeigt auf eine Bank in ihrer Nähe, wo ich wahrscheinlich die Formulare ausfüllen soll.

Ich verlasse sein Büro, setze mich auf die Bank und platze fast vor Wut. Wenn es um mich ginge, würde ich die Formulare auf der Bank liegen lassen und gehen. Aber um Noahs willen nehme ich den Kuli.

Im ersten Abschnitt werden umfangreiche, aber nutzlose Informationen zu den Besatzungsmitgliedern an Bord des betroffenen Schiffes abgefragt. Ich sehe mir den Rest noch nicht einmal an, sondern zerknülle die Seite in meiner Hand und hoffe, dass Noah es verstehen würde. Meine Hände zittern, und mir wird bewusst, dass mich ein unterdrücktes Trauma aufwühlt – ich bin wütend, machtlos und immer noch zu Tode erschrocken.

Cavalieris Sekretärin betrachtet mich mitfühlend. »Gehen Sie nach Hause. Lassen Sie das Formular. Das liest sowieso kein Mensch.«

Ich seufze. Warum sind die vernünftigen Menschen nie die Verantwortlichen? Ich lege das Klemmbrett auf ihren Schreibtisch und die zerknüllte Seite obenauf.

»Er hatte einen Sohn, ein ganz besonderes Kind. Vielleicht ist er ein Genie, ich weiß nicht. Seine Mom ist Alkoholikerin. Jetzt ist sein Dad tot. Was passiert mit so einem Kind?«

»Sie überleben das irgendwie. Kinder sind widerstandsfähig.«

Ich denke gründlich darüber nach. »Nein, sind sie nicht. Sie sind leicht zu verletzen und erholen sich nicht immer davon.«

Sie nickt fast unmerklich und wendet die Augen ab. Kaum jemand ist in der Lage, darüber nachzudenken.

Ich verlasse ihr Büro Richtung Haupteingang. Am liebsten würde ich der Kunstpflanze im leeren Eingangsbereich einen Tritt versetzen, tue es aber nicht. Solche Ausbrüche haben mich schon auf der Gaston School in Schwierigkeiten gebracht. Nachsitzen, Ausgangsverbot am Wochenende und so weiter. Eine Lehrerin sagte mal zu mir, *Fuck you* wäre nur ein vertrauter Ort, an den ich mich flüchte, wenn ich mich bedroht fühlte, genau wie das Bett, unter dem sich das verängstigte kleine Mädchen versteckt. Ich antwortete, dass mir das einleuchte. Jeder braucht einen sicheren Hafen, aber kaum jemand hat einen. Ich erinnere mich, dass ich zu ihr gesagt habe, es gäbe aber einen großen Unterschied zwischen dem Fußboden unter dem Bett und dem *Fuck you.* Sie seien sich eigentlich überhaupt nicht ähnlich. Der Boden unter dem Bett ist dunkel und staubig. *Fuck you* hingegen ist ein greller, heißer Ort.

Die Sonne geht ohne großes Tamtam hinter tiefen Wolken unter. Ich fahre Richtung Süden, dann nach Osten in das Hafengebiet. An der Lagerhalle der Post vorbei, einem Fischgroßhandel, einer Spedition und einer Bootswerft. Zu meiner Linken liegt der Bostoner Hafen, bedeckt mit einer Ölschicht. Darin schaukeln träge vier oder fünf große Schiffe. Keines davon ist silberfarben oder grau. Jetzt erinnere ich mich, dass das Schiff, das die *Molly Jones* gerammt hat, zuerst schwarz wirkte, aber auch dunkelblau sein könnte. Das Silberne war vielleicht nur der Nebel. Erinnerungen an die Kollision tauchen in Bruchstücken auf und verschwinden einen Augenblick später wieder. Je mehr ich darüber nachdenke, desto unsicherer werde ich.

KAPITEL 7

Mittwochmorgen bin ich das erste Mal seit dem Unglück wieder im YMCA. Ich stehe am Rand des Schwimmbeckens und starre zweifelnd in das türkisfarbene Wasser. Auch die Tatsache, dass es nur einen Meter fünfzig tief ist, kann meine Angst nicht bezwingen. Die anderen Bahnen sind von Leuten belegt, die wie ich vor der Arbeit schwimmen gehen. Die meisten davon kenne ich vom Sehen. Wir Stammgäste reden zwar nicht viel miteinander, aber wir kennen uns. Ein Mann in einer Badehose kommt aus der Umkleidekabine, sieht sich um und setzt sich auf die Bank. Er ist der Erste in der Reihe, wenn eine neue Bahn frei wird. Wenn ich nur hier herumstehe, wird er zu Recht ungeduldig. Ich muss jetzt entweder springen oder die Bahn frei machen, und wenn ich das täte, hätte die Angst über mich einen Sieg errungen und es würde doppelt schwer werden herzukommen.

Also springe ich. Die ersten Bahnen sind wie das erneute Durchleben eines Alptraumes (genau genommen *durchlebe* ich einen Alptraum), aber dann, langsam, wird es einfacher. Meine Schwimmzüge kehren zurück, mein Körper fühlt sich wieder geschmeidig und kräftig an. Rhythmisches Atmen beruhigt mich, und das Wasser wird wieder zu meinem natürlichen Element, zu einem perfekten Ganzkörper-Streicheln. Tränen der

Dankbarkeit rinnen aus meinen Augen. Mit mir ist alles in Ordnung. Mein altes Selbst ist immer noch da – das gute, offene, anmutige Ich. Eine Stunde lang schwimme ich mit wachsender Begeisterung meine Bahnen rauf und runter. Ich liebe das Schwimmen. Wenn ich diese eine Sache nicht machen könnte, wüsste ich nicht, wer ich bin.

Ich fühle mich so gut, dass ich im Büro anrufe und mich krankmelde, als ich wieder zu Hause bin. Da ich mir gestern bereits den Nachmittag freigenommen habe, ist es einleuchtend, wenn ich heute krank bin. Es wird sowieso niemand in Frage stellen, bin ich doch die rechtmäßige Erbin der Firma. Ich mache es mir in einer Jogginghose gemütlich und nehme eine große Kanne Kaffee und ein Drei-Eier-Omelett mit vor den Computer. Zum Teufel mit Cavalieri und seiner Heimlichtuerei. Es kann ja wohl nicht *so* schwer sein, drei Frachter zu finden.

Ich surfe im Netz und gebe alle möglichen Begriffe ein, die mir gerade in den Kopf kommen: Boston Harbor, Fahrrinnen, Kollisionen auf See usw. Ich lerne etwas über Ladekapazitäten und wie man einen Schiffsfrachtbrief ausfüllt. Ich erfahre etwas über den korrekten Ablauf der Entladung eines Containerschiffes, die genaue Rolle des Zollbeamten und darüber, wie eine Million Tonnen Stahl von der Größe eines Häuserblocks durch ein kompliziertes System von Schleusen manövriert werden sollte. Ich finde heraus, dass 242 Containerschiffe, 32 Autotransporter, 481 ConBulk-Schiffe und 113 Kreuzfahrtschiffe 2012 im Hafen von Boston angedockt haben. Irgendwann tauchen Farbbilder der verrosteten Kriegsbeute einer im achtzehnten Jahrhundert gesunkenen spanischen Galeone auf. Dann befinde ich mich plötzlich Auge in Auge mit einem Quastenflosser.

Mit anderen Worten, ich finde nichts, was mich zu dem Schiff führt, das die *Molly Jones* versenkt hat, und stumpfe darüber mental langsam ab. Trotzdem klicke ich weiter. Wahrscheinlich suche ich nur an den falschen Stellen, aber ich würde die richtige noch nicht einmal erkennen, wenn sie vor mir auf dem Bildschirm festgefroren wäre. Ich lese wahllos, lerne wahllos und beende wahllos. Gehe überallhin und nirgends. Einige Stunden lang liege ich im zwanghaften, seelentötenden Krieg mit dem Informationszeitalter.

Ich verliere.

In Ordnung. Genug. Ich löse mich von meinem Computer, putze die Küche, werfe eine Maschine mit Wäsche an. Ich starre aus dem Fenster, ohne den blauen Himmel und die Bäume in der Allee zu sehen. Ich brauche einen Menschen, einen Insider. Da fällt mir Johnny ein. Auf der Beerdigung hatte er mir seine Nummer gegeben und gesagt, ich sollte nicht zögern, ihn anzurufen, wenn ich irgendetwas bräuchte. Ich bin mir nicht sicher, was er damit meinte, aber in diesem Augenblick fühlt es sich so an, als sollte ich den einzigen Kontakt, den ich in der Welt der Fischerei habe, nutzen. Ich rufe an und hinterlasse eine Nachricht auf seinem Mobiltelefon. Eine halbe Stunde später ruft er zurück und schlägt vor, ich solle um vier Uhr zu ihm nach Hause in Dorchester kommen.

Damals, in der bösen alten Zeit, haben Johnny und ich immer bei Vollmond draußen auf der Mole in Scituate gesessen, wo seine Eltern ein Ferienhaus hatten. Wir waren in gelbes Mondlicht getaucht, haben an einer Flasche Jack Daniels genippt und uns halbwahre Geschichten ausgedacht und erzählt. Die Flut setzte ein, schwarze Wellen krochen immer weiter die Steine hoch, bis wir von schäumendem Seewasser umringt waren. Schließlich beschlossen wir, zurück zum Strand zu gehen, nicht wissend, ob nur ein Teil oder bereits die ganze Mole überflutet war. Wir suchten uns unseren Weg über glitschige Felsbrocken, während die Wellen darüber hinwegschlugen und sprühende, kalte Fontänen hochschossen. Wir redeten nicht viel, damit man uns die Angst nicht anmerkte. Wir hätten festsitzen oder jede größere Welle hätte uns umwerfen können, aber genau darum ging es uns ja. Der Adrenalinkick der drohenden Gefahr. Je näher wir dem Strand kamen, desto waghalsiger wurden und desto schneller liefen wir. Als wir dann durch seichtes Wasser plantschten, rannten wir bereits, fielen hin und zogen uns gegenseitig an den Armen aus der niedrigen, aufgewühlten Brandung. Nass bis auf die Knochen und mit Salz in der Nase ließen wir uns in den höheren Lagen des Strandes fallen, wo die sanften, Schutz bietenden Dünen begannen. Dort reichten wir die Flasche hin und her, bis sie leer war.

Wir schälten uns aus den nassen Klamotten und schliefen miteinander. Wir liebten uns hemmungslos, Johnny und ich. Dann fielen wir erschöpft auf den Rücken, zwei sandverkrustete Amphibien unter einem fernen Mond. Manche Menschen meiden das Risiko, andere brauchen es, um sich lebendig zu fühlen. Sich zum Abgrund hingezogen zu fühlen war ein Rätsel, das Johnny und ich einander nicht zu erklären brauchten. Also, ja, es bestand eine gewisse Verbindung. Eine destruktive vielleicht, besonders wenn man den Alkohol mit einrechnet. Aber Verbündete sind Verbündete. Und wenn man jung ist und noch nicht gelernt hat, mit sich allein zu sein, scheint selbst eine destruktive Verbindung besser als gar keine.

Er wohnt in einem freistehenden Einfamilienhaus hinter dem Bezirksgerichtsgebäude. Die Bäume in seiner Straße wurden offenbar erst kürzlich gepflanzt und sind gerade mal zweieinhalb Meter hoch und dünn wie ein Handgelenk. Ich parke neben einem zerbeulten Briefkasten, der mit Blumen-Abziehbildern beklebt ist. Als ich mich der Haustür nähere, höre ich, wie ein Streit zwischen Brüdern im Gange ist. Der Spott des Stärkeren und das herzergreifende Gejammer des Schwächeren. Durch ein offenes Fenster kann ich sogar den Oyster Man hören, der geduldig und vernünftig auf seine Söhne einredet, wie ein der Entspannungspolitik verpflichteter Vorstadt-Kofi-Annan, und dabei ähnlich erfolgreich ist. Man sagt ja, der Weltfrieden beginnt zu Hause. Falls das so ist, haben wir alle ein ziemliches Problem. Ich rechne fast damit, dass ein Stuhl durchs Fenster geflogen kommt. Einer der süßen lieben Kleinen öffnet mir die Tür, noch bevor ich den Klingelknopf drücke – er muss mich kommen gesehen haben. Er klimpert mich mit seinen fast wimpernlosen Augenlidern an und brüllt dann wie eine aufgeregte Ziege »MAAAA!« den Flur hinunter.

Johnnys Frau kommt zur Tür geschlurft. Sie ist eine müde Blondine mit schwarzem Haaransatz in einem fleckigen Baumwoll-T-Shirt, unter dem sie offenbar keinen Büstenhalter trägt. Ich bin überrascht, dass ich die kurze irrationale Schrecksekunde durchlebe, die typisch ist für ein Zusammentreffen mit der Geliebten eines Ex-Liebhabers. Als sollte es sie eigentlich gar nicht geben. Aber da steht sie – die Frau, deren Lippen John Osters Mund geküsst haben und deren Schoß ihm vier Söhne geboren hat. Möglicherweise nimmt sie diese Schwingung auf, denn sie scheint mich nicht besonders zu mögen.

Johnny erscheint hinter ihr, in einem Flur, der vollgestopft ist mit Sporttaschen, Skateboards und Baseballschlägern. Er begleitet mich zu einer Tür auf der Rückseite des Hauses. Die Jungs schauen uns hinterher, zerstreuen sich wie eine Horde frecher Terrier. Wir werden von dem Tumult erlöst, der nach der Schule und vor dem Essen herrscht, als wir eine ruhige Garage betreten, die zur Hälfte Johnnys Leidenschaft gewidmet ist, aktuell anscheinend Vogelhäuser. Ein unvollendetes Vogelhaus steht auf einer Werkbank, und von den Balken hängen unzählige fertiggestellte große und kleine Vogelhäuser. Eines sieht aus wie eine Kirche, eines ist dem Taj Mahal nachempfunden. Häuser für Vögel, die Single sind, Häuser für Vogel-Großfamilien. In liebevoller Handarbeit aus verschiedenen Hölzern hergestellt – Pinie, Kirsche, Teak –, manche phantasievoll bemalt, andere nicht.

Vogelhäuser? Auf die Idee wäre ich nie gekommen. Es ist seltsam anrührend zu sehen, wie Johnnys etwas wunderlicher, zwanghafter Wesenszug so harmlos kanalisiert wird, wo er nun ein angesehener Bürger und Familienvater ist.

»Was ist los?« Er sitzt auf einem hohen Hocker an seiner Werkbank, mustert mich, aber lässt nicht zu, dass sein Blick irgendwo hängenbleibt.

»Ich habe mit Captain Cavalieri von der Küstenwache gesprochen.«

»Beschissenes Arschloch.«

»Stimmt. Er sagt, in der Nähe der *Molly Jones* hätten sich am 7. September drei Frachter aufgehalten, aber es gibt keine Hinweise darauf, dass sie etwas mit der Kollision zu tun hätten. Die Namen wollte er mir nicht nennen.«

Johnny lächelt mich mit einem Rest Zuneigung abschätzend an. »Also willst du sie selbst finden.«

»Natürlich. Cavalieri hat aufgegeben. Er hat den Fall an die National Transportation Safety Board abgeschoben. Was nach einer Menge Bürokratie klingt. Er meint, es könnte ein Jahr dauern.«

»Ich weiß nicht, was ich dir anderes sagen soll, als dass du Geduld haben musst. Nicht besonders einfach für dich, wenn ich mich recht erinnere.«

»Für dich genauso wenig.«

»Da irrst du dich.« Er zeigt mit einer Handbewegung auf die

vollgestopften Regale. »Diese Vogelhäuser. Die bringen mir Geduld bei. Ich habe gelernt zu warten.«

Ich setze mich auf eine Bank und lehne mich gegen eine angestrichene Betonwand. Überall liegen gewellte Holzspäne, die einen süßlichen, aufreizenden Duft verströmen. »Die Leute müssen doch über die Kollision gesprochen haben. Fischer, wer auch immer. Du musst doch etwas gehört haben.«

»Das Einzige, worüber die Leute geredet haben, warst du. Frau wirft sich von Bord eines sinkenden Schiffs und schwimmt länger im Atlantik, als menschenmöglich ist. Diese Story hat mit Sicherheit ihre Runde durch die Kneipen gemacht. Noch so eine Geschichte vom Meer wie *Der Sturm*, an der sich Amerika ergötzen kann. Wir warten schon aufs Buch und den Film.«

»Ned war der eigentliche Held.« Ich stehe unter dem Zwang, es gegenüber jedem zu wiederholen, der mir zuhört. Ich komme nicht über die Tatsache weg, dass Ned, der mir das Leben gerettet hat, zu einer Fußnote wird, während ich, die ich nichts getan habe, zum Stoff werde, aus dem Legenden sind.

Johnnys kräftige, klobige Hände haben begonnen, einen winzigen Vogelhaus-Schornstein für ein winziges Vogelhausdach zusammenzubauen. Er hat sein Gesicht leicht von mir abgewandt, um darauf zu achten, was er tut, aber auch, vermute ich, um uns Raum zu lassen. »Die verdammten Finger tun nicht immer das, was ich will. Es ist frustrierend. Teil meines Körpers, aber ich schwöre, sie haben ihren eigenen Kopf.«

»Komm. Sag schon, Johnny. Wenn jemand in der Stadt etwas weiß, dann du.«

Er gluckst geschmeichelt und versucht erfolglos, den Schornstein zum Stehen zu bringen. »Ich bin dir weit voraus, Schätzchen. Ned war mein Kumpel, weißt du noch? Glaubst du, ich lasse ihn so sterben und sehe mir die Sache nicht an? Ich habe meine eigenen Ermittlungen angestellt. Hab mit jedem geredet, der etwas wissen könnte, und noch ein Dutzend weitere angesprochen, nur zur Sicherheit. Hab mir sogar die Mühe gemacht, das Ganze mit diesem Arschloch von Cavalieri zu bereden, der mich behandelt hat wie den letzten Dreck, was mir von vornherein klar war. Die Küstenwache hasst Fischer, falls du es nicht wissen solltest. Was glaubst du, habe ich nach all dem herausgefunden? Hä?« Er wendet sich mir zu. Sein Gesicht ist leer wie ein unbeschriebenes Blatt Papier. »Die verdammte Chose war nichts anderes als Fahrerflucht. Das ist alles. Nur ein schlimmer, traurig bizarrer Unfall, mit einem Schuldigen, der so schnell verschwunden ist, wie er konnte. Wir können suchen, so viel wir wollen, aber wir werden ihn nicht finden. Tut mir leid. So sieht die Welt auf hoher See aus, Süße. Eine Menge Luft, in die man sich auflösen kann. Deswegen fühlt sich ja jeder, der Scheiße baut, so dort hingezogen.«

In meinem Brustkorb ist ein Druck, als würde jemand darauf stehen.

Er lächelt mich schief an. »Ich weiß, dass du das nicht hören willst. Aber Fahrerflucht ist die Antwort, mit der wir beide im Moment leben müssen. Mein Rat ist, lass die Bullen alle Zeit verschwenden, die sie wollen.« Er dreht sich zurück zu seiner Werkbank und greift nach einem winzigen Schnitzmesser. »Und übrigens, du tust dir keinen Gefallen damit, wenn du anfängst rumzufragen.«

»Also sind sie da draußen, wer immer es gewesen ist –«

»Ja, sicher. Sie müssen ja irgendwo da draußen sein, oder?«

»Wie kann denn jemand mit so was ungeschoren davonkommen?«

»Ganz einfach. Falls am Rumpf Farbe abgeplatzt ist, übermalen sie es sofort. Das VMS-Signal gibt nur jede Stunde die Position durch. Solange sie also ganz grob an der Stelle waren, wo sie sein sollten, als das Signal gesendet wurde, sind sie auf der sicheren Seite. Und das VMS-System hat praktischerweise häufig Störungen. Es tut mir ja sehr leid, dich darüber ins Bild zu setzen, aber so was passiert. Niemand will Ärger bekommen. Schlechte Presse für die Firma, Versicherungsansprüche. Der Kapitän verliert seinen Job. Wenn's irgend geht, wird er's vertuschen und auch noch denken, er hätte was Gutes getan.«

»Was ist mit der Besatzung?«

»Dasselbe. Warum sollte sie das kümmern? Wenn sie etwas sagen, lässt man sie nur fallen. Die meisten von ihnen werden nichts gegen ein Bestechungsgeld einzuwenden haben, wenn sie eines angeboten bekommen, und dem Rest ist es scheißegal. Vergiss nicht, die Mehrzahl der Schiffe ist aus dem Ausland. Kennst du die Gesetze, die wir hier haben?«

»Du meinst, in Amerika?«

»Nein, ich meine *an Land.*«

»Mhm-hm.«

»Tja, diese Gesetze gelten auf dem Meer nicht. Das da draußen ist eine völlig andere Welt. Wie im Wilden Westen, bevor es Sheriffs gab.« Er hält inne und sieht mich sorgenvoll an. »Mit dir alles in Ordnung?«

»Glaub schon.« Ich denke an Noah. Seine vertrauensvollen Augen, den Walknochen in seiner Tasche. Wie soll ich ihm erklären, dass die bösen Jungs davongekommen sind?

»Was war mit diesem Typen, mit dem du dich unterhalten hast? Dem im Pub«, fragt Johnny. Er flitscht mit seinem fleischigen Daumen über das Schnitzmesser, um die Schärfe zu prüfen.

»Oh, der. Den kannte ich nicht. Ist einfach aufgetaucht.«

»Weißt du noch, wie er heißt?«

»Larry, glaube ich. Nachname beginnt mit einem W.«

»Was wollte er?«

»Er hat ein paar Fragen über den Unfall gestellt. Wollte wissen, ob ich das Schiff identifizieren konnte und warum Ned bei Ocean Catch aufgehört hat.«

»Hast du ihm irgendetwas erzählt?«

»Ich hab gesagt, Ned hätte die Trawler der großen Firmen sattgehabt und hätte seinen eigenen kleinen Laden aufmachen wollen. Das ist, was er mir selbst gesagt hat.«

»Hat er dir sonst noch was erzählt?«

»Keine Ahnung. Was meinst du?«

»Zum Beispiel, warum er Ocean Catch satthatte.«

»Nein. Ich nehme an, er wollte einfach mal was anderes machen.«

»Jepp. So war's.« Johnny beginnt mit dem Messer an einem Stock zu schnitzen. »Was ist mit Thomasina? Hat Ned viel mit ihr über seine Arbeit gesprochen?«

»Ich glaube nicht. Zumindest hat sie mir nie irgendwas davon erzählt.«

Johnny nickt langsam und beugt sich über seine Arbeit. Ein Schnitz mit dem Messer, und ein Span löst sich ab, der weichen, weißen Zellstoff freilegt.

Ich betrachte ein Vogelhaus über seinem Arbeitsplatz. Ein kleiner, bogenförmiger Eingang öffnet sich in ein luftiges Wohnzimmer. Es gibt auch ein weiteres Stockwerk – mit winziger, abgeschrägter Decke. Vielleicht eine Einliegerwohnung. Ich stutze und schaue näher hin. Jemand hat einen geflochtenen Teppich auf den Boden gemalt. Eine feine, mühselige Arbeit, die mit dem kleinsten Pinsel der Welt ausgeführt worden sein muss. Ich bekomme langsam ein ungutes Gefühl. Der Verstand, der das hervorgebracht hat, kann nicht ganz gesund sein.

»Du musst viel Zeit aufwenden für diese Häuser. Wann baust du sie?«, frage ich.

»Ich stehe morgens um vier auf. Kann nicht so besonders schlafen.«

»Oh, wirklich? Ist ja witzig, ich war heute Morgen auch um vier wach. Bei mir ist es Stress. Und bei dir?« Ich bin nicht sicher, ob ich überhaupt so persönlich werden will, aber ich bin neugierig. Zwischen dem Johnny, den ich kannte, und dem, mit dem ich jetzt rede, besteht eine seltsame Diskrepanz. Angefangen damit, dass dem Johnny, den ich kannte, der Begriff *Fahrerflucht* nicht so locker über die Lippen gekommen wäre.

»Vielleicht ist es das. Keine Ahnung.« Er reckt die Brust und lässt die Schultern kreisen, um die Verspannungen zu lösen. Dann drückt er etwas Klebstoff aus einer winzigen Tube auf einen Q-tip und betrachtet den Tropfen im Licht. »Man darf nicht zu viel davon nehmen. Er verschmiert, und dann muss man ihn wieder abkratzen.«

Aus dem Haus ertönt Gebrüll. Gestampfe. Eine Tür knallt zu. »Weißt du, es gibt Augenblicke, da könnte ich diese kleinen Dreckskerle einfach umbringen. Solche Gefühle darf man nicht gegenüber seinen Kindern haben, aber manchmal will ich einfach nur abhauen. Wie bin ich überhaupt hierhergekommen? Verheiratet, vier Kinder. Nichts als Rechnungen, überall, wo ich hingreife. Manchmal hab ich das Gefühl, ich bin total am Arsch.« Er legt den Q-tip vorsichtig auf ein Stück Zeitungspapier und schraubt den Deckel der Tube zu. »Dieser Typ aus dem Pub, der hat mir nicht gefallen. Tut so, als wäre er mit Ned befreundet gewesen. Gib mir Bescheid, falls er dich anruft.«

»Warum, was hast du vor?«

»Nichts, mein Schatz. Absolut gar nichts.«

Jetzt werde ich erst mal gründlich taxiert. Sein Blick gleitet langsam über meinen Körper, von unten bis zu meinem Gesicht. »Du siehst übrigens super aus. Wie schon immer.« Seine Stimme wird weicher und tiefer. »Die Kids nehmen meine Frau momentan voll in Beschlag. Ich habe viel Freiheiten und viel Zeit für mich. Ich könnte dich mal auf meinem Boot mit rausnehmen.«

»Ich bin nicht mehr sonderlich scharf auf Boote.«

Er blinzelt träge, ist nicht sicher, wie er das interpretieren soll. Lehne ich das Angebot ab, oder ist einfach nur etwas anderes nötig, um mich rumzukriegen? »Wie wär's dann mit einem Bier? Sag nicht sofort nein, denk erst mal drüber nach. Du kommst mir einsam vor, Pirio. Warst schon immer eine Einzelgängerin, ein bisschen kompliziert. Ich bin nie schlau aus dir geworden. Aber ich weiß, dass du wahrscheinlich leidest, und ich möchte immer für dich da sein, mein Schäfchen.«

Das Kosewort ist in dreierlei Hinsicht abstoßend. Erstens, weil es ein Kosewort ist. Zweitens, weil seine Frau im Haus ist und gerade hungrige Mäuler stopft und klebrige Finger abwischt. Drittens, weil mich Johnny vor langer Zeit immer *Ziege* genannt hat und ich ihn *Affe*. Diese Ausdrücke entbehrten nicht einer gewissen Klugheit. Aber ein *Schäfchen* war ich noch nie.

»Das freundliche Angebot lehne ich ab, Pavian.«

Er nickt, als hätte er nichts anderes erwartet.

Ich trete durch das offene Garagentor auf die glatte, geteerte Einfahrt hinaus. Ich gehe an einem glänzend roten Lexus vorbei, steige in meine alte Karre und fahre los. Ich denke, wenn's auch sonst nichts gebracht hat, zumindest bin ich bei Milosa fein raus: Johnny hat die Sam-Spade-Nummer abgezogen, also muss ich das nicht tun. Das ist, irgendwie, eine Erleichterung.

Auf der Schnellstraße bleibe ich im Feierabendverkehr stecken. Ich versuche, bei der Musik von Akiko Grace abzuschalten, meinem Lieblings-Jazzpianisten. Aber heute schafft es diese wundervolle Musik nicht, mich auf andere Gedanken zu bringen. Als der von Sister Corita bemalte Gastank in Sichtweite kommt, taucht vor meinem geistigen Auge sehr lebhaft das Bild eines Typen auf, der in einer miesen Kaschemme sein Herrengedeck wegknallt und dann wie ein Besessener lacht. So zufrieden mit sich und seiner sagenhaften Karriere. Glaubt, er wäre damit durchgekommen, ein kleines Fischerboot in seine Einzelteile zu zerlegen und die Menschen darin in panischer Angst auf den Wellen schaukeln zu lassen, bis sie untergingen. Meine Hände umklammern das Lenkrad so fest, dass die Knöchel weiß hervortreten. Es ist ihm wahrscheinlich gar nicht in den Sinn gekommen, dass jemand überleben könnte.

KAPITEL 8

Alles ist an seinem Platz, nichts ist bewegt worden. Die letzten Sonnenstrahlen fallen schräg durch den Lamellenvorhang, so wie sie's normalerweise an einem Abend im September tun – lange, honiggoldene Strahlen malen ein Gitter auf Teppich und Couchtisch. Und doch. Irgendetwas ist anders. Ein dezenter Geruch hängt in der Luft. Kaum wahrnehmbar. Es riecht nach Holz, aber auch ein wenig säuerlich. Eine Duftnote, die in meiner Wohnung fremd ist.

Jedes Zuhause hat einen Geruch – eine einzigartige, aromatische Mischung aus männlichen und weiblichen Bewohnern, Teppichen, schmutziger und sauberer Wäsche und den Gerichten, die die Familie immer und immer wieder isst. Selbst das Gras und die Bäume vor den Fenstern tragen dazu bei. Kinder wissen das besser als jeder andere. Wenn es müsste, könnte ein Kind sein eigenes Zuhause allein anhand des Geruchs erkennen. Diese Sensibilität stumpft mit der Zeit ab. Das Kind hört auf, seiner Nase zu vertrauen, und benutzt sie irgendwann gar nicht mehr. Die Augen und Ohren übernehmen, während unser primitivster Sinn, der Geruchssinn, den Tieren überlassen wird. Außer, die Mutter war Parfümeurin und hat einem beigebracht, dass alles und jedes einen eigenen Geruch hat, genauso wie es unterschiedlich aussieht, klingt oder sich anfühlt – und dass von allen Sinnen der Geruchssinn derjenige ist, der einen höchstwahrscheinlich nie an der Nase herumführt.

Deshalb bin ich so sicher, dass jemand in meiner Wohnung war. Wenn er ein wenig länger geblieben oder erst vor kurzem hier gewesen wäre, würde ich ein paar Vermutungen über die Zusammensetzung seines Eau de Cologne anstellen. Aber im Moment kann meine Nase nur ein paar der letzten, großen, hartnäckigen Moleküle einer tiefen Basisnote ausmachen. Ich nehme an, Adlerholz oder Eichenmoos; häufig eingesetzte Duftbausteine, die mir noch nicht einmal etwas über das Geschlecht des Trägers verraten. Ich schließe meine Augen und versuche es erneut. Es ist Adlerholz. Ja, ich bin mir sicher: dunkel, weich, würzig, nach Medizin. Der Duft südasiatischer religiöser Rituale. Um Adlerholzöl herzustellen, wird Harz von Bäumen geerntet, die mit einem parasitären Schimmelpilz infiziert sind – das destillierte ätherische Öl ist legendär für seine Intensität und Langlebigkeit. Entweder liebt man Adlerholz, oder man hasst es; und der Duft ist unverwechselbar.

Computer auf dem Schreibtisch. Laptop im Schrank. Alles genau so, wie ich es verlassen habe. Was könnte man noch mitnehmen? Ich gehe ins Schlafzimmer. Mein Schmuckkasten ist unberührt. Wenn es kein Diebstahl war, was war es dann?

Plötzlich bekomme ich Panik bei der Frage, wie überhaupt jemand hereinkommen konnte. Ich wohne im zweiten Stock. Es gibt eine Eingangstür, einen Nebeneingang und eine Feuerleiter. Die Kette vor dem Nebeneingang ist intakt. Die Feuerleiter ist alt und rostig und kann gar nicht benutzt werden, ohne dass das halbe Haus es mitbekommt. Dann fällt mir ein, dass ich beim Nachhausekommen an der Wohnungstür herumgefummelt habe – dachte, ich hätte sie aufgeschlossen, aber sie schien zu klemmen. Also habe ich ein paarmal auf- und wieder zugeschlossen, bevor sich der Riegel tatsächlich zurückschob.

Die Tür muss unverschlossen gewesen sein, als ich den Schlüssel das erste Mal hineingesteckt habe. Der Eindringling hat das Schloss geknackt, um einzubrechen, er oder sie hatte aber keinen Schlüssel, um hinter sich wieder abzuschließen.

Ich gehe nach nebenan und frage meine Nachbarin, ob sie jemanden gesehen hat. Sie misstraut jedem und ist bekannt dafür, dass sie der Polizei Autos meldet, die zu lange im Leerlauf auf der Straße stehen. Sie verneint. Dann verengen sich ihre Augen, und sie schiebt ihre Tür ein paar Zentimeter weiter vor. Sie misstraut selbst mir.

Ich rufe den Hausmeister an und erzähle ihm, jemand sei in meiner Wohnung gewesen. Im Hintergrund läuft ein Baseballspiel, so laut, dass wir brüllen müssen. Er antwortet, ich soll die Bullen rufen. Was ich tue. Sie schicken eine Streife.

Während ich warte, verfolge ich meine Schritte zurück, kontrolliere noch einmal alle meine Wertsachen. Es fehlt nichts. Vielleicht irre ich mich bei dem Adlerholzbaum, aber ich könnte schwören, dass ich immer noch Spuren davon riechen kann.

Ich frage mich, ob jemand heute Nachmittag meine Wohnung beobachtet und gesehen hat, wie ich gegangen bin. Vielleicht jemand, der immer noch da draußen ist. Ich schleiche mich zum Fenster. In der Tappan Street parken die Autos parallel zum Bordstein. Ein Pärchen schlendert vorbei. Ein Kind auf einem Skateboard. Junge Mädchen mit langen Haaren und voluminösen Schals. Werde ich ab jetzt so leben und alles wie ein Habicht beobachten? Ich gehe in den hinteren Teil meiner Wohnung, wo man vom Badezimmerfenster aus den Parkplatz überblickt. Spähe durch die Jalousie. Autos, die üblichen Autos. Das ist alles.

Die Bullen mit ihren breiten Schultern und Bierbäuchen und zugeklappten Lederhalftern füllen die Wohnung fast aus. Handschellen, Taschenlampen und Gummiknüppel klappern an ihren Gürteln. Laute, heisere Stimmen. *Hey, machen Sie sich keine Gedanken. So was passiert.* Als würden sie mich schon seit Jahren kennen. Sie laufen überall herum und sind einfach nur groß und stark. Fassen nichts an, machen sich ein paar frei erfundene Notizen. Für sie ist es nur ein Einsatz von vielen.

»Haben nichts mitgenommen, was?«, fragt einer von ihnen.

»Nein.«

»Sicher, dass jemand hier war?«

»Da war ein Geruch«, antworte ich. »Adlerholz.«

»Was?«

»Ich kenne mich mit Duftstoffen aus. Ich kann sie unterscheiden.«

»Was für ein Holz?«

»Adlerholz.«

»Mhm-mh.« Sie wechseln Blicke. Der Notizblock wird in eine Tasche gestopft. Jetzt sind sie überzeugt, dass ich nicht alle Tassen im Schrank habe. Sie raten mir, die Schlösser auszuwechseln, und lassen dann die Tür hinter sich weit offen, als sie gehen.

Ich habe mich früher sonntagmorgens oft ins Schlafzimmer meiner Eltern geschlichen und meiner Mutter beim Schlafen zugesehen. Milosa ist gewissenhaft um fünf Uhr morgens aufgestanden und in sein Leben verschwunden. Deswegen lag Isa allein in ihrem riesigen Doppelbett, bis sie gegen zwölf oder ein Uhr mittags aufstand. Die Woche über war sie beschäftigt gewesen, ein ständiges Kommen und Gehen, meistens Gehen, ein Wirbelwind am frühen Morgen und bis spät in die Nacht. Der Sonntagmorgen war eines der wenigen Male, die sie an einem Ort blieb. Sie schlief auf eine unbeholfene, fast aggressive Art in einem wilden Durcheinander aus Laken.

Arbeit und Schlaf, Arbeit und Schlaf. Das war ihr Rhythmus. Keine Zwischenstufe, keine Übergangsphase. All das änderte sich jedes Jahr Ende Juni am Vorabend der Sommersonnenwende. Es war Jaaniõhtu, ein Nationalfeiertag in ihrer Heimat Estland, und meine Mutter wählte immer diesen Tag, um ihre einmonatigen Sommerferien zu beginnen. In Estland haben die Geschäfte und Unternehmen geschlossen, und die Menschen versammeln sich draußen um Lagerfeuer, die die ganze Nacht brennen, wo sie singen, tanzen und trinken. Die einsamere amerikanisierte Version dieses Feiertages bestand für meine Mutter darin, mit mir nach St. John's auf Neufundland zu fliegen und von dort zuerst mit der Fähre und dann mit einem Mietwagen die Küste von Labrador hinaufzufahren, zu einem abgelegenen Haus am Strand, nicht weit entfernt von der Hudson Strait. Das Haus war von seinem Besitzer entworfen worden, einem Architekten aus Montreal, der dort jedes Jahr im August mit seiner Familie Ferien machte und es im Juli an meine Mutter vermietete. Es lag so weit nördlich, dass wir Jacken und Pullover trugen, die Sonne erst gegen neun, zehn Uhr unterging und über den Nachthimmel gelegentlich die unheimlichen Parabeln der Nordlichter wirbelten.

Lebensmittel und Benzin kauften wir in der kleinen Inuit-Siedlung namens Hopedale. Der nächste Abschnitt der Reise – von Hopedale zum Haus – ist mir als der längste in Erinnerung geblieben, womöglich weil wir wie verrückt über enge, tief ausgefahrene Straßen hoppelten, auf denen unmöglich ein weiterer Wagen Platz gefunden hätte, wenn uns jemals einer entgegengekommen wäre, und die wahrscheinlich im Winter unpassierbar waren. Wenn wir schließlich die letzte Kurve nahmen und die Schöpfung des Architekten in der staubigen Windschutzscheibe auftauchte, da sah es für meine müden Augen so prächtig und phantastisch aus wie ein Bilderbuchhaus.

Die Inneneinrichtung roch nach dem, was draußen vor dem Fenster zu sehen war – Kiefern- und Birkenwälder, glatte graue Felsen und die tiefblaue Labradorsee. Wir verbrachten viel Zeit auf der Zedernholz-Terrasse, lasen, unterhielten uns oder spielten *Go Fish*. Meine Mutter trug für gewöhnlich einen breitkrempigen Hut, rauchte manchmal und lächelte oft ganz entspannt. Ab und zu reckte sie sich und murmelte verträumt, wie ein Mensch, der auf einer Wolke gleitet.

Innerhalb einer Woche häuften sich auf unserem massiven Küchentisch Schätze aus der Natur – Beeren, Flechten, Moose, Gräser und Blumen steckten in Wassergläsern oder wurden zum Trocknen liegengelassen, noch mit Erdklumpen an den Wurzeln. An den meisten Tagen streunten wir draußen herum, ohne auf die Uhr zu achten, hatten Weidenkörbe dabei, die in meiner Erinnerung immer randvoll waren.

Ich weiß noch genau, wie sie etwas pflückte, es zwischen den Fingern hielt, betrachtete, zerrieb und es sich dann an die Nase hielt. Ich folgte ihrem Beispiel, machte es wie sie, ohne genau zu wissen, was ich tat, und sammelte alles Mögliche in meinem Korb. Alles, was schön war oder seltsam und einen Duft hatte, der wunderbar war, angenehm, aufregend oder schockierend.

Ein Einheimischer betätigte sich als unser Führer und brachte uns durch Sumpfgebiete und über Waldpfade an Orte, die wir allein niemals gefunden hätten. Er hatte einen Sohn, ein paar Jahre älter als ich, mit langen schwarzen Haaren, die im Sonnenlicht schimmerten, wenn er rannte. Wir waren völlig versunken in unser Spiel und kamen ohne Worte aus. Einmal lachte er über mich. Also kletterte ich auf einen herunterhängenden Birkenast, krabbelte höher hinauf und freute mich, dass er besorgt schien, als er mich nicht fand. Als er dicht genug herangekommen war, bewarf ich ihn mit abgebrochenen Zweigen und rutschte dann den glatten Stamm hinunter. Und schon stürmten wir wieder los.

Überall waren Blumen. Blaue Schwertlilien sprenkelten die Felder und Weiden und verströmten ihren süßlich betörenden Duft. Die Kannenpflanzen, die in ihren dicken, wächsernen Blüten Insekten fingen, rochen alt und säuerlich.

Doch die eine Pflanze, die eines Tages unser Leben verändern sollte, war der Engblättrige Sumpfporst, der dort oben Labrador Tea genannt wurde. Er wuchs in Sümpfen und moorigen Wäldern und blühte freundlicherweise in unserem Monat Juli – dicke Büschel winziger weißer Blüten mit dunklen, ellipsenförmigen Blättern, die an der Unterseite eine braune Behaarung hatten. Wenn ein ganzes Feld blühte, hing sein intensiver Wohlgeruch über der Gegend wie Nebel. Einige Leute glaubten an einen narkotisierenden Effekt, dass man auf dem Feld einschlafen und mit Kopfschmerzen wieder aufwachen würde. Andere glaubten, es beflügele die Kreativität und die Liebe. Der Labrador Tea ist eine langsam wachsende Gattung, also sammelten wir immer nur ein paar Blätter und Blüten von jeder Pflanze und steckten sie in Baumwollsäcke. Zu Hause hängten wir sie zum Trocknen auf, ein Verfahren, dem sie sich sehr widerwillig unterwarfen. Sie verströmten stur ihren ungestümen, einschläfernden, knalligen Zitronenduft und waren immer noch feucht, wenn andere Pflanzen längst vertrocknet und leicht zu zerbröseln waren.

Der exotischste unserer Schätze war Ambra, eine wachsartige Restsubstanz, die Wale entweder erbrechen oder in den Ozean ausscheiden. Wenn es jahrelang unter der Sonne im Meer treibt, entwickelt sich ein satter, schmutziger Meeresduft. Wir fanden es, wenn wir an der Küste umherstreiften, wo es in schwarzen Klumpen angeschwemmt wurde, die so klein wie ein Kieselstein, so groß wie eine Faust oder so riesig wie ein Stück Treibholz sein konnten. Ich erinnere mich an das Entzücken meiner Mutter, wann immer wir ein Stück fanden. Obwohl es selten vorkam, gibt es wahrscheinlich keinen besseren Ort, um Ambra zu sammeln, als Hopedale. Sein Inuit-Name Agvituk bedeutet »Ort der Wale«.

Hinzu kamen all die Essenzen, die meine Mutter von zu Hause mitgebracht hatte – Jasmin, Tuberose, Weihrauch, Bergamotte, Süße Orange und andere, die ich gar nicht alle aufzählen kann –, ordentlich in der Küche aufgereiht, in Glasfläschchen, fest verkorkt. *Voilà*: eine Parfümerie. Aber so haben wir es nie genannt. Die Küche war einfach nur das Lieblingslabor meiner Mutter, wo sie mit hoher Konzentration und einer tiefen, ruhigen Leidenschaft arbeitete, die sie während der restlichen Monate des Jahres nicht zeigte. Zurückblickend wird mir klar, dass es Freude war.

In einem dieser Sommer meiner Kindheit wurde *L'Amour du Nord* geboren. Ein Duft ist schwer zu beschreiben. In Farben ausgedrückt, würde man sagen: tiefe Blautöne und Weiß, mit einem Hauch Magenta und Neongrün. Würde man ihn mit einem Erlebnis beschreiben wollen: in einen dicken Pelzmantel gehüllt in der nasskalten Dämmerung über ein Schneefeld auf das bronzene Licht einer weit entfernten Hütte zugehen. In der Sprache der Chemie: Beta-Selinen trans-p-Mentha-1(7),8-dien-2-ol und weitere Substanzen, deren Schreibweise so kompliziert ist wie ihre molekulare Struktur. Mit Hilfe von Kleidungsstücken: ein Spitzenslip und ein roter Lederhandschuh. In den Lauten der Liebe: *Mmmmm*, bis es aufhört zu sein.

Isa hat immer gesagt, *L'Amour du Nord* sei der Duft eines Ortes. Wann immer ich mich allein fühle oder traurig bin, gebe ich ein paar Tropfen dieses Parfüms auf die Innenseite meines Handgelenks und lasse mich davon nach Hause zurückbringen.

KAPITEL 9

Der Empfangstresen schwebt über schimmerndem, weißem Linoleum. Der sagenumwobene Sonnenschein Floridas fließt durch makellose Fenster herein, die vom Boden bis zur Decke reichen und zweifellos schon vielen Vögeln zum Verhängnis geworden sind. Eine Frau im Bleistiftrock und maßgeschneidertem Blazer begrüßt mich. Sie hat ein breites Kreuz, dank Epauletten, ihr schönes, blondes Haar ist unter dem Rand ihrer Navy-Kappe zu einem weichen Knoten geschlungen. Als ich mich vorstelle, entblößt ihr Lächeln eine Reihe perlweißer Zähne in Kindergröße, mit einer leichten Spur von Schärfe an den Eckzähnen.

Die cleane, seltsam stille Umgebung bringt mich etwas aus der Fassung, was mich paradoxerweise davon überzeugt, dass hier sehr viel passiert, aber unter der Oberfläche, hinter den Wänden, auf der anderen Seite der Türen, an denen wir nun vorbeigehen, wobei unsere Absätze klackern wie zwei asynchrone Metronome. Als wir endlich Commander Stockwells Büro erreichen, hat meine Kampf-oder-Flucht-Reaktion ordnungsgemäß den Ausgang eines *Kampfes* in Erwägung gezogen und sich resolut auf die Seite von *Flucht* geschlagen. Aber es ist zu spät, um wegzurennen. Die präsentable Empfangsdame verschwindet und lässt mich in einem geräumigen

Büro zurück, wo ich mir eingesperrt vorkomme. Wenn ich tatsächlich Commander Stockwells Vorstellung einer bionischen Frau entspreche, dann sollte sie beunruhigter sein, als sie wirkt.

Sie begrüßt mich mit einem offenen Lächeln und erhebt sich hinter ihrem von Fahnen flankierten Schreibtisch. Hellbrünettes Haar, praktischer Schnitt, robuster Stand, Mitte fünfzig. Kurze, trockene Finger, die genau im richtigen Maß kräftig, aber herzlich zudrücken, als sie sich um meine Hand schließen. In Zivil könnte sie die Mutter einer Schulfreundin sein, die, die mehr Spaß bei den Pfadfinderinnen hatte als die Mädchen selbst. Im Moment spult sie eine nette Gastgeber-Routine ab, stellt Fragen über meine Reise, meine Unterkunft und wie es mir nach dem Unglück geht. Vergnügt erzählt sie von den touristischen Attraktionen ihrer Stadt. Ich müsse mir unbedingt *Ripley's Believe It or Not*-Museum ansehen. Die weißen, sandigen Strände seien einzigartig und der Ozean sei schon als *smaragdgrün* beschrieben worden. Sie ist *liebenswürdig*, kein anderes Wort charakterisiert sie besser, und dennoch bin ich nicht entspannt. An jeder Zufahrt zu diesem Gelände gibt es bewachte Tore (beim Betreten wurde ich gründlich durchsucht), und die ganze Zeit, die sie redet, höre ich eigentlich dies: *Willkommen in meinem Kriegspalast, wo man sich gut um dich kümmern und dich sorgfältig im Auge behalten wird.*

Wir sitzen einander gegenüber, lächeln wie dickste Freundinnen, und sie beginnt, wie alle, die wissen, wie man überzeugt, mit einer Geschichte:

24. März 1999. Marine Corps Physical Fitness Academy, Maryland. Sieben Elite-Marinesoldaten, alle ausgebildete Wasser-Überlebenstrainer, kentern, während sie in einem Kriegskanu über den Potomac River paddeln. Sie haben Sitzkissen, aber keine Schwimmwesten. Die Wassertemperatur beträgt drei

Grad Celsius. Innerhalb von Minuten sind alle sieben Mann ertrunken, ungefähr achtzig Meter vom Ufer entfernt.

28. Oktober 2005. Sebasticook Lake, Maine. Zwei Erwachsene und ein zwölfjähriges Mädchen, alle in Schwimmwesten, kentern, während sie in fünfzehn Grad Celsius paddeln, in Sichtweite anderer Bootsfahrer. In der Zeit, die die Retter benötigen, um sie zu erreichen, ertrinken alle infolge der Unterkühlung.

3. Februar 2008. Congaree River, South Carolina. Ein Mann der freiwilligen Feuerwehr, der als sehr erfahren beschrieben wird, fällt wegen einer kleinen Welle aus seinem Kajak, bemüht sich, wieder hineinzuklettern, wird aber in weniger als dreißig Sekunden unter Wasser gezogen. Sein gesunkenes Boot wird vier Tage nach dem Unfall mit Enterhaken geborgen. Seine Leiche wird nie gefunden.

Commander Stockwell dreht ihren Computerbildschirm zu mir und spielt ein YouTube-Video ab, in dem eine junge Frau, bekleidet mit einem Badeanzug, Badekappe und Schwimmbrille, einen Kopfsprung von einem Ruderboot aus ins von Eisschollen bedeckte Meerwasser macht. Im Hintergrund, es könnte die Antarktis sein, türmen sich blaue Gletscher auf. Die Sonne hängt als bleiche Scheibe tief über dem Horizont, als die Schwimmerin auftaucht und zu kraulen beginnt.

»Lynne Cox«, erklärt Stockwell. »Fünfundvierzig Jahre alt, als dieses Video 2002 aufgenommen wurde. Als erster Mensch schwimmt sie eine Meile in Eiswasser. Die meisten wären innerhalb von fünf Minuten tot; sie blieb fünfundzwanzig drin. Davor hat sie die Strait of Magellan, die Cook Strait in Neuseeland, das Kap der Guten Hoffnung und die Beringsee bezwungen. Wenn man sie fragt, warum sie das macht, kann sie es nicht sagen.

Und dann ist hier noch dieser Mann«, sagt sie und schiebt mir ein Foto herüber. Der hübsche Bogen eines fast nackten

Mannes, aufgenommen im Flug, als er von einer Eiskante ins Meer springt. »Lewis Gordon Pugh. 2007 hat er eine Strecke von 0,62 Meilen bei minus 1,7 Grad Celsius kaltem Wasser am geographischen Nordpol durchquert. 2010 durchschwamm er den anderthalb Grad Celsius kalten Lake Pumori, einen Gletschersee am Mount Everest.« Sie macht eine Pause. »Wissen Sie, warum Sie hier sind, Ms Kasparov?«

Ich nicke. Ich habe es verstanden.

»Die Navy verwendet einen Großteil ihrer Ressourcen für die sorgfältige Auswahl und das Training von Mitarbeitern für spezielle Unterwassereinsätze. Wir müssen wissen, warum manche Menschen, unabhängig von ihrem Trainingsgrad, in kaltem Wasser schnell einer Hypothermie erliegen, während andere sich anpassen und ihre Aufgaben erfolgreich erledigen.« Sie schiebt das Foto von Lewis Gordon Pugh mit einer Spur Verachtung zur Seite, als wäre sie froh, mit ihrer effekthascherischen Eröffnungsrede durch zu sein. »Wir wissen natürlich schon sehr viel. Das Risiko von Hypothermie erhöht sich erheblich, wenn niedrige Temperaturen und Feuchtigkeit zusammenkommen. Und zwar deswegen, weil Wasser die Körperwärme siebzig Mal effizienter abtransportiert als Luft. In sehr kaltem Wasser wird dem Körper die Wärme mit gefährlich hohem Tempo entzogen. Die Kerntemperatur muss nur auf fünfunddreißig Grad fallen, nur wenig unter normal, bevor die Unterkühlung einsetzt.

Die meisten Menschen haben zusätzlich den Reflex, dass sie nach Luft schnappen, vollkommen ungewollt. Die unweigerliche Folge ist eine massive Hyperventilation. Selbst Pugh kann dem nicht ausweichen. Er berichtet, dass schluckweise Eiswasser seine Kehle hinunterrauscht, wenn er das erste Mal eintaucht. Aber dank langer Übung ist er in der Lage, seinen Kopf dann wieder über Wasser zu bekommen und langsam seine Atmung zu beruhigen. Die meisten Menschen empfinden den Schock des Eintauchens als so verwirrend, dass ihnen diese Form der einfachen Kontrolle nicht mehr möglich ist. Es liegt nahe, dass man nicht mehr auftaucht, wenn man nach Luft schnappt, solange der Kopf unter Wasser ist.« Sie seufzt kurz, zieht die Sache aber bis zum logischen Ende durch. »Wegen des Reflexes, nach Luft zu schnappen, können die Lungen sich sehr schnell füllen. Dann fließt Wasser in den Magen, was einen weiteren Reflex auslöst, nämlich das Erbrechen, wodurch sich die Atemwege erneut öffnen. Muss ich noch mehr sagen?«

Ein wenig benommen schüttele ich den Kopf und versuche, mir den von ihr beschriebenen Tod nicht vorzustellen. Mir kommt der Gedanke, dass ich wahrscheinlich in Panik geraten wäre und nicht überlebt hätte, wenn ich diese Details vor dem Unfall gekannt hätte. Als ich im Wasser war, wusste ich nicht, dass ich eigentlich ertrinken müsste. Unwissenheit ist ein Segen.

»Lange Zeit haben wir versucht, unsere Soldaten durch Training auf den Kälteschock beim Eintauchen vorzubereiten. Wir haben Meeressimulationsanlagen und ein Testbecken, in dem wir im Sinne der Gewöhnungstheorie arbeiteten. Wir glaubten, wenn unsere Taucher trainierten, stufenweise kältere Temperaturen auszuhalten, würde es ihnen helfen, ihre physische und mentale Reaktion zu verändern. Bis zu einem gewissen Grad ist das auch richtig. Aber alles in allem hat sich die Gewöhnung als ein Misserfolg erwiesen. Die wesentlichen Reaktionen des Körpers auf Kälte – das Zusammenziehen der Blutgefäße unter der Haut, die Verschiebung des Blutes in den Körperkern und das Zittern – haben sich einfach nicht entscheidend verbessert. Für die meisten Taucher scheint es keinen in sich konsistenten Weg zu geben, ihren Eintauchreflex zu kontrollieren, selbst nicht nach monatelanger Übung.«

»Aber was ist mit den Eiswasser-Schwimmern?«, frage ich.

»Interessant, oder? Cox und Pugh haben bemerkenswerte

Physiologien, extrem hohe Schmerzschwellen und eine beispielhafte mentale Härte. Aber nichts davon erklärt hinreichend ihre Fähigkeiten. Fakt ist, dass erfolgreiche Eiswasserschwimmer mehr Fragen aufwerfen als beantworten: Warum können einige Menschen Fähigkeiten wie die von Cox und Pugh entwickeln und andere nicht? Wie kann man das trainieren? Was zieht Athleten wie Cox und Pugh zu ihren ungewöhnlichen Aktivitäten hin, für die ihr Körper wie geschaffen ist? Wie kann ein Mensch *wissen*, ob er oder sie diese Fähigkeit hat, die verborgen bleibt, bis die Erfahrung selbst sie bestätigt? Wie viele weitere Menschen haben diese Fähigkeit, und wie kann man sie feststellen?

Sie sehen, Ms Kasparov, wir stehen erst am Anfang bei der Erforschung der physiologischen und psychologischen Komponenten des Überlebens in Extremsituationen. Irgendwann in der Zukunft werden wir neue Rekruten einer ganzen Serie körperlicher und geistiger Tests unterziehen können, die es uns erlauben, sie sofort auf die Positionen zu setzen, für die sie am besten geeignet sind und auf denen sie höchstwahrscheinlich erfolgreich sein werden – das bedeutet Optimierung der Ergebnisse bei gleichzeitiger Minimierung der Verluste. Aber von diesem Ziel sind wir derzeit noch weit entfernt.«

Mir ist ein bisschen flau im Bauch. Vielleicht liegt es an der unbekümmerten Art, wie sie das Wort *Verluste* benutzt. Gleich werde ich von ihr erfahren, was genau sie von mir will. Ich möchte das hier hinter mich bringen, damit ich an den Strand kann.

Sie schenkt mir ein gepresstes, halbherziges Lächeln, das mir anbiedernd vorkommt. »Noch nie hat jemand das geschafft, was Sie gemacht haben, Ms Kasparov. Weder Pugh noch Cox. Vier Stunden in neun Grad kaltem Wasser. Das hat es bislang noch nie gegeben.«

»Und Sie wollen, dass ich –«

»Dass Sie sich Tests unterziehen. Medizinisch, psychologisch, genetisch. Dass Sie uns erlauben, Ihre Reaktion auf simulierte Extrembedingungen zu beobachten.«

»Wie lange wird das alles dauern?«

»Ein paar Tage. Kein Herumhängen und Warten, das verspreche ich. Sie haben bei uns Priorität Nummer eins.«

Die Unbestimmtheit ihrer Antwort stört mich, aber mir fällt kein Grund ein abzulehnen. Ich habe heute und morgen, Freitag, freigenommen und hatte sowieso geplant, das Wochenende am Strand zu genießen. Stockwell nennt mir Zeit und Ort, wo ich mich am nächsten Morgen einfinden soll, und versichert mir, Eileen, die Empfangsdame, werde sich persönlich um alles kümmern, was ich brauche.

Als ich endlich am Strand bin, ist es bereits später Nachmittag und ein wenig frisch. Ich lasse mich auf meinem Hotelhandtuch nieder, beobachte die über mir kreisenden Vögel und die herumkrabbelnden Sandkrebse. Nach einer Weile gehe ich auf einen Cheeseburger in die Stadt, schlendere unter Palmen und ziehe mich dann früh zum Schlafengehen in mein malvenfarbenes Zimmer zurück, das so klimatisiert ist, dass ich mir vorkomme wie vakuumverpackt. Ich habe dieses scheußliche Hotelketten-Gefühl, als könnte ich einfach überall sein – in Paris, Hongkong, Detroit oder Schenectady. Oder nirgends. Auch meine Träume scheinen umherzuirren, nicht zu wissen, wohin sie gehören.

Im Verlauf der nächsten beiden Tage werde ich sämtlichen medizinischen Tests unterzogen, die der Menschheit bekannt sind. Ich laufe auf einem Laufband, verkabelt mit Maschinen; ich puste, so fest ich kann, in einen Schlauch; mein Blut wird analysiert; eine Gehirnkarte wird erstellt. Ich verbringe einen geschlagenen Nachmittag im Kardiopulmonalen Labor, wo ich Atemfunktionstests und sauerstoffabhängigen Leistungsmessungen unterzogen werde, und zwar vor, während und nach etwas, das die Navy *thermale Aussetzung* nennt und ich schlicht *erfrieren*. Ich mache einen IQ-Test, fülle einen Lebenslauf aus, gebe Informationen zu jedem Mitglied meiner Familie – eine schnell erledigte Aufgabe angesichts der Tatsache, dass weder Milosa noch Isa viel in Familienerinnerungen geschwelgt haben. Ich erzähle die Geschichte des Schiffszusammenstoßes wieder und immer wieder. Ich überlasse ihnen meine DNA.

Jeder, den ich kennenlerne, ist absolut höflich, was mir nicht gefällt. Es ist schwer, eine Person von der anderen zu unterscheiden, wenn sie sich alle gleich verhalten. Ron, Bob, Bill, Jane – vollkommen austauschbar, soweit ich das einschätzen kann. Und das Wetter: ein perfekter Tag nach dem anderen. Was nach einer Weile langweilig wird. Ich habe das Gefühl, den besten Teil von mir in Boston gelassen zu haben und zurückfahren zu müssen, um ihn auf den schmutzigen Straßen zwischen den schlechten Autofahrern wiederzufinden.

Schließlich heißt es, es sei nun Zeit für den Tauchgang. Sonntag ist Ruhetag, also wird mein Eiswasser-Schwimmen auf Montagmorgen um neun festgesetzt, weshalb ich im Büro anrufen und mir noch einen Tag freinehmen muss. Der Tauchgang findet im Versuchspool statt, einem knapp zweihunderttausend Liter fassenden Indoor-Frischwasserbecken, ungefähr viermal neun Meter groß und vier Meter tief. Eileen zeigt mir alles. Es gibt ein Medizin- und Ingenieursdeck, eine Kommunikationsebene, volle Videoüberwachung, Druck- und Gas-Überwachung. Es werden ungefähr sechs Personen zugegen sein, erklärt sie mir, darunter ein Arzt und ein Sportwissenschaftler. Sie gibt mir einen Badeanzug, Badekappe und Schwimmbrille. Keine Flip-Flops, was mich enttäuscht. Ich sage ihr, ich hätte gern grüne gehabt, passend zur Badekappe. Sie lächelt nett, weil ich so gut mitspiele.

Sie erklärt, dass ich im Wasserbecken eine Schwimmhilfe bekommen werde, wie ich sie ja auch im Meer hatte, obwohl mir wieder und wieder gesagt wurde, Bewegung sei unerlässlich, um die Körpertemperatur aufrechtzuerhalten. Ein an meinem Brustkorb befestigter und mit einem Laptop verbundener Sender wird Puls und Atemfrequenz protokollieren, und mit einer Wärmebildkamera werden sie den Wärmeverlust messen. Der Schwimmversuch wird dauern, bis eine Fortsetzung gefährlich für mich wird – wie lange auch immer das ist. Vielleicht eine Minute, vielleicht eine Stunde, oder vielleicht auch vier. Aber ich versuche, nicht so weit vorauszudenken. Sie erklärt mir allen Ernstes, ich solle keinesfalls vorher mit dem Zeh die Wassertemperatur prüfen, und da hätte ich beinahe hysterisch gelacht. Jetzt kann ich an nichts anderes mehr denken als an den anfänglichen Schmerz und Schock. Der Pool unterstützt Temperaturen von einem bis vierzig Grad Celsius. Ausgehend von den Ergebnissen der bisherigen Tests, wird die Navy den Temperaturregler für mich auf betäubende vier Grad stellen.

Patriotismus ist die einzige Motivation, die mir zu dem Wagnis dieses bizarren Experimentes einfällt, und der reicht bei mir nicht bis um die nächste Ecke. Ich vermute, dass ich auf einer tieferen Ebene außerdem mit dem menschlichen Bedürfnis geschlagen bin, wissen zu wollen, wer und was ich bin.

Ich verbringe den Sonntagmorgen am Strand, esse zu Mittag und kehre ins Hotel zurück. Ich schlafe ein und schrecke aus einem Alptraum über das Ertrinken auf. Fast war er schlimmer als die Wirklichkeit, da er in meinem eigenen Kopf entstanden ist. Meine Lungen fühlen sich an wie vom Salzwasser verätzt; auf meinen Lippen befinden sich Phantomspuren von Salzgeschmack. Mein Herz weiß nicht, dass es nur ein Traum war: Es rast, darauf ausgerichtet zu überleben. Das digitale Display der Hoteluhr zeigt 15.36 Uhr. Ich habe weniger als eine Stunde geschlafen.

Ich stehe auf und schalte alle Lampen an, obwohl das Zimmer von Sonnenlicht durchflutet ist – die neben dem Schrank, die hässliche Leuchtstofflampe im Bad, die Schreibtischlampe. Dabei verscheuche ich Geister und wische die Spinnennetze des Alptraums fort. Ich räume auf. Ich kann mir nicht vorstellen, welche Erfahrungen ich im Schwimmbecken machen werde, und Sachen zu ordnen erscheint mir irgendwie sinnvoll. Ich schaue auf mein Mobiltelefon. Johnny simst: *Denk an Dich, Schätzchen. Was ist mit dem Bier?* Weg damit, in den Papierkorb.

Meine E-Mails sind etwas von allem, plus Müll. Ich beantworte ein paar davon, lösche alle und laufe dann in dem engen Raum auf und ab. So wahnsinnig unruhig, wie ich bin, würde der Unsinn im Fernsehen es nur noch schlimmer machen. Ich fange an, meine eigene Version von Sportpsychologie zu trainieren: Ich stelle mir die warme Dusche vor, die ich nehmen werde, wenn ich aus dem Pool komme. Worüber mache ich mir überhaupt Sorgen? Sie werden mich schon nicht sterben lassen. Ich habe ein Ticket für den Rückflug nach Boston, Abflug morgen Abend, 18 Uhr 35 – ein Zwischenstopp in Atlanta –, Ankunft Logan International 0 Uhr 27. Dienstagmorgen sitze ich wieder an meinem Schreibtisch. Und wenn Leute mich fragen, was ich denn in meinen Miniferien so gemacht habe, werde ich ihnen eine weitere Geschichte über das Wasserreich erzählen können, die nicht zu toppen ist.

Mein Mobiltelefon klingelt. Im Display erscheint der Name von Thomasina, aber stattdessen höre ich Noahs flüsternde Stimme: »Pirio?«

»Ich bin hier, Noah. Stimmt was nicht?«

»Nein.« Eine Pause so groß wie Texas.

»Was ist denn los?«

»Nichts.«

»Warum rufst du an?«

»Keine Ahnung.« Ein leicht vorwurfsvoller Ton: Die Frage war zu schwierig oder zu direkt.

»Okay, Noah. Ist deine Mom da? Kann ich sie mal sprechen?«

»Sie ist nicht hier.« Er spielt mit irgendwas aus Plastik, vielleicht mit Legos oder einer Ninjafigur.

»Wo ist sie?«

»Im Gefängnis.«

»*Was?*«

Am anderen Ende der Leitung herrscht Schweigen, aber ich höre, wie er sein Schluchzen unterdrückt.

»Hat sie dich angerufen?«

»Mhm-mh.« Machtlos wie ein Kätzchen.

»Wie lange ist sie schon weg?«

»Mhmmm ... vielleicht ... Nur einen Tag.«

»Du bist schon den ganzen Tag allein?«

»Und die Nacht.«

»Noah, alles okay?« Blöde Frage.

»Ich glaube, mit Jerry stimmt was nicht.«

»Jerry? Wer ist Jerry?«

»Weißt du doch, Pirio. Mein Hamster.«

»Oh ja, richtig. Jerry. Was ist mit ihm?«

»Ich glaube, er ist gestorben.« Seine Stimme stockt, wieder werden Gefühle runtergeschluckt. Ich kann mir sein Gesicht vorstellen, wenn er nicht weint und sich nicht fürchtet. Der Gedanke daran, wie sein Gesicht in diesem Augenblick aussieht, reicht aus, um mich vor Schmerz verrückt zu machen.

»Gibt es jemanden, zu dem du gehen kannst, bis ich da bin, Noah?«

»Nein, ich will nirgendwohin gehen.«

»Was ist mit deiner Großmutter?«

»Sie wird mich meiner Mom wegnehmen.«

»Was ist mit euren Nachbarn?«

»Die sind gemein. Die schreien mich nur an.«

»Was ist mit Daniel? Kannst du zu dem gehen?«

Pause. Seine Stimme wird zu einem Flüstern. »Pirio, ich will nicht, dass es jemand erfährt.«

»Ah-ha. Verstehe. Ich kann meinen Flug wahrscheinlich umbuchen und wäre dann heute Nacht so gegen eins da. Ist das für dich okay?«

»Kannst du nicht schneller kommen?«

»Nein, Noah, kann ich nicht. Ich bin in Florida. Aber ich kann dich ganz viel von meinem Handy aus anrufen, und du mich.«

»Okay. Dann mache ich meine Hausaufgaben«, sagt Noah, klingt jetzt beruhigt und zu erwachsen.

Sowie wir aufgelegt haben, wähle ich Thomasinas Nummer, lande aber auf der Mailbox. Ich schicke ihr eine SMS und dann eine E-Mail von meinem Computer aus. So etwas Furchtbares hat Thomasina noch nie zuvor verbockt. Jetzt hat sie eine kritische Grenze überschritten. Ich rufe die Polizei in Brookline an, aber sie geben mir keine Informationen. Aus Wut bin ich versucht, das Jugendamt anzurufen. Aber was würden die tun? Eine grausame und beschämende Ermittlung anberaumen und vielleicht Noah aus seinem Zuhause rausnehmen. Was für Noah eine Katastrophe wäre, noch ein plötzlicher, verheerender Verlust. Davon abgesehen ein brutaler Verrat an Thomasina, einer, den sie noch nicht verdient hat.

Ich buche mein Ticket um und habe noch ausreichend Zeit

für die Abendmaschine um 18 Uhr 35. Ich packe schnell und bestelle mir ein Taxi. Von unterwegs werde ich Eileen eine Nachricht auf den Anrufbeantworter sprechen. Die Navy wird warten müssen.

KAPITEL 10

Es ist schon nach eins, als ich vor Thomasinas Wohnung stehe und die Tür mit dem Schlüssel öffne, den sie mir vor langer Zeit gegeben hat. Noah schläft, allerdings nicht in seinem Bett. Er sitzt zusammengesunken wie ein alter Mann auf einem Stuhl. Sein Kopf hängt nach vorn, was gefährlich aussieht, als würde er gleich von seinen Schultern fallen und auf den Boden kullern. Er trägt Jeans, Turnschuhe, die ordentlich mit einem Doppelknoten zugebunden sind, und seine nachgemachte Army-Jacke. Neben dem Stuhl steht eine Sporttasche. Ich brauche gar nicht erst hineinzusehen, um zu wissen, dass darin alles verstaut ist, was für ihn seine wichtigsten Besitztümer sind, und vielleicht, sofern er daran gedacht hat, auch seine Zahnbürste und frische Unterwäsche.

Schon immer ein leichter Schläfer, hebt Noah den Kopf und blinzelt in das Licht, das ich beim Hereinkommen angeschaltet habe. Er sagt hi. Ich sage hi. Keine großen Gefühlsduseleien, weil wir eben so sind, er und ich. Nur zwei Menschen, die sich von einer verdammten Sache, die nach hinten losgegangen ist, zur nächsten hangeln.

Der Anrufbeantworter blinkt. Anzahl der Nachrichten: 7. Ich frage ihn, ob er sie schon abgehört hat.

Sein Schulterzucken heißt sowohl ja als auch nein.

Zugegeben, eine blöde Frage. Wenn er die Nachrichten abgehört hätte, würde das rote Licht nicht blinken. Vielleicht hat er aber zugehört, als sie aufgesprochen wurden, weil er der Regel seiner Mutter gefolgt war, nicht ans Telefon zu gehen, wenn es jemand war, den er nicht kannte. Vielleicht hatte er aber auch geschlafen.

Ich drücke auf den Knopf und höre angeekelt zu, wie Freund Max seine Schönste fragt, wo und wann. Er erwähnt, es sei Samstagmorgen, was uns einen Anhaltspunkt gibt. Dann sagt er, er könne es kaum erwarten, sie mit Küssen zu bedecken und die Innenseiten ihrer Oberschenkel abzulecken. Die Worte sind draußen, bevor ich den Überspringen-Knopf drücken kann. Weder Noah noch ich geben dazu einen Kommentar ab. Die nächsten Nachrichten sind irgendein Schwachsinn, mit dem wir Bürger regelmäßig anästhesiert werden: eine Ankündigung der Schule, irgendeine unverlangte Werbung. Dann beschuldigt eine Stimme, die sich anhört wie das knarrende Eis eines zugefrorenen Sees, Thomasina, Neds Computer aus seinem Haus gestohlen zu haben. Ich brauche einige Sekunden, um Neds Mutter Phyllis zu erkennen, die wie üblich Gift versprüht. Es ist sehr unwahrscheinlich, dass Thomasina, die alles hat, Neds Computer stehlen würde. Also handelt es sich vermutlich nur um Phyllis' Art, die Vendetta fortzusetzen, die ihrem Leben einen Sinn zu geben scheint.

Jetzt ertönt Thomasinas Stimme. »Noah? Süßer? Noah, Baby, heb den Hörer ab.« Pause. »Los, mach schon, Noah. Bitte heb ab.« Pause. »Okay, also du hebst nicht ab. Vielleicht bist du ja immer noch auf dem Treffen vom Wissenschaftsklub, oder Daniels Mutter hat euch hinterher mit in den Skatepark genommen. Ich hab auch versucht, dich auf deinem Handy zu erreichen, bin aber nicht durchgekommen. Hast du vergessen, es anzuschalten? Tut mir leid, dass ich dir heute Morgen nicht erzählt hab, dass ich unterwegs sein werde, wenn du zurückkommst. Ich weiß nicht, wie lange es noch dauern wird. Ich muss hier noch was erledigen. Mach dir einfach ein Sandwich zum Abendbrot. Es muss noch Erdnussbutter da sein, und im Gefrierfach ist noch Eiscreme. Und wenn du diese Nachricht bekommst, *melde dich*. Mein Telefon ist an. Vielleicht kann ich nicht abheben, weil ich gerade sehr beschäftigt bin, aber dann hinterlasse einfach eine Nachricht, damit ich weiß, dass bei dir alles okay ist. Ich liebe dich, Süßer. Mach dir keine Sorgen, ich bin bald zu Hause.«

Noah und ich sehen uns an, ohne mit der Wimper zu zucken. Wir wissen beide, dass die Hiobsbotschaft nicht mehr weit ist.

In der folgenden Nachricht ist Thomasina eindeutig betrunken. Im Hintergrund hört man das Gelächter, das Erwachsene von sich geben, wenn sie überhaupt nicht witzig sind. Männliche und weibliche Stimmen schwirren durcheinander. Über diesen Lärm hinweg erzählt sie etwas von wegen Pirio anrufen, aber sie hätte mich nicht erreicht. Sagt Noah, er solle einfach ins Bett gehen, und wenn er morgen früh aufwacht, sei sie direkt da, in der Küche, und würde Bagels toasten. *Wie eine gute Mutter*, fügt sie hinzu. Ich kann spüren, wie Noah zusammenzuckt. Dann kichert sie, als würde jemand sie kitzeln, kreischt wie ein Teenagermädchen, das ihre Freundinnen im Einkaufszentrum trifft, und ruft *Sei ein lieber Junge!* in das Telefon.

Ich schaue Noah nicht an. Ich möchte nicht sehen, was in seinem Gesicht geschrieben steht, und nicht, dass er in meines schaut. Auf meinem Mobiltelefon waren keine Nachrichten von Thomasina. Vielleicht wusste sie nicht, dass ich unterwegs war, und hat bei mir zu Hause angerufen.

Ich versuche mir vorzustellen, was Noah davon abgehalten hat, den Hörer abzuheben. Vielleicht das Unvermögen, die richtigen Worte zu finden. *Mach dir keine Sorgen, Mom. Ich mache mir Abendbrot und räume hinterher wieder ab. Ich werde nicht zu viel Fernsehen gucken und werde mich weder fürchten noch einsam sein. Mach du weiter. Viel Spaß noch.* Das ist ein höherer Grad an Lügen, als Noah in seinem zarten Alter bewältigen kann. Natürlich hätte er auch ehrlich sein können. Hätte den Hörer abnehmen und echte Tränen weinen können. Tränen, die in der rauschhaften Karnevalsatmosphäre der Erwachsenen, die gerade künstlichen Spaß haben, verpufft wären. Sehnsucht, Sorge, Wut und Angst. Seine Mutter mit genau den Gefühlen jagen, vor denen sie weglief.

Auch die letzte Nachricht ist von ihr. In dieser klingt sie angespannt, klar und schlüssig, wie eine Flugbegleiterin, die die Abläufe einer Notlandung erklärt. Sie sagt, sie sei verhaftet worden und man würde sie über Nacht dabehalten. Sie will ihren einen Telefonanruf nicht mit dem Versuch vergeuden, mich zu erreichen, und bittet Noah, es auf meiner Nummer zu probieren, bis er durchkommt. Ihre Stimme ist so kontrolliert, dass ich vermute, wer auch immer ihr zuhörte, hatte keine Ahnung, dass sie mit einem Zehnjährigen telefonierte.

Noahs Gesicht ist aschfahl. Zweifellos stellt er sich Gefängnisse aus Stahl und Beton vor, wie die, die er im Fernsehen gesehen hat, jene, die Menschen wie Fliegen verschlucken und wie Dreck behandeln.

»Es ist kein richtiges Gefängnis«, erkläre ich ihm. »Nur die Polizeiwache die Straße runter. Ich gebe ihnen etwas Geld, und sie lassen sie nach Hause gehen.«

Er nickt, benommen von der komplizierten Erwachsenenwelt, und streift dann mit seinem Blick den Hamsterkäfig in der Ecke des Zimmers.

Wir nähern uns ihm gemeinsam, langsam, als wär's eine Bombe, die hochgehen könnte. Obwohl Jerry nur ein Nagetier mit einer kurzen Lebenserwartung ist, obwohl es nicht ungewöhnlich für ein Nagetier ist, plötzlich und aus unbekannten Gründen zu sterben, und obwohl Erwachsene dafür bekannt sind, den Tod dieser Art von Haustieren als relativ harmlose Lektion für ihre Kinder zu nutzen, was das große Thema Vergänglichkeit betrifft, fürchte ich mich. Was, wenn er nicht wirklich tot ist, sondern nur leidet? Oder schon sehr lange tot ist und deshalb hart wie ein Brett? Tod bleibt Tod – immer schockierend, in welcher Art und Form er auch daherkommt.

Instinktiv halten Noah und ich uns an der Hand. Ich öffne den Käfig. Kein Jerry. Mit der freien Hand grabe ich herum und finde die kleine Leiche unter einem Haufen Sägespäne. Sie ist kalt und hart. Das Fell fühlt sich, falls das überhaupt sein kann, synthetisch an.

»Du hattest recht«, sage ich zu Noah.

Er nickt kurz und spielt den kleinen Mann. Aber seine Hand drückt meine.

In der Küche wickeln wir Jerrys sterbliche Überreste in ein Geschirrtuch und suchen nach einer Schachtel, können aber keine finden. Am Ende nehmen wir eine Plastikbox mit Schnappdeckel.

Wir fahren in meine Wohnung, nehmen die Plastikbox mit, und ich mache Noah etwas zu essen. Wir sprechen weder über seine Mutter noch über sein totes Haustier. Stattdessen unterhalten wir uns über einen Mann, der eine Windkraftanlage in seinem Garten aufstellen will. Der Stadtrat erlaubt es ihm nicht. Ich nenne das Schwerfälligkeit, unverzeihliche Ignoranz und tragische Massenhysterie. Ich weiß, ich übertreibe. Noah überlegt laut, wie groß die Windkraftanlage wohl wäre. Keiner ist mit dem Herzen bei dem Gespräch. Es ist drei Uhr morgens. Wir versuchen uns abzulenken.

Seine Lider sind so schwer, dass sein Kopf ihnen sofort folgt, als sie zuklappen. Er wacht mit einem Ruck auf, will die Unterhaltung fortsetzen, hat aber vergessen, worum es ging. Nein, er möchte nicht mit mir zur Polizeiwache gehen und seine Mutter abholen. Kann er hierbleiben und ein bisschen fernsehen? Kaum auf der Couch, ist er schon eingeschlafen. Der Mund leicht geöffnet, lange Wimpern, die wie Federn auf den Wangen liegen.

Ich lasse ihn nur ungern allein, andererseits will ich ihn aber auch nicht aufwecken. Und er muss nicht unbedingt sehen, wie seine Mutter aus dem Gefängnis kommt. Ich packe ihn in eine Decke, lasse ihm meine Mobilnummer mit einer kurzen Nachricht da: *Bin gleich zurück.*

Das Polizeirevier ist nur ein paar Blocks weg. Ich nehme trotzdem den Wagen, fahre durch menschenleere Straßen und stelle ihn direkt davor auf einem gebührenpflichtigen Parkplatz ab. Meine Absätze klackern über den makellosen Linoleumboden. Keine Schlange am Empfang, kein Warten. Eine untersetzte, uniformierte Frau mit kantigem Kinn mustert mich und überlegt, was sie von mir halten soll. Ich erkläre, warum ich hier bin, und stelle den Scheck für die Kaution aus. Es fällt kein Wort mehr als unbedingt nötig.

Ich hatte befürchtet, Thomasina wäre extrem reizbar, wenn sie aus der Zelle kommt, doch sie ist kleinlaut und beherrscht. Unsere Blicke treffen sich kurz. Sie hat ihr Haar in einen Knoten geschlungen und ihre schwarze Satinjacke zugeknöpft, als ginge sie zu einem Vorstellungsgespräch. Die Beamtin gibt ihr die voluminöse Lederhandtasche zurück. Thomasina wirft sicherheitshalber einen Blick hinein, und wir treten aus dem ungastlichen Gebäude hinaus in die letzte Stunde der Dunkelheit. Im Wagen sagt sie gar nichts, sondern hockt nur da, mit blassen Lippen und hinter einer riesigen, schreiend überflüssigen Sonnenbrille. Wir sind schon fast bei mir auf dem Parkplatz, als sie endlich erzählt, was los war.

»Was ich getan habe, dazu will ich gar nichts sagen. Ich weiß, es war falsch. Aber ich habe wirklich nicht gedacht, dass ich so lange fort sein würde. Oder dass ich geschnappt würde. Zumindest nicht so.« Sie nimmt die Sonnenbrille ab und sieht mich flehend an.

Und hier sitze ich nun, Geschworene und Richterin in Personalunion, zwei Jobs, die ich nie haben wollte. »Mhm-mh. Was ist passiert?«

»Na ja, zuerst bin ich zu Max gegangen und dann zu einer Party, weißt du, mit Max und ein paar anderen Leuten, und es ist dann irgendwie ausgeartet« – was bedeutet, dass sich Sex und der Konsum harter Drogen aus den Schlafzimmern und Bädern ins Wohnzimmer verlagerten –, »also bin ich gegangen und wollte nach Hause. Es war erst zehn Uhr. Aber dann hatte ich diesen Einfall ... Es war eine blöde Idee, ich muss betrunken gewesen sein ... Jedenfalls, mir kam die Idee, dass ich vielleicht ein paar Fotos von Ned suchen könnte. Für Noah. Wir haben keine.«

Sie sieht mich an, will wissen, ob ich ihrer Logik folgen kann.

»Weißt du, vor ein paar Tagen hab ich Phyllis angerufen und gefragt, ob wir welche haben könnten, aber sie hat einfach aufgelegt. Also hab ich Neds Schwester angerufen – und bei ihr genau dasselbe. Das hat mich so *wütend* gemacht. Ich meine, hey, was sind schon ein paar Fotos? Ist ja wohl nicht zu viel verlangt, oder? Wir haben kein einziges. Ich dachte, wir hätten welche, aber ich muss sie wohl weggeschmissen haben, als ich mal angepisst war. Egal, ich wollte Noah was Nettes basteln, also, ein kleines Album oder so, damit er sich an die schöne Zeit erinnern kann, na ja, und wie sein Vater ausgesehen hat. Das *braucht* er, findest du nicht auch? Es ist *wichtig*. Aber diese beiden ...

Was haben die überhaupt für ein Problem? Warum können sie zur Abwechslung nicht mal an Noah denken? Wen interessiert's denn schon, wer der gottverdammte leibliche Vater ist? Ned hat ihn geliebt, und Noah hat ihn auch geliebt. Also hab ich mir gedacht: *Ich hol mir jetzt einfach ein paar Scheißfotos, und wenn ich dabei draufgehe. Ned hatte wahrscheinlich einen ganzen Stapel Bilder. Und sein Scheiß gehört denen doch gar nicht.*«

Dann schildert sie, wie sie zu Neds Haus in East Milton gefahren und durch ein zerbrochenes Kellerfenster eingestiegen ist. Ich hebe fragend meine Augenbrauen.

»Ist ja schon gut! Dann hab ich's eben selbst eingeschlagen«, schiebt sie nach.

Das Haus war aufgeräumt, das Bett abgezogen, und im Kühlschrank standen keine verderblichen Lebensmittel, daher wusste sie, dass Phyllis und Neds Schwester bereits da gewesen waren. Aber an Neds Schreibtisch war niemand gewesen. Stapelweise Papiere und Briefe lagen oben darauf, und tatsächlich auch ein hübsch gerahmtes Foto von Ned und Noah. Dicht aneinandergelehnt, Hotdogs in der Hand, im Hintergrund das grüne Monster aus dem Fenway Park, Noah mit einem Senfbart und einem fetten Grinsen im Gesicht. Thomasina steckte das Bild in ihre Handtasche und setzte dann die Suche nach weiteren Aufnahmen fort. Die mittlere Schublade war voller Kram. Sie fing an, darin herumzuwühlen, fand ein paar weitere Fotos. Ein wirklich süßes Bild von Ned, der Noah als Baby auf dem Arm hält. Fast hätte sie geheult. Sie fand sogar ein Foto von sich im Bikini und mit einem großen Strohhut auf dem Kopf, während sie lachend mit einem schleimig aussehenden Stück Seetang nach dem Fotografen schlägt. Die streitlustige Thomasina. Im Rückblick vielleicht zu streitlustig. Dann nahm sie einen großen braunen Umschlag heraus, auf dem *Bootskram* stand, und öffnete ihn aus einer Laune heraus.

»Aus einer Laune heraus? Wirklich?«, hake ich nach.

Sie seufzt. »Ich dachte, es wäre vielleicht eine Versicherungspolice oder so. War's aber nicht.«

Stattdessen fand sie alle erforderlichen Dokumente, um in Massachusetts ein Boot registrieren zu lassen: die Eigentumsurkunde, den Kaufvertrag, einen Nachweis über die Zahlung der Mehrwertsteuer, einen Bleistiftabdruck der zwölfstelligen Seriennummer auf der oberen rechten Seite des Heckbalkens und schließlich den vollständig ausgefüllten Antrag. Alles war da, bis auf die Quittung für die bezahlten Gebühren. Von Rechts wegen hatte Ned nach Erwerb des Bootes zwanzig Tage Zeit, um die Papiere einzureichen. Er war gerade über den Stichtag, als er mitsamt seinem Schiff unterging.

»Glaubst du, er hatte das Geld nicht?«

»Nein. Ich glaube, er hat's einfach nur rausgezögert, zum Registrierungsbüro zu gehen. Er hat viele Dinge auf die lange Bank geschoben.«

Plötzlich hämmerte jemand recht ungestüm an die Tür. Als sie aufblickte, sah sie draußen vor dem Panoramafenster flackerndes Blaulicht. Es waren zwei Streifenwagen – einer blockierte in der Einfahrt ihren Wagen, der andere stand auf der Straße. Sie unternahm nicht mal den Versuch zu fliehen. Wo sollte sie hin und warum? Also stopfte sie nur die Fotos und den Umschlag in ihre Tasche, ließ die Cops ins Haus und versuchte ganz vernünftig zu erklären, wer sie war und was sie dort machte. Sie war keine Kriminelle. Nein, nur eine frühere Freundin und die Mutter seines Sohnes und so weiter. Aber die Geschichte gefiel ihnen nicht, genauso wenig wie die nächtliche Uhrzeit, das zerbrochene Kellerfenster und die Tatsache, dass Nachbarn angerufen und einen Einbruch gemeldet hatten. Sie legten ihr Handschellen an und verfrachteten sie in einen Streifenwagen. Einer von ihnen hat sie abgetastet. Sie war kurzfristig in Panik geraten, weil sie meinte, ein oder zwei Gramm Koks in der Handtasche zu haben, das sie finden würden. Aber als dann die Cops auf dem Polizeirevier den Inhalt der Handtasche direkt vor ihr auskippten, lag auf dem Tisch nichts Illegales.

»Gott sei Dank«, seufzt sie. »Die ganze Geschichte wäre noch viel schlimmer ausgegangen, wenn ich was dabeigehabt hätte.« Die ganze Zeit hat sie aus dem Fenster gestarrt, aber jetzt sieht sie mich mit traurigen Augen an. Sie hofft auf ein bisschen Mitleid wegen dieser Tortur.

Damals auf der Gaston School sind Thomasina und ich nur so aus Spaß in verschlossene Räume eingedrungen. Entweder durchs Fenster oder mit Hilfe eines gestohlenen Schlüssels oder indem wir die Schlösser einfach geknackt haben. Wir haben vorzugsweise Prüfungsaufgaben oder persönliche Dinge von den Schreibtischen der Lehrer geklaut. Uns hat der Krempel überhaupt nicht interessiert; meistens haben wir einfach alles weggeworfen, selbst die Examensaufgaben, die schon genauso langweilig waren, bevor sie gestellt wurden, wie in den eigentlichen Tests. Aber wenn wir was mitnahmen, haben wir uns stark und mächtig gefühlt.

Also überrascht mich Thomasinas Einbruch nicht wirklich. Auf eine verquere Art hat er sogar etwas Nettes, weil sie es Noah zuliebe getan hat. Was mich allerdings stört, ist ihr Versuch, bei der ganzen Sache doch noch gut dazustehen, nur weil sie keine Drogen bei sich hatte. Als wäre es wichtiger, in diesem Punkt gerade noch mal davongekommen zu sein, als die Tatsache, dass sie Noah allein gelassen hat. Es gehört zurzeit zu Thomasinas generellem Irrsinn, dass sie nichts, was sie tut, vernünftig beschreibt. Sie wirft genauso gedankenlos mit Nebelkerzen um sich, wie sie ausatmet.

»Aber warte«, sagt sie plötzlich. »Das musst du dir ansehen.« Aus den Falten der Tasche fischt sie den großen, braunen Briefumschlag, mit Eselsohren vom Hineinstopfen. Sie öffnet ihn und gibt mir die Eigentumsurkunde und den Kaufvertrag.

»Was?«

»Sieh mal«, sagt sie ungeduldig und zeigt auf die Zeilen, in denen der *Verkäufer* und der *Käufer* stehen. »Ned hat die *Molly Jones* von Ocean Catch gekauft.« Sie blättert zu dem Kaufvertrag. »Für einen Dollar.« Sie starrt mich an. »Verstehst du?«

»Bin nicht ganz sicher.« Mein Kopf ist eine Melasse, die nicht umgerührt werden will. »Vielleicht. Ja, ich denke schon.«

»Selbst gebraucht ist so ein Boot wahrscheinlich über hunderttausend Dollar wert.«

»Es war ein Geschenk.«

»Genau. Und nun sieh auf das Datum. Es wurde gekauft, *nachdem er gekündigt hatte*. Warum würden sie so etwas tun?«

»Als Abfindung?«, sage ich und greife nach Strohhalmen.

»Ich bitte dich, Ocean Catch? Der gierigste Bastard der Umgebung. Der einzige Grund, warum die Leute da arbeiten, ist, dass sie die letzte große Fischfabrik der Gegend sind. Und es gibt ständig Kündigungen. Niemanden kümmert es, wenn man geht.«

»Aber Ned hat zwanzig Jahre dort gearbeitet, also waren sie vielleicht der Ansicht, sie würden ihm eine Art Belohnung für seine Treue schulden.«

»Eine goldene Uhr vielleicht. Aber einen Hummerkutter? Ich weiß nicht.«

Die Rechnung beschreibt die *Molly Jones* als Stahlblech-Offshore-Hummerkutter von Gamage, mit einer Länge von vierzehn Metern, einem Gewicht von sechsundzwanzig Tonnen und einem 2500-Liter-Dieseltank.

»Er hat mir mal erzählt, dass es ihn angeekelt hat, wie Ocean Catch gefischt hat«, erklärt Thomasina. »Er hat nicht gesagt, warum, aber ich denke, sie müssen entweder ihre Quoten überschritten oder illegale Schleppnetzfischerei betrieben haben.

Sich nicht an die Regeln für eine nachhaltige Fischerei gehalten haben. Aber überrascht hat's mich schon, weil er sich früher nie um solche Sachen geschert hat. *Sollen sich doch die Umweltschützer um die Umwelt kümmern*, hat er immer gesagt.«

»Wenn Ned das Unternehmen kritisiert hat, warum sollten sie sich ändern und ihm ein Boot kaufen?«

»Richtig! Davon rede ich doch die ganze Zeit! Und er hat so plötzlich gekündigt. Hat nie auch nur ein Wort darüber verloren, dass er überhaupt daran denkt zu kündigen, und dann ist er auf einen Schlag weg. Ist ausgestiegen. Und quasi am nächsten Tag fährt er mit der *Molly Jones* auf Hummerfang.«

Wir sitzen immer noch in meinem Auto auf dem Parkplatz. Die Backstein-Rückseite meines Wohnblocks ragt vor der dreckigen Windschutzscheibe auf. Die Sonne hat sich inzwischen ein kleines Stück des östlichen Himmels erobert. Ich sehe im Rückspiegel, dass eine meiner Nachbarinnen ein wirklich früher Vogel ist. Sie steigt in ihr Auto und fährt weg.

Ich streiche die Dokumente auf meinem Schoß glatt und gehe sie noch einmal durch. Unten auf der Rechnung ist eine handschriftliche Widmung, nur ein Satz in einer engen, anmutig kursiven Handschrift, eine, wie sie vor Jahren an den Provinzschulen gelehrt wurde. *Möge der Wind immer in Deinem Rücken sein. Alles Gute, Libby.*

Thomasina und ich schweigen, denken über alles nach. Ned. Das Boot. Kündigung. Ocean Catch. Eine metaphorische Wand, passend zu der, auf die wir schauen.

»Übrigens, hast du Neds Computer gestohlen?«, frage ich.

»Seinen Computer gestohlen? Nein, natürlich nicht.«

»Phyllis denkt das aber.«

»Hat sie dir das gesagt?«

»Sie hat eine hässliche Nachricht auf deinem Anrufbeantworter hinterlassen.«

»Himmel, was für eine Hexe.«

»Keine Einwände.«

»Seine Schwester hat ihn wahrscheinlich für die Kinder mitgenommen.« Thomasina rutscht auf dem Sitz hin und her, dreht ihren Kopf und sieht aus dem Beifahrerfenster. Die zusätzliche Distanz hilft ihr, etwas Schwieriges, Persönliches zuzugeben. »Ich mache mir Sorgen, Pirio. Wegen mir und Noah.«

»Das solltest du auch. Du steckst tief in der Scheiße, und du tust ihm weh.«

Sie lacht kurz, ironisch. »Was für eine Freundin sagt einem denn so etwas?«

»Eine ehrliche.«

Sie seufzt. »Ich weiß, ich muss etwas unternehmen. Ich muss mein Leben in den Griff bekommen.«

»Es ist viel konkreter als das. Du musst aufhören, zu trinken und Drogen zu nehmen.«

Sie dreht sich abrupt zu mir um und kann ihre Wut nicht unterdrücken. »Ich *versuche* es doch, Pirio.«

»Tatsächlich? Und wie sehr hast du es gestern Abend versucht?«

»Es ist nicht so einfach, wie du denkst«, sagt sie müde.

»Noah war völlig verängstigt. Ich war die ganze Nacht unterwegs, um herzukommen. Was, wenn ich nicht greifbar gewesen wäre?«

»Ich verspreche dir, es passiert nicht wieder.«

Angewidert schüttele ich den Kopf. »Ich wünschte, du hättest das nicht gesagt.«

Als ich aus dem Auto steigen will, legt sie mir ihre Hand auf den Arm. »Warte. Würde es dir etwas ausmachen, mich raus nach East Milton zu fahren? Dort steht mein Wagen.«

»Nimm ein Taxi«, sage ich kurz angebunden. Es ist früh, und ich habe nicht geschlafen. Und in mir steigt die vertraute Abneigung dagegen auf, hinter ihr aufzuräumen. Ich habe mein eigenes Leben, meine eigenen Probleme, einen Job, zu dem ich muss, und einen eiskalten Pool, in dem ich irgendwann schwimmen muss. Und Noah muss in die Schule.

Um fünf Uhr nachmittags trotten wir drei auf Noahs Wunsch einen Hügel hinter einem der Parks hinauf, von denen es in unserer Stadt reichlich gibt. Thomasina trägt eine Weihnachtstüte, die sie aus einem Schrank hervorgekramt hat. Darin befindet sich die Plastikdose mit Jerrys sterblichen Überresten. Der Pfad den Hügel hinauf ist gewunden und ausgewaschen vom Regenwasser. Noah tollt herum; Thomasina und ich bahnen uns vorsichtig einen Weg um hervorspringende Felsbrocken. Wir kommen auf eine kleine Lichtung mit Blick über die Stadt. Boston ist nur einen Steinwurf entfernt, von hier aus jedoch in vollem Umfang zu sehen. In einer Stunde wird es dunkel, und die Hochhäuser spucken ihre Angestellten aus. In der Mitte der Lichtung ist eine mit Steinen umrahmte Feuerstelle, in der verkohlte Äste liegen. Eine überraschend saubere Angelegenheit.

Das ist einer der Orte, wie ihn nur Kinder kennen, wohin sie gehen, um ihrer Phantasie freien Lauf zu lassen und vor uns Ruhe zu haben. Es überrascht mich allerdings, dass Noah ihn gefunden hat; dann ist er also doch nicht so ein ängstlicher Stubenhocker, wie ich dachte. Aber mir war schon immer klar, dass er verschwiegen war.

Er zeigt auf einen Platz unter einer struppigen Kiefer, wo wir graben sollen, und Thomasina und ich knien uns gehorsam hin, in der Hand die Servierlöffel, die sie von zu Hause mitgenommen hat. Nach einer Weile hat sie keine Lust mehr, steht auf und stellt sich etwas weiter weg auf einen Felsvorsprung.

Haarsträhnen wehen ihr ums Gesicht, eine leichte Brise scheint direkt vom eine Meile weit entfernten Atlantik zu kommen. Die ganze Zeit trägt sie ihre große Sonnenbrille, die jetzt genauso überflüssig ist wie heute Morgen, und ich stelle fest, dass Thomasina überhaupt nicht bei uns ist, sondern in ihre eigenen Gedanken versunken. Sie redet irgendetwas, schwankt ein wenig und schlingt ihre Arme zärtlich um sich selbst.

Mir wird klar, dass sie irgendwas genommen hat. Valium oder Percocet, ein Schmerzmittel, das Opioide enthält. Jedenfalls genug, um ihr über den andauernden Kater zu helfen und die Welt in ein weiches, freundliches Licht zu tauchen.

Hinter dem Felsvorsprung ist ein steiler Abhang.

»Komm ein Stück zurück«, ermahne ich sie.

Noah, der sich ihren herumliegenden Löffel genommen hat, blickt von seiner Buddelei auf. »Mom, komm zurück.«

Sie lächelt wunderhübsch und nennt uns Engel. Dann setzt sie sich im Schneidersitz auf den Boden. »Erinnerst du dich noch daran, als *du* im Gefängnis warst, Pirio?«

Noah schnappt nach Luft. »Pirio war im Gefängnis?«

»Mhm-mh. Im Internat mussten wir ganz allein in einem kleinen Zimmer sitzen, wenn wir uns schlecht benommen hatten. Wir haben es das Gefängnis genannt. Pirio war oft dort drinnen.«

Noah sieht mich mit aufgerissenen Augen an. »Ehrlich?«

»Das kann ich nicht abstreiten.«

»Wie lange musstest du da drinnen bleiben?«

»Oh, ein paar Stunden, nehme ich an.«

»Länger. *Viel* länger«, sagt Thomasina mit bewundernswerter Zurückhaltung. »Ich bin immer mitten in der Nacht hinuntergegangen und habe mit ihr durch die geschlossene Tür geredet, damit sie nicht so einsam ist. Weißt du noch, Pirio?«

»Ja, weiß ich.« Thomasina hat mich die meiste Zeit bei Laune gehalten, sonst wäre ich verrückt geworden. Damals hat sie das Leben so genommen, wie es gerade kam, hatte immer den Wind im Rücken, und ich war diejenige, die, bildlich gesprochen, die Treppen hinunterfiel und sich an Türen den Kopf einrannte.

»Weißt du noch, als ich dir durch die Tür das *Kamasutra* vorgelesen habe? Erinnerst du dich noch an diese Stellungen? Das Aufblühen, die Erheiterung des Vogels, der Donnerkeil. Wir haben hysterisch gelacht und uns auf dem Boden gewälzt.«

Ich muss schmunzeln. Es gibt kaum etwas Komischeres für fünfzehnjährige Mädchen als die detaillierte Beschreibung von Stellungen beim Geschlechtsverkehr, geschrieben in heilig klingender Prosa.

»Was ist *Kamasutra*?«, fragt Noah.

»Nur ein doofes indisches Buch. Uralt. Würde dir nicht gefallen«, sage ich.

»Und weißt du noch, wie ich immer Mundharmonika gespielt habe? Damals, in meiner Joni-Mitchell-Phase. Einmal habe ich im Chemieunterricht damit angefangen, und der Lehrer hat mich runter zu Dickhead Bates geschickt. Erinnerst du dich an seinen Sprachfehler? *Thomachina, Thomachina. Gib mir dein Inchtrument.* Ich musste ihm meine Mundharmonika aushändigen. Er hat sie mir übrigens nie zurückgegeben.« Sie lacht strahlend. »Aber ich habe mir eine neue gekauft.«

»Das war gemein von ihm, sie dir wegzunehmen«, sagt Noah mitfühlend.

»Ja, das war es.« Sie starrt auf die Skyline von Boston.

»Man darf in der Schule keine Mundharmonika spielen«, erklärt Noah.

Thomasina lächelt ihn wehmütig an. »Ach, was bist du nur für ein süßer Junge.«

Wir verstummen. Noah und ich kratzen weiter den harten Boden mit unseren Löffeln auf. Schließlich ist der Moment gekommen. Das Loch ist ungefähr zwanzig Zentimeter tief, und die Weihnachtstüte steht daneben. Noah gibt mir einen Wink, ich hätte die Ehre. Ich hole die kleine, in ein Geschirrtuch eingewickelte Leiche heraus und lege sie vorsichtig auf den Grund des Loches. Noah zuliebe mache ich es sehr langsam und feierlich.

Als ich anfange, wieder etwas Erde in das Loch zu schieben, gerät er in Panik und packt meinen Arm. »Warte. Sollten wir jetzt nicht irgendetwas sagen?«

Ich habe nie auch nur ein einziges Gebet gelernt. Ich könnte versuchen, aus dem Stegreif über Jerrys Tugenden zu sprechen, aber ich kannte ihn nicht gut genug. Alles, was mir einfällt, ist ein bisschen russische Literatur. Ich konzentriere mich und schaffe es, aus dem Gedächtnis ein paar Bruchstücke eines Gedichtes von Puschkin abzurufen. Zeilen, die gewöhnliche melancholische Empfindungen beschreiben: wie die Zeit vergeht, wie alles zu Staub wird, wie unsere Herzen sich immer nach denen sehnen, die wir verloren haben. Angemessenes Material für Begräbnisse.

Doch als ich Noahs eindringliches, vertrauensvolles Gesicht sehe, weiß ich, dass ich mir etwas anderes einfallen lassen muss. Zu meiner Überraschung springt mir ein vollständig ausgeformter Vers von Jewtuschenko auf die Lippen, als hätte er die ganze Zeit hinter den Kulissen begierig auf seine große Chance gewartet: »Ich habe mich irrsinnig darin getäuscht / zu denken, mein Leben wäre vorüber.«

Noah ist still und zufrieden. Obwohl seine Augen und Wangen trocken sind, verrät ein tiefer Seufzer seine Gefühle. Ich kann nicht einmal ansatzweise erahnen, was ihm diese Gedichtzeile sagt, doch sie scheint ihren Zweck erfüllt zu haben. Behutsam schieben wir Erde in das kleine Grab, bis der Boden wieder flach und glattgeklopft ist. Dann lehnen wir uns auf den Fersen in stiller Einkehr einen Augenblick zurück.

Als wir bei einsetzender Dämmerung nach Hause gehen, singt Thomasina leise vor sich hin. Wir gehen noch auf eine Pizza zu *Christo's* und lachen viel und unbeschwert, doch als wir uns schließlich vor meinem Apartmenthaus voneinander verabschieden, ist Thomasinas Gesicht abweisend. Die Wirkung der Medikamente hat nachgelassen. Sie scheint nicht nach Hause gehen zu wollen und fragt Noah, ob er meine beiden Nummern in sein Mobiltelefon einprogrammiert hat.

»Mhm-hm«, antwortet er. »Aber ich find's nicht mehr.«

»Du hast dein Handy verloren?«

»Ich weiß nicht, wo's ist.«

»Was meinst du damit, du weißt nicht, wo es ist? Wann hast du es zum letzten Mal gesehen?«

»Schon länger nicht mehr.« Er wirkt beunruhigt. Es ist gar nicht seine Art, Sachen zu verlieren, und er spürt die schnell anwachsende Verärgerung seiner Mutter.

»Warum hast du es mir nicht gesagt? Was, wenn etwas passiert wäre? Du musst anfangen, besser aufzupassen, Noah. Du kannst deine Sachen nicht einfach so herumliegen lassen.«

»Ich hab's nicht herumliegen lassen. Es ist verschwunden.«

»Verschwunden? Nichts verschwindet einfach so. Menschen sind nachlässig. Deswegen gehen Dinge verloren.«

Noah klopft seine Army-Jacke ab. »Es war in meiner Tasche.«

»Wir suchen es, sobald wir zu Hause sind«, sagt sie durch zusammengepresste Lippen.

Wir alle sind so angespannt, als stünden wir neben einer tickenden Zeitbombe.

»Mom?«, fleht Noah sie an, *bitte, sei lieb zu mir*.

Sie beugt sich zu ihm. »Du brauchst ein Handy, Noah. Du *musst* eins haben. Ich möchte nicht, dass du ohne aus dem Haus gehst. Oder ohne Handy zu Hause oder sonst wo bist. Nicht eine Minute. Verstehst du?« Sie muss nicht erklären, warum sie das so unbedingt will. Wir alle wissen, er braucht ein Handy für das nächste Mal, wenn sie wieder Scheiße baut.

Plötzlich ist Noah den Tränen nahe. »Mom! Was ist, wenn ich's aber nicht finde?«

»Du *musst* es finden, Noah!«

»Aber ich hab doch schon gesucht!«

Die Verzweiflung in der Stimme ihres Sohnes beginnt Thomasina von dem teuflischen Ort zurückzuholen, an dem sie gerade ist.

»Komm, lass es ruhig angehen«, murmele ich.

Sie blinzelt einige Male und legt sich eine Hand auf die Stirn. Dann seufzt sie und kniet sich vor ihn. »Ach, mein Süßer. Es tut mir leid. Es wird schon wiederauftauchen. Und wenn nicht, kaufen wir dir ein neues. Alles in Ordnung mit dir? Entschuldige, dass ich dich erschreckt habe. Ich bin im Moment ein bisschen angespannt. Oh, Noah. Bitte, verzeih mir.« Sie zieht ihn an sich, und er bleibt eine Zeitlang still und fest an sie gedrückt stehen.

Sie schaut zu mir auf und sieht mir eine ganze Weile in die Augen. Ihre sind matt, aber sie leuchten auch. Ich sehe, wie sehr sie sich um ihn kümmern möchte, und doch fleht sie mich um Hilfe an.

KAPITEL 11

Der Lastenaufzug ist klapprig und riecht nach dem Fisch der Verarbeitungsfabrik im Erdgeschoss. Langsam tuckert er am ersten Stock vorbei, bleibt im zweiten mit einem *Ping* stehen und öffnet seine Türen in eine andere Welt: eine luftige, geräumige Büroetage mit Teppichboden, die von hellen Lampen erleuchtet wird. In der Mitte des Raumes drängen sich ein halbes Dutzend wabenförmig angeordnete Arbeitsplätze in mattem Beige und Grau. Niemand da, obwohl es erst halb fünf ist, und noch dazu an einem Dienstag. Zur Linken befinden sich zwei Büros mit Glaswänden und halb durchscheinenden Vorhängen. Auch sie sind leer. Zur Rechten schaut man aus bescheidener Höhe durch hohe, saubere Fenster auf den Hafen von Boston.

Ich setze meinen Weg in die Bürolandschaft fort. Niemand hält mich auf. Ich bin hier ein unbefugter Besucher. Dies plus die Tatsache, dass ich selbst wieder früher im Büro Schluss gemacht habe, gibt mir das alte Gefühl von Schule schwänzen, eine Mischung aus Schuld und Nervenkitzel. Als ich zu einem Flur auf der rechten Seite komme, höre ich Stimmen hinter der letzten Tür. Ich gehe in diese Richtung, bin mir durchaus bewusst, dass der Teppich meine Schritte dämpft, und beruhige mich, dass ich keinen Grund dazu habe, mich so zu fühlen, als würde ich herumschleichen. Ich bin nur auf der Suche nach

Informationen. Allerdings sind es Informationen, die mir eigentlich nicht so richtig zustehen.

Die Stimmen erblühen zu einem fröhlichen Gewirr, als ich den Raum betrete. Es ist eine Kantine, mit einem großen, runden Tisch und einer Küchenzeile. Ein Kühlschrank, eine Spüle und eine Pinnwand aus Kork, mit diversen Ankündigungen daran. Zehn oder zwölf Leute sind um den Tisch versammelt, überwiegend Frauen, meistens mittleren Alters. An der Küchenzeile kleben Ballons, und ein leuchtend rotes Banner verkündet: »Herzlichen Glückwunsch, Libby!«

Niemand bemerkt mich. Alle schauen auf die grauhaarige Frau, die ein Plastikmesser in die Höhe hält. Sie trägt eine schon etwas ältere grüne Strickjacke und hat sich verknöpft, eine Seite ist länger als die andere. Dazu schwere grüne Cordhosen und eine große, runde Kunststoffbrille. Sie kann kaum größer sein als eins fünfzig. Auf ihrem faltigen Gesicht liegt ein breites Strahlen. »Ihr seid zu süß. Jeder Einzelne von euch. Zu süß!«

»Wirst du wieder französisch sprechen, Libby?«

»*Tout de suite, tout de suite!*«, sagt sie lachend. »Jetzt habe ich alle Zeit der Welt, Französisch zu lernen und Jasper mit nach Paris zu nehmen. Er wird so niedlich aussehen mit einem Barett!«

»Was wirst du noch alles machen?«, fragt jemand.

»Ich werde Malunterricht nehmen, meine Liebe. Ölmalerei. Das wollte ich immer schon lernen. Ich werde Malerin werden, eine Vertreterin des abstrakten Expressionismus!«

»Wir werden dich vermissen, Liebes«, sagt eine der beleibteren Damen.

Libbys Augen füllen sich. »Oh, meine lieben Freunde, ich werde euch auch vermissen.«

Sie fängt an, einen großen Gugelhupf auf dem Tisch vor sich zu zerteilen. Er hat einen Schokoladenüberzug, darauf eine pinkfarbene Schrift und Blumen. Sie kippt jedes Stück auf einen

Pappteller, fügt Serviette und Plastikgabel hinzu und ruft lachend: »Wer will eine Rose?« Die Teller werden weitergereicht, bis sie am anderen Ende des Raumes angekommen sind. Einer davon wird mir in die Hand gedrückt. Ich lächle und bedanke mich. Warum unhöflich sein?

Neben Libby steht ein großer Mann in einem grauen Anzug. Er wirkt ein wenig gebeugt, hat fast eine Vollglatze, und in seiner Stimme liegt eine gewisse ängstliche Gereiztheit. »Ich möchte ein paar Worte sagen«, setzt er an, woraufhin alle sofort verstummen und aufhören, sich zu bewegen. Die unmittelbare Reaktion impliziert, dass er so was wie ein Chef sein muss.

»Ich kenne Libby, seit ich ein kleiner Junge war«, sagt er. »Sie hat mir immer Kekse geschenkt, und später, als ich auf der Highschool war, haben wir uns über Basketball unterhalten. Wenn ich mich recht erinnere, habe ich von ihr auch ein paar gute Ratschläge bezüglich des anderen Geschlechts erhalten.« Mit einem verlegen gurgelnden Lachen verziehen sich seine schmalen Lippen zu einem Lächeln.

Das Publikum antwortet mit einem leisen Glucksen.

»Ich hätte mir nie träumen lassen, eines Tages als Inhaber und Chef zu Ocean Catch zurückzukehren. Ich dachte, nach meinem MBA ginge es für mich ab nach New York oder Los Angeles. Aber als mein Vater starb … nun, ich vermute, da musste ich einfach zurückkehren. Das hier ist mein Zuhause, und ich konnte nicht einfach verkaufen oder alles jemand anderem überlassen. Aber einen Fischereibetrieb zu übernehmen ist kein Kinderspiel, glauben Sie mir. Wäre unsere Libby hier nicht gewesen, ich weiß wirklich nicht, was ich dann gemacht hätte. Nach fünfunddreißig Jahren als Sekretärin meines Vaters kannte sie diese Firma in- und auswendig. Es gab kein Problem, das sie nicht lösen konnte, und sie war immer mit ihrem wundervollen Enthusiasmus dabei. Ich glaube nicht, dass ich je eine

Klage von ihr gehört habe. Sie versprüht Sonnenschein, wo immer sie geht.« Er wendet sich der Frau neben ihm zu und hebt feierlich einen Pappbecher. Aufgrund ihres Größenunterschieds befindet sich sein Arm ungefähr dreißig Zentimeter über ihrem Kopf. »Auf dich, Libby Smith! Vierzig Jahre lang Herz und Seele von Ocean Catch! Der Laden wird ohne dich nicht mehr so sein, wie er mal war!«

»Hört, hört!«, ruft ein Mann, und Libbys Kollegen fangen an zu klatschen und zu jubeln.

»Genug jetzt«, sagt sie errötend. Ihre Stimme geht im Applaus fast unter. »Alles nur Schmeichelei und Geschwätz. Hört endlich auf.«

Als sich alles langsam beruhigt, fragt die Frau neben mir, ob ich einen Kaffee möchte. Ich mampfe gerade Kuchen, also nicke ich nur. »Milch und Zucker?« Wieder nicke ich. Als sie mit meinem Becher zurückkommt, erkundigt sie sich nach meinem Namen. Ich antworte in einer, wie ich finde, normalen Lautstärke. Und mit einem Mal wird es still im Raum.

»Sind Sie die …?« Die Frau scheint Schwierigkeiten zu haben, die richtigen Worte zu finden.

Inzwischen sind alle Blicke auf mich gerichtet. »Ich bin eine Freundin von Ned Rizzo«, sage ich mit strahlendem Selbstvertrauen, als würde das erklären, warum ich, eine völlig Fremde für Libby Smith, auf ihrer Abschiedsparty aufgetaucht bin.

»Sie sind die Frau, die überlebt hat!«, sagt irgendwer.

Ich sehe all die vollkommen erstaunten Gesichter. »Ich habe Glück gehabt«, sage ich und tue es mit einem Achselzucken ab.

Die Leute umringen mich, bieten mir Beileid, Glückwünsche, Respekt und Freundschaft an – und das Ganze vermischt mit einem Hauch stillen Schreckens. Ich versuche freundlich zu sein, doch sobald ich an diesen Tag erinnert werde, rieche ich Seewasser und möchte mich erbrechen.

Libby Smith kämpft sich zu mir durch. »Liebes, ich habe Sie kennenlernen wollen. Ich kannte Ned seit zwanzig Jahren. Er war so ein guter Mensch. Es tat mir in der Seele weh.«

Der Firmeninhaber steht hinter ihr. Er drängt sich durch, bietet mir die Hand an und stellt sich als Dustin Hall vor.

Ich begegne Fragen, so gut ich kann. Schließlich legt sich die Aufregung, mich kennenzulernen, und die Angestellten sowie Dustin Hall widmen sich wieder dem Gugelhupf und der Kaffeemaschine. Ich bleibe allein mit Libby Smith in einer Ecke zurück. Mit einem zerknüllten Taschentuch tupft sie sich ihre Augen.

»Tut mir leid. Es fällt mir nur so schwer, daran zu denken, was passiert ist.« Sie stopft das Taschentuch in den Ärmel ihrer Strickjacke. »Aber, sehen Sie sich nur an … Sie sind hier und sehen so gut aus.«

»Vielen Dank, Mrs Smith. Es ist sehr nett von Ihnen, das zu sagen. Wissen Sie, ich wollte Sie etwas fragen.« Ich mache ein paar allgemeine Bemerkungen über Noah, seine Mutter und wie die zwei zurechtkommen, dann erwähne ich das Boot und schneide das Thema Versicherung an. Ganz zum Schluss sage ich, es sei mir zu Ohren gekommen, dass Ned die *Molly Jones* von Ocean Catch für einen Dollar gekauft haben soll. »Darüber wissen Sie nicht zufällig etwas, oder?«

Sie scheint erstarrt zu sein, ihre Augen sind plötzlich vollkommen trocken. »Ich fürchte, darüber kann ich nichts sagen. Vielleicht sollten Sie besser mit Mr Hall sprechen.« Sie führt mich aus der Kantine zu einer holzvertäfelten Tür am Ende des Korridors.

Dustin Halls Büro ist mit dunkelblauem Teppich ausgelegt, die Möbel sind aus schwerem Mahagoni und die Sessel aus Leder. Hinter seinem Schreibtisch hängt eine riesige Karte des Nordatlantiks.

Er wirkt überrascht, mich zu sehen, bietet mir aber dennoch einen Platz an. Libby Smith zieht sich schnell zurück. Da ich jedoch weiß, dass die zwei sich wahrscheinlich früher oder später darüber unterhalten werden, bleibt mir gar keine andere Wahl, als den angebotenen Platz anzunehmen und meine gezielte Frage noch einmal zu stellen.

Mit bemerkenswerter Gewandtheit gelingt es Hall, die Stirn leicht zu runzeln und gleichzeitig freundlich zu lächeln. »Ich kann mir gar nicht vorstellen, wie Sie auf diese Idee kommen.«

Ich beschreibe die Eigentumsurkunde und den Kaufvertrag aus Neds Schreibtisch.

Er behauptet, er wüsste nichts von einem solchen Geschenk. Ocean Catch habe eine Flotte von Trawlern und Fangschiffen für die Langleinenfischerei, besäße aber keine Hummerkutter, da die Firma weder jetzt noch zu irgendeinem früheren Zeitpunkt in der Hummerbranche tätig gewesen sei. Und selbst wenn sie einen Hummerkutter besäßen, wäre es höchst ungewöhnlich, einem ehemaligen Mitarbeiter ein solches Geschenk zu machen. Nichtsdestoweniger werde er die Angelegenheit prüfen und sehen, was er herausfinden kann, und sollte er weitere Informationen erhalten, würde er sich auf alle Fälle bei mir melden. Das war's. Eine makellose Wand aus Professionalität. Es hat keinen Sinn, sich an solchen Leuten den Schädel einzurennen, denn mit jeder Parade werden sie nur noch freundlicher und gönnerhafter. Ich bedanke mich und gehe.

Ich stehe in dem hell erleuchteten Großraumbüro und warte auf den Fahrstuhl, als plötzlich Libby Smith neben mir auftaucht. Die Fahrstuhltür öffnet sich, und wir betreten gemeinsam die enge Kabine.

»Mögen Sie Hunde?«, fragt sie, als unsere Spiegelbilder in den sich schließenden Edelstahltüren erscheinen. Bevor ich antworten kann, gibt sie mir das Foto eines Cockerspaniels. »Das ist Jasper. Mein Baby. Er ist elf Jahre alt.«

Der Hund sieht aus wie ein x-beliebiger Cockerspaniel. Zerzaust und ein bisschen doof.

»Ich gehe mit ihm immer um sechs Uhr abends um den Jamaica Pond spazieren. Wissen Sie, wo das ist?«, fragt sie.

Ich antworte, ich würde nicht weit davon entfernt wohnen.

»So ein schönes Fleckchen für einen Abendspaziergang. Sie sollten mich schon bald mal begleiten«, sagt sie überraschend entschieden, als wäre es wichtig, dass ich die Einladung annehme.

»Wie wär's mit heute Abend?«

»Perfekt.« Die Tür gleitet auf, wir steigen im Erdgeschoss aus und gehen unserer eigenen Wege, als hätten wir nie miteinander gesprochen.

Nacht legt sich über die Erde, doch am westlichen Horizont sieht man immer noch ein perlmuttfarbenes Schimmern. Libby Smith sitzt auf einer Bank vor dem Bootshaus. Sie trägt eine Segeltuchjacke mit aufgesetzten Taschen und eine bunte, gehäkelte Mütze. Jasper hat sich neben ihr niedergelassen und legt nach Hundeart neugierig den Kopf schräg, als ich mich nähere.

»Gehen wir ein wenig«, sagt sie, und wir machen uns auf den Weg, der sich um den See herumzieht. Sie macht kleine Schritte in abgetragenen braunen Mokassin-Schnürschuhen. Der Bommel auf ihrer Mütze hüpft kurz unterhalb meiner Schulter auf und ab. Jasper trottet an einer bestickten Leine vor uns her.

»Von heute an bin ich frei und ungebunden«, sagt sie mit müder Fröhlichkeit. »Ich weiß nicht, was ich morgen tun werde. Vielleicht bis mittags schlafen und in einem Café einen Kaffee trinken.« Sie schenkt mir ein schiefes Lächeln, das in sich zusammenfällt. »Es ist scheußlich, wie wir immer das Beste aus allem machen müssen, oder? Man sollte annehmen, in meinem Alter hätte ich gelernt, einfach nur die Wahrheit zu erzählen. Ich bin aufgeregt, ich bin froh, und ich habe sehr, sehr viel Angst. Mit wem werde ich mich nun unterhalten? Ocean Catch war mein Leben, und all diese Leute ... in gewisser Weise waren sie meine Familie. Oh, wir sagen, wir bleiben in Verbindung, aber Sie wissen ja, wie das läuft. Ich muss jetzt neue Freunde finden. Aber wo? Im Seniorenzentrum? Da sind doch nur alte Leute!«

Ich lächle sie liebevoll an. Was soll ich sagen?

Jasper bleibt stehen, um neben dem Weg sein Geschäft zu erledigen. Mrs Smith kramt eine Tüte aus der Tasche, sammelt den Hundekot auf und wirft alles in die nächste Mülltonne. Sie tätschelt und lobt Jasper, dessen braune Augen sie unter der Fellmähne anleuchten.

»Wissen Sie, Ned hat etwas sehr Seltsames gemacht, bevor er das Unternehmen verließ«, sagt sie, als wir einer Biegung des Weges folgen. »Ich habe ihm seinen Bonusscheck gegeben. Er hat damit in der Luft herumgewedelt und gesagt: ›Das ist mein letzter, Libby!‹ Er hat wie ein kleiner Junge gejuchzt und mir einen dicken Schmatzer auf die Wange gedrückt. Ich war entzückt, aber auch sehr überrascht. Ich wusste natürlich, dass er die Firma verlassen wollte, aber die wenigsten Menschen reagieren so, wenn sie ihren letzten Gehaltsscheck bekommen.«

»Ein Bonusscheck, sagen Sie? War das eine Art Abfindung?«

»Nein, ein paar der Männer haben Bonusschecks für die Arbeit bekommen, die sie zusätzlich erledigt haben. Genau genommen ist es das, worüber ich mit Ihnen reden wollte. Ich wollte es schon eine ganze Weile jemandem erzählen, einfach nur, um mir Rat zu holen, aber ich wusste nicht, an wen ich mich wenden sollte. Ich war zur Geheimhaltung verpflichtet, aber jetzt, wo ich keine Angestellte mehr bin ... Na ja, und dann sind

Sie heute wie aus heiterem Himmel auf meiner Party aufgetaucht und haben sich nach der *Molly Jones* erkundigt. Ich bin sicher, dass Ihnen Dustin absolut nichts gesagt hat, aber mir war es plötzlich wichtig, dass Sie die Antwort bekommen, nach der Sie suchen. Sie waren eine Freundin von Ned, und Sie haben so viel durchgemacht.« Sie blickt fragend zu mir auf, als wolle sie sich vergewissern, ob ich ihr Vertrauen auch verdiene.

»Ich werde versuchen zu helfen, wenn ich kann.«

Ein paar Jugendliche, die sich um eine Bank herumdrücken, hören auf zu reden. Sie tragen Bandanas und aufgeplusterte Jacken und starren uns mit aggressivem Schweigen an, als wir vorübergehen.

»Sie werden doch niemandem sagen, dass ich Ihnen das alles erzählt habe, oder?«

»Nein, das werde ich nicht.«

Sie holt tief Luft. »Wissen Sie, jahrelang war ich für die Lohnbuchhaltung und die entsprechenden Steuern zuständig. Als Dustin in die Firma kam, wollte er alles an ein Steuerberatungsbüro abgeben, ja, er hat sogar darauf bestanden. ›Die arbeiten akkurater‹, hat er gesagt. Nur, das stimmt nicht: Die machen erheblich mehr Fehler, als ich je gemacht habe. Ach, herrje, ich verliere schon wieder den Faden! Haben Sie bitte ein wenig Geduld mit mir. Ich bin heute oft so zerstreut! Na, jedenfalls, im Juni 2007 fing Dustin an, mir eine Liste mit Namen zu geben, und sagte dazu, ich solle Bonusschecks ausstellen, und zwar per Hand. Kein anderer Papierkram. Keine E-Mails oder Computereinträge. Nur diese handschriftliche Liste. Meine Anweisung lautete, die Schecks auszustellen, sie verschlossen in meiner Schublade aufzubewahren und dann persönlich den Männern zu geben, wenn sie zu mir kamen. Ich durfte sie niemals oben auf meinem Schreibtisch liegen lassen, per Post verschicken oder jemand anderem als dem rechtmäßigen Empfänger aushändigen, und ich durfte niemals mit anderen Leuten in der Firma über die Boni sprechen. Das alles passierte mehrmals im Jahr.«

»Und Ned hat auch solche Boni erhalten?«

»Er war einer der Ersten.«

»Wie viele andere haben sie bekommen?«

»Acht, neun, zehn, würde ich sagen. Die Anzahl schwankte, aber nicht viel. Es gab eine Kerngruppe. Die meisten von ihnen vertrauenswürdige, erfahrene Fischer. Ein paar junge, aber nicht viele.«

»Mhm. Derselbe Betrag für jeden Namen auf der Liste?«

»Ja. Jeder bekam die gleiche Summe, aber der Betrag war immer anders.«

»Wie viel so ungefähr?«

»Na, so zwischen fünf- und fünfzehntausend. Im Schnitt zehn, würde ich sagen.«

»Irgendeine Idee, was da los war?«

»Nein. Sie haben alle geschwiegen wie ein Grab, jeder Einzelne. Das allein war schon ungewöhnlich, aber dann fiel mir auf, dass die Boni immer ausgezahlt wurden, nachdem sie alle zusammen auf einem bestimmten Schiff gefahren waren, einem Fangschiff für die Langleinenfischerei, das der Firma etwa seit, na, ich würde sagen, seit 1998 gehört. Es ist die *Sea Wolf.*«

Wir umrunden eine weitere Biegung. Aus dem Asphalt unter unseren Füßen ist inzwischen Kies geworden. Große Rhododendronbüsche überwuchern den Weg. Ich fange an, unruhig zu werden. Hier ist es viel dunkler, nirgendwo sind Menschen zu sehen, und ein paar der Lampen an den eisernen Laternenmasten vor uns scheinen kaputt zu sein. Ich will Mrs Smith schon zurück zum Bootshaus lotsen, doch bevor ich es vorschlagen kann, hakt sie sich bei mir unter.

»Nur noch ein Stückchen«, sagt sie. »Unmittelbar bevor Ned

die Firma verließ, war da diese Geschichte mit dem Hummerkutter. Auch das wurde verschwiegen. Ich habe mich um den ganzen Papierkram gekümmert, aber ich wusste, da stimmt was nicht.«

»Sie haben eine kleine Notiz unten auf die Rechnung geschrieben. *Möge der Wind immer in Deinem Rücken sein.*«

»Ja. Das ist ein irischer Segen, Liebes. *Möge die Straße uns zusammenführen und der Wind in deinem Rücken sein; / Und halte Gott dich fest in seiner Hand.* Ich hab's schon damals gespürt, wissen Sie. Genau hier.« Sie drückt eine geballte Faust auf ihre Brust. »Ich habe mir solche Sorgen um ihn gemacht, dass ich nachts nicht mehr schlafen konnte. Und dann … nun, von allen Menschen wissen Sie ja am besten, was passiert ist.«

Plötzlich setzt Jasper sich hin, spitzt die Ohren. Er winselt und späht aufmerksam ins Gebüsch. Hinter den Bäumen steigt ein Hügel an, und auf der anderen Seite liegt die berühmte Kette der Bostoner Parks, die Emerald Necklace, ein Ort, an dem man nach Einbruch der Dunkelheit definitiv nicht mehr sein will.

»Sehen Sie nur, Jasper hört etwas«, sagt Mrs Smith.

»Wir sollten jetzt umkehren.« Aus irgendeinem Grund werde ich immer nervöser, lausche auf das Knacken von Ästen, knirschenden Kies und Schritte hinter uns auf dem Weg.

»Ach, keine Sorge. Hier ist nichts, wovor man Angst haben müsste. Ich bin jeden Abend mit Jasper hier. Hier brennen nicht mehr alle Lampen, aber ein Stückchen weiter vorn sind wieder welche, und dann sind wir auch bald schon wieder dort, wo wir losgegangen sind.«

Zögernd willige ich ein, tätschle die kleine, trockene Hand, die in der Beuge meines Armes ruht, und ziehe sie ein wenig näher zu mir heran.

Mrs Smith runzelt nachdenklich die Stirn, als sie nach dem verlorenen Faden ihrer Geschichte sucht. »Da war noch etwas über die *Sea Wolf*, was ich Ihnen erzählen wollte ... Ach ja, genau. Wegen der regelmäßigen Lohnschecks. Es war der reinste Alptraum für jeden Buchhalter. Ich bin fast verrückt geworden bei dem Versuch, daraus schlau zu werden. Wissen Sie, wenn die *Sea Wolf* von ihren Fahrten zurückkehrte, war der Fang immer geringer als üblich. Wenn man's genau nimmt, sogar viel geringer. Also fielen die regulären Lohnschecks der Männer auch niedriger aus, denn bei geringerem Fang war automatisch auch ihre Provision kleiner. Auf der anderen Seite waren jedoch die Ausgaben für Diesel und Verpflegung so hoch wie sonst auch, und die Zeit auf See lag jedes Mal bei vierzehn bis einundzwanzig Tagen. Das ist lang genug, um erheblich mehr Grundfische einzuholen, als sie dann mitbrachten. Ich hätte am liebsten Käpt'n Lou angerufen und gesagt: *Was macht ihr eigentlich da draußen, spielt ihr Bingo?*«

»Käpt'n Lou?«

»Ja, Lou Diggens. Einer aus der Kerngruppe. Er war bei jeder Fahrt der *Sea Wolf* als Kapitän dabei.«

»Haben Sie ihn jemals gefragt, was dort vor sich geht?«

»Nein, nein. Es ist sehr unhöflich, einen Fischer zu fragen, warum sein Fang so gering ausgefallen ist. Als würden Sie beim Baseball den Pitcher fragen, warum er die ganze Zeit nur Bälle wirft und keine Strikes landet. Aber ich habe Dustin gefragt. Mehrfach. Er wurde immer sehr ernst und hat mir erklärt, an den Fahrten der *Sea Wolf* wäre nichts Ungewöhnliches. Wahrscheinlich hat er vergessen, dass ich mehr vom Fischfang verstehe als er. Jedenfalls, selbst wenn die normalen Gehaltsschecks niedrig ausfielen, wurde das durch die Boni mehr als wettgemacht. Alles in allem haben sie außerordentlich gut verdient angesichts der relativ kurzen Fahrten.«

»Sie glauben –«

»Ja, ich glaube, man hat das Fangschiff für irgendwelche inoffiziellen Geschäfte genutzt und die Männer dafür mit den sogenannten Boni bezahlt, die nicht durch die Bücher gingen. Damit die Fahrt nach außen unverdächtig wirkte, hat man immer eine kleine Fangmenge Grundfisch mitgebracht.« Sie wirft mir einen Seitenblick zu, resolut und selbstzufrieden. »Die Ärzte meinen, dass mein Gehirn bereits gealtert sei, aber ich bin noch nicht so weggetreten, dass ich nicht sehe, was direkt vor meiner Nase passiert!«

Der Eingang zum See liegt vor uns, mit Flutlichtern, dem Rauschen des Verkehrs und einem gelben Labrador und seinem Herrchen, die uns entgegenkommen. Ich kann wieder durchatmen. Es ist gar nichts gewesen, ich hätte gar keine Angst haben müssen. Ich bin übermüdet, das ist alles. Es ist nicht leicht, in einer Wohnung zu schlafen, in die eingebrochen wurde. Ich wache auf und halte den Atem an, frage mich, ob wohl jemand da ist. Oder ich starre auf der Straße plötzlich Leute an, die verdächtig aussehen. Ist *dieser* Mann der Einbrecher? Oder ist *er* es? Oder war ich an dem Tag selbst nur ein bisschen durchgedreht und habe Dinge gerochen, die überhaupt nicht da waren?

Ein Streifenwagen ist in die Anliegerstraße neben dem Bootshaus eingebogen und hat angehalten. Jogger laufen vorbei. Kinder spielen. Ein Typ mit einer Baseballkappe sitzt auf einer Bank und schaut aufs Wasser. Weit und breit kein Grund, sich Sorgen zu machen. Ich biete Mrs Smith an, sie nach Hause zu begleiten, aber sie lehnt ab. Also bringe ich sie zur Ampel und drücke den Knopf. Autos zischen über den Jamaicaway, wechseln die Spuren, nehmen die Kurven. Dies ist wahrscheinlich eine der gefährlichsten Straßen Amerikas. Die Ampel wird rot. Die Wagen, die nicht noch bei Gelb hinüberschießen, kommen kreischend zum Stehen, und das Licht der Fußgängerampel auf der anderen Straßenseite springt auf Grün.

»Sie werden herausfinden, was es damit auf sich hat, oder?«

Mrs Smith sieht mir direkt in die Augen. »Versprechen Sie mir nur, dass Sie vorsichtig sind. Ich will alles wissen. Melden Sie sich zwischendurch. Ich würde mir Sorgen machen, wenn ich nichts mehr von Ihnen höre.«

»Ich werde es herausfinden, das verspreche ich.«

Ich hasse es, sie über vier Fahrstreifen voll stehender Wagen mit ungeduldigen Fahrern tapsen zu sehen, aber sie lächelt nur und sagt: »Keine Angst. Jasper und ich kommen zurecht.«

KAPITEL 12

Es ist ein Meeting der hausinternen Fokusgruppe, das aber von allen *Schnüffelparty* genannt wird. Als ich den Konferenzraum betrete, spüre ich sofort die Anspannung und den Stress. Auf einem langen Tisch mit weißer Tischdecke stehen Verpackungsvorschläge und Werbeattrappen von McKenzie and Ross, Inessa Marks externer Werbe- und Promotion-Agentur. Der Kundenbetreuer, ein Mann mit dem soliden amerikanischen Namen John Rodgers, sitzt mit seinem Assistenten Jay an dem großen Konferenztisch in der Mitte des Raumes. Neben ihnen die vier Frauen und zwei Männer aus der zuständigen Abteilung von Inessa Mark. Sie trinken Kaffee von Starbucks und Perrier aus Plastikbechern. John Rodgers und Jay wirken aalglatt, angriffslustig und locker wie typische Vertriebsleute.

An einem zweiten langen Tisch steht, flatternd wie eine nervöse Motte, Jean-Luc Laboure, der halbitalienische Franzose. Er ist Anfang, Mitte dreißig und hat über die Jahre schon diverse Düfte für Inessa Mark kreiert. Maureen hat ihn beauftragt, unter ihrer Leitung auch diesen neuen Duft zu entwickeln. Er arbeitet für Moreau, eines der großen Parfümlabors und auch einer der großen Hersteller außerhalb Frankreichs. Seine Firma wird erst dann Geld sehen, wenn Maureen mit dem Duft, dem Preis und dem Produktionsplan einverstanden ist. An diesem

Punkt des Verfahrens hat Maureen Jean-Luc an den Eiern. Sollte Moreau der Lieferant werden, könnte er ihr das mit gleicher Münze heimzahlen, weil er aber auch den nächsten Auftrag haben will, wird er das nicht tun.

Fünf kleine Glasflakons, jeder zur Hälfte gefüllt mit einer bronzefarbenen Flüssigkeit, jeder auf einem weißen Porzellanteller, stehen in einer geraden Linie auf dem langen Tisch. Vor jedem Flakon liegt eine kleine gefaltete Karte mit einem ID-Code: A37, X45, #22, P-40 und #3. Es hat keinen Sinn zu fragen, was diese ausgefeilten alphanumerischen Kombinationen bedeuten. Parfümeure sind ausgesprochen verschwiegen, was ihre Rezepturen angeht, fast schon paranoid, und die Etiketten müssen von niemandem verstanden werden.

Jean-Luc schreitet den Tisch ab, kontrolliert die exakte Ausrichtung der Flakons und rückt die Kärtchen zurecht. Um die Düfte in der Nase zu neutralisieren, hat er zwei kleine Schalen mit Kaffeebohnen bereitgestellt, die er auf der Suche nach dem besten Standort hierhin und dorthin schiebt. Gegen seine Nervosität kommt er nicht an. Gleich wird er seine kreativen Schöpfungen der Gnade von Leuten mit mehr oder weniger gewöhnlichen Nasen unterwerfen. Viel schlimmer jedoch ist, dass diese Produkte meilenweit von den eleganten Düften entfernt sind, von denen er in Grasse als junger Assistent eines Parfümeurs geträumt hat. Sicher hat ihn der Auftrag, etwas »Frisches und Fruchtiges« für den amerikanischen Teenager zu komponieren, nachts wach gehalten, mit Kopfschmerzattacken purer Verzweiflung. Aber heutzutage ist eben jeder froh über einen Job.

Maureen flitzt durch den Raum und murmelt Freundlichkeiten. Für den heutigen Anlass hat sie ein perfekt geschnittenes Kleid in geometrischem Schwarzweiß à la Coco Chanel gewählt. Die Hommage an Coco, die den meisten entgehen wird, ist vermutlich kein Zufall, doch wenn man sie darauf anspräche, wäre es ihr unangenehm. Was einiges über ihre Ambitionen und Selbstzweifel sagt.

Maureen bittet um die Aufmerksamkeit der Fokusgruppe und erläutert den weiteren Ablauf, woraufhin sich acht von uns am Tisch aufstellen. John Rodgers, Jay und Jean-Luc nehmen nicht teil. Wie bei einem Büfett gehen wir den Tisch entlang, nehmen nacheinander die Flakons, verteilen kleine Tropfen auf den Innenseiten der Handgelenke und Ellbogen, schnuppern einmal und dann gleich noch einmal. Jeder von uns hat einen kleinen Block und einen Bleistift, auf dem er sich Notizen machen kann. Wir können uns Zeit lassen. In gegenseitigem Einvernehmen reden wir nicht viel. Die Diskussionen kommen später, wenn wir die Auswahl eingegrenzt haben.

Milosa schlüpft zu spät herein, wie immer, und setzt sich ans Kopfende des Konferenztisches. Ich beende das Schnuppern und setze mich zu ihm. Jean-Luc taucht neben mir auf, ein nervöses Wrack. »Es war *très difficile* … mit die Anweisungen, wie sie es wollte. … Zuerst *j'ai dit non.* … Mein Firma hat insistiert, ich muss. … Aber mit so viele Modifikationen, so viele neue Auflagen, ich *konnte* nicht arbeiten …«

»Du hast dein Bestes gegeben«, beruhige ich ihn. »Es ist ein fruchtiger Duft, der in Drugstores verkauft werden soll. Nimm das Geld und vergiss es.«

Er bekommt große Augen. »*Ce n'est pas l'argent qui m'intéresse.*«

Ich war wohl zu direkt, und jetzt ist er beleidigt. Ich drücke ihn kurz und herzlich, und er schenkt mir einen verletzten, verzeihenden Blick.

Jean-Luc und ich sind schon seit Jahren befreundet. Wir waren beide etwa Anfang zwanzig, als ich ihn bat, mir bei der Rekreation des persönlichen Dufts meiner Mutter zu helfen. Ich beschrieb ihm, woran ich mich zu erinnern glaubte: erdiger Safran, schwarze Rose, Vanille, Patschuli. Der alte Parfümeur, der mit meiner Mutter an der Schöpfung dieses besonderen Dufts gearbeitet hatte, war zwischenzeitlich gestorben, doch ein anderer Parfümeur der Firma bestätigte Jean-Luc, dass *Isas Duft*, so nannten wir ihn, eine schwere, orientalische Chypre-Komposition gewesen war. Jean-Luc schlug vor, mit Baumflechte die Intensität zu mildern und durch Hinzufügen von schwarzem Trüffel die schwarze Rose zu verstärken. Wir änderten das Verhältnis, holten die Rose mal nach vorn und ließen sie mal in den Hintergrund treten, mischten Lilie dazu, Mandel, Salbei. Wir frickelten ewig daran herum. Aber bei jeder neuen Rezeptur schüttelte ich den Kopf. Wir schienen immer nur weiter vom Weg abzukommen. Irgendwann gaben wir auf. Die Wahrheit ist, dass Menschen sich an Düfte gar nicht wirklich erinnern, wir können sie lediglich wiedererkennen.

Einige unserer Mitarbeiter drängen sich um den ausgestreckten Arm einer jungen Frau und sind offenbar ganz begeistert wegen eines bestimmten Duftes. »Wahnsinn!«, kräht eine Kollegin. Maureen schnuppert am Handgelenk der jungen Frau und lächelt. Auch ihr gefällt dieser Duft. Ein heiteres Stimmengewirr erhebt sich, als sich eine allgemeine Präferenz herauskristallisiert.

»Moment, wartet. Caroline, holen Sie bitte die Teststreifen. Wir müssen den Duft auf Papier riechen«, verlangt Maureen.

»Warum denn Papier?«, fragt die junge Frau und hält ihr Handgelenk hoch.

»Weil …«, sagt Maureen und verliert in der Aufregung den Faden. »Einfach so.«

Kurz darauf tunken sie feste Papierstreifen in die Flakons, wedeln sie zum Trocknen in der Luft und ziehen sie dann an ihren Nasen vorbei.

»Jetzt gefällt mir *der* hier besser«, sagt Caroline und zeigt auf X45.

»Ich bin mir nicht mehr sicher«, meint eine andere ratlos.

»Seht ihr, was habe ich euch gesagt? Ein Duft ist etwas sehr Fragiles. Er kann auf Papier völlig anders wirken als auf Haut«, erklärt Maureen.

»Aber sollte er nicht gerade auf der Haut gut duften?«, fragt eine der Frauen.

Maureen lächelt clever. »Ja, aber … wir werden mit Anzeigenbeilagen und Duftrubbelfeldern arbeiten, um das Produkt zu verkaufen, also muss es *zuerst* gut auf Papier riechen und dann natürlich auch auf Haut. Habe ich recht, John?«

»Aber ja, Ma'am.« John Rodgers richtet sich zu seiner vollen Größe auf, um sich gebührend bewundern zu lassen.

Maureen runzelt die Stirn. »Wir werden aber ein dickeres Papier benutzen als das hier, John, oder nicht?«

Er nickt.

»Eher wie Karton?«

»Nicht ganz so dick«, erwidert er.

»Bilderdruckpapier?«

»Etwas schwerer.«

»Nun, Sie schicken uns bitte zeitnah ein Muster, einverstanden?«

»Aber sicher.« Sein Blick wandert kurz zu seinem Assistenten, der sofort einen Kugelschreiber zückt.

Maureen blickt herrisch Jean-Luc an, dessen Augen die Qualen verletzter Eitelkeit spiegeln. »Jean-Luc, müssen Sie der Rezeptur nicht noch etwas hinzufügen, damit der Duft *klebt* … Sie wissen schon, auf dem Papier mit dem Duftrubbelfeld?«

»*Klebt?*«, wiederholt Jean-Luc leichenblass.

»Wie soll er denn sonst haftenbleiben? Meine Frage lautet,

müssen Sie nicht noch gewisse chemische Modifikationen vornehmen, damit der Duft in unseren Marketingplan passt?«

»Ich werde mich darum kümmern, Madame.«

»Ja, aber lassen Sie sich nicht zu viel Zeit, Jean-Luc. Wir brauchen die Rezeptur nächste Woche.«

Für einen Augenblick und kaum wahrnehmbar gehen John Rodgers und Jean-Luc in Kampfstellung und werfen sich hasserfüllte Blicke zu. Der Gedanke, dass diese beiden Männer sich auf irgendetwas einigen könnten, ist so absurd wie die Vorstellung, Nord- und Südpol könnten ihre magnetischen Differenzen vergessen und sich am Äquator zum Mittagessen treffen.

Maureen wendet ihre Aufmerksamkeit wieder den Mitarbeitern zu und klatscht wie eine Lehrerin einmal kurz in die Hände. »Mädels! Mädels! Und Jungs, ihr auch. Haben wir uns entschieden, welcher uns gefällt?«

Die Frauen machen Teenager nach und hängen kichernd über ihren Duftstreifen. Sie plappern, schmollen und kreischen. Die beiden Männer sehen vergnügt zu und schnuppern an ausgestreckten Armen. Drei Muster sind schnell aussortiert, aber zwischen #3 und X45 steht es fifty-fifty. Maureen versucht ein Unentschieden abzuwenden, aber ohne Erfolg. Ihr Kopf geht hin und her – *comme ci, comme ça* –, während sie mit den zwei konkurrierenden Teststreifen wedelt. Schließlich entdeckt sie mich neben Milosa am Konferenztisch. »Pirio, du entscheidest!«

Sie tunkt frische Teststreifen in die Flakons, kommt zu uns herüber und reicht mir mit ihren schlanken Fingern einen davon.

Ich halte den Streifen unter meine Nase und atme tief ein. Die Früchte, die Maureen sich gewünscht hat, sind da: Erdbeere und Wassermelone. Für sich genommen ekelhaft süß. Aber Jean-Luc hat ein paar weitere Noten hinzugefügt, die für Tiefe sorgen: ein trockener Akzent wie Zitronengras, eine dunkle Holznote und unverkennbar der intensive Duft von Lotusblüten. Ich halte

Jean-Luc zugute, dass er sich so viel künstlerische Freiheit genommen hat, wie er konnte. Das ändert jedoch nichts daran, dass der Duft ein totaler Flop ist. Ich komme mir vor, als ginge ich einen Hotelflur hinunter und käme an einem auf dem Boden stehenden Tablett mit einem halb aufgegessenen Stück Erdbeer-Käsekuchen vorbei, das der Zimmerservice am Vorabend gebracht hat.

Ich lächle Jean-Luc halbherzig an, der ermattet auf einem Stuhl in meiner Nähe sitzt. Er zuckt nur die Achseln, als wollte er sagen: *Was hättest* du *an meiner Stelle getan?*

»Der ist es nicht«, sage ich zu Maureen.

»Richtig. Das sehe ich auch so.« Sie gibt mir den zweiten Teststreifen. »Versuch mal den hier.«

Ich schließe die Augen und hole Luft. Mit diesem hat Jean-Luc genau das umgesetzt, was Maureen wollte. Frische Sommerluft, Erdbeerkuchen und Kaugummi. Der Duft besitzt keine Untertöne, ist uninteressant und fade. Er ist so frei von Sehnsucht, so bar jeden Verlangens und jeglicher Lust, so zurückhaltend nett, dass ich vor Langeweile schreien könnte. Ich lächle und gebe ihn ihr zurück. »Das ist er. Perfekt für eine Zwölfjährige.«

Maureen strahlt zufrieden. »Ganz meine Meinung!«

Die jungen Frauen drängen sich um Maureen, riechen an dem Papierstreifen und quieken vor gespieltem Entzücken.

»Danke für die gute Zusammenarbeit, Jean-Luc«, sage ich trocken.

Er nickt in all seinem Jammer.

Milosa bittet nicht darum, Inessa Marks neuen Duft riechen zu dürfen. Als die Aufmerksamkeit sich John Rodgers und seinen Verpackungen zuwendet, verlässt er den Konferenzraum. Ich folge ihm kurze Zeit später.

Milosa hat ein Eckbüro im hinteren Teil des Gebäudes. Von dort aus sieht man eine schmale Gasse, einen kleinen geteerten Parkplatz, vollgestopft mit Autos und Mülltonnen, und eine Häuserwand aus Backsteinen mit im Zickzack verlaufenden, rostigen Feuerleitern. Ich weiß das nur von den wenigen Malen, an denen die Lamellenvorhänge zurückgezogen waren. Normalerweise sind sie geschlossen, so wie jetzt, und verdunkeln das Zimmer. Auf seinem wuchtigen Schreibtisch steht eine verspielte Lampe im Rokokostil, die für ein gedämpftes, gelbliches Licht sorgt, das die Wände noch enger zusammenrücken lässt. Schon nach kurzer Zeit fühle ich mich in diesem Raum eingesperrt.

Milosa sitzt am Computer, mit dem Rücken zu mir. Ich muss mehrmals *Hallo* sagen, bevor er mich registriert. Schließlich dreht er sich um und gibt mir zu verstehen, dass ich mich setzen soll. Einer längst sinnlos gewordenen Gewohnheit folgend, an der ich nur aus purer Sturheit festhalte, lege ich die Füße auf den geschnitzten Couchtisch aus schwarzem Walnussholz.

Wir plaudern oberflächlich nett über den neuen Duft und über die Reise nach Genf, die Maureen und er unternehmen wollen. Irgendetwas ist mit ihm. Es fällt mir nicht zum ersten Mal auf. Beim Abendessen vergangene Woche waren seine Augen glasig. Ich war davon ausgegangen, das sei vorübergehend, was aber nicht der Fall ist. Jetzt fällt sie mir wieder auf, diese Mattheit. Eine Schlaffheit in seinem sonst so straffen Gesicht, eine fast unmerklich geringere Körperspannung. Es ist nur eine Nuance, aber er ist nicht ganz das gewohnte Alphamännchen. Obwohl mein Leben mit Milosa ein ständiger Kampf war, habe ich ihn immer als würdigen Gegner respektiert. Weshalb mich seine Schwäche beunruhigt. Ich frage mich, ob er wohl krank ist, ob ihn die Depression, die ihm immer dicht auf den Fersen war, am Ende einholt. Oder ob es nur das schrittweise Nachlassen ist, das zum Altern gehört. Es ist sinnlos nachzufragen, denn Gebrechlichkeit lehnt er aus Prinzip ab.

Es dauert nicht lange, bis er sich erkundigt, ob das Schiff schon gefunden wurde, das die *Molly Jones* versenkt hat.

Ich schildere ihm die kraftlose Ermittlung der Küstenwache und Johnnys Schlussfolgerung, dass die Kollision eine Form von maritimer Fahrerflucht war. Milosa hört mit halb geschlossenen Augen zu, das ist seine Art, sein ausgeprägtes Interesse zu verbergen. Ich erzähle von den Schiffspapieren, die Thomasina gefunden hat, und was ich von Mrs Smith über Bonuszahlungen und inoffizielle Fahrten erfahren habe. Bei diesen Worten strafft sich sein Rücken, und die Augen beginnen zu funkeln.

In seinen besten Jahren lebte Milosa immer hart am Abgrund: Romantische Leidenschaft und Hurerei schlossen sich nicht aus, denn erst beides zusammen machte das Leben für ihn aufregend und intensiv. Ein Geschäft war erst dann interessant, wenn man dabei die Regierung bescheißen oder einen Mitbewerber aufs Kreuz legen konnte. Mein gewaltsam herbeigeführtes Beinahe-Ertrinken und aberwitziges Überleben beflügelte schon seine Phantasie. Und jetzt das. Eine Ansammlung von Spuren und Widersprüchen stellt für ihn genau die Art Problem dar, die ihn sich lebendig fühlen lässt. Aufgeregt trommeln seine Finger auf den Schreibtisch.

»Ganz offensichtlich«, schlussfolgert er, »wurde dein Freund mit dem Boot bestochen, damit er niemand erzählt, was draußen auf den Fahrten passiert ist. Und … hast du daran schon gedacht? Es war kein Unfall. Der Tod deines Freundes war Mord.«

»Der erste Teil mag ja stimmen, aber der zweite Teil ist lächerlich.«

»Aber darüber nachgedacht hast du.«

»Ja, hab ich. Aber es ergibt keinen Sinn. Warum sollte eine

Firma in der einen Woche ihren Angestellten bestechen und in der nächsten bringt sie ihn um? Warum beseitigt man ihn nicht sofort? Außerdem gibt es einfachere Möglichkeiten, einen Menschen umzubringen, als bei dichtem Nebel in seinen Hummerkutter zu brettern.« Ich sage nicht, *und dann wäre da noch eine Kleinigkeit: ich. Warum noch eine zweite Person töten?*

Milosa schnaubt verächtlich. »Verzweifelte Leute sind zu allem fähig. Zu *allem*. Ich hab's gesehen. Ich habe unter Stalin gelebt. Ich habe Dinge gesehen, die jeden Rahmen sprengen, die unbegreiflich sind. Eure Schwäche – die Schwäche eures verweichlichten amerikanischen Lebens – ist, dass ihr meint, alle Menschen wären wie ihr, dass Vernunft für alles in der Welt eine Erklärung bereithält. Ihr erwartet, dass zwei plus zwei gleich vier ist. Aber so ist das nicht. Es ist gleich dem, was die Mächtigen sagen. Wenn sie sagen, es ist hundertundacht, dann werden die Mathematiker das beweisen. Wenn sie Kleinholz aus dem Fischerboot eines Mannes machen wollen, dann gibt es nichts, was sie aufhalten könnte.«

»Aber es gibt keine Beweise für ein Verbrechen.« Meine Stimme ist dünn. In Wahrheit macht es mir Angst, wenn Milosa so redet.

Er zuckt gleichgültig mit den Achseln. »Du und deine Beweise. Verrat mir doch mal, wie du schläfst? Wie fühlt's sich hier drinnen an?« Er klopft sich mit den Fingerspitzen auf die Brust.

»Mulmig.«

»Genau.« Seine Augen glitzern dunkel. »Finde das Schiff. Finde die *Sea Wolf*.« Sein Mund klappt zu. Für ihn ist damit alles gesagt.

Ich wünschte, er hätte mir genau das Gegenteil geraten. Dass er sich wenigstens einmal wie ein normaler Vater verhält und nicht möchte, dass ich mich in Gefahr begebe. Aber er hat sich seinen Erfolg als Einwanderer erarbeitet, hat Tag für Tag gekämpft, um jeden einzelnen Zentimeter, und von seiner Tochter erwartet er genau dasselbe. Ich seufze resigniert. Seine Einstellung hat auch Vorteile, schätze ich. Mit einem überraschenden Anflug von Dankbarkeit begreife ich, dass mir gefällt, wie er an mich glaubt, wie er keine Zeit verplempert.

Ich nehme meine Füße vom Couchtisch.

Er hält mir eine mit Leder bezogene Kiste hin und bietet mir eine Zigarre an. Ich nehme sie. Er gibt zuerst mir Feuer, dann sich selbst. Seit meinem sechzehnten Geburtstag rauchen wir zusammen Zigarre. Allerdings nur bei wichtigen Anlässen. Wir paffen schweigend. Als der blaue Rauch um unsere Köpfe wabert und unsere Nasengänge mit dem heißen, schlammigen Duft von kubanischem Tabak gefüllt sind, schneidet er ein Thema an, mit dem ich niemals gerechnet hätte. »Ich bin grausam zu Maureen gewesen. Heute weiß ich, was für ein Verbrechen es ist, nicht aus Liebe zu heiraten.« Er macht eine Pause, scheint abzuwägen, wie viel mehr noch zu sagen ist. »Maureen hat Angst vor dir. Du hast einen Sinn für Düfte, der ihr fehlt, und sie weiß, dass du von ihrer Arbeit nicht viel hältst. Sie macht sich Sorgen, dass du sie feuern wirst, wenn du die Firma übernimmst.«

»Durchaus möglich.«

Er blinzelt mich an, atmet durch die Nase aus. »Sie ist seit über zwanzig Jahren hier. Die Firma ist ihr Leben. Sie verdient wirklich mehr Respekt.«

»Respekt? Die Produkte, die sie kreiert, sind Müll. *Sweet Surprise?* Das ist einfach nur peinlich.«

»Ihre Produkte bezahlen die Rechnungen.«

Mein Puls beschleunigt sich, mein Gesicht wird heiß. »Mag ja alles sein. Aber Maureen hat weder Talent noch eine Vision, was die Firma angeht. Sie ist Managerin. Was anderes ist sie nie gewesen, und mehr wird sie auch nie sein. Nach Mutters Tod hast du ihr in diesem Unternehmen eine größere Position eingeräumt, als sie verdiente. Und jetzt hat sie natürlich Angst zu verlieren, was ihr sowieso nie zustand.«

»Was hätte ich denn tun sollen? Welche Wahl hatte ich? Ich habe ihr die Position gegeben, die deine Mutter zuvor hatte, und sie hat sie sich angeeignet.«

Mein Herz ist in diesem Moment ein wildes Durcheinander von Gefühlen. Als hätte jemand den Deckel eines brodelnden Kochtopfes abgehoben. »Wo wir gerade bei der Wahrheit sind, da ist etwas, das ich dich immer schon fragen wollte. Hast du mit Maureen eigentlich schon gevögelt, als meine Mutter noch lebte?«

Seine Gesichtsfarbe verändert sich schlagartig, die blauen Augen verwandeln sich in Stahl. »Glaubst du, deine Mutter war treu, Pirio? Glaubst du, *sie* war *mir* treu?«

Ich spüre, wie mein Mund zuckt. »Warum sollte sie einem Zuhälter treu sein?«

Er schlägt mit der Faust auf den Tisch. »Wie kannst du es wagen, so mit mir zu reden? Du konntest zur Schule gehen, hattest alle Annehmlichkeiten, alles, was man mit Geld kaufen kann. Du redest über Maureen, dabei bist *du* hier diejenige, die etwas hat, das du dir nicht selbst verdient hast. Und trotzdem verhöhnst du *mich*, der Tag und Nacht wie ein Tier geschuftet hat, um deine Mutter zu dem zu machen, was sie war. Der nur *ihr zuliebe* die Firma aufgebaut hat, die sie zu einer glücklichen Frau werden ließ. Du solltest dich schämen, so mit mir zu reden!« Er schlägt wieder auf den Tisch, diesmal mit der flachen Hand.

Ich blinzle ein paarmal kurz. Aber ich gebe keinen Millimeter nach. »Du streitest es also nicht ab. Dass du Zuhälter warst. Der Zuhälter meiner Mutter.«

Er drückt die Zigarre im Aschenbecher aus. Wut verwandelt

seine Worte in ein zischendes Stakkato. »Du weißt gar nichts über mein Leben in Moskau und davor. Selbst wenn du es versuchen würdest, könntest du es dir nicht vorstellen. Was weißt du über Geschichte, über die russische Geschichte? Ihr Amerikaner lest was über euren Bürgerkrieg, und das war's. Und über euren glorreichen Sieg im Zweiten Weltkrieg. Ihr seid eingebildet und selbstgefällig, nur weil ihr viel Glück habt und blöd seid.«

»Du gibst immer Stalin an allem die Schuld. Und wenn das nicht funktioniert, greifst du auf Lenin zurück. Dann schneller Vorlauf zu Gorbatschow, Jelzin und Putin. Du richtest den Finger auf jeden, nur nie auf dich selbst. Und zu deiner Erinnerung, ich *habe* russische Geschichte studiert. Russische Literatur übrigens auch.«

»Ach ja«, sagt er mit einem gewissen Sarkasmus. »Dein Pasternak, dein Puschkin. Alles nur romantisches Geschwafel. Du und ich, wir beide werden uns nie wirklich verstehen. *Pah.*« Er spuckt aus.

Mir bleibt die Luft weg, aber ich versuche, mir nichts anmerken zu lassen. Ich hätte niemals die russische Literatur erwähnen dürfen. Damit habe ich viel zu viel von meiner Seele preisgegeben und lasse ihn auch noch darauf herumtanzen.

Milosa und ich starren uns an, ohne uns die Mühe zu machen, nach passenden Worten zu suchen.

Die Ehe meiner Eltern gründete auf Sticheleien und Spott. Sie konnten genauso wenig zusammenleben wie ein Affe und eine Hyäne. Aber sie konnten auch nicht ohne einander sein. Streiten war das, was ich vorgelebt bekommen habe, was ich gelernt habe und was ich jetzt selbst tue, zumindest mit Milosa. Manchmal denke ich, es ist einfach unsere Art zu lieben, dass mir etwas fehlen würde, wenn plötzlich einer von uns zu nett würde. Aber ich wünsche mir auch, das alles wäre anders.

Milosa nimmt seine Zigarre aus dem Aschenbecher, steckt

sie wieder an, pafft ein paar Züge und lehnt sich in seinem Sessel zurück. »Maureen hat für diese Firma hart gearbeitet und sich viele Male bewährt. Es ist nicht richtig, dass sie Angst haben muss vor dir und vor dem, was du tun könntest … später mal.«

»Wovor sie Angst hat, ist ganz allein ihre Sache. Und du kannst von mir nicht erwarten, dass ich Zusagen mache, nur um deine Schuldgefühle zu beruhigen.«

Er presst die Lippen aufeinander, macht dabei die Wangen hohl. Sein schütter werdendes Haar, die hohe Stirn, die blasse Haut – plötzlich erkenne ich die Konturen des Schädels hinter seinem Gesicht. »Du hast zum Teil recht mit dem, was du sagst, Pirio. Maureen hat weder das Talent noch die Visionen deiner Mutter. Ich habe sie aus einer Schwäche heraus geheiratet, weil ich sie brauchte. Aber du schwingst diese eine Wahrheit wie ein schweres Schwert und machst dabei andere, bescheidenere Wahrheiten nieder, nimmst dir noch nicht einmal die Zeit, sie wahrzunehmen. Ich bitte dich aus tiefstem Herzen, Maureen den Respekt zu erweisen, den sie sich verdient hat. Sie hat Inessa Mark ihr Leben gewidmet, und auch mir. Setze sie nicht auf die Straße, wenn –«

Er hält abrupt inne. Wir schauen einander in die hitzigen Augen.

Ich bin ziemlich sicher, dass er ein *wenn ich nicht mehr da bin* nachschieben wollte.

Ein paar fassungslose, ungläubige Augenblicke verstreichen.

Vorwurfsvoll, aber auch liebevoll frage ich: »Stirbst du?«

Er wendet sich leicht ab, eine fast weibliche Geste. »Natürlich nicht. Ich bin hoffentlich noch … viele Jahre hier.«

Das ist nicht der Milosa, den ich kenne. So spricht er nicht – in Wünschen und Hoffnungen. Er spricht in Entscheidungen und Handlungen, die keinen Raum für Zweifel lassen. Mein

Magen krampft sich zusammen. »Was meinst du mit *hoffentlich?*«

Aber er hat sich längst zu seinem Computer umgedreht und tut, als höre er nichts.

Benommen verlasse ich das Büro. Auf den Fluren von Inessa Mark herrscht eine gedämpfte Ruhe wie in einer Kathedrale. Die Schnüffelparty ist vorbei, und die Mitarbeiter sind in ihre Büros oder Waben zurückgekehrt. Auf dem Weg zum Fahrstuhl werfe ich einen Blick in den Konferenzraum. Jean-Luc ist damit beschäftigt, seine Karten und Kaffeebohnen einzupacken. Maureen und John Rodgers stehen dicht beieinander am Fenster und sind mit gesenkten Köpfen in ein Gespräch vertieft. Maureen sieht beiläufig auf, als ich vorbeigehe. Als unsere Blicke sich treffen, füllen sich ihre Augen mit Sorge.

KAPITEL 13

Ich habe nicht die geringste Ahnung, wo John Oster sich an einem Donnerstagmorgen aufhalten könnte. Vielleicht ist er mitten auf dem Atlantik und holt Netze voller zappelnder, silberner Makrelen ein, vielleicht liegt er aber auch noch im Bett. Ich rufe ihn auf seiner Mobilnummer an. Wenn mir überhaupt jemand etwas über die Fahrten der *Sea Wolf* erzählen kann, dann er.

Es klingelt zum zweiten Mal. Eine beunruhigende Erinnerung steigt in mir auf. Milosa sagt, ich sei naiv. Aber das sagt der alte Russe immer. Lässt keine Gelegenheit aus, die alte Ich-habe-den-Durchblick-Nummer abzuziehen. Aber was weiß er schon?

Jetzt klingelt es bereits zum vierten Mal. Kleine matte Pfeiftöne. Als sei das Telefon anämisch. *Softe Amerikanerin*, flüstert Milosa mir ins Ohr. Ich spüre ein Ziehen im Bauch. Was weiß ich denn schon über den John Oster von heute? Johnny, der um vier Uhr früh aufsteht und stundenlang allein und gebeugt über seinen Vogelhäusern sitzt. Johnny, der mir etwas von Fahrerflucht erzählt. Der Johnny von früher hätte sich niemals mit dieser Antwort zufriedengegeben.

Fakten: Als Mitarbeiter von Ocean Catch ist Johnny vermutlich beteiligt an den Vorgängen dort. Wenn ich ihm Fragen zu der *Sea Wolf* stelle, wird er sich wundern, woher ich meine spärlichen Informationen habe. Natürlich würde ich meine Quelle nie preisgeben, aber er würde keine Ruhe geben, bis er es herausgefunden hat. Ich würde Mrs Smith in Gefahr bringen.

Ich beende abrupt den Anruf und bin froh, dass niemand rangegangen ist.

Über die gesamte Länge des Boston Fish Piers erstrecken sich links und rechts zwei Backsteinbauten aus dem neunzehnten Jahrhundert. Auf die Straße führen auf beiden Seiten Laderampen aus Beton, über denen jeweils das Firmenschild eines Fischgroßhändlers hängt: Sonny's, Beau's, North Sea, Atlantic. Tätowierte Männer glitzern vor Schweiß, Plastikbehälter voller silberner Fische werden gezogen und hochgewuchtet, der Straßenbelag ist glitschig von Blut und Innereien. Ein paar Männer starren mich an, eine gutgekleidete Frau, die mit einem Fernglas um den Hals ihre schmale Straße hinunterschlendert.

Beim Googeln der *Sea Wolf* fand ich eine Rockgruppe, ein Buch von Jack London und eine Abenteuer-Kreuzfahrtlinie – außerdem verschiedene Kajak-Typen, Luxusyachten, aufblasbare Boote und U-Boote der Kriegsmarine. Kein Fischereischiff mit Heimathafen Boston. Ich habe mehrere Suchläufe durchgeführt. Es erscheint einem fast nicht möglich, dass es noch Dinge auf dieser Welt gibt, die nicht auf Anhieb bei Google hochpoppen. Also bin ich hierhergekommen, weil ich mir überlegt habe, wenn ich lange genug im Hafen herumlaufe, werde ich früher oder später über sie stolpern. Kein besonders toller Plan, aber etwas Besseres ist mir nicht eingefallen.

Ich erreiche das Ende des Piers. Sechs oder sieben Fangschiffe wiegen sich träge auf den Wellen, ihre Kunststoff-Fender quietschen an den Holzpfeilern. Sie sehen schmuddelig aus, zerbeult. Ihre stählernen Seiten grün, schwarz, rot. Der Bug sehr hochgezogen, beinahe keck, der Mittelteil flach und offen, am Heck schließlich Rollen mit orangefarbenen Netzen auf riesigen Eisenspulen. Ich studiere die Namen auf den Heckbalken. *Audrey Marie. Capt'n Jack. Lucy Lou.* Meist Frauen oder legendäre Männer. Keine Wölfe.

Auf dem benachbarten Pier ist der Bank of America Pavilion fast verwaist. Zwei Pärchen und ein Mann sitzen an Tischen im Freien. Das blaue Sonnensegel über dem Außenbereich hängt schlaff durch.

Ganz in der Nähe beladen zwei Burschen einen Kleinlastwagen mit Plastikkisten voll gefrorenem Fisch. Ich gehe hinüber, warte einen Moment, damit ich nicht aufdringlich erscheine, und rufe ihnen dann zu, ich suchte nach einem Schiff. Einer der Typen schaut auf, arbeitet aber weiter. Der andere wischt sich mit einem dreckigen Lappen Schweiß vom Gesicht und kommt zu mir herüber. »Ach ja? Welches Schiff?«

»Die *Sea Wolf*. Kennen Sie die?«

»Ja, klar. Das ist ein Fangschiff von Ocean Catch. Die geht schon seit Ewigkeiten hier vom Boston Harbor aus auf Fahrt. Jedenfalls auch schon lange vor meiner Zeit.«

Er sieht aus wie ungefähr fünfundzwanzig. Ich frage, ob er weiß, wo das Schiff jetzt ist.

»Im Trockendock, da bin ich ziemlich sicher. Ist mit irgendeinem Problem eingelaufen. Die haben sie schon vor ein paar Wochen hier rausgeschleppt.«

»Irgendeine Idee, was das Problem gewesen sein könnte?«

»Nein, Ma'am.«

Ich frage ihn, wo das Trockendock ist. Er sagt, es gibt mehrere, aber ich soll es zuerst mit Drydock #3 an der Drydock Avenue versuchen. Als ich zu meinem Auto zurückgehe, fällt mir auf, dass die zwei Pärchen verschwunden sind, die es sich unter dem Sonnensegel des Bank of America Pavilion gemütlich gemacht hatten. Jetzt sitzt nur noch der Mann dort, mit Blick auf den Hafen und die Skyline. Ich sehe genauer hin. Vielleicht liegt es daran, wie er seine Jacke zugeknöpft, den Kragen aufgestellt und die Baseballkappe tief in die Stirn gezogen hat – *so* kalt ist es nun auch wieder nicht. Ich starre ihn ein paar Herzschläge zu lange an, bis ich spüre, dass die Augen, die von der Kappe verschattet werden, genau auf mich gerichtet sind. Beziehungsweise waren. Im selben Moment ist er auch schon auf den Füßen und geht.

Angst überfällt mich und lässt mich erstarren. Um ihm zu folgen, müsste ich bis zum Ende des Fischpiers laufen und dann die Northern Ave entlang bis zu den Toren des Pavilion. Bis dahin wäre er allerdings längst fort. Aber, was rede ich da überhaupt? Der Typ hat schließlich nichts anderes getan, als mich anzusehen und dann wegzugehen. Das ist nicht verboten.

Ich mache noch eine Dummheit, wenn ich weiter so nervös bin.

Der Boden von Drydock #3 ist braun und sieht matschig aus. Boote, die gerade repariert werden, ruhen auf riesigen Holzgestellen, die wie Dinosaurierrippen aussehen, und an ihren Rümpfen lehnen Leitern. Rostige Teile liegen herum wie einzelne Knochen: verbogene Relings, verzogene Blätter von Schiffsschrauben.

Ich finde die *Sea Wolf* in der Nähe des Eingangs. Sie sieht besser aus als ihre Nachbarn, sticht aber auch nicht hervor. Ich umrunde sie ein paarmal und blicke zu ihrem wuchtigen Rumpf auf – der schwarze Unterwasserbereich, die weiße Wasserlinie und die roten Stahlseiten, über die sich in regelmäßigen Abständen schwarze Bullaugen klein wie Schweinsaugen erstrecken. Am Heck befinden sich Aufbauten in der Höhe von zwei bis drei Stockwerken, während die vorderen zwei Drittel des Schiffes flacher sind. Auf der Steuerbordseite ist eine unregelmäßige, etwa drei mal drei Meter große Aussparung, die sich vom Deck bis zur Wasserlinie zieht. Von hier aus kann ich nicht viel mehr erkennen.

Ein Mann taucht aus dem Büro der Direktion auf und kommt in meine Richtung geschlendert. Gebeugter Rücken, strähniges Haar, dicker Bierbauch über kurzen Beinen und Klamotten in den Farben Teer und Rost. Er sieht aus, als hätte er sich über die Jahre allmählich seiner Umgebung angepasst und wäre nun ein integraler Bestandteil von ihr, so wie ein Troll unter eine Brücke gehört.

»Schönes Schiff, hm?«, fragt er. Er mustert meine Kleidung, mein Gesicht, mein Haar – versucht, schlau aus mir zu werden, allerdings ohne allzu viel Erfolg.

»Ja? Ich verstehe nicht viel davon. Auf mich wirkt's einfach nur riesig.«

»Kein Fischer, nehme ich an.«

»Zumindest nicht auf einem Pott wie dem.«

»Was führt Sie her?«

»Die Schule.«

»Ach, tatsächlich?« Er sieht mich überrascht an. Damit hat er nicht gerechnet.

»Ja, ich überlege, ob ich mit meinen Viertklässlern mal herkommen soll, damit sie sich ein Bild von der industriell betriebenen Hochseefischerei machen können. Als Teil einer Lerneinheit über die Ressourcen unseres Landes und seine Industrie.«

»Tja, ein Schiff wie das hier wäre da sicher ein guter Anfang. Ist ein echtes Arbeitspferd, da wird richtig was produziert. Fünfzig Meter lang, mit einem Fassungsvermögen von über vierhundertfünfzig Tonnen. Ist eines der wenigen Langleinen-Gefrier-Fangschiffe, die's gibt. Die meisten großen kommerziellen Fangschiffe mit Heimathafen Boston sind Trawler.«

»Meine Viertklässler hätten jetzt mal rein gar nichts von dem verstanden, was Sie gerade gesagt haben.«

»Ein Langleinen-Fangschiff arbeitet mit Köderhaken, die an Leinen befestigt sind. Deshalb nennt man sie … Okay, ich sehe, Sie verstehen schon. Die Haken werden automatisch mit Ködern bestückt, insgesamt Tausende pro Tag. Ein Trawler zieht ein großes Schleppnetz hinter sich her und holt den Fang über die Heckaufschleppe ein. Sehen Sie, dieses Schiff hat am Achterschiff keine Rampe, es holt den Fang über die Seite ein. Da drüben.« Er zeigt auf die ausgeschnittene Stelle auf der Steuerbordseite.

»Gibt's wohl irgendeine Möglichkeit, dass ich mal an Bord kann?«

»Nein. Das würde der Eigentümer nicht erlauben. Ich würde Ihnen empfehlen, runter zum Fischpier zu gehen, wenn Sie an Bord eines Fangschiffes wollen. Irgendwer wird Sie schon an Bord lassen, sag ich mal einfach so. Solange sich die Kinder anständig benehmen.«

»Engel, alle zweiundzwanzig.« Ich mache eine Pause. »Wieso liegt dieses Schiff überhaupt im Trockendock?«

»Riss im Schiffsrumpf.«

»Oh, wirklich? Wie … passiert denn so etwas?«

»Könnte alles Mögliche gewesen sein.«

»Was denn zum Beispiel?«

Er wird ein wenig misstrauisch. »Eine Kollision, auf Grund gelaufen, zu schnell durchs Eis gefahren. Manchmal taucht so ein Riss auch von alleine auf. Wegen Alter oder Materialschwäche. Ein Spannungsriss. Schwer zu sagen. Wie auch immer, jetzt ist alles repariert. Bald geht's wieder zur See.«

Ich gehe zum Bug, lege den Kopf in den Nacken und blicke nach oben. »Wo war der Riss denn?«

Er rührt sich nicht vom Fleck. »Warum wollen Sie das wissen?«

»Reine Neugier. Von einer Reparatur sieht man aber nichts.«

»Es wurde ja auch neu gestrichen.«

»Ach? Bevor Sie es gestrichen haben – ich meine, als es reingekommen ist, da haben Sie nicht zufällig Farbabplatzungen rund um den Riss bemerkt, oder?«

»Nein. Da war keine Farbe abgeplatzt«, antwortet er steif. Er wird sich hüten, eine solche Frage zu beantworten.

»Muss schwer festzustellen sein.«

Jetzt starrt er mich wütend an. Jegliche Freundlichkeit ist gewichen.

»Ein schönes Rot«, fahre ich fort. »Hat einen Braunstich, wie Lehm. Welche Farbe hatte es vorher?«

»Genau die.«

»Rot? Ist das nicht ungewöhnlich?« Inzwischen glaube ich nicht mehr, dass die *Molly Jones* von diesem Schiff gerammt wurde. Es ist zu klein, und es hat die falsche Farbe. Aber ich will noch ein paar Fragen stellen, nur um sicherzugehen.

»Rot ist die sicherste Farbe auf dem Meer. Am besten zu sehen. Viele Leute sind der Ansicht, alle Schiffe sollten rot oder orange angestrichen sein.«

»Die Farbabplatzer wären weiß gewesen«, sage ich und lasse die Worte beiläufig klingen, beobachte jedoch aufmerksam, ob in seinen Augen so etwas wie eine Bestätigung aufflackert.

Er baut sich breitbeinig vor mir auf und stemmt die Hände in die Hüften. Er hat beschlossen, mich nicht zu mögen. »Hören Sie, ich weiß nicht, warum Sie nicht einfach herkommen und offen heraus sagen können, wer Sie sind. Ist ja nicht so, als wüsste ich nicht, was Sie machen. Ihr Typen seid doch ständig hier und kriecht überall herum. Aber die anderen lügen mich wenigstens nicht an.«

Ich begreife nicht direkt, worauf er hinauswill, und frage etwas dämlich: »Was glauben Sie denn, was ich mache?«

»Sie sind eine Schadensachbearbeiterin, Schadensermittlerin oder wie man das heute nennt. Immer auf der Suche nach einem Grund, nicht bezahlen zu müssen. Wenn ihr jemandem Fahrlässigkeit oder irgendeine strafbare Handlung nachweisen könnt, dann seid ihr fein raus. Verdammt noch mal!« Er klingt zornig, aber in seinen Augen schimmert auch eine gewisse Genugtuung darüber, mich durchschaut zu haben.

»Stimmt.« Ich habe keinen Grund, ihn zu korrigieren.

»Ich hab nichts mehr zur *Sea Wolf* zu sagen«, fährt er mit fester Stimme fort. »Ich mache nur Reparaturen. Wenn Sie wissen wollen, was passiert ist, fragen Sie den Besitzer. Das ist allein seine Sache, nicht meine.« Er dreht sich um und verschwindet mit großen Schritten Richtung Büro.

Ich schaue ihm nach, doch dann fällt mir noch etwas ein, und ich laufe ihm hinterher. »Warten Sie bitte kurz. Sie haben gesagt, ich wäre nicht allein. War kürzlich schon jemand hier und hat sich die *Sea Wolf* angesehen?«

»Aber sicher doch. An seinen Namen erinnere ich mich nicht mehr, aber vor einer Woche hat einer ganz genau dieselben Fragen gestellt.«

»Über die Farbabplatzer?«

»Ja, und noch eine Menge Sachen mehr. Falls Sie's ganz genau wissen wollen: Er hat sich erheblich smarter angestellt als Sie.«

»Was waren das für Fragen?«

Er bleibt stehen, dreht sich um und sieht mich empört an. »Keine Ahnung, Lady.«

»War er hier, bevor der Rumpf neu gestrichen wurde?«

»Bin nicht sicher. Daran kann ich mich nicht mehr erinnern.« Er genießt den kleinen Schlagabtausch.

»Wie hat er ausgesehen?«

»Sie sind eine echte Nervensäge, wissen Sie das?«

»Hören Sie, ich bin neu im Geschäft, fange gerade erst an, und ich bin den ganzen weiten Weg hier rausgekommen. Geben Sie mir doch was, das ich mit zurück ins Büro nehmen kann. Schadet doch nichts, oder?«

Er seufzt tief. »Mittelgroß, braune Haare, Brille.« Er zuckt gleichgültig die Achseln.

»Hatte er einen lahmen Arm?«

Der Mann blinzelt verständnislos.

»Sein rechter Arm, hat er ihn dicht an der Seite gehalten?«

»Lassen Sie mich nachdenken. Ich glaube … ja, ja, ich erinnere mich an so was. Er hat ihn nicht viel bewegt. Wenn ich mich recht entsinne, hatte er die Hand immer in der Tasche.«

»Hat er gesagt, für wen er arbeitet?«

»Jackson Hartwell Marine Insurers. Sie wissen schon, die ganz große Versicherung.« Seine Augen verengen sich. »Und für wen arbeiten Sie?«

»Für mich selbst. Bin Freiberuflerin.«

Er lacht freudlos. »Sie haben keine Chance!«

—

Ein Kind rennt weg und zieht einen Ballon hinter sich her. Eine Mutter, die einen Kinderwagen schiebt, brüllt ihm hinterher, es solle stehen bleiben. Frauen mit Aktentaschen, völlig unpassend gekleidet in Rock und Turnschuhen. Ein junger Mann lehnt an einem Brezelwagen.

Ich bummele die Hafenpromenade entlang, die vor dem hohen, gläsernen Palast des Bundesgerichts vorbeiführt, genieße den Anblick und denke über den Typen nach, der auf Neds Beerdigungsfeier war, diesen Larry Sowieso. Gerade als ich mich frage, ob ich den Zettel mit seiner Nummer noch habe, klingelt mein Handy.

»Hey, du hast mich angerufen. Ich hatte ja darauf gehofft. Soll ich rüberkommen?« Es ist Johnny.

»Och, nein.«

»Nein?«

»Ja. Ich meine, nein.«

Pause. »Warum hast du mich denn angerufen?«

Schnell nachdenken. »Ich hab mich verwählt.«

»Wirklich? Bist du sicher? Du hast meine Nummer in deinem Handy gespeichert? Ich fühle mich geschmeichelt. Vielleicht wolltest du mich sehen und hast dann kalte Füße bekommen. Vielleicht kann ich dich immer noch dazu überreden.«

»Ich glaube nicht.«

»Wo bist du gerade?«

»Draußen, spazieren.«

»Unten am Hafen?«

»Mhm-mh.«

»Was machst du da unten?«

»Wie ich schon sagte. Ich mache einen kleinen Spaziergang.«

»Wir könnten uns zum Mittagessen treffen.«

»Hab schon gegessen.«

»Alles klar, Pirio. Diesmal lasse ich dich ziehen. Aber du kannst mich wieder anrufen, wenn du magst. Jederzeit. Verwähl dich, was auch immer. Kein Thema.« Er trinkt irgendwas, schluckt. »In ein paar Wochen fahre ich mit meiner Frau und den Kindern raus zu ihrer Familie nach Michigan. Da hab ich überhaupt keinen Bock drauf. Zehn Tage die pure Hölle. Eingesperrt auf dem Land, scheißlangweilig. Die Schwiegereltern glotzen mich immer an, als wär ich ein Aussätziger.«

»Was willst du damit sagen?«

»Ich brauche dich auch. Das versuche ich zu sagen.«

»Ich habe nie gesagt, dass ich dich brauche.«

»Und ich kann nur hören, was du sagst.«

»Du verschwendest deine Zeit, Johnny. Das wird nichts.«

»Müsste ja kein Mensch was von erfahren. Nur du und ich, Babe, unser eigenes kleines Ding.«

In meinem Inneren spüre ich ein leichtes Ziehen. Es könnte Lust sein, von der automatischen Sorte, die ausgelöst wird, wenn man zufällig jemanden über Sex reden hört oder wenn man zufällig einen sehr attraktiven Mann oder eine Plakatwand mit einem sehr attraktiven Mann darauf sieht. Es könnte aber auch etwas viel Gefährlicheres sein: ein Liebesbedürfnis.

Verdammt. Ich lasse mich auf eine der Bänke entlang der Promenade fallen und versuche, aus mir schlau zu werden. Aber, nein, es ist nicht das brennende Verlangen, das ich früher empfunden habe, sondern nur ein ramponierter kleiner Hoffnungsschimmer wie der, der sich hartnäckig am Boden der Büchse der Pandora hält – immer noch da, nachdem Krieg, Hungersnot und Pest längst ausgeflogen sind. Unter gar keinen Umständen werde ich zulassen, dass sich dieser kleine Hoffnungsschimmer auf irgendeine Weise an Johnny Oster knüpft. Das wäre echt krank.

»Wenn's zu Hause so schlecht läuft, warum lässt du dich dann nicht einfach scheiden?«, will ich wissen.

»So einfach ist das nicht. Kinder und der ganze Scheiß.«

»Ja, das hab ich schon mal gehört.« Ich wechsele den Hörer ans andere Ohr.

»Hey, leg nicht auf. Ich wollte dich noch was fragen. Hat sich dieser Kerl noch mal bei dir gemeldet? Dieser Larry-Typ?«

Interessant, dass du das fragst. »Du meinst den, über den wir neulich gesprochen haben?«

»Genau. Hat er noch mal versucht, dich zu erreichen?«

»Irgendwie interessiert er dich, mhm?«

»Hat er angerufen?«

»Nein. Worum geht es denn?«

»Ich will nur ein bisschen mit ihm plaudern. Der Kerl ist schwer zu finden. Sag mir Bescheid, wenn du von ihm hörst, okay?«

»Klar, Johnny. Hey, woher wusstest du eigentlich, dass ich am Hafen bin?«

»Die Möwen.«

»Klar. Pass auf dich auf.«

»Du auch, Pirio. Verwähl dich bald mal wieder.«

Ich stopfe das Telefon in meine Tasche und verfolge Welle um Welle von Bostonern, die mit großen Schritten an mir vorüberziehen. Sie sehen ganz normal aus und wirken auf angenehme Weise beschäftigt. Die meisten von ihnen sind wahrscheinlich verheiratet. Ich muss den Tatsachen ins Auge sehen: Ich bin dreißig und allein. Eine unterschwellige Angst, die mich neuerdings immer wieder mal erfasst, ist, dass ich langsam, still und heimlich unsichtbar werde, unwichtig und belanglos in den Augen der Welt.

Denk nicht zu viel nach, sage ich mir, *lebe einfach*.

Ein Teenager düst auf seinem Skateboard an mir vorbei. Völlig unbekümmert, Ohrhörer auf dem Kopf, die karierten Hemdzipfel flattern im Wind. Ich stehe auf und folge ihm mit entschiedenen Schritten Richtung Stadt. Wenn ich so darüber nachdenke, bin ich mir ziemlich sicher, dass die Telefonnummer von Larry Sowieso immer noch in der Tasche des Mantels steckt, den ich auf der Beerdigung anhatte.

Wozniak. Das ist der Name, der auf den Zettel gekritzelt ist.

Er meldet sich beim zweiten Klingeln.

»Warum haben Sie mir nicht erzählt, dass Sie als Ermittler für Jackson Hartwell Marine Insurance arbeiten?«

Pause. »Wer ist da?«

»Pirio Kasparov. Die Frau, die Sie auf Ned Rizzos Beerdigung kennengelernt haben. Die Überlebende.«

»Oh ja, richtig. Ich erinnere mich. Wie geht's Ihnen?« Er spricht langsam, so als würde er gerade sehr schnell nachdenken.

»Ich bin neugierig. Ich wüsste gerne, warum Sie neulich mit mir über den Untergang der *Molly Jones* sprechen wollten.«

Längere Pause. »Wie haben Sie herausgefunden, dass ich als Ermittler für eine Versicherung arbeite?«

»Ein kleines Vögelchen hat's mir gezwitschert.«

Die nächste Pause ist so lang, dass ich mich irgendwann frage, ob er noch in der Leitung ist. »Vielleicht sollten wir uns mal unterhalten.«

»Ich dachte, das tun wir gerade.«

»Von Angesicht zu Angesicht, meine ich.« Plötzlich in Eile, nennt er mir die Adresse eines Cafés und sagt, er werde in einer halben Stunde dort sein.

Ich bin tief beeindruckt. So schnell und persönlich ist eine Versicherungsgesellschaft noch nie auf meine Wünsche eingegangen.

— —

Jeder im Café La Roche in der Beacon Street sieht aus wie ein Spion oder wie ein kreatives Möchtegern-Genie. Es ist einer dieser Läden, in denen die Tassen klein sind, kein Mensch Kuchen isst und wo selbst die Kinder in ernst aussehende Bücher vertieft sind.

Larry Wozniak ist schon da und sitzt an einem Tisch an der Wand. Er trägt einen alten, grauen Pullover, schwarze Jeans und seine hippe schwarze Brille. Sein lockiges Haar ist zurückgekämmt und an den Schläfen leicht ergraut. Er steht auf, als ich näher komme, und fragt, was ich trinken möchte. Ich hätte gern einen großen Latte macchiato, mit doppeltem Espresso, aber ohne Zucker.

Er geht zur Theke, um zu bestellen, und ich nehme Platz. Er steht an und wartet auf den Kaffee. Er versucht, mich nicht anzustarren. Ich versuche, ihn nicht anzustarren. Es ist alles etwas angestrengt.

»Wie haben Sie herausgefunden, dass ich Ermittler bin?« Er stellt zwei Tassen auf den Tisch.

»Ich erzähle Ihnen, wie ich herausgefunden habe, dass Sie Schadensermittler sind, wenn Sie mir verraten, wieso Sie das nicht sagen wollten«, sage ich.

»Die Leute meinen, Versicherungen würden immer nur nach Gründen suchen, sich vor der Regulierung eines Schadens zu drücken.« Ein Anflug von Gekränktheit hat sich in seine Augen geschlichen. Der arme, missverstandene Versicherungsmann.

»Seien Sie mir nicht böse, aber genau so ist es doch.«

Er zwinkert plötzlich und redet weiter, als hätte er mich nicht gehört. »Wenn die Leute merken, dass man in einem Schadensfall ermittelt, machen sie dicht. So wie Sie.«

»Ich wusste nichts von Ihrem Job. Kein Wort haben Sie gesagt, erinnern Sie sich? Ich habe mit Ihnen nicht über die Kollision gesprochen, weil ich nach der Beisetzung emotional völlig fertig war. Mir war einfach nicht danach, mein ganz persönliches Trauma auszupacken, nur um die Neugier eines Fremden zu befriedigen.«

»Ich dachte, wir hätten uns ein wenig kennengelernt.«

»Sie meinen, Sie haben mich angequatscht in der Hoffnung, dass ich Ihnen etwas erzähle.«

Er macht das passende, betretene Gesicht. »'tschuldigung.«

»*'tschuldigung?* Sie platzen in eine Beerdigung, baggern eine Frau an, um an Informationen zu kommen, damit Sie in einem Versicherungsfall nicht zu zahlen brauchen, und alles, was Ihnen einfällt, ist *'tschuldigung*?«

Er zuckt die Achseln. »Was bleibt mir anders übrig?«

»Da fallen mir direkt ein paar Dinge ein. Sie könnten mir zum Beispiel verraten, wer den Schaden eingereicht hat, da der Besitzer des Bootes, und damit höchstwahrscheinlich der Versicherungsnehmer, viel zu tot ist, um das zu tun.«

»Das kann ich Ihnen nicht sagen.«

»Blödsinn. Warum sollte das geheim sein?«

»'tschuldigung. Schon wieder. Sehen Sie? Ich habe keine Wahl.«

Ich trinke einen Schluck Kaffee. Ich frage mich, ob Phyllis versucht, die Versicherungssumme zu kassieren. Präsentiert sie sich als nächste Angehörige, um Thomasina und Noah auszubooten? Zutrauen würde ich ihr das. »Ist Ihnen klar, dass Ned Rizzo einen zehnjährigen Sohn hat? Wenn jemand eine Versicherungssumme für die *Molly Jones* bekommen sollte, dann das Kind. Passen Sie auf, dass Sie nicht in einen Versicherungsbetrug verwickelt werden.«

Larry Wozniak schaut zur Seite und presst die Lippen aufeinander. Schließlich sagt er: »Wir haben mehr gemeinsam, als Sie denken. Sie würden mir sehr helfen, wenn Sie mir ein paar Fragen beantworten.«

»Welche denn zum Beispiel?«

»Zum Beispiel, warum Rizzo bei Ocean Catch aufgehört hat.«

»Lustig, das wüsste ich auch gern. Ich weiß, warum *ich* es

gerne wüsste, aber wieso sollte das eine Versicherung interessieren?«

»Hat er mit Ihnen mal darüber gesprochen, warum er gegangen ist? Hat er mal erwähnt, was er dort genau macht?« Im Führen von Interviews ist er anscheinend geübt: Er beantwortet locker eine Frage mit einer Gegenfrage.

»Wenn ich eine Antwort darauf hätte, wüsste ich gern mehr, bevor ich sie mit irgendwem teile.«

»*Haben* Sie denn eine Antwort?« Seine Augen scheinen kleiner geworden zu sein, schwerer zu lesen.

»Nein. Ich habe keine Ahnung, warum Ned Rizzo gekündigt hat.«

Stirnrunzelnd blickt er auf seine Tasse.

Ich betrachte sein breites Gesicht genauer. Dunkle, schön geschwungene Augenbrauen. Eine runde Nase, so wie Kinder sie aus Ton formen würden. Ein angespannter, markanter Mund, ein etwas unscheinbares Kinn. Es ist ein Gesicht, an dem man in einer Menschenmenge vorbeigeht, das jedoch interessanter wird, je länger man ihm gegenübersitzt.

»Ich weiß schon das *ein* oder andere, das für Sie von Interesse sein könnte«, sage ich. »Aber Sie bekommen es von mir nur unter der Bedingung, dass Sie mir zuerst auf meine Fragen antworten. Wenn wir gemeinsame Interessen verfolgen, warum zögern Sie dann?«

Er wiegt kaum merklich den Kopf. Kein Nein, kein Ja. Er scheint ein wenig überfordert, so als hätte er nicht erwartet, dass sich die Unterhaltung in diese Richtung entwickelt, und als hätte er keinen Plan B. Dann hebt er seinen gelähmten Arm vom Schoß auf den Tisch. Wie eine traurige Plastiknachbildung liegt seine Hand nun da. Falls er auf Mitleid aus ist, bin ich die Falsche. Aber ich bin neugierig.

»Wie ist das passiert?«, frage ich.

»Ein Unfall«, sagt er.

»Beim Bootfahren?«

»Motorrad. Ich war ein dämlicher Jugendlicher.«

»Sind Sie deshalb in der Versicherungsbranche gelandet?«

Er lacht verlegen. »So hab ich das noch gar nicht gesehen.« Aber er verliert sein Ziel nicht aus den Augen. Er setzt zu einem erneuten Anlauf an. »Hören Sie, wenn ich Ihnen verspreche, dass alles, was Sie mir sagen, einem guten Zweck dient und dass ich Ihnen wirklich bald verraten werde, welcher Zweck das ist, könnten Sie sich dann vielleicht vorstellen, mir alles zu erzählen, was Sie über Ned Rizzo und die *Molly Jones* wissen, und auch alles darüber, was da draußen passiert ist, soweit Sie sich noch erinnern?«

»Ich hab's schon mal gesagt: Entweder tauschen wir unsere Informationen aus, oder es läuft gar nichts. Aber ich bin bereit, Ihnen ein bisschen entgegenzukommen. Sie können die Identität Ihres Mandanten geheim halten, wenn Sie mir verraten, warum Sie sich letzte Woche die *Sea Wolf* im Trockendock angesehen haben.«

Er sieht erschrocken aus. »Sie wissen von der *Sea Wolf*?«

»Ich hab zuerst gefragt.«

»Wie viel wissen Sie?« Er wird ganz weiß.

»Eine Menge«, lüge ich.

Seine Augen sind stechend, fragend und beunruhigt.

Ich blinzele und schlucke. Ich habe nie länger als ein paar Runden Poker durchgehalten – wenn ich Angst bekomme, sieht man es mir sofort an. Und jetzt habe ich auf einmal Angst. Weil er Angst hat. Ich merke, dass ich meinen Zeh gerade in einen trüben Tümpel tauche, dass ich Angst habe, ganz hineingezogen oder aber allein am schlammigen Ufer zurückgelassen zu werden – und beides gefällt mir nicht.

Larry stößt einen tiefen Seufzer aus, scheint jetzt zu kapitulieren. »Die *Sea Wolf* ist von einer Fahrt mit einem beschädigten Rumpf zurückgekehrt. Ich habe versucht, etwas über die Ursache herauszufinden.« Es ist völlig klar, dass er nicht mehr rausrückt als das, was ich auch schon vom Chef des Trockendocks gehört haben könnte.

»Haben Sie etwas herausgefunden?«

»Nein.«

»Warum hat es Sie so interessiert?«

Er grinst ungeduldig. »Kommen Sie. Hören wir mit den Spielchen auf. Sie und ich, wir wissen doch beide, dass der Schaden von einem Zusammenstoß auf See herrühren könnte. Wir denken doch dasselbe, oder?«

»Nein. Sie denken, dass die *Sea Wolf* das Schiff war, das die *Molly Jones* zerstört hat. Aber da irren Sie sich.«

»Wie meinen Sie das?«

»Es war nicht die *Sea Wolf*.«

»Woher wissen Sie das?«, fragt er ehrlich überrascht.

»Die *Molly Jones* wurde von einem größeren Schiff gerammt. Einem viel größeren. Und es war auch nicht rot.«

Er runzelt die Stirn. »Da können Sie sich aber nicht sicher sein.«

»Doch, ich bin sicher.«

Er lehnt sich zurück, verschränkt die Arme vor der Brust und starrt mich an, als wäre ich ein zwar nervtötendes, aber doch kalkulierbares Problem. »Wissen Sie, wie unzuverlässig die Aussagen von Augenzeugen sind? Eine Frau schwört, dass der Mann, der sie angegriffen hat, eins siebzig groß war und ein Sweatshirt trug. Hinterher stellt sich heraus, er war eins fünfundachtzig und trug ein T-Shirt. Passiert ständig. Niemand glaubt mehr wirklich an das, was Augenzeugen sagen. Es ist quasi ein Witz. Sie glauben, Sie wissen, was Sie gerammt hat? Irrtum. Sie waren mitten auf dem Atlantik, hatten eine Scheißangst und wollten Ihr

Leben retten. Wie sollen Sie da wissen, welche Farbe das Schiff hatte? Im Nebel – wie können Sie da seine genaue Größe beurteilen?«

»Mir war kalt, und ich war nass, aber blind war ich nicht. Ich weiß, was ich gesehen habe. Und tun Sie nicht so, als glaubten Sie tatsächlich, alle Augenzeugenberichte seien wertlos. Wenn ich Ihnen erzählt hätte, das Schiff sei rot gewesen, hätten Sie mir geglaubt, denn genau das wollen Sie hören.«

»Ich bitte Sie, Piria.«

»Pirio.«

»Pirio, Pirio. Kommen Sie. Hören Sie, ich bin hier nicht der Feind.«

»Ach ja, wirklich? Wer dann?«

»Sie müssen mir vertrauen. Ich verspreche –«

Ich hebe eine Hand, damit er aufhört zu reden. »Warten Sie. Sagen Sie's nicht. *Vertrauen Sie mir.* Das ist fast immer ein schlechtes Zeichen. Und wissen Sie, was ich fast genauso verstörend finde? *Ich verspreche.* Das geht auch meistens nach hinten los.« Ich schreibe meine Nummer auf eine Serviette. »Ich vertraue Ihnen überhaupt nicht, Larry Wozniak. Sie haben irgendetwas damit zu tun, was der *Molly Jones* passiert ist. Sie versuchen, Ocean Catch mit einem Rechtsanspruch auszupressen, indem Sie die *Sea Wolf* mit einer Tragödie verknüpfen, an der sie gar nicht beteiligt war. Das ist ziemlich übel.« Ich schiebe die Serviette zu ihm rüber. »Aber ich sage Ihnen eines: Falls Sie wirklich ehrlich darüber sprechen wollen, warum Sie ein Interesse an all diesen Dingen haben, dann können Sie mich anrufen. Und dann werden wir ja sehen, ob es irgendetwas gibt, was wir füreinander tun können.« Ich stehe auf und verlasse das Café.

Auf der Beacon Street herrscht lärmender Verkehr. Der Himmel hat sich verdunkelt, und der Wind ist stärker geworden. Als ich herfuhr, war hinter mir ein hellbraunes Auto – ein zerbeultes amerikanisches Modell. Es ist mir um ein paar Ecken gefolgt und hat ungefähr einen Häuserblock vom Café entfernt geparkt. Es ist immer noch da, aber niemand sitzt drin. Ich gehe dran vorbei und sehe, dass die Parkuhr bezahlt ist. Mein Wagen steht auf der gegenüberliegenden Seite, die Schnauze in die entgegengesetzte Richtung. Ich habe ein Auge auf den Rückspiegel, als ich anfahre. Zwei Blocks weiter wende ich in einer Seitenstraße, parke an der Ecke und warte.

Ein Cop, der aussieht wie Danny DeVito, schreibt einen Strafzettel. Eine Gruppe junger Mädchen überquert bei Rot die Straße, als sei es ihr gottgegebenes Recht, den Verkehr aufzuhalten. Der hellbraune Wagen fährt nicht vorbei. Weit und breit keine verdächtigen Personen. Keine Baseballkappen, keine zugeknöpften Jacken. Absolut gar nichts, weshalb man sich Sorgen machen müsste.

Am nächsten Morgen sitze ich am Küchentisch und starre finster in meinen Vor-der-Arbeit-Kaffee. Ich habe Johnny versprochen, ihm Bescheid zu geben, wenn ich mit Larry Wozniak gesprochen hätte. Vielleicht sollte ich Johnny anrufen und die schräge Unterhaltung schildern, die ich mit dem Versicherungsfritzen hatte. Es wäre interessant zu erfahren, warum Johnny ihn nicht leiden kann. Offensichtlich steckt mehr dahinter als nur die Tatsache, dass Larry uneingeladen auf Neds Beerdigung aufgekreuzt ist.

Ich umklammere den Becher mit beiden Händen und wärme meine Finger. *Denk nach, Pirio.* Ich weiß nicht, welche Verbindung zwischen Johnny und der *Sea Wolf* besteht, und genauso wenig, in welcher Beziehung Larry zu Ned steht. Mein Gefühl sagt mir, dass ich von Johnny nicht die ganze Geschichte erfahren werde, genauso wenig wie von Larry. Vielleicht gibt es eine Möglichkeit, die beiden gegeneinander auszuspielen. Vielleicht bekomme ich Larry dazu, sich endlich zu öffnen, wenn ich ihm erzähle, dass Johnny ihn sucht, und dann damit drohe, Johnny anzurufen. Gut, es ist hinterhältig, aber was soll's! Ich hab nichts zu verlieren.

Er geht nicht ran unter der Nummer, die ich schon mal angerufen habe, also versuche ich es um Punkt neun bei Jackson Hartwell und bitte darum, zu Larry Wozniak durchgestellt zu werden.

Die Frau in der Zentrale bedauert sehr, aber bei Jackson Hartwell sei niemand mit diesem Namen beschäftigt.

Ich frage nach, ob sie sich auch wirklich sicher sei – vielleicht arbeitet er ja freiberuflich? Als externer Schadensermittler?

Nein, er stehe nicht auf ihrer Liste und hätte da auch nie gestanden. Da ist sie sich absolut sicher.

»Oh, ich verstehe. Gehört Ocean Catch zu Ihren Kunden?«

Sie bedauert sehr, könne aber weder die Namen von Versicherungsnehmern noch von versicherten Schiffen herausgeben. Sie wünscht mir einen schönen Tag.

Ich lege auf. Mich überkommen die ersten Anzeichen einer nahenden Übelkeit. Der Kaninchenbau ist gerade tiefer geworden. *Vertrauen Sie mir*, hat er gesagt.

Nicht, dass ich es getan hätte. Aber trotzdem …

Ich google seinen Namen und finde dies:

Mr Larry Wozniak WINSTON-SALEM – Lawrence Brian Wozniak, 30, wohnhaft Garden Valley Drive, verstarb am Montag, dem 21. Juli 2010 im WFU Baptist Medical Center nach plötzlicher kurzer Krankheit. Geboren 27. Juni 1980 in Greenwood County, S. C. als Sohn von Ronald E. Wozniak und Katherine Bryant Wozniak. Er besuchte das Mars Hill College und die Wake Forest University. Er war Ingenieur für medizinische Verfahrenstechnik am WFU Baptist Medical Center. Statt Blumen wird eine Spende an den Liver Transplant Memorial Fund des Duke University Medical Center erbeten.

Keine Frau. Keine Kinder. Das richtige Alter. Die perfekte Identität, wenn man eine stehlen möchte.

KAPITEL 14

Pirio!« Thomasina begrüßt mich wie eine alte Freundin, die sie vor Ewigkeiten aus den Augen verloren hat. Als ich ihr in die Küche folge und sehe, wer am Küchentresen steht, ergibt ihre Reaktion einen gewissen Sinn. Es ist Max, der Typ von der Beerdigungsfeier. Er trägt weder Hemd noch Schuhe, rührt gerade Pfannkuchenteig und schenkt mir ein charmantes Lächeln. Thomasina geht zu ihm hinüber, schlingt die Arme um seinen schlanken Oberkörper und lächelt mich verlegen, aber zufrieden an. »Pirio, du erinnerst dich doch an Max, oder?« Es liegt ein Mix aus festlicher Häuslichkeit und viel gutem Sex in der Luft. Selbst die Samstagmorgensonne, die durchs Fenster fällt, strahlt heute besonders hell.

Ich komme mir vor wie eine sauertöpfische Jungfer, denn meine erste Reaktion ist Ungläubigkeit, meine zweite Misstrauen und meine dritte Weltuntergangsphantasien. Da hilft es auch nicht, dass ich vorbeigekommen bin, um ihr die letzten Neuigkeiten über verdächtige Zahlungen, geheim gehaltene Fahrten und verlogene Versicherungsagenten zu erzählen. Ganz abgesehen von der Sache mit der US Navy, von der sie noch gar nichts weiß.

Ich begrüße Max so höflich ich kann.

Thomasina zieht einen Stuhl heraus. »Setz dich doch!«

In der Bratpfanne spritzt das Öl. Max dreht die Hitze ab und schiebt die Pfanne auf eine kalte Platte. Die Tür zu Noahs Zimmer ist geschlossen.

»Schau mal!« Thomasina setzt sich neben mich und zeigt mir die zierliche Kette, die sie um den Hals trägt. Den kleinen Diamanten hält sie zwischen zwei Fingern, damit ich ihn ausreichend bewundern kann. »Ist er nicht zauberhaft?«

Ich sage, er sei reizend, obwohl wir beide wissen, dass sie wesentlich eindrucksvollere Stücke in ihrem Schmuckkästchen hat und eine Halskette mit einem Diamantanhänger sie nie interessiert hätte. Bis heute.

»Wir brennen darauf, endlich zusammen zu verreisen. Stimmt's, Max?«

Er ist in ihr Schlafzimmer verschwunden und kommt ein paar Sekunden später zurück, wobei er sich ein T-Shirt über den Kopf zieht. Er sieht besser aus als neulich in der ungesunden, verräucherten Atmosphäre von Murphy's Pub. Seine hohen Wangenknochen und die roten Lippen verleihen seinem Gesicht etwas Feminines und stehen in einem reizvollen Kontrast zu seinem straffen, muskulösen Körper. Er und Thomasina sind gleich groß, erinnern dadurch ein wenig an Geschwister.

»Wollen wir nicht zusammen wegfahren, Max?« Es scheint ihr sehr wichtig zu sein, von Max eine Bestätigung zu hören. Als würde sie das in meinem Kopf als Pärchen legitimieren. Oder in ihrem. Oder vielleicht seinem.

Er sagt, er würde wahnsinnig gern mit ihr wegfahren und hätte das ganze Jahr noch keinen Urlaub genommen. Er lächelt ins Blaue hinein.

»Nur ihr zwei?« Ich frage mich, wo Noah dann wohl bleibt. Aber die Antwort liegt auf der Hand: bei mir.

Thomasina hängt sich rein. »Nun, wir müssen mal sehen. Wir können auch noch gar nicht richtig planen. Max bekommt sowieso noch nicht frei. Fürs Erste hatten wir auch nur an etwas ganz Einfaches gedacht, zum Beispiel ein Wochenende im Foxwoods Resort.« Sie schenkt ihm ein strahlendes Lächeln.

Er murmelt eine vage, ergebene Einwilligung, und ich stehe wieder einmal fassungslos vor dem unerklärlichen Chaos trauter Zweisamkeit. Thomasina hasst das Glücksspiel. Lange vor ihrem einundzwanzigsten Geburtstag wurde sie ständig von ihrem spielsüchtigen Vater in Kasinos mitgeschleift, der sie vorher aufdonnerte und dann hineinschmuggelte. Und bevor er sie als Erwachsene ausgeben konnte, ließ er sie einfach mit einer Horde viel zu großer Stofftiere, die ihr Gesellschaft leisten sollten, allein im Hotelzimmer zurück. Daher ist ein Resort wie Foxwoods so ziemlich der letzte Ort, an den sie gern gereist wäre. Aber urplötzlich scheint sie von der Idee völlig begeistert und will jetzt Max überzeugen. Dabei kommt er mir wie jemand vor, der normalerweise geradezu versessen darauf wäre, sich in das schicke Leben dort zu stürzen.

Thomasina schenkt mir Kaffee ein, und Max widmet sich wieder den Pfannkuchen und dem Speck. Er erzählt von seiner Arbeit im Massport: Mit anderen Worten, er ist so was wie ein Hafen-Bulle. Kannte Ned seit Jahren und ist gut befreundet mit Johnny Oster. »Wir sind alle ganz dicke, wir Wasser-Ratten«, meint er witzelnd. Er schwingt den Spatel und wendet die Pfannkuchen mit großem Geschick. Ich vermute, Thomasina hat ihm von den Papieren der *Molly Jones* erzählt, die sie gefunden hat. Sie ist nicht besonders gut darin, interessante Details für sich zu behalten. Max schiebt die Teller über den Tisch und setzt sich. Thomasina tut, als wäre sie ganz überwältigt, beugt sich vor und küsst ihn in den Nacken, was ihm die Röte ins Gesicht treibt.

Ich nehme meine Gabel. »Kommt Noah zum Frühstück?«

Er habe schon gegessen, wird mir gesagt.

Die Unterhaltung verlagert sich auf Fernsehserien. Max und Thomasina erzählen ganz aufgeregt und quasi mit einer Stimme, dass das kommende Herbstprogramm eines der besten seit Jahren sei. Max erzählt irgendeinen langatmigen Handlungsverlauf. Offenbar kommen in der Serie einige ziemlich verzweifelte Figuren vor. Sie strotzt nur so von Komplikationen.

»Ganz klarer Bezug zu Dickens«, murmelt Thomasina. Ich suche in ihrem Gesicht nach Ironie und finde nichts. Ihre Verwandlung in die bessere Hälfte dieses Mannes ist umfassend.

Als Max nach dem Frühstück unter die Dusche springt, ergibt sich eine Pause von dieser Scharade. Thomasina nimmt wieder erkennbare Züge an. »Bitte, Pirio. Ich weiß, du bist genervt. Man sieht's dir übrigens deutlich an. Kein Wunder, dass Max so schnell wie möglich hier rauswill – er würde es nicht sagen, aber ich merke es an seiner Körpersprache.«

»Sorry. Es ist ein kleiner Schock. Wie lange kennst du diesen Typen? Zwei Wochen?«

»Die Zeit spielt doch keine Rolle. Wenn man älter wird, weiß man, was da draußen im Angebot ist, und ganz genau, wonach man sucht.« Sie beugt sich zu mir und flüstert: »Du gewöhnst dich besser an ihn. Denn ich glaube, er ist der Richtige.«

»Komm schon. Hör auf mit dem Scheiß, okay? Werd nüchtern und sieh dir an, wohin dich das bringt. Das kann ja wohl nicht wahr sein.«

Ihre Augen blitzen. »Ich bin gerade nüchtern. Siehst du? Ich bin stocknüchtern.« Sie streckt ihre Hände aus, damit ich sehe, dass sie nicht zittern. »Ich bin nüchtern, und es ist mir egal, was du denkst. Ich möchte gerne heiraten, und warum auch nicht?«

»*Heiraten*? Hast du *heiraten* gesagt?«

»Ständig heiraten irgendwelche Leute. Das ist eine ganz normale Sache. Warum sollte ich es nicht auch mal ausprobieren?«

»Ausprobieren? Man *probiert* nicht, wie es ist, verheiratet zu sein. Es ist kein verdammtes Outfit, das man an- und auszieht. Und übrigens, du *hast* es ausprobiert. Schon vergessen?«

»Was meinst du? Redest du von Ned? Du weißt, wir waren nie verheiratet. Wir hatten überhaupt nichts gemeinsam. Er war für mich der vollkommen Falsche. Max ist ganz anders. Er hat einen Collegeabschluss und einen guten Job. Er kann über Bücher reden. Du hast ihn selbst gehört.«

»Er hat übers Fernsehen geredet.«

»Na und?«

»Na und? Soll heißen: Was ist schon der Unterschied zwischen Büchern und Fernsehen? Hast du das gemeint?«

»Pirio, Himmel noch mal, was für einen Unterschied macht das denn? Ich meine, hey, er ist *gebildet*, okay? Er kann über Dinge reden. Er kennt sich in der Welt aus. Er ist nicht langweilig.« Sie sagt nicht, *so wie Ned.*

»Er ist ein vollkommen durchschnittlicher Typ, Thomasina. In einem Monat hängt er dir zum Hals raus. Du bist zehn Mal intelligenter als er.«

»Bin ich nicht. Das bin ich nicht!«

Wir schweigen beide, während diese niedliche, liebesgetränkte Lüge langsam zu Boden segelt.

Sie hält sich ihre zerknüllte Serviette an die Stirn, stößt ein paar kurze Seufzer aus, als würde sie gegen Tränen ankämpfen oder nach ihnen suchen. Schließlich sagt sie gequält: »Noah braucht einen Dad. Jungs brauchen Väter. Was weiß denn ich schon darüber, wie man einen Jungen erzieht? Sie brauchen Väter – eine Frau kann einen Sohn nicht allein aufziehen. Sie brauchen jemanden, der ihnen bestimmte Dinge beibringt, wie zum Beispiel … jagen.« Sie sieht ziemlich unsicher aus.

»Hast du noch alle Tassen im Schrank?«

»Sag so was nicht zu mir. Ich gebe mir doch Mühe, oder vielleicht nicht? Siehst du, was ich trinke? Das ist eine *Coke light*. Ernsthaft, eine *Coke light*!«

Sie deutet auf ihr Glas mit der hellbraunen Limonade. Es ist immer noch voll.

»Ich habe seit einer Woche, seit wir Noahs Hamster beerdigt haben, keinen Schluck mehr getrunken und noch nicht mal eine Percocet genommen. Max hat es direkt verstanden. Er ist mit mir durch die Wohnung gegangen und hat geholfen, alles einzusammeln und zu beseitigen. Er hat gesagt, ich kann ihn jederzeit anrufen. Nach der Arbeit kommt er immer her. Er schenkt mir ein neues Leben, Pirio. Komm schon, wann hast du mich das letzte Mal lächeln gesehen, ohne dass ich high war? Ich weiß, du bist sauer, weil ich so viel Mist baue. Das bin ich auch. Ich will Noah eine gute Mutter sein. Er verdient so viel mehr, als ich ihm bislang gegeben habe. Und mit Max fühle ich mich … ich weiß nicht, wie er es anstellt, aber ich fühle mich so … also, einfach *besser*. Nicht geheilt, sondern besser. Als *könnte* ich geheilt werden. Ein normaler Mensch mit einem ganz normalen Leben. Du weißt schon, samstags ins Einkaufszentrum, zu Fußballspielen, Pizzaabende mit Freunden …« Sie verstummt allmählich. »Bald ist Thanksgiving«, sagt sie vage.

Ich widerstehe der Versuchung, eine Bemerkung über Norman Rockwell zu machen, denn das wäre jetzt eigentlich ihr Text. Vor zehn Jahren hätte es ihr förmlich auf der Zunge gelegen. Stattdessen platze ich damit heraus, dass Noah nicht mal Fußball spielt.

»Er könnte es doch lernen«, insistiert sie. »Er könnte in einen Verein gehen und Freunde haben, wie all die andern Jungs. Weil seine Mutter keine Alkoholikerin mehr wäre.« Ihr Gesicht glüht, die Lippen zittern. »Sie wäre verheiratet – wir würden in einem richtigen Haus leben. Er bräuchte sich nicht mehr zu schämen.« Sie nippt vorsichtig an der Cola und versucht, sie zu mögen.

Mir kommen die Tränen. Denn es stimmt. Sie trinkt Coke light und keinen morgendlichen Mimosa oder eine Bloody Mary, und sie scheint auch keinen Kater zu haben. Sie versucht es *wirklich*. Langsam verfliegt mein Ärger, und alles tut mir leid – mein Verhalten, meine harte Linie und was ich alles zu wissen glaube. Ich blinzle meine Tränen weg, doch mein Herz ist immer noch aufgewühlt. »Himmel, Thomasina«, sage ich schließlich.

»Ich weiß«, sagt sie leise.

Als Max frisch geduscht zurückkehrt, schauen Thomasina und ich in unterschiedliche Richtungen und versuchen uns zu fangen. Der beißende Limonen-Patschuli-Duft des Old-Spice-Aftershaves umgibt ihn. Es ist der widerlich vertraute Geruch von zu vielen Generationen stumpfsinniger amerikanischer Männer. Ich wünschte, er würde etwas anderes tragen.

»Max, Liebling«, säuselt Thomasina und wendet ihm ein gefasstes Gesicht zu, »Pirio und ich sind seit Ewigkeiten befreundet. Seit der Highschool. Wir sind praktisch wie Schwestern.«

Er versteht den Hinweis und sagt, er müsse jetzt los. Sagt, es sei nett gewesen, mich wiederzusehen, bla, bla, bla, und schon ist er weg.

Thomasina steht auf und macht sich an den Abwasch. Ihr angespannter Rücken ist ein Schutzschild gegen meine Skepsis. Ich biete nicht an, ihr zu helfen. Die Küche ist klein, es gibt nicht viel zu tun, und ich möchte dem Rücken jenen Freiraum gewähren, um den er bittet.

Auf dem zerkratzten Holztisch steckt ein limonengrüner iPod nano in einem Bose-Lautsprecher, zwanzig oder mehr Gläser mit Gewürzen stehen wahllos in Gruppen auf dem Küchentresen neben dem Herd. Auf der Fensterbank stapeln sich braune Mappen, Thomasinas rudimentäres Ablagesystem. Damals, als wir uns auf der Gaston School ein Zimmer geteilt haben, war sie die Gründliche von uns beiden, machte sich ständig irgendwelche Notizen und behielt mit einem Wochenplaner immer den Überblick. Sie schrieb auch Tagebuch, notierte täglich und reichlich ihre Gedanken und Gefühle, war offensichtlich besessen von dem Drang, ihr Leben in allen Facetten zu protokollieren. Ein Buch – in Leder gebunden, mit einem verschnörkelten, mittelalterlich aussehenden Schloss –, von dem ich annehme, dass es ihr aktuelles Tagebuch ist, liegt neben einem Räuchergefäß auf einem Regalbrett. Ich stelle mir vor, wie sie mitten in der Nacht damit beschäftigt ist, sämtliche intimen Details aufzuschreiben, für die sich niemand sonst auf dieser Welt interessiert. Warum sollte sie sich keinen Menschen wünschen, dem sie sich anvertrauen kann, anstatt nur den leeren Seiten eines Buches?

Nachdem sie das Geschirr abgespült und fortgeräumt hat, schenkt sie mir Kaffee nach und lässt sich übertrieben laut am Tisch nieder, was verdeutlichen soll, dass sie sich so schnell nicht mehr wegbewegen wird. »Bitte, freu dich doch einfach für mich, Pirio. Bitte.«

»Klar freu ich mich«, erwidere ich hölzern.

Sie senkt ihre Stimme auf einen leisen, vertraulichen Ton. »Weißt du, warum ich so sicher bin, dass er der Richtige ist? Ich habe bei Madame Jeanne die Herrscherin gezogen.«

Oh nein. Das ist ja noch schlimmer, als ich dachte.

Madame Jeanne ist Thomasinas Muse und Mentor, ihr spiritueller Leitstern. Mittwochnachmittags sitzt sie in einem angesagten Café an der Newbury Street am Fenster und liest einem für zehn Dollar fünfzehn Minuten lang aus den Tarotkarten. Vor ein paar Jahren hat Thomasina mich mal in dieses Café mitgenommen, und als ich Madame Jeanne gegenübersaß, durchfuhr mich eine eiskalte Woge tiefer Abscheu. Mir gefiel das gepuderte Faltennetz um ihre Augen nicht, auch nicht der blaue

Eyeliner oder das Braun ihrer großen, konturlosen Lippen. Sie war alt, aber es war nicht ihr Alter, das mich störte, noch nicht mal ihre billige Kostümierung. Es war vielmehr ihre Aura von emotionalem Versagen.

»Die Herrscherin ist das Symbol der Weiblichkeit schlechthin«, erklärt Thomasina. »Sie steht für Liebe, Sexualität und Fruchtbarkeit. Eine ausgesprochen positive Karte. Ich wollte sie schon immer, bekam sie aber nie und war überzeugt, ich würde sie auch nie bekommen. Dann bin ich Max begegnet und habe angefangen, ein klein wenig das Gefühl zu bekommen, als könnten all diese Dinge endlich auch für mich wahr werden. Also bin ich mit der heimlichen Hoffnung zu Madame Jeanne gegangen, diese Karte zu bekommen, und – kann man's glauben? – sie tauchte tatsächlich in der zweiten Reihe auf.

Aber das war noch nicht alles. Ich hatte auch noch das Rad des Schicksals und die Neun Kelche. Das Rad des Schicksals bedeutet, eine wirklich große, positive Veränderung steht unmittelbar bevor. Und die Neun Kelche? Na ja, das ist so ungefähr die beste Karte, die's gibt. Reichtum, Erfolg, Erfüllung – es wird alles vorausgesagt, in einer einzigen Karte. Diese drei zusammen zu bekommen, das ist einfach unglaublich! Es ist, als stünden die guten Sterne Schlange, und die ganze Welt wird plötzlich ein besserer Ort. Witzigerweise habe ich immer gedacht, dass es irgendwann genau so kommen würde – dass mein Leben sich eines Tages einfach ändern würde. Jahre, in denen ich ziellos getrieben wurde – und dann, eines schönen Tages, würde ich aufwachen und alles wäre anders, besser – so wie es immer sein *sollte*. Madame Jeanne wollte wissen, was los sei, und die einzige Veränderung in meinem Leben war Max.«

Ich habe sie noch nie so im Wahn gesehen. Und das will was heißen. »Was du da beschreibst, ist keine Liebe. Es ist noch nicht einmal Verliebtsein.«

»Was ist denn schon Verliebtsein? Ist es nicht so etwas wie Hoffnung? Eine verrückte Hoffnung?«

»Nein.« Das kann es nicht sein. Aber ich bin nicht sicher. »Bist du mit Max wirklich glücklich? Nur mit ihm und keinem anderen?«

»Ich verstehe ja, warum du skeptisch bist. Ich weiß, ich handle momentan etwas impulsiv. Aber wenn ich an das glaube, was ich tue, mit ganzem Herzen an diese Wahl glaube und alles gebe, wer will schon sagen, ob nicht in fünf Jahren Liebe daraus geworden und am Ende doch alles gut ausgegangen ist?«

»Aber was ist mit *heute*, Thomasina?«

»Max tut mir gut. Ich war schon so lange nicht mehr mit jemandem wie ihm zusammen.« Sie nimmt die Coke light und nippt wie eine willensstarke Zehnjährige am Rand. Weicht meinem Blick aus.

Das Problem mit Alkoholikern ist, dass man so leicht meint, der Grund für ihr Handeln zu sein. Dass meine Skepsis gegenüber ihrer Gefühlsduselei sie zu dem verflucht, was in Wirklichkeit unausweichlich ist. Vielleicht redet sie sich das am Ende selbst ein, zumindest gelegentlich, in den künftigen Stunden des bitteren, einsamen Stupors, die sich schon heute – anhand ihrer verkrampften Finger, die das Glas umklammern, und ihres seltsam verzerrten Mundes – vorhersagen lassen.

In Noahs Zimmer steht ein Bett, ein Schreibtisch, ein Schaukelstuhl, ein Aquarium und eine türkise Lavalampe. Auf jedem Quadratzentimeter Wand kleben Poster, und jeder Quadratzentimeter horizontale Fläche ist belegt mit Büchern, Projektmappen, Werkzeugen und Zeugs. Die Jalousien sind heruntergelassen; von den Stangen hängen schmutzige blaue Vorhänge.

Noah liegt, komplett angezogen, auf seinem zerwühlten Bett und ist vertieft in ein Comic-Heft.

»Ist er weg?« Der Satz klingt nach geduldigem Leiden.

»Ja.« Ich setze mich in den Schaukelstuhl.

Noah blättert langsam eine Seite um. Man sieht nur den oberen Teil seines Kopfes. »Ich mag Thor lieber als das hier. Der Hulk wird immer blöder.«

»Tatsächlich? Wieso?«

»Er sagt blöde Sachen.«

»Und Thor nicht?«

»Nicht *so* blöde.«

»Oh.«

Er klappt das Comic-Heft zu. »Willst du die Kiste sehen, die ich gefunden habe?«

»Mhm-mh.«

Er krabbelt auf die Füße, kniet sich neben das Bett, zieht eine Holzkiste darunter hervor und legt sie mir in den Schoß. Die aufgemalte Flamencotänzerin ist leicht verblasst – dunkle, hoch aufgetürmte Haare, zwei Kleckse Rouge auf den Wangen, Kastagnetten in den gebogenen Handgelenken. Sie dreht sich und zeigt unter ihrem roten Kleid eine aufreizende Fülle von weißen Petticoats. Er gibt sich große Mühe, mir zu zeigen, wie der Deckel in eine Nut passt, die sich geräuschlos aufschieben lässt und einen Hauch von süßlich schmutzigem Tabakduft freigibt. Drinnen ist nur etwas Holzwolle.

»Was willst du da hineintun?«

»Nichts.« Noah dreht die Kiste um und zeigt mir, wie man einen doppelten Boden öffnen kann, indem man an einer Ecke drückt, bis sich die andere Seite langsam hebt. Die Verarbeitung ist genial und präzise; das Geheimfach hat die Größe eines Sets Spielkarten. Es ist außerdem leer.

»Und was kommt *hier* hinein?«, frage ich.

Er zuckt lässig die Achseln und schaut mich nicht an. Ein Mann und seine geschäftlichen Angelegenheiten. »Weiß ich noch nicht. Vielleicht Geld.« In seinen Bewegungen liegt etwas Raues, Mechanisches, als er die Kiste schließt. Die Spielzeit ist vorbei.

Aber Pirio, die gute Fee und Patentante, lässt ihn nicht einfach so davonkommen – die Realität mag herb sein, aber ein Geheimfach ist immer noch ein Geheimfach. »Geld ist gut«, sage ich. »Schätze sind besser.«

Unsere Blicke treffen sich, dasselbe herzerweichende Grau wie Thomasinas, und sein zusammengekniffener Mund entspannt sich ein wenig. »Was für Schätze?«

»Rubine, Schildpatt, die Rinde eines Mangobaumes.«

Er nickt und denkt ernsthaft über die Liste nach. Dann erzählt er mir, wenn man Methangas anzündet, würde es explodieren. »Kühe pupsen Methan, genau wie wir. Das macht die Erderwärmung schlimmer.«

Ich erkläre ihm, wenn wir die Energie des Methangases einfangen könnten, bräuchten wir keine Kohle- oder Atomkraftwerke. Das Problem wäre die Lösung.

»Stimmt.« Jetzt ist er ganz aufgeregt und mir weit voraus. »Wir stecken alle Kühe in ein großes Gebäude und decken es ab, mit zum Beispiel so einem Plastikding, und dann würden wir das Gas mit Ventilatoren absaugen« – er hält sich mit den Fingern die Nase zu – »und schicken das Gas in Röhren in die Stadt und zünden es an.«

Während er redet, beugt er sich vor, die Ellbogen auf den Armlehnen des Schaukelstuhls, und gleitet dann ganz ungezwungen neben mich, als würde er sich nur hinüberlehnen, und eine Minute später sitzt er auf meinem Schoß. Wieder der kleine Noah, mit Haar so fein wie Seide und einem lieblichen Duft.

Wir entwerfen ein paar Szenarien mit möglichen Methan-Sammel-Apparaten, die die Tiere wahrscheinlich nicht stärker belasten und entwürdigen würden, als sie ohnehin schon unter der Menschheit leiden.

»Warte«, sagt Noah. Er durchquert das Zimmer auf leisen Sohlen, zieht eine Schublade auf und nimmt etwas heraus, das in seine Handfläche passt. Er kommt zurück, öffnet langsam die Finger und zeigt mir das Objekt. Es ist der Walknochen. »Ich werde *das hier* in mein Geheimfach legen, dann kann niemand es finden, nur du und ich. Und ich werde es *ihn* niemals angucken lassen.« Er nickt mit dem Kopf Richtung Tür.

Wir gehen ins Wohnzimmer, wo Thomasina mit einer Tasse Kaffee und dem *Globe* auf der Couch kampiert. Es fühlt sich in Ordnung an. Sonnenschein. Samstagmorgen. Die Wohnung ist sauber, Thomasina nüchtern. Noah hüpft neben sie und lehnt sich gegen ihren Arm.

»Hungrig, Süßer?«

»Nein.«

Mutter und Sohn lächeln sich an. Thomasina legt ihm den Arm um die Schulter, und er schmiegt sich an sie. Sie haben gemeinsam schon eine Menge durchgemacht, und wenn sie sich finden, dann sind sie zu Hause.

Zeit für mich zu gehen. All die fragwürdigen Dinge, über die ich reden wollte, erscheinen im Augenblick nicht mehr so wichtig.

Der Anruf von Thomasina kommt am selben Abend. »Max und ich dachten, vielleicht nächstes Wochenende. Foxwoods, meine ich. Nur zwei Nächte. Oder nur eine, wenn's dir lieber ist. Das heißt, falls du überhaupt kannst.« Kurzes Schweigen. »Du wirst

Noah doch nehmen, Pirio, oder? Er schläft ja bei niemand anderem.«

»Ja, klar.«

»Oh, danke, vielen, vielen Dank. Ich bin dir so dankbar – du hast ja keine Ahnung.«

KAPITEL 15

An einem Samstagabend besteht das Publikum von Murphy's Pub aus einer zusammengewürfelten Menge müde aussehender Singles. Die Männer tragen Flanell und schmutziges Denim, die Frauen hautenge Jeans und viel zu viel Eyeliner. Aus der Musikbox dudeln zeitlose Oldies, und im Fernseher über der Theke läuft ein Spiel der Red Sox gegen die Orioles, das in Baltimore stattfindet. Ein paar Typen auf Hockern starren auf den Bildschirm. Ich setze mich zwischen zwei von ihnen und bestelle bei einem freundlichen, korpulenten Barkeeper ein Bier vom Fass. Schließlich registriert mich einer der beiden Jungs, und sobald wir anfangen, uns zu unterhalten, taxiert mich auch der andere und klinkt sich in die Unterhaltung ein. Wie sich herausstellt, arbeitet der eine, ein gewisser Ron, auf dem Bau, und der Zweite, Tim, bei Ocean Catch. Es dauert nicht lange, bis die zwei dahinterkommen, dass sie neben dem Schwimmer sitzen. Was sie ein bisschen munter werden lässt. Sie schieben sich dichter an mich heran, sympathisch aufgeregt, und brennen darauf, mir ihre eigenen Wundergeschichten zu erzählen. Allerdings geben sie bereitwillig zu, dass sie mit meiner nicht mithalten können. Zwischen den beiden Gentlemen entwickelt sich ein gutmütiges Kräftemessen. Sie suchen in meinem Gesicht nach Beifall und erröten fast, als sie ihn auch bekommen. Whiskey und Bier werden immer zügig nachgeschenkt – für mich alles kostenlos –, und schon bald beginnt der abgetakelte Pub irgendwie zu funkeln und zu strahlen.

Nach etwa einer Stunde, als wir drei längst die dicksten Freunde und angenehm betrunken sind, wende ich mich an Tim und sage beiläufig: »Ich war neulich unten am Trockendock. Hab eins von euren Schiffen mit einem Riss im Rumpf gesehen. Also, das muss doch echt unheimlich sein, oder? Du bist mitten auf dem Meer und zack, der Rumpf bekommt einen Riss. Was macht man da?«

»Ach, war gar nicht so schlimm, wie's sich anhört. Ein Belastungsriss, mehr nicht. Wir sind rechtzeitig in den Hafen eingelaufen.«

»Du warst *auf* dem Schiff?«, sage ich ungläubig. »Auf der *Sea Wolf*?«

»Ja, klar. War eine irre Tour.«

»Das glaub ich gern. Wo wart ihr denn?«

»Ach, nirgendwo besonders. Derselbe Dreh. Aber auf der Fahrt war was los, das kann ich dir sagen, so was hab ich noch nie gesehen. Der Käpt'n und der Fischmeister sind um ein Haar aneinandergeraten. Ich schwör's, ich hab gedacht, Lou Diggens wirft den kleinen Japsen über Bord. Lou ist ein verdammt guter Kapitän, aber er ist auch ein Hitzkopf. Gar nicht gut, wenn man sich bei Lou unbeliebt macht. Zum Glück hat der Japse den Schwanz eingezogen. Sonst hätte es für ihn nur noch Sayonara geheißen.«

»Kein Scheiß«, sagt der Bauarbeiter und nickt ernst. Er will wissen, worüber sie gestritten haben.

Zufällig drehe ich mich ein wenig auf meinem Barhocker – ich bin mehr oder weniger nüchtern. Eher weniger. Ein junger magerer Typ steht im Schatten neben der Tür des Pubs. Er hat strähniges, dunkelblondes Haar und sein Gesicht die Form eines Biberschwanzes. Er zuckt andauernd, auf eine eigenartige, ungesunde Art. Noch verstörender aber ist das Gefühl, dass seine tiefschwarzen Augen – nur Pupillen, keine Iris – gerade ein Loch in meinen Rücken gebohrt haben. Mit ein paar Sekunden Verzögerung schlüpft er so schnell durch die Tür hinaus, dass ich mich schon wieder frage, ob er wirklich da war.

»Hey, Ron, Tim. Habt ihr den Kerl gesehen? Der gerade eben ziemlich überstürzt gegangen ist?«

»Nee«, meint Ron und dreht sich nicht mal um.

»Wer? Welcher Kerl denn?«, sagt Tim mit einem Blick über die Schulter.

»Vergiss es. Erzähl weiter.«

»Tja, der Riss im Rumpf. Daher kam er«, erklärt Tim. »Der Fischwirt bestand auf volle Fahrt. Käpt'n Lou hat das zu Anfang noch mitgemacht, aber als dann die Eisschollen auftauchten, war Schluss. Der Japse sagt, volle Kraft voraus. Lou sagt nein. Und dann haben wir eine Eisscholle voll gerammt, die unter der Oberfläche schwamm, und Käpt'n Lou hätte den Wurm fast über Bord geworfen. Ich habe mitbekommen, wie Lou später zu Dustin Hall gegangen ist. Eher würde er kündigen, als dass er noch einmal mit einem dummen Dreckskerl von Soga zusammenarbeitet.«

Ron fragt, was ein Fischwirt ist.

»Er leitet alles, was mit dem Fischen zu tun hat. In welche Fanggründe gefahren wird, wo die Haken oder Netze ausgebracht werden, wie lange man in einer Gegend bleibt. Die Leitung über das Schiff selbst hat er aber nicht. Das ist allein Aufgabe des Kapitäns, und der Kapitän ist der wichtigste Mann auf See. Immer. Niemand widersetzt sich dem Kapitän.«

»Und warum hat der Typ sich so aufgeführt?«, frage ich.

Tim nimmt einen kräftigen Schluck von seinem Bier. »Was glaubst du? Er wollte einen größeren Fang einholen. Alles andere geht ihm am Arsch vorbei. Diese Typen dürfen eigentlich nicht mal bei uns an Bord mitfahren. Es gibt ein Gesetz, das besagt, kommerzielle amerikanische Fischereischiffe müssen zu jeder Zeit unter der Leitung eines amerikanischen Staatsbürgers stehen. Damit soll verhindert werden, dass Ausländer amerikanische Schiffe kaufen und anschließend in unseren Gewässern fischen.«

»Soga?«, wiederhole ich, um es auch ja nicht zu vergessen.

Ein Schatten fällt über mich, und ein schwerer Arm legt sich auf meinen Rücken. »*Hier* bist du. Tim, meine Freundin hast du ja schon kennengelernt. Sie ist ein echter Schatz, stimmt's?«

Mit einem Achselzucken lasse ich Johnnys Arm von meiner Schulter gleiten. »Was machst du denn hier?«

»Was machst *du* denn hier? Das ist ja wohl schon lange nicht mehr deine Gegend, oder?«

»Ich hab den Laden vermisst. Gibt's daran irgendwas auszusetzen? Und ich hatte Lust auf ein Bier.«

»Ach ja? Wie's aussieht, hattest du schon ein paar.« Johnny und Tim wechseln einen Blick. Tim rutscht von seinem Hocker und verschwindet, ohne sich zu verabschieden. Ron verschwindet ebenfalls. Möglicherweise denken sie wirklich, ich wäre Johnnys Freundin.

»Vielleicht hast du ja mich gesucht?«, sagt er und schenkt mir ein seltenes, verhaltenes Lächeln.

»Samstags gehen Paare doch immer zusammen aus. Wo ist deine Frau?«

Er beugt sich zu nah zu mir. Ich kann seinen Atem riechen, die Poren seiner Haut auf der Nase und die rosafarbenen Stoppeln über der Oberlippe sehen. Ich fühle mich dermaßen unwohl, dass ich nicht mal höre, was er mir ins Ohr raunt.

Offensichtlich ist es höchste Zeit für Leute wie mich, sich auf den Heimweg zu machen. Ich rutsche von dem Barhocker. Der

Boden ist näher, als ich dachte. Johnny packt meinen Arm, verhindert, dass ich falle.

»Hey, vorsichtig. Setz dich mal noch einen Moment hin«, sagt er und führt mich zu einem Tisch. »Du hast dich mit Tim gut unterhalten, ja? Worüber habt ihr denn gesprochen?«

»Alles Mögliche. Schwimmen, Autos, den fetten Arsch seiner Ex.«

Johnnys Gesicht ist ausdruckslos. Er versucht, mich einzuschätzen.

Dann habe ich einen Einfall: Ich werde die traumatisierte Betrunkene spielen. So schwer kann es nicht sein, zumal ich einen guten Teil der Strecke schon zurückgelegt habe. Ich lasse in einem ungeordneten Wortschwall meinen Gefühlen freien Lauf. Der Unfall, die Flashbacks, die Alpträume. Warum ist es passiert? Warum hat man die Dreckskerle noch nicht erwischt? Und welcher Idiot kommt auf die Idee, beschissene Rettungsinseln herzustellen, die sich dann nicht aufblasen? Meine Stimme hebt sich vor lauter Empörung und bricht an den passenden Stellen. Ich heule beinahe. Normalerweise reicht eine Vorstellung wie diese, um Typen wie Johnny in die Flucht zu schlagen. Aber er bleibt, mustert mich genauer, als er eigentlich sollte, ohne allzu viel Mitgefühl.

Ich bestelle noch einen Whiskey und noch eine Flasche Bier. Das Whiskeyglas leere ich in einem einzigen Zug und knalle es auf den Tisch. »Mein Vater hat immer zu mir gesagt – er ist ein Dreckskerl, falls du das noch nicht weißt – er hat immer gesagt ... *Steig wieder in den Sattel, Mädchen!* Das ist die einzige Möglichkeit, die Angst zu kurieren, nachdem ein Pferd dich abgeworfen hat. Wenn du nicht sofort wieder in den Sattel steigst, bist du für alle Zeiten pferdescheu! Das hat er immer gesagt.«

Johnny blinzelt. Das ist genau der Macho-Unsinn, den er

auch glaubt. »Soll das heißen, du willst wieder auf Fischfang gehen?«

»Klar. Ich muss frei sein, oder?« Meine Hand legt sich etwas unbeholfen um die Bierflasche.

Er nimmt sie mir mit sanfter Gewalt aus den Fingern. »Komm, ich bring dich nach Hause. Du solltest nicht mehr fahren.«

An diesem Punkt bin ich ziemlich sicher, ihn überzeugt zu haben, dass ich emotional am Ende bin. Dass ich hierhergekommen bin, um mich wie in der guten alten Zeit volllaufen zu lassen. Und dann habe ich aus einem neurotischen Überlebenden-Impuls heraus zufällig Tim ein Ohr abgekaut. Ich rülpse als Zugabe.

»Nee, lass mal, Johnny. Ich nehm ein Taxi.«

»In der Gegend hier bekommst du kein Taxi. Ich werde dich fahren«, wiederholt er.

»Also, aber mit rein kommst du nicht!«, verkünde ich.

»Wenigstens nicht heute Abend.«

»Nie, Johnny. Du bist ein verheirateter Mann. Vier Kinder. Scheiße auch. Du solltest dich echt schämen!«

Die Autofahrt verläuft ruhig. Vor meiner Wohnung hält er am Bordstein. Ich fummle mit der Tür herum, und er greift über meinen Schoß hinweg, um mir zu helfen. Doch bevor er sie öffnet, lässt er mich das Gewicht seines Oberkörpers spüren, sein großes, kantiges Gesicht ist direkt vor meinem.

»Bleib von jetzt an in deinem Teil der Stadt, Pirio. Ich möchte nicht, dass dir etwas zustößt.«

»Warum sollte mir was zustoßen, Johnny?«, frage ich schleppend.

»Geh jetzt nach Hause. Geh ins Bett.«

Soga Fisheries hat keine eigene Homepage, dafür finde ich aber im Netz zwei Zeitungsartikel. Der eine berichtet, dass Soga Fisheries – zusätzlich zum weltweiten Ankauf von Fisch im Wert von mehreren Millionen Dollar, der zum Weiterverkauf an japanische Einzelhändler gedacht ist – eine eigene Fischereiflotte von sechs Fischereifahrzeugen unterhält. Letzten Sommer wurde eines davon in einem fünfundzwanzig Meilen großen Hoki-Brutgebiet an der Westküste der Südinsel Neuseelands bei der Grundschleppnetzfischerei erwischt. Das Unternehmen büßte das zwei Komma vier Millionen teure Schiff namens *Soga Maru No. 8* und einen Fang im Wert von fünfundachtzigtausend Dollar ein. Der andere Artikel handelt davon, dass die Firma ein weiteres Schiff verloren hat, die *Soga Maru No. 1*, als es vor der Nordküste Russlands kenterte. Zwölf der sechsunddreißig Besatzungsmitglieder starben, und die japanische Küstenwache warf Soga mangelhafte Sicherheitsmaßnahmen vor.

Okay, Soga Fisheries hält sich nicht an die Regeln. Interessant, aber nicht weiter ungewöhnlich.

Ich kehre zum Anfang des Artikels zurück, und mir fällt auf, dass Soga Fisheries gleich im allerersten Satz als ein Tochterunternehmen der Jaeger Gruppe bezeichnet wird.

Die Website der Jaeger Gruppe legt dar, dass der Mischkonzern aus vierzig internationalen Unternehmen besteht, in den Branchen Immobilien, Produktion und Fischfang. Der Konzern hat Büros in New York, London, Moskau und Tokio. Die Homepage ist auf Hochglanz poliert und ausgefeilt, bietet automatisch wechselnde Bilderserien mit Aufnahmen von atemberaubenden Wäldern, Meeren und Skylines. Die verschiedenen Welten von Jaeger sind vor wolkenlosem Himmel in sauberen Sonnenschein getaucht. Ich klicke mich durch und entdecke, dass es relativ wenige Seiten gibt. Die Informationen sind dürftig, und die Texte größtenteils Selbstbeweihräucherung. Die Jaeger Gruppe unterstützt finanziell ein Stipendienprogramm für junge Naturwissenschaftler und hat sich bürgerschaftlichem Engagement und sozialer Verantwortung verschrieben. Das Engagement für eine nachhaltige globale Ökologie wird wiederholt unterstrichen.

Mit Kopfschmerzen, wie es sich für einen echten Whiskey-und-Bier-Kater gehört, und ohne Antworten sinke ich ins Bett.

Es ist Sonntag und eine Sonderausstellung, daher ist das Museum of Fine Arts überfüllt. Zufällig habe ich den besten Platz in einer kleinen Gruppe von Betrachtern ergattert, die sich vor dem Selbstporträt von Henri de Toulouse-Lautrec drängt, übermütig, rätselhaft, selbstzufrieden. Eine Frau mit einer großen Handtasche rempelt mich an. Anscheinend ist sie der Meinung, ich hätte das Selbstporträt des Künstlers jetzt lange genug betrachtet.

Während ich mich außer Reichweite der Handtasche dieser Frau begebe, lasse ich den Blick über die Menge wandern. Zwischen den Besuchern sehe ich den grauen Kopf der eher kleinen Mrs Smith auf und ab hüpfen. Sie bestand darauf, dass wir uns hier treffen, als ich sie heute Morgen anrief. Sie sieht mich und winkt. Diesmal trägt sie einen fröhlichen lila Trenchcoat. Ihren Stoffbeutel aus Segeltuch schmückt ein stilisiertes Katzengesicht, darunter die Worte »Marsch für Tiere«.

»Gehen wir an einen ruhigeren Ort«, schlage ich vor.

Ich lotse sie aus dem überfüllten Saal, durch den Souvenirladen, einen langen Korridor mit europäischer Kunst des neunzehnten und zwanzigsten Jahrhunderts hinunter. Im letzten Saal finden wir eine mit getuftetem Samt gepolsterte Bank vor dem gewaltigen Gemälde *D'où Venons Nous/Que Sommes Nous/Où Allons Nous* von Paul Gauguin.

»Was wissen Sie über Soga Fisheries?«, frage ich.

»Soga Fisheries? Das ist der beste Kunde von Ocean Catch. Sie kaufen etwa fünfundsiebzig Prozent des gesamten Fangs.«

»Gibt es irgendeinen Grund, warum sie einen ihrer Mitarbeiter auf einem Schiff von Ocean Catch mitfahren lassen?«

»Ich wüsste nicht, warum. Sie sind Großhändler. Sie kaufen bei uns und anderen amerikanischen Firmen, um dann an japanische Einzelhändler weiterzuverkaufen.«

»Eine ganz schön weite Anreise, nur für Fisch.«

»Der Markt ist heute global. Die Großhändler gehen heutzutage dorthin, wo sie den besten Preis bekommen. Und die Nachfrage nach Flunder und Heilbutt aus dem Nordatlantik ist groß.«

»Sie müssen also einen guten Preis von Ocean Catch bekommen.«

»Ich bin nicht sicher, was sie bekommen. Das hängt von den Tageskursen ab. Aber ich bin sicher, dass sie ganz gut dabei wegkommen. Dustin ist ausgesprochen loyal gegenüber Soga. Wenn sie nicht gewesen wären, dann hätten wir große Probleme gehabt, den Kopf über Wasser zu halten, als vor ein paar Jahren die neue Fischereiordnung in Kraft trat.«

»Ich habe gehört, dass ein Fischwirt von Soga an Bord der *Sea Wolf* war.«

»Hm, kann mir nicht vorstellen, warum …«

»Was ist mit der Jaeger Gruppe? Wissen Sie etwas über die?«

»Jaeger Gruppe … Jaeger Gruppe … Ich glaube nicht, nein. Ach, außer, Sie meinen Bob Jaeger? Er hat Dustin früher gelegentlich angerufen. Ich sollte immer direkt durchstellen, wenn er anrief. Ich bin ihm nie persönlich begegnet, aber Dustin ist mehrere Male nach New York gefahren, um sich mit ihm zu treffen.«

»Wissen Sie, worum es ging?«

»Dustin hat immer so getan, als seien sie eng befreundet.«

»Wirklich?« Der miesepetrige Dustin Hall kommt mir nicht wie jemand vor, der in gesellschaftlicher Hinsicht gut zu Milliardären passt.

Ich nehme mein Mobiltelefon heraus. »Geben Sie mir bitte eine Minute, Mrs Smith. Ich möchte nur kurz Bob Jaeger nachsehen.« Während ich im Internet suche, steht Mrs Smith auf und schlendert zu dem Gauguin hinüber. Dicht vor der äußersten rechten Seite des Gemäldes bleibt sie stehen und lässt ihren Blick aufmerksam die Leinwand hinauf- und hinunterwandern. Dabei kneift sie die Augen zusammen, als versuche sie, vertikal geschriebene Hieroglyphen zu entziffern.

Es gibt eine Menge Einträge zu Bob Jaeger. Ich klicke den ersten Link an – ein Artikel in einem Golfmagazin. Anscheinend haben Jaeger und sein Golf-Partner im diesjährigen Pebble Beach National Pro-Am Turnier den ersten Platz erreicht. Einem aufmerksamen Golf-Offiziellen war jedoch aufgefallen, dass Jaeger ein deutlich überhöhtes Handicap eingereicht hatte, was ihm einen unangemessenen Vorteil verschaffte, also wurde ihm der Titel wieder aberkannt.

Der nächste Link führt zu einer Boulevard-Zeitung. Schlagzeile: »Märchen-Aus für Milliardär und seine Braut-Prinzessin«. Wie sich herausstellt, wurde bei Jaegers Frau Schizophrenie diagnostiziert, nachdem sie ihr gemeinsames Haus in Brand gesetzt hatte. Sie wurde in eine psychiatrische Klinik überwiesen, wo sie unter strenger Aufsicht lebt.

Der ganze Rest sieht nach langweiligem Wirtschaftszeugs aus. Ich stecke mein Telefon wieder ein. Mrs Smith hat es unterdessen auf die linke Seite des Gauguin geschafft. Sie betrachtet das Bild andächtig und aufmerksam und reißt sich schließlich los, um sich wieder zu mir auf die Bank zu setzen.

»Ich hoffe, Dustin hat mit Jaeger kein Golf gespielt«, sage ich.

»Wirklich? Warum?«

»Er schummelt. Mrs Smith, denken Sie bitte nach. Was können Sie mir sonst noch über ihn erzählen?«

Sie runzelt die Stirn. »Mal sehen. Äh, nein … tut mir leid. Wenn mir noch etwas einfällt, melde ich mich bei Ihnen.«

»Mich interessiert, wohin die *Sea Wolf* gefahren ist. Das muss man doch irgendwie herausfinden können.«

»Nun, Dustin oder Lou oder eines der anderen Besatzungsmitglieder können Sie ja wohl nicht fragen. Die einzige andere Möglichkeit ist das Logbuch des Schiffs.«

»Wo finde ich das?« Noch während ich die Frage stelle, schwindet meine Zuversicht. Falls Berichte über die Reisen der *Sea Wolf* existieren, werden sie vermutlich nicht sehr präzise sein.

»In Fred Jacobsens Büro. Er ist der zuständige Einsatzleiter. Zweite Etage, direkt neben Dustin. In der Ecke steht ein Aktenschrank. Ich habe darin früher die Logbücher entsprechend dem jeweiligen Schiff abgelegt.«

»Gibt es die Bücher nicht elektronisch?«

»Oh nein. Logbücher werden immer handschriftlich an Bord des Schiffs geführt. Ich weiß, es klingt altmodisch, aber die Fischerei ist nun mal eine der Tradition verpflichtete Branche. Die einzigen Veränderungen, die Fischer mögen, fallen in die Bereiche Sicherheit oder Produktivität.«

»Was macht Fred Jacobsen damit?«

»Wenn er überhaupt je einen Blick hineinwirft, wäre ich überrascht. Die Logbücher sind nur fürs Archiv. Aber sie sind quasi auch Herz und Seele der Firma. Die Geschichte jeder Fahrt, für die Nachwelt aufbewahrt.«

Mrs Smith und ich verlassen die Abteilung für europäische Kunst und gehen durch die Rotunde. Ich trage ein schwarzes Sweatkleid mit Wasserfall-Ausschnitt, dazu einen grünen Wildledergürtel und eine Schlägermütze mit Hahnentrittmuster.

Meine Haare werden von einer Klammer an meiner linken Schulter zusammengehalten und fallen dann locker bis zu meiner Taille. Viele Leute sehen mich an, besonders Männer. Niemand hat einen Blick für Mrs Smith. Sie sehen einfach durch sie hindurch, um sie herum, um mich zu betrachten. Natürlich bemerkt sie davon nichts. Die Krümmung ihres Rückens ist nicht sehr ausgeprägt, dennoch hält sie den Kopf leicht gesenkt und schaut mit den schlechter werdenden Augen auf den unspektakulären Boden.

Mir kommt in den Sinn, dass ich mich noch gar nicht erkundigt habe, warum sie mir so viele, womöglich belastende Informationen über eine Firma anbietet, der gegenüber sie immer noch loyal ist – und dass ich sie, auf andere Art, ebenfalls nicht bemerkt habe. Als wir in den frischen Spätseptembernachmittag hinaustreten, unsere leichten Mäntel über dem Arm, frage ich sie.

Sie schaut auf und lächelt. »Ganz sicher ist man sich nie, oder? Warum wir etwas tun? Aber so viel kann ich sagen: Es gibt in dieser Branche Dinge … Ich meine, *Wege* … Nein, es gibt *Dinge* …« Ein Seufzer. »Ach, wie ärgerlich. Die Wahrheit ist, man klammert sich an das, was man hat. Man lernt zu schätzen, was übrig ist. Von einem selbst, meine ich, wenn der ganze Rest nicht mehr zählt.«

Sie sieht mich an und sucht nach Bestätigung. Ich versuche mir nichts anmerken zu lassen. In Wahrheit hat mich ihre verwirrte und verwirrende Antwort etwas erschreckt.

Mein Gesichtsausdruck kann sie nicht täuschen. »Es tut mir leid, Liebes. Ich bin nicht mehr ganz unter euch.«

Ich nicke, und sie tätschelt beruhigend meinen Arm, als wäre ich die Bedauernswerte.

»Aber keine Sorge«, fährt sie lebhaft fort, »ich lasse keine Töpfe auf dem Herd stehen oder irre im Schlafanzug auf der

Straße herum. Ich bin nur … nun, manchmal bin ich einfach nicht ganz sicher, wo ich bin. Oder warum. Die Ärzte sagen einem nicht, wie viel man schon verloren hat. Sie behalten einen nur im Auge. Ich trainiere mein Gedächtnis, damit mir das, was ich noch habe, auch bleibt. Aber es scheint nicht viel zu nützen. Alle Menschen, die ich früher kannte – ich bin mir nicht einmal mehr sicher, was ihre Namen angeht. Männer, die ich geliebt habe – und ich sage Ihnen, ich hatte meine Liebschaften …« Ihre Worte verklingen. Während ihr Verstand weiter auf Wanderschaft geht, lächelt sie kläglich in sich hinein und flüstert: »Das sind Erinnerungen, die ich sehr gern behalten hätte.«

Jetzt habe ich Zweifel, ob überhaupt etwas von dem, was sie mir über Ocean Catch erzählt hat, richtig ist. Und was die Erinnerungen an Männer angeht, frage ich mich, ob sie gerne meine hätte.

»Was ich aber eigentlich sagen wollte … Wo mich jetzt alles verlässt, habe ich das schätzen gelernt, was ich zu wissen meine.«

Ich warte einen Herzschlag. Zwei Herzschläge. »Und das ist …?«

»Und das ist, was Sie herausfinden werden. Falls es da ist, um gefunden zu werden. Dann bin ich keine alte Närrin, sondern zähle immer noch was. Warten Sie. Ich werde Ihnen etwas geben, das helfen wird.« Sie kramt in ihrem Segeltuchbeutel, holt einen Stift heraus und reißt ein Stück Papier aus einem Adressbuch. Sie hält den Bleistift sechs, acht, zehn Sekunden über dem Papier – wobei die Falten auf ihrer Stirn ständig tiefer werden. Schließlich reißt sie die Augen auf – angespannte, trockene Augen, die große Angst verraten. »Sehen Sie? Ich hab's vergessen, das Passwort der Alarmanlage. Es ist weg.«

»Ich bin sicher, es gibt eine Möglichkeit –«

»Nein, eine andere gibt es nicht«, beharrt sie. »Die werden Ihnen niemals die Logbücher aushändigen, wenn Sie danach fragen. Sie müssen nachts hinein, wenn niemand da ist, und sie sich einfach nehmen. Wenn mir doch nur wieder dieses Passwort einfallen würde …«

Als wir die Eingangsstufen des Museums hinuntergehen, nehme ich ihre Hand und bemerke, dass sie zittert.

»Am Ende wird alles diesen Weg nehmen, nicht wahr? Ich meine, mein Verstand«, sagt sie.

»Bitte, Mrs Smith. Ich bin sicher …« Aber ich rede nicht weiter, bin sprachlos.

»Gott segne Sie dafür, dass Sie tun, was ich nicht kann«, flüstert sie.

Mrs Smith lässt sich von mir nach Hause fahren, nach Jamaica Plain. Sie wohnt im Erdgeschoss eines dreistöckigen Wohnhauses mit Betonstufen und einer alten verglasten Haustür, in der eine nette Spitzengardine hängt. Ich höre, wie Jasper sie glücklich bellend begrüßt, als sie das Haus betritt.

Zwanzig Minuten später ist ihre Stimme auf meinem Anrufbeantworter. »Zweimal im Monat kommt die Bay State Cleaning Company und reinigt den Verarbeitungsbereich und die Büros von Ocean Catch. Es sind fünf oder sechs Leute, glaube ich, die praktisch die ganze Nacht arbeiten. Sie haben eigene Schlüssel für eine Kellertür an der Seite des Gebäudes und für alle Büros. Sie kommen immer am ersten und dritten Mittwoch jeden Monats. Also werden sie das nächste Mal nächsten Mittwoch dort sein, am 2. Oktober. Ha! Das ist mir wieder eingefallen!« Ich kann ihr strahlendes Lächeln beinahe hören. »Viel Glück, Pirio.«

KAPITEL 16

Am Morgen nach meiner plötzlichen Abreise aus Panama City rief Eileen ganz aufgeregt wegen des abgesagten Experiments an, das an diesem Montag hätte stattfinden sollen. Ich hatte mich entschuldigt und als Grund einen Notfall in der Familie genannt. Sie fragte, wann ich kommen könne, um den wichtigsten Teil des Tests durchzuführen. Ich antwortete, sobald meine Familiensache geklärt sei. Am Mittwoch, unmittelbar vor Beginn der Schnüffelparty, rief sie im Büro an. Ich behauptete, es sei immer noch alles in der Schwebe. Als sie am folgenden Morgen wieder anrief, ließ ich ihr von der Sekretärin ausrichten, ich sei in einer Besprechung. Ich wäre leider noch nicht dazu gekommen, mich wieder zu melden, da ich sehr beschäftigt sei. Die Wahrheit ist, dass ich die ganze Geschichte mit der Navy einfach ausgeblendet habe. (Ausreden: sich um Noah sorgen, Thomasina aus dem Gefängnis holen, das geheimnisvolle Schiff finden, die falsche Identität eines angeblichen Schadensermittlers aufdecken. Ach, und noch was: nicht sonderlich versessen darauf sein, praktisch zu erfrieren.)

Aber Commander Audrey Stockwell dachte ja gar nicht daran, eine Versuchsperson aus ihren Fängen zu lassen. Schon gar nicht, wenn bereits in erheblichem Umfang Zeit und Geld der Navy investiert worden waren. Also rief sie Freitagmorgen höchstpersönlich bei mir zu Hause, im Büro und auf dem Mobiltelefon an, um mich erneut in ihre Stadt am smaragdgrünen Meer einzuladen. Als ich ihre Rufnummer im Display sah, nahm ich den Anruf nicht an, also hinterließ sie eine Nachricht auf der Mailbox. Sie war durchaus freundlich, aber ihre Stimme war eine säuerliche Mischung aus Essig und Zucker im Verhältnis drei zu eins. Mich beschlich das Gefühl, wenn ich nicht bald bei der NEDU erschiene, würden mitten in der Nacht bewaffnete Soldaten vor meiner Tür auftauchen, während unten auf der Straße eine schwarze Limousine mit laufendem Motor wartete. Also holte ich tief Luft, wählte ihre Nummer, wurde zu Eileen umgeleitet und nuschelte irgendeine Halbwahrheit. Völlig unerwartet hätte ich an einer Beerdigung (eines Hamsters) teilnehmen müssen. Das half uns über die peinliche Situation hinweg. Eine halbe Stunde später mailte Eileen mir die Reisedaten und Unterlagen.

Heute, um zwölf Uhr mittags, breche ich nach Panama City auf und fliege erst am folgenden Abend zurück. Zwei weitere Tage nicht im Büro. Maureen nimmt meine ganzen und halben Krankentage klaglos hin. Sie hört nicht auf zu fragen, wie ich mich fühle und ob ich dieser oder jener vollkommen alltäglichen Aufgabe gewachsen sei. Ich glaube fast, sie meint, ich solle einen ausgedehnten PTBS-Urlaub nehmen.

Bis zu meinem Flug sind es noch ein paar Stunden, also bleibt mir Zeit für Unerledigtes. Wäsche, putzen – solche Dinge. Ich mag sie sogar. Das Ergebnis ist immer herrlich. Frischer Duft, zusammengelegte Kleider, saubere Laken. Die Zahncreme-Tube, von unten hochgedrückt, der Verschluss zugedreht, liegt friedlich neben der Zahnbürste. Ordnung war für mich schon immer eng mit Wohlfühlen verbunden. Was kann schon passieren, wenn frische Blumen auf dem Tisch stehen, schön arrangiert in einer Kristallvase?

Im Wohnzimmer fange ich an – staple Zeitschriften, schüttle Kissen auf, ziehe Sitzpolster von der Couch. In der Falte ganz hinten, da wo sich gerne Stifte und Krümel verstecken, schimmert etwas Metallisches. Ich ziehe es ein wenig beklommen heraus, denn mir ist gleich klar, dass es nicht von mir ist. Aber es ist auch nichts Schlimmes – nur Noahs verschwundenes Handy. Es muss ihm aus der Tasche gerutscht sein, als er neulich nach dem Taffy's hier war und wir Domino gespielt haben. Ich werfe es auf den Couchtisch und nehme mir vor, später Thomasina anzurufen, um ihr zu sagen, dass ich es gefunden habe.

Dienstag, sieben Uhr morgens. Ein Zimmer im Paradise Hotel. Ein anderes als beim ersten Mal, aber es hätte durchaus dasselbe sein können. Ich setze meine Zehen auf blaugrünen, langflorigen Teppichboden, der sich wie recyceltes Plastik anfühlt, und tapse ins Bad. Dort mustere ich mein blasses Gesicht im Neonlicht, das chronisch knackt und summt wie ein paar vor sich hin brabbelnde Schizophrene, die in einer Anstalt vergessen wurden. Vielleicht reagiere ich etwas zu heftig auf das Licht, keine Ahnung. Ich bin in Panik. Die Zahnbürste in meiner Hand zittert, und der Mund fühlt sich knochentrocken an, sogar beim Zähneputzen. Ich ziehe den Badeanzug an, den Eileen mir gestern am Flughafen gegeben hat, darüber dann normale Kleidung. Die grüne Badekappe stopfe ich in meine Handtasche. Immer noch keine Flip-Flops. Auch das regt mich auf. Man verliert leicht das große Ganze aus dem Blick, wenn man in einer Stunde eine Verabredung mit einem Wasserbecken hat, dessen Temperatur bei vier Grad Celsius liegt.

Eileen wartet in der Lobby, um mich zur NEDU zu fahren, aber sie ist nicht annähernd so freundlich wie bei meinem ersten Besuch. Ihr Mund ist ein Strich von etwa vier Zentimetern

Länge. Ich bin nicht mehr die ideale Versuchsperson, sondern nur noch jemand, den sie an der Backe hat.

Acht Uhr morgens. Die Mannschaft ist vollzählig am Experimentellen Testbecken versammelt: ein Arzt, der Sportwissenschaftler, ein Typ an den Messgeräten und dann noch ein paar Leute, die aus mir unbekannten Gründen hier sind. Außerdem ein Navy SEAL. Im Neoprenanzug. Er muss dann wohl so was wie mein persönlicher Rettungstrupp sein. Ich wiege zweiundfünfzig Kilo, also sollte ein Retter genügen. Er mustert mich gierig, allerdings ohne sexuelle Hintergedanken, eher aus beruflichem Interesse. Vielleicht ist er scharf drauf, seine Qualitäten als Rettungstaucher unter Beweis zu stellen. Ich sehe mich um, kann Commander Stockwell aber nirgends entdecken. Was mich ein wenig kränkt. Fast ist es so, als wäre das beliebteste Mädchen der Schule nicht zu meiner Geburtstagsparty gekommen.

Eileen steht mit mir am Beckenrand. Man hat mir einen Gürtel und Gurtzeug angelegt, das einen runden Metallsender eng an meinem Brustkorb fixiert. Mit einem matten Lächeln erkundige ich mich, ob ich wirklich die Badekappe aufsetzen muss. Eileen kann es gar nicht fassen, dass ich diese Frage gestellt habe, für sie bin ich der letzte Idiot. Also setze ich sie auf. Ich vermute mal, die Kappe wird verhindern, dass meine Haare die Filter verstopfen, während ich in einen Schockzustand falle oder mit anhaltenden, unerträglichen Schmerzen kämpfe.

Das Wasser ist dunkler, als ich es in Erinnerung habe. Kein unbeschwertes Türkis. Meine Zehen tasten sich über den Betonrand des Beckens. Zart wie rosafarbene Blüten, hausbacken und ahnungslos, kommen sie mir vor wie eine Reihe molliger kleiner Knirpse, die ihre Badekleidung vergessen haben. Ich schätze, die Zehen haben mein vollstes Mitgefühl, weil ich gar nicht daran denken mag, was mit dem Rest von mir passieren wird. Ich nehme mir Eileens Rat zu Herzen und tauche keinen Zeh ins Wasser, um schon mal die Temperatur zu fühlen.

Der Sportwissenschaftler, ein kleiner muskelbepackter Typ im Polohemd, fragt, ob ich so weit bin.

Ich nicke, atme flach ein. Ich rede mir ein, ich sei zu Hause in Boston im Y und das hier wäre einfach nur ein ganz normales Training. Ich springe.

Das Wasser fühlt sich auf der Haut an wie ein Dutzend Pressluftbohrer und tausend Nadeln. Mein Gehirn zieht sich zusammen, als ob es zu Tode erschrocken aus meinem Schädel fliehen will. Die Füllungen scheinen sich in meinem Mund auszudehnen – platzende silberne Eiswürfel entlang meines schmerzenden Kiefers. Der Schock ist identisch mit dem, was ich am 7. September erlebt habe, nur dass mich diesmal eine andere, bedrohlichere Art Angst erfüllt. Das kommt daher, dass ich genau weiß, was ich mir hier gerade antue.

Sekunden später bin ich völlig orientierungslos. Wo bin ich? Ich schaffe es, zu dem Floß in der Mitte des Beckens zu kommen, greife danach, versuche mein verzweifeltes Luftschnappen zu beruhigen. Es ist schwer, das Seil mit der rechten Hand festzuhalten, weil die Finger schnell taub werden. Ganz weit weg baumeln meine blutleeren Füße. Die linke Hand planscht hilflos herum. Im grünlichen Wasser sieht meine Haut wie gebeizt und geschunden aus.

Als sich meine Atmung stabilisiert, lässt auch meine Angst ein wenig nach. Ich konzentriere mich darauf, tief und gleichmäßig Luft zu holen, auch wenn sich meine Lunge hinter den Rippen so dünn anfühlt wie Seidenpapier. Mein Sehvermögen ist seltsam getrübt. Die Leute am Rand des Beckens scheinen meilenweit entfernt zu sein. Sie stehen nebeneinander da, sehen zu mir, klein und gebeugt, wie Pinguine auf einer Eiskappe. Oder wie Seehunde oder Seelöwen – ich suche nach der passenden Gattung von Meereslebewesen. Als käme der Fisch in mir zum Vorschein, und ich könnte nur noch andere Wasserlebewesen erkennen.

Ich weiß nicht, wie lange ich dort schon hänge, als sich ein eigenartiges Gefühl von Wärme in mir ausbreitet. Als ergieße sich heißes Öl aus meinem Kern. Ich möchte weinen. Ich bin so dankbar. Ich bin etwas Besonderes! Mein Körper wehrt sich! Der unbändige Impuls zu schwimmen überkommt mich. Ich lasse das Floß los, drehe mich auf den Rücken, drehe mich wieder wie ein rotierender Baumstamm, ziehe unter den sanften Wellen, die ich verursacht habe, in kräftigen Zügen hinab, bis ich den Boden des Beckens berühre. Dann tauche ich wieder auf, hoch an die Luft, recke den Kopf vor und lasse Schultern und Arme sinken.

Das wärmende Gefühl ist vorübergehend. Ein heftiges Frösteln tritt an seine Stelle. Irgendwie erreiche ich wieder das Floß, kann mein klapperndes, zitterndes Kinn kaum über Wasser halten. Man könnte meinen, der Hals versuche den Kopf abzuschütteln. Der merkwürdige Drang, mich auszuziehen, überkommt mich. Ich reiße die Badekappe herunter und versuche, einen Träger des Badeanzugs von der Schulter zu streifen, aber ich trage Gurtzeug und Gürtel, und außerdem sind meine Arme und Beine ohnehin nicht koordiniert genug, um diese Aufgabe zu bewältigen. Immerhin bekomme ich einen Arm frei. Die Leute am Rand des Beckens gestikulieren und brüllen mir etwas zu, aber ich verstehe nicht, was sie sagen.

Mein geöffnetes Haar schwebt um mich herum wie dunkler Seetang. Was mich aus irgendeinem Grund beruhigt, und ich ziehe mich tief in mich zurück, an einen stillen Ort. Meine Phantasie beginnt eine Menge Bilder zu produzieren. Ich bin ein Wurm in einem Wurmloch, der sich durch die Erde hocharbeitet, ein Leopard, der über eine glitzernde knirschende Schneedecke geht. Dann bin ich eine Schlange, die sich armlos zusammenzieht. Um mich herum sind andere Schlangen, und sie alle fragen, *Wo ist der Wind*? Schon seltsam, der herrliche Frieden, der mich überkommt. Den Instinkten zu folgen wie ein Tier, eine unter vielen, frei von der Bürde des Bewusstseins.

Jetzt dringt das heisere, unheimliche Bellen von Seehunden durch mein offenes Schlafzimmerfenster, und der intensive, feine Duft trocknenden Labrador-Tees weht aus der Küche herein. Meine nackten Füße tapsen über den warmen Holzboden, gehen um eine Ecke in einen hellen Raum. Sie blickt auf, lächelt, legt zur Seite, was immer sie gerade beschäftigt hat. Schließt mich in die Arme, hebt mich hoch zum Himmel, hält mich ganz fest. Ich bin etwas Besonderes, werde geliebt. *Ja*, antwortet mein Herz. *So ist es. Ich bin dankbar für dieses Leben.*

Dann wird alles schwarz. Keine Mutter, keine Blumen, keine bellenden Seehunde. Ich bin erwachsen, mir ist kalt und ich bin allein, krank und schwach. Um mich herum werden Schatten dunkler, länger, verschmelzen zu hektischen menschlichen Konturen. Schreckliche Leute, grausame Leute. Greifen mich von allen Seiten an. Da, in der Mitte. Jemand, den ich kenne. *Mutter? Isa? Ich habe Angst. Er ist hier.*

Auf einer Bank am Rand des Beckens komme ich wieder zu mir. Das Zittern ist so heftig, dass ich schon befürchte, meine Rippen geben gleich nach. Ich springe auf und werde sofort auf die Bank zurückgedrückt, man rät mir, sitzen zu bleiben. Um mich herum ist ziemlich viel Reden und Aufregung. Dinge werden bewegt und über meinen Rücken gezogen. Ich werde hochgehoben, mein Badeanzug wird abgestreift; unter jeden Arm drückt man eine Wärmflasche. Ein Bademantel wird mir übergeworfen, aber das genügt nicht. Ich lechze nach mehr. Eine vernünftige, kontrollierte Stimme spricht in klaren Sätzen zu mir: Der Test ist vorbei. Ich bin nicht in Gefahr. Ich hab's mit Bravour überstanden. Man wird meinen Körper langsam aufwärmen, damit die Temperatur des Bluts in meinen Gliedmaßen nicht zu schnell steigt. Nicht mehr lange, und man wird mir angewärmtes Wasser zu trinken geben. Dann duschen. Man ist der Meinung, dass ich keine Infusionen benötige.

Eine große Erleichterung breitet sich in mir aus. Ich möchte jeden umarmen, der hier ist.

Eileen sieht mitgenommen aus. Vielleicht hat sie mir verziehen. Der Frotteebademantel fühlt sich auf meinem nackten Körper herrlich an, aber meine Füße sind immer noch ungeschützt.

»Hey«, sage ich, »krieg ich eigentlich irgendwann mal diese Flip-Flops?«

Mehrere Stunden später, nach einigen weiteren medizinischen Untersuchungen und einem Lunch, bestehend aus Schinkensandwich, Käseflips, Chips Ahoy!-Schokokeksen und einer Flasche Eistee, werde ich in ein Besprechungszimmer im ersten Stock geführt. Jenseits der Fenster ergießt sich strahlender Sonnenschein auf einen hellgrünen Rasen. Vögel zwitschern, Blumen blühen, Palmwedel schaukeln im Wind. Es fällt schwer, an einem Ort wie diesem eine Bedrohung durch Krieg ernst zu nehmen. Aber die Flagge der Navy und die Flagge der Vereinigten Staaten stehen nebeneinander in einer Ecke des Raums wie vertraute Zwillingsbrüder, und drei der Leute am Tisch – Commander Stockwell, der Arzt und der Sportwissenschaftler – tragen Uniform. Die vierte Person, eine Frau etwa meines Alters, ist in Zivil. Sie wird mir als Trudy Flanagan vorgestellt, eine Psychologin. An jedem Platz liegen Aktenmappen, auf einem Beistelltisch stehen Donuts und Kaffee. Ich setze mich auf den einzigen freien Stuhl.

Der Arzt beginnt. Er ist lang, schmal und so altertümlich wie ein viktorianischer Laternenpfahl mit einer großen Glühbirne als Kopf obendrauf. Er geht einige der Punkte durch, die Stockwell bereits sagte. Die Reaktion auf Kälte variiert bei unterschiedlichen Individuen erheblich, all das. Die Körper mancher Menschen stellen sofort den Betrieb ein, andere unterliegen der Hypothermie in normalem Tempo, und eine kleine Gruppe ist in der Lage, die wesentlichen Organe irgendwie warm zu halten. Das sind dann die, die es bis auf den Gipfel des Mount Everest schaffen. Meine Physiologie liegt, unterrichtet er mich, am Mount-Everest-Ende des Spektrums.

Er reicht ein entsprechendes Datenblatt herum. Bevor er jedoch die Ergebnisse näher erläutert, rügt er mich, weil ich nicht in das Becken hätte springen dürfen; ich hätte behutsam ins Wasser eintauchen sollen, um die Daten sammelnde Ausrüstung nicht zu beschädigen. Wie sich herausstellt, hat der Sender dennoch funktioniert, aber das sei pures Glück gewesen.

Manche Leute meinen, Gemecker sei nach einer Sache wie dieser geradezu ihre heilige Pflicht. Diese Leute sind das Letzte und verdienen nichts außer eiskalten, steinernen Blicken.

Die Daten: Nach zwanzig Minuten ist meine Körpertemperatur auf 34 °C gesunken – leichte Hypothermie. Nach sechzig Minuten lag ich bei 32 °C, zitterte heftig, und meine Extremitäten wurden blau. Zu diesem Zeitpunkt reagierte ich immer noch wie erwartet, obwohl das Abkühlen meines Körpers länger zu dauern schien als normal. Nach neunzig Minuten und bei einer Temperatur von 28 °C waren Puls und Atemfrequenz deutlich abgesenkt. Ich hatte die Gefahrenzone erreicht. Sie wollten mich schon herausholen, als sich etwas Merkwürdiges ereignete. Meine Temperatur begann wieder zu steigen. Langsam. Sie überprüften die Instrumente, warteten, berieten sich, trafen eine reine Ermessensentscheidung. Sie ließen mich im

Becken. Fünfzehn Minuten später war ich wieder bei 34 °C, immer noch kalt, aber ohne jedes Anzeichen von Stress. Ich hätte den Navy SEAL, der sich an den Beckenrand gesetzt hatte, tatsächlich Weichei genannt, weil er einen Neoprenanzug trug.

Jetzt kichern alle mal nett.

Der Arzt lächelt, sein Lächeln erreicht nicht die Augen. »Der physiologische Prozess hat sich tatsächlich umgekehrt. Wir haben absolut keine Ahnung, wie das ablief. So etwas haben wir noch nie bei einem Menschen beobachtet.«

Ich lächle ihn kurz an. Ich habe keine Ahnung, was ich davon halten soll.

Der junge Sportwissenschaftler tritt an die Stirnseite des Raumes. Mit seiner reizenden einzelnen Locke in seinem ansonsten kurz geschnittenen Haar sieht er so hip aus, wie es in einer Uniform eben möglich ist. Er dimmt das Licht und zieht eine Leinwand herunter. So ziemlich der letzte Film, den ich erwartet hätte, ist einer mit einem Dutzend Sibirischer Huskys, die an einem stehenden Schlitten befestigt sind, höllisch laut bellen und sich in ihre Geschirre legen, ganz offenkundig versessen darauf, endlich loszurennen.

»Der menschliche Körper verbrennt ununterbrochen seine Reserven an Glykogen und Fett. Je stärker er arbeitet, desto schneller sind die Reserven aufgebraucht. Manche von uns nennen diesen Prozess auch *Sport.*« Er lächelt, um diese unbeschwerte Bemerkung wirken zu lassen. »Wenn die Energie aufgebraucht ist, fühlen wir uns erschöpft, und es wird zunehmend schwieriger, die körperliche Betätigung fortzusetzen, bis die Reserven an Glykogen und Fett wieder aufgefüllt sind. Wir haben immer angenommen, Erschöpfung sei eine der Möglichkeiten des Körpers, sich selbst zu schützen, ein notwendiger biologischer Prozess, der allen Lebewesen gemein ist. Dann fiel jemandem etwas sehr Merkwürdiges bei den Hunden auf, die am alljährlichen Schlittenhundrennen Iditarod in Alaska teilnehmen. *Sie wurden nicht müde.* Sie liefen elfhundert Meilen durch schwieriges Terrain bei eisigen Temperaturen. Wenn sie im Ziel ankamen, drehten sie sich um und wollten den Weg am liebsten gleich wieder zurücklaufen.

Also beschlossen Forscher, an verschiedenen Stopps entlang der Rennstrecke die Stoffwechselraten der Hunde zu messen. Zu Beginn des Rennens verhielten sich ihre Körper so, wie wir es als normal ansehen. Doch innerhalb von vierundzwanzig Stunden hatte sich ihre Stoffwechselrate auf ein Niveau verlangsamt, das man nur bei ruhenden Lebewesen erwarten würde. Sie haben richtig gehört: *verlangsamt.* Während die Hunde jeden Tag rund einhundert Meilen liefen, und das zehn, zwölf Tage hintereinander.

Es ergab einfach keinen Sinn, war noch nie zuvor beobachtet worden und widersprach so ziemlich allem, was wir über den Säugetierkörper zu wissen glaubten. Aber trotzdem war's so. Jeder konnte es mit eigenen Augen sehen. Irgendwie schafften es die Hunde, den Erschöpfungsprozess nicht nur anzuhalten – sondern sogar umzukehren.

Seitdem sind wir auf der Suche nach dem biologischen Mechanismus, nach dem Schalter, den die Hunde nutzen, um den Ermüdungsprozess umzukehren. Es ist absolut möglich, dass Menschen dieselbe Fähigkeit haben. Wenn wir diesen Schalter finden können und lernen, wie wir ihn ein- und ausschalten, könnten wir unseren Soldaten beibringen, in anstrengenden Situationen, wie beispielsweise in einem Kampfeinsatz, die Erschöpfung zu überwinden. Leider war unsere Forschung bislang ergebnislos. Aber jetzt sind Sie aufgetaucht und haben uns etwas sehr Ähnliches im Falle von thermischen Belastungsszenarien vorgeführt.«

Er strahlt wie ein Mann, der seine Liebste trifft. »Jetzt haben wir einen komplett anderen Satz an Fragen: Inwiefern sind Sie einem Schlittenhund ähnlich? Inwiefern sind Schlittenhunde Ihnen ähnlich?«

Ich erwidere das Lächeln, allerdings nicht ganz so breit. Was ich an Wissenschaftlern wirklich mag, ist ihre unermessliche Phantasie und ihre liebenswerte Unbeholfenheit im gesellschaftlichen Umgang.

Commander Stockwell lehnt sich über den Tisch und spricht mich mit verschwörerischer Stimme an. »Was, wenn wir eines Tages diese beiden Funktionen des Stoffwechsels programmieren oder Menschen darauf trainieren könnten? Stellen Sie sich einen ermüdungsfreien Soldaten vor, der extreme Temperaturen überleben könnte. Wir bräuchten fast keine Truppen mehr, sondern lediglich ein paar gut ausgebildete Individuen. Klingt jetzt erst mal nach Science-Fiction, aber nahezu jeder medizinische Fortschritt und jede Technologie, auf die wir uns heute stützen, hat sich wie Science-Fiction angehört, als man das erste Mal darüber nachdachte.«

Schweigen am Konferenztisch. Ich spüre, dass ich jetzt wohl irgendwas sagen sollte. Aber was? Die ganze Geschichte scheint mir doch ziemlich in meine Privatsphäre einzugreifen – all diese Menschen interessieren sich für meinen Körper aus Gründen, die ich bis gerade eben nicht kannte und auf die ich im Leben nicht gekommen wäre. Ich brauche ein bisschen Zeit, um das alles für mich zu sortieren und es irgendwie in meine Identität einzubauen. *Pirio, die bionische Frau* hört sich ziemlich schräg an. Aber genau das ist es, was sie mir hier anscheinend erzählen.

Ich brauche einen Donut. Ich stehe auf und gehe zu dem Beistelltisch, wo eine bislang unangetastete Auswahl steht. Ich entscheide mich für einen Schoko, einen glasierten und einen mit

Gelee. Das ist jetzt nicht der Augenblick, um Kalorien zu zählen. Ich kehre mit dem Papierteller an den Tisch zurück und mache mich über den Schokodonut her.

Dr. Gaslaterne schenkt mir sein lauwarmes Lächeln. »Bei der ärztlichen Untersuchung waren Sie völlig normal, genau wie Ihre Laborwerte. Sie sind bei bester Gesundheit, Ms Kasparov. Nichts scheint ungewöhnlich zu sein. Trotzdem haben Sie sich in einer Lage, die für Sie hätte tödlich sein können, selbst gewärmt. Wir wüssten gern mehr darüber, wie Sie das gemacht haben.«

»Auch der psychologische Aspekt muss untersucht werden«, versichert Commander Stockwell trocken, es klingt wie ein Zugeständnis.

Flanagan nutzt die Gelegenheit, um sich einzuklinken. »Es könnte Persönlichkeitsmerkmale geben, die einen Beitrag zu Ihrer Widerstandsfähigkeit leisten. Selbst Einstellungen und Überzeugungen können eine Rolle spielen. Mit weiteren Tests könnten wir ein genaueres Profil erstellen.« Sie lächelt, ist wild entschlossen, Vertrauen aufzubauen. »Die Selbstkenntnis könnte auch für Sie von großem Wert sein.«

Die Schokolade ist ein wenig trocken und krümelig, also probiere ich den mit Gelee. Die Leute in diesem Raum lächeln viel zu viel.

Die Augen der Psychologin laufen förmlich über vor Verständnis. »Das alles muss im Moment für Sie ein bisschen viel zu verarbeiten sein.« Mit ihren runden überfließenden Augen und einem Busen groß wie ein Airbag erinnert sie mich an den Empathen aus *Raumschiff Enterprise*.

»Ja, ist es.« Tatsächlich geistern mir Echos der Worte, die ich gerade gehört habe, durch den Kopf. *Schlittenhunde. Biomarker. Ermüdungsfreie Soldaten. Science-Fiction.* Ich fand's besser, ein Wunder der Natur zu sein als ein Versuchsobjekt. Ein Wunder ist erstaunlich und groß, ein Versuchsobjekt aber ist klein und hirnlos. Es wird mit dem falschen Ende spitzer Gerätschaften wie Pinzette, Mikroskop und Kugelschreiber gepiesackt.

»Wir würden uns sehr freuen, wenn Sie noch einen weiteren Tag mit uns zusammenarbeiten würden«, sagt Commander Stockwell.

Flanagan schenkt mir ein bittendes Lächeln. »Unsere Reihe psychologischer Tests ist ziemlich ausgeklügelt. Sie könnten uns über mentale Überlebenskünstler-Merkmale Aufschluss geben, die anders nicht gefunden werden können.«

»Sorry. Ich mache keine psychologischen Tests.«

»Wirklich? Gar keine?« Sie schenkt mir ein kleines, bedauerndes Lächeln, das Beste-Freundin-Status verspricht, wenn ich mitmache.

»Nie im Leben.«

Flanagan ist bestürzt und kann ihren durchblitzenden Zorn nicht verbergen. »Darf ich fragen, warum?«

Ich presse die Lippen aufeinander, um nicht etwas zu sagen, was ich besser nicht sagen sollte. Vor meinem inneren Auge sehe ich einen dicken fetten Aktenordner mit meinem Namen auf Dickhead Bates' Schreibtisch. Das Ding ist voller Tests, Berichte, Noten und Analysen des Psychiaters aus dem Kinderkrankenhaus, dem psychologischen Dienst und dem Therapeuten von Gaston. Hunderte Seiten Pseudowissenschaft, um zu begründen, warum man ein Mädchen vierundzwanzig Stunden am Stück in einem Zimmer, nicht viel größer als ein begehbarer Schrank, einsperrt. Eine brillante, freundliche, notwendige, hieb- und stichfeste Diagnose, die am Ende einfach nur dazu führte, einem unschuldigen, aufgewühlten Kind nicht zu glauben oder ihm das nicht zu geben, was es am meisten brauchte: den Vertrauensbonus.

»Das ist privat«, erkläre ich Trudy Flanagan.

Flanagan beginnt, unbeholfen in ihren Unterlagen zu kramen. Commander Stockwell runzelt die Stirn.

Also wende ich mich an sie. »Sie haben meine DNA, meine Computertomogramme, die Bilder aus der Kernspin-Röhre und jede Menge Körperflüssigkeiten. Ich bin für Sie in kaltem Wasser geschwommen. Ich denke, das reicht.«

Stockwell betrachtet mich geduldig. Sie ist zufrieden mit den Ergebnissen des Tages und muss im Augenblick nicht auf noch mehr drängen. »Möglicherweise überlegen Sie es sich ja noch einmal anders, wenn Sie Zeit hatten, sich alles gründlich durch den Kopf gehen zu lassen. Ihr Land ist Ihnen für Ihre Dienste sehr dankbar, Ms Kasparov.«

Sie schiebt mir einen Umschlag zu. Darin befinden sich ein Honorar in Höhe von fünfhundert Dollar sowie eine Freikarte für *Ripley's Believe It or Not!*-Museum.

»Vielleicht nehmen die mich da auf«, sage ich.

Vor meinem Flug habe ich ein paar Stunden totzuschlagen, also besuche ich das Museum. Ein großes gebundenes Kompendium von Ob-du's-glaubst-oder-nicht-Fakten erregt im Museumsshop meine Aufmerksamkeit. Ich kaufe es für Noah und lese es im Flieger selbst. Tanzende Ameisen, ohnmächtig werdende Katzen, ein blinder Fotograf, der Preise gewinnt. *Seltsames Tun*, denke ich, *ist auf dem Planeten Erde ja an der Tagesordnung.*

KAPITEL 17

Es ist kurz nach zwei Uhr morgens. Grelles Flutlicht fällt auf den Transporter der Bay State Cleaning Company, der neben dem Eingang zur Verarbeitungsanlage und zur Firmenzentrale von Ocean Catch parkt. Zwei weitere Autos stehen in der Nähe des Transporters – ein alter Corolla und ein Chevy Impala, der aussieht, als hätte er bereits vor Jahren verschrottet werden sollen. Da das Meer nur wenige Blocks entfernt ist, hängt ein scharfer Salzgeschmack in der Luft, dazu der giftige Geruch von aufgebrochenem Asphalt und Schlaglöchern.

Um mögliche Überwachungskameras zu meiden, habe ich meinen Wagen ein paar Blocks östlich stehengelassen und bin einer schmalen, ausgefahrenen Anliegerstraße, parallel zur Hauptstraße, gefolgt. Die Tür, von der Mrs Smith gesprochen hat, ist genau vor mir, ein paar Betonstufen hinunter, beleuchtet von einer einzelnen nackten Glühbirne. Sie steht etwa dreißig Zentimeter weit auf, wahrscheinlich blockiert sie unten irgendetwas. Fünf, zehn Minuten lang halte ich mich im Schatten und beobachte die Tür. Niemand geht hinein, niemand kommt heraus. Ich ziehe meine Wollmütze tiefer ins Gesicht und beeile mich, ins Gebäudeinnere zu kommen.

Ein Lagerraum im Keller. Leer, hell, nur ein sauberer, graugestrichener Fußboden und kalte, trockene Luft. Durch eine

Tür an der gegenüberliegenden Wand gelange ich auf einen Flur, der erst vor kurzem mit Ammoniak gereinigt worden ist. Auf der einen Seite befindet sich eine geschlossene Metalltür, am anderen Ende eine Tür mit einem roten Ausgang-Zeichen darüber. Sie führt in ein Treppenhaus.

Auf dem ersten Absatz bleibe ich stehen und lausche. Das hohe Jaulen eines Staubsaugers dringt an meine Ohren. Ich gehe weiter hinauf, vorbei am ersten Stock und verharre vor der Tür zur zweiten Etage, in der sich die Verwaltungsbüros befinden. Alles ist ruhig, also schleiche ich mich auf den mit Teppichboden ausgelegten Flur. Der Fahrstuhl ist direkt vor mir. Zu meiner Linken sind vier Türen. Drei davon geschlossen, die letzte offen. Aus ihr fällt Licht auf einen gelben Plastikkarren mit Besen, Mopp und Reinigungsflüssigkeiten. Rechts von mir sind eine Toilette und eine weitere Bürotür. Das Seitenteil ist verglast, und auf dem Namensschild aus Holznachbildung steht Dustin Hall, President.

Mrs Smith sagte, Fred Jacobsens Büro liege direkt neben dem von Dustin Hall, aber das ist offensichtlich nicht so. Wer weiß, welche anderen Fehler ihrem schwächelnden Verstand noch unterlaufen sind? Vielleicht ist ja die ganze Geschichte mit den Logbüchern nur ein Hirngespinst. Zumindest hatte sie recht, was die Reinigungsfirma angeht. Ich entscheide mich für die erste Tür links. Sie öffnet sich leise, und im selben Augenblick erwacht der Raum zu strahlendem Leben. Es ist eine Personalküche, deren Deckenleuchte durch einen Bewegungsmelder eingeschaltet wird.

Ich öffne die nächste Tür, und diesmal bleibt der Raum dunkel. Ich trete ein, mache hinter mir leise die Tür zu und drücke auf den Lichtschalter an der Wand. Das Büro ist klein und vollgepackt mit Möbeln – Schreibtisch, kleine Couch, Sessel, Couchtisch. Ein beigefarbener Lamellenvorhang verdeckt das

Fenster. Ein metallener Aktenschrank in der Ecke ist so voll, dass die Schubladen nicht schließen, und überall auf dem Boden liegen Papierstapel. Man könnte meinen, das digitale Zeitalter wäre an diesem Raum vorbeigezogen.

Das zwischen etlichen gerahmten Familienfotos hinter dem Schreibtisch an der Wand hängende Diplom wurde Frederick Prentiss Jacobsen von der Northeastern University anno 1982 überreicht. Mrs Smith hatte doch recht, wird mir bewusst. Jacobsen hat sehr wohl das Büro direkt neben Hall, es ist nur eben nicht gleich der nächste Raum. Jacobsen selbst, falls er der Mann ist, der auf einem der Fotos zwei Forellen hochhält, flankiert von zwei Jungs von etwa dreizehn und fünfzehn Jahren, scheint Anfang fünfzig zu sein. Korpulent, mit dünner werdendem blonden Haar, rosa Hängebacken und süßlich wässrigen Augen.

Den Flur hinunter beginnt ein Staubsauger zu heulen. Ich schließe die Tür ab und drehe mich wie ein kleines Kind einige Male auf Jacobsens Kunstledersessel. Ich kann nicht leugnen, dass es ein gewisser Nervenkitzel ist, tatsächlich hier zu sein, unentdeckt (bislang), mit (so hoffe ich) einigen Antworten in greifbarer Nähe. Ich wühle in den Schreibtischschubladen, einfach nur weil's Spaß macht, aber der Inhalt ist ausgesprochen langweilig.

Ich mache mit dem Aktenschrank weiter, in dem, wie Mrs Smith sagt, die Logbücher aufbewahrt werden. Dort finde ich Rechnungen, technische Unterlagen, Kaufverträge, mechanische Spezifikationen. Die Informationen reichen zehn Jahre zurück. Ich suche nach Namen von Schiffen, Fahrtberichten, alles, was als Euphemismus für ein Schiffslog herhalten könnte. Nichts. Seekarten, Berichte der Umweltbehörde EPA und Dokumente der Fischereibehörde füllen die nächsten beiden Schubladen. Die unterste Schublade ist nicht viel anders – bis auf die Flasche Jack Daniels, die mit zwei in Papiertücher gewickelten Schnapsgläsern ganz hinten versteckt ist.

Der Staubsauger verstummt und hinterlässt auf der Etage eine spürbare Stille. Ich habe keine Ahnung, was ich tun würde, wenn jetzt jemand hereinkommen wollte. Das Reinigungspersonal würde überrascht sein, dass abgeschlossen ist, denn das ist ungewöhnlich. Ich gehe die nächsten Papierstapel auf dem Boden durch, als ich das leise pneumatische *Wusch* der Fahrstuhltür höre. Ich erstarre. Eine Männerstimme ruft mit einem charmanten indischen Akzent – teils knappes britisches Englisch, teils düsterer Subkontinent – nach Nanda. Eine Frauenstimme antwortet melodisch vom Ende des Ganges. Ein paar Sekunden später hört man unmittelbar vor Jacobsens Büro ein vergnügtes, sprudelndes Lachen. Sie muss zu ihm gelaufen sein, und jetzt findet, nicht viel mehr als drei Meter von der Stelle entfernt, an der ich sitze, ein leidenschaftliches Wiedersehen statt. Es ist ermutigend, sich vorzustellen, dass die langen, einsamen Nächte einer Putzfrau auf diese Weise aufgeheitert werden können.

Ich lausche, weil mir gar nichts anderes übrigbleibt. Es ist unmöglich, sich auf das zu konzentrieren, was man gerade tut, wenn Leute sich in Hörweite sexuell verlustieren. Und ich kann ja schlecht gegen die Wand hämmern und rufen, sie sollen sich ein Zimmer nehmen. Ich versuche, mich von den Geräuschen nicht zu einer gedanklichen Reise in die Vergangenheit verleiten zu lassen – zurück zu meinen eigenen wilden Nächten, aus denen dann schließlich die letzte wilde Nacht wurde, die wiederum in lange, kalte Nächte mit russischen Romanen und koffeinfreiem Tee überging. Es gibt keinen einzigen Ort auf der Welt, an den man sich zurückziehen könnte, keine Tages- oder Nachtzeit, an der man die Liebe vergessen kann. Schließlich, gerade als es scheint, das glückliche Paar stände kurz davor, auf den Teppichboden zu sinken, um sich leidenschaftlich einander hinzugeben, schaffen sie es, sich in das Büro am Ende des Flures zu schleppen, und ich kann mich endlich wieder meinem Vorhaben widmen.

Mein Blick fällt erst jetzt auf den tragbaren Aktenkasten aus Kunststoff, der in der Nähe des Schreibtischs auf dem Boden steht. Oben hat er einen Griff und einen Verschluss, der halb geöffnet ist. Ein kleiner Aufkleber unter diesem Handgriff verkündet in blauem Filzstift »Logbücher«. Ich öffne ihn. Die Akten sind alphabetisch nach Schiffsnamen geordnet. Der *Sea Wolf*-Ordner ist der vorletzte. Ich ziehe ihn heraus und überfliege den Inhalt. Der jüngste Bericht ist drei Jahre alt.

Ich breite die übrigen Mappen auf dem Schreibtisch aus und gehe sie schnell durch. In jedem befinden sich Berichte, die nicht älter als wenige Monate sind. Die gesamte Flotte der Firma hat dem Produktionsleiter detaillierte Schilderungen ihrer Fahrten auf handschriftlichen, geklammerten Seiten eingereicht, die chronologisch abgelegt sind, das jüngste Datum immer oben. Die gesamte Flotte, das heißt mit Ausnahme der *Sea Wolf*, von der seit 2010 kein Bericht mehr vorliegt. Obwohl sie doch häufig im Einsatz gewesen ist.

Wieder das Seufzen und das leise *Ping* der Fahrstuhltür. Ich warte, rechne damit, dass jemand aussteigt, vielleicht ein Vorgesetzter, der den Turteltauben die Nacht versauen wird. Die Tür schließt sich wieder, ich höre nichts. Anscheinend ist niemand ausgestiegen. Doch dann vernehme ich einen ruhigen Schritt auf dem Teppichboden direkt vor Jacobsens Tür. Gerade als ich glaube, ich hätte es mir nur eingebildet, sehe ich ein Schimmern. Der Türknauf dreht sich langsam und stockt dann, als er den Punkt der Verriegelung erreicht. Wer immer auf der anderen Seite der Tür steht, zieht und drückt sie nun leicht und behutsam.

Der scharfe Klang einer Frauenstimme ertönt, allerdings mit einem vornehmen indischen Tonfall. »Kann ich Ihnen helfen, Sir?«

Ich habe keine Ahnung, woher sie gekommen ist, bin mir aber ziemlich sicher, dass es nicht die junge Frau ist, die sich in diesem Moment höchstwahrscheinlich am Ende des Korridors lustvoll befriedigen lässt.

Eine Männerstimme antwortet – eine amerikanische Stimme, leise, gedämpft. Die beiden unterhalten sich kurz. Ich kann nicht verstehen, was sie sagen. Er scheint irgendetwas zu erklären. Sie lacht freundlich. Ein klimperndes Geräusch folgt. Das Schloss klickt metallisch. Sie hat einen Schlüsselsatz und ist im Begriff, Jacobsens Tür zu öffnen.

Unter den Schreibtisch kann ich nicht, das ist zu auffällig. Ich rase durch den Raum und schaffe es, mich hinter den Sessel zu quetschen. Die Frau findet den richtigen Schlüssel und dreht ihn im Schloss. Ich bin in der Hocke, als die Tür aufgeht. Stille, als sie eintreten. Der Mann bedankt sich bei ihr, sagt, normalerweise hätte er seinen Schlüssel immer bei sich. Er – Jacobsen? – scherzt, dass er wohl vergessen habe, das Licht auszuschalten. Die Frau fragt, ob das Büro denn trotzdem noch gereinigt werden solle. Er verneint, das werde nicht nötig sein, und sie geht. Wer zum Teufel geht um diese nachtschlafende Zeit ins Büro?

Als ich hinter dem Sessel hervorluge, sehe ich nicht den Mann von dem Angelfoto vor mir, sondern vielmehr den Mann, der Larry Wozniaks Identität gestohlen hat. Ich kenne seinen richtigen Namen nicht, also muss ich vorerst mit dem geborgten Namen vorliebnehmen. Er sitzt vor Jacobsens Computer, und würde er aufblicken, könnte er mich sehen, aber er ist viel zu sehr damit beschäftigt, mit einer Hand seinen Speicherstick in den USB-Anschluss zu stecken. Er hat das Haar zu einem lächerlichen Pferdeschwanz gebunden; die Gläser seiner Brille blitzen im grellen Schein des Computermonitors. Als der Download fertig ist, steht er auf und schiebt den Speicherstick in die Tasche seiner Jeans. Die Schiffs-Logbücher liegen auf dem Schreibtisch an der Stelle, wo ich sie zurückgelassen habe, eine Reihe uninteressanter Aktenhefter. Er rührt sie nicht an. Er hält sich auch nicht mit dem Aktenschrank auf, untersucht nicht den tragbaren Kasten auf dem Boden. Eine Sekunde später ist er aus der Tür, lässt sie angelehnt.

Ich krieche hinter meinem Sessel hervor. An der Tür bleibe ich stehen, lausche. Am Ende des Korridors findet eine Dreierkonferenz statt. Dem zivilisierten Klang nach würde ich sagen, das Liebespaar war wieder bekleidet und ordnungsgemäß mit Staubwischen beschäftigt, als die Frau mit den Schlüsseln eintraf. Von Wozniak höre ich keinen Laut. Ich sehe hinaus. Der Korridor ist leer. Wahrscheinlich habe ich nur ein paar Sekunden Zeit, bevor die Aufsichtsperson zurückkehrt. Ich sollte einen Satz ins Treppenhaus machen, bin aber ziemlich sicher, dass Wozniak noch auf dieser Etage ist, und ich möchte wissen, was er im Schilde führt.

Mit leisem Schritt gehe ich zu Dustin Halls Tür und berühre den Knauf. Verrückt, er fühlt sich warm an. Und die Tür gibt nach. Behutsam drücke ich sie ein paar Zentimeter auf, bis ich eine Ecke von Halls Schreibtisch sehe, die von einer Lampe beleuchtet wird. Ich wage es nicht, die Tür noch weiter zu öffnen, weil ich befürchte, Wozniaks Aufmerksamkeit zu erregen, falls er dort ist. Aber ich weiß, dass er da ist. Und ich kann gar nicht anders. Ich drücke die Tür noch ein wenig weiter auf, und ich sehe den Ärmel seiner braunen Lederjacke, der auf dem glänzenden Mahagoni liegt.

Ich gehe denselben Weg zum Treppenhaus zurück, den ich gekommen bin, und renne drei Etagen nach unten. Als ich die

Tür zum Keller öffne, falle ich einer jungen, dunkelhäutigen Frau praktisch in die Arme, die einen großen Karton trägt, auf dem mehrere Rollen Toilettenpapier gestapelt sind. Ihre Überraschung schlägt schnell in Misstrauen um. Sie ist nicht sicher, wer ich bin; sie weiß nur, dass ich nicht hier sein sollte.

»Guten Abend, Miss. Ich komme von der Zentrale. Man hat mich hergeschickt, um die Arbeit Ihrer Kolonne zu kontrollieren. Ich muss schon sagen, ich bin beeindruckt. Sehr, sehr beeindruckt. Die Teppichböden sind sauber, weit und breit kein Stäubchen. Leere Papierkörbe, makellose Toiletten. Mit Ihrem hohen Standard an Professionalität machen Sie der Bay State Cleaning Company alle Ehre. Ich kann Ihnen versichern, dass ich über Ihre Leute einen ausgezeichneten Bericht verfassen werde.«

Ihre herrlichen braunen Augen sind beträchtlich größer geworden. Sie ist schockiert, verwirrt, geschmeichelt, erfreut. Sie bedankt sich aufrichtig bei mir und lässt in ihrer Aufregung ein paar Rollen Toilettenpapier von dem Karton gleiten. Ich hebe sie auf und setze sie wieder oben auf den Karton.

»Gute Arbeit, machen Sie weiter so, Miss«, verabschiede ich mich.

Die Neumondnacht ist eine echte Erleichterung nach der aberwitzig grellen Neonbeleuchtung im Gebäude. Der Transporter und die beiden anderen Autos stehen immer noch auf dem Parkplatz. Ich jogge zu der Ecke, die weiter zur Anliegerstraße führt. In ihrem Schatten bemerke ich einen weiteren Wagen, einen roten Honda CR-V. Ich bin mir ziemlich sicher, dass er vorhin noch nicht da war.

Es muss Larry Wozniaks Wagen sein. Ich gehe hinüber, um ihn mir anzusehen. Die Beifahrertür ist nicht abgeschlossen, und bevor mir wirklich klar wird, was ich da eigentlich tue, gleite ich auch schon auf den Sitz. Dann begreife ich, wohin mein Instinkt mich führt. Der Fahrzeugschein wird mir seinen richtigen Namen verraten.

Das Handschuhfach ist verriegelt.

Ich versuche es mehrfach, falls es nur klemmt. Meine Frustration wird größer. Mir ist danach, mit einem stumpfen Gegenstand auf das Schloss einzuschlagen, womit ich wahrscheinlich nicht viel Erfolg hätte. Am Rande meines Blickfeldes flackert es. Wozniak überquert den Parkplatz, das Flutlicht im Rücken, und nähert sich dem Auto. Wenn ich jetzt aussteige, wird er mich sehen. Ich mache einen Hechtsprung auf den Rücksitz und versuche mich dort auf den Boden zu legen. Zuerst muss ich ein Paar dreckiger Wanderstiefel, mehrere leere Wasserflaschen und Kaffeebecher von Dunkin' Donuts beiseiteschieben. Auf der Rückbank liegen gefaltete Straßenkarten und aufgerollte Seekarten. Außerdem noch eine kleine Kühlbox und ein Daunenanorak. Ich komme mir vor, als wäre ich in eine Pfadfinderbude gestolpert. Schnell ziehe ich den Anorak über mich.

Das dumpfe Schlagen schwerer, schneller Schritte nähert sich dem Wagen. Wozniak steigt ein und lässt den Motor an. Wir wenden. Die Reifen brettern heftig über aufgebrochenen Asphalt in der Nähe des Tores. Er fährt ziemlich schnell – zumindest fühlt es sich so an – die breite Avenue hinunter, die von Ocean Catch wegführt.

An den Veränderungen der Vibration des Bodens und dem Summen von Metall erkenne ich, dass wir eine Brücke überqueren. Dann biegen wir schon bald links ab. Welche Straße ist das? Ich bin nicht sicher. Er schaltet das Radio ein und beginnt, einen Song von Stevie Nicks mitzusummen. Einmal singt er sogar richtig mit, wenn auch ein bisschen schief. Angesichts der Wanderstiefel und Karten befürchte ich langsam, dass diese Fahrt etwas länger dauern könnte. Unterwegs zu einem gottverlassenen Vorort oder, noch schlimmer, aufs Land. Nur äußerst ungern würde ich an einem Ort landen, wo man sich kein Taxi rufen kann.

»Scheiße«, sagt er plötzlich und mit Nachdruck. »Verdammt, kleb mir nicht so am Arsch!« Ich spüre, wie er bremst und dann wieder beschleunigt, bremst, beschleunigt. Irgendwer fährt ihm zu dicht auf, und jetzt versucht er – typisch Mann – unmissverständlich klarzustellen, was er davon hält. Nämlich nichts. Ich ziehe den Anorak von meinem Gesicht und sehe Scheinwerferlicht über den Wagenhimmel und die Rückseiten der Vordersitze gleiten. Der Wagen hinter uns fällt nicht zurück. Das Geräusch eines uns überholenden Autos lässt mich rätseln, warum so viele Leute zu dieser späten Stunde im sonst so verlassenen Hafenviertel herumfahren.

»Scheiße!«, brüllt er. »Pass doch auf, verdammt!« Der CR-V schwenkt scharf nach rechts und hält mit einem Ruck an. Wozniak springt aus der Tür und knallt sie hinter sich zu. Ich höre seine wütende Stimme, dann werden andere Türen zugeschlagen – eine vor uns, eine hinter dem CR-V.

Wären es Polizisten, hätte ich ihr Blaulicht gesehen.

Wozniak verstummt. Ich höre keine anderen Stimmen. Dann werden zwei weitere Türen zugeschlagen. Eine vor uns, eine hinter uns. Es klingt, als seien nun außer Wozniak mindestens vier Männer auf der Straße. Mein Blut fließt nur noch im Schneckentempo. Eine tiefe, sonore Stimme spricht eine Weile, verstummt dann.

»Leck mich«, sagt Wozniak, dessen Stimme in der kalten Luft deutlich zu verstehen ist. Dann ist zu hören, wie er mit energischen Schritten zum CR-V zurückkehrt.

Das Auto wird durch einen schweren Schlag gegen die Fahrertür erschüttert. Wozniak schreit auf. Weitere dumpfe Schläge folgen – fest, dumpf, rhythmisch. Ich höre Wozniaks leises Stöhnen. Die Schläge gehen auf ihn nieder wie Steine und folgen ihm, weg vom Wagen, bis ich nichts mehr höre.

Mir ist übel vor Entsetzen. Ich stoße den Anorak zur Seite und krieche auf den Fahrersitz. Die Scheibe neben mir ist blutbespritzt. Wozniak ist mitten auf der Straße zu Boden gegangen. Drei Männer stehen über ihm und bearbeiten ihn im fahlen Licht einer Straßenlaterne mit Tritten und Rohren.

Der Motor des CR-V läuft noch. Das Licht der Scheinwerfer fällt auf eine schwarze Limousine, die keine zwei Meter von der vorderen Stoßstange entfernt steht. Neben ihr steht ein Mann in einer Daunenweste.

Scheiße. Der Oyster Man.

Er sieht mich nicht. Niemand hat mich gesehen.

Ich schiebe den Automatikhebel auf D und trete das Gaspedal voll durch.

Der CR-V kracht gegen die Limousine, keinen halben Meter neben Johnny. Ich werde nach vorn geschleudert, während der Airbag sich aufbläst und mir vor die Brust und ins Gesicht schlägt. Atemlos und benommen pralle ich zurück. Ich gehe in den Rückwärtsgang, trete wieder das Gaspedal durch und krache gegen den hinter mir stehenden Wagen.

Vorwärtsgang, erneuter Aufprall. Ich kann absolut nichts sehen, denn der Airbag hüllt mich praktisch ein, aber das spielt keine Rolle.

In den Rückwärtsgang, Aufprall.

Schalten, Aufprall.

Schalten –

Durch die Seitenscheibe sehe ich die Schläger zu ihren Autos laufen, bevor es mir gelingt, sie komplett zu Schrott zu fahren. Ich drücke den Airbag weit genug nach unten, um durch die Windschutzscheibe sehen zu können. Johnny ist weg. Ehe ich die Limousine erneut rammen kann, gibt sie Gas. Der Wagen hinter dem CR-V schert aus, folgt und rast um Haaresbreite an Wozniak vorbei, der zusammengerollt wie ein Fötus mitten auf der Straße liegt.

Ich blinzle, hole tief Luft. Dann drücke ich den Rest des Airbags runter und steige aus dem Wagen. Wozniaks gesunder Arm hebt sich, als grüße er ein vorbeifahrendes Schiff, und fällt wieder zu Boden. Er drückt sich auf einen Ellbogen hoch, als ich neben ihn trete, und hebt sein grauenvoll blutverschmiertes Gesicht. »Wer ist da?«

»Pirio Kasparov.«

»Oh, Sie.« Er tastet mit der flachen Hand den Boden ab.

Ich hebe seine Brille vom Asphalt auf und lege sie in seine Hand. »Willkommen im Land der zweiten Chance.«

Er setzt die Brille auf und starrt zu mir auf. »Pirio Kasparov. Tatsächlich.«

Ich helfe ihm auf die Beine. Mit einem Arm um meinen Hals humpelt er zum Auto und möchte auf der Fahrerseite einsteigen.

»Oh, nein. Ich hab genug von Ihren Fahrkünsten.« Ich bugsiere ihn um die Schnauze des CR-V herum zur Beifahrerseite.

Auf halber Strecke bleibt er stehen und begutachtet den erheblichen Schaden. »Was zum Teufel haben Sie mit meinem Auto gemacht?«

»Nichts, was in einer Werkstatt nicht wieder in Ordnung gebracht werden könnte.«

»Scheiße, fährt's denn überhaupt noch?«

»Das werden wir gleich sehen.«

Es fährt noch, wenn auch ein wenig stockend. Ein Teil des Radkastens ist bis zum rechten Vorderreifen eingedrückt. Die Vorwärtsbewegung wird durch starke Reibung gebremst und von einem unangenehmen Schrammeln begleitet, während das Reifengummi schichtweise abgehobelt wird. Außerdem ist da noch so ein Jaulen und Kreischen von wer weiß woher.

Er beginnt mit der Wegbeschreibung, vermutlich zu seinem Haus. Wir hoppeln die Summer Street entlang, biegen ächzend rechts auf die Atlantic Ave ab, dann weiter auf der Cross Street und schließlich rechts, auf die Salem, wo wir sechs oder sieben Blocks weit fahren. Der befahrbare Teil der Straße ist schmal, die Backsteinbürgersteige sind schmal, die Ziegelreihenhäuser sind schmal. Alles im North End ist schmal. Vor Hausnummer 180 halten wir, direkt hinter der Old North Church. Parkende Autos stehen dicht an dicht auf einer Seite der Einbahnstraße und auch überall sonst, wo sie hineinpassen, mit Ausnahme eines Abschnitts vor der Kirche, denn dort ist Parken verboten.

»Das Parken hier ist beschissen«, erklärt Wozniak.

»Sie müssen nicht in jedem Satz solche Worte benutzen, wissen Sie?«

»Tut mir leid. Ich bin kurz davor, meine Zähne auszuspucken.« Er steckt einen Finger in den Mund und zieht ihn blutverschmiert wieder raus. Er seufzt. »Mir ist eigentlich gar nicht danach, jetzt hier großartig rumzukurven und einen Parkplatz zu suchen, also stellen Sie ihn einfach vor der Kirche ab. Ich nehm das Bußgeld in Kauf. Wer weiß? Vielleicht hab ich ja auch Glück. Um diese Uhrzeit stehen die Chancen fifty-fifty, würde ich sagen. Was meinen Sie?«

»Ihre Entscheidung.«

Er nickt bedächtig. »Was zum Teufel haben Sie überhaupt da draußen gemacht?«

»Ich habe auf dem Boden vor dem Rücksitz Ihres Autos gelegen.«

Er lacht ein bisschen irre. »Klar. Wo sollten Sie auch sonst schon sein?« Er deutet hinter sich. »Die Kirche ist da hinten rechts.«

Ich lege meinen Arm über die Rückenlehne und setze langsam zurück, denn eines der Räder macht immer noch ein merkwürdiges schepperndes Geräusch. »Wissen Sie, wer diese Männer waren?«

»Keine Ahnung.«

Ich trete auf die Bremse. »Sie meinen, Sie wissen nicht, wer versucht hat, Sie umzubringen?«

»Nein. Sie? Haben Sie sie erkannt?«

Ich klappe meinen offen stehenden Mund wieder zu. Ich kann seinen Namen nicht aussprechen: John Oster. Er ist immer noch mein Freund. Irgendwie. Er war definitiv Neds Freund. Und mit wem rede ich denn hier überhaupt? Mit einem Versicherungsdetektiv namens Wozniak? Besser, die Dumme zu spielen. Ich glaube ohnehin nicht, dass Johnny Wozniak getötet hätte. Er ist ein Fischer, kein Mörder. Er und seine Jungs haben schließlich den Störenfried von der Beerdigung gefunden und ihm einen Denkzettel verpasst. Nach Bostoner Art. Mehr war das nicht, denke ich. Aber wissen tue ich es nicht.

»Lassen Sie uns bitte nicht hier mitten auf der Straße vor der Kirche stehen bleiben, okay? Muss ja nicht die ganze Nachbarschaft wissen, dass ich hier verbotenerweise parke«, sagt Wozniak.

»Ich glaube, die meisten schlafen sowieso.«

»Ha! Das ist etwas, das Sie über das North End nicht wissen. Diese Stadt hat Augen.«

Ich setze in die Lücke zurück und schalte den Motor aus. Er seufzt erschöpft, bedankt sich, dass ich gefahren bin, und öffnet die Tür, um auszusteigen.

»Moment. Was ist mit mir?«

»Sie kommen mit.« Er lächelt, seine blutigen Zähne rosa im Schein des Armaturenbretts.

KAPITEL 18

Ungefähr einen Block von Ocean Catch entfernt hat sich ein Wagen hinter mich gesetzt«, sagt der Larry-Wozniak-Imitator. »Keine Ahnung, woher der andere kam.«

Er dreht den Wasserhahn der Spüle zu. Seine schmutzige Brille liegt auf der Arbeitsfläche. Die letzten Minuten hat er sich Wasser ins Gesicht und auf den Hals gespritzt, Blut und Dreck abgewaschen und dabei sein T-Shirt komplett durchnässt. Einmal hat er den Kopf ganz unter den Wasserhahn gehalten, und etwas Blut löste sich von seiner Kopfhaut und floss dann durch seine faserigen Locken. Jetzt ist sein Gesicht sauber und kreideweiß, bis auf ein von einer feinen roten Linie durchschnittenes Hämatom, das auf seinem Wangenknochen blüht. Er steht leicht zur Seite gebeugt, wie eine kaputte Marionette. Den ganzen Weg von seinem Auto, den Bürgersteig entlang und die vier (sehr schmalen) Treppenabsätze hinauf zur Wohnung ist er vornübergebeugt gegangen und hat die rechte Seite seines Rumpfs geschont.

Keine Macht der Welt könnte eine Krankenschwester aus mir machen. Ich bin eine Kasparov. Wenn ich als Kind mal einen Kratzer oder eine Prellung hatte – einmal sogar einen gebrochenen Arm –, wies Milosa gern darauf hin, dass *Sympathie* im Wörterbuch direkt zwischen *Scheiße* und *Syphilis* steht. Als ich meine stolzen Teenagerjahre erreichte, legte ich mich mit ihm an. Beim besten Willen könne ich nicht verstehen, was denn daran so schwer sei, ein kleines bisschen Sympathie zu zeigen. Er starrte mich an, als wäre ich eine summende Stechmücke, und erläuterte seinen Standpunkt: »Gefühle sind wie Geld. Ist es erst einmal ausgegeben, dann ist es weg. Deshalb verschwende deine Gefühle nicht für Dinge, die es nicht wert sind. Eine Prellung heilt wieder, was gibt's da also großartig zu bemitleiden? Ein gebrochener Knochen wird anschließend kräftiger. Wenn jemand dir absichtlich weh tut, spar dir dein Selbstmitleid und steck deine Energie in Rache.«

»*Es* geht hier nicht um eine Prellung. *Es* geht um *mich*«, stellte ich klar.

Was ihn wütend machte. »Was? Wer bist du denn? Dein Fleisch? Deine winzige Wunde? Pah! Dein Körper ist nichts, er wird krank und stirbt. Wenn das Pirio ist, verabschiede ich mich jetzt schon von dir.« Wenn er so wurde, war es das Klügste, zu schweigen und ihn zetern zu lassen. Schon möglich, dass er bei Gogol anfing, dann über die Perestroika auf den amerikanischen Aktienmarkt und schließlich zu einem Dreckskerl von Onkel namens Lusvin kam, der sein Maultier schlug und den er abgrundtief hasste. Irgendwie untermauerte das alles seinen Standpunkt, obwohl dieser Standpunkt in der Regel kaum nachvollziehbar war. Jedenfalls, wenn man ein Pflaster wollte, musste man es sich selbst holen. Eine lausige Ausrede, warum ich nicht gleich aufspringe, um mit Wundbenzin seine Schnittverletzungen abzutupfen, oder darauf bestehe, dass wir sofort in die Notfallambulanz fahren, um seine Rippen röntgen zu lassen.

Wozniak hält seine Brille unter das fließende Wasser, trocknet sie mit einem Handtuch ab und schiebt sie sich auf die Nase. Er beginnt, seine nassen Haare mit dem Handtuch trocken zu rubbeln, und setzt sich mir gegenüber an einen winzigen weißen Resopaltisch, der sich an die Wand der Kochnische drängt.

Ich frage, ob er sich irgendeinen Grund vorstellen könne, warum ihm jemand etwas antun sollte.

Er fragt, was ich in seinem Auto gemacht hätte.

Ich erinnere ihn, dass ich ihm das Leben gerettet habe.

Er seufzt. »Ich habe Hinweise für eine … nun, sagen wir mal, etwas *ungewöhnliche* Beziehung zwischen Ocean Catch und einem japanischen Großhändler namens Soga Fisheries.«

Ich bitte ihn fortzufahren.

»Früher hat Ocean Catch seine Ware in alle Welt verkauft, wer auch immer der Meistbietende war. Seit etwa drei oder vier Jahren verkaufen sie fast ausschließlich an Soga. Heute gehen etwa fünfundsiebzig Prozent des Fanges – das sind jährlich mehrere Millionen Pfund Fisch – jede Woche in Eis gepackt per Luftfracht direkt nach Tokio. Soga zahlt dafür Höchstpreise, deutlich über dem aktuellen Marktwert.«

»Klingt nach einem guten Geschäft für Ocean Catch.«

»Es ist mehr als das. Wenn Soga nicht ins Spiel gekommen wäre, hätte die Firma wenige Monate später Insolvenz anmelden müssen. Im Grunde hat das Geschäft mit Soga den Niedergang von Ocean Catch verhindert. Seitdem halten sie die Firma quasi im Alleingang über Wasser.«

Inzwischen hat er wieder etwas Farbe im Gesicht. Er wirft das Handtuch auf die Arbeitsplatte. »Sehen Sie, im Laufe der letzten zehn oder mehr Jahre ist die gesamte Grundfischindustrie kontinuierlich geschrumpft, und in den letzten Jahren sind überall Fischereiunternehmen pleitegegangen. Ocean Catch stand kurz davor, im Rahmen eines Übernahmeprogramms der Regierung seine gesamte Flotte in klingende Münze zu verwandeln. Aber aus irgendeinem Grund, und noch dazu ziemlich schnell, wurde der Abwärtskurs der Firma gestoppt und umgekehrt, und man begann, wieder schwarze Zahlen zu schreiben.«

»Dann liefert Ocean Catch vielleicht nicht nur Fisch an Soga. Haben Sie eine Idee, worum es hier geht?«

»Genau das versuche ich herauszufinden.«

Sein Pokerface ist perfekt: ausdruckslos und undurchdringlich. Aber ich bin ziemlich sicher, dass er mehr weiß, als er sagt. Sollte er tatsächlich nichts wissen, gibt es höchstwahrscheinlich immer noch den USB-Stick in seiner Tasche, mit Halls und Jacobsens Dateien. Am besten fordere ich ihn jetzt gleich auf, Farbe zu bekennen.

»Was ich noch sagen wollte, ich weiß, dass Sie nicht für Jackson Hartwell arbeiten, und ich bin mir auch ziemlich sicher, dass Sie nicht Larry Wozniak heißen.«

Er lächelt leicht und lässig, als sei er bei etwas erwischt worden, was seiner Meinung nach gar nicht so schlimm ist. »Tut mir leid. Russell Parnell, Journalist. Die meisten nennen mich einfach Parnell.«

»Zuerst Freund des Verstorbenen, dann Versicherungsagent, jetzt Journalist. Ich wäre verrückt, wenn ich Ihnen auch nur ein Wort glauben würde. Das gilt übrigens auch für das ›tut mir leid‹. Außerdem bin ich ziemlich sicher, auch das schon mal aus Ihrem Mund gehört zu haben.«

»Googeln Sie mich doch, wenn Sie wieder zu Hause sind.«

»Finde ich dann auch ein Foto?«

»Ja, wahrscheinlich.«

»Okay. Dann erzählen Sie mir doch jetzt mal, wie die *Sea Wolf* und Ned Rizzo in diese Geschichte mit Soga passen.«

»In den letzten paar Jahren hat Rizzo praktisch ausschließlich auf der *Sea Wolf* gearbeitet. Er ist immer mit derselben kleinen Besatzung auf Fahrt gegangen und dann nach zwei oder drei Wochen zurückgekommen – mit nur einem Bruchteil des Fangs, den sie eigentlich hätten an Bord haben müssen. Dann hat er überraschend die Firma verlassen und ist bei einem äußerst merkwürdigen Zusammenstoß auf See ums Leben gekommen. Etwa zur gleichen Zeit ist die *Sea Wolf* mit einem Riss im Rumpf in den Hafen zurückgekehrt. Muss ich die Punkte noch verbinden?«

»Ich hab Ihnen doch schon gesagt, dass wir nicht von der *Sea Wolf* gerammt wurden.«

Er presst ungeduldig die Lippen aufeinander, hält aber den Mund. An seinem rechten Ohr klebt etwas getrocknetes Blut.

Bislang hat er mir nichts erzählt, was ich nicht schon wusste. Gelogen hat er allerdings auch nicht. Ich weiß nicht, ob ich ihm vertrauen soll. Ich stehe vom Tisch auf und mache mich auf die Suche nach Informationen über den Mann, der behauptet, er heiße Russell Parnell. Der angrenzende Wohnraum ist dunkel, aber die Jalousien sind oben. Draußen ragt der Turm der Old North Church auf wie ein Mahnmal der amerikanischen Vergangenheit, hell angestrahlt von Scheinwerfern in dieser finsteren Nacht, schwarz wie Tinte. Ich schalte eine Standleuchte mit Schwanenhals ein. Kahle Wände, kein Couchtisch, kein Fernseher. Nur ein Bücherregal mit einer Menge Akten und Papieren sowie vielleicht zwei Dutzend Büchern. Auf einem kleinen Tisch ein aufgeklappter Apple-Laptop, ein Dutzend Karteikarten, vollgekritzelt in einer großen, ungelenken Handschrift. Eine kubistische Couch in urbanem Schwarz, wahrscheinlich von IKEA. Tatsächlich sieht's aus, als wäre alles in diesem Zimmer von IKEA. Eine Instant-Wohnung für kleines Geld. Zwei Stufen über Durchreisender, eine Stufe über Collegestudent.

Ich werfe einen Blick auf das Bücherregal: *Planet im Gleichgewicht, Die verschwindende Arktis, Wanderführer zu den White Mountains, The Elements of Style, La Cocina de Mama: Das Große Buch der spanischen Hausmannskost.* Auf einem Regalbrett liegt ein großer, prächtiger Bildband über Wale. Die Bücher mit Umweltthemen sind schon ganz überzeugend, aber am meisten spricht das Buch *Elements of Style* dafür, dass er kein schlechter Mensch ist. Welcher Verbrecher schert sich auch nur einen Furz um den Unterschied zwischen *was* und *das*? Und die Tatsache, dass er gerade erst von Oyster Man und seinen Schwachköpfen übelst zusammengeschlagen wurde, weckt in mir ein klein wenig mehr Zuneigung ihm gegenüber.

Der Schock, dass heute Abend Johnny mit dabei gewesen ist, steckt mir immer noch in den Knochen. Sein stupsnasiges Profil und der Bürstenschnitt, die kräftigen Arme, unmittelbar über seiner Wampe auf der Daunenweste verschränkt. Wie er kaltblütig zusah und seine Hände für die feine Arbeit an seinen Vogelhäuschen schonte.

Johnny war mir diese Nacht nicht zu Ocean Catch gefolgt. Um zwei Uhr morgens waren die Straßen so verlassen, dass ich einen Verfolger bemerkt hätte. Und er hat außerhalb des Firmenparkplatzes gewartet und nicht da, wo ich meinen Wagen abgestellt hatte. Er muss die Adresse des ungeladenen Beerdigungsgastes doch noch herausgefunden haben und die Wohnung von ein paar seiner Jungs überwachen lassen. Sie sind ihm zu Ocean Catch gefolgt, wo Johnny sich mit ihnen traf. Johnny wollte das Gebäude nicht betreten, als er den Wagen der Reinigungsfirma sah. Er hat außerhalb des Tors auf der Straße gewartet, wo er Parnell (ich kann ihn einstweilen ja ruhig so nennen) auflauern konnte.

Parnell – kleiner, mit nur einem Arm und kurzsichtig – kann es nicht mit John Oster aufnehmen. Als er gerade versuchte, den starken Mann zu markieren, ist mir aufgefallen, dass seine Stimme von unterdrücktem Entsetzen getränkt war. Ich gehe jede Wette ein, dass Gewalt kein fester Bestandteil seiner Welt ist. Das heißt: Was immer Johnny von dem vermeintlichen Journalisten haben will, wird er am Ende auch bekommen.

Als ich einen Blick in die Küche werfe, regt sich so etwas wie echtes menschliches Mitgefühl unter meiner Kruste. Parnell hat angefangen, Kaffee zu kochen. Ich vergleiche seine nutzlose Hand mit der gesunden und sehe die Anspannung in seinem erschöpften, teigigen Gesicht. *Scheiße, Syphilis*, erinnere ich mich. Aber es klappt nicht.

Ich kehre in die Küche zurück und erzähle ihm alles, was ich weiß. Ich berichte ihm von den geheimen Boni, dem Geschenk der Firma an Ned und was ich über den Streit an Bord der *Sea Wolf* zwischen dem Kapitän und einem japanischen Fischwirt gehört habe. Dann erzähle ich ihm auch, dass der Hauptangreifer ein Kerl namens John Oster war, ein enger Freund des verstorbenen Fischers Ned Rizzo und langjähriger Angestellter von Ocean Catch.

»Woher wissen Sie das?«

»Schwer, einen alten Freund nicht wiederzuerkennen.«

Er blinzelt. Nicht sicher, was er davon halten soll.

»Ich bin keine von denen, falls Sie das jetzt denken.«

Er löffelt Kaffeepulver in die Kaffeemaschine, während er sich das durch den Kopf gehen lässt. »Als wir uns kennenlernten«, sagt er schließlich, »habe ich gedacht, Sie könnten zu denen gehören. Sie waren auf der *Molly Jones*, als sie unterging, also mussten Sie bis zu einem gewissen Grad mit Rizzo zusammenarbeiten. Doch als Sie mich in dem Café nach Informationen gefragt haben, wurde mir klar, dass Sie eigentlich nicht besonders viel wissen.«

»Wie wär's denn, wenn Sie mir erzählen, was ich nicht weiß.«

»Hören Sie, es könnte gefährlich werden. Diese Leute … sie sind –«

»Ich bitte Sie. Glauben Sie, ich weiß das nicht? Ich habe eben erst gesehen, was sie mit Ihnen gemacht haben.«

Er verschwindet ins Wohnzimmer, kehrt mit dem Bildband

über Wale zurück und gibt ihn mir. Das Umschlagfoto zeigt einen schwarzen Wal, der sich majestätisch aus dem Meer erhebt. Der Wal scheint sich leicht in der Luft zu drehen, zeigt seine weiße Unterseite. Die Stirn seines massigen, eckigen Kopfs ist von schmuddeligen, weißen und hellgrauen Geflechten verunstaltet, die wie dicht zusammengedrängte Pocken oder schuppige Wucherungen einer merkwürdigen Krankheit aussehen. Nicht weit vom Rand seines furchterregenden Mauls sitzt ein winziges schwarzes Auge im Walspeck.

»Der Atlantische Nordkaper«, sagt er. »Noch vor zehn Jahren war er massiv vom Aussterben bedroht, genau wie sein Cousin, der Südkaper. Nach dem internationalen Jagdverbot ist die Zahl der Südkaper sprunghaft angestiegen. Der Atlantische Nordkaper hat sich jedoch nicht erholt. Auf der ganzen Welt gibt es nur noch etwa zweihundertfünfundsiebzig Tiere. Diese Wale sind heute mehr als je zuvor vom Aussterben bedroht.

Manche Leute meinen, durch Kollisionen mit Schiffen sterben sie so schnell, wie sie sich auf der anderen Seite vermehren. Das ist durchaus möglich, da ihre Wanderrouten direkt die Schifffahrtslinien kreuzen. Auf öffentlichen Druck hin wurde der Verkehr in der Bay of Fundy, wo die Wale den größten Teil des Jahres über leben, um einige Grad verlegt. Folgenschwere Begegnungen mit Schiffen wurden deutlich reduziert, aber die Population ist immer noch niedrig.

Jetzt überlegt man, ob es am Fanggerät liegen könnte. Wir wissen, dass Wale sich in Netzen und Langleinen verfangen, denn wir kennen die Narben auf den Körpern der Tiere, die sich befreien konnten. Andere ertrinken womöglich oder sterben an Hautinfektionen durch die Schnittwunden. Es gibt Bemühungen, die Leinen aus anderen, weicheren Materialien herzustellen. Die Wahrheit ist jedoch, kein Mensch weiß, was da draußen wirklich passiert.«

Er starrt mich mit trockenen Augen und aufeinandergepressten Lippen an. Das Wasser in der Kaffeemaschine blubbert nicht mehr, aber er macht keinerlei Anstalten aufzustehen. Ich habe eine vage Vorstellung davon, worauf er hinauswill, aber es ist schwer zu glauben.

»In Japan gilt Walfleisch als Delikatesse«, sagt er.

»Aber die *Sea Wolf* kann ja wohl kaum *so* viele Wale an Bord nehmen, oder?«

»Ich habe keine Ahnung, wie viele Wale getötet werden müssten, um eine Erholung der Population zu verhindern. Ich habe nicht einmal eindeutige Beweise dafür, dass genau das passiert. Aber ich vermute, dass Ocean Catch und Soga irgendwie zusammenarbeiten, und jetzt weiß ich, dass ich an was dran bin.« Etwas unbeholfen und auch zornig holt er mit einer Hand Tassen, Milch und Zucker für uns.

Plötzlich begreife ich, dass er derjenige sein muss, der in meine Wohnung eingebrochen ist. Wahrscheinlich, weil er genau wie bei Hall und Jacobsen auch meine Festplatte kopieren wollte. Und wo er schon mal da war, muss er ebenfalls mein Telefon verwanzt haben. Zweifellos hat er die Nachricht über die Reinigungsfirma bei Ocean Catch gehört, die Mrs Smith auf meinen AB gesprochen hatte. Daher wusste er auch, an welchem Abend er problemlos in die Büros kommen konnte. Deshalb hat er mich auch immer noch nicht gefragt, wie ich in seinem Auto gelandet bin. Er wusste, dass ich ebenfalls dort sein könnte, und ließ es einfach drauf ankommen, mir zu begegnen. Wahrscheinlich weiß er aber nicht, dass ich in Jacobsens Büro war und ihn beobachtet habe.

»Sie haben mein Telefon angezapft«, sage ich.

»Nein, habe ich nicht.«

»Doch, das haben Sie. Sie sind in meine Wohnung eingebrochen und haben mein Telefon angezapft, weil Sie dachten, ich arbeite für Ocean Catch. Wahrscheinlich haben Sie auch meine Computerdateien gestohlen.«

»Hab ich nicht, ich schwör's.«

»Woher wussten Sie dann, dass Sie heute Nacht problemlos bei Ocean Catch einsteigen konnten, wo die Reinigungsfirma da war? Sie haben die Nachricht auf meinem AB gehört.«

»Ja, das hab ich. Stimmt. Aber ich bin nicht in Ihre Wohnung eingebrochen. Sie haben mir in dem Café Ihre Nummer gegeben ...«

»Und?«

»Ich habe mir einen Fernzugriff auf Ihren Anrufbeantworter verschafft. Das ist ganz einfach, wenn man weiß, wie.«

»Dann haben Sie die Nachricht von Mrs Smith also gehört.«

»Heißt sie so? Sie klang recht alt.«

»Was haben Sie noch gehört?«

Er sieht verlegen aus, und ich versuche mich zu erinnern, wie viele Male der verheiratete Kerl angerufen hat und welchen Unsinn er erzählt haben könnte. Ziemlich blöd, sich darüber jetzt Gedanken zu machen. Aber trotzdem. Was allerdings viel beunruhigender ist: Wenn Parnell nicht in meiner Wohnung war, wer war es dann?

Er schenkt Kaffee ein, und ich lege die Finger um den Becher. Es ist kalt in der Wohnung, und die Wärme tut gut. »Sie sind hier nicht sicher. Sie müssen weg. John Oster wird nicht eher aufhören, bis er hat, wonach er sucht. Verlassen Sie sich drauf. Er wird zurückkommen.«

Er sitzt mir gegenüber, zeigt aber keinerlei Reaktion auf das, was ich gerade gesagt habe. »Und was ist mit Ihnen? Hat er Sie heute Nacht gesehen?«

»Ich glaube nicht, nein. Das Fernlicht hat ihn geblendet, und danach hat der Airbag mich verdeckt.«

»Weiß er, worauf Sie aus sind?«

»Eigentlich nicht. Ich war bei ihm und habe ihm ein paar Fragen gestellt, nachdem die Küstenwache das in die Kollision verwickelte Frachtschiff nicht identifizieren konnte. Ich war frustriert von der ganzen Bürokratie. Er erzählte von seinen eigenen Erkenntnissen und dass es sich seiner Meinung nach bei der Kollision um einen Fall von maritimer Fahrerflucht handele.« Ich trinke einen Schluck Kaffee und zerbreche mir den Kopf über Details. »Wenn ich's mir recht überlege, hat er ganz offen nach Ihnen gefragt – sogar mehr als nur einmal. Zum Glück ist mir der Nachname nicht eingefallen, den Sie benutzt haben. Ich glaube, er hat sich damit zufriedengegeben, dass ich Sie nicht kenne. Da er mich heute Nacht nicht gesehen hat, hat er keinerlei Grund anzunehmen, dass wir uns kennen. Und sofern er sich nicht ebenfalls Zugang zu meinem Anrufbeantworter verschafft hat, kann er unmöglich wissen, dass ich mit Mrs Smith gesprochen habe. Wir sind uns privat nur zweimal begegnet, und ich bezweifle, dass uns dabei jemand zusammen gesehen hat.«

Ich lächle Parnell verschwörerisch an, zufrieden, dass ich unterhalb von Johnnys Radar fliege. »John Oster muss mich für eine Frau halten, die er mal kannte und die zufällig an diesem Tag mit Ned fischen war, und Fragen habe ich ihm überhaupt nur deshalb gestellt, weil mich Bürokratie leicht auf die Palme bringt.« Ich strecke meine Beine. Es fühlt sich an, als hätte ich mich schon sehr lange nicht mehr richtig bewegt. »Er muss Sie wohl irgendwie gefunden haben und ist Ihnen dann heute Nacht gefolgt.«

»Ja, kann sein«, sagt Parnell widerwillig. Er ist nicht bereit, Johnny für irgendwas Anerkennung zu zollen.

»Er weiß, wo Sie wohnen. Was bedeutet, dass Sie von hier verschwinden müssen.«

Er zuckt demonstrativ die Achseln, aber ich sehe, dass er versucht, sich mit der Idee auszuziehen anzufreunden.

»Was, glauben Sie, weiß er sonst noch über Sie?«, frage ich.

»Bin nicht sicher. Die ganze Zeit, als sie mich malträtiert haben, haben sie immer wieder gefragt, für wen ich arbeite.«

»Was haben Sie gesagt?«

»Nichts.«

»Für wen arbeiten Sie?«

»Für niemanden.«

»Welches Interesse haben Sie dann an dieser Sache?«

»Wie ich schon sagte, ich bin Journalist.«

»Sie legen sich aber so richtig ins Zeug, um eine Story zu bekommen.«

»Ist mein Job.«

»Klar.« Es ist schwer vorstellbar, dass journalistischer Ehrgeiz allein jemanden dazu bringen würde, mitten in der Nacht in ein Büro einzubrechen. Aber was weiß denn ich? Vielleicht hält er sich für einen Öko-Woodward/Bernstein. Draußen vor dem schmalen Fenster erstreckt sich ein milchiges Lichtband knapp über dem Horizont. Die Nacht geht zu Ende, endlich. Es war eine lange Nacht. Ich will nach Hause und in vollkommener Stille einfach nur ungestört abhängen, aber ich habe auch Hunger, weswegen ich zustimme, als Parnell etwas zu essen anbietet.

Während er die Eier brät, blättere ich das Walbuch durch, voll von Vierfarbfotos und informativen Bildunterschriften. Ich erfahre, dass der lateinische Name der Art *Eubalaena glacialis* lautet. Die frühen Walfänger Neuenglands nannten sie *North Atlantic right whale*, weil man meinte, sie seien genau die richtigen Wale für die Jagd. Sie sind riesig: vierzig bis achtzig Tonnen Knochen, warmes Blut und Waltran, mit einem Rachen, der groß genug ist, ganze Fischschwärme zu verschlingen. Aber sie sind auch zahnlos, fast blind und verglichen mit anderen Walen bemerkenswert hässlich. Eine Bildunterschrift erklärt mir, dass die Funktion dieser unansehnlichen weißen Verkrustungen an ihren Schädeln unbekannt ist. Anscheinend drücken sie sie gern auf den Meeresboden, und die schuppigen Stellen könnten tatsächlich Schorf sein. Warum tun sie das?, frage ich mich. Selbstzerstörungsdrang? Juckende Kopfhaut? Wiederholte fruchtlose Versuche, sich bei der Wal-Variante von Versteckspielen einzugraben? Ihr merkwürdiges Verhalten bewirkt, dass ich sie mag, so, wie man eine hoffnungslos exzentrische Freundin mag.

Parnell hält mir einen Teller mit Spiegeleiern und Toast vor die Nase. Ich klappe das Buch zu, und als ich mich vorbeuge, um es auf den Boden zu legen, rutscht der Schutzumschlag herunter. Ich öffne den Einbanddeckel, um das Buch wieder einzuschlagen, und starre auf ein eingeklebtes Exlibris auf der ansonsten leeren ersten Seite. In der Mitte des Exlibris die gedruckten Worte *Aus der Bibliothek von ...* Der darunter mit blauem Kugelschreiber geschriebene Name lautet *Jaeger*.

Ich falle beinahe vom Stuhl.

»Mit Ihnen alles in Ordnung?«, fragt er.

»Alles bestens«, sage ich, sitze kerzengerade da.

»Ich hoffe, Sie mögen gewendetes Spiegelei.« Er schiebt den Teller vor mich.

Ein Dröhnen schwillt in meinen Ohren an. Ich nuschle irgendwas vor mich hin, sage, dass ich nach Hause muss.

»Jetzt sofort?«

»Ich muss.«

»Kann ich Sie irgendwohin fahren?«

»Ich nehme den T.«

»Sicher?«

»Ich mag den T. Und Ihr Auto ist kaputt.« Ich klinge beknackt.

»Essen Sie wenigstens vorher was«, sagt er.

Ich nicke dämlich, verschlinge die Eier, stopfe mir den Toast in den Mund, kaue wie eine Besessene, grinse irre und trinke hastig den Rest meines Kaffees aus. Während ich bereits durch die Tür stolpere, reicht er mir das Walbuch. »Hier. Nehmen Sie's mit. Und vielen Dank, dass Sie mir das Leben gerettet haben.«

»Ach, nicht der Rede wert. Freut mich, dass ich zur Stelle war.« Jetzt klingen wir beide ziemlich idiotisch.

Mein Herz ist auf hundertachtzig und hämmert wie verrückt, als ich die Treppe hinunterlaufe. Fast kann ich Milosa lachen hören. *Siehst du jetzt, was Mitleid aus dir macht? Plötzlich steckst du mit dem Feind unter einer Decke, und er zockt deinen Verstand und alles, was du über die Sache weißt, einfach ab.*

Ich erreiche den mit Marmor ausgelegten Hausflur, der auf die Straße führt. Hohe Decke, alte Messingbriefkästen, ein vergoldeter Kristalllüster. Falls jemand in diesem kleinen Raum bedrängt würde, gäbe es keine Fluchtmöglichkeit. Johnny und seine Kumpane hatten sich in der Hafengegend zügig aus dem Staub gemacht, aber wer weiß, ob sie nicht kehrtgemacht haben, um uns zu folgen, und nun draußen warten?

Eine schmale Treppe führt in den Keller. Ich laufe schnell hinunter. Ein feuchter Geruch, Waschmaschinen und Trockner, ein Rennrad, mit einem Vorhängeschloss an einem Heizungsrohr gesichert. Ein Hinterausgang auf eine Gasse. Zwei Minuten später gehe ich auf einer kühlen, ruhigen Straße Richtung Haymarket Station. Auf den kleinen Plattformen am oberen Ende der Eingangsstufen Chrysanthemen in Blumentöpfen. Der Duft von Kaffee und frisch gebackenem Brot zieht aus dem offenen Fenster eines Cafés herüber.

KAPITEL 19

Als ich nach Hause komme, google ich zuallererst Russell Parnell. Sechs oder sieben Personen werden gefunden. Einer ist ein Journalist, der etwa zwanzig Artikel in Publikationen wie *Vanity Fair*, der *New York Times* und salon.com veröffentlicht hat, neben einer ganzen Reihe kleinerer Tageszeitungen, Magazine und Websites. Bei dem Großteil seiner Arbeiten scheint es sich um Reisereportagen zu handeln. Er hat aber auch über aktuelle medizinische Entwicklungen – Genetik, Psychiatrie, mikrobische Krankheitserreger, SARS – geschrieben und einige Umweltthemen aufgegriffen, zum Beispiel den Kahlschlag im Regenwald des Amazonasgebietes und die Reinigungsarbeiten im Anschluss an die Ölkatastrophe im Golf von Mexiko.

Ich sehe mir die Ergebnisse der Bildersuche an, darunter vier ziemlich gute Fotos: eine Aufnahme aus größerer Entfernung, die ihn mit kurzgeschnittenen Haaren und einer bleistiftdünnen schwarzen Krawatte zeigt, auf dem Podium einer Journalistenorganisation schüttelt er gerade jemandem die Hand; ein Autorenfoto aus der Mitarbeiter-Rubrik eines hippen neuen Magazins; die Frontalaufnahme eines Mannes bei einem Fahrradrennen in der Wüste, das Gesicht verborgen unter einem Helm und einer verspiegelten, rautenförmigen Sonnenbrille, doch das Kinn erinnert an ihn. Mit dem vierten Foto hatte ich nicht gerechnet: eine gestellte Verlobungsaufnahme, auf der er hinter einer fülligen Brünetten mit weit aufgerissenen Augen steht. Sie sehen weder gut noch schlecht aus und können nicht älter als zweiundzwanzig sein. Beide lächeln mit der Aufgeschlossenheit junger Erwachsener ohne psychische Macken. Das Bild rührt mich und macht mich gleichzeitig traurig. Ist sie gestorben? Sind sie geschieden? Weitere detektivische Internetrecherchen bringen mich auf eine professionelle Networking-Site für Journalisten, wo ich herausfinde, dass Parnell die San Luis Obispo High School und die Columbia University besucht hat und mit vollständigem Namen Russell Alejandro Parnell heißt. Ich tippe *Parnell* und *Jaeger* zusammen ins Suchfeld von Google und erhalte keine Ergebnisse.

Auf Autopilot schleppe ich mich durch einen arbeitsreichen Tag. Am Abend gehe ich Parnells Artikel einen nach dem anderen durch. Mehrere kann ich im Volltext laden, sofern ich die jeweilige Publikation abonniere. Was leider zur Folge hat, dass ich eine langweilige Stunde damit verbringe, unbedingt erforderliche Angaben in Formularfelder einzugeben und mir Passwörter auszudenken. Ich mache mir einen Kaffee, während die Artikel ausgedruckt werden, und setze mich schließlich auf die Couch, um etwas über den verschwindenden Regenwald zu lesen und die alarmierende Ausbreitung der gegen Antibiotika resistenten Erreger wie auch über moderne Behandlungsmethoden für psychisch Schwerstkranke.

Nach etwa drei Vierteln des Artikels über psychische Gesundheit stoße ich auf die Krankengeschichte einer jungen Hispana, die einen prominenten amerikanischen Geschäftsmann geheiratet hat. Ein Jahr nach der Hochzeit zündete die Zwanzigjährige ihr Haus an. Sie verbrachte einige Monate in einer privaten psychiatrischen Klinik auf Cape Cod, bevor sie in eine betreute Wohngruppe überwiesen wurde, wo sie zwei Jahre lebte. Hier wurde ihre Medikation aufmerksam überwacht, und man half ihr bei der Erledigung alltäglicher Aufgaben. Wann immer ihre Symptome nicht mehr zu beherrschen waren, wurde sie erneut in die Klinik eingewiesen. Ihr Ehemann übernahm die finanzielle Unterstützung ihrer nächsten Angehörigen, die in engem Kontakt mit ihr blieben und sich um all ihre Belange kümmerten.

Sie war einverstanden gewesen, sich interviewen zu lassen, sofern sie anonym blieb. Die damals Vierundzwanzigjährige hatte zu Russell Parnell gesagt, sie sei dankbar für all die Fürsorge. Die Unterstützung einer liebevollen Familie und eines großzügigen, beschützenden Ehemannes sei ein großes Glück. So viele Menschen mit ihrer schrecklichen Krankheit hätten es erheblich schwerer. Ihr Leben sei einfach, aber angenehm. Sie wohnte mit einer Schwester in einem kleinen Haus in Falmouth. Ihre Schwester fuhr sie zu Terminen und achtete darauf, dass sie ihre Tabletten nahm. Sie arbeitete unter der Woche morgens in einem Gebrauchtwarenladen in Falmouth, und in ihrer freien Zeit las sie gern, obwohl sie sich wegen der Medikamente, die sie einnehmen musste, nicht besonders lange konzentrieren konnte. Sie bedauerte es, das Feuer gelegt zu haben, das sie und ihren Mann in Lebensgefahr gebracht hatte. Die Anschuldigungen, erzählte sie Parnell, die sie damals erhoben hätte, seien völlig falsch. »Alles, was ich damals gesagt habe, war lediglich Ausdruck meiner Krankheit.«

Parnells Artikel schließt mit der guten Nachricht, dass ihre Geschichte und Geschichten wie ihre Tausenden Hoffnung geben, dass eine der beängstigendsten Krankheiten der Welt doch unter Kontrolle gebracht werden kann.

Leicht konsterniert werfe ich die Seiten auf den Tisch. Immerhin waren Parnells andere Artikel interessant. Dieser hier ist ziemlich fade.

Mein Kaffee ist kalt. Ich gehe in die Küche, um meine Tasse nachzufüllen. Es ist zehn, normalerweise viel zu spät für Koffein, aber ich habe die letzte Nacht überhaupt nicht geschlafen und bin nun so müde, dass mich vermutlich nichts wach halten kann. Ich toaste einen Bagel und schneide mir ein Stück Melone ab. Man kann nicht oft genug frühstücken. Als ich gegessen habe, gehe ich duschen und ziehe mir dann Jogginghose und T-Shirt an. Ich flechte meine feuchten Haare, damit sie gewellt sind, wenn sie trocknen, und gieße das Usambaraveilchen auf der Fensterbank. Ich denke, weiß aber nicht, was. In meinem trägen Hirn rotieren immer nur dieselben Worte: *Märchen. Braut-Prinzessin.* Dann fällt der Groschen.

Ich gehe zurück an meinen Computer, und nach wenigen Tastenanschlägen bin ich wieder bei der Story aus dem Boulevardblatt über Bob Jaegers schizophrene Frau, die ich schon kenne. Sie ist mit einem Video verlinkt, das im Juni 2009 in den Lokalnachrichten eines Fernsehsenders gebracht wurde.

Jetzt wird's interessant: Offensichtlich bestand Jaegers Frau Caridad die ersten Monate ihrer Behandlung in der Klinik auf Cape Cod darauf, geistig gesund zu sein. Ihre Appelle an die Klinikverwaltung, die Beschwerdestelle der Ärztekammer und das Büro des Gouverneurs blieben unbeantwortet. Ihre Einwandereltern waren nicht in der Lage, für eine angemessene Unterstützung zu sorgen. Doch ihr Flehen hörte nicht auf. Es gelang ihr, von einem Münzfernsprecher in der Klinik einen örtlichen Fernsehsender anzurufen. Dem Kamerateam des Senders, das in der Klinik erschien, wurde der Zutritt verweigert, aber man entdeckte sie hinter einem Fenster im zweiten Stock, gegen dessen Scheiben sie hämmerte, was etwa zehn Sekunden auf Video mitgeschnitten wurde, bevor man sie wegführte. Der Sender brachte hinterher einen kurzen Beitrag in den Nachrichten, der Farbfotos ihrer noblen Schickimicki-Hochzeit, krasse Aufnahmen der niedergebrannten Villa und ein dunkles, körniges Bild ihres verzerrten Gesichts hinter dem vergitterten Klinikfenster nebeneinanderstellte. Ihr Ehemann war zu keinem Kommentar bereit, ihr Arzt nicht zu erreichen.

Die Boulevardblätter griffen die Geschichte auf, fügten Paparazzi-Fotos des Ehemannes hinzu, der auf Yachten und Golfplätzen entspannte. Die internationalen Beteiligungen seines Mischkonzerns waren in einer Seitenleiste aufgeführt, dazu Schätzungen seines Vermögens. Kurz darauf gab er ein öffentliches Statement ab: Die Krankenakte belege konkludent, dass bei seiner Frau akute Schizophrenie diagnostiziert worden sei. Sie erhalte die beste und humanste Behandlung, die zu haben war. Das alles sei eine tragische und zutiefst private Familienangelegenheit.

Inzwischen bin ich davon überzeugt, dass die Patientin in Parnells jüngstem Artikel und Caridad Jaeger ein und dieselbe Person sind. Ich muss wissen, wie und warum er auf sie gekommen ist und ob nur zu ihr oder auch zu Bob eine Verbindung besteht. Welchem Jaeger gehört das Walbuch? Ist Russell Parnell vielleicht sogar Teil von Jaegers Team?

Mein einziger Anhaltspunkt: ein Gebrauchtwarenladen in Falmouth, MA. Ich suche und finde heraus, dass es in Falmouth nur einen einzigen Gebrauchtwarenladen gibt. Fahrzeit: eine Stunde, siebenundzwanzig Minuten. Ich rufe im Büro an, hinterlasse eine Nachricht, dass ich am nächsten Tag nicht reinkommen werde, und stelle zwei Wecker auf sechs Uhr, damit ich auch ganz sicher wach werde.

Das Heavenly Afterlife ist unweit des Stadtzentrums in einer ehemaligen Scheune untergebracht. Unmittelbar hinter der breiten Eingangstür werden Kunden von einer Schaufensterpuppe begrüßt, die Hüften schräggestellt, die Hand zu einem Paradewinken à la Queen Elizabeth erhoben. Die Schaufensterpuppe trägt eine Nerzstola, ellbogenlange weiße Handschuhe und einen Pillbox-Hut mit halbtransparentem Schleier. Sonst nichts. Um sie herum drängen sich ein John-Deere-Rasenmäher, ein alter Schlitten und ein eins zwanzig großer, aufblasbarer Osterhase mit fetten Hasenzähnen. Vielleicht nicht gerade das beste Arbeitsumfeld für jemanden, der versucht, die Bodenhaftung nicht zu verlieren. Aber was weiß denn ich schon.

Im Inneren erstrecken sich vier oder fünf Gänge aus dem hellen vorderen Bereich bis in einen im Schatten liegenden hinteren Teil. Gebrauchte Lampen und Mixer, zerfledderte Bücher und Spiele, rissige Statuen und der Himmel weiß was drängen sich auf Tischen. Teppiche, Möbel und Küchengeräte sind im Hintergrund gestapelt. Es sieht aus, als wäre ein Großteil der »zehntausend Dinge«, über die Laotse geschrieben hat, hier zusammengetragen worden. Eine korpulente Frau mit einem unpassend elfenhaften Gesicht sitzt hinter der Registrierkasse und folgt mir mit Blicken. Eine weitere Angestellte arbeitet etwa in der Mitte des breiten mittleren Ganges, packt Geschirr aus und arrangiert es auf einem Tisch. Etwa Mitte zwanzig, zierlich, heute vielleicht dreißig Pfund schwerer als auf ihren Hochzeitsfotos. Caridad Jaeger.

Ich lächle die Kassiererin an. »Ich suche Teller.«

Sie deutet mit dem Kopf auf die Mitte des Ladens.

Direkt neben Mrs Jaeger bleibe ich stehen und nehme ein Milchkännchen aus den 1930er Jahren in die Hand. Es ist so hübsch, dass ich es vielleicht wirklich kaufe. Ich halte es hoch. »Haben Sie auch die passende Zuckerdose?«

Sie runzelt die Stirn, kommt zu mir und betrachtet den Tisch. »Ich denke, ja. Lassen Sie mich nachsehen«, sagt sie und geht einige alte Platten und Schüsseln durch. Sie ist vielleicht zwei, drei Zentimeter kleiner als ich, hat Haare so schwarz wie meine. Ihr Haar ist fettig und zurückgebunden, einzelne Strähnen kräuseln sich hinter den Ohren. Ihre Wimpern sind lang und geschwungen, ihre Nase perfekt geformt. In den Ohren hat sie winzige goldene Kreolen, wie sie von kleinen Mädchen getragen werden.

»Ich dachte, wir hätten sie«, wiederholt sie. »Aber ich finde sie nicht.«

»Außerdem brauche ich einen Kühlschrank.«

»Die kann ich Ihnen zeigen.«

»Gern.«

Sehr langsam geht sie in den hinteren Teil des Ladens, offenbar gibt es im Afterlife keinen Grund zur Eile. Am Ende des Ganges biegen wir um eine Ecke und verlassen das Blickfeld der Kassiererin. Vor einem grünen Frigidaire bleibt Mrs Jaeger stehen.

»Interessante Farbe«, sage ich.

»Das ist Avocado.«

»Ich dachte eher an Weiß.«

»Oh.« Sie geht ein paar Schritte die Reihe hinunter. »Hier ist einer. Ein Maytag.«

Sie trägt Jeans und ein graues UMass-Sweatshirt mit Kapuze, das ein paar Nummern zu groß ist. Ihre Daumen stecken in den Löchern an den Bündchen, die wie Halbfingerhandschuhe aussehen. Ihre Finger sind schmutzig, ihre Schultern hängen nach vorn.

»Normalerweise sind sie fünfundsiebzig oder neunzig Zentimeter breit«, sagt sie. »Welche Breite suchen Sie denn?«

»Ich bin nicht sicher. Ich werde noch mal zu Hause nachmessen müssen.«

»Man soll auf beiden Seiten etwa anderthalb bis drei Zentimeter Platz lassen. Und Sie müssen entscheiden, ob die Tür nach links oder nach rechts aufgeht.«

Sie hat braune, dumpfe Augen – und ist nicht wirklich da. Ob es an der Krankheit, der Medikation oder einer Abwehrhaltung liegt, kann ich nicht beurteilen. Ich weiß nur, dass ich von einer tiefen, kalten Traurigkeit überschwemmt werde. Zu viele Menschen verlassen diese Welt, bevor ihr Leben richtig begonnen hat.

Sie fühlt sich unter meinen Blicken nicht wohl. »Möchten Sie sonst noch irgendwas?«

»Ich interessiere mich außerdem für Wale.«

»Was?«

»Für den Atlantischen Nordkaper. Wissen Sie zufälligerweise etwas über diese Tiere?«

»Was?« Ihre Lippe bebt. Ich bemerke, dass sie einen vollen, weichen Mund hat.

»Eigentlich suche ich ein Buch«, sage ich. »Ich habe schon dieses hier, und ich hätte gern noch so eines.« Ich ziehe das Walbuch aus meiner Umhängetasche.

Ihre Augen werden ganz groß, so als hätte sie einen elektrischen Schlag bekommen. Sie legt eine Hand auf die Tür des Maytag. Macht sie nicht auf, hält einfach nur den Griff fest. Die andere Hand greift nach einem kleinen goldenen Kreuz um ihren Hals.

»Woher haben Sie das?«, fragt sie.

»Russell Parnell.«

»Oh.« Sie lässt die Kühlschranktür los und schiebt ihr Haar verlegen hinter das Ohr. »Hat er es Ihnen geschenkt?« Ihre beiläufige Stimme verrät Enttäuschung.

»Es ist nur eine Leihgabe.« Ich lege das Buch auf einen Tisch, als wolle ich es nicht mehr.

Sie legt eine Hand auf den Einband, die Finger gespreizt, eine

Geste, die sowohl zärtlich als auch resigniert ist. »Es war eigentlich nur für ihn. Wegen etwas, über das wir gesprochen haben, nur wir beide.«

»Daher das Namensschild –« Ich schlage das Buch auf, um es ihr zu zeigen. Aber ich kenne die Antwort längst.

»Ich setze meinen Namen in alle meine Bücher. Weil sie mir gehören.« Sie seufzt. »Dieses hier war mein Geschenk an Alejandro.«

»Alejandro?« Dann erinnere ich mich an Parnells zweiten Vornamen, den ich auf der Website gelesen habe.

»Er war so nett zu mir. Er hat alles geglaubt, was ich ihm erzählt habe.«

Etwas macht klick. »Andere haben Ihnen nicht geglaubt.«

»Natürlich nicht. Ich bin sehr krank. Meine Krankheit erzählt mir Lügen, und diese erzähle ich dann anderen Menschen. Ich weiß ja selbst nicht einmal, was wahr ist.«

»Aber Alejandro hat Ihnen geglaubt.«

»Ja.« Ihr schöner Mund entspannt sich zu einem Lächeln. »Er ist ein Engel. Ich bete jeden Tag für ihn.« Sie träumt einen Moment, dann reckt sie streitlustig das Kinn. »Wer sind Sie?«

»Ich bin eine Freundin von Alejandro. Wir haben uns über … über diese Wale unterhalten. Und über eine Firma, eine fischverarbeitende Firma, die … Nun, manches ist verdächtig.« Ich bin nicht sicher, wie viel ich sagen soll. »Er hat mir das Buch gezeigt, und als ich das Schildchen mit dem Familiennamen sah, war ich nicht sicher, ob das Buch Ihnen gehörte oder ob –«

»Nein. Sprechen Sie seinen Namen nicht aus.« Ihr Blick schießt den Gang hinauf. »Er ist überall, wie der Teufel. Er macht Sie verrückt, gibt Ihnen Elektroschocks.« Sie senkt die Stimme, hebt eine schmutzige, zarte Hand. »Wenn Sie genau hinhören, dann können Sie ihn summen hören.«

Ich lausche und höre das Summen der Leuchtstoffröhren.

Sie lehnt sich zurück. Ihre Augen sind mit einem Mal groß und starr, jemand steht hinter mir.

Ich wirble herum und rechne schon fast damit, Bob Jaeger selbst zu sehen. Aber es ist nur die plumpe Kassiererin, die am Ende des mittleren Ganges steht. »Caridad, was machst du?« Sie spricht es *Carrie-dead* aus.

Caridads Gesichtszüge erschlaffen. Mit einer eigentümlich kraftvollen Bewegung wendet sie der Frau den Rücken zu, als hätte sie nichts gehört.

»Ich renoviere gerade«, sage ich zu der Kassiererin mit einem schnellen, geschäftsmäßigen Lächeln. »Ein Cottage am Strand. Ich brauche eine komplette Küche – sämtliche Geräte und so weiter. Diese junge Frau hier ist mir behilflich.«

Die Jogginghose der Kassiererin bauscht sich um ihre Knöchel. Unter der breiten, auf den Kopf gestellten Rotunde ihrer Hüften wirken ihre Füße unfassbar klein. Sie grunzt etwas, zieht die Hose hoch und geht.

»Können wir uns irgendwo ungestört unterhalten?«, frage ich Caridad.

»Worüber?« Missmutig, wie ein bestraftes Kind.

»Bitte. Ich glaube, wir könnten uns gegenseitig helfen.«

Sie knetet das goldene Kreuz zwischen zwei Fingern und flüstert: »Wie geht es Alejandro?«

»Als ich ihn gestern Abend gesehen habe, ging's ihm gut, aber er ist in Gefahr. Gewisse Leute suchen ihn. Ich möchte ihm helfen, aber ich muss mehr darüber wissen, was mit den Walen los ist. Er will mir nichts sagen. Nachdem ich Sie jetzt kennengelernt habe, weiß ich auch, warum. Er will Sie beschützen.«

Sie sagt nichts, nimmt einfach alles auf, spielt dabei die ganze Zeit mit dem Kreuz, zieht es an der Kette von links nach rechts und wieder zurück. »Meine Schwester«, sagt sie schließlich, »wird mich gleich abholen und mich zum Haus fahren. Sie hat das große Schlafzimmer, ich habe das kleine. Ich verlasse das Haus manchmal nachts, allein. Aber es ist dunkel, und ich weiß nicht, wohin ich gehen soll. Sie ist nicht meine richtige Schwester. Ich bin ein Kind Gottes.« Sie schlendert den Gang hinunter zu einem Herd, legt eine Hand flach auf eine Platte. »Wollen Sie einen Herd?«

»Nein«, sage ich und folge ihr.

Sie schlendert ein Stück weiter zu einem anderen Herd, öffnet die Backofentür, deren rostiges Scharnier quietscht. »Einen Backofen vielleicht?«

»Nein, vielen Dank.«

»Nein. Einen Backofen brauchen Sie nicht.« Mit einem leichten Bedauern schließt sie langsam die Tür.

Wir stehen im Gang und sehen uns an. Ich habe keine Ahnung, was ihr durch den Kopf geht. »Sie müssen mir nichts sagen, Caridad. Ich glaube, ich weiß Bescheid. Vor einigen Jahren haben Sie Ihren Ehemann beschuldigt, und dann wurde festgestellt, dass Sie krank sind. Alejandro ist hergekommen, um einen Artikel über Ihre Behandlung zu schreiben. Er hat sich mit Ihnen getroffen und dann vermutet, dass die Geschichte viel komplizierter ist als angenommen. Sie ist doch komplizierter, Caridad, oder? Sie hatten etwas zu sagen. Die Wahrheit.«

»Ich weiß nicht. Ich kann mich an nichts erinnern.« Ihre Augen füllen sich schnell mit Tränen.

»Denken Sie nach, Caridad. Was Sie über Ihren Mann gesagt haben. Haben Sie darüber mit Alejandro gesprochen?«

Ehe ihre Tränen herabfallen können, wischt sie sie mit dem Handrücken fort. »Er wollte herausfinden, ob man es beweisen kann.«

»Ja, ich glaube, das versucht er. Ich war mir bis jetzt nicht ganz sicher, warum. Wenn er beweisen kann, dass Sie die Wahrheit gesagt haben, sind Sie rehabilitiert, oder?«

»Ich wünschte, er würde bald wiederkommen.«

»Wo können wir uns ungestört unterhalten?«, frage ich.

Sie senkt den Kopf, während ihr Blick zur Seite gleitet. Es ist eine listige, unschöne Geste, typisch für einen Menschen, der entweder beschämende Geheimnisse hat oder seine tiefverwurzelte Verachtung verbergen will. Ich laufe zurück zu den Kühlschränken, hole das Walbuch, stopfe es wieder in meine Tasche und folge ihr. Im hinteren Teil des Gebäudes, in der Nähe einer Tür mit der Aufschrift *Notausgang*, bleibt sie stehen. Dieser Bereich ist nur schlecht beleuchtet und leer, bis auf ein paar Klapptische, die aneinandergelehnt an der Wand stehen.

»Bob ist in den Flitterwochen mit mir nach Indien gefahren«, sagt Caridad. »Tief ins Landesinnere. Es waren noch vier oder fünf andere Paare da. Wir haben in Zelten übernachtet, und Einheimische haben für uns gekocht und Feuerholz geholt. Die Männer haben abends Fußball gespielt. Tagsüber sind wir in Jeeps auf schmalen Straßen durch die Wälder gefahren. Ich wusste nicht, wo genau wir eigentlich waren. Aber es war wunderschön, so als wären wir in einem entlegenen Teil der Welt, wo noch nie jemand zuvor gewesen ist. Wir stießen auf eine Elefantenherde und sind ihr tagelang gefolgt. Jeden Tag haben die Männer zwei oder drei geschossen. Mütter, Babys – ganz egal. Die Elefanten brüllten. Sie schrien genau wie Menschen und sind direkt auf die Waffe zugestürmt. Aber die Jeeps waren schneller, und so sind wir immer entkommen. Alle haben aus vollem Hals gelacht, auch die Frauen.

Nach ein paar Tagen bin ich im Zelt geblieben. Ich konnte mich kaum noch bewegen. Vor meinem inneren Auge sah ich nur noch die Elefanten, hörte die Laute, die sie ausgestoßen hatten. Wenn ich das Zelt verließ, haben die Inder auf mich gezeigt und *sanaki, sanaki* gebrüllt. Verrückt. Ich wollte, dass Bob mich nach Hause bringt, was er natürlich nicht getan hat. Männer wie er hören auf niemanden. Ich hatte nicht erwartet, dass eine Ehe so sein würde. Sondern irgendwie besser.« Sie seufzt kurz über ihre eigene Naivität, strafft die Schultern, fährt mit ihrer Geschichte fort. »Nachts kam er ins Zelt zurück, roch nach Blut und wollte, dass ich mit ihm schlafe. Ich konnte nicht, und er sagte, ich sei wertlos. Ich hatte niemanden, mit dem ich reden konnte.«

Sie reckt den Kopf, als ob sie jemanden kommen sieht. Ich folge ihrem Blick, aber da ist niemand. Caridad verschränkt die Arme vor der Brust. »Ich hasse diese Frau. Carla.«

»Die Kassiererin.«

»Ja. Wie spät ist es?«

Ich sehe auf die Uhr. »Zehn vor zwölf.«

»Meine Schwester wird bald hier sein.«

»Es ist noch Zeit.«

Sie lehnt sich gegen den Notausgang. Ich habe schon Angst, dass die Tür aufspringt und einen Alarm auslöst, sage aber nichts. Sie legt den Kopf in den Nacken und setzt in monotonem Tonfall ihre Geschichte fort. »Ich fand heraus, dass Bob und seine Freunde Safaris machen, Jagdreisen, wie immer man das nennen will, und das ständig. Sie nennen sich irgendwie … so was wie ein Klub … Ich hab den Namen vergessen. Es ging um Punkte machen, Wetten und Geld. Sie sind nicht immer zusammen gereist. Manchmal sind sie nur zu zweit oder dritt irgendwohin gefahren. Sie haben Filme gedreht und dann bei uns zu Hause vorgeführt.

Dann ist Bob auf die Idee gekommen, Wale zu jagen. Er hat mit seinen Freunden oft darüber gesprochen. Ihm gehört eine Firma. Sagga, Santi – ich weiß nicht.« Sie blickt über ihre Schulter zu einem künstlichen Weihnachtsbaum.

»Soga.«

»Vielleicht. Jedenfalls bin ich dann zur Polizei gegangen, um denen von den Löwen und Walen zu erzählen. Sie haben gesagt, sie würden sich drum kümmern, aber es vergingen Wochen, und nichts ist passiert.«

»Was ist mit dem Feuer, Caridad? Das Feuer, das Sie gelegt haben.«

»Oh ja, genau.« Sie lacht hohl. »Ich kann mich nicht daran erinnern, es gelegt zu haben. Ich erinnere mich nur daran, wie ich aufgewacht bin, und an all den Rauch im Schlafzimmer. Bob lag nicht neben mir. Ich bin raus ins Wohnzimmer gelaufen – überall Flammen, bis hoch zur Decke. Ich bin raus, und dann kam Bob – er legte mir eine Jacke über die Schultern – und wir haben zugesehen, bis die Feuerwehrwagen kamen. Dann kam auch ein Krankenwagen, und ich wurde in ein Krankenhaus gefahren. Ich habe den Leuten wieder und wieder erzählt, was mit den Tieren passiert ist, aber es hat niemanden interessiert.«

Sie wappnet sich und lächelt dünn, unterkühlt. »Sagen Sie Alejandro, er soll tun, was für ihn richtig ist, und sich um mich keine Sorgen machen. Sagen Sie ihm, mir geht's gut. Gott kümmert sich liebevoll um mich.«

»Werden Sie schlecht behandelt?«

Sie blinzelt mehrmals schnell, als verstünde sie die Frage nicht. »Man sagt mir, wenn ich meine Medikamente nehme, ist alles okay. Ich will nach Hause, aber ich habe kein Zuhause mehr. Wann kommt Alejandro zurück?« Sie drückt das Kreuz fest auf ihren Hals.

KAPITEL 20

Ich bin rechtzeitig aus Falmouth zurück, um Noah von der Schule abzuholen, damit Thomasina und Max ihr gemeinsames langes Wochenende im Foxwoods Resort verbringen können. Thomasina hat einen Schlafanzug für ihn eingepackt, aber er schläft auf der Couch im Wohnzimmer, in seinen schmutzigen Schulklamotten minus Hose. Ich schätze, es ist nicht meine Aufgabe, dafür zu sorgen, dass er bestimmte Sachen anzieht oder bestimmte Sachen isst oder denkt oder auf bestimmte Art und Weise empfindet. Wegen genau dieser Einstellung wäre ich entweder eine fürchterliche Mutter oder aber eine echt gute. Mit etwas Glück werde ich's nie erfahren.

Am Samstagmorgen schleppe ich mich noch total verschlafen um sieben in die Küche, um mir einen Kaffee zu kochen; damit ich meinen kleinen Gast nicht aufwecke, schleiche ich auf Zehenspitzen durch das Wohnzimmer. Als Erstes begegnet mir eine schwarze Schlange aus akribisch aufgestellten Dominosteinen, die sich über den ganzen Boden erstreckt. Sie beginnt in der Mitte des erhabenen Schieferpodests vor dem Kamin, führt bis zur Kante, geht dann auf dem Parkett weiter, immer parallel zu dem Orientteppich, schlängelt sich den Flur hinunter, beschreibt beim Übergang ins Esszimmer mehrere exakte geometrische Figuren und (ich folge ihr, um sie mir genau anzusehen) gabelt sich dann in zwei Linien, die sich wiederholt kreuzen, bevor sie sich zu einem eng nebeneinander verlaufenden Doppelstrang verbinden, der in einer Spirale von vier oder fünf Kreisen unter dem Tisch endet.

Die Dominosteine bewahre ich in einer Truhe neben dem Bücherregal auf. Zu Noahs Freude habe ich in den letzten Jahren immer mal wieder neue dazugepackt und inzwischen eine gigantische Sammlung. Dieser Entwurf jetzt muss so ziemlich alle vorhandenen Steine aufgebraucht haben. Einer seiner bislang besten Entwürfe. Er muss mitten in der Nacht mehrere Stunden auf gewesen sein, und jetzt liegt er völlig weggetreten auf der Couch, das Kissen auf dem Boden und die Laken und Decken wild durcheinander, als wäre ein kleiner Sturm durch die Wohnung gefegt.

Ich gehe in die Küche und fange an, arme Ritter zu machen. Ein paar Minuten später wende ich mich vom Ofen ab und entdecke ihn in der Tür.

»Gute Arbeit«, sage ich.

»Willst du's machen?«

»Möchtest du vorher etwas essen?«

Er schüttelt den Kopf.

Ich schalte den Herd aus und folge ihm ins Wohnzimmer. Feierlich stellen wir uns vor den ersten Dominostein auf der Kaminumrandung. Der unebene Schiefer macht mir etwas Sorgen, auch der jähe Sturz auf den Boden und der rechte Winkel, wenn die Linie ins Wohnzimmer übergeht. Die Energie wird sich in exakt gleicher Geschwindigkeit über den Doppelstrang fortsetzen müssen, damit er ohne Zwischenfall wieder zusammenkommt, und ein einziger Dominostein, der nicht ganz richtig steht, kann die eng angelegte Spirale völlig zum Stillstand bringen.

Kühl und gelassen, wie ein Pilot, der sich auf den Start vorbereitet, erkundigt sich Noah, ob ich bereit sei.

»Bereit«, antworte ich.

Behutsam stupst er den ersten Dominostein mit dem Finger an. Die Plastiksteine fallen in gleichmäßigem Tempo. Jeder verursacht ein deutlich hörbares Klicken, das sofort ins nächste übergeht und insgesamt ein Schnellfeuer-*Rat-ta-tatt* ergibt. Für den Bruchteil einer Sekunde herrscht Stille, als der Dominostein vom Rand des Kamins exakt auf die Kante des Dominosteins auf dem Fußboden fällt, und dann setzt sich das beeindruckende Geklacker dort fort. Noah und ich können unsere Augen gar nicht abwenden von diesem Spektakel des kontrollierten Umfallens, das sich scheinbar ohne äußere Einwirkung quer durch den Raum fortsetzt. Wir folgen der Bewegung in die Diele und dann ins Esszimmer, bis der letzte Dominostein gefallen ist und das Klackern abrupt endet.

Noah seufzt glücklich über seine Leistung, und ich strahle vor Freude. Der Anfang eines guten Tages. Ich tische arme Ritter auf. Er verschlingt die erste Portion und verlangt nach mehr, leert zwei Gläser Orangensaft, rülpst und schenkt mir eines seiner seltenen und wunderbaren Lächeln.

Ich hüte mich zu fragen, warum er, der gerade mal ein Jahrzehnt auf dieser Erde verbracht hat – einen Großteil davon vor Einsetzen der Vernunft –, auf war und mitten in der Nacht stundenlang und wie besessen Hunderte kleiner schwarzer Rechtecke aufgestellt hat. Wir alle haben unsere Methoden, dieses Leben zu bewältigen. Noahs Abwehrmechanismen sind vielleicht ausgeklügelter als die anderer Kinder, sie haben aber auch erheblich mehr zu tun. Nach einer langen Diskussion über die Wahrscheinlichkeit von Leben auf anderen Planeten und einer zweiten über die Herausforderung, Tunnel unter Wasser zu bauen, nach einer Banane, einer heißen Schokolade und einer Partie Galgenmännchen zischt er ab, um sich in seinen Laptop zu vertiefen.

Wenige Minuten später ist er allerdings schon wieder zurück. »Du hast es gefunden!« Er hält sein Mobiltelefon hoch.

»Oh, ja, stimmt. Es lag zwischen den Kissen der Couch. Muss wohl aus deiner Tasche gerutscht sein, als du das letzte Mal hier warst. Tut mir leid. Ich wollte dich deswegen eigentlich anrufen.«

»Jetzt kann ich Max sagen, dass ich recht hatte. Es *war* hier!«

»Du hast Max erzählt, du hättest dein Handy hiergelassen?«

»Mhm-mh. Er hat dauernd danach gefragt. Er ist ein fürchterlicher Kontrollfreak.«

»Kontrollfreak?« Komisch, diesen Ausdruck aus dem Mund eines Fünftklässlers zu hören.

»Das sagt Mom immer.«

»Wirklich? Sie sagt das über Max?«

»Nein, *ich* sage das über Max. Sie sagt es über jeden, den sie nicht leiden kann.«

»Oh, ich verstehe. Ich schätze, du magst Max nicht. Warum eigentlich nicht?«

»Er braucht immer so lange im Bad, und meine Mom benimmt sich ganz komisch, wenn er da ist. Außerdem riecht er nicht gut.«

»Ja, ist mir auch schon aufgefallen. Alles drei, eigentlich.« Pause. »Ist er nett zu dir?«

»Denke schon.«

»Ich frage mich, warum er sich so für dein Handy interessiert.« In dem Moment, als die Worte meinen Mund verlassen, fällt mir wieder ein, dass er schon auf der Beerdigung mit Noah über das Mobiltelefon gesprochen hat. Was könnte er gewollt haben? Dann erinnere ich mich an noch etwas – Noahs Walknochen. Ich glaub's einfach nicht, dass ich nicht schon darauf gekommen bin, als Parnell mir das Walbuch gezeigt hat. Kann es sein, dass die Geschichte, die Ned seinem Sohn erzählt hat, der Wahrheit entspricht, zumindest zum Teil?

»Noah, du hast Max doch nicht deinen Walknochen gezeigt, oder?«

»Nie im Leben! Ich hab ihn in der Schachtel versteckt, weißt du nicht mehr? Und meine Bilder werde ich ihm auch nicht zeigen.«

»Welche Bilder?«

»Die mein Dad mir geschickt hat. Weißt du, die sind echt gruselig.« Er drückt ein paar Tasten seines Telefons, gibt es mir und klebt an meiner Schulter, während ich sie mir ansehe.

Auf dem Display ein körniges, graues, verschwommenes Foto. Ich sehe genau hin und erkenne, dass es ein in Nebel gehüllter Strand ist. Eine Reihe wahllos verteilter, sanft abgerundeter Felsbrocken, die halb vom feuchten, dunklen Sand bedeckt sind. Keine Menschen, keine Orientierungspunkte. Nur ein Haufen weißer Objekte, die aus dem Sand aufragen. Manche sind gerade, andere krumm. Manche enden in einer Spitze, andere nicht. Ihre Höhe kann ich nicht schätzen, da sich auf dem Bild nichts befindet, mit dem man vergleichen könnte. Ich habe keine Ahnung, was das ist. Ich kann nur raten: blattlose junge Birken, die in Reihen gepflanzt sind – eigentlich eher in einer Art Raster. Ich zähle sieben in der Breite, allerdings ist das lediglich der Bereich, der vom Kamerawinkel abgedeckt ist.

»Von deinem Dad, ja?«

Noah nickt. »Hat er mit seinem Handy gemacht.«

»Gibt's noch mehr?«

Er zeigt mir zwei weitere, die aber fast identisch sind. Ich kann keinerlei Einzelheiten ausmachen, die für ein Verständnis der Bilder hilfreich wären. Aber da ist ein Datum – 7. August. Das war kurz bevor Ned Ocean Catch verließ. Die Fotos wurden im Abstand von wenigen Sekunden geschossen.

Ein paar merkwürdige, willkürliche Dinge verhaken sich in meinem Hirn und bringen mich auf eine Idee. »Noah, als du gesagt hast, Max riecht nicht gut, hast du da gemeint, dass er nach Old Spice riecht? Oder was anderes?«

»Was is'n Old Spice?«

Natürlich kann er das nicht wissen. Aber ich will es wissen, und zwar sofort. »Komm, wir gehen in einen Drugstore. Komm, geh deine Jacke holen. Auf dem Heimweg spendiere ich dir einen Hamburger.«

»Ich hab doch eben erst arme Ritter gegessen.«

»Oh, klar. Dann lass uns einfach gehen.«

In einem Walgreens schnappe ich mir von einem Regal eine dieser kultigen, wie eine Boje geformten Flaschen, bezahle sie, öffne sie im Wagen und halte sie Noah unter die Nase.

»Oiiiie«, macht er und wedelt mit der Hand unter seiner Nase.

»Max?«

»Ja. Genau so riecht er morgens. Aber den richtig ekelhaften Geruch hat er abends.«

»Ein anderer ekelhafter Geruch als das hier?«

»Total anders.«

Anscheinend ist unser Max ein Zwei-Duft-Mann. »Dann noch einen weiteren Stopp. Hast du Lust? Meinst du, deine Nase kommt klar?«

Er lacht. Er hat Spaß. »Klar, Pirio. Gehen wir ein paar Sachen riechen.«

In Allston gibt es ein Geschäft, das ätherische Öle verkauft. Es ist ein langer, schmaler Laden mit einem Perlenvorhang, der ein Hinterzimmer abtrennt. An den Wänden New-Age-Poster und Regale voller kleiner Glasflakons, die Öle aus aller Welt enthalten. Ich war schon einmal in diesem Geschäft, als ich noch versuchte, den persönlichen Duft meiner Mutter zu rekonstruieren. Die Öle waren billig, wahrscheinlich verdünnt. Einige hatten ganz eindeutig ihre Glanzzeit bereits hinter sich. Aber für dieses Projekt sind sie alle Male gut genug.

Die Inhaberin steht hinter der Ladentheke und trägt eine lilafarbene Veloursssamthose und ein ärmelloses T-Shirt. Sie hat die Ausstrahlung von jemandem, der viele Jahre mit dem Versuch verbracht hat, ein spirituelles Leben zu führen, es aber dennoch nicht mal annähernd geschafft hat, seine grundsätzliche Abscheu dem gesamten Menschengeschlecht gegenüber abzulegen. Ich sage, dass mein kleiner Freund und ich gern eine Probe von vier verschiedenen Ölen nehmen würden: Palisander, Sandelholz, Adlerholz und Eichenmoos. Es gibt hier genug Ähnlichkeit, um eine genaue Differenzierung erforderlich zu machen, und genug Unterschiede, um eine Identifikation durch eine ungeschulte Nase zu ermöglichen. Die Frau stellt die Flakons in einem Abstand von etwa zehn Zentimetern auf die Glastheke. Dann zieht sie die Korken heraus und sieht mich auf eine Art an, die verdeutlicht, dass ihr dieses Spiel keinen Spaß macht.

»Ist Max in einem hiervon?«, frage ich Noah.

Pflichtbewusst hebt er einen Flakon nach dem anderen unter die Nase. Ich beobachte seine Reaktion. Ein Kopfschütteln, ein Naserümpfen, ein zweites Schnuppern, ein Stirnrunzeln oder ein Lächeln. Beim dritten Flakon sagt er, »das ist er«. Ich bitte ihn, sich Zeit zu lassen, ganz sicherzugehen. Mit großem Ernst schnuppert er auch an dem vierten Flakon, geht dann die Reihe entlang zurück. »Es ist ganz klar der hier«, sagt er. Adlerholz.

Super. Jetzt weiß ich es. Max ist in meine Wohnung eingebrochen, hat dabei einen Hauch seines Eau de Cologne mit starkem Akzent auf der Basisnote hinterlassen. Gar keine Frage, dass Johnny ihn geschickt hat, der genau wusste, wo ich für etwa eine

Stunde sein würde. Kein Wunder, dass Johnny mich unbedingt zu sich nach Hause einladen wollte. Aber Max hat das Handy nicht gefunden. Es befindet sich in meinem Besitz, und nur Noah und ich haben die darauf gespeicherten Fotos gesehen – Beweise für keine-Ahnung-was. Ich vermute, dass Max bei der Suche nach dem Telefon über Thomasina und ihren Treuhandfonds gestolpert ist und beschlossen hat, mit ihr zu flirten.

Ich versuche, gelassen zu reagieren, allerdings gelingt es mir nicht, den eindringlichen Unterton aus meiner Stimme rauszuhalten. »Komm schon, Noah. Gehen wir nach Hause.«

»Moment. Kann ich noch ein paar riechen?«

»Ja, ich denke schon. Ich meine, natürlich kannst du.« Er hat sich für seine Geduld etwas Spaß verdient, und auf ein paar Minuten kommt es jetzt auch nicht mehr an.

Es gelingt mir, der Inhaberin ein süßes Lächeln zuzuwerfen. »Können wir bitte einige Blumendüfte probieren? Rose und Jasmin. Und einige Früchte – Grapefruit, Orange, Mango. Wie wär's mit Patschuli, Balsam, Vanille? Und haben Sie zufällig auch Zibet?«

Die Inhaberin stellt die Auswahl missmutig zusammen.

Noah riecht gründlich und sehr bewusst, wie ein Connaisseur bei der Weinverkostung. Wahrscheinlich hat er bislang seine Nase noch nie voll erfahren. Jeden Duft registriert er mit einem kleinen Nicken. Als er das Zibet in die Hand nimmt, reißt er den Kopf jäh zurück. »Oh weh!«

Ich lächle. »Willst du was Verrücktes hören?«

»Ja.«

»Das stammt vom Anus der Zibetkatze.«

»Anus?«

»Hintern.«

»Mann!« Noah bekommt große Augen.

»Ziemlich schräg, hm? Es ist ein ganz normaler Bestandteil

von Parfüms. Stell dir mal vor, all die schicken Ladys, die sich Shalimar und Chanel No. 5 hinter die Ohren tupfen, reiben sich tatsächlich Katzenpopo hinters Ohr.«

»Cool!«

Die Inhaberin knurrt fast und beginnt eilig ihre Flakons wieder zu verkorken. Doch für Noah ist der Ausflug durch diese obskure, aber auch irrelevante Tatsache ein voller Erfolg.

Zu Hause fülle ich zwei Becher mit heißer Schokolade. Noah kippt noch eine Handvoll winziger Marshmallows in seinen Becher. Ich frage ihn, ob ich die Fotos an meinen Computer schicken und von seinem Telefon löschen darf.

Sein Blick verfinstert sich. »Nein. Die gehören mir.«

»Okay. Alles klar.« Noah besteht nicht sehr häufig darauf, seinen Willen durchzusetzen, aber wenn er es tut, ist es sehr schwer, ihn umzustimmen, besonders, wenn er im Recht ist. Die Bilder wurden ihm von seinem Vater geschickt. Natürlich will er sie nicht preisgeben. Besser, ich ziehe erst mal den Kopf ein und komme später wieder darauf zurück. Zum Glück wechselt er selbst das Thema, wenngleich nicht auf sicheren Boden.

»Warum willst du wissen, wie Max riecht?« Er berührt den Rand seines Bechers, trinkt jedoch nicht. Er wartet gern, bis die Marshmallows klebrig geworden sind.

»Ich schätze … hmmm.« Er hat mich unvorbereitet erwischt, und ich weiß nicht, was ich antworten soll. Wahrscheinlich wird er Max noch öfter sehen, und ich möchte nicht, dass er Angst vor ihm hat.

»Warum, Pirio? Warum wolltest du das wissen?« Er sitzt stocksteif da, genau wie Thomasina, kurz bevor sie explodiert.

Ich sehe nicht, wie ich mich herausmanövrieren könnte.

»Ich habe sein Eau de Cologne in meiner Wohnung gerochen. Ich glaube, er war mal hier und hat nach deinem Handy gesucht, als ich nicht zu Hause war. Deshalb wäre es besser, wenn wir die Fotos von deinem Handy runterholen und sie stattdessen an meinen Computer schicken.«

Er senkt den Kopf. Er legt seine Lippen an den Becher und schlürft. Der Kakao spritzt auf den Tisch. Er pustet hinein, macht Blasen, schindet Zeit. Er weiß, ich verschweige eine ganze Menge. Er weiß ebenfalls, dass auch ich ziemlich stur sein kann. Mit direkten Fragen wird er wahrscheinlich nicht sehr weit kommen, und es gibt ohnehin viel zu viele Fragen. Er weiß nicht, wo er anfangen soll. Er scheint zu einer Entscheidung zu gelangen, hebt den Kopf und stellt die eine Frage, die er wirklich stellen will. »Wird meine Mom ihn heiraten?«

»Schwer zu sagen. Sie haben sich ja gerade erst kennengelernt. Manchmal sind Erwachsene am Anfang einer Beziehung ganz hin und weg, dann verläuft es sich aber.«

»Sie fragt aber dauernd, ob ich ihn mag. Sie sagt, er ist wirklich richtig nett und ich müsste ihm eine Chance geben. Aber ich mag ihn nicht. Ich will, dass er weggeht.« Er hat die Fäuste geballt, aber in seiner Stimme ist die Verletzlichkeit deutlich zu hören.

»Ach, Noah. Im Moment ist alles ein ganz furchtbares Chaos. Eine Menge Dinge müssen geregelt werden. Mit Max, mit deiner Mutter. Mit all den Sachen, die gerade passieren. Im Moment müssen wir einfach eins nach dem anderen machen. Die Fotos, zum Beispiel. Erlaubst du mir bitte, dass ich sie von deinem Handy runterhole und auf meinem Computer speichere, wo du sie dir wann immer du willst ansehen kannst?«

»Das sind meine! Das sind *meine*!«

»Tut mir leid, Noah. Ja, es sind deine.«

»Du sagst mir nicht, was los ist! Was sind das für Bilder?

Warum sagst du es mir nicht? Warum sagt mir keiner irgendwas? Jeder hat Geheimnisse, und keiner interessiert sich für *mich*!«

»Ach, Noah. Du bedeutest mir was. Du bedeutest mir sogar sehr viel.« Ich möchte ihn in die Arme nehmen, aber er ist viel zu wütend. Seine Augen lodern, und seine Stimme ist ganz rau vor aufgewühlten Emotionen.

»Tust du gar nicht! Tust du gar nicht, Pirio! Du interessierst dich gar nicht für mich!«

»Bitte, Noah.«

»Warum darf ich dann nicht bei dir wohnen? Ich kann auf der Couch schlafen. Ich mache auch selbst sauber, und ich bin auch ganz still und leise, versprochen. Ich *versprech's* dir, Pirio!«

»Ach, Noah.« Tränen steigen mir in die Augen. »Ach, Süßer.«

Es folgt eine unheimliche Stille. Sein Blick ist offen, voller Schmerz und Hoffnung. Mir dreht sich der Magen um angesichts der harten Worte, die ich nun sagen muss. »Ich werde immer deine Freundin sein, Noah. Und ich hoffe, du wirst auch immer mein Freund sein. Ich möchte, dass wir beide allerbeste Freunde sind, solange du das willst.«

Er atmet scharf durch die Nase ein, hält die Luft an, die Brust gereckt. Dann fegt er mit dem ganzen Arm beide Tassen Kakao vom Tisch. Sie knallen gegen einen niedrigen Schrank und zerbrechen. Porzellansplitter liegen in einer sich ausbreitenden Lache auf dem Boden, überall Kakaospritzer.

In seinen Augen sehe ich Thomasinas Leidenschaft. Und etwas Solides, Ehrliches und Mutiges. Wie bei Ned.

»Ich hab dich lieb, Noah.« Die Worte sind draußen, bevor ich sie zurückhalten kann, die Worte, die ich nicht sagen wollte. Und all die Worte, die danach kommen – die danach kommen *müssen*, wenn sie wahr und bedeutsam sein sollen –, warten in meiner Kehle.

»Pirio, ich hab dich auch lieb.« Dann liegt er in meinen Armen, und wir drücken und wiegen uns still.

Ich streiche ihm die Haare aus den Augen. »Noah, jetzt hör mir mal zu. Ich verspreche dir, ich werde mich um dich kümmern, falls irgendwas … jemals … passiert.«

Da. Es ist draußen. Das Versprechen ist gegeben. Es gibt kein Zurück mehr.

Er wird ganz still und ruhig, als hätte er mich nicht gehört. Aber ich weiß, er hat.

Ein Frieden legt sich über uns beide.

Als er an diesem Abend schläft, rufe ich Thomasinas Mobilfunknummer an. Ungefähr zwanzigmal. Ich hinterlasse fünf oder sechs Nachrichten, dränge sie, mich zurückzurufen, und beruhige sie, mit Noah sei alles in Ordnung. Schließlich rufe ich das Hotel an. Sie haben unter ihrem Namen eingecheckt, was mir komisch vorkommt, bis ich begreife, dass sie wahrscheinlich zahlt. In ihrem Zimmer meldet sich niemand, also hinterlasse ich eine weitere Nachricht beim Concierge.

Ich gehe mit Noahs Handy in mein Schlafzimmer und maile die Fotos an meinen Computer und mein iPhone. Anschließend lösche ich sie von seinem Telefon. Morgen werde ich Noah sagen, was ich getan habe. Ich werde ihm erklären, dass ich die Fotos zurückgebe, sobald ich herausgefunden habe, was auf ihnen zu sehen ist. Bis dahin können wir es nicht riskieren, dass Max sie findet. Ich werde ihm sagen, ich sei ziemlich sicher, dass sein Dad genau das von uns erwartet hätte. Ich hoffe, Noah wird das okay finden.

Kurz vor Tagesanbruch geht der Vibrationsalarm meines Mobiltelefons los.

»Pirio, bist du das?« Ihre Stimme klingt matt und weit weg.

»Wie ist der Roulettekessel zu dir?«, frage ich noch schlaftrunken.

»Ich bin nicht mehr da. Ich bin zu Hause.«

»Du bist zu Hause? Wann bist du zurückgekommen?«

»Vor ein paar Stunden.«

Die Angst setzt ein, sie braucht inzwischen nur noch wenige Sekunden. »Was meinst du damit?«

»Schläft Noah?«

»Natürlich schläft er. Es ist fünf Uhr früh. Er liegt auf der Couch im Wohnzimmer.«

»Wie geht's ihm?«

»Prima«, antworte ich angespannt. Sie steckt offenbar in Schwierigkeiten. »Was ist los?«

Ein tiefes Seufzen, aus dessen Mitte ein Schluchzen perlt. »Ich hab Scheiße gebaut. Aber so richtig.«

Ich höre zu, während sie leise weint. Ich bin wütend, obwohl ich nicht ganz sicher bin, warum. Und müde.

»Bitte, Pirio. Ich weiß, was du jetzt denkst.«

»Möchtest du herkommen?«

»Ich will nicht, dass Noah mich so sieht.« Wieder diese winzige Stimme, das erstickte Schluchzen.

»Wo ist Max?«

»Er hat mich verarscht. Oh, mein Gott, was hat er mich verarscht.«

Meine Magengrube möchte sich am liebsten aus dieser Unterhaltung verdrücken. Meine Schädeldecke möchte abzwitschern. Ich denke daran, wie schön warm es in meinem Bett ist und dass ich mich an diesem Morgen nicht mehr hineinlegen werde.

»Ich nehme an, er ist nicht bei dir, oder?« Sie wirkt ziemlich nüchtern. Zum Kotzen nüchtern.

»Wenn er da wäre, würde ich ihm das Herz herausreißen und es ihm in den Rachen stopfen.«

Jetzt drehe ich langsam durch. Zuckersüßes Mitleid und boshafter Sarkasmus liefern sich in mir einen Kampf. Das Mitleid möchte herausbrüllen: *Ach, Thomasina, warum musst du dir diese saudumme Scheiße nur immer wieder antun? Als wäre dein Leben eine einzige lange Fahrt mit dem Fahrstuhl ganz nach unten.* Der Sarkasmus legt mir keine Worte in den Mund, sondern macht sich lediglich durch den ihm eigenen bitteren Beigeschmack bemerkbar.

Erschöpft frage ich nach, was passiert sei, und Thomasina erzählt mir ihre Geschichte. Sie ist langatmig, verwickelt und voller Rechtfertigungen. Wahrscheinlich ist sie auch teilweise falsch, da sie nach einem Alkoholnebel und dem herben Schock der Demütigung speziell für mich montiert und abgepackt wurde. Ich möchte mich nicht in dieses Drama hineinziehen lassen – Ma'am, *bitte nur die Fakten* –, kann es aber nicht verhindern. Ich möchte immer noch an Thomasina glauben, möchte sie immer noch aus ihrer finsteren Höhle kriechen und gewinnen sehen. Die Hoffnung stirbt zuletzt, auch wenn sie schon ziemlich ramponiert ist. Meine unverwüstliche Hoffnung kann Freundschaft sein, aber auch Verdrängen.

Lange Rede, kurzer Sinn: Thomasina hatte einen Schwips und hob zehntausend Dollar von ihrem Girokonto ab, um sich ein silbernes Aphrodite-Kleid und ein paar coole Accessoires zu kaufen. Den Rest setzte sie an einem Pokertisch, an dem mit hohen Einsätzen gespielt wurde. Sie gewann, verlor, gewann, verlor. Verließ den Tisch in etwa mit der gleichen Summe in ihrer schmalen Satin-Clutch, mit der sie gekommen war. Fühlte sich ziemlich gut. Sie war schließlich kein Dummkopf. Sie war Daddys kleine Zockerin mit einem Köpfchen wie ein flotter Mikroprozessor und genau der richtigen Portion Mut. Und diesen Augenblick nutzte der clevere Max, machte sie betrunken, kippte irgendetwas in ihr Glas, das sie völlig durchdrehen ließ.

Er hatte sie quasi zurück aufs Zimmer tragen müssen, wo sie dann auf dem Bett in Tiefschlaf fiel. Als sie wieder aufwachte, lag die Satinhandtasche geöffnet auf der Kommode, nur noch ein Lippenstift darin. Max' Kleider waren aus dem Schrank verschwunden. Sie rief ihn auf seinem Mobiltelefon an. Wie sich herausstellte, war er bereits wieder in Boston. Erzählte ihr, sie habe einen Blackout gehabt und ihr gesamtes Geld verspielt und ihm mit ihren Fingernägeln das Gesicht zerkratzt, als er versuchte, sie von dem Spieltisch wegzuziehen. Sagte, sie sei eine kranke, gefährliche Frau und er wolle sie nie wiedersehen.

Ich steige aus dem Bett und gehe leise in die Küche, um Noah nicht zu wecken. Ich halte den Hörer immer noch ans Ohr gedrückt, auch wenn am anderen Ende nichts als Rechtfertigungen und Selbstmitleid zu hören sind. Ehrlich gesagt, bin ich erleichtert. Sie hat lediglich Geld verprasst, es geht nicht um Fahrerflucht oder eine Festnahme wegen Drogenbesitzes. Ich schenke mir ein Glas Milch ein und nehme ein paar Minzkekse aus einer Schachtel Girl Scout Cookies.

Thomasina räuspert sich und fragt, ob ich wissen möchte, was wirklich passiert ist.

»Ja, klar.« *Erzähl jetzt besser keinen Müll.* Ich beiße in einen Keks.

»Der Dreckskerl hat mein Geld geklaut. Ich habe sogar unter meinen Fingernägeln nachgesehen, um ganz sicher zu sein, und da war nicht ein Hautfetzen!«

Worüber ich nur den Kopf schütteln kann. Sie hat's echt drauf.

»Glaubst du mir?«, fragt sie kleinlaut, aber dennoch fordernd.

Ich wische ein paar Krümel beiseite, trinke einen Schluck Milch aus dem kühlen Glas und stelle es auf den Küchentisch. Glaube ich ihr? Thomasina ist es absolut zuzutrauen, zehntausend Dollar in einem Blackout zu verzocken, auch schon wenn sie nur ordentlich abgefüllt ist. Wenn Max mit einem zerkratzten Gesicht davongekommen ist, hat er Glück gehabt, angesichts dessen, wozu sie meines Wissens fähig ist. Aber Max ist auch kein Engel. Er hat sie die ganze Zeit angelogen. Sollte er im Zuge seines zwielichtigen Vorhabens – welcher Art es auch immer sein mag – tatsächlich echte Gefühle für sie entwickelt haben, dann ist er dumm wie Brot. Denn welcher vernünftige Mensch möchte schon mit einer Frau zusammen sein, die sich normalerweise vor dem Frühstück erbricht? Außer, man hat es darauf abgesehen, dass es bei ihr immer genug Alkohol und Drogen und schicke Zockerklamotten gibt. Und wenn man sie heiratet, hätte man natürlich automatisch Zugriff auf all die Kohle, die jeden Monat von ihrem Treuhandfonds überwiesen wird. Kohle, die sie zur Hälfte gar nicht braucht und sich einfach auf ihrem Konto ansammelt, weswegen eine Entnahme in Höhe von zehntausend Dollar auch keine so große Sache ist. Fakt ist, Thomasina fleht die Welt geradezu ständig an, sie auszunutzen.

»Pirio? Bist du noch da?«

»Ich denke nach. Ich rufe dich wieder an.« Ich beende das Gespräch und sehe nach Noah. Er schläft auf der Seite, atmet ruhig, dunkle Wimpern ruhen auf bleichen Wangen. Ich kehre in mein Zimmer zurück, setze mich aufs Bett, trinke die Milch aus, esse den letzten Keks. Ich gehe duschen, ziehe mich an und rufe Thomasina zurück.

»Was zum Teufel soll ich deiner Meinung nach mit all dem Scheißmüll, den du gerade bei mir abgeladen hast? Dein Geld oder deine blöde kleine Affäre sind mir scheißegal! Ich bin es ja so was von leid, dass du dauernd Scheiße baust. Es reicht, ich will nicht mehr. Verdammt noch mal, Thomasina! Das nächste Mal ruf bitte jemand anderen an!« Ich drücke wütend auf die Beenden-Taste, und mir ist danach, das Telefon einfach gegen die Wand zu knallen.

Zwei Sekunden später vibriert es wieder. »Okay, okay. Ich hab's verdient. Du hast absolut recht, sauer zu sein. Bitte, mach, brüll mich an. Sag mir, dass ich eine nichtsnutzige Nutte bin.«

»Warum? Damit du in Selbstmitleid zerfließen und in noch mehr Schnaps ertrinken kannst?«

»Du hasst mich jetzt, stimmt's? Ich habe dich als Freundin verloren. Jetzt hasst du mich auch noch, genau wie alle anderen.«

Ich beiße nicht an. Ich hasse sie nicht. Ich kann es nicht. Ich vermisse einfach nur die alte Thomasina, die Frau, auf die irgendetwas Gutes zu warten schien.

»Zieh dich nicht zurück, Pirio. Das machst du sonst immer. Du wirst so kalt, so distanziert. Ich fühle mich wie nach Sibirien verbannt. Das ist viel schlimmer als Geschrei. Bitte, brüll und schrei, wenn du sauer bist. Hau auf den Tisch, irgendwas. Ich hab's verdient, runtergemacht zu werden.«

»Gib Galahad noch ein bisschen mehr Zeit mit dir. Ich mach jede Wette, er legt noch mal nach.«

»Das war gemein.«

»Du hast es nicht anders verdient. Das und noch mehr.«

»Du bist der einzige Mensch, mit dem ich reden kann.«

»Wirklich? Wo ist denn Madame Jeanne?«

»Ich hasse es, wenn du so sarkastisch bist.«

»Ich? Oh, richtig. Reden wir über mich. Zuerst bin ich kalt. Jetzt sarkastisch. Man könnte meinen, ich wäre hier die mit dem Problem.«

»Tut mir leid. Ich gehe zu den AA.«

»Wer's glaubt, wird selig.«

»Werde ich. Ich habe zehn Tage nichts getrunken. Hab ich wirklich, und ich kann's wieder tun. Noah zuliebe.«

»Nicht für Noah. Für *dich selbst.* Weil du nämlich Scheiße noch mal besser bist als das hier, und das weißt du auch. Zuerst machst du es für dich selbst. *Dann* für Noah.«

»Ja, du hast recht. Für mich.« Ihre Stimme ist ganz klein, probiert es mit Selbstachtung. Eine Pause, dann ein versuchter Rückzieher. »Ich hab eigentlich gar nicht so viel getrunken, als ich an dem Pokertisch saß. Nur ein p-«

»Oh, bitte. Stopp. Wenn du diesen Satz zu Ende sprichst, schwöre ich dir, werde ich nie wieder auch nur ein Wort mit dir reden.«

»Du hast ja recht. Es tut mir leid. Kann ich rüberkommen?«

»Ja.«

Kurzes Schweigen, ein Seufzer. »Ich hab Angst, Pirio, dass ich es nicht schaffe. Ich habe es schon so viele Male versucht. Und jetzt hasst mich jeder. Ich kann mich selbst nicht ausstehen …«

Der Anruf wird unterbrochen, während sie noch redet, aber nicht ich habe aufgelegt.

Ich setze mich an den Küchentisch und warte auf sie.

Wenn Thomasina betrunken ist, dann ist sie grauenhaft emotional. Das ist natürlich nicht schön, aber auch nicht besorgniserregend. Denn immerhin, es ist ja nur Trunkenheit. Der Zustand jedoch, in dem sie sich jetzt befindet – das ist etwas anderes. Dieser Krank-nüchtern-verkatert-Zustand ist der Moment, an dem ihr etwas zustoßen könnte. Wenn sie sich ihrer Plattitüden bewusst und auch klar genug ist, dass sie ihr peinlich sind; wenn sie nach Vergebung lechzt, die sie – wie sie selbst nur zu genau weiß – nicht verdient; wenn sie sich nach Klarheit sehnt und dann ihr erstklassiges logisches Denken einschaltet, um der ganzen Welt die Schuld zu geben, dabei weiß sie genau, dass sie sich anlügt. Ich will gar nicht darüber nachdenken, was ihr alles passieren könnte. Ich hoffe nur, dass sie bald hier ist, damit ich aufhören kann, mir Sorgen zu machen. Anschließend werde ich froh sein, wenn sie wieder geht. Ein Paradox, das sicher jeder versteht.

Noah taucht in der Tür auf. Barfuß, zart gebaut. Zweifellos

auch hungrig. Noch ein Beweis dafür, wie schlecht ich für die Erziehung von Kindern geeignet bin: Allein das dreimal tägliche Füttern eines Kindes scheint mir eine sehr mühselige Angelegenheit zu sein.

Ich mache Toast und schenke Orangensaft ein. Während er isst, erfinden wir eine Geschichte über einen Gnu-Jungen. Der Plot umfasst tolle Figuren und Situationen, die auf der Reihe zu behalten ich so meine Probleme habe. Altmodisch, wie ich bin, erwarte ich, dass die Geschichte damit endet, dass der Gnu-Junge reich wird wie ein Scheich und das attraktivste Gnu-Mädchen heiratet, doch Noah lenkt den Plot in eine andere Richtung. Das Gnu baut eine riesige Maschine, die »alles« kann – also eine Menge Kriegführung und ein bisschen Bergbau. Er zeichnet sie. Das Ding hat stählerne Arme und Beine, integrierte Winden, Antennen und einen quadratischen Roboterkopf. So eine Maschine ist für mich der reinste Horror, für Noah aber ein Höhepunkt der Evolution. Wahrscheinlich stellt er sich vor, er stecke selbst darin, unüberwindbar.

Thomasina kommt mit sittsam gesenktem Blick. Sie trägt ihr voluminöses schwarzes Cape. Noah umarmt sie glücklich und erzählt ihr aufgeregt vom After der Zibetkatze. Sie lächelt, tätschelt seinen Kopf, sagt nicht viel. Ich werde sie später anrufen, um ihr von Max und Johnny und den Aufnahmen zu erzählen, die Ned auf Noahs Telefon geschickt hat. Vielleicht wird es sie trösten, dass ihr Ex-Freund ein zwielichtiges Arschloch ist.

Wir bestellen Chinesisch, lassen es uns bringen und teilen die Rechnung. Noah ist begeistert, weil es Sonntagmorgen ist und das kein normales Frühstück ist. Thomasina drückt dem freudestrahlenden Lieferjungen ein fettes Extra-Trinkgeld in die Hand. Die Geste verärgert mich, aber ich schenke es mir, darüber nachzudenken, warum eigentlich.

KAPITEL 21

Seit zehn Minuten stehe ich im kleinen Flur des Hauses 180 Salem Street und drücke auf die Klingel von Nummer 4. Jetzt müsste ich nur noch einsehen, dass er nicht zu Hause ist. Aber ich bin den ganzen Weg hergekommen, und ich will ihn unbedingt treffen. Also drücke ich wieder. Immer noch keine Reaktion. Sein Telefonanschluss funktioniert nicht mehr. Wenn er eine neue Nummer hat, warum lässt er mich das nicht wissen? Ich gehe auf dem Marmorboden auf und ab, nicht bereit aufzugeben. Die schwere Glastür zur Straße sperrt alle Geräusche aus. Autos gleiten lautlos vorbei, wie Fische in einem Aquarium. Ein undeutliches Bild steigt in mir auf – von Russell Parnell, der mitten in der Nacht durch dieses Foyer geschleift, zu einem verlassenen Grundstück hinter einer stillgelegten Fabrik gebracht, zu Brei geschlagen und schließlich ins Hafenbecken geworfen wird.

Ich stoße meinen Daumen auf den Klingelknopf und lehne mich dagegen, als würde dieser zusätzliche Druck irgendetwas bewirken. Ich drücke ein Morsealphabet-Kauderwelsch – lang, lang, kurz, lang, kurz. Etwa eine Minute später beruhige ich mich wieder.

Vier filigrane Briefkästen aus Messing sind in die Wand eingelassen. Sie sind so alt, dass die Kanten der Briefschlitze – von all der Post, die durch sie hindurchgeworfen wurde – einen matten Goldton haben. Ich versuche, zwei Finger in den Briefkasten mit der Nummer 4 zu stecken, doch wie zu erwarten ohne Erfolg. Eine irrationale Wut steigt in mir auf. Selbst sein Briefkasten verweigert mir den Zutritt. Ich drücke meine Wange gegen die Wand und versuche, aus einem schrägen Winkel in den Kasten zu schauen. Absolut lächerlich. Ich reiße ein Stück von einem *Katze vermisst*-Blatt an der Wand ab, kritzle meinen Namen darauf und stecke es in den Briefkasten. Zumindest weiß er so, dass ich hier war.

Auf dem Nachhauseweg springe ich kurz in den Quincy Market und besorge ein paar Sachen, die ich brauche: warme Socken, Schuhe mit Gummisohlen, Regenkleidung. Godiva-Schokolade und eine kurze Zigarre. Eine Pilotenbrille von Ray-Ban. Beim Verlassen des Geschäfts denke ich darüber nach, wie schnell ich sie wohl verlieren werde, und mache kehrt, um mir eine zweite Sonnenbrille zu kaufen. Dann schleppe ich meine Taschen ein paar Blocks nach Westen zu einem Fotoladen an der Tremont Street, wo ich mich für eine Minolta SR-T 102 entscheide, die wie ein kleiner Apfel in meine hohle Hand passt. Nach einem ausführlichen Gespräch mit dem Verkäufer nehme ich auch noch einen ultrakompakten, absolut wasserdichten HD-Camcorder Kodak PlaySport und eine Speicherkarte, die so winzig ist, dass man sie mühelos überall verstecken kann.

Zu meiner Erleichterung ruft er an diesem Abend an, allerdings nicht, weil er den Zettel gefunden hat. Er hat auf meinen Rat gehört und die Wohnung in der Salem Street aufgegeben, da er einen weiteren Zusammenstoß mit Johnny und seinen Jungs vermeiden wollte. Er hat auch eine andere Telefonnummer. Nun ist er in einem schäbigen Wohnheim in Charlestown, sagt er entschuldigend. Ein vorübergehender, schnell zu organisierender Unterschlupf, man braucht kein Auto, um dorthin zu gelangen, erklärt er. Seine leichte Verlegenheit wegen der billigen Bude hat einen gewissen Charme.

Ich eröffne ihm, dass ich mit Caridad Jaeger gesprochen habe. »Sie hat mir alles erzählt.«

Schweigen. »Können Sie morgen früh vorbeikommen?«

Mir fällt mein Job ein. »Morgen nach der Arbeit«, sage ich.

Es ist ein riesiges altes Haus, früher großzügig und elegant, heute aufgeteilt und glanzlos wie eine Moskauer Villa nach Übernahme durch die Bolschewiken. Der Manager trägt einen gelben Turban und sitzt hinter einem vergitterten Fenster in einem kleinen Raum. Er arbeitet mit einem Bleistiftstummel an einem Kreuzworträtsel, während in einem alten Fernseher ein aufgeblasener Talkshow-Gastgeber eine vernichtende Kritik ablässt. Ich will ihn gerade ansprechen, als am Rande meines Blickfelds eine Gestalt auftaucht. Es ist Parnell, der sich lautlos wie eine Katze bewegt. Wortlos führt er mich durch einen Hintereingang, über einen Parkplatz zu einem Diner die Straße hinunter. Wir setzen uns in eine Nische im hinteren Teil des Lokals. Klebriges rotes Vinyl, Risse mit Klebeband geflickt. An der Theke hocken zwei bullige Typen und eine Asiatin in einem roten Wollmantel. Die Kellnerin kommt herüber, wir bestellen zwei Kaffee, und sie verzieht sich wieder.

Parnell platzt damit heraus, dass er sich eine Schusswaffe gekauft hat. Schiebt sie nachts unter sein Kopfkissen, trägt sie tagsüber in einem Halfter am Knöchel. Er sagt, es sei eine .38er Colt Mustang mit einer Gesamtlänge von rund dreizehn Zentimetern. Mit vollem Magazin wiegt sie unter einem Pfund. Er zuckt gleichgültig mit den Schultern, räumt ein, dass diese Details eigentlich unwichtig sind; er macht nur Konversation. Doch seine Ausstrahlung hat eine neue Schärfe gewonnen: Bartstoppeln lassen die untere Hälfte des Gesichts dunkler erscheinen, und in seinen Augen liegt ein wild entschlossener Blick. Er hat keine Erfahrung mit solchen Situationen, und das weiß er auch.

Neugierig frage ich, ob ich die Waffe mal sehen könne.

Er neigt den Kopf, und ich gehe auf der Sitzbank in die Waagerechte. Unter dem Tisch zieht er sein Hosenbein hoch. Die Waffe ist schwarz und silbern und so klein, dass sie wie ein Spielzeug aussieht.

Ich setze mich wieder auf. Ich will sagen: *Machen Sie sich keine zu großen Sorgen. Ich kenne John Oster. Er ist kein Killer. Ein Arschloch, ja. Ein abgefuckter Irrer, ja. Steht drauf, außer der Reihe skrupellos Wale im Nordatlantik zu jagen wie Ahab, ja. Aber ein Mörder ist er nicht.* Das will ich sagen. Aber ich weiß nicht, ob ich damit recht habe.

Die Kellnerin bringt unseren Kaffee. Wir nehmen ihn beide schwarz, also haben unsere drei gesunden Hände nichts zu tun. Mein Blick wandert zu den Fingern von Parnells linker Hand, die sich um den Porzellanbecher legen. Beinahe ist es zu intim, sie anzusehen. Eine Hand mit lebendigen Fingern, eine Hand, die anfassen kann. Ich reiße ein Zuckertütchen auf, dann noch eines.

»Wir brauchen Beweise«, sage ich.

Er stockt nicht bei dem Plural, setzt ihn aber auch nicht fort. »Ja, ich weiß. Aber wie komme ich da ran? Das ist der Punkt, wo es hakt. Ich brauche Orte und Daten. Alles, sämtliche Akteure, die ganze Geschichte. Bislang habe ich gar nichts.«

»Irgendwer muss an Bord der *Sea Wolf.*«

»Daran habe ich auch schon gedacht. Aber die wissen jetzt, wer ich bin.« Er fügt nicht hinzu, dass er wegen seiner Hand ohnehin ausscheidet.

»Ich mache das.«

»Was? Sie?«

»Warum nicht?« Ich schiebe den verstreuten Zucker zu einem kleinen Haufen zusammen.

Er sieht wenig erfreut und verlegen aus. »Sie sind kein Fischer.«

»Ich hab schon Hummer gefischt, oder? Ich denke, ich bin bereit für einen größeren Fang.« Ich versuche, den Zucker in meine Hand zu schieben, aber das meiste fällt auf den Boden.

»Die werden Sie nie an Bord lassen.«

»Klar tun sie das. Es gibt ein paar Frauen auf den Schiffen.«

»Sie haben aber keinerlei Qualifikationen.« Ein kühles Funkeln in seinem Auge. Er glaubt, jetzt hat er mich.

»Ich kann kochen.« Irgendwie. »Und die Verarbeitung kann ja auch nicht so schwer sein.«

»Ich bitte Sie. Warum sollte Ihr Freund, dieser John, einwilligen, Sie mit auf seine geheim gehaltenen Fahrten zu nehmen?«

»Ich bin eine alte Freundin. Er mag mich. Wir kennen uns schon ziemlich lange.«

Parnell schnauft. »Das reicht nicht.«

»Wird es aber, wenn ich hinzufüge, dass ich weiß, was los ist. Ich werde sagen, Ned hätte vor seinem Tod Thomasina die ganze Geschichte erzählt, und sie wäre schließlich eingeknickt und hätte sie mir weitererzählt. Johnny wird keine Schwierigkeiten haben zu glauben, dass Thomasina Neds Geheimnisse ausplaudert. Ich werde ihm sagen, ich will auf Waljagd gehen, weil ich mich langweile und unbedingt mal wieder etwas Aufregung in mein Leben bringen muss. Es wird ihm nicht schwerfallen, auch das zu glauben. Wenn ich's mir recht überlege, habe ich ihm schon mal erzählt, dass ich noch mal auf Fischfang gehen wollte, um so meine posttraumatische Belastungsstörung in den Griff zu bekommen. Aber glauben Sie mir, er wird nicht lange darüber nachdenken. Als ich sagte, er mag mich, meinte ich, er mag mich *sehr*. Genau genommen bin ich ziemlich sicher, dass er jede Gelegenheit beim Schopf ergreifen wird, mich mitzunehmen.«

Parnells Augen blitzen klug, als er über die Vorzüge meiner Idee nachdenkt. »Und wenn Sie sich irren?«

»Tue ich nicht. Johnny hat keinerlei Veranlassung, mir zu misstrauen. Ich bin das im Kopf schon Hunderte Male durchgegangen.«

Bei einem kurzen Blick aus dem Fenster, ich betrachte die im morgendlichen Sonnenschein vorbeifahrenden Autos, kommt mir der Typ vor dem Bank of America Pavilion in den Sinn, das braune Auto, das in der Nähe des Cafés an der Beacon Street parkte. Aber ich habe ihn seitdem nicht mehr gesehen, in dem braunen Auto saß niemand, als ich vorbeiging, und es ist mir auch nicht gefolgt. Das waren nur die Nerven, mehr nicht. Ein sich anschleichendes, Angst schürendes Unbehagen. Das gleiche Gefühl hatte ich auch, als ich mit Mrs Smith um den Jamaica Pond spazierte, nur dass es an diesem Abend nicht mal ein bestimmtes Auto oder eine konkrete Person gab, die irgendwie suspekt gewesen wären.

Ich wende mich wieder Parnell zu und spreche aus, was keiner von uns aussprechen will. »Wenn er mich verdächtigen würde, dann würde er mich trotzdem mitnehmen, einfach um mich davon abzuhalten, mit den falschen Leuten zu reden.«

Parnell schiebt seinen Becher mit einer heftigen Bewegung von sich weg. »Dann säßen Sie also auf einem Schiff mit einem Kerl fest, der Sie loswerden möchte.« Den Rest lässt er unausgesprochen.

»Ja. Aber ich glaube nicht, dass es so kommen wird, und andere Möglichkeiten sehe ich nicht.« Ich kenne die damit verbundenen Risiken genau. Mein Herz ist quasi stehen geblieben bei der Aussicht, schon wieder ein verlorener menschlicher

Punkt auf dem weiten Meer zu sein, meine Arme winken noch eine Weile, dann sind sie weg. Ich erinnere mich noch lebhaft daran, wie schwarz es unter Wasser ist, wie schauerlich kalt. Tatsächlich macht mir nichts mehr Angst als der Gedanke an das, was Parnell andeutet. Trotzdem kann ich nicht aufhören, daran zu denken, auf der *Sea Wolf* zu sein, kann nicht davor weglaufen, wie es ein vernünftigerer Mensch wohl tun würde. Seit dem Zusammenstoß hege ich die starrsinnige Überzeugung, dass es dort draußen auf dem Meer noch mehr für mich zu tun gibt, und dieses Gefühl wird von Tag zu Tag stärker. Irgendetwas tief in mir drängt mich wieder hinaus aufs Meer.

»Sie haben selbst gesagt, dass dieser Kerl gefährlich ist«, sagt Parnell streng. Seine Strenge fühlt sich nett an.

»Egal, ich habe Bilder.«

»Bilder?«

Ich nehme mein Telefon heraus und hole die Fotos auf den Bildschirm. »Einer von Johnnys Freunden ist in meine Wohnung eingebrochen, er heißt Max. Ich bin ziemlich sicher, dass er nach Fotos gesucht hat, die Ned kurz vor seinem Tod auf das Mobiltelefon seines Sohnes geschickt hat. Max hat das Telefon nicht gefunden, aber etwas später dann ich. Niemand außer mir und Noah und jetzt Ihnen weiß, dass die Fotos von Noahs Telefon auf meinen Computer und mein Telefon bewegt wurden. Schauen Sie mal. Diese drei Fotos wurden irgendwo an einem Strand geschossen.«

Ich schiebe mein Telefon über den Tisch.

Er beugt sich vor und starrt auf den Bildschirm, als würde er blind. »Wo ist das? Was sind das für Dinger?«

»Ich habe keine Ahnung.«

»Was ist mit den beiden anderen Aufnahmen?«

»Das Gleiche. Ich schicke sie Ihnen jetzt auf Ihr Telefon. Johnny muss nicht wissen, dass ich nicht die geringste Ahnung habe, was darauf zu sehen ist. Also können Sie, falls ich nicht zurückkommen sollte, die Fotos veröffentlichen, wenn *Sie* schlau draus geworden sind!«

Parnell schüttelt den Kopf über meinen unangebrachten Enthusiasmus, presst die Lippen schmollend aufeinander. Er wirkt wie ein zerknautschter Junge, der unfairerweise nicht zur Little League darf und sich stattdessen das Spiel der Mädels ansehen muss. Er gibt mir seine neue Nummer und starrt mürrisch auf den Bildschirm seines Telefons, bis meine Nachricht im Posteingang auftaucht.

»Ach, und noch was – Ned hat Noah ein Stück Walknochen geschenkt und ihm erzählt, er hätte Wale gejagt.«

Zum ersten Mal an diesem Tag leuchten Parnells Augen vor Aufregung. »Okay, jetzt haben wir was. Rizzo dachte eine Weile, es wäre ein Mordsspaß, mit reichen Typen auf Walfang zu gehen. Dann hat er aus irgendeinem Grund seine Meinung geändert und hat versucht auszusteigen. Was Dustin Hall gar nicht gefiel. Er musste Jaeger zufriedenstellen und konnte sich eine undichte Stelle nicht leisten. Wahrscheinlich hat er versucht, Rizzo zum Bleiben zu überreden. Vielleicht hat Rizzo gedroht, zu den Behörden zu gehen, oder auch nicht. Auf jeden Fall hat Hall ihm die *Molly Jones* gegeben, um ihn zum Schweigen zu bringen, und dann hat er ihn auf ihr umgebracht.«

»Ich bin Ihrer Meinung, mit der Ausnahme des letzten Teils.«

»In Ordnung«, sagt er schnell. »Wir werden das vorläufig als offene Frage so stehenlassen.«

»Das sind alles offene Fragen.«

»Sie gehen wirklich, stimmt's?« Er ist perplex, kennt mich aber inzwischen schon gut genug.

Plötzlich ist uns der Gesprächsstoff ausgegangen. Ich bemerke, dass ich mich nicht verabschieden will. Ich möchte lieber noch ein oder zwei Stunden mit ihm verbringen, vielleicht irgendwo in einem Park spazieren gehen, eine zwanglose, frei flottierende Unterhaltung führen, wie Menschen sie eben haben, wenn sie sich kennenlernen. Aber darüber kann ich jetzt nicht nachdenken.

»Sie sollten vor mir gehen, damit man uns nicht zusammen auf der Straße sieht«, sage ich.

Er starrt mich an und fügt sich dann, abrupt und wortlos.

Kaum ist er weg, da wünsche ich mir schon, ich hätte ihn nicht weggeschickt. Seine Kaffeetasse ist noch halbvoll. Und ich bin allein. Warum bin ich so oft allein? Aber auch darüber kann ich jetzt nicht nachdenken.

Ich gebe der Kellnerin ein Zeichen. Bestelle den Truthahn Spezial mit extra Preiselbeeren und Soße. Die Asiatin steht auf und beginnt, ihren roten Mantel zuzuknöpfen. Jetzt sitzt nur noch ein bulliger Mann an der Theke. Ich habe den anderen nicht gehen sehen, was mich beunruhigt. Ich muss anfangen, besser auf solche Dinge zu achten. Auf alles.

——

Eine dunkle, ruhige Lounge im Erdgeschoss eines Hotels. Die Flammen kleiner Kerzen flackern auf niedrigen Tischen. Keine Musik, dicke Teppichböden, eine perfekte Raumtemperatur von etwa zwanzig Grad. Eine Handvoll Männer und Frauen in dunklen Anzügen und Kostümen verteilt im Raum, sie schlürfen Cocktails nach der Arbeit. Eine gehobene Kneipe im Herzen des Bankenviertels ist so ziemlich der letzte Ort, an dem man den Oyster Man vermuten würde. Vielleicht hat er ihn gerade deshalb ausgesucht.

In diesem Licht verblasst sein rotes Haar zu goldbraun. Er trägt eine frische Jeans mit Ledergürtel, hat das schwarze T-Shirt hineingestopft. So macht er sich fein. Über der Lehne eines benachbarten Stuhls liegt ordentlich gefaltet eine Nylonjacke. Die Hand hat er um eine Flasche Amstel Light geschlossen.

»Ich achte aufs Gewicht«, erklärt er, als er meinen Blick auf die Flasche bemerkt. Sein Gesicht rötet sich, als er sich selbst hört. So reif. Ist er ein Langweiler geworden? Haben die Windeln, die Makkaroni mit Käse und die Skateboards im Flur seine männliche Arroganz auf dem Gewissen? Er lehnt sich in dem Polsterstuhl zurück. Lächelt unfroh, schlägt die Beine übereinander. Sagt, er freut sich, dass ich angerufen hab. Aber diesmal meint er es nicht so. Er blinzelt viel zu viel, und sein Gesicht ist völlig ausdruckslos.

Mein Bauch sagt mir, ich sollte besser sofort umdrehen und durch die noblen Türen des Hotels verschwinden. Aber ich setze mich und höre, wie ich bei der Kellnerin ruhig ein Glas Mineralwasser mit Kohlensäure bestelle. Vielleicht bin ich einfach zu stur, um die Warnungen meines Bauches zu beachten. Ich habe nur ein Blatt in der Hand, und das werde ich spielen. Das Spiel beginnt.

Nach ein paar Höflichkeitsfloskeln lege ich mit meiner Nummer los. Benehme mich ganz natürlich, baue ein paar Lacher und einige tief empfundene Seufzer ein. Die Logik meines Vorschlags entfaltet sich in aller Ruhe. Meine verschiedenen Beweggründe offenbaren sich nach und nach. Ich achte darauf, nicht zu viel zu erklären. Johnny erwartet von mir nicht, vernünftig zu sein, er mag auch keine vernünftigen Menschen. Er hat sich immer die Freiheit genommen, auf das zu reagieren, was ihn ruft, seien es Frauen oder Wale, und er versteht andere, die auch so ticken. Aber vormachen lässt er sich nichts.

Als ich fertig bin, sagt er mit einem schiefen Grinsen: »Ich wusste ja schon, dass du das Fischen magst, aber ich muss zugeben, das hab ich jetzt nicht erwartet. Aber, scheiße, überraschen tut's mich nicht. Immer noch verrückt, nach all den Jahren, stimmt's? Von wem ist das noch mal? Bob Dylan?«

»Paul Simon.«

»Ja, genau. Hab ihn nie gemocht. Aber du, du bist mir eine. Hast mehr Eier in der Hose als die Hälfte der Kerle, die ich kenne. Aber jetzt mal im Ernst. Willst du das wirklich machen? Bist du sicher?«

»Deshalb bin ich hier. Du kannst das doch für mich deichseln, oder nicht?«

»Aber sicher doch.« Er nickt mit Nachdruck, um seinen Einfluss zu unterstreichen. »Ein paar der Jungs könnten überrascht sein, dich zu sehen, aber ich werde ihnen einfach sagen, du warst dicke mit Rizzo, ich würde dich schon eine Ewigkeit kennen und so weiter. Bis vor ein paar Monaten hatten wir noch eine Frau in der Besatzung. Eine große, kräftige Lesbe namens Abby, aber die ist runter nach Florida umgezogen. Flabby Abby haben wir sie immer genannt. Du kannst doch kochen, oder?«

Ich nicke. Ich trage eine sehr enge Jeans, sehr hochhackige Stiefel und einen sehr tief ausgeschnittenen Pullover. Billiger und verführerischer krieg ich's nicht hin, ohne dass in mir das Verlangen wächst, mich zu übergeben.

»Was ist mit Dustin Hall? Muss er nicht auch einwilligen?«, frage ich.

»Nee. Das ganze operative Tagesgeschäft überlässt er mir. Alles, vor allem die Besatzung. Ich weiß, wem man trauen kann und wem nicht. Meine Jungs sind mir gegenüber loyal, sogar Käpt'n Lou. Hall geht ihnen voll am Arsch vorbei. Er ist viel zu sehr damit beschäftigt, Jaeger und den sogenannten Gästen in den Hintern zu kriechen. Jagdklub, so nennen sie das. Wie ein Haufen britischer Schwuchteln. Warte, bis du sie siehst. Nicht einer von denen ist normal in dem Sinne, wie du oder ich den

Begriff definieren würden. Hall ist denen auch scheißegal. Sie sind superreich, er ist nur irgendwie reich. Wir Typen da unten, wir sind alle gleich. Da, wo wir sind, ist Platz für alle.« Er trinkt einen Schluck Bier, wischt sich mit dem Handrücken den Mund ab.

Ich habe das Gefühl, da kommt noch mehr. Also warte ich.

»Hall, meine Güte. Der Typ hat auf dem Meer nichts zu suchen. Sobald die Dünung mal höher als ein Meter ist, wird er grün im Gesicht. Hat immer eine Packung Dramamine in der Tasche und pfeift sich die Pillen ein, sobald er sich unbeobachtet fühlt. Ich wünschte, er würde nicht an Deck kommen, wenn wir arbeiten. Er steht einem nur im Weg. Dauernd nervt er mich mit seiner Fragerei. *Wie läuft's, Oster? Liegen wir im Zeitplan? Haben wir schon Wale gefunden?* Ich kann dir sagen, lieber wäre ich so ein beknackter Unberührbarer als diese jämmerliche, nichtsnutzige Spaßbremse.«

Früher hat Johnny Kurse an der Harvard Extension School belegt, machte aber nie einen Abschluss. Er malte eine Weile und verbrannte dann all seine Leinwände im Suff. Auf einem seiner abstrakten Kunstwerke entdeckte ich mal etwas, das aussah wie ein Typ, der an einem Galgen hängt. *Ist das ein Typ, der an einem Galgen hängt?*, fragte ich. *Weiß der Teufel. Das könnte verdammt noch mal alles sein*, antwortete er, richtiggehend erfreut, erwischt worden zu sein.

Er sieht sich im Halbdunkel des Raums um, findet die Kellnerin, lässt seine Bierflasche zwischen zwei Fingern pendeln, um zu zeigen, dass er noch eine möchte. »Man sollte doch meinen, die würden hier Erdnüsse oder Chips auf den Tisch stellen«, sagt er. Er verlagert seine Position, wechselt das übergeschlagene Bein. Ein kräftiges, muskulöses Bein. Alte Nike-Turnschuhe mit schmutzigen Schnürsenkeln.

Ich nippe an meinem Mineralwasser. Die ganze Sache fühlt

sich irgendwie falsch an. Dass Johnny über Hall herzieht, statt mich anzubaggern. Seine Blicke wandern ständig durch den Raum, kehren immer mal wieder zu mir zurück und nehmen dann sofort wieder Reißaus, als hätten sie einen Fehler begangen. Vielleicht hat er ja eine neue heiße Geliebte und will mich nicht mehr. Aber noch beunruhigender ist die Tatsache, dass er so problemlos meiner Bitte nachgekommen ist und mich gleich ins Vertrauen zieht. Vielleicht ist die ganze Operation erheblich lockerer, als Parnell und ich dachten.

»Du hast es gut«, sagt er. »Kein Ehemann, keine Kinder. Kannst tun und lassen, was immer du willst. Darum beneide ich dich.« Die Kellnerin kommt, und als sie sein frisches Bier auf den Tisch stellt, wandert sein Blick ihren schlanken Arm hinauf zu ihrem Gesicht. »Warum hat das so lange gedauert, Schatz? Ein Mann kann an Durst sterben.«

Er wartet, dass sie geht. »Wer weiß sonst noch von den Walen?«

»Niemand. Thomasina und ich, sonst keiner.«

»Bist du sicher?«

»Klar.«

»Lüg mich nicht an.«

»Ich lüge nicht, Johnny.«

Er zupft sorgfältig einen Fussel von seiner Jeans, und ich muss an die winzigen Dinge denken, die er zu Hause macht. »Rizzo hätte den Mund halten sollen. Aber ich bin nicht überrascht, dass er's nicht getan hat. Ich bin ziemlich sicher, von den andern Typen haben auch ein paar geredet. So eine Sache kann man nicht lange geheim halten. Sind einfach viel zu viele Leute daran beteiligt. Aber jetzt spielt das auch keine Rolle mehr. Die ganze Sache wird uns sowieso bald um die Ohren fliegen. Ich spür's einfach. Jaeger wird zu protzig, und seine Kumpel werden zu routiniert, fühlen sich zu sicher. Sie gehen viel zu viele Risiken ein. Hall will aussteigen, aber ihm fehlt der Mumm, und er hat Angst, dass die Firma den Bach runtergeht. Ganz merkwürdige Sachen sind in letzter Zeit passiert, Leute tauchen an den merkwürdigsten Orten auf. Wie nennt man noch mal dieses Gesetz, über das in der Physik geredet wird? Das besagt, alles wird am Ende zu Scheiße?«

»Entropie.«

»Ja.« Er lacht. »Genau das. Hey, du hast es mir mal erklärt. Weißt du noch? Meinst du, du kannst das noch mal tun?«

»Du hast es doch gerade selbst gesagt, Johnny. Alles wird am Ende zu Scheiße.«

»Genau. Das Entropiegesetz. Ich wusste, so was gibt's. Wird irgendwie amtlich, sobald es einen Namen hat.« Er streckt die Hand aus und schnappt sich die neue Flasche, trinkt jedoch nicht. »Dann befindet sich unsere kleine Operation momentan auf der Entropie-Seite der Dinge. Ich denke, nach dieser Fahrt ist es an der Zeit, Kassensturz zu machen. Man muss immer wissen, wann man aufhören muss, stimmt's? *Got to know when to fold 'em …* wer hat das gesungen? Johnny Cash?«

»Kenny Rogers.«

»Verdammt. Hätte schwören können, es wäre von Johnny Cash.«

»Könnte sein. Ich weiß nicht.«

»Und warum sagst du dann Kenny Rogers?«

»Ich dachte, es wäre von ihm. Ja, tatsächlich ist es auch von ihm.«

»Aber du bist nicht sicher.«

»Ich weiß es nicht, Johnny. Wen interessiert's denn?«

»Tu nicht so, als wüsstest du es, wenn du es gar nicht weißt. Mehr sag ich doch gar nicht.«

»Okay. Ich habe es vernommen.«

Er legt die Fingerspitzen vor seinem Gesicht gegeneinander. »Wenn du jemals irgendwem auch nur ein Sterbenswörtchen darüber erzählst, was wir da draußen machen, wirst du es bereuen. Das ist dir klar, richtig?«

»Ja.« Ich halte seinem Blick stand, versuche, mir meine wahren Gefühle nicht anmerken zu lassen.

Er strahlt eine unheimliche Ruhe aus, die so tief sitzt wie eine gesunkene Galeone, als hätten wir schließlich den dunklen, verborgenen Teil seines Herzens erreicht.

»Ich meine, du wirst es schwer bereuen, Pirio. Mehr sage ich nicht dazu. Du weißt, wovon ich rede, ja?«

Ich nicke.

»Du musst mir jetzt sagen, dass du gehört hast, was ich gerade gesagt habe. Sag, du hast es ganz klar gehört. Sprich es aus.«

»Ja, ich hab's kapiert, Johnny.« Der Rücken meiner Bluse ist schweißdurchtränkt.

»Gut. So, sollten wir jemals deswegen aneinandergeraten, kannst du nicht so tun, als hättest du nichts gewusst.« Sein Lächeln ist trocken. Er nimmt lange, tiefe Züge aus seiner Flasche. »Du bist schon ganz aufgeregt, hm? Du denkst, das wird sogar noch besser als *Moby Dick*.«

Mein Haar ist offen, schlängelt sich über meine Schulter. Ich streichle es, als wäre es eine Katze. Ich versuche zu lächeln. »Ich weiß nicht. Wie ist es denn, Johnny?«

»Du meinst, das Töten?«

»Ja.«

»Tja, du bist ein blutrünstiges kleines Miststück. Macht dir doch nichts aus, wenn ich das mal so sage, oder? Ich meine es ganz liebevoll.« Er fängt langsam an, sich angetrunken zu verhalten, aber von zwei Bier kann das nicht kommen. Er muss schon vorher ein paar gezischt haben.

»Wie ist es denn?«

»Es ist nichts Besonderes, Kleines. Ich enttäusche dich ja nur sehr ungern. Ein Wal ist auch nur ein Tier, ein großes Tier. Groß wie nur was. Du wirst ja sehen. Und das Blut, warmes Blut, jede Menge Blut. Für dich wird es vielleicht eine große Sache sein. So wie die reichen Typen den Höhlenmenschen in sich entdecken und dann ganz aufgeregt sind deswegen. Sie drehen Videos, und die zeigen sie sich gegenseitig, das ist ziemlich abgefuckt. Für mich ist es einfach nur ein Job. Ich mach's, damit ich meine Hypothek bezahlen und meinen Kids iPads kaufen kann. Und ich helfe meinem Arbeitgeber über eine Durststrecke, schätze ich. Ich bin ein loyaler Mitarbeiter.« Er lacht über seine Unaufrichtigkeit, sieht zur Bar hinüber, lässt den Blick auf einer eleganten Frau ruhen, die dort sitzt.

Ich denke an meine neue Minolta. Ich habe damit geübt, und sie hat mein Herz erobert. Ich brauche nur ein paar Minuten des Massakers im gleichen Frame wie irgendwelche identifizierbaren Merkmale des Schiffes sowie, falls ich das hinkriege, ein oder zwei Gesichter.

»Du siehst aus, als würde dich etwas beschäftigen«, sagt Johnny.

Ich lächle, klaube den Limonenschnitz aus meinem Glas. »Das hier ist gut gegen Skorbut, stimmt's?«

»Skorbut wird's auf dieser Fahrt nicht geben, Kleines. Das verspreche ich dir.«

»Wann legen wir ab?«

»Wir? Nein, nur du. Ich werde bei dieser Fahrt nicht dabei sein.«

»Was?« Ich schrecke zurück. Das habe ich nicht erwartet. »Ich dachte, du würdest …«

Er wirkt ziemlich amüsiert über meine Verwirrung und, ich kann's auch gleich zugeben, meine Bestürzung. Mir wird klar, dass ich wohl dachte, Johnnys Anwesenheit an Bord wäre so etwas wie ein Sicherheitsnetz für mich. Ein alberner Gedanke von der Sorte, an die man sich gern klammert, selbst wenn man gar nicht weiß, wieso eigentlich.

»Oh, richtig«, sage ich beiläufig. »Du wolltest ja nach Michigan zu deinen Schwiegereltern.«

»Also, der Ausflug ist sogar verschoben worden. Nein, ich muss mich hier in Beantown um Geschäfte kümmern, die nicht warten können.«

»Wirklich? Hört sich wichtig an.« *Geht's darum, Russell Parnell zu finden*, frage ich mich, *oder ist es etwas völlig Harmloses?*

»Oh, das ist es. Das kann ich dir versichern. Aber keine Angst, du wirst in guten Händen sein. Abreise ist Freitag um fünf Uhr morgens vom Fish Pier. Ich werde alles vorbereiten.« Er gibt der Kellnerin zu verstehen, dass er ein weiteres Bier möchte, und dreht sich dann mit einem jungenhaften Lächeln zu mir um. »Übrigens, es wartet eine Überraschung auf dich.«

»Weiß aber nicht, ob ich mit zu vielen Überraschungen klarkomme, Johnny.«

Kurzes Augenzwinkern. »Keine Sorge, Pirio. Du kannst mir vertrauen.«

Inzwischen ist meine Bluse völlig durchgeschwitzt, und das in meinen Ohren pochende Blut klingt wie eine ganze Stampede. »Was ist das für eine Überraschung, Johnny?«

»Du wirst schon sehen.«

»Okay. Danke für die Drinks.« Ich brauche jetzt unbedingt frische Luft.

»Musst du los? So früh?«

»Ja, ich muss noch wo hin.«

»Alles okay bei dir?«

»Alles bestens, ja.« Ich stehe auf.

»Warte. Lass mich dich ansehen.« Sein Blick ist lang und leer.

»Was machst du da, Johnny? Du benimmst dich komisch.«

»Lebe wohl, Pirio.«

Draußen blinzle ich gequält in Autoscheinwerfer, die Neonreklamen. Ich hole tief Luft, aber ich entspanne mich nicht. Ich gehe an einem hell erleuchteten gläsernen Foyer vorbei, in dem eine Uhr an der Wand zehn nach zehn anzeigt. Wie viele Stunden und Tage wird es noch dauern, bis das alles vorbei ist? Ich weiß es nicht. Aber ich höre das Ticken der Zeit. Es ist, als wäre gerade eben, irgendwo in der sich beschleunigenden kosmischen Entropie, eine Sanduhr mit meinem Namen darauf umgedreht worden.

KAPITEL 22

Die wunderschönen Klänge von Mozarts Klavierkonzert Nr. 21 dringen durch die geschlossenen Türen von Milosas Arbeitszimmer. Es ist der Schluss des berühmten zweiten Satzes, Andante – elegisch, himmlisch. Wenn es einen Gott gibt, dann hat er diese Melodie Mozart direkt eingegeben. Ich vermute, Milosa genießt noch die letzten Noten, daher warte ich, bis ihr Echo verklingt, bevor ich anklopfe.

Er sitzt in seinem Ohrensessel aus Leder, der eine Idee gedreht wurde, in Richtung eines Fensters, das von samtenen Gardinen gerahmt wird. Der Raum riecht nach Zigarrenstummeln und traniger Möbelpolitur und nach Milosa selbst – trocken, dicht, mit einem Hauch von Anisette. Sein Ausdruck ist trauriger und friedvoller, als ich es von ihm kenne. Ich habe das Gefühl, in einem sehr privaten Augenblick zu ihm gekommen zu sein, und murmle, dass ich später noch einmal vorbeischauen könne.

»Nein, komm rein. Ich möchte dich sehen.«

Der Sessel ihm gegenüber ist ebenfalls schräg zum Fenster ausgerichtet. Als ich mich setze, bemerke ich seine Schuhe. Hässliche, zweckmäßige Schuhe mit dicken Senkeln. Russische Schuhe. Neben dem Sessel liegt eine zu Boden gerutschte Wolldecke. Wahrscheinlich war sie über seine Beine gelegt, und er hat sie abgeschüttelt, als ich anklopfte.

Zögernd frage ich, ob es ihm gutgeht.

»Sehr gut.« Er blickt aus dem Fenster auf den Herbstnachmittag. Die Abenddämmerung naht. Goldbraunes Sonnenlicht fällt auf unseren Schoß wie ein Abschiedsgeschenk des Tages.

Und warum kommst du mir dann so anders vor?, möchte ich fragen. Aber ich bin auch nicht mutiger, als er es ist, nicht ehrlicher, trotz all meines Gejammers. Ich steuere auf den sicheren Hafen unserer üblichen Differenzen zu, indem ich eine Frage stelle, die mir seit unserem letzten Gespräch nicht mehr aus dem Kopf geht.

»Warum hast du dir solche Sorgen gemacht, wie ich Maureen behandeln könnte?«

»Ach, das.« Träge berührt er den iPod auf dem Tisch neben ihm, um ihn leise zu stellen. »Du bist so impulsiv, Pirio, und du hegst immer noch diesen kindischen Groll gegen sie. Aber du wärest dumm, wenn du Maureen beiseiteschieben würdest. Sie weiß mehr über Inessa Mark als jeder andere, mich und dich eingeschlossen.«

»Moment. Willst du damit sagen, du glaubst nicht, dass ich die Firma ohne Maureen leiten könnte?«

Der dritte Orchestersatz des Konzerts schwillt sanft an. Er berührt wieder den iPod, stellt ihn auf Pause. »Du bist deiner Mutter zu ähnlich. Sie hätte auch kein Unternehmen leiten können.«

»Sie hat es aber getan.«

»Sie hatte mich.«

»Leute wie dich kann man einstellen.«

Er lacht leise in sich hinein. »Oh, ich verstehe. Ich war austauschbar. Willst du das damit sagen?«

Ich denke darüber nach. »Mehr oder weniger.«

»Aha, jetzt ist es raus. Dieser sture Stolz. Ich habe diese Eigenschaft an Isa immer bewundert – es hat sie aufregend gemacht.

Aber es war gleichzeitig auch nur Verblendung und am Ende ermüdend.«

Ich spüre, wie es in mir brodelt. Da legt er wieder los mit seiner unnötigen Kritik an den Toten. »Es ist mir egal, was du vom Charakter meiner Mutter hältst. Oder von meinem.«

»Bravo! Sie hätte genau das Gleiche gesagt. Es ist unheimlich zu sehen, wie du ihr immer ähnlicher wirst, obwohl sie nicht mehr da ist. Sie hat sich, genau wie du, überhaupt nicht für die Meinung anderer Menschen interessiert. Sie hat mich schlecht behandelt, als ich sie kennenlernte. Neunzehn Jahre alt, in einem billigen Baumwollkleid. Verächtlich und reserviert. Ich dachte, sie würde sich ändern, sanfter werden, aber das war nie der Fall. Es ist merkwürdig, heute zurückzublicken und alles so klar vor sich zu sehen – all die Jahre habe ich, ein Atheist, auf ein Wunder gewartet. Ich habe an die Liebe geglaubt. Wusstest du das von deinem alten Herrn, Pirio? *Ich habe an die Liebe geglaubt.*«

Es fröstelt mich, wenn er so redet. Ich halte mich an das, wovon ich etwas verstehe. »Meine Mutter war nicht desinteressiert, und ich bin es auch nicht. Sie war nicht verächtlich und reserviert. Vielleicht dir gegenüber, aber mir gegenüber nicht.«

»Natürlich. Du warst ihr Kind. Sie hat sich selbst in dir gesehen, und sie hat dich nur noch mehr geliebt, weil du schwierig warst.«

Ich möchte ihm eine scharfe Bemerkung entgegenschleudern. *Schwierige Kinder, einsame Kinder erinnern sich an die Liebe von denen, die sie ihnen geben.* Aber ich brauche diese Augenblicke der Ehrlichkeit so sehr, dass ich es schaffe, meine Zunge im Zaum zu halten.

»Warum sagst du diese Dinge jetzt, Milosa?«

Ein Lächeln so flüchtig, dass kein richtiges daraus wird. »Ich sterbe. Hat Maureen es dir nicht gesagt?«

Ich denke, vielleicht habe ich ihn akustisch missverstanden, so laut ist der Ansturm der Gefühle, der jetzt mein Herz erfüllt. Natürlich hatte ich es bereits vermutet. Aber ich habe es auch verdrängt. Milosa und sterben? War das überhaupt möglich? Ich habe jede Legende geglaubt, die er je über sich erzählt hat, jede starke Pose, die er eingenommen hat. Ich habe ihn nie krank gesehen, nie ängstlich oder unsicher, bis vor kurzem nie auch nur leicht angeschlagen. Ich bin wütend, als hätte er mir die ganze Zeit etwas vorgemacht, hätte sich selbst zu einer überlebensgroßen Figur aufgeblasen. Dann frage ich mich, wie er wohl sterben wird. Nicht friedlich. Ich denke, er wird wie ein Irrer tobend sterben. Allein diese Vorstellung macht mir Angst. Als würde man sich einen riesigen Berg mit zerklüftetem Gipfel vorstellen, der donnernd ins Meer rutscht.

Mit einiger Mühe fange ich mich halbwegs und schaffe es, mich zu erkundigen, was er denn hat. Also, welche Krankheit.

Er lacht, als hätte ich einen echten Schenkelklopfer erzählt. Und lässt es offen.

Okay, ich sehe es ein. Er lebt, hat einen menschlichen Körper. Organe sind programmiert, Scheiße zu bauen. Ein oder zwei Zellen, die vergessen, wie sie ihren Job zu erledigen haben – mehr ist nicht nötig. Welchen Unterschied machen schon die Details, wenn das Ergebnis doch immer das gleiche ist? Ich will fragen, ob er auch wirklich sicher ist, dass er stirbt, aber er hätte das Wort nicht benutzt, wenn es nicht zutreffend und verdient gewesen wäre. Ich werde ihn nicht mit der Bitte langweilen, zu beschreiben, was die Ärzte tun und nicht tun können.

»Tut mir leid«, sage ich schließlich. Kein Schwall von Mitleid, keine tränenreiche Szene. Weil ich weiß, dass er es so haben will. Er nimmt meinen schlichten Kommentar mit etwas wie Schmerz entgegen, der seine Augen trübt. Aber es ist nicht Schmerz; es ist vielmehr Verletzlichkeit, Bedürftigkeit. Unsere Augen erkennen die Gefühle des anderen – ein erschreckender Moment für uns beide. Er dreht sich zum Fenster und sagt, er habe diesen Ausblick schon immer sehr gemocht.

»Ja, er ist wunderschön«, sage ich schnell.

Wir blicken auf einen kleinen Garten und eine mit Steinplatten ausgelegte Terrasse. Ein Spatz huscht zwischen den nassen Ästen eines Apfelbaums herum, wirbelt glitzernde Tropfen von kürzlich gefallenem Regen auf.

Früher hatte ich aus dem Fenster meines Zimmers genau dieselbe Aussicht und beneidete die Vögel um die Möglichkeit, einfach wegzufliegen. Ich bin mit Schönheit und Reichtum aufgewachsen, und ich wollte nur weg. Jetzt sitze ich hier, schwer wie ein Felsbrocken, und Milosa geht. Der Raum fühlt sich bereits leerer an.

»Ich mochte den zweiten Satz dieses Konzerts schon immer sehr«, sage ich.

»O ja. Das Thema aus dem Film *Elvira Madigan*. Er ist sehr berühmt. Aber der Satz, der da eben lief, der dritte, das ist der, der mir am liebsten ist. In diesem Satz entfesselt sich Mozart geradezu. Es ist, als hätte er sich selbst die Erlaubnis gegeben, sich für nichts mehr entschuldigen zu müssen, sich nach niemandem zu richten und keinen Regeln mehr zu gehorchen. Das Zeitmaß ist *allegro vivace assai*, was so viel bedeutet wie *spiel es, so schnell du nur kannst*. Der Pianist muss ein echter Virtuose sein – lediglich echte Hasardeure, wirklich hochkarätige Interpreten besitzen den Mut, es anzugehen.«

Ich sage, ich würde es sehr gern noch einmal hören. Plötzlich möchte ich gehen, wo er geht, hören, was er hört. So nahe sein, wie es nur eben geht.

»Ich werde es von Anfang an laufen lassen«, sagt er mit Freude. Er fummelt an dem iPod herum; die Musik setzt ein; sofort unterbricht er die Wiedergabe, um etwas zu erklären.

»Das Orchester eröffnet das erste Thema. Das Klavier beginnt mit einem einzelnen G über hohem C, gefolgt von einer Fermate beziehungsweise einem Ruhepunkt. Das erste musikalische Motiv – alles über dem hohen C gespielt – ist E, F, Fis, G … Ach, was rede ich? Das alles sagt dir ja doch nichts.«

»Moment. Wie viel davon kennst du denn?«

Er schließt die Augen. »E, F, Fis, G, A, G, aufgelöstes F, E, D, Nachschlag-E, D, C …«

»Du kennst die *Noten*?«

»Bevor du auf die Welt kamst, habe ich Klavier gespielt«, sagt er ungeduldig.

»Das wusste ich nicht. Warum hast du nicht weitergemacht?«

»Ich war nicht gut.«

»Das glaubst du aber doch selbst nicht.«

»Natürlich tue ich das.«

»Du kannst aber nicht *sooo* –«

Er tut die Schmeichelei mit einer Handbewegung ab. »Nein. Hör zu. *Ich war nicht gut.* Und jetzt hörst du jemanden, der *gut ist.*« Er drückt auf Wiedergabe und schließt die Augen.

Ich möchte begeistert sein, möchte mich wirklich begeistern lassen, aber meine Aufmerksamkeit schweift ab. Überall in Milosas Arbeitszimmer hängen Aufnahmen meiner Mutter. Isa in Paris, mit einem affektierten Hut und in einem zweireihigen Hosenanzug von Dior, in bleicher Hochnäsigkeit an der Theke eines Drugstores sitzend, neben einem grauen Wolfshund mit wasserklaren Glotzaugen. Isa läuft durch den Central Park auf die hochaufragende New Yorker Skyline zu, in einem kurzen Rüschenkleid von Bill Blass, die Beine lang, fast konturlos. Es gibt auch ungekünstelte, nicht gestellte Aufnahmen – Isa verschiedenen Alters in unterschiedlichen Stimmungen, und doch fesselt es einen immer wieder, wie sie ihren tragischen, spielerischen, provokativen Schein verbreitet.

Die Fotos sind zu vertraut, um sie bezaubernd zu finden. Aber ich taste weiter ihre Oberflächen ab, versuche um all die silbernen Rahmen herum und hindurch und dahinter zu sehen. Diese spezielle Form der Selbstquälerei habe ich schon Jahre nicht mehr betrieben. Die Neuigkeit, dass Milosa sterblich ist, muss wohl bei mir eine Regression ausgelöst haben. Denn mit einem Mal bin ich wieder ein Kind, mit großen Augen, vertrauensvoll suchend und sich gleichzeitig wundernd, warum es in all dieser monumentalen Herrlichkeit nicht einen einzigen Schnappschuss von mir gibt.

Ich treffe Maureen an ihrem Computer an. Über ihr ein Bord voller Hefter, auf dem Schreibtisch diverse Papierstapel. Lesebrille auf der Nase, Edelsteine blitzen, während ihre Finger nur so über die Tastatur fliegen und dabei eine Insektenmusik, bestehend aus sehr schnellen rhythmischen Klicks, erzeugen. Ihr Kleid ist cremefarben und pink, weiter Ausschnitt, schmale Streifen und ein lockerer Gürtel. Es sieht aus, als hätte es morgens angefangen für ein Dampfschiff aus dem Jahr 1912, dann einen Umweg genommen zu einer 1950er Gartenparty am Stadtrand und wäre schließlich 2013 in einem Online-Katalog gelandet.

»Was hat er?«, sage ich.

Sie hört zu tippen auf und stößt einen tiefen, besiegten Seufzer aus. Sie speichert ihr Dokument und wirbelt dann zu mir herum. »Eine Nierenkrankheit.«

»Welche?« Es spielt keine Rolle, aber ich will es trotzdem wissen.

»Glomerulonephritis, auch bekannt als Nierenentzündung. Sie ist medikamentös behandelt worden, aber das hat praktisch keine Wirkung bei ihm gezeigt, und vor kurzem hat sein Arzt zu ihm gesagt, er werde zur Dialyse müssen. Was er ablehnt.« Sie stößt ein hohles Lachen aus. »Natürlich.«

»Seit wann weißt du davon?«

»Ein paar Monate.«

»Warum hast du mir nichts gesagt?«

»Zuerst wollte er überhaupt nichts sagen. Er dachte, er würde wieder genesen. Stattdessen hat sich sein Zustand erheblich verschlechtert.«

»Er hat gesagt, er stirbt.«

»Das wird er, wenn er weiterhin die Dialyse ablehnt.«

»Warum lehnt er sie ab?«

»Du kennst doch deinen Vater. Alles oder nichts. Leben oder Tod. Eine Maschine, die sein Blut reinigt, bedeutet doch, dass er nicht mehr von sich aus leben kann. Außerdem hat er einen sehr pragmatischen Zugang gefunden. Er sagt, es sei die reinste Zeitverschwendung, eine Krankheit zu behandeln, die ihn am Ende doch umbringen wird.«

Sie deutet auf eine Batterie Medikamente auf einem silbernen Tablett, das auf einem Beistelltisch steht. »Er soll fünfmal am Tag Pillen nehmen. Aber ich habe den Verdacht, dass er sie wegwirft. Ich glaube, der einzige Grund, warum er sie nicht kategorisch ablehnt, ist, dass er Angst hat, ich würde sie sonst zermahlen und ihm unters Essen mischen.«

Ich nehme ein karamellfarbenes Plastikfläschchen in die Hand. Ein weißer Deckel mit Anweisungen: *Öffnen – Drücken und drehen – Schließen.* Der Name der Apotheke prangt darauf in Rot. Sein Name in kantigen schwarzen Lettern: Milosa Kasparov. Ein Patient. Ihn so gedruckt zu sehen wirkt seltsam. Der Name eines sterblichen Mannes.

Maureen tritt neben mich, zeigt dann nacheinander auf jedes Fläschchen. »Enalapril gegen hohen Blutdruck. Calcitrol, eine

Form von Vitamin D. Phoslo, ein Phosphatbinder. Procrit gegen Blutarmut, und dann noch Lasix, ein Diuretikum.«

Eines bleibt noch. Ich nehme es in die Hand. »Halcion. Wozu ist das?«

»Schlaf.«

»Hat er Schlafstörungen?«

»Mitten in der Nacht fängt er an zu schimpfen. Er steht auf und wandert umher, redet ohne Unterlass über Russland. Ich höre, wie er zu seiner Mutter und seinem Vater spricht und zu anderen Leuten, die er damals dort gekannt haben muss. Dann hört er Musik, Symphonien, laut, und wenn ich in sein Arbeitszimmer gehe, sehe ich, dass er geweint hat, aber er brüllt mich sofort an, ich solle verschwinden.«

Ihr Gesicht ist angespannt, spröde. Milosa verlangt ihr einen Tribut ab, wie immer. Und doch macht sie weiter, sorgt dafür, dass alles läuft, ein Sergeant im Unternehmen und zu Hause, immer im Dienst und immer in Habachtstellung.

Ich denke flüchtig daran, hierzubleiben und zu helfen, aber ich würde ihr nur in die Quere kommen.

»Ich werde eine Reise machen. Am Freitag geht's los. Zwei oder drei Wochen – ich weiß das noch nicht sicher. Wird er noch da sein, wenn ich zurückkomme?«

»Eigentlich schon. Der Arzt sprach von einigen Monaten.«

»Die meiste Zeit wirst du mich nicht erreichen können. Ich werde anrufen, wann immer es geht.«

Ihre trockenen Lippen sind zu einem Strich geworden. Sie hatte von mir keine Hilfe erwartet.

Ich denke daran, was Milosa gesagt hat, dass sie vor mir Angst habe und ich zu hart sei. »Danke, dass du dich so um meinen Vater kümmerst, Maureen. Danke für alles, was du getan hast.«

Sie wirkt verwirrt, gekränkt. »Keine Ursache. Er ist schließlich mein Mann, oder?«

Die Frage steht im Raum, will Aufmerksamkeit.

»Und danke, dass du in der Firma für mich einspringst. Ich weiß, dass ich in letzter Zeit sehr viel freigenommen habe. Aber nach dem Urlaub bin ich zurück und in der Lage, mich wieder so richtig ins Zeug zu legen.«

Sie zuckt mit den Achseln, als wären meine Abwesenheiten völlig unwichtig. »Ein Urlaub ist eine gute Idee. Es ist schon eine ganze Weile her, seit du den letzten hattest.«

Ich finde Jeffrey in der Küche, wo er Lebensmittel auspackt. Im Fernseher auf der Arbeitsplatte läuft eine Episode von *Wiedersehen mit Brideshead.* Jeffrey sieht sich einmal im Jahr die ganze Miniserie an – ungefähr elf Stunden Film. Ich hab früher immer mit ihm geguckt, wenn ich aus Gaston zu Hause auf Besuch war, also erkenne ich auch sofort Charles und Sebastian wieder und lasse mich tief in einen Sessel sinken, um das Ende der herzzerreißenden Szene in Venedig zu verfolgen. Als es vorbei ist, drückt Jeffrey auf die Fernbedienung, und der Bildschirm wird mit einem winzigen *Pop* schwarz. Er stellt Sellerie, eine Möhre und einen Hummus-Teller mit Pita-Dreiecken zusammen.

»Ich muss dich um einen Gefallen bitten. Es geht um Noah und Thomasina«, sage ich. Damals in Highschool-Zeiten hatte Thomasina eine ganze Reihe von Thanksgiving- und Weihnachtsfesten in unserem Haus verbracht, statt sie ganz allein in den menschenleeren Fluren von Gaston zu überstehen, wenn ihre Eltern mal wieder keinen Bock auf sie hatten. Jeffrey fragt ständig nach ihr und Noah, bei dem er bereits mehrere Male den Babysitter gespielt hat.

»Natürlich. Wie geht es den beiden?«

»Noah geht's so weit ganz gut, wo er doch gerade erst seinen Vater verloren hat. Thomasina geht's nicht so.«

Ich erkläre ihren Kampf mit der Abhängigkeit, und Jeffrey nickt wenig überrascht. Ich beschreibe ihre gescheiterten Versuche, trocken zu werden, und dass sie in letzter Zeit noch unzuverlässiger geworden ist. Ich erwähne ihre Nacht im Gefängnis und erzähle ein bisschen vom Foxwoods-Fiasko.

»Noah hat mich jederzeit anrufen können, falls er irgendwas brauchte. Er hat mich in der Nacht angerufen, als seine Mutter nicht nach Hause kam. Aber jetzt werde ich eine Weile nicht in der Stadt sein – ich verreise kommenden Freitag für einige Wochen –, und da mache ich mir Sorgen. Thomasina hat versprochen, wieder zu den Treffen zu gehen, allerdings hat sie in dieser Hinsicht keine sonderlich gute Erfolgsbilanz vorzuweisen.«

Jeffrey beißt ein Stück Stangensellerie ab. »Ich glaube, ich weiß schon, worauf das hier hinausläuft.«

»Noah mag dich sehr, Jeffrey. Er spricht heute noch von dem Tag, als du mit ihm im Wissenschaftsmuseum gewesen bist und dir mit ihm zweimal den IMAX-Film über die Dinosaurier angesehen hast.«

Jeffrey lacht leise. »Es hat mir nichts ausgemacht. Er hat mir die Teile erklärt, die ich nicht kapiert hab.«

»Er weiß, dass ich im Grunde bei dir aufgewachsen bin und dass ich große Stücke auf dich halte. Und natürlich hat Thomasina dich ebenfalls immer geliebt und vertraut dir vorbehaltlos, also –«

»Also willst du mich ins Spiel bringen, nur für alle Fälle.«

»Macht es dir etwas aus?«

»Natürlich nicht. Sag ihnen, sie können mich jederzeit anrufen. Gib ihnen meine private Festnetznummer und die von meinem Handy.«

»Super. Ich gebe dir ihre ebenfalls.« Ich schreibe die Nummern schnell auf einen Block. »Vielleicht kannst du sie vor meiner Abreise kurz anrufen, einfach, um hallo zu sagen. Ich möchte, dass ganz besonders Noah dich mit einem guten Gefühl anrufen kann, falls er irgendwas braucht.«

»Ich kann noch mehr tun. Ich werde noch mal mit ihm ins Museum gehen, damit wir unsere Beziehung auffrischen können.«

»Machst du das? Du bist der Beste, Jeffrey.«

Er grinst, lässt meine dicke Umarmung über sich ergehen, hält mich dann auf Armeslänge von sich. »Und jetzt verrat mir doch mal, wohin zum Teufel du verreist.«

»Ich mache eine Seereise.«

»Wusste gar nicht, dass du auf Kreuzfahrten stehst. Wohin geht's denn?«

»Die Bahamas.«

»Na, ich hoffe mal, du hast gutes Wetter.« Er betrachtet mich nachdenklich, fast als würde er spüren, dass da etwas nicht stimmt. »Pass auf dich auf, Pirio, hörst du? Ein paar von uns lieben dich, wie du weißt.«

Es gibt keinen Grund, vor seiner Tür zu stehen. Nichts, was ich noch von ihm bräuchte, nichts, was ich wissen sollte. Aber ich bin trotzdem hier.

Ich parke auf der Straße und gehe eine nicht asphaltierte Zufahrt zu einem Cottage hinunter. Es liegt am Stadtrand von Rockport, einem idyllischen Dorf am Meer dreißig Meilen nördlich von Boston. Vor ein paar Tagen hat er das Wohnheim in Charlestown verlassen und ist hierhergezogen. Das Haus habe WLAN und biete einen Blick auf den Hafen, sagt er. Es gibt eine Zugverbindung nach Boston.

Es kommt mir spät vor, obwohl es das gar nicht ist. Erst neun Uhr. Der Himmel ist pechschwarz, weder Mond noch Sterne. Ein feiner Dunstschleier, zu fein, um ihn Nebel zu nennen, hängt im Schein der Lampe über der Tür.

Ich steche morgen früh mit der *Sea Wolf* in See. Meine Reisetasche ist gepackt, mit zugezogenen Reißverschlüssen, prall wie ein Würstchen, gesichert mit einem kleinen Kombinationsschloss. Die Kameras sind drin, eingewickelt in Fleecepullis, ein Mobiltelefon in Reserve, in eine Wollsocke gestopft. Im Rucksack stecken mein Laptop und einige Bücher, darunter Wassili Aksjonows *Generations of Winter*, eine moderne russische Saga, die ich schon seit geraumer Zeit lesen wollte. Für den Fall, dass es tagsüber viele unausgefüllte Stunden oder, viel wahrscheinlicher, schlaflose Nächte geben sollte. Das alles steht reisebereit auf dem Boden neben meiner Wohnungstür.

Wenn ich jetzt zu Hause wäre, würde ich wie eine Wahnsinnige auf und ab gehen. Angst lässt sich leichter bewältigen, wenn man in Bewegung ist. Allerdings gibt es verschiedene Arten von Angst, und während ich die zwei Holzstufen zu seiner Haustür hinaufgehe und dann leise anklopfe, werde ich von einer subtileren Variante ergriffen.

Die Tür öffnet sich lautlos. Da steht er. Wir schweigen, und die Luft um uns herum fühlt sich stickig an. Ich frage, ob er mir das Kochen beibringt.

Seine Augen verdunkeln sich; er wendet sich ab. Jetzt weiß er, dass ich wirklich gehe.

Ich folge ihm in die Küche, wo er hektisch beginnt, fast leere Schränke zu öffnen und wieder zu schließen. Er sagt, er glaube nicht, dass es hier ein Kochbuch gäbe, wisse jedoch, was er bei seiner Mutter gesehen hätte. Sagt, man brauche sowieso keine speziellen Anleitungen, um an Bord eines Schiffes wie der *Sea Wolf* zu kochen. Die Männer werden höchstwahrscheinlich ausgehungert und dankbar sein, da Mahlzeiten, Schlaf und Pinkeln ihre einzigen Unterbrechungen von der Arbeit sind. »Egal was du machst, mach viel«, rät er. Empfiehlt Kohlenhydrate: Pasta, Reis, Pfannkuchen zum Frühstück. Solche Dinge. Sagt, wahrscheinlich wäre es gut, tiefgefrorene Frikadellen an Bord zu haben. Und Würstchen, Bratkartoffeln, Tomatensoße, Sirup. Sagt, Fisch brät man am besten ein paar Minuten scharf in einer heißen Pfanne an oder backt ihn paniert im Herd. Auf gar keinen Fall zu weich kochen. Er zieht eine Augenbraue ironisch hoch. Mangel an frischem Fisch wird's ja wohl kaum geben, oder?

Dann fragt er, wann ich denn eigentlich abreise. Ich bemerke einen rauen Unterton in seiner Stimme.

Ich sage, morgen früh um fünf.

»In Ordnung«, sagt er energisch und klappert mit einigen weiteren Schranktüren herum. »In diesem Fall wird das Schiff bereits proviantiert sein. Du wirst kreativ mit dem arbeiten müssen, was du vorfindest.« Er lehnt sich an die Arbeitsfläche, verschränkt den linken Arm über dem rechten, starrt mich ohne jedes Mitleid an. Kochunterricht beendet.

Wäre morgen nicht morgen, dann hätte ich mir jetzt vielleicht gewünscht, gar nicht erst gekommen zu sein. Ich seufze tief. Dann noch einmal. Die Seufzer sind laut und kommen völlig unbeabsichtigt.

Er nimmt eine Flasche Wein und zwei Gläser von der Arbeitsfläche und geht ins Wohnzimmer. Ich folge ihm. Mein Blick fällt auf eine karierte Polstergarnitur, astige Kiefernholztische, einen Wollteppich mit Borte. An der Wand hängt das Gemälde eines Hirschs auf einer Lichtung mit kleinen Lebewesen des Waldes. Lampen mit verschossenen Schirmen.

Er öffnet die Flasche im Hinsetzen, zwischen seine Schenkel geklemmt, den Korkenzieher in der gesunden Hand. Ich traue mich nicht, meine Hilfe anzubieten. Irgendwie bekommt er sie auf, schenkt ein Glas ein. Ehe er das zweite einschenkt, lehne ich dankend ab.

»Oh, super«, meint er sarkastisch, als hätte ich gerade den Vogel abgeschossen. »Bist du Alkoholikerin oder so?«

Ich antworte, wenn ich ein Glas Wein trinke, bliebe es wahrscheinlich nicht bei dem einen und dann wäre ich wahrscheinlich betrunken und höchstwahrscheinlich um halb vier immer noch betrunken, wenn mein Wecker losgeht. Also könnte es dann gut sein, dass ich am Ende noch das Schiff verpasse. Wäre ich Alkoholikerin, würde ich wahrscheinlich nicht hier sitzen, und schon gar nicht stocknüchtern. Dann wäre ich nämlich zu Hause und würde Wodka oder Gin in mich hineinschütten.

Allerdings sei ich gewissermaßen süchtig nach körperlicher Anstrengung, erkläre ich. Während der letzten paar Tage bin ich stundenlang geschwommen und habe hart daran gearbeitet, mich in diesen herrlichen Zustand zu katapultieren, in dem reichlich Endorphine ausgeschüttet werden. Doch mein Atmen und die Schwimmzüge liefen einfach nicht synchron. Ich sei schlicht hundemüde geworden und hätte mich dann aus dem Pool geschleppt. Ach, und außerdem hätte ich ein kleines Problem mit Einkaufen, gestehe ich. Erst neulich hätte ich einen ganzen Abend online verbracht, hätte mir eine Menge Zeugs per Overnight Express schicken lassen, und als dann alles eintraf, hatte ich nicht mal Lust, die Päckchen auszupacken. Was ich natürlich dann doch tat, und eine Zeitlang spielte ich mit dem ganzen neuen Kram herum, als wär's der traurige Weihnachtsmorgen eines Einzelkindes. Ich blies den ziemlich teuren Überlebensanzug aus Gummi auf, um zu sehen, ob er wirklich funktionierte, was damit endete, dass ich ihn mit einem Schweizer Offiziersmesser perforierte – eine Menge kleiner Werkzeuge und Vorrichtungen und ein nettes glänzendes Rot.

Ich grinse schief. »Das wäre also die breite Palette meiner Abhängigkeiten. Und nichts davon funktioniert sonderlich gut.«

Was nicht ganz der Wahrheit entspricht. Ich habe die Zigarre von letzter Nacht weggelassen und den Genuss, den sie mir bereitet hat. Aber ich wäre ja auch keine echte Süchtige, wenn ich nicht irgendwas zurückhalten würde. Außerdem, manchmal ist eine Zigarre auch einfach nur eine Zigarre.

Ich zelebriere das Stumpen-Ritual genau so, wie Milosa es mir beigebracht hat: Zuerst schnipse ich das Ende ab und lecke das bittere braune Deckblatt an, drehe das Endstück einmal bis zur Mitte zwischen meinen feuchten Lippen. Dann reiße ich ein Streichholz an, sehe zu, wie es auflodert, halte das Feuer still und paffe. Kurze, gut zuredende Züge, bis die Blätter knistern und ich eine konstante rote Glut sehe. Bis der Rauch über die gesamte Länge der Zigarre durch ihr Inneres zieht, meinen Mund vollkommen ausfüllt und ihn schließlich verlässt, um sich wabernd um meinen Kopf zu erheben. Das Rauchen von Stumpen ist wohl kaum ein Trip ins Nirwana, aber es sind schon mal ein paar Haltestellen in diese Richtung. Wie immer ist es allein der Duft, auf den es ankommt: ein dichter, brauner, schmutziger Geruch, der dich auf den Boden holt, dein Gehirn überredet, seinen Vorrat an natürlichen Opiaten freizusetzen, dich in einer heißen, trockenen, unerträglichen Präsenz zu wiegen, wie ein Wüstenwind, in dem man sich bereitwillig niederlegt und braten lässt, schließlich selbst rauchbar wird. Was mich betrifft, vollbringen Zigarren Wunder.

Aber in diesem Augenblick wissen wir beide, Russell Parnell genau wie ich, dass die Substanz, die ich wirklich haben will und wegen der ich eigentlich hier bin, Liebe ist. Dieses Klischee, dieses Rohmaterial von Popsongs, dieser geizige alte Einsiedler in der verborgenen Höhle, der sich hartnäckig geweigert hat, mir sein Gesicht zu zeigen, obwohl ich seinen Bergpfad unzählige Male hinaufgekraxelt bin, um vor seinem Steinhaufen auf die Knie zu fallen.

Vielleicht bin ich unwürdig. Ist mir schon in den Kopf gekommen. Ich weiß nicht, wie man wartet, den rechten Augenblick abwartet. Vielleicht liegt es daran, dass ich mich mit Sex zufriedengeben werde. Und das habe ich schon vorher, viel zu viele Male. Aber was will man machen? Verlangen ist heftig und roh. Es bohrt dir von innen ein Loch in die Brust und zieht dich in Räume wie diesen, in denen du gezwungen bist, Gläser mit überflüssigem Verführungswein unbeholfen abzulehnen oder anzunehmen.

Ich lebe schon zu lange, um zu glauben, dass diese Nacht mehr sein könnte als flüchtig. Aber morgen breche ich zu einer möglicherweise tödlichen Reise auf, was interessiert's mich also?

Parnell und ich sitzen uns in dem kleinen Raum gegenüber, eine Spannung zwischen uns. Elektrisch, intensiv, warm. Er will mich. Man merkt es an seinem angespannten Unterkiefer, am konstanten Blick seiner Augen. Wie er die Finger seiner gesunden Hand bewegt, so als stünden Sehnen kurz vor dem Zerreißen.

Wie es wohl sein mag, von diesen Armen umschlungen zu werden, mein Gesicht auf seinen rauen Pullover zu drücken und hoch in seine Augen zu schauen? Wie wäre es wohl, sein Gesicht zu berühren und meine Finger zärtlich über seine Lippen streichen zu lassen, bevor sie geküsst werden? Ich will ihn auch. Ich möchte wissen, wie sich unsere Liebe anfühlen könnte, wäre sie echt.

Doch mein Körper rührt sich nicht. Ich spüre, wie er auf ihn zugehen will, diese kurze Distanz zwischen uns überbrücken, doch er tut es nicht. Er ist bleiern, schwer. Es ist nicht meine Entscheidung – es ist schlicht und einfach das, worauf mein Körper besteht. Sich nicht zu bewegen. *Weisheit oder Verrat?*, frage ich mich. Doch der Körper beantwortet keine abstrakten Fragen. Er überbrückt einfach diese vier Schritte zwischen Russell Parnell und mir nicht. Ich sitze da, ohne ein Glas Wein in der Hand, komme mir blöd vor wie ein fetter Baum, als hätten meine Füße lange, hässliche Ranken in den Boden geschlagen, um mich an Ort und Stelle zu verwurzeln.

Er sieht, was passiert ist, und sein eigenes Verlangen macht sich würdevoll davon. Nichts für ungut.

Kurz darauf verlasse ich das Haus, stapfe schlechtgelaunt die dunkle Zufahrt zu meinem Wagen hinunter. Ich würde gern wissen, was mein Körper sich eigentlich dabei denkt. Was er mir, weise, wie er ist, aber nicht verraten wird.

KAPITEL 23

Ich stehe in tiefschwarzer Nacht auf dem Kai, das Gepäck zu meinen Füßen. Das Taxi, das mich abgesetzt hat, entfernt sich leise. Ich sehe auf die Uhr. Es ist 4 Uhr 43. Ich bin zu früh. Normalerweise würde ich mich hüten, allein und ohne Auto im Dunkeln in diesem Teil der Stadt herumzulungern, aber ich vermute mal, die Straßenräuber und Mörder liegen alle noch im Bett. Helle Scheinwerfer erleuchten einige der sich sanft auf und ab bewegenden Fangschiffe. Die *Sea Wolf* ist nicht dabei. Außerdem, und das nicht nur nebenbei bemerkt, sind auch überhaupt keine Leute in der Nähe.

Falscher Tag? Falsche Zeit? Falscher Ort? Aber ich schwöre, ich habe Johnny richtig verstanden.

Es ist kalt, ein kleiner Vorgeschmack darauf, was mich Mitte Oktober auf dem Atlantik erwartet, falls ich es jemals bis dorthin schaffe. Ich zucke mit den Achseln unter einer Jacke, die mir schon jetzt zu dünn vorkommt. Es ist Flut – ich kann es am Geräusch des Meerwassers hören, das an den Stützpfeilern nur ein paar Meter unter dem Kai leckt. Ein Streifenwagen rollt den Seaport Boulevard hinunter. Ein Gesicht hell wie Pudding starrt im Vorbeirollen zu mir heraus. Vielleicht hält er mich für eine Prostituierte, die gern an der frischen Luft ist, vielleicht ist es ihm aber auch scheißegal. Ich stampfe mit den Füßen auf, spüre die eiskalte Luft in den Lungen. Hat man mich reingelegt? Stellt man mich auf die Probe? Eine Wasserratte huscht über den Pier.

Ein alter roter Corolla biegt auf das Gelände ein und hält vor dem Kai, lässt die Scheinwerfer an. Der Kofferraumdeckel springt auf. Ein Mann steigt aus und kommt auf mich zu. Er ist Mitte dreißig, sein Haar ordentlich gescheitelt und flach gekämmt. Er schnappt sich meinen Kram. »Hier lang«, sagt er und kehrt zum Auto zurück. Er wirft meine Reisetasche in den Kofferraum, knallt die Klappe zu und rutscht hinters Steuer. Ich zögere, dann steige ich in den Wagen.

»Wo ist die *Sea Wolf*?«, frage ich.

»Anderer Auslaufort. Mehr Ihr Stil.« Er mustert mich lächelnd. »Ich heiße Brad.«

»Pirio.«

»Ich weiß. Sie sind der Schwimmer. Nett, eine Berühmtheit an Bord zu haben.«

»Das bin ich wohl kaum.«

»Man kann sich's nicht aussuchen.«

»Ned Rizzo hat mir das Leben gerettet.«

»Hab's gehört. Ich kannte ihn gut, hab mehrere Jahre mit ihm zusammengearbeitet. Aber Sie, Sie sind ein anderes Kaliber –« So wie Brad mich ansieht, möchte ich einen Blick über meine Schulter werfen, Maria Mutter Gottes muss ihn gerade mit einer Erscheinung beglücken.

»Wohin fahren wir denn?«

»Sie werden schon sehen.«

Wir fahren auf der 93 Richtung Süden, vorbei an Gastanks und Reklametafeln und leeren Grundstücken und vereinzelten hohen Gebäuden und dreigeschossigen Häusern, die so dicht nebeneinanderstehen, dass dazwischen kein freier Platz bleibt. Mein Herz klopft so heftig, dass ich mich wundere, es nicht hören zu können. Brad scheint mir ein ganz netter Kerl zu sein –

das sind sie meistens, die hiesigen Fischer. Das ändert aber nichts daran, dass Johnny mich schon zum Narren gehalten hat. Erst stehe ich auf dem Kai wie ein braver Köder, und jetzt werde ich an einen mir unbekannten Ort gebracht. Ich höre Milosa im Hintergrund lachen. (Ich höre Milosa immer im Hintergrund lachen.) Und doch bleibt mir keine andere Wahl, als dranzubleiben und mich ganz normal zu verhalten, auch wenn gerade so ziemlich alle Filme, in denen Entführungen, Gefängnisse und Folter vorkommen, gleichzeitig in meinem Kopf ablaufen.

Irgendwo in Dorchester verlassen wir die Autobahn und fahren Richtung Osten auf einer breiten, flachen Straße, die den Eindruck vermittelt, als ende sie im Nirgendwo. Sie führt zu einem Yachthafen. Überall Schiffe, einige davon Segelboote. Im Osten ist am Horizont ein rosa Lichtsaum aufgetaucht, und das erste Sonnenlicht schleicht sich über das Wasser, lässt es grün leuchten wie angelaufenes Kupfer. Ich öffne das Seitenfenster zum Kreischen der Möwen und Scheppern des Tauwerks.

Wir fahren hinter ein Lagerhaus, und dort treibt auf dem nahen Meer in einer Anlegestelle ganz für sich allein eine Luxusyacht, innen und außen hell erleuchtet. Wahrscheinlich sechzig Meter lang, schnittig, weiß wie die Gischt mit einem spitzen Bug. Ich zähle vier Ebenen, aufeinandergestapelt wie die Schichten eines Hochzeitskuchens, mit Ausguck und einer Menge Elektronik obendrauf. Es ist ein Taj Mahal der Meere in der Nachbarschaft von Hütten.

Brad schüttelt den Kopf wie ein Kind, das gerade in Disney World angekommen ist. »Sieh sich das einer an! Das ist ein Ding, oder?«

»Wem gehört das Boot?« Sicher nicht Ocean Catch.

»Bob Jaeger. Es heißt *Galaxy*. Das wird jetzt ihre Jungfernfahrt. Jaegers Freundin war die *Sea Wolf* leid – bietet nicht wirklich eine luxuriöse Unterbringung –, und als dann dieser Riss auftauchte, hat sie gesagt, sie setzt nie wieder einen Fuß darauf. Hat Jaeger überzeugt, eine Superyacht zu kaufen, hat er dann auch gemacht. Die Jungs sagen, dieses Scheißboot lässt keine Wünsche offen. Selbst das Klopapier soll superweich sein. Ehrlich, ich bin echt traurig, dass ich bei dieser Fahrt nicht dabei bin. Aber was soll's. An so was sollte sich ein Kerl wie ich sowieso nicht zu sehr gewöhnen. Man muss ja trotzdem irgendwann zurück und wieder Flundern einholen, stimmt's?«

Er sieht mich mit leicht schlechtem Gewissen an. »Ich weiß, dass Johnny Sie als Ersatz für Flabby Abby als Koch angeheuert hat. Aber gestern Abend hieß es, dass Jaeger für die Bewirtungsseite ein paar seiner Leute mitgebracht hat. Angeblich hat er einen Wahnsinnskoch, einen Kellner und eine Dame, die sich um den Rest kümmert. Deshalb weiß ich nicht, was die jetzt mit Ihnen vorhaben.«

Er parkt, und wir holen meinen Kram aus dem Kofferraum. Er trägt meine Tasche die Gangway hinauf. Am Ende erwartet uns ein Mann in einem marineblauen Sweatshirt. Er ist zwischen vierzig und fünfzig, magerer und gebeugter, als man es bei einem Fischer erwarten würde. Er begrüßt mich nicht und lässt durchblicken, dass er Besseres zu tun hat, als hier den Gastgeber zu mimen. Er und Brad wechseln ein paar leise Worte, und Brad macht kehrt, geht zum Wagen zurück.

»Warten Sie«, sage ich und kämpfe gegen einen Anflug von Panik. »Warum kommen Sie nicht mit?«

»Johnny und ich haben was zu erledigen«, erwidert er lässig. Er verabschiedet sich nicht.

Der Mann manövriert meine Reisetasche eine Treppe hinunter, trägt sie einen schmalen Gang entlang und lässt sie vor einer Tür fallen. Ich vermute, das wird dann wohl meine Kajüte sein, hier in dem Yacht-Äquivalent eines Bezirks mit billigen Mietwohnungen. Von diesem Gang gehen drei weitere Türen ab, alle geschlossen. Maschinenlärm, nicht zu laut, grummelt durch den Stahlboden in die Sohlen meiner Turnschuhe.

»Sie sind die Letzte. Wir werden bald ablegen. Sie sollen sich sofort bei Zorina in der Kombüse melden«, sagt er und geht.

Zorina. Mein neuer Boss. Schräge Namen haben wir also schon mal beide. Vielleicht kommen wir ja miteinander aus.

Ich betrete meine Kajüte. Es ist wirklich erstaunlich, was man aus einem zwei Meter zehn auf zwei Meter siebzig kleinen Raum machen kann. Es gibt eine gemütliche Koje, einen sauberen Resopalschreibtisch mit leicht zugänglicher Steckdose, einen schmalen Einbauschrank und mehrere Schubladen. Selbst einen Besucherstuhl und einen an der Rückseite der Tür befestigten Spiegel, damit ich immer top aussehen kann. Gestärkte Bettwäsche und eine nette Wolldecke sind um die Matratze herum festgesteckt. Ein kleines Bullauge bietet einen Näher-geht-es-nicht-Blick aufs Meer. Ein guter Ort, um zu sterben oder zu schreiben oder zu beten, ich habe allerdings keines dieser Dinge vor. Im Moment ist mir mehr nach einer Erkundungstour der näheren Umgebung.

Ich gehe den Weg zurück, den ich gekommen bin, und finde die Treppe und, siehe da, direkt daneben, einen Aufzug. Man stelle sich das vor. Ich fahre damit bis zum vierten Deck, genieße das Fifth-Avenue-Ambiente (roter Teppich, goldgeränderte und mit Gold geäderte Spiegel) und trete in eine große Lounge in aktuellen Blau- und Grautönen. Gemütliche Klubsessel, Couchtische und Lampen sind um einen riesigen, an der Wand montierten Fernsehbildschirm arrangiert. Strahlend saubere Fenster erlauben einen Panoramablick auf Neptuns Wasserwelt. Ich sehe zweimal hin, bin überrascht, denn die Skyline von Boston verschwindet recht zügig am Horizont. Die Yacht ist so riesig und liegt so gut im Wasser, dass man ihre Bewegung nicht spüren kann.

Durch Schiebetüren gelange ich auf ein offenes Deck mit einer Bar, einem Esstisch mit Sitzgelegenheiten für zwölf Personen und einem abgedeckten Jacuzzi unter einer blauen, ausfahrbaren Markise. Drei oder vier Stufen führen von hier zu einem Bereich nahe dem Bug, wo einige bequeme Loungesessel stehen.

Ich amüsiere mich viel zu sehr, um zu hinterfragen, was Zorina mit *sofort* meinte – ein doch eher relativer Begriff, trotz seines Beigeschmacks von Dringlichkeit. Also fahre ich mit dem Aufzug runter auf die dritte Ebene. Als die Türen aufgleiten, stehe ich vor einem sagenhaften großen Salon, der an Versailles erinnert. Brokatvorhänge mit Quasten, Samtsofas, ein riesiger Kronleuchter mit einem Dutzend Etagen voller Kristalle. Ein Flügel, ein schwarzer Yamaha, steht auf einem üppigen, rötlichen Orientteppich von der Größe einer kleinen Eislaufbahn.

Bis jetzt bin ich noch niemandem begegnet. Kurz frage ich mich, ob ich auf einem Geisterschiff gelandet bin, doch als die Aufzugtür sich zum zweiten Deck öffnet, höre ich in der Ferne Stimmen: Mann, wütend, Frau, befehlend. Fließendes Wasser und Topfgeklapper. Ich gehe durch eine kleine Bibliothek in ein leeres Speisezimmer. Der nächste Raum ist ganz offensichtlich die Kombüse. Ein magerer Kellner taucht mit einem Tablett voller auf den Kopf gestellter Weingläser auf. Seine Haare sind im Nacken ausrasiert und oben stachelig, ein langer Pony fällt über eine Gesichtshälfte. Er wirft einen kurzen Blick in meine Richtung, ist anscheinend wenig überrascht, mich zu sehen, und fängt an, den Tisch einzudecken.

Ich bin noch nicht so weit, mit irgendwem Bekanntschaft zu schließen, also springe ich zurück in den Fahrstuhl und fahre zum ersten Deck hinunter. Ich betrete einen Korridor, der sanft von Wandleuchtern mit mattiertem Glas beleuchtet wird. Es gibt sechs geschlossene Türen, drei auf jeder Seite – die Gästekabinen, vermute ich. Ich habe erst ein paar Schritte auf dem dicken Berber gemacht, als sich die Tür, an der ich gerade vorbeigehe, öffnet und eine junge Frau in mich hineinrennt.

»Mensch, tut mir leid«, sagt sie. »Ich sollte beim Gehen die Augen aufmachen. Wie ungeschickt von mir.« Rosenöl, Nelke, mit einem Hauch von holzigem Moos. Ein umwerfender Duft – klassisch, französisch, sehr feminin. Wie eine elegante Pariser Großmutter, die eine Fülle romantischer Geheimnisse hat.

»Das ist mehr Selbstgeißelung als eigentlich nötig.« Ich bemühe mich tatsächlich, freundlich zu sein.

Sie lächelt. »Ich wünschte, Sie wären ein Papagei, den ich mir auf die Schulter setzen könnte.«

»Vielen Dank.«

Ich habe das Gefühl, damit haben wir eine Art Verbindung hergestellt.

»Ich habe Sie gestern Abend gar nicht gesehen«, sagt sie, »aber ich mag auch keine Partys und bin früh zu Bett. Jetzt schlafen alle, nur ich bin wach. Was geistern Sie hier herum?«

»Ich suche Zorina.«

»Oh, *die.* Bob würde ohne sie nie das Haus verlassen. Sie hat all seine Termine und Verabredungen im Kopf. So etwas liegt mir weiß Gott nicht. Sie hasst mich, das kann ich Ihnen sagen. Wahrscheinlich wird sie mich vergiften, bevor die Reise zu Ende ist. Nicht, dass ich jemand wäre, auf den man eifersüchtig sein müsste. Durch und durch Mittelschicht. Aber wir wurden noch *gefördert,* wenn ich das mal so sagen darf. Ich habe Harfe gespielt und das Bryn Mawr College besucht. Wo waren Sie?«

»Auf der UMass Boston.«

»Oh. Schade.«

Die junge Frau trägt ein weitgeschnittenes Nachthemd und einen fließenden Bademantel, dessen Stoff sehr dünn, fast schon transparent ist. Lediglich die weniger durchsichtigen Falten garantieren ein Minimum an Sittsamkeit. Ihr Gesicht ist ein fahles Oval von geradezu klassischer Schönheit. Rote Haare fallen über ihre Schultern und hinunter bis zur Taille; das Lipgloss sirenenrot, ganz frisch und dick auf die Lippen aufgetragen. Interessanterweise verlässt sie ihre Kabine um sechs Uhr morgens nicht ohne Lippenstift und ohne sich einen Duft hinter die Ohren getupft zu haben, obwohl sie barfuß und nur spärlich bekleidet ist.

»Ach, sagen Sie, wissen Sie zufällig, wohin die Fahrt geht?« Ich habe das Gefühl, sie das fragen zu können, ohne dumm dazustehen, weil sie es sofort wieder vergessen wird. Wie eine der Nymphen des Malers Maxfield Parrish scheint sie nicht ganz wirklich zu sein.

»Zum Nordpol, glaube ich. Oder so ähnlich. *Arktis*, so hieß es. Allerdings kann man bei Bob nie ganz sicher sein. Er ändert immer alles so schnell. Sicher sein kann man sich nur in einer Hinsicht, irgendwann werden wir alle auf dem Oberdeck stehen und uns durchs Fernglas irgendwelche Tiere ansehen müssen. Vielleicht bekommen wir Eisbären zu sehen, hat er gesagt. Vielleicht auch Walrosse. Seelöwen. Silberfüchse. Dem Untergang geweihte Lebewesen. Die Eiskappe schmilzt, und wir machen noch schnell ein Foto, bevor sie ganz weg ist. Dann können wir, wenn Bob und ich aus unseren kryotechnischen Konservierungstanks geholt werden, zu unseren neuen Freunden des Weltraumzeitalters sagen: ›Seht nur, Leute, das sind wir, da auf dem Gletscher, damals, in der guten alten Zeit, als der Planet Erde noch kalt war.‹« Kurzes Schweigen. »Sie denken, ich mach nur Witze, stimmt's?«

»Bin nicht sicher.«

»Sie werden schon sehen. Das ist Ihre erste Reise, ja?«

Ich nicke.

»Ich heiße Margot. Mit wem sind Sie hier?«

»Mit niemandem. Ich heiße Pirio, und ich gehöre zur Besatzung.«

»Wirklich? Warum tragen Sie dann nicht eines dieser, öh, T-Shirts, das alle tragen?«

»Hab noch keins bekommen, nehme ich an. Zuerst muss ich Zorina finden.«

»Tja, Sie tun mir echt leid. Die ist wahrscheinlich in der Kombüse und schreit gerade ›Rübe ab!‹. Bin auf dem Weg dorthin, um mir etwas heiße Milch und Honig zu holen. Hab keine Pillen mehr, allerdings helfen die sowieso nicht. Kann nicht schlafen. Konnte ich noch nie. Ich weiß gar nicht, wieso ich's überhaupt noch versuche. Würde ich lesen, wäre ich inzwischen unfassbar brillant. Manchmal stricke ich. Baby-Schühchen. Natürlich ist es auch keine große Hilfe, dass Bob schnarcht. Ich wünschte, Sie hätten mir gleich gesagt, dass Sie zum Personal gehören. Dann hätte ich nicht so viel geredet. Selbstauskunft ist bei mir so was wie eine Krankheit.«

»Schon okay«, sage ich und folge ihr den Gang hinunter.

»Für Sie, klar. Ihnen kann das ja egal sein.«

Sie scheint der Meinung zu sein, dass es mich nicht interessiert, und das wiederum scheint sie zu verletzen. Ich vermute, sie wird häufig verletzt.

Die geschlossenen Kabinen, an denen wir vorbeikommen, sind still wie Grabmale, darin schlafende Zecher.

Als wir die Kombüse betreten, blickt eine Frau, die Zorina sein muss, kaum von dem vor ihr auf der Arbeitsplatte ausgebreiteten Papierkram auf und sagt zu einem asiatischen Koch mit Bierbauch, dass ein Gast eine heiße Milch wünsche. Ihr Gesicht ist bemerkenswert schmal, alle Elemente scheinen in der Mitte wie auf eine Schnur aufgezogen: engstehende Augenbrauen, engstehende Augen, hohe, geblähte Nasenlöcher und ein kleiner runder Mund. Sie trägt eine Art Uniform wie eine

Flugbegleiterin, in der Taille zusammengehalten von einem großen Messingknopf, hat eine durchaus üppige Figur, eine aufrechte Haltung und wirkt überspannt.

Plötzlich blafft sie mich an: »Sie sind zu spät.« Sie wirft mir ein T-Shirt zu. Matrosenmäßig blau-weiß gestreift aus billiger Kunstfaser. Der reinste Horror.

»Sie werden bedienen, sauber machen und sich um die Wäsche kümmern. Schon mal hinter einer Theke gestanden?«

»Ja.«

»Dann werden Sie heute Abend von neun bis mindestens Mitternacht, wahrscheinlich länger, im kleinen Salon hinter der Bar arbeiten. Ziehen Sie was Nettes an.«

»Also nicht das hier?« Ich halte das T-Shirt hoch.

»Etwas, das sexy ist, aber nicht zu sehr. Sie dürfen nicht besser aussehen als die weiblichen Gäste.«

Was Margot ein leicht amüsiertes Lachen entlockt.

»Ich hab nichts Nettes eingepackt«, sage ich.

Zorina seufzt ob der vielfältigen Erscheinungsformen der Unfähigkeit, mit der sie sich herumschlagen muss. »Ich werde Ihnen später etwas in Ihre Kabine bringen lassen.«

»Wo ist Mr Hall?«

»Warum wollen Sie das wissen?«

»Sollte ich mich nicht bei ihm melden?«

»Das ist nicht nötig. Mr Hall stellt die eigentliche Besatzung und beaufsichtigt sämtliche Schifffahrtsaspekte der Reise. Er hat Sie zu mir abgestellt, da er für Ihre Fähigkeiten offenbar keine Verwendung hat. Der Himmel allein weiß, warum ich Sie nehmen muss oder, um es mal ganz offen zu sagen, was Sie hier überhaupt zu suchen haben.«

Margot stößt ein weiteres perlendes Lachen aus.

Der dicke Koch stellt einen Becher auf eine Edelstahlarbeitsfläche. Margot nimmt ihn, beginnt in kleinen Schlucken zu trinken, dann spricht sie den Koch mit Zuneigung in der Stimme an. »Ich habe gestern Abend ein ganzes französisches Brot gegessen, stimmt's, Katsui? Mit Unmengen Butter. Der Heißhunger auf Brot überkommt mich immer, wenn ich es am wenigsten erwarte, und ich muss ihm dann einfach nachgeben.« Katsui nickt voll feierlichem Respekt vor dem Mysterium gustatorischer Bedürfnisse.

Zorinas Blick fällt auf mich. Sie trägt schwer an der Last, so viele Idioten auf Linie bringen zu müssen. Sie nimmt ein kleines schwarzes Gerät aus einer Schublade, einen Pieper, und gibt ihn mir. »Den werden Sie ständig bei sich tragen. Wenn er sich meldet, rufen Sie sofort an, in allen Haupträumen finden Sie ein Telefon. Drücken Sie auf die Null, um mich zu erreichen. Der Brunch wird um elf Uhr auf dem Oberdeck serviert. Von halb drei bis vier Uhr bieten wir in der Bibliothek allen, die es wünschen, ein Smörgåsbord an. Das Abendessen beginnt um acht Uhr im großen Speiseraum. Ihr Dienst umfasst den Zimmerservice, allgemeine Haushaltsaufgaben, die Wäsche. Wenn ich rufe, kommen Sie. Bei all Ihren Aufgaben mit Ausnahme der Arbeit an der Bar tragen Sie das gestreifte T-Shirt. Sie werden eine Stunde vor Servieren der regulären Mahlzeiten im Speiseraum der Besatzung essen. Sie werden zu jeder Zeit auf ein professionelles Auftreten achten. Kein Herumlungern, keine kleinen Essenspausen, keine Schlampigkeit. Wir möchten Sie nicht bei Unterhaltungen mit anderen Besatzungsmitgliedern erwischen, sofern sie nichts mit der Ausübung Ihrer Pflichten zu tun haben. Sprechen Sie nicht mit einem Gast, es sei denn, Sie werden angesprochen. Und in diesem Fall antworten Sie kurz und klar, nennen Sie den Gast *Sir* oder *Ma'am*. Sollten Sie überraschenderweise freie Zeit zur Verfügung haben, lassen Sie sich nicht oberhalb des ersten Decks sehen. Bleiben Sie auf den Unterdecks.« Zorina denkt kurz nach. »Das ist alles.«

Margot, die mit großen Rehaugen zugesehen hat, schenkt mir ein mitfühlendes Achselzucken. »Sie tun mir leid.« Sie gähnt, legt zwei zarte Finger auf ihren Mund und stellt den Becher wieder auf die Arbeitsfläche. »Ich denke, jetzt kann ich schlafen. Sofern er nicht immer noch schnarcht, das Schwein.« Sie schlendert fort.

Mit hochgezogener Augenbraue sieht Zorina ihr hinterher und wartet, bis die Rothaarige außer Hörweite ist. »Margot wird versuchen, sich mit Ihnen anzufreunden. Das geht natürlich nicht.« Sie knöpft ihre Jacke auf, um etwas frische Luft an ihren Oberkörper zu lassen, und entlässt mich.

Zurück in meiner Kabine, telefoniere ich von meinem Mobiltelefon aus. Seine Stimme klingt erfrischend normal. *Hi, Russell Parnell hier. Hinterlassen Sie eine Nachricht.*

Ich berichte, was ich bislang weiß: Ich befinde mich auf einer Luxusyacht namens *Galaxy*, die Bob Jaeger gehört. John Oster ist nicht mit an Bord, aber Dustin Hall und einige Besatzungsmitglieder der *Sea Wolf*. Wir verlassen Boston Harbor mit Kurs Nord, sind möglicherweise auf dem Weg ins nördliche Polarmeer. Über unser genaues Ziel werde ich ihn informieren, sobald ich es kenne.

Während wir fürs Frühstück eindecken, liefert mir mein Kellner-Kollege (so werden wir genannt) Andrew mit der Igelfrisur die Hintergrundgeschichte zu jedem männlichen Gast, der aus dem Aufzug aufs Oberdeck tritt und seinen Platz am Tisch einnimmt. Eine gewisse Selbstgefälligkeit schwingt in den Schilderungen der Männer mit, in denen Andrew Tratsch und Klatsch verarbeitet. Auch eine gewisse missgünstige Schadenfreude, dabei scheint er eifrig alle Meldungen und Artikel über sie zu lesen.

Er scheint eine Hassliebe zu den Gästen (wie sie genannt werden) entwickelt zu haben.

Schon bald sitzen alle – sechs Männer und drei austauschbare Barbie-Püppchen. Margot ist nicht dabei. Vermutlich holt sie Schlaf ohne Jaegers Geschnarche nach. Andrew und ich schenken Kaffee ein, reichen Gebäck herum und nehmen Bestellungen entgegen. Omeletts, arme Ritter oder Joghurt und Obst. Das Servieren von Speisen hat unweigerlich etwas Mütterliches. Wenn ich meine Augen zusammenkneife, ist es ganz einfach, sich jeden Mann als reizenden Zwölfjährigen vorzustellen.

Bob Jaeger sitzt am Kopfende des Tisches. Laut Andrew hat er eine Vorliebe für hilflose Kindfrauen wie Margot, der er immer wieder versichere, die Scheidung sei nur noch eine Frage der Zeit. Mit seinen eins achtzig, einem eher flachen, eckigen Gesicht, zusammengekniffenen Augen und markantem Kinn ähnelt er eher Barbies Ken als einem Macher auf globalem Parkett.

Neben ihm sitzt Jewgeni Petrenko alias der russische *Diamond Man*. Er hat sein erstes Vermögen vor zwanzig Jahren mit Plastiktüten gemacht (ein Produkt, das in der ehemaligen Sowjetunion so knapp war, dass die Menschen es wuschen und wieder verwendeten), sein zweites Vermögen mit sibirischen Diamanten und sein drittes mit dem Internet. Als junger Mann saß er acht Jahre wegen Betrugs und Veruntreuung im Gefängnis, und heute zitiert er bevorzugt den Gulag-Absolventen Solschenizyn, der bekanntermaßen einräumte, seine wahre Erziehung in der Welt der Strafkolonien erhalten zu haben. In Geschäftsanzug und zugeknöpftem rosa Hemd reckt Petrenko sein Kinn nach vorn wie die Schaufel eines Kipplasters. Sein umfangreicher Bauch, Beweis des guten Lebens, hängt ihm deutlich über den Gürtel.

In weitgeschnittener Khakihose, Schlappen und einer Brille

mit Metallrahmen strahlt Hollywood-Produzent Alan Stempel zurückhaltenden amerikanischen Schick aus. Der Kunstsammler und Musikliebhaber ist bekannt für eine Reihe von auf den populären Massengeschmack zugeschnittene Blockbuster, doch den wesentlichen Teil seines Vermögens verdankt er Düngemitteln, Pestiziden und Waffen. Er pflegt gute Beziehungen zu mehreren Regierungen (der US-amerikanischen, israelischen, libyschen und jordanischen) und hat den vorgeblichen Wunsch, Frieden in den Nahen Osten zu bringen. Vorwürfe der Spionage konnten nie untermauert werden. Der attraktive, kahlköpfige Mann mit der verschmitzt zurückhaltenden Ausstrahlung hat sieben Kinder und ist derzeit verheiratet mit Ehefrau Nummer vier.

Richard Lawler, ein Schotte mit rotem Gesicht und einem Heiligenschein aus wuscheligen blonden Haaren, ist ein internationaler Rohstoffspekulant. Seine bekannten Manien lassen ihn in der Öffentlichkeit unverständliches Zeug brüllen, auf wilde Einkaufstouren gehen und launenhaft Angestellte feuern. In regelmäßigen Abständen zieht er sich auf sein Anwesen in den Highlands zurück, wo er mit seiner Schwester – einer alten Jungfer – lebt, plus Schafherden und einem Rudel Border Collies. Er ist jungenhaft, Single und sexuell unberechenbar. Wegen seiner launischen Ankaufs- und Verkaufsexzesse entgeht er immer wieder den Folgen von Konjunktureinbrüchen. Jeder einzelne seiner Schritte wird in der Investment-Welt aufmerksam verfolgt, auch wenn es immer wieder Gerüchte gibt, dass er eigentlich geisteskrank ist.

Daneben sitzt ein junger Schwede namens Jorn Ekborg, über den Andrew weniger weiß. Ekborg fällt mir auf, als er mehr Kaffee verlangt und demonstrativ hilfsbereit unter dem Tisch verschwindet, um eine heruntergefallene Serviette aufzuheben. Von Zeit zu Zeit steht er auf und schlendert zu den Fenstern, um das herrliche, ungebrochene Spektakel des Atlantiks in sich aufzunehmen. Seine Augen wandern in meine Richtung, um zu schauen, ob ich ihn beobachte. Mit seinem kräftigen, eleganten Körper, dem feingeschnittenen Gesicht und den beschwörenden dunkelblauen Augen könnte er den romantischen Helden einer Wikinger-Saga spielen. Oder einen Serienmörder mit einem Master in Lyrik. Andrew sagt, er verdiene sein Geld mit Telefonen und Social Media.

Der Letzte ist Dustin Hall. Er wirkt ausgesprochen unruhig, und all seine Bewegungen sind seltsam träge, wie die eines schwerfälligen Trittbrettfahrers, der nachäfft, was die coolen Kids tun. Heute Morgen trägt er eine steife Harvard-Baseballmütze, die viel zu hoch auf seiner Stirn sitzt, und dazu eine dunkelblaue Jacke mit den überkreuzten Golfschlägern des Brookside Country Club-Logos, deren Reißverschluss hochgezogen ist. Über ihn hat Andrew nicht viel zu sagen.

Als ich ihm Kaffee aus einer silbernen Isolierkanne einschenke, bemerkt Hall mich und nickt halbherzig. Ich nehme an, er erinnert sich von Mrs Smith' Pensionierungsfeier her an mich und weiß, dass ich Johnnys Neueinstellung bin. Ich erwidere das Nicken genauso halbherzig. Peinlich, das Ganze, gelinde gesagt. Ich bin froh, als Andrew die Bestellung von Hall aufnimmt und mich am anderen Ende des Tisches arbeiten lässt.

Die Gäste essen langsam und brechen dann irgendwann auf. Am Ende sind nur noch zwei Gäste übrig, Jorn Ekborg und Jewgeni Petrenko, die zwischen den leeren Kaffeetassen und dem schmutzigen Geschirr sitzen, das noch auf dem Tisch steht. Ihre Unterhaltung wird immer wieder von herzhaftem, kehligem Lachen unterbrochen.

Als ich ihre Teller abräume, hält Ekborg meine Hand fest. »Kommen Sie, kommen Sie, stellen Sie die wieder hin. Leisten Sie uns bei einem Kaffee Gesellschaft. Sie dürfen doch bestimmt

Kaffee trinken? Nicht? Aber Sie müssen! Es ist das schwedische Nationalgetränk, und wenn Sie ablehnen, fasse ich das als Beleidigung meines Landes auf. Moment, ich schenke Ihnen ein!«

Charmant springt er auf, um eine Tasse samt Untertasse vom Servicewagen zu holen, und stellt beides auf eine freie Stelle neben seiner. Ich setze mich, während er zurücktrabt, um einen Löffel zu suchen. Er schenkt aus der noch auf dem Tisch stehenden Kanne ein, während Andrew schmutziges Geschirr stapelt und dabei voller Neid und Missfallen zusieht.

»Jewgeni und ich sind gute Freunde. Können gar nicht aufhören zu reden, stimmt's? Ist es nicht komisch? Ein Schwede und ein Russe, drei Jahrzehnte Altersunterschied. Aber das ist wahre Freundschaft. Die üblichen Grenzen verschwinden.«

»Dummkopf!«, sagt Petrenko. »Wann hab ich zuletzt einen solchen Unsinn gehört? Nehmen Sie sich in Acht, junge Frau. Er versucht, Sie mit seiner poetischen Seele zu beeindrucken!« Er zieht mit feuchten Lippen an der Zigarette zwischen seinen gelben Fingern.

»Sehen Sie, wie er mich liebt? Wie ein Bruder«, sagt Ekborg. »Wir haben uns in einem Survival-Camp bei Ihnen in Montana kennengelernt. Sie sind doch Amerikanerin, oder? Natürlich. Ich sehe das, noch bevor Sie den Mund aufmachen. Ihr amerikanischen Frauen habt eine solche … Direktheit an euch.«

Petrenko grölt. »Direktheit! Du weißt wirklich, wie man mit einer hübschen Frau spricht, Jorn. Ich sollte Unterricht bei dir nehmen!«

Ekborg wendet sich dem Russen zu. »Ja, warum nicht? Ich werde dir einen Meisterkurs anbieten, Jewgeni, mit dem du allerdings, wie ich fürchte, sowieso nichts anfangen kannst. Du hast schon einen großen Fehler gemacht. Nenne eine Frau niemals *hübsch*. Das ist viel zu gewöhnlich, erniedrigend. *Schön* ist das richtige Wort.«

»Und das alles sagst du, wo sie doch hier sitzt! Glaubst du vielleicht, sie ist taub?«

»Diese Frau kann man nicht verführen«, verkündet Ekborg und betrachtet mich mit einem selbstgefälligen, wohlwollenden Lächeln. »Sie besitzt einen starken Charakter. Man sieht es ihrem Gesicht an. Sie nimmt einen Mann ausschließlich zu ihren eigenen Bedingungen. Du musst warten, bis sie zu dir kommt.«

»Pah! Das sehe ich nicht. Ich sehe nur eine hübsche Frau, und ich werde sie auch so nennen.« Petrenko stößt Rauch durch die Nase aus.

Ekborg beugt sich zu mir. »Dann soll sie doch für sich selbst sprechen. Wie würden Sie lieber genannt werden – hübsch, schön oder stark?«

»Sind Sie wirklich so ein Idiot«, frage ich, »oder tun Sie nur so?«

Er schlägt mit der flachen Hand auf den Tisch. »Siehst du! Was hab ich gesagt? Hör zu, Jewgeni, eine Frau wie diese darfst du *niemals* schön nennen. Es sei denn, du bist darauf vorbereitet, dass im Schlaf eine Axt deine Stirn spaltet.«

Petrenko sieht mich an und zwinkert, wobei sein Doppelkinn leicht wackelt. »Ist völlig richtig, dass Sie ihn beschimpfen. Was bildet der sich eigentlich ein? Mich behandelt er wie einen Hinterwäldler, der nicht mit seinem weltmännischen Charme mithalten kann. Aber wenn ich Sie *hübsch* nenne, ist das nicht beleidigend gemeint. Ich sage nur das, was ganz offensichtlich ist, und deshalb habe ich Ihr Vertrauen verdient. Wenn ich ein junger Mann wäre und nicht so fett, dann wäre ich derjenige, an dessen Arm Sie diesen Raum verlassen würden.«

»Erzählen Sie mir von Ihrem Survival-Camp«, sage ich.

Ekborg lächelt und beugt sich eifrig vor. »Wir haben uns grundlegende Überlebenstechniken angeeignet, für einen nuklearen Holocaust, Erdbeben, Meteoreinschläge und überhaupt alles, was ein Massenaussterben auslösen könnte. Viele von uns haben Camps in einsamen Gegenden, mit Landebahnen für kleine Flugzeuge, zwei Stromgeneratoren, Lebensmittelkonserven, Wasser in Fässern für fünf Jahre. Bücher, um unsere Kinder zu unterrichten, medizinisches Bedarfsmaterial. Natürlich Schusswaffen und landwirtschaftliches Gerät. Mit den richtigen Werkzeugen und dem richtigen Wissen können wir für unsere Familien einen anständigen Lebensstil aufrechterhalten, während der Planet sich regeneriert.«

»Schön für Sie, aber was ist mit uns? Wäre es nicht viel besser, wenn Sie Ihre Ressourcen in die Vermeidung solcher Katastrophen steckten?«

»Sieh an, sieh an! Sie *sind* Amerikanerin«, sagt Ekborg frotzelnd. »Ihr glaubt, solche Dinge könnten durch – wie sagt man? – Erfindergeist verhindert werden?«

»Erfindergeist!«, sagt Petrenko, als wäre er begeistert vom Klang dieses Wortes. »Aber ihr Schweden seid amerikanischer als die Amerikaner.« Zwinkert mir wieder zu. »Ich sage das nur, um ihn anzustacheln.«

»Ja, Erfindergeist«, sage ich. »In Verbindung mit Wissenschaft, Entschlossenheit und Zusammenarbeit.«

Ekborg lehnt sich zurück und mustert mich, als suche er nach der passenden logischen Argumentationsweise, um meinen beschränkten demokratischen Verstand zu knacken. »Ich weiß, was Sie denken. Sie denken, wir Survivalisten würden das nur für uns selbst tun. Dass uns die Menschheit völlig egal ist. Aber da irren Sie sich. Sie liegt uns so sehr am Herzen, dass wir alles tun werden, um ihren Fortbestand zu sichern. Ist es denn nicht gerade der Überlebensinstinkt, der unsere Spezies schon so weit gebracht hat?«

»Ihre Logik ist eigennützig und gefährlich«, sage ich. Deshalb war ich in der Schule auch nie so besonders. Ich werde gleich emotional und schlage einfach zu.

Petrenko johlt. »Diese junge Dame schlägt dir keine Axt in die Stirn, während du schläfst, mein Freund. Sie schneidet dir die Zunge an der Wurzel ab, während du sprichst!«

»Gefährlich? Was ist daran gefährlich?«, fragt Ekborg. Er tut verletzt und fordert mich heraus. Es gefällt ihm, mich in eine Diskussion verwickelt zu haben.

»Erstens verraten Sie mir mal, wie das Jagen in Ihren Entwurf passt.«

»Ach ja. Deshalb sind wir ja hier, nicht wahr?« Er schenkt sich Kaffee nach. »Sie sind doch nicht etwa eine dieser sentimentalen Liberalen, oder, Miss –«

»Ich bin nie sentimental. Sonst wäre ich es immer. Und mein Name ist Pirio Kasparov.«

»Eine Russin! Ich wusste es!«, kräht Petrenko. »Russische Frauen sind stark wie Panzer!«

Ekborg lächelt geduldig, als wäre längst entschieden, dass meine Ecken und Kanten kein Grund seien, sich nicht anzufreunden. »Das Töten liegt in der Natur des Menschen, genau wie das Überleben. Das eine geht in das andere über. Stößt Sie das ab, Ms Kasparov? Sollte es nicht. Ein Blick auf die Geschichte genügt, um zu erkennen, wie blutrünstig wir sind. Im zwanzigsten Jahrhundert wurden Millionen aus purem Vergnügen abgeschlachtet.«

»Vergnügen? Nein, es ging um Macht«, sagt Petrenko, der die Unterhaltung immer noch genießt.

»Welche Macht hatte denn der kommunistische Scherge oder der Nazi-Soldat, der seinen Nachbarn ermordete? Dschingis Khan und seine Horden haben zu ihrer Zeit zehn Prozent der gesamten Menschheit ausgerottet. Dabei ging es ihnen nicht um Macht, sondern nur ums Töten. Für sie war es ein Sport.«

Ekborg fährt mit melancholischem Bedauern fort: »Wir sind alle Mörder, und die Gefährlichsten unter uns sind die, die es nicht zugeben wollen. Die Jagd ist die harmloseste Form, die Mord annehmen kann. Es geht nicht um Politik, nicht um Hass. Und tierische Populationen füllen sich zumeist selbst wieder auf. Denken Sie mal drüber nach. Wenn man mehr Menschen erlauben würde, Wild zu töten, wären Kriege vielleicht seltener. Aber es muss eine Beute sein, die die Fähigkeiten und den Einfallsreichtum eines Menschen wirklich fordert. Enten und Eichhörnchen sind da nicht das Richtige.«

Petrenko drückt die Zigarette auf seinem Teller aus. »Jorn ist ein meisterhafter Jäger. Wir haben ein Video von ihm in Afrika. Falls Sie es sehen möchten, ich bin sicher, dann wird er es Ihnen noch heute Abend zeigen. Er hat ein Auge auf Sie geworfen, genau wie damals auf diesen Löwen. Er ist ein wilder Kerl, dieser Jorn. Ich sage Ihnen, nehmen Sie sich vor ihm in Acht.«

»Ich würde es sehr gern sehen«, sage ich und bringe ein künstliches Lächeln für Ekborg zustande.

»Dann werden Sie das, Ms Kasparov.«

»Heute Abend stehe ich nach neun im kleinen Salon hinter der Bar.«

»Perfekt. Dort zeigen wir immer unsere Videos«, sagt Ekborg.

Die Aufzugtür öffnet sich, und Zorina stürmt heraus. Sie sieht aus wie eine Flaschenrakete, die jeden Moment hochgehen wird. Andrew ist, wie mir auffällt, nicht mehr da. Ich habe das reflexartige schlechte Gewissen des Angestellten, der beim Faulenzen erwischt wird. Auf dem Fuße folgt die Angst, dass sie so sauer ist, dass ich heute Abend nicht hinter der Bar stehen darf und stattdessen die Latrinen schrubben muss. Ich springe auf und staple sofort schmutziges Geschirr aufeinander.

»Meine Herren, verzeihen Sie mir bitte, aber ich brauche Ms

Kasparov«, sagt Zorina mit unterkühlter Freundlichkeit und kommt zum Tisch.

»Bestrafen Sie die junge Dame bitte nicht!«, kräht Ekborg, während Petrenko amüsiert zuschaut. »Es ist alles meine Schuld. Ich habe sie geradezu gezwungen, ihre Pflichten zu vernachlässigen und stattdessen mit uns Kaffee zu trinken. Sowohl Jewgeni als auch ich haben mit allen Mitteln versucht, sie zu verführen, allerdings ohne Erfolg. Diese Frau ist ein Ausbund an Tugend.«

»Ja, dessen bin ich sicher, aber ich brauche sie jetzt. Es tut mir sehr leid, sie Ihnen wegnehmen zu müssen.«

»Madame, Sie leisten tadellose Arbeit«, sagt Petrenko. »Der Service ist wirklich erstklassig.«

Zorina lächelt unverbindlich. Sie will sich keinen Honig ums Maul schmieren lassen.

Petrenko macht mit seinen schmeichelhaften Ablenkungsmanövern weiter, die mir wohl aus der Patsche helfen sollen. »Ich freue mich schon sehr auf unser kleines Abenteuer. Mit meinem Freund Jorn an Bord werden wir in der Baffin Bay doppelt so viel zu tun haben wie gewöhnlich.«

Ich erstarre, meine Hand umklammert das schmutzige Besteck. Die Baffin Bay. Eine riesige Wasserfläche zwischen Kanada und Grönland. Abgelegen, unbereist, ihre entfernten Küsten lediglich bewohnt von vereinzelten Siedlungen der Inuit. Ein perfekter Ort für die Jagd auf Wale.

Zorina packt meinen Ellbogen, zieht mich beiseite und schleift mich zur Bar, wo sie mich zur Schnecke machen kann, ohne dass jemand mithört. Ich habe ein Tablett voll mit Geschirr in den Händen und lasse es beinahe vor ihre Füße fallen.

»Hören Sie zu, Ms Kasparov. Sie müssen sich vorsehen, verstehen Sie? Es kann vorkommen, dass die Gäste reden und flirten wollen. Wenn sie das möchten, schön, dann gehen Sie darauf ein. Ich werde Sie nicht einmal aufhalten, falls Sie geneigt sind, mehr zuzulassen. Aber vergessen Sie niemals, dass Sie eine Angestellte sind. Sie werden dafür bezahlt, alles zu vergessen, was immer die Gäste Ihnen erzählen oder zeigen und was immer Sie auf dieser Reise sehen oder hören. Ich glaube, Mr Hall ist diese Regeln mit Ihnen durchgegangen.«

»Man hat es mir gesagt, ja.«

»Und seien Sie bitte nicht so dumm zu glauben, jemand würde sich ernsthaft für Sie interessieren. Hier gibt es kein Happy End.«

»Das habe ich auch nicht erwartet.«

»Gut. Jetzt beenden Sie hier Ihre Arbeit, und anschließend kommen Sie zu mir in die Kombüse.« Zorina rauscht davon. Als ich mit dem leeren Tablett wieder zum Tisch gehe, sind die Männer fort, haben nur zerknitterte Servietten und Petrenkos zerknüllte leere Packung Dukats hinterlassen.

KAPITEL 24

Jede Passagierkabine hat ein Bad. Zusätzlich befindet sich auf jedem Deck eine Toilette sowie zwei weitere im Mannschaftsbereich und eine auf der Brücke. Alles in allem dreizehn Toiletten. Vielleicht noch ein paar mehr, die zu erwähnen Zorina vergessen hat. Genug Toiletten für mehrere hundert Einwohner von Kalkutta beziehungsweise ein paar Familien in La Jolla. Auf einem Decksplan hat Zorina die Lage markiert und mir dann eine Leinentasche mit Reinigungsmitteln gegeben. Ich bin angewiesen, *Bitte nicht stören*-Schilder unbedingt zu respektieren und *Zimmermädchen!* zu rufen, bevor ich eine Passagierkabine betrete. Den Plan hat sie fürsorglich zusammengefaltet und in besagte Tasche gesteckt, damit ich mich nicht verlaufe. Was ich natürlich nicht versprechen kann, denn das Schiff ist riesig. Und es hat so viele Türen.

Auf dem Weg zur Treppe komme ich am Aufzug vorbei, dessen Benutzung Besatzungsmitgliedern untersagt ist. Es wäre einem Passagier auch wirklich nicht zuzumuten, diese herrliche Kiste aus Spiegeln und poliertem Holz mit Leuten wie uns zu teilen. Mit dem Wort *unsichtbar* beschrieb Zorina, was wir sein sollen, und meine Kollegen scheinen sich diese Anweisung zu Herzen genommen zu haben. In meinem bislang halben Tag an Bord sind Zorina, der Koch und Andrew die einzigen Angestellten, denen ich begegnet bin. Man hat mir gesagt, wir wären insgesamt zwölf. Mit den zehn Passagieren – sechs Gentlemen, drei Püppchen und Margot, die eine Klasse für sich ist – sind wir zweiundzwanzig Personen an Bord. Ich vermute, dass es auf einem Schiff dieser Größe nicht weiter überraschend ist, wenn einem die Salons und Gänge entvölkert erscheinen.

Es erscheint mir sinnvoll, mit der Toilette auf der Brücke anzufangen. Sie ist vermutlich klein und genau die richtige Herausforderung für eine angehende Latrinenkünstlerin. Und nicht zufällig ist die Brücke das Gehirn des Schiffs, wo man vermutlich auch den Kapitän findet.

Sie liegt auf dem dritten Deck, ein bogenförmig geschwungener Raum am Bug. Kalt, grau, ohne jeden Charme und völlig phantasielos, genau wie ein braver Frontallappen sein sollte. Unter einer langen Fensterreihe sind Dutzende Instrumente und Schalter zu Bedienfeldern zusammengefasst. In der Raummitte ein Metallrad mit einem vorspringenden Hebel – eine Vorrichtung, die aussieht, als könnte sie von einem Ford Model T stammen. Es beschleicht einen schon ein mulmiges Gefühl, wenn man sich vorstellt, unser Leben könnte von solch einer schlichten technischen Vorrichtung abhängen. Der Kapitän ist in eine Seekarte vertieft. Leicht genervt schaut er auf. Ich trage das gestreifte T-Shirt mit dem Logo der *Galaxy*, und aus dem Beutel, den ich dabeihabe, ragt eine Toilettenbürste. Was ihn veranlasst, quer durch den Raum zu brüllen: »Oh, nein! Welcher Ärger rollt denn mit dir jetzt an?«

Aber er kann keine Gedanken lesen; es ist nur eine nett gemeinte Fopperei. Ich erläutere meine Mission. Er zeigt auf die Toilettentür. »Lass dich nur ja nicht von mir abhalten.«

Er ist klein, in der Mitte etwas füllig, herausgeputzt in einer marineblauen Jacke mit irgendeiner gelben Stickerei auf Schultern und Manschetten. Auch das gehört offenbar zur obligatorischen Schiffskluft, denn er kommt mir nicht wie jemand vor, der bereitwillig einen Blazer à la Sergeant Pepper anzieht. Sein Gesicht ist teigig und aufgedunsen, auf seinen Wangen blühen Kapillargefäße wie violette Rhododendron-Büsche. Eine Strähne seines spärlichen strohblonden Haars hängt an einer Seite des Gesichts herunter. So wie es gekämmt ist, verrät es eine gute Portion wahnhaften Machismo seitens eines Mannes, der vermutlich stramm auf die sechzig zugeht.

»Wie sind wir für Eisberge gerüstet?«, frage ich, denn ich möchte mich ein wenig mit ihm unterhalten, und es ist das Erste, was mir in den Sinn kommt.

»Keine Sorge. Um diese Schnuckelchen müssen wir uns erst viel weiter nördlich Gedanken machen.«

»Klaro. Wie viel weiter nördlich denn?« In meiner Stimme liegt ein winziges, unbeabsichtigtes ängstliches Quieken.

Seine verquollenen Augen funkeln belustigt. »Sag nichts. Du hast *Titanic* gesehen. Guter Film, oder? Wie fandest du Leonardo? Erinnert mich immer an mich selbst in diesem Alter.« Glucksendes Kichern. »Das war nur ein Witz! Aber weißt du was, Süße, mach dir mal keine Sorgen wegen der Eisberge. Ich habe reichlich Erfahrung in den arktischen Meeren und kann dir versichern: Ich bin nicht so ein Blödmann wie der Kapitän der *Titanic.* Hier bei mir bist du sicherer als in einem Auto auf der Route 93.«

»Trotzdem. Was ist, wenn –«

»Hab ich nicht gerade gesagt, du sollst dir keine Sorgen machen? Hast du mir nicht zugehört? Man muss immer tun, was der Kapitän einem sagt, stimmt's?« Erfreut über seine Befehlsgewalt, lächelt er mich augenzwinkernd an. »Du darfst mich übrigens Lou nennen. Oder Käpt'n Lou, aber ich bestehe nicht drauf.«

»Lou Diggens, stimmt's?« Der Kapitän, der sich auf der letzten Fahrt der *Sea Wolf* mit dem japanischen Fischwirt angelegt hat.

»Zwei Punkte für dich.«

Ich verrate ihm meinen Namen und stelle den Beutel ab.

»*O Mann!* Jawohl, Ma'am. Ihr Ruf eilt Ihnen voraus. Sie haben auch schon einen Spitznamen, wissen Sie das? Wir nennen Sie den *Schwimmer.*« Seine Miene verfinstert sich. »Wirklich eine Schande, was mit Ned Rizzo passiert ist. Hat früher auch bei uns gearbeitet.«

»Ja, ich weiß. Er hat mir das Leben gerettet.« Ich rechne nicht mehr mit einer Reaktion.

Lou widmet sich wieder seiner Seekarte. »Hat er Ihnen erzählt, was wir hier draußen machen?«

»Äh, ja.«

»Und da konnten Sie's kaum noch erwarten, selbst bei der Party mitzumischen.«

»Mhm-mh. Wann erreichen wir die Baffin Bay?«

»Wer sagt denn, dass wir dorthin fahren?«

»Jewgeni Petrenko.«

»Der fette Rote würde die Baffin Bay nicht mal erkennen, wenn sie ihm in den Arsch beißt. Vor dem würde ich mich übrigens in Acht nehmen. Ein echter Weiberheld. Zorina musste ihn schon abwehren, obwohl ich nicht begreife, was ihn bei der überhaupt angezogen hat. Haben Sie schon den Rotschopf kennengelernt? Jaegers Geliebte? Eigentlich ist sie ein wirklich süßes Mädel.«

»Ja, bin ihr schon begegnet.« Ein gutes Gefühl, in so kurzer Zeit schon so viel Tratsch erzählt zu bekommen. Da fühle ich mich gleich sozial akzeptiert. »Wie ist Jaeger denn so?«

»Hab keinen blassen Schimmer! Er war heute Morgen hier und hat einen Blick auf die Seekarten geworfen. Wollte sich wohl vergewissern, dass wir nicht nach Australien unterwegs sind. Hat ein Gesicht wie aus Stein. Anscheinend reich ohne Ende. Aber das kann man ihm ja wohl schlecht vorhalten, oder?

Ich meine, wir wären doch alle gern an seiner Stelle. Und er ist verdammt freigebig mit seiner Kohle. Für uns fällt dabei auch hübsch was ab, könnte man sagen.«

»Wenn wir nicht zur Baffin Bay fahren, wohin geht's denn dann?«

Lou schnappt sich einen Stift und beginnt, etwas auf die Seekarte zu schreiben. »Stellen Sie nicht zu viele Fragen. Hier an Bord macht jeder einfach genau das, was man ihm sagt. Ist für uns alle besser so.«

Ich werfe einen Blick über seine Schulter. »Kann aber doch nicht schaden, es mir zu zeigen, oder? Ich kann's nicht ausstehen, wenn ich nicht weiß, wohin ich unterwegs bin. Von so was krieg ich Alpträume.«

Er mustert mich vom Scheitel bis zur Sohle, als müsste er sich vergewissern, dass er mich richtig eingeordnet hat. Ich versuche, ein bisschen kindisch rüberzukommen. »Na schön, ich zeig's Ihnen. Weil wir ja nicht wollen, dass Sie mitten in der Nacht rumschreien, stimmt's?«

Die Seekarte ist ungefähr ein mal einen Meter groß, und an den Rändern steckt sie unter durchsichtigen Plastikleisten, damit sie glatt bleibt. Man sieht viel weiße Landmasse: den südlichen Teil des Kanadisch-Arktischen Archipels, dessen Küstenlinie von wahrscheinlich tausend oder mehr Meilen Länge so zerfasert ist, dass sie an winzige Streifen geschreddertes Papier erinnert. Grönland, ebenfalls weiß, ist an zwei Seiten abgeschnitten und in die obere rechte Ecke gezwängt. Hauptsächlich ist da jede Menge Blau.

»Die Seereise ist ein Klacks, zumindest was die Navigation angeht«, sagt Lou. »Die meiste Zeit fahren wir an der Küste entlang. Momentan sind wir ungefähr hier …« Sein schmutziger Finger landet auf einer Stelle im Golf von Maine. »Wir werden die Ostküste von Nova Scotia hinauffahren, dann nach links in die Cabot Strait einbiegen und durch die Strait of Belle Isle der Westküste von Neufundland folgen. Wahrscheinlich machen wir einen kurzen Landgang in Makkovik, fahren entlang der Labrador-Küste weiter nach Norden, queren die Hudson Strait, halten uns nach der Hall Peninsula links und fahren weiter in den Cumberland Sound.«

»Cumberland Sound?«

»Genau. Dahin fahren wir. Aber Sie können auch Baffin Bay sagen, wenn Sie wollen. Oder sonst irgendwas. Die Passagiere erkennen sowieso keinen Unterschied. Die könnte man auch auf Grönland absetzen und sagen, das ist Kanada. Die brauchen mindestens einen Tag, bis sie dahinterkommen.«

»Wenn wir dort ankommen, was machen wir dann, äh … lassen wir uns einfach treiben oder legen wir irgendwo in einem Hafen an?«

»Na ja, dort oben gibt es keine richtigen Häfen. Da ist eine kleine Siedlung, die von den Einheimischen Pang genannt wird, die schmiegt sich an einen wirklich atemberaubenden Fjord. Aber wir fahren noch weiter.« Er streicht mit einem Finger Richtung Nordwest die Meerenge hinauf. »Hier gehen wir irgendwo vor Anker, um unseren Spaß zu haben.«

Ich linse auf die Karte. »Wo?«

»Was spielt das für eine Rolle? Ist alles total abgeschieden. Das Land ist unbewohnt. Wohin wir fahren, gibt's keine Versorgungsschiffe mehr, das kann ich Ihnen sagen. Die nächsten Menschen sind die Inuit unten in Pang.«

Lou ist ein zungenfertiger, schmieriger Typ, aber durchaus auch sympathisch. Ich überlege gerade, wie ich noch mehr aus ihm herausbekommen kann, als ich hinter mir ein schabendes Geräusch höre. Ein großer junger humpelnder Mann zieht sich einen Klappstuhl aus Aluminium heran und setzt sich. Er hat ein teigiges Gesicht, die Haare sind strähnig, und seine Beine, die er in Stolpernähe hinter mir ausgestreckt hat, zucken nervös.

»Darf ich vorstellen: mein Stiefsohn Troy«, verkündet Lou trocken. »Aus den Tiefen des Maschinenraums zu Gast bei uns auf der Brücke.«

»Hey, Troy«, sage ich.

»Sie ist der Schwimmer«, sagt Lou mit deutlich weniger Begeisterung als vorhin.

Troys Augen schimmern, aber er sagt nichts.

Die Unterhaltung wird persönlich. Ein bisschen zu persönlich. Die Kurzfassung: Lou war früher mit Troys Mutter verheiratet. Nach der Scheidung erbte er das Sorgerecht für ihren auf die schiefe Bahn geratenen Sohn und versuchte, ihn für die Fischerei zu interessieren, um ihn von der Straße fernzuhalten. Nicht, dass es funktioniert hätte. Das alles erzählt Lou mit reichlich Sarkasmus. Anscheinend möchte er für seinen nicht biologischen Altruismus gelobt werden, während er sich gleichzeitig von dem offensichtlich jämmerlichen Ergebnis distanziert.

Als Lou zu reden aufhört, deutet Troy mit dem Kopf auf seinen Stiefvater. »Der Typ hat mir alles beigebracht, was ich weiß.«

»Nur nicht Einbruch, Widerstand gegen die Staatsgewalt, Handel mit Drogen und sich immer wieder schnappen zu lassen, stimmt's?«, erwidert Lou verärgert.

»Nee. Nur wie man Leuten in den Arsch kriecht und sich dabei auch noch ein Bein ausreißt.« Troy sieht mich an, als wäre das mal ein echt guter Witz, über den wir beide uns ausschütten könnten vor Lachen, wenn wir Bock hätten. Ich sehe, wie Lou einen dicken Hals bekommt.

Es kommt mir vor, als würde ich im Reality TV Lou und Troy sich selbst spielen sehen.

»Heute ist der erste Arbeitstag für den Schwimmer«, sagt Lou gepresst. »Lass uns ihr doch keine Angst einjagen.«

»Die hat keine Angst vor Matrosen, die ein bisschen Kohle machen wollen. Vor allem nicht, wenn sie selbst dazugehört.«

Lou wirft mir einen nervösen und entschuldigenden Blick zu, dann sind seine Augen auch schon wieder woanders. Sein Stiefsohn scheint ihn geschlagen zu haben. Als ihm dann die beiseitegewischte strohblonde Strähne wieder ins Gesicht fällt, ist es, als würde bei einem kitschigen Einakter der Vorhang fallen. Troy sitzt mit weitgespreizten Beinen da und starrt mich an, als wär ich eine leere Bierflasche auf einem Zaun und er ein gelangweilter Proll.

In der Familie geht echt die Luzi ab, denke ich, schnappe mir die Reinigungsutensilien und verschwinde auf dem gleichen Weg, den ich gekommen bin.

»Hey, und was ist jetzt mit der Toilette?«, ruft Lou mir nach.

»Später«, antworte ich.

Troy stößt ein hässliches Lachen aus.

Ich muss sofort Parnell wissen lassen, wohin wir fahren. Mein Mobiltelefon wird hier draußen im Golf von Maine nicht mehr ewig funktionieren. Aber noch sind wir nahe am Festland, daher ist es durchaus möglich, dass wir noch im Roaming-Bereich meines Netzanbieters sind.

Ich renne die Treppen zum untersten Deck hinunter. Dort herrscht ein ständiges Summen, jede Oberfläche scheint zu vibrieren, und man spürt ein rhythmisches Pochen, das ich nicht einordnen kann. Ich rechne nicht damit, jemandem zu begegnen, deshalb bin ich zunächst bloß überrascht, zwei Männer aus meiner Kabine kommen zu sehen. Dann bemerke ich, dass der eine meinen Laptop unter dem Arm und der andere meine neue Minolta in der Hand hat. Sie gehen in die entgegengesetzte Richtung davon.

»Hey, Moment mal!«, brülle ich ihnen nach.

Sie drehen sich um. Der eine hat die massige Statur eines Linebackers und ein völlig gelassenes Gesicht. Der andere ist der unfreundliche, gebeugte Typ, der heute Morgen meine Tasche genommen hat. Beide tragen marineblaue Sweatshirts mit dem *Galaxy*-Logo.

»Wohin wollt ihr mit meinen Sachen?«

»Diese Geräte sind an Bord nicht erlaubt. Am Ende der Fahrt bekommen Sie alles zurück«, klärt mich der Hintere auf.

»Aber auf dieser Maschine da ist mein ganzes Leben«, sage ich und zeige auf den Laptop.

»Sie hätten nichts davon mitbringen dürfen. Keine Computer, Telefone oder Kameras. Das sind die Vorschriften.«

»Kommen Sie. Machen Sie mal halblang!«

Er zuckt nur die Achseln. Die zwei drehen sich um und lassen mich auf dem Gang stehen.

Ich gehe in meine Kabine. Meine Reisetasche liegt offen auf dem Bett, und die Kleidung ist überall verstreut. Ich sehe mich um und stelle fest, dass sie auch mein iPhone und die Kodak PlaySport mitgenommen haben. Sie haben sogar das Prepaid-Handy entdeckt, das ich für den Notfall in eine Wollsocke gestopft hatte.

Mitten in diesem Durcheinander setze ich mich auf die Koje. Ohne Telefon und Laptop komme ich mir nackt vor. Ohne die Kameras hat es überhaupt keinen Sinn, dass ich hier bin. Was mache ich jetzt?

——

Gegen zehn Uhr hält sich eine ausgelassene kleine Bande im kleinen Salon auf. Bob Jaeger, Jorn Ekborg und Richard Lawler sind in eine Unterhaltung vertieft. Lawler schüttelt immer wieder aufgeregt seinen blonden Wuschelkopf, und von Zeit zu Zeit bricht er in schallendes Gelächter aus. Margot hat sich links neben Jaeger bereits halb zurückgelehnt, wirkt blass und teilnahmslos. Jewgeni Petrenko hat seinen Arm um eine Frau gelegt, die ich bislang noch nicht gesehen habe. Sie ist älter als die anderen – Anfang vierzig, rundlich und gelassen, mit toupierten, gebleichten Haaren. Er streichelt ihren nackten Ellbogen und reibt ihn leidenschaftlich, während sie träge blinzelt, wie eine zufriedene Katze.

Der Salon ist, für die *Galaxy*, regelrecht gemütlich: eine Ecke wird von einem runden Kartentisch beherrscht, und in der Mitte des Raumes stehen sich zwei Sofas gegenüber. An der hinteren Wand ist eine Projektionsleinwand heruntergezogen worden, und auf dem Tisch steht ein aufgeklappter Laptop. In dem gedämpften Licht sieht jeder gut aus.

Ich stehe hinter der polierten Theke aus Rosenholz, mixe, schenke aus, schnappe mir Gläser und werfe Maraschino-Kirschen, Zitronenscheiben und Limonenschnitze in jeden Drink, der aussieht, als könne er etwas Farbe gebrauchen. Es ist schon eine Weile her, seit ich so etwas das letzte Mal gemacht habe, und ich weiß, dass meine Mischverhältnisse nicht ganz richtig sind, aber bislang hat sich noch niemand beschwert.

Nach einer Weile löst Margot sich von ihrer Gruppe und kommt herüber, um sich auf einen Barhocker zu setzen. »Es ist nett, noch eine andere halbwegs intelligente Frau auf diesem Schiff zu haben. Sie können sich gar nicht vorstellen, wie sehr ich mich langweile. Bei Bob heißt es immer nur Geschäfte, Geschäfte, Geschäfte. Die halbe Zeit habe ich keinen Schimmer, wovon er eigentlich redet. Wir sind jetzt ein paar Jahre zusammen. Ich mache nichts anderes, als zu reisen und auf Partys oder irgendwelche Veranstaltungen zu gehen. Und schlafen, natürlich, wenn ich kann. Freunde hab ich keine.«

Ich habe keine Idee, wie ich auf diesen Schwall antworten soll, also rette ich mich mit dem Naheliegenden. »Darf ich Ihnen etwas zu trinken anbieten?«

»Champagner.«

Während ich einschenke, starrt sie auf die leise zischenden Perlen und berührt den Stiel des Glases leicht mit ihren langen, pflaumenfarbenen Fingernägeln.

»Wie viele dieser Reisen haben Sie denn schon mitgemacht?«, frage ich.

»Das ist jetzt meine dritte. Ich bin ja so froh, dass wir endlich eine anständige Unterbringung haben. Ich war's, die Bob überzeugt hat, dieses Schiff hier anzuschaffen. Das andere konnte ich nicht ausstehen.«

Wieder habe ich das Gefühl, ich könnte Margot alles fragen, ohne ihr Misstrauen zu erregen. Und selbst wenn sie mir misstraute, wäre es ihr völlig egal.

»Was passiert mit dem Kadaver – ich meine, nachdem sie den Wal getötet haben?«, frage ich mit neutraler Stimme.

»*Der* Kadaver? Es ist mehr als einer. Hunderte.«

»Hunderte? Wirklich?« Sie ist noch konfuser, als ich dachte.

Margots Blick wirkt leicht gekränkt. »Die Körper sinken auf den Grund und verwesen. Jede Menge davon. Ein Massengrab. Was haben Sie denn gedacht?«

»Das wusste ich nicht.«

Sie trinkt ihren Champagner schlückchenweise, indem sie wie ein kleines Kind die Lippen an den Rand des Glases senkt, ohne es zuvor von der Theke zu heben. »Jorn ist scharf auf Sie. Das merkt man daran, wie er versucht, Sie zu ignorieren.«

Stimmt. Er hat mich den ganzen Abend nicht angesehen. Aber wie er mir den Rücken zugewandt hält, mir sein Profil zeigt, in dominanter Haltung über den anderen auf der Couch aufragt – all das scheint mich ganz ausdrücklich einzubeziehen.

»Die meisten Menschen würden denken, das sei ein Widerspruch, aber ich weiß, was Sie meinen.«

Sie lächelt huldvoll. »Mögen Sie ihn?«

»Ich fühle mich in seiner Nähe unwohl.«

»Ganz normal. So wirkt er auf alle Frauen. Er sieht gut aus und ist irrsinnig reich.«

»Wenn man vom Teufel spricht.«

»Ladys«, sagt Ekborg herzlich und setzt sich auf den Hocker neben Margot, »seid ihr bereit für meinen Film?« Sein schwedischer Akzent hat einen ansprechend singenden Tonfall. Man denkt unwillkürlich an frische Luft und Holunder.

»Ich kenne ihn schon, Jorn. Du zeigst ihn doch schon zum dritten Mal, oder?«, erwidert Margot.

»Sei nicht albern. Ich habe dir und Bob gestern Abend ein Stück davon gezeigt, aber die anderen möchten ihn jetzt sehen. Unsere Freundin hier eingeschlossen.« Er deutet mit dem Kopf in meine Richtung, allerdings immer noch, ohne mich anzusehen.

»Du meinst die Barkeeperin?«

»Ms Kasparov.«

»Ich bin sicher, sie wird schwer beeindruckt sein. Man sieht ja nicht alle Tage, wie eine Löwin im Maschinengewehrfeuer abgeschlachtet wird.«

Ekborg lacht nachsichtig. »Kein Maschinengewehr, Margot. Bitte. Es klingt so schrecklich brutal, wie du es sagst. Es ist eine echte Kunst, wie der Stierkampf.«

Margot sieht mich an und zieht ironisch eine Augenbraue hoch. »Oh, Toreador!« Sie gleitet von ihrem Barhocker und schwankt zu Jaeger hinüber, wobei sie die Champagnerflöte wie eine Fackel in die Höhe reckt.

»Sie ist fragil«, vertraut Ekborg mir an. »Genau wie seine erste Frau, nach allem, was ich höre.«

»Ich glaube, er ist immer noch mit der ersten verheiratet.«

»Ist er das? Keine Ahnung. Und Sie – sind Sie verheiratet?«

»Das Vergnügen hatte ich noch nicht.«

»So eine reizende Frau. Ich bin überrascht.«

»Was ist mit Ihnen?«

»Ich habe es vor einigen Jahren versucht. Wir waren nicht füreinander gemacht. Ich wusste es die ganze Zeit, aber mir fehlte der Mut, es ihr zu sagen, der Stimme meines Herzens zu folgen. Sie wirken überrascht. Aber sich selbst zu kennen, wissen, wie man liebt … solche Dinge brauchen ihre Zeit.«

Sein Gesicht ist so attraktiv, dass ich durchaus nachvollziehen kann, wie eine Frau in hilfloser Ehrfurcht vor ihm erstarrt.

Jemand bestellt lautstark eine neue Runde. Ich mache die Drinks fertig und stelle sie auf ein Tablett. Ekborg serviert sie für mich wie ein glücklicher, zufriedener Ehemann.

»Sehen wir uns den Film an«, sage ich bei seiner Rückkehr, nur damit er endlich aufhört, mich mit diesen klaren, meerblauen Augen anzuglotzen.

Ekborg scheint sich über meine Bitte zu freuen. Er geht zu dem Laptop, lehnt sich mit der Schulter gegen die Wand und klickt sich mit einer Fernbedienung durch ein Menü. Eine trockene, braune Landschaft – eindeutig Afrika – erhebt sich auf der Leinwand. Das Wackeln des Bildes und das Rattern eines lauten Motors deuten an, dass die Person mit der Kamera in einem Auto fährt. Im Hintergrund Stimmen. Ich meine, zwischen den harten englischen Konsonanten einheimische Klänge zu hören. Die Kamera schwenkt träge über eine flache Graslandschaft, übersät mit Gruppen von Sträuchern und hohen Bäumen, deren Äste sich scharf vor dem Hintergrund eines versengenden blauen Himmels abzeichnen.

Ekborg liefert den Begleitkommentar, imitiert einen Jahrmarktschreier. »Hier sind wir jetzt, Damen und Herren, in den üppigen Feuchtgebieten des Okavangodeltas in Botswana. Der Fluss, den Sie in der Ferne sehen, ist verseucht mit Krokodilen, und sogleich werden Sie sehen – ja, da sind sie, man kann sie so gerade eben erkennen –, wie die Löwin und zwei Junge ihn durchqueren. Eines der Jungen ist langsamer. Sehen Sie nur, wie sie es aus dem Wasser zieht und aufs Ufer wirft. Sie sind gerade von Duba Island zurück, wo eine Büffelherde weidet – wilde Tiere, mit gewaltigen Hörnern, die einfach alles aufschlitzen können –, und jetzt muss sie sich gegen rivalisierende Rudel behaupten und nun« – Ekborg stößt ein leises, bescheidenes Lachen aus – »auch gegen unsereins.«

»Mach hinne, mein Freund. Manche von uns waren dabei. Wir brauchen keine Unterrichtsstunde!«, ruft Petrenko.

Ekborg sieht mich entschuldigend an, weil der Russe das Filmerlebnis ruiniert. »Du kannst warten, Jewgeni. Ich möchte die Bühne für das große Schauspiel vorbereiten.«

»Welche Bühne denn?«, brüllt Petrenko zurück. »Da! Da bist du ja!«

Ekborg sieht schnell wieder auf die Leinwand und sagt ganz aufgeregt: »Ja, das bin ich. Da bin ich.«

Der Jeep hat angehalten, und jetzt ist die Kamera einigermaßen ruhig. Ekborg ist rechts im Bild aufgetaucht und geht auf das hohe Gras zu. Er trägt ein grünes Durag auf dem Kopf, ein schmutziges Muscleshirt und eine lange khakifarbene Hose. Er ist sonnengebräunt und stark verschwitzt. Über der Schulter trägt er eine schwere Waffe, dennoch bewegt er sich mit sportlicher Anmut und wirkt beschwingt.

»Die Kamera verliert sie hier, aber ich weiß, wohin sie sich geschlichen hat. Sie ist immer noch nahe am Fluss, arbeitet sich Richtung Flachland vor. Ich weiß, dass sie mich schon bald wittern wird, und sie ist schnell, also passe ich besser gut auf! Eine schnelle Katze. Aber ich bin schneller.« Er lacht.

»Sieh doch an! Ein schwedischer Narr«, gluckst Petrenko.

Lawler und Jaeger grunzen zustimmend.

Es wird still im Salon. Im Video ist Ekborg stehen geblieben, erstarrt. Er hebt das Gewehr, senkt es wieder, hebt es erneut, geht noch ein paar Schritte weiter. Man sieht ein leichtes Zittern in den Spitzen des Grases. Und dann, ganz langsam, wird die Löwin zwischen den Stängeln sichtbar, wie ein verborgenes Bild, das nun zutage tritt. Sie ist gelb, und sie betritt das Flachland ohne Eile. Ein Junges flitzt vor ihr her. Das andere folgt purzelnd.

Ein Schuss ertönt, und sie knickt weg, sackt zuerst auf eine Schulter und bricht dann einfach zusammen. Es ist ein Schock, die Endgültigkeit mit anzusehen, mit der ihr ein weiterer Zentimeter, ein weiterer Schritt, ein weiterer Atemzug verweigert worden ist. Wie ihr Körper innerhalb eines Augenblicks in einen reglosen Haufen verwandelt wird.

Die Jungen tollen weiter über das Flachland.

Ekborg hält das Video an. Die ganze Sache hat nur ein paar Minuten gedauert, aber es kommt einem viel länger vor. Es liegt eine Schwere über dem Raum, beinahe eine benommene Sättigung, so als wäre etwas wirklich Profundes passiert. Und so ist es auch. Ich beginne, eine tiefe, hässliche Quelle der Freude des Jägers zu begreifen: Töten ist ewig. Es hinterlässt ein dauerhaftes Mal.

Die Party geht weiter bis Mitternacht, dann kommt Ekborg, der letzte noch verbleibende Gast, an die Bar, wo ich sauber mache und Gläser in eine kleine Spülmaschine neben dem Wasserbecken räume. Er hat mich nach der Vorführung des Videos in Ruhe gelassen, vielleicht weil er mir Zeit geben wollte, den ganzen Umfang seines Könnens zu verdauen.

Er vergeudet keine Zeit. »Sie faszinieren mich, Ms Kasparov.«

In der Hand halte ich ein fast volles Glas Scotch mit Soda und geschmolzenem Eis, von einem der anderen zurückgelassen. Bevor ich mich bremsen kann, schütte ich ihm den Drink ins Gesicht.

Ekborg schnappt nach Luft, schüttelt den Kopf, reibt sich mit geballten Fäusten die Augen. Mit einer Serviette trocknet er seine Wangen und tupft die Vorderseite seines Kaschmirpullovers ab, an dem die Flüssigkeit herunterläuft.

Er wirft die Serviette auf die Theke, starrt mich einige Sekunden kalt an und schweigt. Ich bin ihm in diesem Augenblick nichts mehr wert, nicht einmal Worte.

Selbstherrlich schlendert er aus dem Salon.

KAPITEL 25

Die nächsten paar Tage regnet es – scharfe, feine Tropfen, die die Oberfläche des Meeres wie Millionen kleiner Nadeln durchbohren. Die Scheiben der *Galaxy* sind so bespritzt und nass, dass man meinen könnte, sie seien teilweise erblindet. Auf der Yacht breitet sich eine Lähmung aus. Unmöglich, dem Wetter so nah zu sein, ohne dass es auf die Stimmung schlägt. Nur die Möwen draußen sind frech und lautstark wie immer: Sie stürzen, lenzen und stoßen heisere Schreie aus, die praktisch überall an Bord zu hören sind. Als der Regen aufhört, schleicht sich Nebel heran, breitet sich dicht über der Wasseroberfläche aus und verzerrt die Geräusche genauso wie die Sicht. Die Zeit scheint sich verlangsamt zu haben: Die Minuten fühlen sich unerträglich lang an, die Zeiger der Uhr bewegen sich anscheinend kaum.

Jorn Ekborg schenkt mir keine Beachtung mehr. Ich bin nicht einfach nur in Ungnade gefallen, ich habe zu existieren aufgehört. Auch Jewgeni Petrenko hat keine Worte mehr für diese Amerikanerin russischer Abstammung übrig. Während ich am Tisch bediene oder an der Bar arbeite, spüre ich Dustin Halls Blicke auf mir, aber er sagt nichts. Margot lächelt mich freundlich und verschwörerisch an. Abends im Salon sitzt sie an der Bar und kaut mir mit ihren Ansichten und allem, was sie bereut, vergnügt ein Ohr ab. Für die anderen Passagiere bin ich genau das, was Zorina sich gewünscht hat – unsichtbar.

Die Besatzung verhält sich mir gegenüber sogar noch frostiger. Jede Unterhaltung verstummt, sobald ich in Hörweite bin. Bei einer Mahlzeit sieht der Mann fürs Grobe, der mir meine Sachen weggenommen hat, einfach durch mich hindurch, während er sorgfältig in seinen Zähnen herumstochert.

Zweifellos hat sich herumgesprochen, was bei mir konfisziert wurde. Ich rede mir ein, es ist immer noch möglich, dass sie mich nicht verdächtigen. Die Gegenstände wurden routiniert und beiläufig aus meiner Kabine entfernt, so als handele es sich um nichts weiter als überdimensionierte Flaschen Shampoo bei der Sicherheitskontrolle am Flughafen. Das Zeug eines neuen Besatzungsmitglieds nach verbotenen Gegenständen zu durchsuchen ist vielleicht reine Routine. Und ich bin mir ziemlich sicher, dass sich weder auf dem Telefon noch dem Computer irgendwas Verfängliches befindet. Bevor ich an Bord gekommen bin, habe ich meinen Suchverlauf gelöscht, den Papierkorb geleert und Noahs Fotos von beiden Geräten entfernt. Falls mir Fragen gestellt werden, kann ich mich hinter ehrlicher Ahnungslosigkeit verstecken. John Oster hat nie erwähnt, dass Kameras und elektronische Geräte an Bord nicht erlaubt sind.

Trotzdem fühlt sich nichts richtig an. Zunächst mal taucht Troy irgendwie ständig auf, am Ende eines Ganges, in der Tür eines Salons. Er taucht auf und verschwindet wieder wie eine Geistererscheinung. Mir ist das unheimlich, es ist nervenaufreibend. Mit jedem Mal gleicht er mehr einem Omen des nahe bevorstehenden Unheils, von meinem eigenen Unbewussten ans Licht gezerrt. Nachts in meiner Kabine, hinter geschlossener und verriegelter Tür, spüre ich ein vorsichtiges Auftreten vor meiner Tür. Einmal, dann noch einmal. Jemand stellt mir nach. Ich vermute, er ist es. Unter diesen Umständen wage ich es nicht zu versuchen, Parnell eine Nachricht zu schicken. Außerdem wüsste ich ohnehin nicht, wie ich ihn über Schiffsfunk erreichen könnte.

In einer klaren Nacht erreichen wir Makkovik, das entlang der Küste von Labrador auf halber Strecke liegt. Mein Gleichgewichtssinn muss sich offenbar schon richtig gut auf das Leben an Bord eingestellt haben, denn ich kann die ruhigere Oberfläche der Tiefseebucht spüren, wo die *Galaxy* vor Anker geht. Die Stadt ist nicht mehr als ein paar vereinzelte gelbe Lichter in einiger Entfernung. Aus den Gesprächen im Salon weiß ich, dass die Bevölkerungszahl bei rund vierhundert liegt, die meisten davon Inuit. Es gibt einen Flughafen und ein kleines Gasthaus, in dem man, Voranmeldung vorausgesetzt, sehr gut essen kann. Dann gibt es ein kleines Museum und im Norden des Ortes eine amerikanische Radarstation, die in den 1960er Jahren demontiert wurde. Damit scheint das Thema Makkovik auch schon erschöpfend behandelt zu sein. Dennoch herrscht eine gewisse Aufregung unter Besatzung und Passagieren angesichts der Aussicht, ein Stück auf festem Boden gehen zu können, einen Tag lang etwas weniger in Luxus gepampert zu werden. Die Püppchen werden irgendwas kaufen, soweit möglich. Und ich beabsichtige, mich still und heimlich zum Bürgerzentrum von Makkovik zu begeben, das, wie ich mitbekommen habe, Telefon und Internet für die Öffentlichkeit bereithält.

Morgens werden als Erstes die Passagiere an Land gebracht, aufgetakelt und lächelnd, in ein motorisiertes Skiff gedrängt, das die Stadt zu unserer Begrüßung herausschickt. Die Besatzung wird zuerst ihre Arbeit an Bord erledigen und dann vom späten Vormittag bis zum späten Nachmittag ein paar Stunden an Land haben. Zorina wies mich darauf hin, dass jetzt der richtige Zeitpunkt sei, die verlassenen Passagierkabinen gründlich zu reinigen. Als ich mit meinem Segeltuchbeutel voller Putzzeug einen Gang hinuntergehe, tauchen am anderen Ende die beiden Besatzungsmitglieder auf, die in meiner Kabine die Razzia durchgeführt hatten. Sie kommen näher, bleiben sehr dicht vor mir stehen – so dicht, dass ich die kalte Meeresluft riechen kann, die von ihren Sweatshirts ausgeht – und weisen mich an, ihnen zu folgen.

Sie führen mich zum Aufzug – anscheinend ist er jetzt nicht mehr tabu. Wir sinken in vergoldetem Luxus auf die unterste Schiffsetage. Die ganze Zeit denke ich, dass es ja genau so kommen musste. Ich sollte nicht überrascht sein. Sie wollen mir ein paar Fragen stellen, über meine Kamera und so weiter. Ich atme tief durch, stelle mir vor, wie ich klare, vernünftige Antworten gebe, die belegen, dass ich völlig unschuldig bin, egal was sie mir vorwerfen.

Als die Aufzugtür sich öffnet, nehmen die Männer mich zwischen sich, einer vor mir, der andere hinter mir. Wir gehen den Gang zum heißen, klappernden, höhlenartigen Maschinenraum hinunter. Wir durchqueren ihn komplett und betreten einen kleineren Raum voller elektrischer Schalttafeln, einem Generator und Ventilen. In der Mitte des Raumes befinden sich ein Metallstuhl und ein Metalltisch, leer bis auf vier Paar Handschellen.

Ich mache auf dem Absatz kehrt und renne. Einer der Männer versperrt mir den Weg. Dann packen die zwei mich unter den Achseln und tragen mich, mit baumelnden Füßen, zum Stuhl. Sekunden später sitze ich, und die Hände werden mir auf dem Rücken gefesselt.

Dustin Hall kommt herein. Er trägt die marineblaue Jacke mit dem Logo aus gekreuzten Golfschlagern. Ihr Reißverschluss ist hochgezogen bis zu der Stelle, wo sein schmaler Hals sich wie ein farbloser Stängel zu seinem tulpenförmigen Kopf streckt. Die beiden Besatzungsmitglieder beziehen links und rechts hinter ihm Stellung und ragen über mir auf wie zwei Säulen.

»Pirio Kasparov«, sinniert Hall laut, als wäre mein Name ein interessantes Rätsel. »Ich habe Sie beschatten und von einem Privatdetektiv überprüfen lassen. Ich besitze inzwischen ein Dossier über Sie, auf das selbst das FBI stolz wäre.«

»Ja. Ich wette, Sie kennen jedes einzelne Buch, das ich je bei Amazon gekauft habe, und den Standort aller meiner Lieblings-Geldautomaten.«

»Ihre Mutter war ein berühmtes Model und starb, als Sie zehn Jahre alt waren. Ihr Vater und seine neue Frau haben Sie aufs Internat geschickt, wo Sie konsequent die Schulversagerin mit disziplinarischen Problemen gegeben haben. Anscheinend hatten Sie auch ein psychisches Leiden, was möglicherweise immer noch der Fall ist. Nach der Schule haben Sie die UMass Boston besucht und sind derzeit bei dem Parfümunternehmen Ihrer Familie beschäftigt, das Sie eines Tages erben werden.«

»Nicht schlecht. Können Sie auch in die Zukunft sehen? Ich wüsste gern, ob ich einen Prinz heirate.«

»Ich nehme an, das ist durchaus möglich. Das hier ist ein Märchen, dessen Ende Sie sich selbst aussuchen können. Ich verrate Ihnen jetzt mal Ihre Auswahlmöglichkeiten. Erstens, Sie erzählen mir, was ich wissen will, und setzen dann Ihr bisheriges Leben fort. Oder zweitens, Sie sterben noch heute, und Ihre Leiche wird niemals gefunden.«

»Hmmm. Unwahrscheinlich. Beide Optionen sind irgendwie ziemlich öde und viel zu naheliegend. Ein wirklich gutes Ende ist doch eines, das man nicht kommen sieht. Also werden wir wohl einfach mal abwarten und sehen, was passiert.«

»Für eine mit Handschellen gefesselte Person sind Sie erstaunlich vorwitzig.«

Hall wirft dem Besatzungsmitglied rechts neben sich einen Blick zu – dem Dicken mit den Schweinsaugen, aufgepumpten Muskeln und winzigen Händchen –, und mich beschleicht ein ziemlich ungutes Gefühl. Entsetzt beobachte ich, wie der Kerl um den Tisch tritt und kurz die Faust hebt, als wolle er sie untersuchen. Dann boxt er mir hart in den Bauch. Bevor ich nach Luft schnappen kann, schlägt er wieder zu. Eine Erfahrung, die der Redewendung *sich die Seele aus dem Leib kotzen* eine völlig neue Bedeutung verleiht.

»Wirklich, Ms Kasparov. Können Sie es sich leisten, so unkooperativ zu sein? Sehen Sie sich um. Vergessen Sie nicht, wo Sie hier sind. Sie können doch nicht allen Ernstes glauben, Sie hätten auch nur die geringste Chance.«

Als ich wieder Luft bekomme, keuche ich: »Ich schätze, Sie haben recht. Es spart uns allen eine Menge Zeit, wenn Sie mich gleich umbringen.« Ich habe ein lautes Klingeln in den Ohren.

»Zuerst will ich wissen, für wen Sie arbeiten und wie viel Sie wissen.«

»Ich arbeite für Sie. Bevor er starb, hat Ned Rizzo mir erzählt, was Sie machen, und ich wollte auch ein Stück vom Kuchen. Also habe ich John Oster gefragt, und er hat mich angeheuert. Oder hat er Ihnen das nicht gesagt?«

»Sie haben wirklich geglaubt, Sie wären als Mitarbeiterin an Bord dieses Schiffs gebracht worden?«

»Ja. Eigentlich sollte ich hier kochen.«

Halls Augen bleiben ausdruckslos. »Wir wissen, dass Sie mit einem Mr Wozniak, Larry Wozniak, zusammenarbeiten. Wie lange kennen Sie ihn schon?«

»Wozniak. War das der Typ auf der Beerdigung?«

»Nachdem Sie an Bord der *Galaxy* gekommen sind, haben Sie einen gewissen Russell Parnell angerufen. Was haben Sie gesagt?«

»Ich sagte …« O Gott, ich habe vergessen, dass Parnells Nummer natürlich im Mobiltelefon gespeichert ist. »Ich sagte: *Ups, falsch verbunden. Entschuldigen Sie die Störung.*«

»Was hat Larry Wozniak gesucht, als er in die Büros von Ocean Catch eingebrochen ist?«

»Ich habe keine Ahnung.«

»Welche Informationen haben Sie von Mrs Smith erhalten?«

Fast bleibt mir das Herz stehen. *Woher weiß er von Mrs Smith?*

»Sie sehen erschrocken aus, Ms Kasparov. Ich weiß sehr wohl, dass Sie und Mrs Smith bei zwei Gelegenheiten miteinander gesprochen haben. Ausführlich. Worüber haben Sie sich unterhalten?«

»Hunde. Hundeliebhabern geht der Gesprächsstoff nie aus.«

»Besitzen Sie einen Hund?«

»Nein, aber ich wollte schon immer einen Bernhardiner.«

»Ich hatte wirklich gehofft, Sie wären kooperativer.«

Hall kommt um den Tisch herum und setzt sich auf dessen Kante. Durch meinen Kopf geistert das Bild eines knochigen, schlaffen, nackten Oberschenkels, übersät mit borstigen rosa Haaren. Falls dieser Mann eine Frau hat, ist mir schleierhaft, wie sie es über sich bringt, ihn zu berühren.

»Hmmm. Pirio Kasparov. Eine einsame Frau mit einem einsamen Leben. Keine Freunde, bis auf eine versoffene Hure.«

»Das ist dann schon mal ein Freund mehr, als Sie haben.«

»Welche Beziehung haben Sie zur United States Navy?«

Wieder bin ich überrascht. Sind sie mir den ganzen Weg bis zur Tür der NEDU gefolgt? »Die Navy hat sich gefragt, ob ich bionisch bin. Wie sich herausstellt, bin ich es. Cool, oder?«

»Sie haben eine lebhafte Phantasie, Ms Kasparov.«

»Witzig, der Teil ist wahr. Bisschen übertrieben, vermute ich. Aber im Grunde wahr.«

»Ich verstehe. Sind Sie sicher, dass Sie nicht doch ein Regierungsbeamter sind?«

»Da bin ich aber sehr sicher.«

»Arbeitet Mr Wozniak ebenfalls für die Navy?«

Und auf einmal, einfach so, gehen mir die klugen Antworten aus. Wann haben sie angefangen, mir zu folgen? Seit dem Tag, als ich mit Johnny in seiner Garage gesprochen habe? Oder seit der Party zu Ehren von Mrs Smith' Pensionierung? Oder war es noch viel früher – seit dem Zusammenstoß? Mir wird schlecht, als mir schlagartig bewusst wird, dass ich Mrs Smith und Parnell schon allein dadurch in Gefahr gebracht habe, dass ich mit ihnen gesprochen habe oder mit ihnen gesehen wurde. Gut möglich, dass ich Caridad Jaeger ebenfalls gefährdet habe. Hall hat die Fakten zusammengetragen, aber er hat sie überinterpretiert und beschlossen, dass Parnell und ich Agenten sind, die einen Tipp bekommen haben – vom *Whistleblower* der Firma, von Mrs Smith. Davon wird er sich nicht abbringen lassen. Dafür passt in seinem Kopf alles viel zu perfekt zusammen. Ordentliche Geschichten lassen das Gehirn Feierabend machen. Ich denke, wahrscheinlich bin ich besser dran, wenn ich zugebe, dass ich ein Spion der Navy bin. Auf diese Weise könnte ich ihm vielleicht einreden, dass ich mehr Macht besitze, als es tatsächlich der Fall ist, was wiederum meinen Freunden einen gewissen Schutz bieten könnte. Es ist möglich, dass ich sogar Halls Loyalität Jaeger gegenüber aufbrechen könnte, der ungeniert ein kleines Bostoner Fischfangunternehmen für seine Unterhaltungsbedürfnisse als Geisel hält. Ich könnte vielleicht einen Deal machen, Hall und seiner Mannschaft Amnestie versprechen. Aber es geht für mich alles viel zu schnell. Ich brauche Zeit zum Denken.

Bevor ich etwas sagen kann, erhebt Hall sich vom Tisch und nickt dem Muskelmann zu, den er Brock nennt. *Nomen est omen.* Ich versuche, mich zu wappnen, auszublenden, was gleich passieren wird. Brock lässt sich Zeit. Er scheint fest entschlossen zu sein, jedes einzelne meiner inneren Organe mit seinen Fäusten zu zerschmettern.

Milosa sagte einmal, dass man Schmerz durch geistige Disziplin bezwingen kann – das heißt, eiserne Konzentration auf etwas anderes als den Schmerz. Als dann die Schläge auf mich niederhageln, bringe ich jede Unze Gehirnschmalz auf, die ich besitze, um mich an die erstklassigen russischen Kraftausdrücke zu erinnern, die er mir beibrachte, als ich noch ein kleines Mädchen war. Als Brock fertig ist, habe ich den Mund voll von breiigem Blut, und meine Augen können sich nicht richtig scharf stellen. Aber ich habe wiedergefunden, wonach ich gesucht habe, und ich muss es jetzt einfach mit anderen teilen.

»*Job twoju mat.*«

»Was?«, fragt Brock mit einer Portion Besorgnis.

Zuvorkommend übersetze ich es ihm. »*Fick deine Mutter.*«

Er wirbelt zu Hall herum. »Was für eine Sprache war das denn?«

Halls Augen sind ganz schmal geworden. »Russisch.«

»Vorsicht. Sie könnte zu Petrenko gehören«, meint der gebeugte Lakai mit dem gerissenen Gesicht auf Halls anderer Seite.

»Nein, das glaube ich nicht. Oster hätte etwas gesagt«, murmelt Hall.

Nett zu sehen, wie sehr er seinen Angestellten vertraut.

Vage bekomme ich mit, wie Troy mit einem Laptop unter dem Arm unauffällig den Raum betritt. Er gleitet an der Wand hinunter, sitzt mit hochgezogenen Schultern auf dem Boden, wie ein zu spät kommender Schuljunge, der hofft, nicht bemerkt zu werden.

Hall wirft ihm einen scharfen Blick zu. »Hast du dich mit ihm in Verbindung gesetzt?«

Troy nickt.

»Ist es erledigt?«

Troy nickt erneut.

Hall setzt sich noch mal auf die Tischkante und beugt sich zu einem vertraulichen Plausch mit mir vor. Sein Gehabe ist auf bizarre Art väterlich.

»Libby Smith, unsere liebe Freundin«, sagt er leise, »wurde bei Tagesanbruch von einem Autofahrer am Jamaicaway gefunden. Offenbar ein Fall von Fahrerflucht. Sie trug Morgenmantel und Hausschuhe. Höchstwahrscheinlich war sie sofort tot, hat man uns gesagt. Aber so etwas kann man ja niemals wissen, nicht wahr?« Er verlagert kaum merklich sein Gewicht, zupft an einem Ohrläppchen. »Es ist sehr früh heute Morgen passiert. Unnötig zu erwähnen, dass die Leute im Büro aus allen Wolken gefallen sind. Sie ist so lange bei uns gewesen und wurde von allen sehr gemocht. Allerdings wusste auch jeder, dass ihre Demenz sich sehr schnell verschlimmerte. Wahrscheinlich hätte sie in ein Heim gehen sollen. Für Menschen, die unter Demenz leiden, ist es sehr gefährlich, allein zu wohnen.«

Hall seufzt. Er fragt, ob ich ihm verraten möchte, wie viel genau die Navy über Bob Jaeger und Ocean Catch weiß.

Ich kann nicht sprechen. Werde nicht. Schweigen ist alles, wozu ich in der Lage bin.

Hall bittet seine Lakaien, etwas zu suchen, mit dem man mir das Blut aus dem Gesicht wischen könnte. Was ein gewisses Durcheinander zur Folge hat. Sie klopfen ihre Taschen ab, schütteln den Kopf. Brock bietet an, das T-Shirt auszuziehen, aber man merkt sofort, dass er das lieber nicht täte. Am Ende bietet der Smartere sich an, aus dem Bad ein Handtuch zu holen. Ist schon Ironie. Ich habe die Handtücher heute Morgen selbst dort hingelegt. Wenigstens weiß ich, dass sie sauber sind. Bis er zurückkehrt, herrscht absolute Stille im Raum.

»Ich hab zwei mitgebracht«, sagt er übereifrig.

»Vielen Dank, Dennis«, erwidert Hall.

Hall gibt den Befehl, und Dennis beginnt, mit tiefen Falten der Konzentration auf der Stirn, mein Gesicht abzutupfen. Er hat struppige schwarze Augenbrauen und schlechten Atem. Wenn er mein Gesicht berührt, tut es weh.

»Um die Augen herum«, befiehlt Hall.

Dennis wischt mit dem Handtuch mehrfach über mein linkes Auge, dann über das rechte. Er lehnt sich zurück, um zu begutachten, wie er vorankommt. So toll muss das Ergebnis wohl nicht ausgesehen haben, denn er fängt sofort wieder mit dem Handtuch an. Hall sagt ihm, es sei jetzt genug.

»Ich muss Ihnen etwas zeigen, Ms Kasparov«, sagt Hall. »Ich möchte sicher sein, dass Sie es klar und deutlich sehen. Es hat zahlreiche Konsequenzen, die Sie begreifen werden, da bin ich sicher. Einer so intelligenten Frau wie Ihnen muss man nicht alles buchstabieren.«

Er macht Troy ein Zeichen, der den Laptop herüberbringt und auf dem Tisch aufklappt, den Bildschirm zu mir gedreht. Troy klickt sich zu einem gespeicherten Video durch.

Sonnenlicht schimmert durch die Äste von Ulme und Eiche. Thomasina und Noah gehen zur Schule. Noah hat seinen Rucksack auf, Thomasinas Haar ist offen und glänzt frisch gewaschen. Sie sind auf einem Bürgersteig. Wenig Verkehr auf der Straße. Ein gepflegtes Wohngebiet in der Nähe von Thomasinas Wohnung. Die Kamera folgt ihnen in einer Entfernung von etwa zehn Metern.

Szenenwechsel. Noah steht an einer belebten Ecke vor der Schule in einer Gruppe von Kindern, alle mit Rucksäcken. Es ist Nachmittag. Er sieht müde aus. Lärm von Kindern und Autos. Ein Schülerlotse hält den Verkehr an und fordert die Kinder auf, die Straße zu überqueren. Die meisten gehen unbekümmert los.

Noah zögert, wirft einen Blick nach links, dann nach rechts und schließlich wieder nach links. Nur für den Fall, dass der Schülerlotse nicht richtig aufgepasst hat und ein rebellierender Autofahrer auf sie zuhält. Noah ist nicht so dumm, sich komplett auf das Urteil von Erwachsenen zu verlassen.

Im nächsten Bild geht er allein durch dasselbe Wohngebiet. Die Kamera ist nah an ihm dran, viel zu nah. Noah dreht sich nicht einmal um. Ich werde von Panik ergriffen und hole mehrmals tief Luft.

»Wollen Sie jetzt reden?«, fragt Hall.

»Ich weiß nicht. Sie haben mir eine Menge Stoff zum Nachdenken gegeben.«

»Ja, ganz schön viel, nicht?«

»Ich muss wissen, dass er zu Hause bei seiner Mutter in Sicherheit ist. Ich rede keinen Ton mit Ihnen, bevor Sie mir das nicht bewiesen haben.«

»Dass das Kind einstweilen in Sicherheit ist, werden Sie mir wohl einfach glauben müssen.«

»Ich wäre ein Idiot, wenn ich Ihnen überhaupt etwas glaube. Ich brauche irgendeine Art Beweis und eine Garantie, dass ihm nichts passieren wird. Nur dann erzähle ich Ihnen alles. Und wenn ich erfahre, dass Sie mich angelogen haben, oder wenn ihm von Ihnen oder irgendeinem Ihrer Leute jemals auch nur ein Haar gekrümmt wird, werde ich Jagd auf Sie machen und Sie kaltblütig zur Strecke bringen. Das verspreche ich Ihnen.«

Hall erhebt sich, ein dünner Strich aus Knochen und schlaffen Muskeln. »Sie machen hier keine Deals, Ms Kasparov. Sie können entweder jetzt mit mir reden oder heute Abend, nachdem Sie etwas Zeit hatten, über alles nachzudenken. Sie haben die Wahl.«

Ich starre ihn an, kein Laut kommt über meine Lippen.

»Gut, dann so. Ich werde Sie den Rest des Tages mit Troy

allein lassen. Sagen wir, so fünf, sechs Stunden. Wir kommen später zurück, und dann sehen wir mal, wie's Ihnen so geht.«

Ich reiße mit den Handgelenken an den Handschellen. »Nehmen Sie die hier ab.«

Hall lächelt. »Aaah, da bin ich Ihnen aber weit voraus.«

Meine Handschellen werden mir von Brock schnell abgenommen, aber bevor ich Zeit habe, wieder so etwas wie Gefühl in meine frisch befreiten Handgelenke zu schütteln, werden meine Hände auch schon rechts und links an die Tischbeine gefesselt. Meine Arme werden dabei so weit zur Seite gestreckt, dass meine rechte Wange sich fest auf die Tischplatte drückt. Ich kann nicht mal mehr den Kopf drehen. Dann werden meine Knöchel an dieselben Tischbeine gefesselt. Ich werde auseinandergezogen, bin geplättet wie der Road Runner, wenn er gegen eine Wand rennt. Es tut saumäßig weh. Wenn sie mir den Stuhl unter dem Hintern wegtreten, werden meine Schulter- und Hüftgelenke durch mein Körpergewicht ausgerenkt.

Zum Glück tun sie das nicht. Fünfzehn Zentimeter von meinem Kopf entfernt klappert der Schlüssel auf den Tisch. Die Tür geht auf, und der Raum füllt sich mit dem Lärm der Maschinen. Dann fällt sie mit einem leisen *Klick* wieder ins Schloss.

Es ist völlig sinnlos, gegen den Maschinenlärm anschreien zu wollen, außerdem ist sowieso niemand da, der mir helfen würde. Behutsam versuche ich, eine meiner Schultern zurechtzurücken, um zu sehen, ob ich es für sie irgendwie bequemer machen kann. Sofort schießt ein scharfer Schmerz meinen Hals hinauf und den Arm hinunter. Blut schießt mir ins Gesicht, und ich fange an zu schwitzen.

Tabakgeruch erreicht mich, gefolgt von einem säuerlichen Körpergeruch. Ich höre, wie sich jemand die Wand hinunterrutschen lässt, um auf dem Boden zu sitzen. Das Knistern von

Cellophan, das Klicken eines Feuerzeugs. Herüberwehender Rauch.

»Hey, Troy. Bist du da?«

»Ja. Was willst du?«

»Kannst du mir die hier abnehmen?«

»Nicht drin.«

»Bitte.«

»Nein.«

Ich werte das als Fortschritt – seine Ablehnung verkürzt von zwei Worten auf eines. Er ist Hall nicht treu ergeben. Er ist niemandem treu ergeben. Das ist ganz klar in seine Körpersprache geschrieben. Jede Geste spricht von ichbezogener Entfremdung. Es ist durchaus möglich, dass er sich noch nie für jemand außer sich selbst interessiert hat.

»Was werden sie mit mir machen, Troy?«

»Die werden dich umbringen. Was denkst du?«

»Gibt's für mich irgendeine Chance, aus der Sache rauszukommen?«

»Nö.« Er setzt einen kleinen Akzent auf den abschließenden Vokal.

»Nicht mal, wenn ich denen erzähle, was sie von mir hören wollen?«

»Nö.« Er mag das Wort. »Macht keinen Unterschied, ob du redest oder nicht. Macht auch keinen Unterschied, was du sagst. Heute ist dein letzter Tag auf dieser Welt.«

Er raucht. Ich versuche, ruhig zu bleiben. Ich weiß, der Schlüssel liegt auf dem Tisch, und ich weiß auch, dass Troy bestechlich ist. Es muss eine Möglichkeit geben, sich diese beiden Tatsachen zunutze zu machen.

»Super. Der letzte Tag meines Lebens. Muss ich den wirklich so verbringen? Es tut weh, Troy. Es tut echt beschissen weh. Was kümmert's dich, ob ich gefesselt bin oder nicht? Ich wiege zweiundfünfzig Kilo. Sie haben mir die Seele aus dem Leib geprügelt. Meine Scheißrippen sind gebrochen. Wahrscheinlich kann ich nicht mal gehen, und sterben werde ich ja sowieso. Also hab wenigstens eine Spur Mitleid, hörst du? Ich kann so keine fünf oder sechs Stunden zubringen. Selbst Gefangene im Todestrakt bekommen eine Henkersmahlzeit, oder? Ich zum Beispiel hätte nichts gegen eine Zigarette. Nur eine lausige Kippe. Du kannst mich ja wieder festmachen, bevor sie zurückkommen. Lass mich sitzen und 'ne Kippe von dir schnorren, Troy. Es ist immerhin mein letzter Scheißtag auf Erden.«

Mein Vorschlag wird mit Schweigen beantwortet. Eine Ablehnung verkürzt von einem Wort auf keines.

»Troy, was machst du überhaupt hier? Du bist doch kein Fischer. Das hier ist doch eigentlich gar nicht dein Ding. Sieht doch jeder, dass die dich nur benutzen. Ich weiß, du bist der, der mich beschattet hat. Ich hab dich am Bank of America Pavilion gesehen. Und du warst auch in dem braunen Auto, stimmt's? An diesem Tag auf der Beacon Street. Wie viele öde Stunden hast du damit verbracht, mich zu beobachten? Wie viel haben sie dir bezahlt? Mindestlohn? Oder haben sie dir irgendwas versprochen? Zum Beispiel den fetten Umschlag am Ende? Den du nie bekommen wirst, wenn du mal ganz ehrlich drüber nachdenkst. Die halten dich doch für ein Stück Scheiße, Troy. Die werden dir gar nichts geben. Nicht einen Dime. Sieh den Tatsachen ins Auge. Du bist doch smarter als die. Nimm mir die Handschellen ab. Bitte.«

Er rührt sich, raucht. »Du bist reich, stimmt's? Du fährst zwar ein altes Auto, aber du hast ein Haus auf dem Beacon Hill.«

»Es gehört meinem Vater.«

»Ja, weiß ich. Was meinst du, wie viel würde er bezahlen, um dich wiederzusehen?«

»Wie viel willst du?«

»Eine Million Dollar.«

»Das kriegt er hin, Troy. Cash. Keine Fragen. Ich muss ihn nur darum bitten.«

»Wie schnell kannst du es kriegen?«

»Schneller als ein Schnellimbiss. Hol mir ein Telefon und sag mir, wo er es deponieren soll. In einer braunen Papiertüte, ganz egal. Wir werden genau das tun, was du willst.«

Schweigen. Der Zigarettenqualm kitzelt mir in der Nase.

»Nimm die Handschellen ab, Troy. Wir müssen von hier weg.«

»Falls irgendwas passiert, bringe ich den Jungen um.«

»Lassen wir ihn doch bitte aus dieser Sache raus, ja? Niemand muss sterben. Du tust mir einen großen Gefallen. Wenn das hier vorbei ist, wirst du mein großer Held sein. Wir werden beide bekommen, was wir wollen.«

Ich höre, wie er die Schlüssel vom Tisch nimmt. Ein paar Sekunden später bin ich frei.

Vorsichtig sammle ich meine verstreuten Gliedmaßen ein und bringe sie wieder in das richtige Verhältnis zu ihren jeweiligen Gelenken. Es macht mich so glücklich, ich könnte heulen.

Troy rutscht wieder auf den Boden runter, nimmt einen Zug von seiner Kippe und drückt sie dann auf seiner Schuhsohle aus. Sein Knie wackelt, seine Hand zittert. Seine Augen sind stark gerötet, er ist nervös wie ein hyperaktives Kind. Wahrscheinlich geht ihm der Arsch gerade auf Grundeis. Er geht ein ziemlich großes Risiko ein, es ist gewagt wie nur was. Das führt dazu, dass ich ihn irgendwie mag. Er sitzt zwischen mir und der Tür.

»Wenn's in ein paar Stunden dunkel wird, machen wir beide die Biege«, sagt er. »Achtern sind mehrere Dingis festgemacht, damit die Leute rüber ans Land pendeln können. Wir steigen in eines, rudern in die Stadt, verschwinden und sehen dann zu, dass wir wieder in die Staaten kommen. Wenn wir Boston erreichen, werden wir Daddy anrufen. Bis dahin wird nicht telefoniert. Er muss nicht wissen, dass sein Baby in Schwierigkeiten steckt, bis wir praktisch vor seiner Tür stehen. Du kannst mit ihm reden, sagst ihm, was er tun muss. Und wenn er das Geld nicht, wie du glaubst, in einer Stunde hat, leg ich dich um. Bis dahin werden wir schön dicht beieinanderbleiben. Die hier werde ich behalten« – er lässt die Handschellen wackeln –, »und ich hab auch eine Kanone.« Er schiebt die Jacke beiseite und zeigt mir eine Handfeuerwaffe in einem Schulterhalfter. »Falls du dich fragst, damit hätte ich dich umgelegt.«

Es läuft mir eiskalt den Rücken runter. »Warum solltest du das für sie tun?«

»Ich erledige hier alle Scheißarbeiten.« Er schließt die Jacke wieder.

»Was passiert, wenn sie merken, dass wir weg sind?«

»Nichts. Sie werden einen Scheißdreck tun. Sie müssen beim Schiff bleiben. Können sich nicht leisten, dass Jaeger mitbekommt, dass irgendwas nicht stimmt. Falls er je Wind davon bekommt, dass wir einen Spion der Navy an Bord hatten, wird es für Hall verdammt schnell verdammt hässlich. Hall hat eine Scheißangst vor Jaeger. Er wird den Mund halten, um seinen eigenen Arsch zu retten. Er wird den Oyster Man beauftragen, sich um uns zu kümmern. Um ihn müssen wir uns Sorgen machen. Er wird sofort hinter uns her sein, allerdings interessiert er sich mehr für dich als für mich. Ich tippe mal, er wird in Boston bleiben, weil er weiß, dass du früher oder später dort auftauchst. Sobald ich das Geld habe, werde ich endgültig verschwinden. An einen Ort, wo's wärmer ist als hier.«

Troy reibt sich heftig die Nase, kratzt sich am Hals. Sein gebeugtes Bein klopft auf den Boden. Er ist nicht nur aufgeregt, er steht kurz davor, vor Stress auseinanderzufliegen. Dann fällt der Groschen. Zähne wie verbranntes Bauholz. Die gelbe, fleckige

Haut. Er ist ein Crystal-Meth-Junkie. Ja, das passt. All die Bagatellvergehen, von denen Lou Diggens erzählt hat, waren letzten Endes nur Beschaffungskriminalität. Dank der ach so exzellenten Verbindungen seines Stiefvaters in die Fischfangbranche heißt es jetzt Zwangsentgiftung an Bord einer angeblich drogenfreien Yacht. Troy ist nicht mit dem Herzen bei der Sache, ist es nie gewesen. Er kann es gar nicht erwarten, von diesem Schiff runterzukommen. Mit einem fetten Bündel Cash in der Hand zu seinem Dealer zu gehen ist sein einzig wahrer und inniger Traum.

»Du wirst dein Geld bekommen, Troy. Johnny kannst du mir überlassen.« Ich sitze auf dem Boden neben ihm, ziehe die Beine an und wickle dann meine schmerzenden Arme um die Knie.

Er nickt schwer, so als wäre er erleichtert.

Schweigend sitzen wir nebeneinander da und warten auf die Dunkelheit. Der Stress macht mich verrückt, wenn ich mir vorstelle, dass Hall und seine Leibeigenen früher zurückkehren könnten. Troy sieht immer wieder auf seine Uhr.

»Wie lange noch?«

»Paar Stunden.«

»Auf keinen Fall. So lange kann ich nicht warten.«

»Wer hat dich gefragt?« Er muss schon etwas Mitleid mit mir haben, denn jetzt nimmt er seine Packung Winstons und schnipst mir eine aus dem Pack.

Als ich ablehne, sieht er mich beleidigt an. »Du hast gesagt, du wolltest eine Zigarette.«

»Eigentlich rauche ich gar nicht.«

Er verdreht die Augen.

»Troy, ich bin neugierig. Wenn ihr Typen – Johnny, du, Hall und die anderen – mir die ganze Zeit auf der Spur wart, warum habt ihr mich dann überhaupt mit auf diese Fahrt genommen? Warum habt ihr mich nicht schon vor einer Woche befragt und dann umgelegt?«

»Wie denn? Das war die große Frage. Wie sollten wir dich umlegen? Die alte Dame, die kann man überfahren, und kein Mensch schöpft Verdacht. Bei dir liegt die Sache schon anders. Gesund, jung. Hall und Johnny – sie wollten kein gewaltsames Vorgehen oder irgendwas, das zurückverfolgt werden könnte.« Er klaubt einen Tabakkrümel zwischen den Zähnen heraus. »Auf einem Schiff ist alles einfacher. Leute fallen über Bord, verschwinden. Internationales Recht oder Seerecht, schätze ich – weiß nicht, wie es heißt. Im Kern ist es aber so, kein Mensch sieht zu genau hin, und keinen Menschen interessiert's letzten Endes auch nur einen Furz.«

»Aber warum so lange warten?«

»Damit sie den Passagieren sagen können, du hättest die beleidigte Leberwurst gespielt und gekündigt. Dann wärest du bei der ersten sich bietenden Gelegenheit zurück in die Staaten. Jeder weiß, dass du verrückt wie Sau bist. Kippst Leuten ihre Drinks ins Gesicht und fängst Streit an. Kein Mensch wird groß drüber nachdenken, wenn man dich nicht mehr sieht. Und sollte die Frage je aufkommen, wird jeder dieselbe Geschichte erzählen – zum letzten Mal gesehen in einer Inuit-Siedlung in Labrador, Kanada. Keine Nachsendeanschrift.«

Er streckt ein mageres Bein aus. Er entspannt sich ein wenig, erzählt seine kuschelige Geschichte.

»Wir wollten deine Leiche verstecken, bis wir wieder in der Labradorsee gewesen wären, dann hätten wir dich über Bord geworfen. Ausreichend beschwert würdest du auf den Grund sinken und für immer dort bleiben. Keine Leiche, kein Mord. War ein ziemlich guter Plan.«

»Wer war das Superhirn?« Aber ich weiß es schon.

»Der Oyster Man. Wer sonst?« Troy lächelt mit einem Anflug von Zuneigung für den legendären Mann.

Das alles wusste Johnny schon an dem Abend in der Lounge.

Deshalb wollte er nicht mit mir ins Bett. Für ihn war ich bereits tot. Ich vermute, einen Funken Menschlichkeit besitzt er noch – und zieht die Grenze beim Vögeln einer Frau, deren Mord er schon geplant hat. Aber er hat es ziemlich gut mit Späßen kaschiert. Ist ein besserer Lügner als ich. Milosa hält sich im Hintergrund meiner Gedanken, lacht jetzt nicht mal mehr, sondern schüttelt nur noch sein müdes Haupt.

»Komm. Verschwinden wir von hier«, sage ich.

»Nein, irgendwer wird uns sehen. Wir müssen warten, bis es dunkel ist.«

Ich kann es einfach nicht fassen, wie irre das alles ist. »Hör zu, Troy. Du hast gerade erst meinen bevorstehenden Tod in allen Einzelheiten liebevoll beschrieben. Wenn du mich nicht sofort hier rausbringst, wirst du weder deine Million bekommen noch irgendwann wieder erleben, wie diese süße, süße Droge durch deine Adern jagt.«

Er sieht mich beunruhigt an und schiebt die Winstons zurück in die Tasche. »Okay, okay. Wie wär's vorher noch mit einem Quickie?«

»Einem was?«

»Einem schnellen Fick für auf den Weg.«

»Oh, mein Gott. Sag mir, dass ich mich verhört habe. Du willst doch bezahlt werden, oder?«

»Ja. Okay. Dann vielleicht später, hm?«

»Nein.«

Er nickt, als hätte man ihm einen Donut verweigert. »Okay. Gehen wir.«

KAPITEL 26

Im Norden ist die Abenddämmerung im Herbst sehr kurz. Die Sonne fällt, nach einem kurzen dezenten Gleiten über den Himmel, schnell hinter den Horizont. Das Hauptdeck der *Galaxy* ist leer. Die brennenden Lampen tauchen das polierte Teak, die Service-Bar, die Chaiselongues und die Topfpflanzen in ein mattes Licht. Die Passagiere sind vom Landgang noch nicht zurück. Im Tungortok Inn ist ein Dinner für sie geplant, an dem auch die Besatzung teilnehmen wird. Dorthin wollte Hall mit Brock und Dennis, sagt Troy.

Troy schaut zu den Fenstern auf dem zweiten und dritten Deck hinauf, von wo aus man das Hauptdeck sehen kann. Selbst wenn Hall und die Jungs bereits fort sind, wird immer noch jemand an Bord sein. Er wiederholt, dass wir bis Einbruch der Dunkelheit hätten warten sollen, aber ich habe viel zu viel Angst, als dass mir das etwas ausmachen würde. Ich weiß nur, dass die Handschellen hinter mir liegen und ich mich durch die salzige Luft in meinen Lungen wieder wie ein Mensch fühle.

An der Seite der Yacht befindet sich eine Hängeleiter zu einem Dingi, das dort vertäut ist. Es wippt auf dem schwarzen Wasser der Makkovik Bay sanft auf und ab. Ich gehe als Erste. Troy löst die Fangleine und klettert nach mir herunter. Mich streift der Gedanke, ihm die Leine aus der Hand zu reißen und die Bucht allein zu überqueren. Doch im nächsten Augenblick steigt er bereits vorsichtig ins Dingi, und die Gelegenheit ist vorbei. Vornübergebeugt, um nicht das Gleichgewicht zu verlieren, steigt er nach hinten zum Motor. Ich sitze auf der mittleren Bank und rutsche schnell zur Seite, um ihn vorbeizulassen. Ich könnte ihn über Bord stoßen, solange er noch neben mir und nicht sicher auf den Beinen ist, aber wieder verstreicht der Moment viel zu schnell.

Meine Gedanken überschlagen sich, als ich meine Fluchtmöglichkeiten durchgehe. Ich habe nicht die Absicht, mit Troy nach Boston zurückzukehren, während die *Galaxy* ihre Reise in den Norden fortsetzt. Er kann allein nach Boston zurück und auf sein Geld warten, bis ich eintreffe. Ich werde eine Lösung für Milosa finden, der wahrscheinlich auf Rache sinnt, und dafür sorgen, dass Troy bezahlt wird. Hauptsächlich tue ich's für Noahs Sicherheit, aber auch, weil ein Deal ein Deal ist. Über das nächste Problem, was ich mit Johnny machen soll, muss ich noch eine Weile in Ruhe nachdenken.

Das Jaulen des Motors breitet sich über die stille Bucht aus. Ein veilchenblauer Dunst verwischt die Konturen der zwei oder drei niedrigen, flachen Gebäude, die vor uns am Ufer auftauchen. Ein Blick über die Schulter verrät mir, dass sich Dunkelheit über die Labradorsee gelegt hat. Die Superyacht ragt aus der schwarzen Meeresoberfläche wie ein phosphoreszierender Gletscher – groß, wuchtig, schimmernd weiß. Sie verblasst hinter uns wie ein schlechter Traum.

Troy macht den Motor aus, als wir uns Makkovik nähern. Neben einer behelfsmäßigen Anlegestelle gibt es eine Rampe für RoRo-Frachtschiffe. Das Ufer ist felsig. Es gibt keine andere Stelle zum Anlanden. Mehrere Dingis haben dort bereits festgemacht. Wir machen ebenfalls fest, steigen aus und planschen durch das seichte Wasser.

Eine unbefestigte Hauptstraße führt landeinwärts an einigen weiteren, gedrungenen, pink und blau gestrichenen Gebäuden vorbei. Das Gelände auf beiden Seiten ist eine Mondlandschaft aus glatten schwarzen Felsen, freiliegendem Schiefer, hier und da Gestrüpp, Grasbüschel, unpassierbarer Morast. Im Norden und Süden erheben sich niedrige Berge, langsam abgeflacht von rauen Winden, baumlos bis auf ein einzelnes, ungewöhnliches Fichtenwäldchen am nördlichen Abhang.

Die Stadt ist ruhig; sie wirkt unbewohnt. Dann höre ich ganz schwach die unverwechselbaren, eindringlichen Gitarrenakkorde von Clapton, der Leila anfleht, aus einer Reihe kleiner, identischer Häuser, die ein Stück von der Straße zurückgesetzt errichtet wurden. Ein anschwellendes *klatsch, klatsch, klatsch* lässt mich herumfahren. Es ist ein kleines Mädchen mit einem limettengrünen Springseil, das sich uns wirbelnd nähert, die Stirn nett in Falten gelegt. Sie segelt vorbei, ohne sich für die Fremden zu interessieren. Wir folgen ihr auf der Straße, für jeden sichtbar, denn es gibt keine Möglichkeit, Deckung zu suchen. Ich erinnere mich, dass Makkovik an der Spitze einer schmalen Halbinsel liegt.

Weiter vorn hängt das Holzschild des Tungortok Inn am niedrigen Dach einer schiefen Eingangsterrasse. Ein Buick und ein paar Motorräder parken wild durcheinander auf dem Rasen vor dem Haus, und in der schmalen Einfahrt steht ein Range Rover. Anscheinend hat das Tungortok an diesem Abend mehr Gäste als nur Passagiere und Besatzung der *Galaxy*. Das Gasthaus ist zweistöckig, rechteckig wie ein Schuhkarton, knallblau angestrichen und hat keine Fensterläden oder sonst irgendeinen Schmuck. Aus zwei nach vorne zur Terrasse liegenden Fenstern fällt warmes, rosiges Licht, und fröhlich ausgelassene Stimmen dringen zu uns nach draußen.

Ich habe keine Ahnung, wie weit es zum Highway ist. Es könnten fünfzig Meilen sein, genauso gut aber auch zehn oder zweihundert. Ich bin nur mit meinem blutbefleckten *Galaxy*-T-Shirt, Jeans und nassen Turnschuhen bekleidet und fange an zu zittern. Außerdem habe ich Hunger und bin sehr müde. Ich muss unbedingt in das Bürgerzentrum, um eine Nachricht an Parnell abzusetzen, doch es ist nirgends zu sehen und inzwischen wahrscheinlich auch geschlossen. Wenn er Videokameras mitbringen und mich hier oben in Labrador treffen kann, dann schaffen wir es schon irgendwie zusammen auf die Cumberland Halbinsel, von wo aus wir dann weitersehen. Vorher jedoch müssen Troy und ich am Tungortok Inn vorbei, ohne gesehen zu werden, und einen Ort finden, wo wir uns bis morgen versteckt halten können.

Ich spüre Troys Anspannung, wie er seinen Schritt beschleunigt. »Siehst du das da?«

»Was?«

»Da«, er zeigt auf eine alte silberne Honda, in deren Zündschloss der Schlüssel steckt.

»Warte«, sage ich vorsichtig.

Er wartet nicht. Er rennt los und schwingt ein Bein über die Maschine. »Komm! Lass uns abhauen!« Er tritt den Kickstarter, und die Maschine erwacht in der Stille brüllend zum Leben, so laut und jäh wie eine Bombenexplosion. Er steuert das Motorrad auf die Straße – Scheinwerfer an, der Auspuff spuckt Abgase –, lässt die Maschine im Leerlauf, wartet auf mich. »Beeil dich!«, brüllt er über die Schulter zurück.

Ich mache ein paar Schritte vorwärts, als die Tür des Gasthauses auffliegt und zwei Männer herauskommen. Sie sehen aus wie einheimische Inuit. »Hey, was machst du da?«, ruft einer von ihnen, durchaus nicht unfreundlich. Troy bringt die Maschine auf Touren. Ich weiche schnell zurück, verziehe mich hinter den Range Rover. Jetzt sitzt Troy in der Klemme. Er wird niemals erklären können, was das soll, ein Motorrad zu stehlen. Und wenn Hall erst einmal herausfindet, dass ich weg bin, wird Troy nie wieder sicher sein. Ich flitze die Einfahrt an der Seite des Gasthauses hinunter. Vorne wird gebrüllt, und es herrscht einige Aufregung, als mehr und mehr Leute auf die Terrasse kommen, dann das Kreischen der beschleunigenden Maschine, als Troy losrast. Sekunden später starten andere Maschinen – es hört sich an wie die verbleibenden Motorräder und ein Auto – und nehmen die Verfolgung auf. Das Jaulen der Motoren wird zunehmend leiser, bis wieder nichts als arktische Stille herrscht.

Was jetzt? Ich bin buchstäblich am Ende der Welt, zu Fuß, ohne einen Cent in der Tasche. Ich wage es nicht, zur Straße zurückzukehren, und wenn ich mich ohne Taschenlampe auf den Weg in das unebene, felsige Gelände mache, ende ich garantiert mit einem verstauchten Knöchel oder gebrochenen Bein. Von verlaufen will ich gar nicht erst reden. Der Hintereingang des Tungortok Inn liegt direkt vor mir, ein paar wenige unlackierte Holzstufen hoch, beleuchtet von einer nackten, orangefarbenen Glühbirne über der Tür. Fast jeder scheint vor dem Gasthaus zu sein und laut über den Diebstahl zu reden.

Die Tür ist nicht abgeschlossen. Ich betrete einen dunklen Hauswirtschaftsraum, wo ein paar vollgestopfte Müllsäcke die fauligen Gerüche von vergammelndem Fisch und Müll verströmen, gehe schnell an einer hell erleuchteten Küche zu meiner Linken vorbei und erreiche einen düsteren Flur mit abgewetztem roten Teppichboden. An der Wand hängt ein Münzfernsprecher und ein alter Zigarettenautomat. Zwei Türen sind mit affig wirkenden Piktogrammen für *Gents* und *Dames* gekennzeichnet. Ich habe vor, mich auf die Damentoilette zu verziehen, als ich ein Stück weiter eine schmale Treppe bemerke. Schnell nehme ich die Stufen hinauf und komme auf einen weiteren ruhigen schäbigen Flur. Auf dem Boden dünne, blaue Auslegware, abblätternde Tapete mit goldenen Medaillons auf blauem Grund, mehrere geschlossene Türen mit runden Messingknäufen. Eine Deckenlampe am vorderen Ende beleuchtet eine breitere Treppe, die zum vorderen Teil des Gasthauses hinunterführt. Ich habe Angst, dass jemand aus einem Zimmer kommt und mich sieht, also versuche ich mein Glück mit der nächsten Tür, die sich mit leisem Knarren öffnet. Das Zimmer ist klein, quadratisch, niedrig. Licht aus dem Flur wirft Schatten von einem Doppelbett ohne Kopfende, einer Weichholzkommode, einem Stuhl mit gerader Rückenlehne. Ich entdecke kein Gepäck, keinen Hinweis, dass das Zimmer benutzt wird. Aber es ist der abgestandene, feucht-muffige Geruch, der nahelegt, ich könnte hier sicher sein. Das einzige Fenster des Zimmers ist seit Wochen nicht mehr geöffnet worden.

Ich schließe die Tür hinter mir, zucke bei dem Knarren zusammen. Man verriegelt sie durch Eindrücken eines schlichten Knopfes auf dem Türknauf, den man locker von der anderen Seite mit einer Haarnadel wieder lösen könnte. Dann breche ich auf der Stelle in der Dunkelheit auf dem Boden zusammen und kugle mich in der Embryonalstellung ein. So liege ich eine ganze Weile, zittere am ganzen Leib, lasse den ganzen, über den Tag angesammelten Schrecken aus mir heraus und bin viel zu benommen für einen klaren Gedanken. Eine Etage tiefer, im entfernten vorderen Teil des Gasthauses, genießen Passagiere und Besatzung der *Galaxy* eine gut zubereitete Mahlzeit hiesiger Delikatessen. Manche Leute haben einfach nur Glück.

Schließlich rapple ich mich auf und gehe zum Fenster. Millionen von Sternen wirbeln in milchigen Bändern über den samtschwarzen Himmel. Mir kommt in den Sinn, dass van Gogh doch nicht so wahnsinnig war. Aber genug über Kunst. Ich brauche eine Toilette. Im Zimmer gibt es keine, also werfe ich einen vorsichtigen Blick aus der Tür, springe dann über den Flur in ein Gemeinschaftsbad, groß, sauber und fensterlos, und schließe mich ein. Ich pinkle heißen Urin und schäle mich aus meinen blutbefleckten Klamotten. Als ich in den Spiegel blicke, sehe ich eine kleine, ramponierte, leicht aufgedunsene Person mit einem mehrfarbigen Gesicht, zarten weißen Brüsten, hübschen rosa Nippeln und ansonsten nur blauen Flecken. Ich beginne, hemmungslos zu lachen bei dem Gedanken, dass meine weiblichen Körperteile von der Bestrafung höflich ausgeklammert wurden.

Ich halte den Mund und erstarre. Jemand kommt die Treppe hoch. Ein Mann und eine Frau unterhalten sich ausgelassen. Als ihre Stimmen deutlicher werden, erkenne ich den klaren Singsang von Jorn Ekborgs arroganter Tenorstimme. Und dann höre ich, sofern ich mich nicht irre, Margot, außer Atem vor lauter Aufgeblasenheit und beschwipster Verführung. Sie gehen in einen Raum den Flur weiter hoch und schließen die Tür.

Ich möchte duschen, aber ich traue mich nicht, solange sie in der Nähe sind. Ich schnappe mir eines der Gästehandtücher, mache es nass und wasche das Blut ab, das Dennis übersehen hat. Jetzt sieht mein Gesicht schon ein wenig besser aus, auch wenn einige der blauen Flecke deutlich anzuschwellen beginnen. Wahrscheinlich könnte ich locker als jemand durchgehen, der einen Autounfall hatte oder in ein Hornissennest gefallen ist oder eine schwere allergische Reaktion auf Meeresfrüchte hatte und danach gegen eine Tür gerannt ist.

Das ferne Grummeln von Motorrädern wird zunehmend lauter, bis schließlich das ganze Holzständerwerk des Gasthofs unter dem Dröhnen vibriert. Die Tür von Ekborgs und Margots Zimmer wird aufgerissen, und ein Mann rennt mit schweren Schritten die Treppe hinunter. Anscheinend besitzt die reizende Margot weniger Anziehungskraft für den gutaussehenden Schweden als ein zur Strecke gebrachter Dieb. Ich frage mich, ob sie das wohl wundert.

Margot zu vertrauen ist ganz klar ein Risiko. Ich habe keine Ahnung, wie sie reagieren wird oder nach wem sie kreischen wird. Durchaus möglich, dass sie schnurstracks zu Jaeger rennt. Aber ich werde das Risiko eingehen. Die letzten paar Abende ist sie immer noch auf einem Barhocker im kleinen Salon sitzen geblieben, nachdem alle anderen längst gegangen waren. Die Zunge vom Champagner gelockert, der auf dem Schiff in Strömen fließt, hat sie mir, ihrer verständnisvollen Barkeeperin, all ihre Geheimnisse anvertraut. Warum gehen Leute immer davon aus, dass Barkeeper verschwiegen sind? Ekborg ist auf alle Fälle nur ihr aktueller Flirt, der jedem an Bord logisch erscheinen würde. Der andere Mann an Bord, der regelmäßig ihre Liebesdienste erhält, Käpt'n Lou Diggens nämlich, ist da schon eine überraschendere Wahl. Speziell Bob Jaeger wäre schockiert, wenn er davon wüsste.

Ich nehme meine Klamotten und die Turnschuhe, hülle mich in ein Handtuch, schlüpfe aus dem Bad und betrete ihr Zimmer. Eine kleine blaue Lampe auf dem Nachttisch brennt. Sie liegt auf dem Bett in einer aufgeknöpften Bluse und einem bis zur Taille hochgeschobenen langen weißen Rock mit bezauberndem Tüllsaum. Über den Augen liegt einer ihrer sommersprossigen Unterarme. »Ach, Jorn. Ich kann nicht. Mir ist so schwindlig – alles dreht sich. Und Bob wird mich umbringen, wenn er davon erfährt.«

»Margot. Ich bin's, Pirio.«

Sie hebt den Kopf und blinzelt. »Pirio? Warum tragen Sie denn ein Handtuch?« Sie stützt sich auf einen Ellbogen. »Und was ist mit Ihrem Gesicht passiert?«

»Ich brauche Ihre Hilfe.«

»Was?«

Ich erkläre, dass ich die Freundin eines Fischers von Ocean Catch bin, von der Jagd erfahren habe und an Bord gekommen bin, um alles zu filmen. Man hätte mich enttarnt, und ich wäre von Brock zusammengeschlagen worden, während Hall und Dennis zugesehen haben. Dass ich womöglich umgebracht worden wäre, wenn Troy mich nicht befreit hätte. Während er draußen ein Motorrad gestohlen hat und nun verfolgt würde, sei ich in den Gasthof geflüchtet.

»Oh, mein Gott! Sie Ärmste!«

»Sie dürfen niemandem erzählen, dass Sie mich gesehen haben.«

»Nein! Natürlich nicht!«

»Ich brauche Hilfe, um wegzukommen.«

»Oh, mein Gott! Wohin wollen Sie denn?«

»Weiß ich noch nicht. Auf alle Fälle brauche ich aber Klamotten und Geld.«

»Ich habe nur das hier«, sie hebt den Rock, »und einen Überwurf. Mein ganzes Geld hab ich heute Nachmittag auf dem Kunsthandwerkermarkt der Brüdergemeinde ausgegeben.«

»Was haben Sie denn gekauft?«

»Einen handgestrickten Pullover. Wunderschön grau und blau, und dann mit so, na, kleinen Robben drauf oder so, oben am Rand.«

»Kann ich den haben?«

»Echt?« Sie verzieht gekränkt das Gesicht, dann überlegt sie es sich anscheinend anders. »Natürlich können Sie den haben. Aber was machen Sie wegen Ihrem Gesicht?«

»Geld, Margot. Wie sieht's mit Geld aus?«

»Ich hab nur noch ein paar Dollar, mehr nicht.«

»Was ist mit Jaeger?«

»Bob hat immer Geld.«

Ich sehe sie bedeutsam an.

»Sie wollen, dass ich …«

»Würden Sie das tun?«

Sie setzt sich an der Bettkante auf, streicht den Rock glatt, beginnt, die Bluse zuzuknöpfen. »Ich denke, das könnte ich tun. Sie brauchen es wirklich. Ich wüsste nicht, was dagegen spricht. Ich meine, ist ja nicht so, als wär er drauf angewiesen.«

»Danke, Margot.«

Sie schenkt mir ein unsicheres, verlegenes Lächeln. »Jorn ist ein egozentrischer Narzisst, finden Sie nicht auch?«

»Da haben Sie absolut recht.«

»Ich hab durch die Hose seinen Schwanz gespürt. Der ist winzig.«

»Überrascht mich nicht.«

Sie steht auf, streicht ihre hinreißende rote Mähne zurück, lässt sie über ihren Rücken fallen und schüttelt sie aus. »Ich kann's kaum noch erwarten, dass wir wieder in die Zivilisation zurückkehren. Mir wird auf diesen Reisen immer so übel, und dann kann ich nichts anderes essen als Brot. Aber Bob interessiert sich für niemanden außer sich selbst. Er hat auch einen winzigen Schwanz.«

»Das kann doch nicht besonders befriedigend sein.«

»Ist es auch nicht. Das kann ich Ihnen versichern.« Sie schreitet zur Tür. »Bin gleich wieder da. Dauert nicht lange.«

Ich sage noch, ich werde in dem Zimmer am Ende des Flurs warten.

Nach etwa zwanzig Minuten kehrt sie zurück, wirft den Pullover und ein Bündel Geld aufs Bett. Ihre Augen glänzen listig, anders, als ich es bislang bei ihr gesehen habe. »Ich habe Bob gesagt, ich brauche alles, was er in der Brieftasche hat, um die netten Damen vom Kunsthandwerkermarkt zu bezahlen, die kein Plastik annehmen wollten. Ich hätte versprochen, das Geld im Gasthof zu deponieren.«

Ich zähle fast dreihundert Dollar. Ich ziehe den Pullover und meine Jeans an und frage Margot, was unten los ist.

»Alle reden darüber, was passiert ist. Sie haben den Burschen geschnappt, der das Motorrad gestohlen hat, diesen Troy. Tja, eigentlich haben sie ihn nicht wirklich geschnappt. Sie haben gesagt, er wäre wie ein Irrer gefahren, viel zu schnell. Ein Reifen ist wohl geplatzt, er ist von der Straße abgekommen und in eine Schlucht runtergerollt. Irgendwie ist das Motorrad dann auf ihm gelandet.«

»Und ...?«

»Und er ist gestorben. Als sie bei ihm ankamen, war er schon tot, sagen sie.«

»Wer hat das gesagt?«

»Die Typen, von denen Sie vorhin gesprochen haben. Dieser Brock und Dennis. Die waren auf den anderen Motorrädern.«

»Natürlich.« Wie praktisch, dass nur Brock und Dennis den Unfall gesehen haben und nun Troys überraschenden Tod schildern können.

»Käpt'n Lou ist ziemlich durch den Wind. Er weint sogar. Er sagt, Troy hätte nie auf ihn gehört. Er hatte anscheinend ziemliche Drogenprobleme.«

»Ja, hab ich auch gehört. Der arme Käpt'n Lou.«

»Traurig, oder? Dass er sich jetzt dafür verantwortlich fühlt. Er hat wirklich ein gutes Herz. Aber man kann nie die Probleme eines anderen lösen.« Margot seufzt und setzt sich aufs Bett. »Was machen Sie jetzt?«

»Ich weiß nicht. Wie weit ist es von hier bis zum Highway?« Ich will so schnell wie möglich aus Makkovik raus und mich irgendwo mit Parnell treffen, wo es sicherer ist als hier.

»Keine Ahnung. Moment. Unten hab ich Landkarten gesehen.«

Sie geht und kehrt kurz darauf mit einer einfachen Schwarzweiß-Landkarte zurück, ungefähr so groß wie ein Tischset, wie sie Hotels für ihre Gäste bereithalten. Ich sitze auf dem Bett und studiere sie. Die Karte zeigt die wichtigsten Gebäude in Makkovik – Polizeirevier, Laden, Krankenhaus (einmal im Monat kommt der Arzt) und den Flughafen, eine halbe Meile westlich des Gasthauses gelegen. Der zerklüftete Küstenverlauf in Richtung Nain besteht aus zahllosen schmalen Meeresarmen und Halbinseln.

»Das ist verrückt«, sage ich. »Wo ist der Highway?«

Margot setzt sich und sieht mir über die Schulter. »Ich glaube, es gibt keinen. Oder, sehen Sie mal, da, da ist einer. Aber der führt von Happy Valley aus nur nach Westen.«

»Es muss doch ein paar Straßen geben, die nur nicht eingezeichnet sind.«

»Ich weiß nicht. Im Winter wären sie ja sowieso alle unpassierbar. Die Leute haben hier oben Motorschlitten als Fortbewegungsmittel. Wo wollen Sie denn hin?«

Ich starre auf eine Stadt auf der Karte, auf halber Strecke zwischen Makkovik und Nain. Hopedale. Es dauert einen Moment, bis ich den Namen erkenne, dann kehren die Erinnerungen zurück. In Hopedale haben meine Mutter und ich jeden Sommer einen Monat verbracht, wir haben Blumen gepflückt und Düfte kreiert. Falls sich nichts geändert hat, steht das Haus, das wir von dem Architekten gemietet haben, von September bis Ende Mai leer.

»Gehen Sie bitte noch mal runter, Margot, und fragen den Wirt, wie man es anstellen müsste, wenn man von hier nach Hopedale wollte.«

Sie hört die Eindringlichkeit in meiner Stimme und springt direkt auf. An der Tür bleibt sie stehen und dreht sich mit ernstem Gesicht zu mir um. »Pirio, ich helfe Ihnen, weil ich sehe, was sie Ihnen angetan haben, und weil Sie von hier wegmüssen.

Ich könnte es mir nie verzeihen, wenn man Ihnen noch einmal weh tut oder Sie – Gott bewahre – sogar tötet. Aber ich will auch nicht, dass Bob Schwierigkeiten bekommt. Ich meine, ich weiß ja, dass es nicht so ganz legal ist, was er da tut, aber er hat mir gesagt, es gäbe eine ganze Menge Wale da draußen, und auf lange Sicht macht das dann gar nicht so viel aus. Er ist kein schlechter Mensch, er ist nur … na ja, abenteuerlustig. Sie wissen schon, früher haben Männer ja auch ständig Wale gejagt, und ausgestorben sind die deshalb nicht. Sie würden das selbst sehen, wenn wir dort ankommen. Es gibt immer noch eine ganze Menge von denen. Also, eigentlich sehr viele.«

Ein paar Sekunden sehen wir uns einfach nur an.

»Wissen Sie, ich liebe Bob. Selbst wenn ich Dinge tue, die ich besser nicht tun sollte. Ich langweile mich einfach nur. Ich denke mir nichts dabei.«

»Ich werd's niemandem verraten, Margot, und ich werde nie vergessen, dass Sie mir geholfen haben.«

Als sie zurückkommt, ist sie unruhig. »Ich muss mich beeilen. Jetzt brechen langsam alle auf. Und Jorn ist immer noch hinter mir her. Als sollte ich nicht mitkriegen, dass er mich abserviert hat, sobald er vorhin die Motorräder hörte. Ich habe Bob gesagt, ich hätte Kopfschmerzen und würde mich kurz hinlegen. Er geht sowieso nicht davon aus, dass ich etwas esse. Also bin ich hinten raus und habe den Wirt gefragt, wie man nach Hopedale kommt. Eine typische Touristenfrage eben. Er ist ein echt netter Kerl und heißt übrigens Yoskolo. Er sagte, wenn ich kein Schiff nehmen wollte, könnte ich auch fliegen. Ich habe ihn gebeten, mir die Flugzeiten rauszusuchen, und er meinte, morgen früh um 8 Uhr 55 geht ein Flieger.«

»Danke, Margot.« Ich werde es riskieren, heute Nacht in diesem Zimmer zu bleiben, und dann bei Tagesanbruch leise verschwinden.

»Viel Glück, Pirio. Passen Sie gut auf sich auf.« Dann ist sie fort.

Ich trete ans Fenster. Der Mond ist nicht aufgegangen, aber die Myriaden von Sternen sind ganz nah und glitzern. Tief über dem Horizont wirbelt und wogt ein breites smaragdgrünes Band. In seinem unheimlichen Schein fühle ich mich, als stünde ich am Rand der bekannten Welt.

Warum lässt uns der Gedanke an den Tod immer zum Himmel aufschauen? Ich stelle mir vor, dass Troy jetzt irgendwo da draußen ist, dass er die sich ausbreitenden, bockenden Wellen der Nordlichter reitet, und ich wünsche ihm, dass es besser ist als ein Schuss.

KAPITEL 27

Das Flugzeug ist eine de Havilland Twin Otter mit großen Sichtfenstern und dünn gepolsterten Sitzen für neunzehn Passagiere. An diesem Morgen sind es nur fünf. Eine Inuit-Mutter mit Kind, ein weißer Mann mit der leicht abwesenden Ausstrahlung eines Wissenschaftlers, eine ältere Frau mit fettigen, ungepflegten Haaren und ich. Niemand spricht. Eine junge Inuit-Stewardess nimmt unsere Tickets, während man den Piloten durch die offen stehende Tür des Cockpits sieht, wie er Schalter umlegt und die Vorflugkontrolle durchführt. Ich war die ganze letzte Nacht wach. Zuerst habe ich den Gästen zugehört, die es sich in den zur Straße liegenden Zimmern des Gasthofs gemütlich machten. Später, als alles ruhig war, habe ich aus dem Fenster gesehen und auf den Sonnenaufgang gewartet, damit ich genug Licht hatte, um zu verschwinden. Seit wir in der Luft sind, versuche ich zu schlafen, was mir aber nicht gelingt. Erschöpft starre ich aus dem Fenster auf das zerklüftete braune Gelände hinaus, das von keiner einzigen Straße unterbrochen wird, während der Sonnenschein auf der silbernen Tragfläche glitzert. Hopedale taucht pünktlich nach Flugplan auf: Die Runway wie ein schwarzer Schmiss, eingegraben in eine felsige Anhöhe, und die Stadt nicht mehr als ein paar niedrige Gebäude am Rande einer weiten, glitzernden Bucht.

Ich gehe den Berg hinunter in die Stadt, vorbei an einer Schule mit einem langweiligen Pausenhof und einem zweigeschossigen roten Wirtshaus mit Blechdach. Hinter einer Biegung der Straße erspähe ich den Laden, in dem meine Mutter und ich vor so vielen Jahren immer eingekauft haben. Er sieht noch genau so aus wie damals. Ich weiß, dass direkt dahinter die Stadtbibliothek liegt, die nur aus einem Raum besteht. Meine Hoffnung ist, dass ich dort Telefon und Internet vorfinde.

Es ist ein luftiger, gelbgestrichener Raum mit Topfpflanzen auf den Fensterbänken. Eine große, auf einer Staffelei stehende Pinnwand ist mit Ankündigungen der Gemeinde bespickt. An diesem Donnerstagmorgen sitzen keine Nutzer an den Tischen, und als ich mich dem Tresen nähere, sieht ein junger Mann von einem Computer auf. Er fragt, womit er mir helfen könne – wohl weil er ahnt, dass ich weder ein Buch über Botanik noch einen Roman suche –, und nach einigem Hin und Her bietet er mir an, das Telefon zu benutzen, das neben ihm auf dem Schreibtisch steht.

Zuerst versuche ich mein Glück mit Thomasinas Festnetzanschluss. Es klingelt und klingelt. Geht denn eigentlich niemand mehr an sein normales Telefon? Ich hinterlasse eine Nachricht, in der ich sie dränge – nein, ich befehle es ihr –, Noah sofort aus der Schule zu nehmen, ins Haus meines Vaters zu bringen und dort zu bleiben, bis ich ihr sage, dass sie es sicher wieder verlassen kann. *Jeffrey weiß Bescheid, dass ihr kommt*, sage ich. Ich rufe ihre Mobilnummer an und wiederhole meine Nachricht. Bevor ich gefahren bin, hatte ich ihr alles über Max und meine anstehende Reise erzählt, also weiß ich, dass sie klug genug sein wird, meine Worte nicht anzuzweifeln.

Der nächste Anruf gilt Jeffrey, der, Gott sei Dank, sofort abhebt. Ich gehe nicht ins Detail, denn ich bin mir des jungen Bibliothekars sehr bewusst, der gar nicht anders kann, als jedes Wort mitzuhören. Nach einigen Fragen begreift Jeffrey jedoch, dass die Lage ernst ist, und sagt, er werde weiterhin versuchen, Thomasina zu erreichen, und er werde mit ihr gemeinsam Noah aus der Schule abholen.

»Wirst du es bitte Milosa und Maureen erklären?«, frage ich.

»Das solltest du wohl besser tun.«

Ich beschließe, Milosa zu umgehen und mich direkt an Maureen zu wenden. Sie und Jeffrey kümmern sich ohnehin um die Hausgäste, und zumindest für den Moment würde ich gern Milosas ungeduldigen, bohrenden Fragen aus dem Weg gehen. Als ich Maureen in der Leitung habe, mache ich es kurz und schmerzlos: Meine Freundin und ihr Sohn kommen zu Besuch. Sie werden für ein paar Tage im Gästezimmer wohnen. Ich wäre ihr sehr dankbar, wenn sie sich ihnen gegenüber gastfreundlich zeigen könnte.

»Natürlich. Wir helfen jederzeit gern.« Von sich aus erzählt sie, dass der Zustand meines Vaters unverändert ist, und ich habe ein schlechtes Gewissen, dass ich nicht nachgefragt habe.

Der letzte Anruf wird der schwerste. Ich spüre, wie sich mir der Hals zuzieht vor dem, was meine primäre Gefühlsregung geworden zu sein scheint: Angst. Angst vor der Gegenseite, Angst um Noah, Thomasina und meinen Vater, Angst vor dem Ertrinken, Angst vor der Liebe. Ich nehme den altmodischen Hörer ein letztes Mal in die Hand, doch dann verharren meine Finger in der Luft, schweben über dem Tastenfeld. Ich kann ihn nicht anrufen. Ich kenne seine Nummer nicht. Ich hatte sie in mein iPhone eingegeben, aber mir nicht eingeprägt. Zur Hälfte bin ich irrsinnig frustriert, zur anderen Hälfte erleichtert.

»Internet«, sage ich zu dem jungen Mann. »Darf ich?«

Er steht auf, winkt mich auf seine Seite des Tresens und bietet mir den Stuhl an. Ich nehme auf dem immer noch warmen

Vinyl Platz. Parnells E-Mail-Adresse ist leicht zu merken: rparnell@yahoo.com.

Ich erkläre, wo ich bin, und bitte ihn, sich hier mit mir zu treffen und eine Videokamera mit Zoomobjektiv sowie ein Stativ mitzubringen. Außerdem eine Kodak PlaySport. Er soll sofort kommen. Ich sage ihm, dass ich für ihn im Laden eine Beschreibung hinterlassen werde, wo er mich findet. Ich zögere, als ich zum Ende komme. Soll ich schreiben *Alles Liebe* oder nur *Danke* oder vielleicht *Beste Grüße*? Ich entscheide mich für meine Initiale, schreibe sie aber klein: *p*. Morgen werde ich wieder in die Bibliothek kommen und sehen, ob er geantwortet hat.

Ich bedanke mich bei dem jungen Mann und kehre nach langer Zeit zum ersten Mal in den Laden zurück. Dieselbe Glocke bimmelt, als ich dieselbe ramponierte Tür öffne; die gleichen Gerüche stürmen auf mich ein – Staub und Erdnüsse, Zigarettenqualm, beißende Reinigungsmittel, aufgehübscht mit künstlichen Wiesendüften, und schließlich abgestandene, von einem Ventilator immer wieder durchgequirlte Luft. Niemand hinter der Ladentheke, vor der ein alter Herr geduldig wartet. Ich gehe vorbei an Gängen mit Junkfood, industriell verarbeiteten Lebensmitteln, Süßigkeiten und Kisten mit Erfrischungsgetränken. In den Kühlregalen an der hinteren Wand gibt es Bier, billigen Wein, noch mehr Limonade. Die Ursachen der meisten Krankheiten des Westens sind hier sehr effizient in Regale gestapelt. Am Ende des letzten Ganges, in der hintersten Ecke, ist es doch tatsächlich möglich, Milch, Eier, schlaffen Eisbergsalat und angestoßene Bananen zu erwerben. Auf dem Rückweg zur Theke schnappe ich mir noch ein paar Toilettenartikel.

Jetzt steht eine Frau mittleren Alters in einem rosa Gap-Sweatshirt hinter der Kasse und gibt die Dosenpfirsiche und den Instantkaffee des alten Mannes ein.

»Gerade reingekommen?«, fragt die Frau mich, als der alte Mann geht und ich meine Einkäufe auf die Theke lege.

»Ja, eben erst.«

»Flieger?«

»Mhm-mh.«

»Die Touristensaison ist vorbei, aber es ist trotzdem eine schöne Jahreszeit. Die Bucht friert schon bald komplett zu, und wir haben bergeweise Schnee. Dann ist es hier auch sehr schön. Alles ist still und weiß. Länger hier?«

»Ein paar Tage.«

»Drüben im Inn, schätze ich.«

»Nein, ich will zu einem gemieteten Haus im Norden der Stadt, an der Bucht.« Ich erinnere mich noch sehr gut an die Straße dort – Staub und ausgefahrene Spurrillen – und daran, wie das Haus des Architekten aussah, wenn wir um die letzte Ecke kamen und es als Kontur vor dem Hintergrund des Meeres aufragte.

»Allein?«

»Ja. Nur ich.«

»Oh.« Sie nickt, als wäre dies eine zwar seltsame, dennoch aber häufig beobachtete Angewohnheit der weißen Besucher. »Sie müssen ein Buch schreiben. Letzten Winter hatten wir einen Mann hier, der ganz allein drei Monate in einem Ferienhaus gewohnt hat. Wie sich herausstellte, hat er ein Buch geschrieben. Eine frei erfundene Geschichte, hat er gesagt. Sehr netter Mann. Sagte, er sei noch nie mit einem Schneemobil gefahren, und seitdem er hier ist, sei das seine bevorzugte Beförderungsart. *Bevorzugt*, hat er gesagt. Darüber hab ich echt gelacht.« Während ihre Finger über die Tasten tanzten, haben mich ihre schwarzen Augen taxiert, mein ungewaschenes Haar und meinen handgestrickten Pullover. Keine Jacke, keine Handtasche. Mein Gesicht. »Sie hatten Ärger, stimmt's?«

»Ja. Musste mal eine Weile weg. Den Kopf freibekommen.«

»Mhm-mh.« Sie nickt weise. »Lassen Sie sich Zeit. Hier oben sind Sie sicher. Eine Frau muss nichts tun, was sie nicht auch will. Freiheit ist das Beste.«

»Jemand wird in den nächsten paar Tagen kommen und nach mir fragen. Er ist mein Freund. Er heißt Parnell. Man erkennt ihn, weil er nur einen gesunden Arm hat. Falls sonst irgendwer nach mir fragt – womit ich nicht rechne –, sagen Sie bitte nichts.«

Sie lächelt, zeigt Grübchen und kurze Zähne. »Freut mich, dass ein Freund kommt. Was alle anderen betrifft – ich weiß von gar nichts. Ich heiße übrigens Sukie. Normalerweise bin ich selbst hier oder aber meine Tochter Charlotte.«

Als meine Einkäufe in zwei braune Tüten verstaut sind, merkt sie, dass ich zögere.

»Ich bin zu Fuß vom Flughafen hergekommen«, sage ich.

Sie kommt mir freundlich entgegen, indem sie anbietet, Charlotte könne mich fahren, wenn ich das möchte. Ich nehme das Angebot an, und zehn Minuten später rumpeln Charlotte und ich in einem alten Jeep mit abgenutzten Stoßdämpfern über die ausgefahrene Straße zum Haus des Architekten. Ihr siebenjähriger Sohn Nicky begleitet uns. Er steht auf dem Radhaus, hat die Arme um die Kopfstütze seiner Mutter geschlungen und sieht mich mit seinem zarten kleinen Gesicht neugierig an. Seine Geduld wirkt völlig normal, Ergebnis seines Inuit-Temperaments oder der gemächlicheren Lebensweise in diesem Teil der Welt. Plötzlich vermisse ich Noah, dem es, glaube ich, hier oben gefallen würde.

Ich finde den Schlüssel des Hauses genau an der Stelle, wo er schon immer gehangen hat, an einem Nagel im Schuppen. Die über zwei Etagen gehende Raumhöhe und der verschrammte Küchentisch sind mir auf unheimliche Weise vertraut, wenn auch kleiner, als ich es in Erinnerung habe. Das ganze Haus wirkt kleiner und auch ein bisschen schäbiger. Die Sonnenterrasse aus Zedernholz, auf der meine Mutter und ich so viele glückliche Stunden verbracht haben, ist leer, die Stühle sind bereits für den Winter eingeräumt worden. In den Ecken haben sich schmale, gelbe Birkenblätter angesammelt wie vom Wind verwehter Abfall.

Drinnen ist es kühl. Charlotte hilft mir, ein Feuer im Holzofen anzufachen. Dann tragen wir mehr Scheite und Anmachholz für den offenen Kamin von dem Holzstoß draußen herein. Auf dem Bücherregal neben dem Kamin liegt ein Stapel *New Yorker* und *The Economist* neben *Die Dornenvögel* und mehreren historischen Liebesromanen. Nicky rennt aufgeregt von einem Raum zum anderen, vielleicht weil er versucht zu verstehen, warum ein so großes und helles Haus die meiste Zeit des Jahres unbewohnt bleibt. Als sie gehen, mache ich mir Eier und Toast zum Tee. Dann dusche ich, beziehe das Bett, lege mich hinein und schlafe schließlich ein.

Am späten Nachmittag bin ich auf, esse wieder – diesmal Pasta und Salat – und versuche, für den nächsten Abschnitt der Reise meine Kräfte und eine Art von emotionalem Gleichgewicht wiederzufinden. In der Bucht treibt bereits Packeis – ich habe es gesehen, als ich mit Charlotte hierhergefahren bin. Sie sagte etwas von einer Sturmvorhersage. Böen bis zu vierzig Knoten, sehr starke Dünung. Selbstmord für kleine Schiffe. Für die *Galaxy* kein Problem, aber es wird sie dennoch bremsen. Ich schätze, die Yacht wird mindestens ein paar Tage länger brauchen, um an der Nordküste von Labrador entlang in die Hudson Bay zu gelangen. Ich habe einen netten Vorsprung herausgeholt, indem ich mit dem Flugzeug hergekommen bin. Jetzt muss ich jedoch auf Parnell warten und kann nur hoffen, dass er so schnell wie möglich kommt. Dann müssen wir nach Cape Chidley und irgendwie die Herausforderung bewältigen, die Hudson Strait zu überqueren.

Manchmal löst man knifflige Probleme am besten, indem man sie eine Zeitlang ignoriert. Es ist, als würden sie begreifen, dass sie nicht deine hysterische, von Sorgen geplagte Aufmerksamkeit beherrschen und dann einverstanden sind, kleiner und vernünftiger zu werden. Deshalb nehme ich mir auch die Zeit, ein ordentliches Feuer in dem großen steinernen Kamin zu entfachen, die *Dornenvögel* aufzuschlagen, mich wie eine Prinzessin auf Urlaub auf der Couch auszubreiten und den Nachmittag einfach verstreichen zu lassen.

Ich bin in Meggies Schwierigkeiten auf Drogheda vertieft, als ich ein leises Klopfen an der Haustür höre. Als ich öffne, steht ein Inuit von Mitte dreißig vor mir. Er ist etwa eins siebzig groß, kräftig und hat breite Schultern. Er trägt Jeans und einen alten grünen Parka, dessen Reißverschluss offen ist. Sein Gesicht ist rund und voll, mit der geraden Nase und den hohen Wangenknochen aber auch angenehm markant. Ein entspanntes Lächeln und ein Anflug von Schüchternheit in seinen Augen bezwingen mein städtisches Misstrauen. Und dann spüre ich, ohne so ganz zu wissen warum, wie ich zu lächeln anfange. Von irgendwo kenne ich ihn, denke ich.

Er sagt, sein Name sei Martin Naggek, und als er auf dem Heimweg von der Arbeit vorbeigekommen sei, habe er Rauch aus dem Schornstein kommen sehen und gedacht, er käme kurz vorbei und frage nach, ob Mr Collins vielleicht etwas brauche. Ich sage ihm, ich sei eine frühere Mieterin, die unerwartet in der Gegend sei und mit Mr Collins' Segen ein paar Tage bliebe. (In dieser Situation habe ich kein Problem damit, die eine oder andere Notlüge zu erzählen.) Wir sind uns einig, dass Mr Collins ein sehr netter Mann ist.

Dann sagt Martin bedächtig: »Mein Vater war gut mit einer Frau befreundet, die lange Zeit jeden Sommer hergekommen ist. Er hat den Kamin immer im Auge behalten, nur für den Fall, dass sie zurückkommt. Seit er gestorben ist, behalte ich den Kamin im Auge. Familientradition, schätze ich.«

Ich erzähle ihm von meiner Mutter und dass wir beide vor mehr als zwanzig Jahren einige Male den Juli hier verbracht hätten. Etwas aus der Fassung gebracht, bitte ich ihn herein.

»Mein Vater hat für diese Frau früher immer Ambra gesammelt. Er hat es in unserem Schuppen aufbewahrt und es ihr gegeben, wenn sie kam.«

»Ja, das dürfte dann wohl meine Mutter gewesen sein. Sie hat Ambraöl in den Parfüms verarbeitet, die sie entwarf.«

Martin lächelt breit. »Ich erinnere mich an sie. Und an dich auch.« Er wartet. »Erinnerst du dich nicht an mich?«

Ich betrachte ihn und beginne eine ältere Ausgabe des Jungen zu erkennen, mit dem ich immer gespielt habe – der Junge mit dem Lachen in der Stimme und den glänzenden schwarzen Haaren.

»Du warst noch ein Kind. Ich war ein paar Jahre älter«, sagt er. »Mein Dad und ich sind zum Abendessen gekommen, und wir beide haben auf der Sonnenterrasse da draußen gespielt und sind auf die Bäume auf der anderen Seite des Meeresarms geklettert. Eure Küche war immer voller Blumen, und mein Dad hat von zu Hause *pitsuk* mitgebracht.«

»Ich erinnere mich an *pitsuk*.« Reminiszenzen an salzigen getrockneten Fisch und helle Sommernächte kehren zurück. »Jetzt erkenne ich dich auch wieder! Du bist schneller gerannt als ich, und das konnte ich gar nicht leiden. Ich hab dann immer mit den Füßen aufgestampft und mit Stöcken nach dir geworfen. Oder mit Steinen, mit Händen voll Dreck. Was mir gerade in die Finger kam.«

Er wirft den Kopf zurück und lacht. »Ich habe versucht, dir beizubringen, wie man sich an Seehunde anschleicht. Du warst darin echt eine Niete.«

»*So* schlecht nun auch wieder nicht.«

Wir lachen. »Lange nicht gesehen, Pirio.« Seine Augen funkeln fröhlich. Für eine echte Sandkastenfreundschaft sind zwanzig Jahre nicht mehr als ein erfrischendes Nickerchen. Er streicht mit einem Finger über seinen Wangenknochen. »Verletzt?«

»Ja.«

»Unfall?«

»Äh, nein.«

Er sieht sich im Wohnzimmer um, und sein Blick streift den Teil der Küche, den er von dort, wo er steht, einsehen kann. »Bist du allein hier?«

»Ja.«

»Ist alles in Ordnung? Fühlst du dich hier sicher?«

Ich nicke, gerührt von seiner Besorgnis.

»Labrador-Tee wird gegen die Prellungen helfen.«

»Schmeckt fürchterlich, wie ich mich erinnere.«

»Aber nicht, wenn meine Frau ihn zubereitet. Komm heute Abend zum Essen vorbei.«

Ich bin mit einem Mal ganz beschwingt bei der Aussicht auf ein Abendessen mit Freunden.

Martin Naggek wohnt am Nordrand von Hopedale in einem eingeschossigen gelben Haus mit einem roten Blechdach. Es ist ein bescheidenes Rechteck, das in gleichmäßig große Räume unterteilt ist. Vom Wohnzimmer aus hat man durch ein großes Fenster einen Blick auf die Bucht, die so nah ist, dass man die glatten schwarzen Felsen entlang des Ufers sehen kann. Dazwischen liegen vereinzelte Ansammlungen von goldenem und braunem Seetang, der mit dem Wandel der Gezeiten auftaucht und wieder verschwindet.

Martins Frau, Tiffany, begrüßt mich herzlich und macht Witze darüber, wie wenige Menschen sie kennenlernt. Ich merke, dass sie gern mehr über mein Leben wissen würde, sich aber noch zurückhält. Ein kleines Mädchen namens Matilda sitzt hoheitsvoll in ihren Armen. Mit einem Finger hebt die stolze Mutter behutsam die Oberlippe des Babys an, um mir zwei winzige Zähne zu zeigen. Matilda antwortet mit Sabber und einem vergnügten Glucksen. Eine fedrige Haarlocke ist auf ihrem Kopf mit einer rosa Schleife zusammengebunden.

Beim Essen, es gibt Pasta und schmale Streifen getrocknetes Rentierfleisch, erzählt Martin, er sei Robbenjäger geworden, genau wie sein Vater Roger. Seit die Europäische Union den Import von Seehundprodukten verboten hat, ist das Geschäft flau, obwohl Seehundprodukte von Inuit-Jägern eigentlich von den Bestimmungen des Gesetzes ausgenommen sein sollen. Er verdient sechzehn Dollar pro Fell, verglichen mit den einhundert Dollar, die er früher bekam, ist das wenig. Er spricht ohne jede Befangenheit über Geld. Niedrige Preise, sagt er, hätten bewirkt, dass die hiesige Fabrik zur Verarbeitung der Seehunde schließen musste.

Als Martins Gesicht sich verfinstert, nimmt Tiffany den Faden auf und erläutert, dass sie ihre Küche in einen Friseursalon umfunktioniert hat. Die Frauen sitzen an ihrem Tisch und warten, bis sie an der Reihe sind mit Waschen und Schneiden. Sie erzählen Geschichten auf Inuktitut, während sie Bannockbrot essen und Tee trinken. Tiffany sagt, sie genieße ihre Arbeit, und Matilda in ihrem Laufstall in der Ecke findet es toll, wenn Leben im Haus ist.

Zusammen, sagt Martin, kommen sie zurecht.

Nach dem Essen kocht Tiffany wie versprochen einen Labrador-Tee. Außerdem befeuchtet sie Blätter, um einen Wickel zu machen, den ich mir brav zunächst auf die eine Gesichtshälfte und dann auf die andere drücke, wobei ich nicht so recht glaube, dass es helfen wird. Der Duft der rohen Blätter führt mich zurück in die kühlen subarktischen Tage meiner Kindheit. Und auf einmal schildere ich, wie meine Mutter in der Küche des Architekten gearbeitet hat, wie sie aus getrockneten Blütenblättern ein Parfüm kreierte, das später synthetisch hergestellt und unter dem Namen *L'Amour du Nord* verkauft wurde. Ich verspreche Tiffany, ihr eine Flasche zu schicken, sobald ich wieder zu Hause bin.

Mir ist aufgefallen, dass Martin und Tiffany während des Essens mehrfach verstohlene Blicke gewechselt haben, und jetzt tun sie es wieder. Sie haben ein Geheimnis, das sie allerdings nicht besonders gut verbergen. Aus irgendeinem Grund ermutigt, stößt Tiffany seinen Ellbogen an. »Na los. Gib ihr die Schachtel.«

Martin senkt verlegen den Blick. »Tiffany, bitte.«

»Es gibt vielleicht kein anderes Mal«, drängt sie.

»Ich sagte doch, *nein*!«

Tiffany lehnt sich betrübt zurück. Martin bleibt weiterhin stumm, bereitet sich anscheinend auf das vor, was sie als Nächstes sagen wird. Eine angespannte Minute verstreicht.

Schließlich sagt Tiffany: »Denk an deinen Vater, Martin. Was er von dir erwarten würde.«

Martin starrt weiter mit gerötetem Gesicht auf seinen Teller, den Unterkiefer angespannt.

»Er würde wollen, dass du ihr die Schachtel gibst.«

»Sie ist aber nicht für sie. Sie ist für ihre Mutter.«

»Ihre Mutter ist schon sehr lange nicht mehr hier gewesen. Pirio kann ihr die Schachtel geben. Dein Vater wollte es so, Martin. Er hat es ausdrücklich gesagt.«

Ein dumpfes Ohrensausen bewirkt, dass ich mich ausgeschlossen und allein fühle, weit weg von diesem liebevollen

Ehestreit. Ich wünsche fast, ich könnte mich vom Tisch fortstehlen, bevor die Unterhaltung weitergeht, denn ich habe bereits einige Teile des widerspenstigen alten Puzzles zusammengesetzt. Martin Naggek nach all dieser Zeit wiederzusehen hat in mir eine Fülle von Erinnerungen, Gefühlen und Ahnungen geweckt, die schon die letzten paar Stunden in mir gearbeitet und rumort haben.

Roger Naggek war der Mann, der mit uns gelegentlich herumfuhr, mit uns durch Wälder und Felder voller Wildblumen wanderte und meiner Mutter zu finden half, wonach sie suchte. Er kam häufig zum Abendessen zu uns, entweder allein oder mit seinem Sohn. Ein kräftiger Mann mit zerzaustem schwarzen Haar, einer vom Wetter gegerbten Haut, einem flachen Gesicht und einer langen, geraden Nase – in meiner Erinnerung strotzte er nur so vor Energie. Alles an ihm schien sich in einem natürlichen, unbändigen Fluss zu befinden. Seine Hände waren zuverlässig und schnell. Seine Augen blitzten intelligent, und über seine Lippen perlte das Lachen. Er schnupperte an den Essenzen und Ölen meiner Mutter mit einem Lächeln, bei dem man seinen angeschlagenen Zahn sah.

Ich habe ihn gehasst, weil er mir meine Mutter für lange Abende wegnahm, und das in dem einen Monat im Jahr, an dem sie doch eigentlich nur für mich da sein sollte; und weil er mit mir Ball spielte, während das Essen auf dem Herd stand, und es manchmal schaffte, mich zum Lachen zu bringen; und weil er sich mit mir verrückte Geschichten voller Zweifel und Wunderlichem ausdachte, genau solche, wie ich sie mir heute mit Noah ausdenke. Ich hasste ihn, weil er nach all diesem Spaß, nach all dem Vertrauen und der Zuneigung, die wir ihm schenkten, einfach aus der Haustür in die dunkle Nacht gegangen ist und uns allein gelassen hat.

Was für mich schon okay war. Mit meiner Mutter allein zu

sein war ja eigentlich genau das, was ich wollte, aber wenn Roger gegangen war, fühlte sich alles irgendwie nicht mehr richtig an. Eine Zeit war sie dann gedankenverloren, distanziert und nur gespielt fröhlich, wenn sie sich daran erinnerte, dass ich ja auch noch da war. Ich konnte sehen, dass ein ganz besonderes Licht in ihr schwächer geworden war, ein Licht, das nur er allein kontrollierte. Ich hasste ihn dafür, dass er es zum Glühen brachte und sich anschließend nicht richtig um das Feuer kümmerte. Ich hasste die Fröhlichkeit, die er ihr brachte, und dass sie sie wieder zurück in ihr Herz stopfen musste, wenn er fort war.

Das war Roger Naggek. Der Liebhaber meiner Mutter.

»Schon in Ordnung. Ich glaube, ich weiß Bescheid«, sage ich. Ich werde nicht weinen – werde ich nicht.

Eine Spur Traurigkeit taucht in Martins Augen auf. »Mein Vater ist vor einem Jahr gestorben.«

»Das tut mir leid.«

»Er hatte Krebs. Ein paar Tage vor seinem Tod hat er für deine Mutter ein paar Dinge in eine Schachtel gelegt. Ich sollte sie ihr geben, falls sie jemals zurückkommen würde.«

»Meine Mutter ist vor zwanzig Jahren gestorben«, sage ich mit einem Anflug von Gefühllosigkeit. »Wusste er das nicht?«

»Nein.« Martin sieht erschüttert aus.

»Aber er muss doch eine Adresse gehabt haben.«

»Er sagte, das hätte sie nie gewollt. Sie durften nur zusammen sein, solange sie hier war.«

Das klingt ganz nach Isa. Die Bedingungen und das Sichzurückziehen, die Spiele. Sie würde es nicht riskieren, ein Opfer der Liebe zu werden, obwohl es mir immer so vorkam, als ob sie genau das war.

»Aber er hätte sie doch in dem ersten Sommer, als sie nicht zurückkam, anrufen können«, sage ich gnadenlos.

»Wen denn? Wen sollte er denn anrufen?« Jetzt ist Martin

ebenfalls wütend, hat sich aber im Griff. »Er hat einfach nur weiter auf das Haus aufgepasst.«

In bedrückendem Schweigen sitzen wir da.

»Wo ist *deine* Mutter?«, frage ich schließlich.

»Sie ist gegangen, als ich noch ein Kind war. Mein Vater hat mich allein großgezogen.«

»Es gab niemanden sonst?«

»Nur sie. Einen Monat im Jahr. Dann kehrte sie zu deinem Vater zurück und ließ meinen Vater allein«, sagt er verbittert, und ich begreife, dass wir uns beide irgendwie betrogen fühlen.

Matilda in ihrem Hochstuhl lässt Pasta auf den Boden fallen und beugt sich weit vor, weil sie sehen möchte, wohin die Nudeln verschwunden sind. Tiffany betrachtet ihren Teller.

»Also dann.« Martin stößt ein tiefes, abschließendes Seufzen aus, auch wenn nichts wirklich ausgestanden ist. Er legt die Handflächen auf den Tisch und drückt sich hoch. »Also dann gebe ich dir jetzt, was er ihr hinterlassen hat.«

Ich bin drauf und dran zu sagen, ich will es nicht. Dass sie es mir gar nicht hätten erzählen sollen. Dass ich keine Beweise haben möchte, was auch immer zwischen den beiden war. Dass was für meine Mutter bestimmt war, nicht in meine Hände gehört. Dass Isa und Roger beide weitergezogen sind, und das sollten wir ebenfalls tun. Diese Reaktion ist natürlich pure Feigheit. Angst davor, die tiefere Wahrheit über das Herz meiner Mutter zu erfahren, die ich doch immer hatte wissen wollen.

Tiffany lässt uns allein und bringt Matilda ins Bett, und Martin und ich gehen ins Wohnzimmer. Er holt eine Schachtel von einem Bücherbord und stellt sie vor mich auf den Couchtisch. Es ist ein rotes Zedernholzkistchen mit einem dazu passenden schwarzen Deckel. Die Silhouette eines Fisches und das strenge Schnabelgesicht eines Vogels sind in Schwarz und Grün auf die Seiten gemalt. Martin sitzt mir gegenüber, als ich es öffne. Darin liegen ein gefalteter Brief, alte Fotos, ein Schnitzmesser und ein kleines, braunes Fläschchen. Mit zitternden Händen falte ich das Papier auseinander. *Liebe Isa, ich habe gewartet, aber Du bist nicht zurückgekommen, und jetzt muss ich gehen. Du bist das größte Geschenk, das mir in diesem Leben gemacht wurde. Behalte meine Liebe immer ganz nah bei Dir, glaube von ganzem Herzen an sie, selbst wenn ich fort bin. In endloser Liebe, Roger.*

Ich schlucke ein paarmal und nehme die Fotos heraus. Kodak-Schwarzweißaufnahmen mit Knicken und Rissen vom vielen Anfassen. Namen und Daten auf der Rückseite. Das erste zeigt Roger selbst, Kopf und Schultern, im Alter von Anfang zwanzig, breit lächelnd aus der mit Pelz verbrämten Kapuze eines Parkas. Schneegestöber und diffuses Licht lassen die Umgebung verschwinden. Seine Haut ist glatt und weich, die Lippen voll, und er lässt sich einen kleinen Oberlippenbart stehen. Er sieht glücklich aus, und freundlich. Der Zahn ist noch nicht angeschlagen.

Das nächste zeigt Roger und Isa auf den Eingangsstufen des Architektenhauses. Sie lächeln verträumt, ihre Oberschenkel berühren sich leicht, sie sind anscheinend überrascht worden von der Kamera eines Besuchers. Meine Mutter trägt alte Kleidung, kein Make-up. Ihre Haut glüht, und ihre Augen sind warm und freundlich.

Das nächste Bild zeigt Isa und mich im Wald. Isa trägt ein fröhliches Kopftuch, das sie unter dem Kinn verknotet hat, und eine große Sonnenbrille. Ihr Lächeln ist selbstbewusst, ihre Haltung ungezwungen, sportlich. Ich bin etwa fünf oder sechs Jahre alt, trage T-Shirt und eine kurze Hose, unter der man stämmige, vor Schmutz starrende Beine sieht. Ich schaue finster und kampflustig in die Kamera, einen Strauß Blumen in der Hand.

»Ich weiß nicht, was ich sagen soll«, flüstere ich.

»Ist eine Menge zu verdauen.«

Ich lege die Fotos zurück in das Kästchen.

»Du kannst sie haben«, sagt Martin.

»Ich weiß nicht. Ich lass sie erst mal bei dir, okay?« Diese Bilder in meiner Tasche würden sich zu fremd anfühlen, zu schwer. Ich habe immer noch so viel zu tun, bevor ich mich richtig auf das einlassen kann, was ich erfahren habe. Ich drücke Martins Hand, und er lächelt mich an. Schon komisch, aber er kommt mir plötzlich vor wie ein Bruder.

Tiffany steht in der Tür. Ich weiß nicht, wie lange sie schon dort steht. Ich winke sie zu uns herüber, und sie setzt sich ruhig neben mich auf die Couch.

»Ich brauche eure Hilfe«, sage ich. Ich erzähle ihnen fast alles, von dem Zusammenstoß, der die *Molly Jones* versenkte, über die *Sea Wolf* bis zu Caridad Jaeger und der *Galaxy*. Noah, Mrs Smith und Troy lasse ich aus, und meine Prellungen sowie meine Flucht streife ich nur. »Sie sind jetzt unterwegs zum Cumberland Sound in der Nähe einiger Inseln und einer Siedlung namens Pang auf Baffin Island. In ein oder zwei Tagen kommt ein Freund von mir, hoffe ich, mit Kameras. Ich möchte so bald wie möglich dort hinauf.«

»Die einzige Möglichkeit ist fliegen«, sagt Martin. »Du musst die Hudson Strait überqueren. Jenseits von Pang ist das Land völlig unbewohnt. Falls es neblig ist, findest du die Yacht womöglich gar nicht. Falls es klar ist, bleibt immer noch das Problem, wo man überhaupt landet und wie man an sie herankommt, ohne gesehen zu werden.«

So wie er das alles sagt, raubt es mir glatt den Atem. Er hat mir alles, was ich erzählt habe, unbesehen geglaubt und ist direkt zur Lösung übergegangen. Ich frage mich, ob ihm Entscheidungen wohl immer so leichtfallen. Wenn ja, wäre ich auch gern so.

»Was den Ort angeht, bist du dir da sicher? Denn das ergibt

kaum einen Sinn, falls sie tatsächlich hinter Walen her sind«, sagt er.

»Ich habe das vom Kapitän. Er hat geredet, als wären sie schon einige Male dort gewesen.«

Martin nickt kurz. »Okay. Ich habe einen Freund, der uns in seiner Piper Cherokee hinbringen kann.«

»Uns?«

»Ich komme mit.«

Ich sehe Tiffany an, und sie nickt, ohne zu zögern.

Ich bin irrsinnig glücklich. In Märchen tauchen Helfer immer im allerletzten Augenblick auf. Genau in dem Moment, in dem die Heldin, überzeugt, dass sie allein ist, sich trotzdem der unmöglichen Aufgabe stellt. Martin ist mein Helfer, mein Geschenk der Götter.

Ich wünschte mir, ich könnte Milosa anrufen. Nachdem ich von Rogers und Isas Liebe erfahren habe, fehlt mir plötzlich mein schwieriger, betrogener Vater. Es ist kein Mitleid, sondern eher ein Zusammengehörigkeitsgefühl. Wir wurden beide im Dunkeln belassen. Dann begreife ich, dass ich ihn anrufen kann. Ich bin inzwischen so daran gewöhnt, nicht erreichbar zu sein, dass ich das Telefon auf dem Tisch neben mir nicht einmal bemerkt habe. Die Naggeks erlauben mir sofort, es zu benutzen.

Maureen meldet sich und stellt mich zu Milosa durch, dessen Stimme deutlich geschwächt klingt. Schweigend hört er sich die Kurzfassung meines *Galaxy*-Abenteuers an. Ich weiß, dass er darüber nachdenkt, wie er mir helfen kann, aber er sagt nur: *Komm zum Abendessen rüber, wenn du zurück bist, und bring deinen Film mit.* Ich will fragen: *Versprichst du mir auch, dass du dann noch da bist?* Aber ich tu's nicht.

Ich rufe Thomasina an, und diesmal geht sie ran. »Warum bist du nicht bei mir zu Hause? Du solltest doch schon längst dort sein.«

»Wir machen so schnell wir können. Jeffrey ist hier, und Noah packt ein paar Sachen zusammen.«

»Lass weder Max noch irgendwen an Noah heran.«

»Ich weiß, ich weiß. Sei vorsichtig, Pirio. Und was immer du tust, beeil dich.«

Ich wünschte, ich könnte auch mit Parnell reden. Ich möchte seine Stimme hören.

Einige Zeit später bringt Martin mich dann mit seinem Pick-up zurück in das Haus des Architekten. Am Ende der ausgefahrenen Zufahrt halten wir an. Die Scheinwerfer tauchen eine Gruppe Birken zwischen uns und der dunklen Meeresmasse in helles Licht.

»Darf ich dir etwas sagen, Martin?« Ich habe mein Überleben im Meer und die Ergebnisse der NEDU-Tests noch immer nicht ganz verarbeitet. Sie nicht als Dinge akzeptiert, die mir einfach widerfahren sind. Tatsächlich kommen mir diese Erfahrungen hier in Labrador jedoch erheblich weniger merkwürdig vor als in den Staaten. Es ist, als ob dieser entlegene Ort in seiner bescheidenen Einfachheit irgendwie besser geeignet wäre, den Absurditäten dieser Welt einen Platz einzuräumen.

Als ich fertig bin mit der Beschreibung meiner Erfahrungen, sieht er weiter durch die Windschutzscheibe hinaus, ohne ein Wort zu sagen; als hätte er seinen Part bereits erledigt, indem er mir zuhört.

»Hast du schon mal von so was gehört?«, souffliere ich.

»Ich habe schon vieles gehört. Vor einigen Jahren ist ein Jäger unter das Eis geraten und erst eine ganze Ecke weiter in einem Atemloch der Seehunde wieder hochgekommen. Er hat sich aufs Eis gezogen, hat seine nasse Kleidung aus Seehundfell ausgezogen und ist, ohne zu erfrieren, ins Dorf zurückgekommen. Andere ertrinken – wegen der Kälte oder Erschöpfung oder weil sie vom Gewicht ihrer Kleidung nach unten gezogen werden. Warum manche wiederkommen und andere nicht, ist eine Frage, die hier oben nicht so oft gestellt wird. Es gibt darauf keine Antwort, zumindest keine, die wir kennen können.«

»Ich habe überlebt«, sage ich eindringlich. »Ich bin eine von denen, die überlebt haben.«

Er sieht mich liebevoll an und nickt nur.

KAPITEL 28

Wir sitzen zu viert in der brummenden einmotorigen Maschine. Russell Parnell und ich sitzen Schenkel an Schenkel auf dem engen Rücksitz. Martin sitzt vorn neben Jimmy, dem Piloten, der dünn und zahnlos ist und glücklich strahlt, als hätte er schon lange nicht mehr so viel Spaß gehabt wie jetzt. Der Schraubverschluss eines silbernen Flachmanns ragt unter der Taschenklappe seiner Segeltuchjacke hervor. Da Jimmy keine Fahne hat und Martin sich offenbar wohl fühlt, beschließe ich zu ignorieren, was in den Staaten Anlass für eine strafrechtliche Verfolgung wäre. Wir haben kein Gepäck außer den Kameras, die Parnell mitgebracht hat, eine Kühlbox, und hinten hat Martin ein paar Schlafsäcke und ein kleines Zelt verstaut.

Parnell hatte auf meine E-Mail geantwortet, mir seine Mobilnummer genannt sowie den Flug, mit dem er kommen würde. Wir umarmten uns bei der Begrüßung auf dem Flughafen, traten dann einen Schritt zurück und sagten etwas unbeholfen hallo. Dann wurde uns bewusst, dass wir die Reihenfolge irgendwie durcheinandergebracht hatten. Es war total nett, mich erneut mit seinem angespannten Lächeln und den rastlosen Augen vertraut zu machen und die Kraft in seiner gesunden Hand zu spüren, als er offenbar beschloss, die Umarmung zu überspielen, indem er kumpelhaft meine Schulter drückte. Wir haben uns eine Menge zu sagen, doch im Moment schweigen wir einfach, während wir die spitzen Gipfel des Gebirgszugs der Torngat Mountains und die schimmernde Labradorsee unter der Maschine vorbeiziehen sehen, die sich nach Osten zu einem sanft geschwungenen Horizont erstreckt. Kleine Eisschollen sprenkeln das funkelnde Wasser, und die ferne Sonne hinterlässt einen kalten, gelben Flecken.

»Da ist sie«, sagt Martin, und Parnell und ich sehen aus der Frontscheibe auf die riesige, unförmige graugrüne Masse der Baffin Island. Ihre Gipfel sind schneebedeckt, die Hänge fallen jäh zu Grasflächen, Felsnasen und glitzernden Flüssen ab. Jimmy hält die Maschine auf Nordwestkurs, folgt dem Cumberland Sound, tief genug, dass man das Krachen der Brandung an den Klippen deutlich über das Brummen der Maschine hinweg hören kann. Er sagt, wir hätten Glück, denn meistens sei die Insel in Nebel gehüllt. Bei diesem Wetter kann man die Siedlung Pangnirtung im Norden sehen, eine wie hingestreut wirkende Ansammlung niedriger Gebäude, die sich entlang der Küste drängen. Jimmy sagt, manche dieser Gebäude sind wegen der heftigen Windböen mit Stahlkabeln im Boden verankert. Im Hafen liegen zwei Schiffe – ein Versorgungsschiff und eine Art Fangschiff.

Wenige Minuten später nähern wir uns der vor der Küste liegenden Halbinsel, die Käpt'n Lou mir auf der Seekarte gezeigt hatte. Es ist ein sanfter grüner Hügel im blauen Wasser. Gerade als wir den Scheitel der Halbinsel überqueren, taucht die *Galaxy* unter uns auf, weiß leuchtend, die Ankerlinie straff gespannt zwischen den beiden Landmassen. Zwei aufblasbare orange Dingis dümpeln achtern, und an Deck liegen zwei Kajaks, die wohl aus einem Lagerraum heraufgeholt worden sein müssen. Ich sehe niemanden, weder auf der Yacht noch auf den Uferstreifen in der Nähe. Falls jemand unser kleines Flugzeug hört, wird man uns wahrscheinlich für einen Piloten hier aus der Gegend halten, der den sonnigen Tag für eine Spritztour nutzt. Trotzdem nehme ich mein Gesicht ein Stück fort vom Fenster.

Wir lassen die Yacht hinter uns, drehen östlich über eine Bucht ein, fliegen über ihre felsige Mündung, ein niedriges Kliff auf der Nordseite und einen Sandstrand ganz am Ende. Die Maschine steigt höher, unter uns eine ausgedehnte Tundra, während im Süden ein steiler Berg aufragt. Jimmy wirft Martin einen Blick zu und fragt: »Wie lautet der Schlachtplan, Chef?«

Martin sieht mich an.

»Wir landen außer Sichtweite der Yacht«, sage ich, »kehren dann zu Fuß, am Ufer der Bucht entlang, zurück und suchen uns einen Platz, von dem aus wir beobachten können, was passiert.«

»Okay. Aber wir können hier nicht landen«, sagt Martin.

»Da drüben.« Jimmy deutet mit dem Kopf auf einen See mit einem glatten, weiten Uferbereich, der sich an den Fuß des Berges schmiegt.

»Sieht gut aus«, sagt Martin.

Wenig später strecken wir unsere Beine auf feuchtem Kies aus, im kühlen Schatten des Mount Duval. Der See ist glasklar und unberührt. Man sagt mir, das Wasser könne bedenkenlos getrunken werden. Martin und Jimmy schlagen vor, zurückzubleiben und das Lager zu errichten, daher holen Parnell und ich die Kameras aus dem Flugzeugheck und machen uns bereit, das unebene Gelände bis zu der Stelle zu überqueren, wo die *Galaxy* wartet. Ich schätze die Distanz auf etwa eine halbe Meile, und plötzlich brenne ich darauf aufzubrechen. Es ist ein Uhr mittags. Martin sagt, die Sonne wird gegen Viertel vor fünf untergehen.

Wir wandern das Kliff an der Nordseite der Bucht entlang.

An seinem Ende können wir aus sicherer Entfernung auf die *Galaxy* hinabblicken. Sie treibt ruhig im Schutz der vorgelagerten Halbinsel. Inzwischen ist Leben an Bord zu erkennen. Bob Jaeger lehnt sich am Heck gegen die Reling und lässt den Blick über das Wasser streifen. Neben ihm steht Margot, sie trägt eine große Sonnenbrille und hat sich ein malvenfarbenes Kopftuch locker um Kopf und Hals gebunden. Jorn Ekborg und Richard Lawler sitzen an einem Tisch und unterhalten sich angeregt.

Zeit verstreicht. Nichts passiert. Ich werde unruhig. Was, wenn wir tagelang hier warten müssen? Gegen drei Uhr haben Parnell und ich uns auf dem kalten Boden niedergelassen, mit dem Rücken an einer Felswand, geschützt vor einem frischen Wind. Martin und Jimmy sind noch nicht zu uns gestoßen. Ich döse mit dem Kopf an Parnells Schulter. Die Jacke, die Tiffany mir geborgt hat, hab ich bis zum Kinn zugeknöpft. Plötzlich weckt er mich. »Hör mal!«

Es ist das Tuckern eines Motorbootes, das den Meeresarm von Norden herunterkommt.

Wir kriechen schnell zu unserem Aussichtspunkt zurück. An Deck der Yacht plaudert Jewgeni Petrenko, übertrieben gekleidet in einen mit Pelz besetzten Parka, mit Jaeger. Margot ist fort, und von den Püppchen ist auch keine zu sehen. Alan Stempel, der für gewöhnlich einzelgängerische amerikanische Filmemacher, ist aufgetaucht und trinkt an einem Tisch ein Glas Wein. Sein Blick ist zum Horizont gerichtet, in die Richtung des sich nähernden Motorboots. Brock, Dennis und ein weiteres Besatzungsmitglied stehen an der Reling. Die beiden Kajaks sind jetzt im Wasser und am Heck der *Galaxy* festgemacht. Ekborg und Lawler sitzen in den orangen Dingis und treiben in der Nähe auf dem Wasser.

Jetzt umrundet das Motorboot den Nordrand der Halbinsel: Es ist ein schnittiges Fiberglasboot von etwa sechs Metern

Länge mit einem Inuit am Steuer und einem zweiten, der nach hinten schaut, ein Fernglas um den Hals. Der Mann macht eine weit ausholende Geste mit dem Arm. Jaeger dreht sich aufgeregt um und gibt Ekborg und Lawler in den Dingis das gleiche Zeichen.

Der Schwede und der Schotte werfen ihre Außenborder an. Dennis und Brock lassen sich in die Kajaks hinunter und paddeln zu ihnen hinaus. Der dritte Mann der Besatzung zieht ein weiteres Dingi an Deck. Es ist zu einem großen, plumpen Würfel verpackt. Er faltet es auseinander, legt es flach hin und beginnt, es mit Hilfe eines elektrischen Blasebalgs aufzupumpen, dessen Kabel sich hinter die Theke schlängelt.

Petrenko klopft Jaeger auf den Rücken. Stempel steht auf und tritt zu ihnen. Ihre Köpfe drehen sich zu dem Motorboot und der Flotte kleiner Boote.

Ich höre Geräusche hinter uns, und als ich mich umdrehe, sehe ich endlich Martin. Er sagt, Jimmy habe beschlossen, beim Flugzeug zu bleiben. Ich frage mich, ob das wohl irgendetwas mit dem Flachmann in Jimmys Jacke zu tun hat.

Bislang hat noch niemand auf der *Galaxy* zu der Stelle an der Spitze des Kliffs aufgeschaut, wo wir uns jetzt zu dritt zwischen die Felsen drängen. Ich werde mutig und baue das Stativ auf dem niedrigsten Level auf. Parnell hält die Handkamera bereit. Die Sonne steht tief, wirft ein rosarotes Licht. Das Meer ist dunkler und im Wind kabbeliger geworden. Weit draußen auf dem Meeresarm treiben Eisschollen vorbei wie unförmige Schwäne, und flaches Packeis, dicht am Ufer, schimmert hellblau.

Martin sucht den Horizont ab und schüttelt den Kopf. »Hier oben sind keine Wale.«

Der Inuit im Heck des Motorbootes hat seinen Feldstecher die Küste hinauf gerichtet. Jetzt hebt er zögernd den rechten Arm zum Himmel. Er verharrt, dann senkt er den Arm langsam wieder und zeigt in die Richtung, wo er etwas zu sehen glaubt. Das Motorboot, die orangen Dingis und Kajaks schwärmen auf dem Wasser aus, bis sie im Abstand von knapp dreißig Metern eine weitgeschwungene Linie eingenommen haben, die aus dem Meeresarm in die geschützte Bucht führt. Das dritte orangefarbene Beiboot ist inzwischen aufgepumpt und wird zu Wasser gelassen. Alan Stempel steigt hinein und paddelt zu einer noch weiter entfernten Position an der Mündung der Bucht.

Es ist unmöglich zu erkennen, worauf sie aus sind. Parnell, Martin und ich warten gespannt und schweigend.

Schließlich sieht es so aus, als würde das dunkle Wasser des Meeresarms unter der Oberfläche aufgewühlt, und der Inuit-Mann gibt ein weiteres Zeichen. Die Maschine des Motorboots startet kreischend mit höchster Drehzahl, aber das Getriebe ist offensichtlich im Leerlauf, denn das Boot bewegt sich nicht. Ekborg, Lawler und Stempel nehmen die Aluminiumpaddel ihrer Dingis, senken sie ins Meer und schlagen mit kurzen Metallrohren gegen sie. Das aufgewühlte Dunkle unter der Wasseroberfläche ändert den Kurs, um die Boote zu meiden, und bewegt sich in die Bucht hinein. Dort wird es schließlich langsamer, hält dann anscheinend inne und wird zu einer großen schwarzen Masse unter Wasser, die um die *Galaxy* herum ein chaotisches Muster aus sprudelnden Wellen erzeugt.

Als die Aufwühlung in der Nähe der *Galaxy* intensiver wird, durchbohren zwei bis drei Meter lange, schraubenförmig gedrehte Zahnstocher die Wasseroberfläche in unterschiedlichen Winkeln, manche dicht über dem Wasser, andere mit fast neunzig Grad. Sie zeigen in verschiedene Richtungen, heben und senken sich ohne erkennbare Antriebskraft.

»Narwale«, sagt Martin, in dessen Stimme eine Mischung aus Gewissheit und Fassungslosigkeit mitschwingt. »Ihre Herbstwanderung. Sie verlassen die küstennahen Gewässer Richtung

Tiefsee. Eine Herde kann Hunderte von Tieren umfassen. Sogar noch mehr, habe ich gehört. Manchmal sind es Tausende.« Martin ist erregt. »Narwale arbeiten mit Echoortung. Der Lärm der Motoren und das Schlagen auf die Rohre ist eine Qual für sie. Ich garantiere, dass sie in diesem Augenblick nichts anderes wollen, als um Himmels willen so schnell wie möglich von hier zu verschwinden. Aber sie können die Richtung nicht ändern. Es folgen zu viele nach.«

Also wählen sie den einzigen Weg, der ihnen bleibt – in die Bucht hinein. Eine anhaltende, aufgewühlte Welle von Tieren zieht unter unserem Kliff vorbei. Sie schwimmen schnell, die Leiber drängeln und berühren sich fast. Sie sind weiß, schwarz und grau. Marmoriert und gefleckt. Sie haben wenig ausgeprägte Schnauzen und schnittige Schultern. Es sind auch Kälber dabei, die sich alle Mühe geben mitzuhalten. Die riesigen Stoßzähne der Männchen zittern im brechenden Wasser wie hineingestoßene Excalibur-Schwerter. Ich habe meine Kamera auf sie gerichtet, und Parnell lässt seine über die Bucht und den Meeresarm bis zu der Stelle wandern, wo er an einem breiten braunen Kiesstrand ausläuft ähnlich dem, wo wir gelandet sind.

»Sie könnten die Kajaks mühelos zum Kentern bringen.« Parnell klingt frustriert, weil sie es nicht tun. Er hat recht. Die größten Wale messen wahrscheinlich fünf Meter, zwei Tonnen Muskeln und Walspeck. Die längsten Stoßzähne sind so lang, wie ein Mensch groß ist, und so dick wie ein Laternenpfahl, schraubenförmig gewunden und zur Spitze hin zulaufend.

»Aber das werden sie nicht tun«, sagt Martin. »Die Narwale sind richtig gut darin, sich von Menschen fernzuhalten. Dieses Verhalten werden sie auch jetzt nicht ändern. Mein Volk jagt sie seit Tausenden von Jahren, normalerweise während ihrer Wanderungen, wenn sie immer etwa zur gleichen Zeit an den gleichen Orten vorbeikommen. Wir dürfen pro Jahr tausend Exemplare jagen. Jedes Dorf hat eine eigene Quote. Aber wie man sieht, gibt es niemanden, der das überwacht. Ich vermute, eure Freunde haben die einheimischen Jäger bezahlt, damit sie ihnen diese Stelle hier zeigen und ihnen vormachen, wie sie es anstellen müssen.«

»Das sind nicht unsere Freunde«, sagt Parnell erbittert. Martin entgegnet nichts.

Wir alle verstummen und sehen zu.

»Unglaublich«, höre ich Martin hinter mir flüstern. »Seht mal dahin.«

Immer mehr Narwale kommen, ein breiter, drängender Strom, der sich aus dem Meeresarm in die geschützte Bucht ergießt. An der *Galaxy* gabeln sie sich, strömen links und rechts an ihr vorbei, folgen den anderen. Petrenko beugt sich weit über die Reling, dreht seinen Kopf hierhin und dorthin, als könnte er sich gar nicht entscheiden, in welche Richtung er zuerst blicken soll. Jaeger filmt das ganze Spektakel von Deck der *Galaxy* aus.

Ich schnappe mir Kamera und Stativ, bin bereit, mich auf tiefer liegendes Gelände zu begeben, damit ich näher herankommen und bessere Aufnahmen schießen kann, ungeachtet des Risikos.

»Pass auf, Pirio«, mahnt Parnell. »Vermassel das hier nicht!«

Er hat recht. Es gibt nichts, was wir tun können. Die Wale, gefangen in der Bucht, werden so oder so sterben. Ich muss einen klaren Kopf behalten und mich auf das konzentrieren, weswegen wir hergekommen sind.

Ekborg fährt mit dem orangen Dingi mitten durch die Wale, manchmal fast über ihre Rücken, sieht dabei aus wie die schwedische Kinoversion eines archaischen Jägers, das Gesicht herrlich lebendig. An der Mündung der Bucht steuert er neben Stempels Dingi. Er nimmt ein aufgerolltes Fischnetz vom Boden seines Boots und gibt ein Ende davon dem Amerikaner.

Inzwischen haben die ersten Narwale das Ende der Bucht erreicht, wo sie in dem flachen Wasser zwangsläufig stranden. Die Herde drängt nach. Die schnell schwimmenden Wale kollidieren und drücken sich aufeinander hoch wie Autos in einer grausigen Massenkarambolage auf der Autobahn. Das Wasser ist nicht tief genug, damit sie wegtauchen könnten, daher schießen manche über kleinere, vor ihnen schwimmende Wale hinweg.

Die Luft wird von einer schrecklichen Kakophonie erfüllt. Klicklaute und Keuchen. Geräusche wie schlagende Hämmer, quietschende Türen, das Klappern Dutzender Stöcke, die über ein Dutzend Staketenzäune gezogen werden. Menschliche Laute wie die Schreie unleidlicher Babys und schrilles, flehendes Fragen. Das alles läuft zusammen und schwillt zu einem chaotischen Getöse an.

Die Letzten der wandernden Herde ergießen sich in die Bucht, und während die Kreaturen sich gegenseitig lahmlegen, ist es nicht mehr länger eine Bucht, sondern eine wogende Straße lebenden Narwal-Fleischs, aus dem überall Stoßzähne aufragen.

Ekborg nimmt sein Ende des Netzes und quert die Bucht, gut hundertfünfzig Meter. Ekborg und Stempel lassen das Netz gleichzeitig fallen, verschließen so die Mündung ins offene Meer.

»Das ist ein Robben-Netz«, sagt Martin. »Das geht ziemlich weit runter. Die Gewichte verankern es auf dem Grund, und diese Korkschwimmer schweben oben. Eigentlich brauchen sie gar kein Netz. Die Wale schwimmen nicht auf Menschen zu, selbst wenn sie kehrtmachen könnten.«

Jaeger und Petrenko johlen an der Reling der *Galaxy*.

Die drei Dingis und zwei Kajaks sammeln sich in einer Reihe jenseits des Netzes. Die Männer in den Kajaks tasten den schmalen Bug entlang und öffnen etwas. Die Männer in den Dingis heben etwas vom Boden der Boote. Harpunen.

KAPITEL 29

Mit dem, was gleich passieren wird, lässt sich nur umgehen, wenn man es als Job begreift, das Auge immer hinter dem Objektiv hält und versucht, das Blut nicht zu registrieren. Die Kamera in meiner Hand fühlt sich schwer an, zuverlässig. Ein Bollwerk gegen den blanken Horror.

Ich filme die zappelnden Wale, die schwimmende, geschlossene Schlachtreihe der Harpunierer, die Zuschauer auf der vor der Bucht ankernden Superyacht.

»Verdammt. Die Yacht ist falsch ausgerichtet. Ich krieg das Heck mit dem Namen nicht ins Bild«, schimpfe ich.

»Die Zahlen auf der Seite genügen, um das Schiff zu identifizieren«, sagt Martin.

»Ich will näher ran, runter auf den Strand da hinten«, sage ich.

»Vergiss es«, sagt Parnell. »Benutz den Zoom.«

Ekborgs motorisiertes Dingi überquert das unter Wasser gespannte Netz, fährt weiter in die Bucht hinein und mitten in das Gewühl der Wale. Den scheuen Narwalen gelingt es irgendwie, sich zu trennen und ihm einen schmalen Weg frei zu machen. Stempel folgt Ekborg. Dann Lawler. Brock und Dennis bilden die Nachhut.

Schließlich muss Ekborg anhalten. Die Wale am Ende der

Bucht sind gestrandet und können sich nicht mehr bewegen. Er schaltet seinen Außenborder aus, steigt aus dem Dingi, kriecht zuerst und geht dann aufrecht über die Speckschwarten ihrer Rücken. Er trägt kniehohe Gummistiefel, hält die Harpune in die Höhe. Er macht große Schritte mit stark gebeugten Knien, als ob er sich auf einem straff gespannten Trampolin bewege. Es gelingt ihm, auf einen Streifen Strand an der Südseite der Bucht zu gelangen, planscht im seichten Wasser über Felsbrocken und dreht sich um, stachelt seine Kameraden an. Stempel drückt sich in seinem Boot hoch, erhebt sich auf wackligen Beinen wie ein Baby, das gerade laufen lernt. Weniger sicher, mit vorsichtigen, bedächtigen Schritten folgt er Ekborg. Der plumpe Lawler verlässt sein Dingi und probiert es auch mit *whale walking.* Weil er sein Gleichgewicht mit Hilfe der Harpune hält, verursacht er beim Gehen blutige Schnittwunden, rutscht mehrfach aus, schafft es aber, auf den Füßen zu bleiben. Ekborg und Stempel stehen am Ufer und verspotten ihn lautstark wie Burschenschaftsbrüder bei einem Aufnahmeritual. Brock und Dennis treiben ruhig in ihren Kajaks und warten, bis sie an der Reihe sind.

Wenig später sind alle fünf Männer kletternd und planschend auf dem breiten Strand am Ende der Bucht angekommen. Sie drängen sich zusammen und besprechen das weitere Vorgehen. Dann ziehen sich die beiden Besatzungsmitglieder zu Felsblöcken hinter dem Strand zurück, wo er in einen Hang mit verworrenem Buschwerk übergeht. In der hohlen Hand steckt Dennis sich eine Zigarette an. Anscheinend überlassen sie die Ehre den zahlenden Gästen.

Das Harpunieren beginnt. Sie stechen und stechen. Das Wasser am Ende der Bucht verfärbt sich zuerst rosa, dann rot. Schon bald ist der Sand in der Nähe des Wassers rötlich braun, und der Meerschaum hat die Farbe von Wein.

Wie bei allen Jobs kommt auch beim Töten der Punkt der Langeweile. Und es gibt Herausforderungen. Ekborg, Stempel und Lawler müssen immer tiefer und tiefer hineinwaten, um an noch lebende Wale heranzukommen. Ihre Gummistiefel sind nicht hoch genug. Sie hätten nicht so weit ab vom Ufer aus ihren Dingis steigen sollen.

Nach einiger Diskussion stapfen die Besatzungsmitglieder die Felsen und den schmalen Strand entlang zurück, um die verlassenen Boote einzusammeln und zum Strand zu bringen. Jetzt können Ekborg, Stempel und Lawler aus den kleinen Booten das Töten fortsetzen.

Die Sonne geht unter, hinterlässt rosa Streifen und ein rötliches Band. Der Osthimmel ist zu einem tiefen Indigoblau gereift. Schwach sind Sterne zu erkennen.

Ich habe weder über den Rand der Kamera gesehen, noch habe ich mich zu Parnell und Martin umgedreht, die beide von Zeit zu Zeit leise Flüche ausgestoßen haben. Aber schließlich schweigen sie, und jetzt scheint einfach alles – die ganze arktische Welt – verstummt zu sein. Dann begreife ich: Die unheimliche Stille kommt daher, dass die Narwale mit ihrem klickenden Geplapper aufgehört haben. Selbst die noch lebenden sind still.

Endlich kehren die Jäger an den Strand zurück, bahnen sich mit Paddeln einen Weg durch die Walleiber, die sich verteilt haben und gesunken zu sein scheinen, wodurch mehr Platz entstanden ist. Sie verlassen ihre Boote, ziehen sie an den Strand und machen einige Minuten Pause. Ihre Kleider sind blutgetränkt, ihre Gesichter und Haare von Blut überzogen. Es sieht aus, als wären etwa sechzig Narwale tot, etwa die Hälfte der wandernden Herde.

Ekborg geht in großen Schritten ans hintere Ende des Strandes, wo Brock etwas Langes und Schweres, das in eine Plane gewickelt ist, zwischen den Felsblöcken herauszieht. Die Persenning wird auseinandergefaltet, und zum Vorschein kommt eine glänzende Metallsäge, die dort zu einem früheren Zeitpunkt deponiert worden sein muss. Ekborg hebt sie hoch und richtet das Blatt vergnügt gen Himmel.

Er beginnt, Stoßzähne abzusägen. Wegen der Lage der Tiere und den wechselnden Tiefen des seichten Wassers, durch das er watet, muss er sich gelegentlich verrenken – stellt einen Fuß auf eine Schnauze oder beugt den Oberkörper über einen melonenförmigen Kopf, um an den Stoßzahn heranzukommen, der halb hinter Walspeck verborgen ist. Die Männer am Ufer sehen feucht, kalt und müde aus – weniger wie ruhmreiche Barbaren, sondern mehr wie schlappe, betuchte Urlauber am Ende eines langen Tages in einer fremden Stadt, die nun darauf warten, vom Reisebus abgeholt und zu einem guten Essen in ein nettes Hotel gebracht zu werden.

Sie erheben sich, um die abgetrennten Stoßzähne einzusammeln. Gemeinsam mit den Besatzungsmitgliedern schleppen sie die Stoßzähne an den Strand und beginnen, sie in regelmäßigen Abständen senkrecht in den weichen Sand zu stecken. Irgendwann erkenne ich das seltsame Raster wieder, das ich auf Noahs Mobiltelefon gesehen habe.

Offensichtlich wollte Ned die Fotos als Beweismittel nutzen. Wahrscheinlich glaubte er, sie seien auf Noahs Telefon sicher. Aber irgendwie hatten entweder Hall oder der Oyster Man davon Wind bekommen, und Max bekam den Auftrag, Noahs Telefon sicherzustellen, bevor jemand die Bilder enträtseln könnte.

Jetzt ist es fast dunkel. Allem Anschein nach will Ekborg die Säge mit niemandem teilen und macht auf eine wildgewordene, siegestrunkene Weise weiter. Stempel und Lawler stehen daneben und scharren mit den Füßen.

Brock geht zu ihnen und gestikuliert in Richtung Yacht. Sie sehen über das Wasser und blicken hinauf zum Himmel, als bekämen sie eben erst mit, dass die Sonne gleich untergehen wird. Stempel macht mit beiden Armen Zeichen, als wäre er ein Fluglotse. Ekborg hebt den Kopf von seiner Arbeit und wirft sein rosa gestreiftes Haar zurück. Die Männer am Ufer winken ihn zu sich.

Ekborg fügt sich. Am Strand wird die lange Säge wieder in die Persenning gepackt und im Schutz des Felsblocks verborgen. Offenbar planen sie zurückzukommen.

Die fünf Männer steuern die Kajaks und Dingis durch die dahintreibenden Kadaver und noch lebenden Wale ans Ende der Bucht, wo die *Galaxy* wie eine unberührte Insel aufragt, umrahmt von weißen Fahrlichtern, alle vier Ebenen verschwenderisch beleuchtet vor der sich ausbreitenden Dunkelheit.

——

»Komm. Wir müssen zum Flugzeug zurück, solange es noch einigermaßen hell ist«, sagt Parnell.

»Was ist mit den Stoßzähnen?«, fragt Martin.

»Lass sie.«

»Nein. Sie sollten nicht auch noch Profit daraus schlagen.«

»Geld ist denen scheißegal. Sie haben es aus purem Spaß getan.«

Martin deutet mit dem Kopf auf das elfenbeinerne Raster. »Das da ist mehr als nur Spaß. Sie haben etwas mit diesen Stoßzähnen vor. Wenn sie nicht vorhaben, sie auf dem Schwarzmarkt zu verkaufen, dann werden sie sie als Statussymbole oder Geschenke verwenden. Beschissene Couchtischbeine.«

»Also werden wir die Behörden verständigen, sobald unsere Mobiltelefone wieder funktionieren.«

»Nein. Ich vertraue denen nicht. Es gibt hier zu viele Leute, die bestochen werden.«

Parnell seufzt schwer. »Was willst du tun?«

»Sie in die Persenning wickeln, den Hang hochziehen und dann bis zurück zum Flugzeug. Sie vergraben oder in dem See versenken, bis wir wiederkommen können, um sie zu bergen.«

»Bist du verrückt? Es ist jetzt schon fast dunkel. Dafür haben wir keine Zeit. Außerdem, wenn sich die Stoßzähne nicht in ihrem Besitz befinden, werden sie doch einfach bestreiten, dass das hier alles passiert ist. Wir *wollen*, dass diese Stoßzähne an Bord der *Galaxy* sind, wenn sie in einen Hafen einläuft.«

Vor Wut kochend, wehrt Martin sich gegen die offensichtliche Logik von Parnells Position. »Sie gehören meinem Volk.«

»Oh, bitte. Fang jetzt nicht damit an. Deine Leute wollen auch nur Geld machen, genau wie alle anderen. Diese Inuit-Burschen auf dem Motorboot haben die reichen weißen Jungs an diesen Ort geführt und ihnen gezeigt, was zu tun ist.«

»Pass auf, was du sagst.«

»Ich sage, was ich will.«

Martins Brust schwillt an. Er macht einen aggressiven Schritt auf Parnell zu.

Parnell spannt sich an, weicht aber nicht zurück.

»Ich finde, das ist jetzt ein verdammt schlechter Zeitpunkt für einen Streit«, sage ich mit lauter, sarkastischer Stimme. »Zumal wir ja alle auf derselben Seite stehen.«

Betont unwillig wenden sich die beiden Männer voneinander ab.

»Ich gehe jetzt zurück«, sage ich forsch. »Ihr Jungs bringt die Kameras mit.« Ich mache mich auf den Weg den Hang hinunter zum Ende der Bucht. Dann beginne ich zu joggen. Und schließlich laufe ich.

Zuerst bekommen sie es nicht mit, was mir einen Vorsprung verschafft. Als ich den steilen Abhang erreiche, der hinunter zum Strand führt, bin ich zu schnell, stolpere, falle auf den Hintern und beginne durch das niedrige Gebüsch zu schlittern, was wiederum kleine Steinlawinen auslöst.

»Wo zum Teufel willst du hin?«, brüllt Parnell.

»Muss was erledigen«, rufe ich zurück.

»Was denn?«

»Wirst du schon sehen.«

Ich höre Martins und Parnells schwere Schritte auf dem Weg über mir. Mit etwas Glück schaffe ich es rechtzeitig. Ich renne zum Rand des Wassers, fange an, mich auszuziehen.

»Was verdammt …?«, ruft Parnell. »Was machst du da?«

»Schwimmen gehen!«, brülle ich zurück.

»Bist du verrückt?«

»Untersteh dich, mir zu folgen. Die Temperatur wird dich umbringen.«

Ich plansche in das seichte Wasser, bahne mir den Weg durch tote Narwale, und als ich bis zur Taille drin bin, tauche ich. Das Wasser ist kalt. Aber nicht zu kalt. Ungefähr die gleiche Temperatur wie der Tank der NEDU. Was, wenn ich ehrlich bin, scheißkalt ist. Gierig atme ich ein, schlucke versehentlich Wasser, würge, huste, schnappe nach Luft und fange an zu schwimmen wie eine Verrückte auf der Flucht von Alcatraz. Ich habe ernsthaft Probleme, rede mir aber ein, es sei ein Klacks.

Ich kann das Blut im Salzwasser riechen, und als ich den Arm zu einem Zug hebe, ist er von einem rosa schimmernden Film benetzt. Die Narwal-Körper stoßen gegen mich, weich und glatt, fest und merkwürdig elastisch. Ich gleite zwischen ihnen durch und wechsle in vorsichtiges Brustschwimmen, wenn es eng wird. Ich komme an leblosen Pupillen vorbei, so groß wie Vierteldollarmünzen, und riesigen gähnenden Mäulern, aus denen der Stoßzahn, eigentlich nämlich ein Vorderzahn, herausgehackt wurde. Als das Wasser tiefer wird, werde ich ein wenig langsamer, schone meine Kräfte und spüre etwas Großes neben mir, das mir wie ein Geist folgt, teils in meinem Kielwasser und manchmal auch unter mir. Ich sehe zurück und begreife, dass ich einen Begleiter habe: ein graues Kalb, das mit dem Kopf wippt wie ein Fohlen und nur doppelt so groß ist wie ich.

Ich habe keine Ahnung, wie weit ich geschwommen bin oder wie weit es bis zum Netz ist. Ich habe den direkten Kontakt zu Händen und Füßen, zu den Augen und zur Hälfte meines Gehirns verloren. Wenn ich darüber nachdenke, was ich mache, verliere ich todsicher den Mut. Also tue ich's einfach nicht. Ich mache einfach weiter meine Züge. Ich rede mit dem kleinen Wal. Ich frage ihn, ob er Geschichten mag. Ich denke solche absurden Dinge.

Ich beginne zu spüren, dass die Wale um mich herum leben. Ihre Körper sind genauso weich wie die Kadaver, nur dass sie eine lebendige Körperspannung besitzen. Sie fühlen sich mehr nach Muskeln an statt nach Waltran. Können Wale wütend sein?, frage ich mich. Und ich muss an den Pottwal denken, der im neunzehnten Jahrhundert mit seinem gewaltigen Kopf mehrmals auf das Walfangschiff *Essex* eingeschlagen hat, bis er den genauen Spannungspunkt fand, der das ganze Schiff in mehrere Teile zerbrechen und schnell auf den Grund des Pazifiks sinken ließ. Was den jungen Herman Melville dermaßen tief beeindruckte, dass er sich an die Arbeit machte und uns *Moby Dick* schenkte. Diese Narwale, denen nachgesagt wird, dass sie sehr friedliche Tiere sind, könnten mich dennoch mit einer verträumten Rolle unter Wasser halten, bis ich ertrinke.

Keine guten Gedanken, keine guten Gedanken, flüstere ich mir selbst zu und steigere das Tempo, bis meine Züge so schnell sind wie im YMCA, wenn ich die Latte noch etwas höher legen will. Das Kalb ist jetzt ziemlich dicht unter mir. Vielleicht hält es mich für seine Mutter. Vielleicht ist es das, was mich schützt.

Mein Körper baut jetzt schnell ab. Mein Denken verlangsamt sich, aber ich bin noch bei Bewusstsein. Nach besten Kräften beschwöre ich Bilder von Lewis Gordon Pugh und Lynne Cox herauf. Ich stelle mir seinen V-förmigen Brustkorb vor, ihre Wespentaille. Die kalte, dunkelblaue Ostsee. Die über der Antarktis untergehende Sonne. Eisschollen wie Skulpturen der Moderne. Aber die Bilder zerfransen schnell in meinem überforderten Gehirn, und an ihre Stelle treten zufällige Worte. *Drei Stunden. Vier Stunden. Mentales Durchhaltevermögen. Körperfett.* Ich bin nicht mal sicher, was ich da eigentlich nuschle. *Mount Everest. Thermische Beanspruchung. Schlaf.*

Das Gesicht von Trudy Flanagan treibt vor mir: *Das muss jetzt aber eine ziemliche Aufgabe sein.* Ich schlage das Wasser, ziehe mich weiter. *Nein, nein. Ein Klacks. Keine Psycho-Tests. Wackelpudding ist das Größte.* Der Sportwissenschaftler öffnet seinen Mund, um vergnügt zu berichten, wie die Huskys, wenn sie das Ende der Iditarod-Rennstrecke erreichen, einfach kehrtmachen und zurücklaufen wollen. Ein Lachen perlt in mir hoch. Diese verrückten Hunde! Ich sehe ihre leuchtenden Augen, höre ihr freudiges Bellen. Dann erklingt wie ein warnendes Nebelhorn die Stimme des Navy-Arztes zwischen meinen Ohren: *Finger weg von der Ausrüstung.*

Leck mich, antworte ich ihm.

Halt verdammt noch mal die Schnauze, sagt er. Sein Glühbirnenkopf leuchtet auf mit neuem Wissen. *Die Daten belegen, dass der physiologische Prozess sich umgekehrt hat. Umgekehrt. Umgekehrt, umgekehrt.*

Gelassenheit breitet sich in mir aus. Ich muss es glauben. Wir sind nicht alle gleich. Aus Gründen, die ich nie erfahren werde, ist dieser Moment mein Geburtsrecht, wofür ich geschaffen wurde. Niemand hat gesagt, es wäre lustig.

Ich schwimme über das Netz und spüre es nur, weil mein tretendes Bein den dicht unter der Wasseroberfläche treibenden Rand berührt. Ich packe das obere Seil, ziehe mich etwa zehn Meter daran entlang zu der Boje am Ende.

Die Sonne ist zu einem roten Nadelstich am Horizont geschrumpft. Ich sehe sie schwanken, dann verschwinden. Augenblicklich wird das Meer schwarz, und der Nachthimmel wird lebendig. Ein intensives, dunkles, samtiges Blau. Kein Mond. Flackernde Sterne. Kalte, saubere Luft, eine erwartungsvolle Stimmung.

Meine Finger sind taub, aber mit den Handflächen kann ich den dicken Knoten spüren, der das Netz an der riesigen Boje befestigt, die nicht aus Kork ist, wie Martin sagte, sondern aus Hartgummi, und obendrein erheblich größer, als es vom Ufer aussah. Bei der Befestigung ist auch noch Draht im Spiel, und eine Kette wie eine Lotschnur oder Belegleine, die auf den Meeresboden absinkt und dann verhindert, dass das untere Ende auftreibt. Ich habe keine Ahnung, was ich tun soll. Am liebsten würde ich frustriert losbrüllen, wütend auf mich selbst. Ich bin nackt, halb ertrunken und unterkühlt. Ganz sicher hab ich kein Messer mitgenommen. Was habe ich mir eigentlich dabei gedacht? Wie um alles in der Welt soll ich eine Boje im Meer bewegen oder ein riesiges megaschweres Netz?

Jetzt, das Ziel so dicht vor Augen und doch so unerreichbar, fange ich heftig an zu zittern. Meine Zähne klappern, meine Rippen fühlen sich an, als könnten sie bersten. Es ist, als ob ein Riss in meiner Willenskraft (oder war es ohnehin die ganze Zeit nur eine Wahnvorstellung) meinen Körper ebenfalls zusammenbrechen lässt. Ich versuche es, aber meine steifen Hände schließen sich kaum um den Knoten. Ich kann nichts tun. Das Netz ist fest angebunden.

Ich denke, dass alles hier aufhört, einfach so, in diesem eisigen Wasser, und ich schimpfe mich eine Närrin. So dicht an der Bucht spüre ich das Ziehen einer Strömung. Es ist Ebbe, das Wasser verlässt die Bucht. Sofern ich mich nicht an irgendetwas festhalten kann, riskiere ich, aufs Meer hinausgezogen zu werden.

Ich schlinge meine Beine um das obere Seil des Netzes, hake einen Arm um den unteren Teil der Boje, wo sie mit der Ankerkette verbunden ist. Ich werde hierbleiben müssen, bis mich jemand holen kommt. Wo sind Martin und Parnell? Der herzensgute Martin, er hat mich beim Wort genommen. Inzwischen wird er Parnell mein Geheimnis verraten haben, ihm gesagt haben, er solle mich gehen lassen. Der einarmige Parnell kann wahrscheinlich ohnehin nicht schwimmen. Falls einer von beiden mir folgen sollte, wird er es aller Wahrscheinlichkeit nach sowieso nicht so weit raus schaffen, geschweige mit mir im Schlepptau zurück ans Ufer. Und ein Boot gibt es nicht.

Ich sollte jetzt zurückschwimmen, bevor ich noch erschöpfter werde. Aber die Aussicht darauf macht mich schwach vor Angst. Ich habe mein Durchhaltevermögen verloren, meinen Vorteil, und der Weg zurück ist chaotisch und gefährlich.

Vielleicht schaffe ich es zu der Felswand hinter mir, kann mich dort entlangziehen, bis ich eine Stelle finde, an der ich hinauskriechen kann. Vielleicht. Ich höre leises Platschen, wo das Wasser auf die Klippe schlägt. Oder sollte ich mich das Netz entlang zu der anderen Boje ziehen und mein Glück auf der Seite der Bucht versuchen, wo die Felswand nicht ganz so hoch ist? Oder ich könnte mich auch von der Strömung sanft auf die *Galaxy* zutreiben lassen, irgendwie die Heckleiter erreichen und dann an Bord kriechen. Nackt und ausgelaugt, ein todgeweihter Fisch zappelnd an Deck.

Es fühlt sich alles schwierig an, sehr schwierig. Je mehr ich nachdenke, desto mehr Alternativen tun sich auf. Kann eine davon richtig sein, wenn alle schlecht aussehen?

Wenn ausgewachsene Narwale zum Atmen auftauchen, dann durchbrechen ihre Köpfe nur so gerade eben die Wasseroberfläche. Ihre Augen, die ohnehin fast blind sind, bleiben unten. Deshalb kann so etwas Simples wie ein Robbennetz sie fangen. Für sie ist es eine hoch aufragende Steilwand.

Die Kälber reißen gelegentlich die Köpfe hoch, wenn sie atmen. Noch nicht so anmutig im Wasser wie ihre Eltern, noch nicht so brav. Obwohl ich im Dunkeln nichts sehen kann, höre ich den kleinen Wal, der mir gefolgt ist, schlagen und platschen, fast als würde er sich rollen und drehen. Jetzt spüre ich plötzlich ein mächtiges Drücken, als sein massiger Körper dicht an mir vorbei durchs Wasser zieht. Er schwimmt einfach über das Netz weg, wo ich es mit meinem Körpergewicht ein wenig nach unten gedrückt habe. Unter seinem zusätzlichen Gewicht wird es noch weiter herabgedrückt. Ich werde untergetaucht. Die Boje wird herabgezogen und rollt auf mich. Ich verliere den Halt, gerate in Panik, greife nach irgendwas, das an der Oberfläche treibt, und begreife, dass ich eine Seilschlinge halte. Sie fühlt sich locker an. Warum?

Dann kapiere ich schlagartig. Der Knoten, den ich ertastet habe, war gar nicht der Knoten des Netzes, sondern vielmehr der der Kette darunter. Die Oberkante des Netzes ist mit einer einfachen Schlaufe auf der Boje befestigt. Die Schlaufe fühlt sich jetzt lose an, weil die Boje vorübergehend untergetaucht ist. Immer noch unter Wasser, schwimme ich nach unten fort, ziehe das Seil mit mir, während der Wal wie eine Gewitterwolke über mir vorbeizieht. Die Schlaufe löst sich von der untergetauchten Boje, und das Seil wird mir aus der Hand gerissen, als das schwere Netz schnell durch das schwarze Wasser nach unten sinkt. Die Boje richtet sich wippend wieder auf, als der Narwal vorbei ist. Ich komme kurz darauf ebenfalls hoch, keuchend und spuckend, halte mich wieder an ihr fest. Das Netz ist immer noch an der Boje befestigt, die auf der anderen Seite der Bucht treibt, aber jetzt gibt es hier, auf dieser Seite, einen riesigen, klaffenden Ausgang.

Ich suche das Kalb. Es ist fort.

Eine Minute vergeht. Dann höre ich Laute: Schnattern, Klicken, Pfiffe, Quietschen.

Die Strömung scheint sich zu ändern. Das Wasser ist aufgewühlt.

Die Narwale beginnen hinauszuströmen. Die gewaltigen Körper schwimmen einer nach dem anderen vorbei, drei, vier nebeneinander. Einer streift mich mit einer Flosse. Ich klammere mich fester an die Boje, schlinge die Beine um die Kette, um von dieser Stampede im Wasser nicht mitgerissen zu werden.

Immer mehr schwimmen vorbei. Zehn, zwanzig, mehr, als ich zählen kann. Draußen auf dem Meeresarm durchbrechen gelegentlich Köpfe die Oberfläche, glitzern im Sternenlicht. Die hocherhobenen Stoßzähne leuchten weiß.

Einen Moment sehne ich mich danach, ihnen zu folgen, mich in diesen wunderschönen Strom einzufügen und weit hinaus aufs Meer zu schwimmen. Zurück an den Ort, wo ich gespürt habe, wie der Tod auf mich wartet. Seit dem Zusammenstoß hat er mich gerufen, geraunt: *Ich bin hier. Du kennst mich jetzt. Du weißt, dass du bald zu mir kommen wirst.*

Noch nicht, flüstere ich. Jetzt noch nicht.

Als die Wale fort sind und die Oberfläche des Meeresarms glatt und ungestört daliegt, schwimme ich langsam durch die

Bucht zum Strand. Ich fühle mich recht gut, und mir ist nicht besonders kalt. Ich weiß nicht, wann mein Körper den Schalter umgelegt hat. Ich weiß nur, dass er es getan hat. Trotzdem ist es eine große Erleichterung, die schlingernden Narwal-Leichen hinter mir zu lassen und auf den Sand zu taumeln. Parnell fängt mich auf, hüllt mich in seine Jacke. Martin hat eine Taschenlampe. Sein von Anspannung gezeichnetes Gesicht ist in ihrem schwankenden Licht gut zu erkennen. Während ich geschwommen bin, ist Jimmy eingetroffen und hat die Taschenlampen gebracht, die uns den Rückweg zum Flugzeug erleichtern.

Jemand drückt mir meine Klamotten in die Hand. Ich zittere viel zu sehr, um sie anziehen zu können, also hilft Parnell mir, kniet sich hin und bindet mir die Turnschuhe zu. Mit dem Rücken zu den anderen und mit belegter Stimme sagt er: »Wenn ich dich bitten würde, so was nie wieder zu tun, was würdest du dann antworten?«

»Ich kann nichts dagegen tun. So bin ich nun mal.«

Er nickt. »Ich schätze, dann lass ich das lieber.«

Als ich so weit bin, machen wir uns auf den Rückweg über die Tundra. Ich schließe zu Parnell auf und schmiege mich an seine Schulter. Er legt im Gehen seinen Arm um mich.

KAPITEL 30

Die Nacht verbringen wir an dem See am Fuße des Mount Duval. Jimmy zieht unbeeindruckt und grinsend eine halbvolle Flasche aus dem Rucksack und bietet sie uns an. Martin, Parnell und ich lehnen ab, also leert er sie selbst und legt sich dann im Zelt schlafen. Umgeben von der dunklen Tundra sitzen wir drei im kurzen Gras neben dem Flugzeug und plaudern über ganz einfache Dinge. Es herrscht eine Vertrautheit zwischen uns, wie sie sich einstellt, wenn man gemeinsam etwas durchgemacht hat. Wir haben kein Feuer, denn außer Gras gibt es nichts zu verbrennen, aber ich bin in einen Schlafsack gewickelt und fühle mich gut. Ich bin fasziniert von den leuchtend grünen Lichtbändern, die gemächlich über den Nachthimmel tanzen.

Bei Tagesanbruch befinden wir uns in der Luft und fliegen in südlicher Richtung über die Hudson Strait. Am frühen Vormittag landen wir in Hopedale. Martin, Parnell und ich werfen unsere Taschen auf die Ladefläche von Martins Pick-up. Jimmy steht breit lächelnd neben seiner Piper Cherokee und verabschiedet sich mit einem Winken. Zu Hause nimmt sich Martin nicht die Zeit für Tiffanys atemlose Fragen, sondern marschiert schnurstracks durch die Küche zum Telefon im Wohnzimmer. Schon bald hören wir, wie seine normalerweise sanfte Stimme hart wird, als er mit großer Dringlichkeit den kanadischen Behörden die genaue Position der *Galaxy* und des Massakers an den Narwalen durchgibt. Parnell öffnet seinen Laptop auf dem Küchentisch und macht sich daran, einen ersten Entwurf seiner Geschichte in die Tastatur zu hacken. Ich verschwinde ins Badezimmer, um mir den Sand, das Salz und das Walblut abzuwaschen. Tiffany leiht mir etwas zum Anziehen.

Während Martin und Tiffany das Mittagessen vorbereiten, ziehe ich mich für ein paar wichtige Telefonate ins ruhige Wohnzimmer zurück. Aber vorher muss ich nachdenken und mich sortieren. Ich sitze auf der sonnenbesprenkelten Couch, habe die Beine unter mich gezogen. Über die Rückenlehne der Couch ist eine handgearbeitete, violette Häkeldecke ausgebreitet, und über den Tisch verstreut liegt grellbuntes Plastikspielzeug. Fröhliche, alltägliche Dinge, die irgendwie beruhigend wirken.

Spontan will ich als Erstes das Boston Police Departement mit Informationen zum Mord an Mrs Smith anrufen. Doch es gibt keinerlei Beweise, dass sie *überhaupt* ermordet wurde. Johnny hat seine Spuren gut verwischt, da bin ich mir sicher. Wenn ich ihn plötzlich beschuldige, ohne meine Behauptungen untermauern zu können, stehe ich am Ende nur wie ein Idiot da.

Zweifellos ist Johnny seit der Nacht, in der Parnell unten am Hafen zusammengeschlagen wurde, auf der Suche nach ihm. Offenbar konnte Parnell ihm bislang immer wieder entwischen. Glücklicherweise ist mir niemand zu dem Wohnheim in Charlestown oder dem Cottage in Rockport gefolgt. Ich schätze mal, das ist Troys doch eher lückenhafter Arbeitsmoral zu verdanken. Solange sich Parnell jedenfalls von der Wohnung in der Salem Street fernhält, kann er Johnny wahrscheinlich noch eine ganze Weile vermeiden.

Und was mich betrifft: Für Johnny war ich offensichtlich in dem Moment Geschichte, als ich an Bord der Superyacht ging. Während ich den ersten Teil der Reise über quasi noch eine Gefangene war, sollte ich die Reise mit einer doch recht leblosen Fahrt zum Grund der Labradorsee beenden. Mittwochnacht dürfte sich seine Selbstgefälligkeit in Luft aufgelöst haben, als Hall ihn über meine Flucht in Kenntnis setzte. Seitdem sucht er zweifellos nach mir. Sobald heute oder morgen die Verwicklung von Ocean Catch in das Massaker an Narwalen an die Öffentlichkeit kommt, wird seine Motivation, mich zu beseitigen, exponentiell zunehmen.

Johnny hat keine Ahnung, wo ich mich derzeit aufhalte. Er weiß nur, dass Hall mir das Video von Noah gezeigt hat. Also werde ich früher oder später in Boston aufkreuzen, um mich zu vergewissern, dass Noah in Sicherheit ist. Ich bezweifle, dass Johnny hinter Noah her sein wird, bevor er mich im Visier hat. Ein vermisstes Kind sorgt für eine Menge Medienwirbel, den er nach Möglichkeit vermeiden wird, und außerdem braucht er Noah als Köder. Selbst wenn er versucht haben sollte, Noah irgendwann in den letzten Tagen zu entführen, dürfte er damit kein Glück gehabt haben. Thomasina und Noah haben ihre Wohnung direkt am Tag nach meiner Flucht verlassen. Falls Johnny die Wohnung überwacht hat, hätte er nur eine Menge Zeit verplempert, bis er festgestellt hätte, dass die zwei nicht mehr da waren.

Aber Johnny ist kein Dummkopf. Er kennt mich und wird sich denken, dass ich sie so schnell wie möglich angerufen habe. Dann schnappe ich laut nach Luft, mir wird flau im Bauch. *Er kennt mich.* Mit einem Schlag ergreift mich Panik bei dem Gedanken, er könnte die wohlbegründete Vermutung haben, dass Thomasina und Noah im Haus meines Vaters in Beacon Hill sind.

Scheiß auf die Bostoner Polizei. Als Allererstes rufe ich Thomasina an, die aber nicht rangeht. Mein zweiter Anruf gilt Jeffrey, der sich meldet. »Du musst mit Noah das Haus verlassen. Man könnte ihn dort finden. Ich kann dir im Moment nicht mehr erklären. Ich melde mich, versprochen. Bring ihn und Thomasina einfach irgendwohin, und das bald. Sofort. Jetzt.«

»Immer mit der Ruhe, Pirio. Die Sache gefällt mir nicht. Wer sind diese Leute?«

»Der eine ist ein Typ namens Max. Thomasina kennt ihn. Der andere heißt John Oster, ein Fischer. Er ist nicht hinter Noah her, er will mich.«

»Warum gehst du nicht zur Polizei?«

»Die Polizei wird nichts unternehmen. Ich habe keine Beweise, und bis die irgendwas herausgefunden haben, könnte Noah bereits etwas passiert sein. Bitte, Jeffrey. Du musst mir einfach nur glauben und Noah von dort fortbringen.«

Ein zitterndes Seufzen. »Wohin soll ich sie bringen?«

»Keine Ahnung. In eine Ferienanlage? Ein Sommerhaus? Irgendwohin. Hauptsache, du kommst schnell hin.«

»Und du? Was ist mit dir?«

»Ich bin mit einem Freund hier. Ich komme zurecht.«

»Pirio, das alles klingt ziemlich verrückt. Du musst mir jetzt sofort sagen, was zum Teufel eigentlich los ist!«

»Mache ich alles. Versprochen. Nur nicht jetzt. Ich brauch noch ein paar Tage.«

»Pirio. Was hast du vor?«

Diesen Tonfall habe ich schon so oft gehört. Als ich fünf Jahre alt war und Regenwürmer in die Küche gebracht habe. Mit zehn, als ich mich geweigert habe zu reden. Als ich fünfzehn war und Türen geknallt habe. Als ich zwanzig war und besoffen.

Ich umklammere den Hörer fester, drücke ihn an mein Ohr. »Du bist immer für mich da gewesen, Jeffrey. Du hast immer für mich Partei ergriffen, wenn alle anderen gegen mich waren. Ich wüsste nicht, was ohne dich aus mir geworden wäre. Bitte. Ein letztes Mal.«

»Ach, so ein Scheiß«, sagt er und kapituliert.

»Gib mir bitte mal Thomasina, falls sie da ist.«

»Sie hilft gerade Maureen, ihre Garderobe neu zu sortieren. Es ist erstaunlich, wie gut die zwei miteinander klarkommen.«

»Sieh doch mal nach, ob du sie loseisen kannst.«

Nachdem ich zwei Minuten mit Thomasina gesprochen habe (im Prinzip nur die Wiederholung meiner Unterhaltung mit Jeffrey), wird mir jäh bewusst, dass sie nüchtern ist. Sie ist gereizt, konzentriert, niedergeschlagen und ungeheuer vernünftig. Sie erzählt keinen Müll, keine Geschichten, keine Ausreden. Steht einfach nur mit nackten Füßen auf den glühenden Kohlen der Realität. Trotzdem ist schwer abzuschätzen, wie viel sie von dem, was ich sage, wirklich begreift, und ich bin sehr dankbar, dass zumindest Jeffrey die Dringlichkeit der ganzen Sache versteht.

»Ich kann nicht schlafen. Ich leide unter Schlaflosigkeit. Das Gästezimmer ist mir viel zu geblümt. Ich behalte nichts bei mir. Deine Stiefmutter räumt gerade ihren Kleiderschrank aus. Und jetzt erzählst du mir so was«, sagt sie empört.

»Wie wär's mit einem schönen Urlaubshotel in Vermont? Stell dir einen Whirlpool vor, eine Masseuse. Halte dich einfach nur von der Bar fern.«

»Fang jetzt nicht an, mich zu maßregeln, okay? Tu mir nur diesen einen Gefallen. Von jetzt an behalte deine guten Ratschläge für dich.«

Am liebsten hätte ich durch den Hörer gegriffen und sie umarmt. »Wie viele Tage?«

»Was für einen beschissenen Unterschied macht das schon?« Pause. »Vierzehn. Seit Foxwoods.«

»Lass dich von Maureen nicht zu einem Glas Wein überreden.«

»Oh, mein Gott. Ich wünschte, sie würde mir Alkohol aufdrängen, statt mir permanent helfen zu wollen. Mit ihren ganzen Ratschlägen ist sie noch schlimmer als du. *Wusstest du, dass du ein heißer Anwärter auf ein Delirium tremens sein könntest? Ich habe mit den Anonymen Alkoholikern gesprochen und dir eine Liste ihrer Treffen ausgedruckt. Der B-Vitamin-Komplex ist wirklich sehr hilfreich. Ich könnte dir einen guten Psychiater empfehlen.«* Sie seufzt. »Jeffrey ist wunderbar. Es ist toll, wie er mir mit Noah hilft. Ich bin am Tag zu zwei Treffen gegangen. Wer glaubt, Beacon Hill sei nobel, sollte mal sehen, von wem die Keller der Kirchen in dieser Gegend bevölkert werden. Pirio, Noah wird doch nichts Schlimmes zustoßen, oder?«

»Nein, es passiert schon nichts. Solange du tust, was ich sage.«

»Gut. Denn das könnte ich nicht verkraften. Möchtest du mit ihm sprechen?«

»Nein. Sag ihm einfach nur hallo von mir.« Ich würde wahnsinnig gern seine Stimme hören, aber ich kann momentan am Telefon nicht auf gutgelaunte Patentante machen. Nicht, solange irgendwo da draußen Johnny Oster ist und Noah, Parnell und mich im Visier hat. Ich schwöre mir, wenn ich das nächste Mal mit Noah rede, wird er in Sicherheit sein. Wir alle. Ich habe noch keinen Schimmer, wie ich das hinbekommen soll, aber ich werde nicht ruhen, bis es so weit ist.

»Gestern Abend«, fährt Thomasina fort, »hat er mit deinem Vater *Der Malteserfalke* gesehen. Jetzt sind sie oben und hören Rachmaninow.«

Oh, Milosa, denke ich. *Bitte gib ihm keine Zigarre!*

Als das Essen fertig ist, versammeln wir uns alle um den Küchentisch. Matilda sitzt in ihrem Hochstühlchen, auf dem sie zappelt, jammert und anfängt zu weinen. Tiffany nimmt ihre zahnende Tochter auf den Schoß, wiegt sie und summt leise, um sie zu beruhigen. Parnell sitzt neben mir, und es fühlt sich gut an, ihn in meiner Nähe zu haben. Ich bin dankbar für den heißen Kaffee und die herzhafte Mahlzeit, aber alles kommt mir irgendwie unwirklich vor. Als wäre ich zu lange weg gewesen oder zu weit gereist und müsste nun von neuem lernen, wie man mit Messer und Gabel isst, aus einem Glas trinkt und sich den Mund mit einer Serviette abputzt. Mit jedem Heben und Senken meiner Brust, mit jedem Atemzug sind das Meer, die Narwale und ein Freiheitsdrang präsent, den ich in meinem Blut spüre. Das Haus fühlt sich demgegenüber klein, viel zu zivilisiert an.

Seit meinem letzten Aufenthalt hier nagt etwas an mir, aber ich kann den Finger nicht drauflegen, was genau es ist. Immer wieder taucht vor meinem inneren Auge die bemalte Zedernholzkiste mit Rogers Brief an meine Mutter und den Fotos auf. Als Tiffany nach dem Mittagessen Parnell in die Stadt bringt, damit er seine E-Mails abrufen kann, bemerke ich das schwarze Vogelgesicht, das vom obersten Bord des Regals herunterzusehen scheint. Ich frage Martin, ob ich es mir noch einmal ansehen dürfte.

»Natürlich«, sagt er und gibt mir die Kiste.

Ich setze mich auf die Couch, öffne den Deckel und nehme den Brief und die Fotos heraus. Jetzt sind nur noch ein Taschenmesser an einem dünnen, geknüpften Strick und ein kleines, braunes Fläschchen darin.

Ich halte das Taschenmesser hoch. »Ist das …«

»Ja«, sagt Martin mit einem beklommenen Nicken. »Er hat geschnitzt. Ich zeige dir später einige seiner Schnitzarbeiten.«

»Ich frage mich, warum er wollte, dass es meine Mutter bekommt.«

»Vielleicht hätte es ihr etwas bedeutet. Es war eines seiner wertvollsten Schätze.«

Ein wenig traurig lege ich es zurück und frage mich, wie er wohl war.

Dann nehme ich das Fläschchen, und noch bevor ich den Plastikdeckel ganz abgeschraubt habe, beginnt mein Herz zu rasen. Plötzlich weiß ich, was ich in der Hand halte.

Der Deckel ist herunter, ich hebe das Fläschchen an meine Nase, inhaliere die entweichenden Moleküle, und es ist, als stünde sie im Raum. Nein, sie ist noch näher: als lebte sie in der Luft, die ich einatme. Gefühle umspülen mich, ein Wasserfall an Erinnerungen – Hunderte von Reaktionen füllen mich mit einem Male aus. Staunen, Liebe und Enttäuschung. Wut und Sehnsucht, Zufriedenheit und Schmerz. Ihr Lachen erklingt wie eine helle klare Glocke in meinen Ohren, ihre Zigarette brennt im Aschenbecher herunter, ich sehe, wie sie die Augenbraue hebt. Ihre schlanken Hände, stark und warm, streicheln mich, und ich wünsche mir einen graden Rücken so wie ihrer. Ich kann gar nicht genug bekommen. Ich halte das Fläschchen wie einen Kelch und atme meine Kindheit ein, die wilden Blumen von Labrador, der kühle Staub im Juli. Ich sehe in meiner Phantasie, wie sie sich träge auf der Liege ausstreckt, die auf der Terrasse des Architektenhauses steht, wie sie ihr Buch zu Boden fallen lässt und sich beklagt, heutzutage wisse niemand mehr, wie man eine gute Geschichte erzählt. Dann lächelt sie, und in ihren Augenwinkeln tauchen Lachfältchen auf. Als ich im Bett liege, beugt sie sich über mich, küsst meine Stirn, setzt sich auf und flüstert: *Horch mal. Kannst du sie hören? Die Seelöwen bellen auf den Felsen.*

»Das ist der Duft meiner Mutter«, erkläre ich Martin und unterdrücke meine Tränen. »Sie hat ihn in einem der Sommer hier oben in Labrador zusammengestellt und danach immer getragen.«

Er nimmt das Fläschchen und hält es sich unter die Nase. Er nickt bedächtig. »Riecht gut.«

»Es macht sie wieder lebendig«, sage ich eindringlich und versuche, das Unerklärbare zu erklären. »Als wäre sie plötzlich hier.« *Es ist eine Schnellstraße zu meinem unstillbaren Herzen*, hätte ich hinzufügen können, wenn ich den Mut gehabt hätte, bombastisch zu sein. *Zu dem Ort, an dem meine Mutter und ich uns in den Armen gehalten haben und eins waren. Es ist die in Molekülen erzählte Geschichte meiner Kindheit, die nur ich allein verstehe.*

Martin hält die kleine Flasche vorsichtig zwischen zwei Fingern und riecht noch einmal daran. Runzelt ernst die Stirn. »Ja. Ich mag es. Es ist nett.«

Ich kann mein Lachen nicht zurückhalten. »Martin! Es ist mehr als nur nett. Es ist ein *geniales* Parfüm!« Die emotionalen Assoziationen, das wird mir jetzt klar, habe natürlich nur ich allein.

Er sieht ein wenig traurig aus, weil er es nicht wirklich nachvollziehen kann. Probiert es ein drittes Mal, was mit geblähten Nasenflügeln und Kopfschütteln endet. »Ich hab doch gesagt, ich mag es.«

»Liebster Martin«, sage ich, schließe meinen Beinahe-Bruder in die Arme und wiege ihn freudig hin und her. »Was bin ich für ein Glückspilz.«

»Moment! Verschütte es nicht!«, sagt er lachend. Er löst sich aus meiner Umarmung, schraubt den Plastikdeckel fest auf das Fläschchen und drückt es mir entschieden und feierlich auf die Handfläche, als wäre es genau der eine richtige Schraubenschlüssel, den ich für eine wichtige Schreinerarbeit brauche.

Parnell und ich sitzen auf der Rückbank eines gelben Taxis und jagen durch den rußverschmierten Sumner-Tunnel. Es ist Montagvormittag. Gestern Nachmittag haben wir einen Flug von Hopedale nach St. John bekommen, mussten aber bis heute Morgen gegen fünf Uhr auf einen Air-Canada-Flug nach Boston warten. Als wir den Logan International verließen, sagte Parnell zum Taxifahrer nur: »Sumner-Tunnel.« Als wir uns jetzt dem Ende des Tunnels nähern und genauere Anweisungen gegeben werden müssen, sagt er »North End« und ich in exakt demselben Augenblick »Storrow Drive«. Der Fahrer reißt tollkühn beide Hände vom Lenkrad. »Entscheiden Sie sich!«

Ich sehe Parnell an. »Deine Wohnung ist nicht sicher. Du kannst nicht dorthin zurück.«

Seine Augen sind blutunterlaufen, und sein Gesicht ist verhärmt. »Ich brauche ein paar Dinge von dort, um diese Story zu Ende zu schreiben. Und John Oster geht mir am Arsch vorbei.«

»Du kapierst es nicht, oder? Er ist ein Killer. Am Anfang hab ich's ja nicht geglaubt, aber jetzt weiß ich es. Er ist hinter dir her, und ich garantiere dir, dass er deine Wohnung überwacht. Wenn du dorthin zurückgehst, springst du ihm praktisch ins Netz. Du bist wie ein Fisch, den er fängt, indem er einfach geduldig wartet.«

»Wohin denn jetzt?«, brüllt der Fahrer in den Innenspiegel.

Bevor wir antworten können, verpassen wir die Ausfahrt zum Storrow Drive, und er bringt uns Richtung North End.

Parnell funkelt mich trotzig an. »Hast du mich gerade mit einem Fisch verglichen?« Er gibt dem Fahrer seine Adresse.

Als wir uns durch die engen Straßen winden, versuche ich, ihn zu überreden, wenigstens in einem nahegelegenen Hotel zu übernachten. Nur für ein paar Tage. Völlig zu Recht weist er darauf hin, falls tatsächlich eine Wohnung überwacht wird, dann wohl eher meine als seine. Falls es mir also ernst damit ist, diesem erbärmlichen Mistkerl Johnny aus dem Weg zu gehen, dann sollte ich meinen Rat besser selbst befolgen und in ein Hotel gehen.

Am Ende landen wir im Bostonian. In nebeneinanderliegenden Zimmern.

Ich sitze auf dem Bett und versuche, mir darüber klarzuwerden, was wir tun sollen. Parnell scheint beschlossen zu haben, dass der anstrengende Teil unseres Jobs vorüber ist: Nachdem jetzt der Ring aufgeflogen ist, wir Filmmaterial und eine Story haben, sind wir dicht genug an der Ziellinie, dass wir nicht mehr ganz so wachsam sein müssen. Er hält Johnny offenbar für eine Marginalie, die sich irgendwann im Netz der offiziellen Untersuchungen verfangen wird, wenn sie erst einmal richtig begonnen hat. Vielleicht mag er aber auch einfach nicht mehr weglaufen und ist bereit, es mit der Kanone an seinem Unterschenkel drauf ankommen zu lassen. Länger als ein paar Tage wird er es ohnehin nicht im Exil fern seiner Wohnung aushalten. Eigentlich ist er sowieso nur hier, um mich von meiner Wohnung fernzuhalten.

Was mich betrifft, so kann ich's kaum erwarten, dass sich die Behörden Johnny schnappen. Die Ermittlungen gegen den Jagd-Ring werden höchstwahrscheinlich recht schleppend verlaufen. Es könnte Wochen dauern, bis genug Beweise für seine Mittäterschaft vorliegen. Ich muss ihn neutralisieren, bevor er an Noah, Parnell oder mich herankommt. Aber wie? Die einzige Antwort scheint zu sein, ihn auf die eine oder andere Weise mit dem Mord an Mrs Smith in Verbindung zu bringen.

Ich habe einen großen Vorteil. Im Augenblick weiß er nicht, wo Parnell, Noah und ich uns aufhalten. Aber das wird nicht lange so bleiben: Parnell wird sich nicht in einem Hotel verkriechen, und Jeffrey wird Thomasina und Noah nicht ewig von der Stadt fernhalten können. Was immer ich tun werde, ich muss es schnell tun.

Ich rufe Jeffrey vom Zimmertelefon aus an. Er ist erleichtert, von mir zu hören. Er sagt, im Moment säßen sie gerade beim Mittagessen in einem Ferien-Resort in den White Mountains. Maisbrot, ein herzhaftes Stew. Ein wunderbarer Blick aus dem Fenster.

Gut zu wissen, dass wir alle ganz exzellent untergebracht sind.

Jeffrey erzählt, sie hätten sich heute Morgen ein bisschen die Farbenpracht des *Indian Summer* angesehen, aber der Höhepunkt der Saison sei wohl schon vorüber. Er klingt auch nicht ansatzweise begeistert. Er spielt noch keine vierundzwanzig Stunden den Reiseleiter, und schon ist er es leid.

»Wie läuft es bei euch?«, fragt er angespannt.

»An der Lösung des Problems wird gearbeitet.«

»Verdammt, Pirio.«

»Gib mir ein bisschen Zeit.«

»Wie lange?«

»Bin nicht sicher.«

Thomasina kommt an den Apparat. »Noah will wissen, wann er wieder in die Schule geht.«

»Bald.«

»Mir wär's echt egal, wenn ich nie wieder in meinem Leben einen Scheißbaum sehen würde.«

»Wie viele Tage sind's schon, Thomasina?«

»Sechzehn. Was denkst du denn? Zwei mehr, als beim letzten Mal, als du mich das gefragt hast. Große Sache, stimmt's?«

Bevor ich irgendetwas sagen kann, ist Noah am Telefon. »Hey, Pirio. In dem Lied, das wir immer in der Schule singen müssen, heißt es doch ›majestätische purpurne Berge‹, weißt du noch? Tja, die Berge hier sind *tatsächlich* purpurn, in echt. Frage ist jetzt nur, warum nennt man sie dann *White* Mountains?«

»Das kann ich dir auch nicht sagen. Aber ist schön, deine Stimme zu hören.«

»Ich verpasse eine ganze Menge in der Schule. Wir wollten in Physik die Elektrizität durchnehmen, und ich glaube, ich hab das komplett verpasst.«

»Elektrizität wird immer wieder unterrichtet.«

»Ist nur irgendwie eine komische Zeit für Ferien.«

»Manchmal muss man einfach mal anders sein.«

»Aber wir haben so *über*haupt keinen Spaß.«

»Das ist in Ferien viel öfter so, als du denkst.«

»Dein Dad hat mir beigebracht, wie man Schach spielt, und das war viel besser als das hier jetzt.«

»Hat er dir auch gezeigt, wie man Zigarren raucht?«

»Das darf ich nicht erzählen.«

»Du wirst bald zurück sein, und dann kannst du weiter Schach spielen lernen.«

»Ist ziemlich schwer, aber es hat mir gefallen. Dein Dad hat gesagt, ich könnte mit ihm spielen, wann immer ich Lust hab.«

»Klingt doch gut. Aber ich warne dich: Er wird dich nicht gewinnen lassen.«

»Den Gegner gewinnen lassen ist nur was für Babys.«

»Ich muss jetzt los, aber wir sehen uns bald.«

»Tschüs, Pirio. War schön, mit dir zu reden.«

»Tschüs, Noah. War auch schön, mit dir zu reden.«

Die Sonne ergießt sich durch die gläsernen Schiebetüren des Zimmers. Ich trete hinaus auf den Balkon mit Blick auf den Quincy Market, in alle Richtungen strömen Menschen. Eine steife Brise reißt die letzten störrischen Blätter von den Bäumen, die auf dem Bürgersteig gepflanzt sind. Überall stehen Töpfe mit Chrysanthemen. Noch mehr Blumen, diese eingepackt in Cellophan, stehen in Wassereimern vor einem Laden, und auf einer Bank sitzen zwei Männer und klimpern auf ihren akustischen Gitarren. Eine solche Welt wünsche ich mir für Noah. Sicher und hell. Aber solche Welten kommen nicht von allein.

Als ich ins Zimmer zurückkehre, sehe ich mich im Spiegel über der Kommode. Meine Blutergüsse haben sich bunt verfärbt – blau und lila, aber auch das Gelb eines Sommerkürbis und ein Froschgrün sind dabei. Ich bin nicht sicher, ob diese Veränderungen etwas mit dem Labrador-Tee zu tun haben. Mein Outfit vervollständigt den Regenbogeneffekt: Tiffanys rosafarbenes Sweatshirt und eine blaue Jogginghose. So kann ich nirgendwohin.

Ich will gerade aus der Tür, als mir klar wird, dass ich weder eine Kreditkarte noch einen Ausweis habe, um irgendwo Geld abzuheben. Was Margot mir an Geld gegeben hatte, ist längst ausgegeben. Parnell hat die Flugtickets und die Hotelzimmer mit seiner Karte bezahlt. Ich trete auf den Flur und klopfe an seine Tür. Als er öffnet, erkläre ich ihm meinen Plan und sage, er bekäme alles zurück.

Er begleitet mich auf die andere Straßenseite. Wir gehen von einem Geschäft zum nächsten, während ich Klamotten, Make-up, eine Sonnenbrille, Badesalz und Schuhe kaufe. In der Faneuil Hall bestellt er ein Schinken-Sandwich zum Mitnehmen. Ich nehme ein Dutzend Austern mit Meerrettich. Wir setzen uns draußen zum Essen auf eine Granitbank auf dem zauberhaften historischen, mit Kopfstein gepflasterten Platz und versuchen, uns zu fühlen wie alle anderen. Es klappt nicht. Jeder Mann mit kantigem Gesicht und roten Haaren, der vorbeigeht, ist John Oster, bis ich blinzle und erneut hinsehe. Auch Parnell sieht nicht gerade glücklich aus. Am Ende verschlingen wir unseren Lunch wie auf Speed, werfen den Müll in einen Abfallbehälter und machen uns dann auf den Weg zum Apple Store in Back Bay, wo wir ein iPhone kaufen. Ich speichere Parnells Nummer und andere, die ich auswendig weiß. Er gibt mir noch etwas Geld.

Es ist fast zwei Uhr, als wir wieder im Hotel sind und jeder in sein Zimmer geht. Ich werfe meine Tüten aufs Bett, fülle die Badewanne mit nicht zu heißem Wasser und lasse mich lange im Schaum einweichen. Ich höre den Fernseher in Parnells Zimmer durch die Wand. Viel zu laut. Aus dem periodischen Wechsel von Stille und verhaltenem Applaus folgere ich, dass er sich ein Turnier der PGA-Tour ansieht. Merkwürdig enttäuscht lasse ich heißes Wasser nachlaufen, wodurch ich einen konkurrierenden Lärm und einen wirklich extravaganten Berg Badeschaum erzeuge. Ich könnte nie einen Mann lieben, der am helllichten Tag so laut fernsieht, und dann auch noch Golf. Mit einem Fünkchen Erleichterung sinke ich in den Schaum, der so hoch und dick ist, dass er Gebirge bildet. Gut, dass dieser Punkt jetzt schon mal geklärt ist.

Ich stehe vor Mrs Smith' dreistöckigem Haus in Jamaica Plain, wohin ich vom Haymarket aus mit der Green Line gefahren bin. Das hohe Satteldach wirft einen gezackten Schatten auf den Bürgersteig. Ein scharfer Wind lässt mich frösteln, und ich wickle noch eine Runde Schal um meinen Hals. Ich erinnere mich, dass sie die Tür der Erdgeschosswohnung aufgeschlossen hat und von Jaspers freudigem Gebell begrüßt wurde, als ich sie nach dem Museumsbesuch hier abgesetzt hatte. Im Glas der Haustür hängen noch dieselben weißen Spitzengardinen, doch in dem Rundbogenfenster zur Straße sind die Kunststoffjalousien fest heruntergezogen. Ich steige ein paar Stufen auf die kleine Veranda hinauf, klingle und höre einen melodischen Dreiklang im Inneren. Ich warte. Niemand macht auf. Ich versuche es mit dem Türgriff. Abgeschlossen.

Dann drücke ich den Klingelknopf für die Wohnung im ersten Stock. Eine Minute später geht das Licht im Hausflur an, und die Stufen knarren, als jemand heruntergetrampelt kommt. Eine Frau von Mitte vierzig mit einem roten Kopftuch zieht mit gekrümmtem Zeigefinger den Vorhang zur Seite.

»Sind Sie ein Zeuge Jehovas?«

»Nein, Ma'am.«

»MASSPIRG? Greenpeace?«

»Nein, Ma'am.«

»Was woll'n Se?«

»Ich möchte mit Ihnen über Libby Smith sprechen.«

Der Vorhang fällt, die Verriegelung gleitet zurück, und die Tür öffnet sich halb. Eine füllige Frau in Jogginghose und T-Shirt, darauf ein Bild des Basketballspielers Larry Bird mit der Unterschrift »Die Legende«.

»Was ist mit ihr?«, fragt sie. Ihr Verhalten stellt unmissverständlich klar, dass sie mich eine Minute lang ertragen wird, aber keine Sekunde länger.

»In der Nacht, als sie starb ...«

»Ja? Los, weiter ...«

»Ist Ihnen da etwas Ungewöhnliches aufgefallen?«

»Hab ich doch schon alles den Cops erzählt.«

»Ich bin eine Freundin. Bin nur neugierig. Als Freundin.«

Die Augen der Frau verengen sich. Sie weiß, dass hier irgendwas faul ist, aber das schreckt sie nicht ab. Im Gegenteil, es scheint mich nur interessanter zu machen. Aber sie bittet mich nicht ins Haus, sondern bleibt auf dem kleinen Treppenabsatz stehen, einen Arm hinter der halb offenen Tür, um sie mir im Notfall vor der Nase zuknallen zu können.

»Sind Sie eine Kollegin?«

»Nein. Wir ... ähem, sind nur mit unseren Hunden zusammen um den Pond spaziert. Sie und Jasper, ich und mein Bernhardiner Arnold. Sechs Uhr, jeden Abend nach der Arbeit. Wir haben uns wirklich angefreundet. Ich denke, es ist einfach nur schwer für mich, nicht zu wissen, was mit ihr passiert ist. Ich weiß nur, was ich in der Todesanzeige in der Zeitung gelesen hab. Und ich würde wirklich gern wissen, was aus Jasper geworden ist.«

Die Miene der Frau ist freundlicher geworden. »Dann wird's Sie freuen zu hören, dass Jasper jetzt bei Libbys Sohn und seiner Familie drüben in West Roxbury ist. Da hat Jasper ein wirklich schönes neues Zuhause. Libby wäre sehr glücklich.

Wissen Sie, es war Jasper, der in der Nacht angeschlagen hat. Er hat gebellt … oh, was hat er gebellt! Man hätte meinen können, das Ende der Welt sei nahe. Ich hab angenommen, Libby würde sich um ihn kümmern. Also habe ich mir Watte in die Ohren gesteckt und bin wieder schlafen gegangen. Das war um drei Uhr morgens. Aber Jasper hat immer noch gebellt, als ich am nächsten Morgen aufgestanden bin, also habe ich bei Libby an die Tür geklopft. Als sie mir nicht aufgemacht hat, bin ich mit dem Schlüssel rein, den sie mir gegeben hatte – wir haben vor ein paar Jahren Schlüssel getauscht, falls wir uns mal ausschließen sollten. Jasper war ganz aus dem Häuschen und ist überall herumgeflitzt. Er war schon ganz heiser vom vielen Bellen. Libby war nicht da, also habe ich die Polizei angerufen. Ich wusste nicht, was ich sonst tun sollte. Sie sind dann vorbeigekommen, haben sich in der Wohnung umgesehen, aber hatten nicht viel zu sagen. Ein paar Stunden später klingelt's an der Tür, und es sind wieder die Bullen. Sagten, auf dem Jamaicaway hätte es einen Unfall mit Fahrerflucht gegeben, am frühen Morgen, und ich solle mit ins Leichenschauhaus kommen, um vielleicht die Leiche zu identifizieren. Und sie war's dann auch tatsächlich. Ich konnte es zuerst gar nicht glauben. Es war so traurig, sie so zu sehen, unter einem Laken, das Gesicht ganz weiß. Dass ihr mal so was zustoßen würde – wer hätte das gedacht?«

»Ich frage mich, warum sie mitten in der Nacht das Haus verlassen hat.«

»Demenz. Das haben sie zumindest gesagt.«

»Als Sie in ihrer Wohnung waren, ist da irgendetwas anders gewesen?«

»Sah alles aus wie immer.«

»Haben Sie irgendetwas gehört, bevor Jasper zu bellen angefangen hat? Oder ist Ihnen etwas aufgefallen?«

»Ich habe tief geschlafen, bis der Hund mich geweckt hat.«

»Vielleicht ein Auto vor dem Haus?«

»Hab nicht nachgesehen. Kam mir gar nicht in den Sinn. Warum? Meinen Sie, irgendwer hat sie abgeholt?«

»Ich bin nicht sicher. Kommt mir nur seltsam vor, dass sie um diese Uhrzeit alleine weggegangen ist, ohne Jasper mitzunehmen.«

»Nun, man sagt ja, so was passiert, wenn man dement wird.«

»Na ja, danke jedenfalls für Ihre Zeit, Mrs –«

»Ramirez. Und Sie?«

»Catherine. Catherine Johnson.« Es wäre nicht gut, wenn jemand erführe, dass ich hier gewesen bin.

»Kein Problem. Es ist ein Jammer, wenn solche Sachen passieren. Erschüttert jeden.« Sie will die Tür schließen, und besinnt sich dann eines Besseren. »Tut mir leid, dass Sie eine Freundin verloren haben.«

»Danke. Eine Sache noch. Dürfte ich vielleicht kurz in ihre Wohnung?«

»Wieso?«

»Sie hatte etwas von mir …«

Mrs Ramirez schüttelt bereits den Kopf mit dem roten Tuch. »Auf keinen Fall. Nur die Familie. Wenn Sie wollen, können Sie mir Ihre Nummer hierlassen, und die gebe ich dann ihrem Sohn, wenn er vorbeikommt.«

»Ist schon okay. Danke trotzdem.«

Niedergeschlagen verlasse ich das Haus. Am westlichen Abendhimmel geht die Sonne großartig orangerot unter, und die Schatten der hohen Häuser verschmelzen auf der Straße. Vielleicht ist es am Ende doch besser, zur Polizei zu gehen und alles zu erzählen, was ich weiß. Aber der vernünftigere Teil meines Verstandes sagt mir, dass ich dann in einen komplizierten bürokratischen Schlamassel gezogen werde, der mich nur jede Menge Zeit kosten würde. Johnny wäre weiterhin auf freiem Fuß und Noah in Gefahr. Nein, ich muss mir etwas anderes einfallen lassen.

Am Ende von Mrs Smith' Straße biege ich auf die South Huntington ein, um diese Uhrzeit eine stark befahrene Durchgangsstraße. Die ganze Gegend hat ein heruntergekommenes, verbrauchtes Flair; tiefe Schlaglöcher, Telefonmasten, die über die Jahre von den an sie getackerten Plakaten und Ankündigungen der Kirche auf Augenhöhe splittrig geworden sind. Ein Stück weiter die Straße hinauf das triste Veteranenkrankenhaus und das *Home for Little Wanderers*. Ein Stadtteil ohne alle Illusionen.

Doch das ist keine Erklärung für das seltsame Kribbeln, das sich an meiner linken Schulter bemerkbar macht, während ich weitergehe. Es ist dieses Gefühl, das einen beschleicht, wenn man beobachtet wird oder wenn jemand hinter einem leise den Raum betreten hat, man sich umdreht und die Person entdeckt, ohne wirklich sagen zu können, woher man es wusste, dass sie da ist. Ich werfe einen Blick über die Schulter, doch ich sehe nur einen roten Hydranten, zäh fließenden Verkehr und am Bordstein parkende Autos. Ich beschleunige meinen Schritt etwas. Statt abzunehmen, wird das prickelnde Gefühl stärker.

Die Straßenbahnhaltestelle Heath Street liegt noch ein paar Blocks weiter auf der anderen Straßenseite. Ich beschließe, schon früh die Straße zu überqueren. Ich trete vom Bürgersteig und warte zwischen zwei parkenden Autos auf eine Lücke im Verkehr. Ich nehme mir die Zeit, ein gutes Stück links die Straße hinunterzusehen. Zwei Blocks zurück fährt ein blauer Camry im Schritttempo auf der rechten Spur und zwingt die anderen Wagen abzubremsen und ihn zu überholen. Der Fahrer umklammert das Lenkrad, die Hände auf zehn und auf zwei Uhr, während er nach vorne blickt und den rechten Straßenrand absucht. Offenbar hofft er auf einen frei werdenden Parkplatz. Als der Wagen näher kommt, kann ich den Fahrer besser erkennen. *Scheiße.* Es ist Max. Er muss mir von Mrs Smith' Haus gefolgt sein.

Ich gehe zwischen den parkenden Wagen in die Hocke, mache mich ganz klein und halte die Luft an, als der Camry langsam vorbeirollt. Ich warte eine ganze Reihe Schläge meines hämmernden Herzens ab, bevor ich wieder aufstehe. Als ich mich schließlich erhebe, ist der Camry schon einige Blocks weiter, fährt immer noch langsam, ist aber ein gutes Stück hinter dem Betonhäuschen, das die Haltestelle Heath Street markiert.

Ich laufe hinüber und mische mich unter eine Gruppe von Leuten, die auf dem Bürgersteig warten. Die Bahn, die wenige Minuten später hält, sieht voll aus, was uns zehn aber nicht davon abhält, einer nach dem anderen die Stufen hochzusteigen, unser Ticket zu kaufen und den Mittelgang hinunter Richtung der angehängten Wagen zu strömen, wo wir uns einen Platz zwischen den anderen Passagieren Richtung Innenstadt mit ihren leeren Gesichtern suchen.

Ich gehe bis in den letzten Wagen, lehne mich gegen eine Stange, umfasse sie mit meinem Arm und starre auf die Straße hinaus, als die Bahn mit einem Ruck anfährt. Ich halte meine Augen nach einem blauen Camry offen, aber er ist nirgendwo in Sicht. Wir halten an der Back of the Hill Station. Immer noch kein Camry. Vielleicht bin ich ihm entwischt. An der Kreuzung South Huntington und Huntington Ave hält die Straßenbahn wieder, lässt weitere Leute ein- und aussteigen und wartet dann, dass die Ampel umschaltet. Als ich aus dem Fenster schaue, hält der blaue Camry an der Ampel direkt neben mir hinter drei oder vier Autos, die ebenfalls an der Ampel warten. Bevor ich mich zur Seite drehen kann, sieht Max nach oben, was Blicke anderer betrifft, anscheinend genauso empfindlich wie ich. Unsere Blicke begegnen sich in dem Moment, als die Bahn schlingernd anfährt. Der Camry fällt schnell zurück, aber man muss kein Genie sein, um sich auszurechnen, dass Max kurz nach uns grünes Licht bekommt und schnell aufholen wird. Dann muss er lediglich den Schienen folgen, bis er mich aussteigen sieht. In der Zwischenzeit informiert er Johnny über meinen Aufenthaltsort, falls er das nicht schon längst getan hat.

Die Bahn nimmt die Kurve mit einem Kreischen und rumpelt dann gewohnt langsam die Huntington Ave entlang. Pizzerien und Waschsalons ziehen an dem schmuddeligen Fenster vorbei. Ich sehe das verzerrte Spiegelbild meines Gesichts auf der Scheibe wie eine Projektion auf den vorbeiziehenden Ladenfronten. In dieser Bahn bin ich leichte Beute. Ich muss möglichst bald aussteigen. Ein paar Haltestellen ziehen vorbei – Mission Park, Fernwood. Ich zwänge mich zwischen anderen Passagieren durch und stelle mich neben die Türen. Als sie sich am Brigham Circle öffnen, steige ich aus.

Ich renne zum ersten Straßenbahnwagen, überquere die Gleise davor, schieße über die Gleise der Gegenrichtung, weiche den Autos auf der Gegenfahrbahn aus und renne die Francis Street Richtung Klinikgelände hinunter. Ich vermute, Max wird wenden müssen, um mir weiter zu folgen, was einige Minuten dauern wird. Ich halte nach einer Seitenstraße Ausschau, in die ich mich verziehen kann, aber es sind alles nur Sackgassen, und ich will nicht in eine Falle geraten. Also laufe ich in konstantem Tempo weiter, bis ich das Brigham and Women's Hospital erreiche. Ich sehe über die Schulter zurück, um mich zu vergewissern, dass mir niemand gefolgt ist, und entdecke Max, der sich durch die Leute auf dem Bürgersteig schlängelt. Er muss seinen Wagen einfach auf der Huntington Ave stehengelassen und noch rechtzeitig die Gleise überquert haben, um mitzubekommen, welchen Weg ich genommen habe. Ein flüchtiger Blick genügt, und es ist klar, dass er ein gut trainierter, schneller Läufer ist. Und dass er mich ins Visier genommen hat.

KAPITEL 31

Auf dem Vorplatz der Klinik renne ich zwischen den in zwei Reihen parkenden Autos und den alten Leuten durch, die trotz ihrer Gehstöcke unsicher schwanken, und stürme zum Haupteingang des Brigham and Women's Hospital. Ich stolpere durch die Drehtüren in eine helle, überfüllte Vorhalle, entscheide mich willkürlich für einen der Korridore und renne ihn hinunter, bis ich zu einer Reihe Fahrstühle komme, bei denen eine Tür sich gerade schließt. Ich halte meine Hand dazwischen, die Tür öffnet sich wieder, dränge mich hinein, drehe mich um und werde zu einem weiteren ausdruckslosen und anonymen Gesicht auf dem Weg nach oben.

Im sechsten Stock steige ich aus, gehe in normalem Tempo einen strahlend weißen Korridor hinunter, finde ein Wartezimmer, gehalten in beruhigenden Farbtönen, und lasse mich auf einen Stuhl fallen. Ich atme tief durch, dann noch einmal. Mit Sicherheit habe ich ihn jetzt abgehängt, doch er hat garantiert gesehen, wie ich das Krankenhaus betreten habe. Aber er weiß nicht, in welche Richtung ich die Vorhalle verlassen habe, und er war definitiv nicht mit mir im Fahrstuhl. Er kann unmöglich wissen, dass ich im sechsten Stock in einem Wartezimmer sitze, einen hübschen Blick auf das Joslin Diabetes Center habe und einen ganzen Stapel des *People Magazine*, um mir die Zeit zu vertreiben.

Im Moment will ich nur noch heulen.

Was genau das ist, was die Frau mir gegenüber gerade tut.

Ihre Schluchzer kommen von irgendwo aus den Tiefen ihrer Brust; sie versucht sie zu ersticken, indem sie sich Taschentücher vor den Mund presst, was das Schluchzen lediglich zu einem erstickten Bellen verzerrt. Da die feuchten Taschentücher für diese Aufgabe denkbar ungeeignet sind, hebt sie den Unterarm, nimmt mit dem linken Zeigefinger das Bündchen ihres Pullovers und saugt so ihre Tränen auf. Dabei verrutscht ihre Brille. Sie fällt zu Boden. Ich hebe die Brille auf und gebe sie ihr.

»Tut mir sehr leid«, sage ich.

»Danke«, stößt sie hervor.

Ein untersetzter Mann kommt mit zwei kleinen Pappbechern Kaffee herein. Er gibt ihr einen. Sie nimmt ihn und versucht, ihre bebenden Lippen am Becherrand zu beruhigen.

»Sie hatten kein Splenda, also habe ich Sweet'n Low genommen«, sagt er.

»Danke«, stößt sie wieder hervor, mit geschlossenen Augen.

Wir sind nur zu dritt in dem Zimmer. Ich möchte ihnen Raum geben, muss aber auch etwas erledigen, also verziehe ich mich in die hinterste Ecke, hole mein Telefon hervor und rufe per Kurzwahl Parnell an. Als ich aufschaue, sieht der Mann mich böse an. Ich beende den Anruf sofort und fühle mich so richtig mies.

Dann gehe ich auf den Flur, sehe mich nach einem anderen Sitzplatz um, finde aber keinen. Also springe ich in den nächstbesten Fahrstuhl, der sich öffnet. Wie sich herausstellt, fährt er ohne Zwischenstopp runter ins Erdgeschoss. In dem hellen, belebten Flur auf Straßenniveau sehe ich hastig in alle Richtungen und rechne damit, dass jeden Moment Max auftaucht. Auf einem Schild vor mir steht Kapelle, mit einem Pfeil, der den Flur hinunterzeigt. Schnell schlage ich diese Richtung ein, ziehe eine seltsam schwere Tür auf und betrete einen Raum mit gedämpftem Licht und wohltuender Stille. Gott sei Dank, keine Kirchgänger. Auf einem hübschen, blaugemusterten Teppich stehen Stuhlreihen, die einem bescheidenen Pult und einem Tisch zugewandt sind, der von einer halb heruntergebrannten Kerze verziert wird sowie von einer eingetopften Chrysantheme. Ein paar Tafelbilder mit nicht konfessionsgebundenem gefärbten Glas werden von hinten mit Glühbirnen beleuchtet.

Ich sinke auf einen Stuhl in der letzten Reihe und murmle: »Scheißdreck.«

»So etwas sagt man nicht in der Kirche. Manche unter uns beten«, sagt eine Stimme.

Ich drehe mich um und sehe eine Jugendliche in Gothic-Kluft, die in einer dunklen Ecke sitzt, in einem gemütlichen Lehnstuhl, der wahrscheinlich für ältere und gebrechlichere Leute gedacht ist. Sie trägt ein Nasen-Piercing, einen fetten Silberring, und ihr stacheliges Haar ist von metallisch blauen Strähnen durchzogen. Auf ihrem Schoß liegt ein iPad, fingerlose Handschuhe aus schwarzer Spitze schweben wartend über dem Bildschirm.

»Echt? Gibt's 'ne App fürs Beten?«, frage ich.

Sie sieht mich nachdenklich an. »Nicht, dass ich wüsste. Ich könnte ja mal googeln.«

»Bitte nicht.«

Sie schaut mich mit gequälten, schwarz umrandeten Augen und zartem, lilafarbenem Mund an. »Zu Ihrer Info: Ich spiele *Angry Birds*, wenn ich bete.«

»Oh. Ist das der Trick? Dann ist's ja auch kein Wunder, dass ich nie einen Draht zum Beten gekriegt habe.«

Sie verdreht die Augen gen Himmel. »Es gibt keinen Trick fürs Beten. Jeder macht es, wie er will. Ich spiele *Angry Birds*, weil ich mich dann besser konzentrieren kann.«

»Wenn du nicht zwei Dinge gleichzeitig tun würdest, bräuchtest du vielleicht gar keine Krücke.«

»Sie sind ziemlich feindselig. Man merkt gleich, dass Sie sich mit Technik nicht wohl fühlen.«

»Blödsinn. Sieh mal, wie schnell ich texte.«

Ich schnappe mir mein iPhone und tippe. *Wo bist du? Eilt. Ruf an.*

Ein paar komatöse Minuten später zwitschert mein Telefon fröhlich.

Seine Nachricht lautet: *Wo bist du?*

Aber das hatte ich doch gefragt. Ich antworte: *Du zuerst.*

Nach einer langen Verzögerung bekomme ich seine Antwort: *Meine Whng.*

Warum?!

Komm rüber.

Verärgert funkle ich den Bildschirm an. Er hatte versprochen, nicht dorthin zu gehen. Er weiß, wie gefährlich das ist. Warum bittet er mich also, zu ihm zu kommen? Irgendwas stimmt da nicht.

Ich rufe an. Es bimmelt und bimmelt. Irgendwas stimmt da ganz gewaltig nicht.

Ich texte: *Ruf mich an.* Ich lege das Telefon auf den Sitz neben mich, als bräuchte es seinen eigenen Platz, um ein Telefon sein zu können. Ich warte, schaue drauf, warte, schaue drauf. Es gibt keinen Ton von sich. Ich kann gar nicht glauben, dass er nicht zurückschreibt. Ich kontrolliere den Bildschirm, gehe zu Benachrichtigungen. Alles funktioniert. »Himmel Herrgott«, sage ich.

»Das ist zwar ein bisschen besser, aber nicht viel«, meint das Mädchen.

»Ich kann auf deine Kommentare echt verzichten«, erwidere ich trocken, ohne mich umzudrehen.

»Und ich kann auf Ihre Respektlosigkeit verzichten.«

Ich seufze. »Du hast ja recht. Tut mir leid. Ich bin nur ein wenig angespannt.«

»Warum?«

Ich werfe einen Blick über die Schulter. »*Warum?* Hast du mich gerade gefragt, *warum*?«

»Ist doch keine *so* seltsame Frage, oder?« Auf ihren Wangenknochen glitzert es silbern.

»Ich hatte einen harten Tag.«

»Hier hat man keinen harten Tag, es sei denn, man liegt auf der Intensivstation.«

»Jepp. Guter Punkt. Hast wieder recht. Übrigens, wie alt bist du eigentlich? Fünfzehn?«

»Vierzehn.«

»Mhm, du bist ziemlich weise für jemanden, der gerade den Kinderschuhen entwachsen ist.«

Sie betrachtet mich mit einem mitleidvollen Befremden. »Sie sollten wirklich mal was gegen Ihre feindselige Einstellung unternehmen.« Dann beugt sie den Kopf wieder über den Bildschirm auf ihrem Schoß.

Es dämmert mir, dass wahrscheinlich jemand aus ihrer Familie krank ist. »Wie heißt du?«, will ich wissen.

»Sabrina.«

»Ich bin Pirio.«

Was ihr den Hauch eines Lächelns entlockt. »Gefällt mir.«

»Mir deiner auch.«

Das Telefon klingelt. Gottlob. Ich nehm's schnell in die Hand. »Wo bist du?«, frage ich Parnell.

»Pirio –« Seine Stimme klingt klein und gepresst.

»Was ist los?«

Tastengepiepse, statisches Rauschen, dann sein dringlicher Schrei: »Geh nicht hin! Bleib weg!«

Ein dumpfer Schlag, ein scharfes Stöhnen, mehr statisches Rauschen und Tastengepiepse. Dann gleitet eine heisere Stimme in mein Ohr. »Hallihallo, verrücktes Mädchen. Dein Freund möchte dich sehen, ganz, ganz dringend.«

»Johnny.«

»Will ihm doch nicht weh tun. Aber du kennst mich ja.«

Mein Magen krampft sich zusammen. »Wenn ihm irgendwas zustößt, bringe ich dich um, Johnny. Das schwöre ich.«

»Ich mag dein Temperament, Mädel. Ich hab dich wahnsinnig gern durchgefickt. Weißt du noch?« Er macht eine Pause, ich höre gedämpfte Stimmen, dann ist er wieder in der Leitung. »Ich kann's kaum erwarten, dich wiederzusehen.«

Ich bekomme Schweißausbrüche.

»Was? Kein Interesse? Du findest, du bist dir zu schade für mich, stimmt's? Zu vornehm, die Dame. Oder vielleicht bist du auch nur alt geworden und hast keinen Mumm mehr. Vielleicht brauchst du ein bisschen mehr Motivation.«

Einen Moment lang nur Schweigen. Leise Stimmen. Dann, nicht weit vom Telefon entfernt, ein durchdringender, männlicher Schrei. Parnell.

»Johnny!«, brülle ich ins Telefon.

»Ja, Liebling?«

»Ich werde kommen.«

»Dann beeil dich mal lieber. Wir werden ihn so lange leiden lassen, bis du da bist.«

»Lass ihn in Ruhe. Ich hab doch gesagt, ich komme, oder?«

»Das ist mein Mädchen. Geh zum Haupteingang raus und warte neben der Tür. Max wird dich abholen. Ich will, dass du am Telefon bleibst und nett mit mir plauderst, und zwar genau so lange, bis du in sein Auto steigst. Denn ich möchte ja nicht, dass du jemand anderen anrufst. Genau genommen wird es einen liberalen Journalisten weniger auf dieser Welt geben, wenn in der Zwischenzeit auch nur eine einzige Kleinigkeit passiert, die mir nicht gefällt. Ich kenne eine Menge Leute, die mir dafür sehr dankbar wären.«

»Alles klar, immer locker bleiben. Ich bin unterwegs. Worüber willst du reden?«

»Warum singst du nicht einfach unsere schöne Nationalhymne? Ich habe das Lied schon immer sehr gemocht.«

»Witzig. Ich dachte, du wärst mehr so der Allman-Brothers-Typ.«

»Geh jetzt los und fang an zu singen, Pirio. Scheiß drauf, wenn die Leute dich schräg anglotzen.«

»Du weißt doch, es ist mir scheißegal, was die Leute denken.«

»Dann lass hören.«

»O! say can you see …«

Ich sehe zu Sabrina rüber. Sie starrt mich mit großen, ängstlichen Augen an. Sie sitzt nahe genug, um Parnells Schrei gehört zu haben. Und mit Sicherheit hat sie meinen Teil der Unterhaltung mitbekommen.

»By the dawn's early light …«

Ich halte meine Faust einige Zentimeter unter mein Kinn und starre sie eindringlich an.

Sie kapiert es nicht, will etwas sagen.

Ich presse meinen Zeigefinger fest auf die Lippen.

»What so proudly we hailed …«

»*Was?*« Sie bewegt stumm die Lippen und schüttelt leicht den Kopf.

Ich versuche es erneut mit meiner Faust vor dem Mund.

Sie kapiert's immer noch nicht.

Ich zeige auf mein Telefon, zupfe mir auf dramatische Art und Weise am Ohr, balle wieder eine Faust, halte sie an meine Lippen und singe: »*At the twilight's last gleaming …*« in meinen eingerollten Daumen.

Sabrinas Augen leuchten auf. Der Groschen ist gefallen.

Ich winke sie zu mir.

»*Whose broad stripes and bright stars …*«

Sie verlässt ihren Stuhl und gleitet neben mich. Holt das Icon mit dem Mikro auf den Bildschirm, drückt auf Aufnahme und hält das Tablet ruhig auf ihrem Schoß.

»Ich müsste doch eigentlich andere Leute hören. Es ist zu still bei dir«, sagt Johnny.

»Ich bin in einem ruhigen Teil des Krankenhauses. Dem Keller. Ich suche die Treppe.«

»Dann sing weiter.«

»Welche Zeile kommt jetzt noch mal?«

»Fang von vorne an.«

Ich drücke auf Lautsprecher »*O! say can you see …*«

»Was ist das? Es klingt wie Lautsprecher.«

»Ist es nicht. Ich bin im Treppenhaus. Das ist das Echo.«

»Sing weiter.«

»*By the dawn's early light … what so proudly set sail …* Moment. Das ist nicht die richtige Zeile. Was hab ich davor gesagt? Weißt du das zufälligerweise noch, Johnny?«

»Ist doch egal. Rede irgendwas. Sag das Scheißalphabet auf.«

»Nein, ich *will* die Nationalhymne singen. Wo's doch dein Lieblingslied ist und alles. Und ich mag sie übrigens auch.«

»Das ist doch alles nur Scheiße, Pirio. Willst du ihn schreien hören?«

»Nein! Ich singe jetzt ›Star-Spangled Banner‹, genau wie du's mir gesagt hast. Aber ich verstehe nicht, wieso wir nicht mal einen Moment lang ehrlich zueinander sein können. Ich meine, hey, wir *kennen* uns, Johnny. Warum müssen wir diese billige Katz-und-Maus-Nummer abziehen, wenn wir doch beide ganz genau wissen, wie der Hase läuft? Ich weiß zum Beispiel, dass Hall und seine Jungs mich in Makkovik umbringen wollten, was offensichtlich deine Idee war, und ich weiß auch, dass du Mrs Smith umgebracht hast. Also frage ich mich natürlich, was mich davor bewahrt, in dem Moment, in dem ich aus der Tür trete, genauso zu enden wie alle anderen?«

»Sei kein Idiot. Niemand wird dich vor einem Krankenhaus überfahren.«

»Ich vermute, du wirst mich dann später umbringen. Und Parnell auch. Wie viele Morde kommen dann eigentlich schon zusammen?«

Pause. »Verarsch mich nicht, Pirio.«

Ich senke meine Stimme. »Was ist mit dir passiert, Johnny? Du warst doch früher kein Killer. War's das Geld? Ein Lexus in der Einfahrt? Rechnungen von Kieferorthopäden?«

»Ich sagte, verarsch mich nicht.«

»Und wenn ich tot bin ... nachdem du meine Leiche in den Hafen geworfen hast ... wie viele Vogelhäuser wirst du dann bauen müssen, um mich zu vergessen?«

»Du fängst jetzt sofort an zu singen und steigst in diesen Wagen. Außer du willst einen Schrei hören, den du nie wieder vergisst.« Seine Stimme ist gepresst und langsam.

»Zumindest wüsste ich dann, dass er am Leben ist.«

»Oh, das ist er, wenn auch nur noch so gerade eben. Hier kommt der Beweis.«

Ich springe fast vom Stuhl. »Nein, Johnny, nicht –«

Parnells langgezogener Schrei schallt durch die Kapelle. Sabrina sieht mich entsetzt an. Das iPad fällt ihr fast aus den zitternden Händen.

»Okay, Johnny. Immer locker! Ich bin unterwegs. Johnny! Johnny!«, brülle ich ins Telefon, bis der Schrei verstummt. Ich stelle den Lautsprecher aus und singe wieder die Nationalhymne.

Ich bedeute Sabrina, sie soll das Mikrofon ausstellen, und tue pantomimisch so, als würde ich mit einem unsichtbaren Stift in der Luft etwas schreiben.

Sie nickt, legt das iPad ab, steht auf und kommt einen Augenblick später mit einer Hot Topic Einkaufstasche wieder, aus der sie einen Spiralblock zieht, an dem ein Kuli klemmt. Ich schreibe meine E-Mail-Adresse auf den Block, dann zur Sicherheit noch Milosas, und schaue zu, wie sie die Audioaufnahme an beide Adressen versendet. Als sie fertig ist, bin ich bei *the land of the free and the home of the brave* angelangt.

»Wo bist du jetzt? Warum höre ich keine Hintergrundgeräusche?«, fragt Johnny.

»Kranke Leute machen nicht viel Lärm.«

Ich stehe auf und nicke Sabrina dankbar zu. Ihr Gesichtsausdruck besagt, sie will mit mir kommen, aber gleichzeitig auch lieber nicht.

Ich gehe sehr schnellen Schrittes singend den belebten Flur entlang, bis ich die Vorhalle erreiche. Keiner reagiert darauf. Vielleicht denken alle, ich sei eine Patientin aus der Psychiatrie.

»Wo bist du jetzt?«, will Johnny wissen.

»Der Haupteingang ist direkt vor mir.«

»Siehst du Max?«

Ich verrenke meinen Hals. »Noch nicht.« Ich gehe durch die Drehtür.

»Siehst du ihn jetzt?«

Der blaue Camry steht in zweiter Reihe am Bürgersteig, Max hinter dem Steuer. Er sucht den Eingangsbereich ab. »Ja, jetzt sehe ich ihn.«

»Steig in den weißen SUV dahinter.«

»Was?«

Bevor ich reagieren kann, springt die hintere Tür des SUV auf, und ein Mann steigt aus. Keiner der örtlichen Fischer in dreckigen Klamotten. Ein Kerl in einem schmuddeligen Anzug, mit weißem Hemd und offenem Kragen. Kurze Arme, untersetzt. Er tritt auf eine Art hinter mich, die mich sehr effizient in den Wagen treibt. Ich steige ein und sehe einen weiteren Mann an der gegenüberliegenden Tür sitzen. Bevor ich sein Gesicht erkenne, hebt er den Arm. Etwas bedeckt meine Augen, Nase und den Mund. Der stechende Geruch von irgendwas Chemischem. Der erste Mann ist jetzt hinter mir. Ich werde in den Sitz gedrückt. Meine Muskeln werden zu Wackelpudding, und alles hört auf.

Der Schrei einer Möwe zerschneidet die Luft. Irgendwo in der Nähe das rhythmische Scheppern schwerer Maschinen. Die Luft ist kalt und riecht nach Schlamm – einem salzigen, öligen Schlamm –, vermischt mit dem fauligen Geruch von vergammeltem Fisch. Dazu addieren sich diverse andere Umgebungsgerüche: mit Ammoniak abgewaschenes Metall, trockener Rost und der hartnäckige Geruch von menschlichem Schweiß. Ich brauche es nicht zu sehen – was ich wegen der Augenbinde sowieso nicht kann –, um zu wissen, dass ich mich im Verarbeitungstrakt eines großen kommerziellen Fangschiffes befinde.

Obwohl die *Galaxy* riesig war, konnte man auf ihr in den metallenen Bodenplatten auf den unteren Ebenen das Zittern und Stampfen der Maschinen spüren. Der Boden unter meinen Füßen ist ruhig und gibt im Vergleich dazu fast nach. Das Schiff bewegt sich nicht.

Ich sitze aufrecht auf einem Stuhl, die Hände auf den Rücken gefesselt. Meine Schultern schmerzen, und ich habe wahnsinnige Kopfschmerzen. Ich atme flach und stockend.

Die ganze Zeit habe ich angenommen, ich sei allein, bis ich einen Stuhl auf dem Boden kratzen höre. An der Veränderung der Luft spüre ich, dass sich mir jemand nähert. Die Augenbinde wird mir heruntergerissen. Meine matten Augen nehmen die Ecke eines Jacketts und einen schwarzen Ledergürtel wahr. Der Mann tritt zurück, und ich sehe anderthalb Meter vor mir ein Paar Füße in dreckigen Nike-Turnschuhen, die auf einem Tisch liegen. Meine Augen stellen die Bildschärfe langsam auf ein Gesicht ein. Zuerst ist es nur eine runde weiße Kugel unter einem rötlichen Schein. Dann bilden sich Formen heraus, und die Kugel verwandelt sich in die hartherzige, unbewegte, kantige Visage von John Oster. Füße auf dem Tisch, Oberkörper zurückgelehnt, die Arme vor der Brust verschränkt.

Auf dem Tisch liegen außerdem ein MacBook und eine schwarz-silberne Handfeuerwaffe, ungefähr zwölf Zentimeter lang.

»Wo ist Parnell?«, frage ich.

Johnny lächelt leicht. »Magst du ihn mehr als mich? Glaubst du, er ist intelligenter?«

»Tu nicht so, als wäre das hier persönlich.«

»Ich sage dir, der Junge hat sich nach fünf Minuten Folter in die Hosen gemacht. Er ist da drinnen und heult wie ein Baby. Versucht, mir seine Mutter zu verkaufen, aber ich will die Schlampe nicht.«

Wir befinden uns in einem höhlenartigen Raum mit zwei sich daran anschließenden Stahlröhren und einem Beförderungsband aus Kunststoff dazwischen, das durch ein Metallgehäuse führt, vor dessen Schlund Plastikstreifen hängen. Von diesem Aufbau gibt es noch zwei weitere. Drei Verarbeitungsstationen. Über uns hängen riesige Metallhaken, an denen eine Art Abwurf vom Deck darüber befestigt ist, wie eine breite Rutsche, durch den sich die Fische nach unten ergießen. Hinter dem Verarbeitungsbereich ist eine große Stahltür, rundherum mit Gummi abgedichtet. Auf ihr befindet sich ein Rad mit einem

Durchmesser von ungefähr dreißig Zentimetern, um die Tür sauber zu versiegeln. Ein begehbarer Gefrierschrank.

Als Johnny sagte *Er ist da drinnen*, deutete er mit dem Kopf kurz zu dieser Tür.

Er wirft seinem Lakaien kurz angebunden eine Frage zu. »Wie viel Sauerstoff ist noch da?«

»Zwanzig Minuten, vielleicht dreißig«, sagt der Kerl. Er hat einen zotteligen, schwarzen Ziegenbart und einen starken, gutturalen Akzent, den ich problemlos als Russisch identifiziere. Entweder war er einer der Kerle im SUV, oder es läuft eine ganze Reihe von diesen Anzugtypen herum.

»Wenn du jetzt schnell redest, darfst du zu ihm da rein, solange er noch lebt«, sagt Johnny und neigt mit ekelhafter Galanterie leicht den Kopf.

»Ich habe nichts zu sagen.«

Ziegenbart starrt mich an, als würde es gleich sehr interessant.

»Stimmt. Hast du nicht. Wir haben seinen Laptop mit der halbfertigen Story und dem Film. Ich habe mir übrigens dein Video angesehen. Nicht besonders gelungen. Total unscharf. Schlechte Tageszeit fürs Filmen, würde ich mal sagen.« Er lässt seine Füße vom Tisch gleiten. »Wie auch immer, nicht mehr lange, und es liegt auf dem Grund des Hafenbeckens. Und wenn du und Romeo verschwunden seid, wird niemand mehr übrig sein, der weiß, was da oben passiert ist.«

»Falsch. Die kanadischen Behörden wurden bereits informiert. Die Geschichte wird bald veröffentlicht, wenn's nicht bereits passiert ist. Bob Jaeger, Dustin Hall und Ocean Catch werden in allen Nachrichten sein. Ich vermute, einer von euren Matrosen wird über kurz oder lang quatschen, und alles kommt ans Licht. Und vielleicht wirst auch du dann die eine oder andere Frage beantworten müssen.«

Er lächelt mit trauriger Herablassung. »Das ist eine nette Geschichte, die du dir da selbst erzählst. Aber du vergisst da etwas. Geld. Es gibt keinen Beamten, tot oder lebendig, den man nicht bestechen kann, und Jaeger und seine Freunde können mit ziemlich viel Geld um sich werfen. Mit richtig viel. Ich vermute mal, man klopft ihnen höchstens etwas auf die Finger, damit sie sich zukünftig ein klein wenig besser benehmen.«

»Aber –«

»Und hier unten in den Staaten? Komm schon, denk drüber nach, Pirio. Wer interessiert sich schon für ein paar tote Fische oben in der Arktis? Wenn du den Film hättest, klar, dann hättest du vielleicht was. Jeder will Speerwerfer und blutige Kadaver sehen. Wenn du ihn bei YouTube einstellst, wäre er der Hit. Aber ein paar Zeilen, vergraben irgendwo im Innenteil einer Zeitung, die werden keinen Unterschied machen. Besonders nicht, wenn Lady Gaga gerade in der Stadt ist.«

»Spielt alles keine Rolle«, sage ich mit sinkendem Mut. »Die Einheimischen wissen davon.«

Er stößt ein Lachen aus. »Die Inuit? Glaubst du, die brauchen kein Geld?«

Ich versuche, meine Handgelenke auseinanderzuziehen. Wie erwartet, ohne Erfolg. »Also worauf wartest du noch? Warum bringst du's nicht endlich hinter dich?« Wenn Johnny die Tür der Gefrierkammer öffnet, um mich hineinzustecken, wird ein Schwall frischen Sauerstoffs auch Parnell erreichen. Ein Lichtblick, der mich trotzdem nicht sonderlich hoffnungsfroh stimmt.

»Weißt du, was ich an euch Liberalen überhaupt nicht leiden kann?«, fragt er mich mit provozierender Lässigkeit.

»Dann schieß mal los.« Ich habe den Eindruck, dass er auf diesen Moment gewartet hat – auf den Augenblick, an dem er mir sagen kann, wie falsch ich bei allem liege und schon immer lag. Den Augenblick, in dem er versucht, sein eigenes, klassenbewusstes Herz zu heilen, das sich mehr von mir sitzengelassen fühlt, als ich dachte. Er wird mir eine ausgeklügelte Selbstrechtfertigung in Form eines gönnerhaften Vortrags servieren.

»Du regst dich bei den falschen Sachen auf. Ein paar Typen haben ein bisschen Spaß auf ihrer Yacht, und du zickst rum, als sei das Ende der Welt nahe. Rettet die Wale, bla, bla, bla. Löwen, Tiger und Bären, ach du liebe Güte. Aber die Wale sterben nicht aus. Es gibt da oben Tausende von den Viechern. Die verstecken sich und verfeinern ihre Überlebensstrategien. Gleichzeitig kriegst du überhaupt nicht mit, was tagein, tagaus vor deinen Augen passiert.«

Pflichtgemäß schaue ich mich um. »Vermutlich nicht.«

Er lehnt sich vor und senkt seinen Kopf wie ein Bulle kurz vor dem Angriff. »Was glaubst du, wo du hier bist?«

»Auf einem großen kommerziellen Fangschiff.«

»Wie groß?«

»Weiß ich nicht.«

»So groß wie ein Frachter?«

»Sicher. Wenn du's sagst.«

»Wie viele Kilo Fisch, glaubst du, kann ein solches Teil lagern?«

»Keine Ahnung, Johnny. Sag du's mir.«

»Ich weiß es auch nicht. Das ist der Punkt. Keiner weiß es, und keinen interessiert's.« Er grinst hämisch. »Momentan sind fünfundvierzigtausend von diesen Babys auf den Weltmeeren unterwegs. Ein Prozent der Fischereiflotte der Welt beschäftigt zwei Prozent aller Fischer dieser Welt und holt damit fünfzig Prozent des weltweiten Fischfangs raus. Die Regierung hat all diese Regularien für das Fischen in nationalen Hoheitsgewässern aufgestellt – man musste ja die kostbaren Grundfische schützen, denen es eigentlich ganz gut ging. Und was haben wir

Fischer dann gemacht? Wir begeben uns auf Offshorefang, wo es keine Gesetze gibt und massenhaft Fisch. Wir haben Netze, die sind so groß, du würdest es kaum glauben. Stahlkabel ziehen massive Metallplatten. Wir machen so viel Geld, dass wir es gar nicht schnell genug zählen können. Es hat eigentlich kaum noch etwas mit dem traditionellen Fischen zu tun, sondern erinnert eher an den Bergbau.«

»Du klingst aber selbst auch ziemlich liberal, Johnny. Hast du Gewissensbisse?«

»Ich will damit nur sagen, dass du nichts davon aufhalten kannst. Weder du noch dein Journalist. Niemand. Der Mensch ist zum Jagen geboren, und zum Fischen, und auch dazu, so reich wie möglich zu werden. Ein kleines Schlupfloch in den Regulierungen reicht aus, damit der ganze Kram ins Wanken gerät. Setz der einen Sache ein Ende, und garantiert findet jemand anders irgendwo auf der Welt einen Weg, noch viel mehr Geld zu scheffeln, indem er was anderes macht. Wo ein Wille ist, da ist auch ein Weg – wahrere Worte wurden nie gesprochen.« Er lehnt sich zurück und faltet die Hände hinter dem Kopf, äußerst zufrieden mit dem immerwährenden Einfallsreichtum des Menschen.

»Na und?«, sage ich. Wahrscheinlich kann ich ihn nur mit Gleichgültigkeit so richtig auf die Palme bringen. Ich spanne meine Handgelenke gegen die Handschellen. Wie viel Zeit bleibt Parnell noch?

»Ihr habt gedacht, ihr wäret einer richtig heißen Sache auf der Spur, stimmt's? Ihr habt gedacht, ihr würdet ganz groß rauskommen. Du und dein Journalist, der noch nicht einmal einen beschissenen Kuli halten kann. Und was habt ihr am Ende, Pirio? Ein paar Minuten Videomaterial, ein paar Stoßzähne im Sand – Mann, ihr habt ja so was von danebengelegen, das ist ja jämmerlich. Und zu allem Überfluss springst du dabei auch noch über die Klinge.«

»In Ordnung. Dann lass uns das jetzt erledigen.«

Er wirft einen Blick über die Schulter auf Ziegenbart. »Wie viel Zeit haben wir noch?«

»Zehn Minuten?« Den Typen scheint die Frage zu nerven.

Johnny dreht sich wieder zu mir. »Willst du ihn jetzt direkt sehen oder wenn er seinen letzten Atemzug macht oder wenn's vorbei ist?«

»Ganz klar die erste Option. Ich kann's nicht ausstehen, lange warten zu müssen.«

Noch ein Typ kommt rein. Er ist groß, tritt selbstbewusst auf und trägt einen etwas besseren Anzug. Er fängt an, dem ersten Typen etwas auf Russisch zuzuraunen. Wenn ich näher dran wäre, könnte ich ihn verstehen.

Ich schaue zu Johnny hinüber, in seinen schmutzigen Jeans und der ölverschmierten Daunenweste. Ich denke an seine abgespannte Frau, seine kreischende Brut und sein beschissenes Haus. Seine abgetragenen Turnschuhe und das völlig grundlose Bedürfnis, mich über die wahre Abscheulichkeit entfesselter Profitgier zu belehren.

Dann erinnere ich mich, wie Halls Lakai Dennis instinktiv reagiert hat, als ich auf Russisch fluchte. *Sie könnte zu Petrenko gehören.* Als wäre Jewgeni Petrenko der Boss, vor dem man sich fürchtet. Etwas macht klick. Ich lächle John Oster an. »Du hast hier doch gar nichts zu sagen. Sie haben das Kommando. Du arbeitest für sie, und sie arbeiten für Petrenko. Sie werfen dir ab und zu ein paar Dollars hin und fixen dich damit an. Sie versprechen dir das große Geld, aber sie werden es dir nie geben. Und tief in deinem Herzen weißt du auch, dass du ein Loser bist, genau wie Troy, nur ein paar Sprossen höher auf der Leiter.«

Sein Gesicht verhärtet sich, und sein rechtes Auge fängt an zu zucken. Leise zischt er: »Was weißt du?« Den Russen brüllt er zu: »Sie ist jetzt so weit.«

Die beiden Russen kommen herüber.

»*Sdrawstwuitje*«, begrüße ich sie.

Sie wechseln einen Blick. »*Sdrawstwuitje*«, antwortet der eine.

»Fallt nicht drauf rein. Sie ist Amerikanerin«, sagt Johnny.

Ich reiße an den Handschellen und sage bestimmt: »Nehmen Sie die hier ab und holen Sie mir Jewgeni Petrenko ans Telefon. Sie haben die falsche Frau, und er wird sehr wütend werden, wenn er das herausfindet. Beeilung. *Toropit'sja.*« Mein Russisch ist eingerostet, aber das wenige reicht bereits, um ihre Aufmerksamkeit zu wecken.

Ziegenbart wird sofort aktiv, nimmt einen kleinen Schlüssel aus seiner Jackentasche und tritt gehorsam hinter mich.

»Hört nicht auf sie! Sie hat den Film gedreht!«, brüllt Johnny.

Ich lächle in die stumpfen Augen des Mannes. »*Er* hat den Film gedreht. Er will Petrenko erpressen.«

Der Typ öffnet die Handschellen und wirft sie mit einer Portion Selbstgefälligkeit auf den Tisch. Was ihn anbelangt, ist Johnny nur ein amerikanisches Arschloch, während ich quasi eine Verwandte bin. Überall auf der Welt sind die Menschen ihrem eigenen Volk gegenüber loyal.

»Was machst du da?«, schreit Johnny hysterisch und springt auf.

Der adrettere Russe hat alles schweigend verfolgt. Er legt dem kleineren Burschen eine Hand auf den Arm. »*Zhadat*«, sagt er und sieht mich an. »Wir haben noch nie was von Ihnen gehört. Woher wissen wir, dass Sie zu Jewgeni gehören?«

Ich setze eine gelassene Miene auf, versuche nicht zu blinzeln. »Er zitiert Solschenizyn. Er hat eine fette blonde Frau, der er gern den Ellbogen rubbelt.« Zwar kaum ein Beweis, aber mein Gehirn ist wie ein angstgetränkter Schwamm, und das legt es mir eben in den Mund.

Ziegenbart wackelt mit dem Kopf, als hätte er gerade einen guten Witz gehört, aber der Große bleibt unbeeindruckt.

»Das heißt gar nichts! Sie kennt Petrenko von der *Galaxy*!« Johnny streckt sich über den Tisch und zieht den Laptop zu sich heran. »Hier. Seht euch das an.« Er klickt ein paarmal und dreht den Bildschirm zu den Russen und mir.

Das sind meine Aufnahmen. Die Narwale strömen durch die Öffnung der Bucht. Sie sind dunkel, genauso wie das aufgewühlte Wasser. Aber man kann sie immer noch sehen. Und hören. Ihre seltsamen Stimmen, die so sind, als wären sie nicht von dieser Welt, kommen aus den Lautsprechern. Dann ist sehr klar und deutlich meine Stimme sowie die von Martin und Parnell zu hören.

Der große Typ verpasst mir mit dem Handrücken eine Ohrfeige.

Johnny kommt um den Tisch und reißt mich vom Stuhl. Er packt meinen Oberarm und zerrt mich zum Gefrierraum. Widerstand ist zwecklos. Ein Teil meines Gehirns sagt mir, dass ich jetzt sterben werde. Der andere weigert sich, das zu akzeptieren.

Wir stehen hinter Ziegenbart, der langsam das Rad an der Tür dreht. Er tritt zur Seite, und die Tür schwingt auf. Dahinter ist es stockfinster.

»Da sollte eigentlich Licht sein«, murmelt Johnny. Verunsichert starrt er in die Dunkelheit.

Der Gefrierraum scheint außerdem leer zu sein.

Grob schubst er mich vorwärts. »Er ist irgendwo da drinnen. Geh und such ihn.«

Die Worte sind noch nicht ganz draußen, als aus der Tiefe ein Brüllen ertönt. Parnell stürmt mit etwas bewaffnet heraus, das wie eine Turnierlanze aussieht. Seine linke Hand hält die vordere Hälfte, das andere Ende klemmt unter seiner Achsel und wird vom Oberarm an den Brustkorb gepresst. Er rast vorwärts und rammt die Lanze gegen Johnnys Brust. Sie durchbohrt ihn nicht, sondern bricht in der Mitte durch. Die Wucht des Aufpralls reicht aus, um Johnny aus dem Gleichgewicht zu werfen und den Griff um meinen Arm zu lockern. Ich befreie mich und stoße ihn in die Richtung, in die Parnells Lanze ihn geschleudert hat. Er fällt schwer zu Boden. Ich höre den Sturz mehr, als dass ich ihn sehe. Ich laufe quer durch den Raum und stürze mich auf den Tisch, schnappe mir den Colt. In schneller Abfolge spanne ich mit dem Daumen den Hahn, ziehe den Lauf zurück und wirble herum, als der kleinere Russe mich gerade angreifen will. Ich schieße.

Die Kugel erwischt ihn in der Schulter. Er bleibt stehen, legt eine Hand auf die Wunde, nimmt sie wieder weg, sieht das Blut, funkelt mich mit mörderischem Hass in den Augen an und setzt wieder zum Angriff an. Diesmal erwische ich seine Hüfte. Er schreit auf und geht zu Boden.

Der Lärm des Schusses wirft ein Echo und verblasst dann.

»Leg die Kanone hin«, sagt Johnny ruhig. Er steht wieder.

Der große Russe hat Parnell in einem einarmigen Schwitzkasten. In der anderen Hand hält er eine Waffe, die genau auf mich gerichtet ist.

Parnell ist kreidebleich. So schlaff, wie er im Griff des Russen hängt, muss ich annehmen, dass er mit seiner Kraft am Ende ist. Er stand wahrscheinlich kurz vor der Unterkühlung, als er seinen Angriff startete.

»Los, Pirio. Her mit der Kanone«, befiehlt Johnny. Mit ausgestrecktem Arm und geöffneter Handfläche kommt er langsam auf mich zu. In ein paar Sekunden wird er bei mir sein.

Parnells Körper mag zwar geschwächt sein, aber seine Stimme ist laut und fest. »Gib sie ihm nicht«, sagt er. Seine seltsame Waffe liegt auf dem Boden vor ihm, in zwei Teile zerbrochen. Es ist keine Waffe, erkenne ich jetzt, sondern der Stoßzahn eines Narwals.

»Komm schon. Leg sie brav da hin«, drängt Johnny und kommt ohne erkennbare Angst näher. Als spräche er mit einem kleinen Mädchen.

Ich hebe den Colt, ziele sorgfältig und drücke ab.

Die Kugel trifft ihn in den Hals und hinterlässt ein Loch, das sich sofort mit Blut füllt. Johnny sinkt auf die Knie und legt beide Hände über die Einschussstelle. Er gibt gurgelnde Laute von sich, beginnt auf den kurzen Säulen seiner Oberschenkel zu schwanken. Es sieht aus, als würde er sich selbst erwürgen.

Das Krachen eines Schusses zerreißt die Luft. Vage bin ich mir bewusst, dass diese Kugel für mich bestimmt ist. Aber ich sehe schockiert und entsetzt zu, wie Johnny stirbt, und es dauerte einige Augenblicke – in denen alles sehr langsam, sehr plastisch, surreal und wie vom Schicksal bestimmt (von einem schmerzlichen und unwiderruflichen Schicksal) zu geschehen scheint –, bis ich begreife, dass ich nicht getroffen wurde. Höchstwahrscheinlich hat Parnell den Russen irgendwie aus dem Gleichgewicht gebracht.

Ich halte die Waffe mit beiden Händen und schieße auf die rechte Seite des Russen, so weit wie möglich von Parnell weg.

Die Kugel trifft den Russen irgendwo. Parnell befreit sich. Er brüllt: »Hinter dir!«, und ich mache schnell einen Schritt zur Seite. Die Hand des untersetzten Mannes hängt dort in der Luft, wo er mein Fußgelenk packen wollte. Er hat sich auf Ellbogen herangerobbt und eine breite Blutspur hinterlassen.

Johnny rollt sich auf dem Rücken hin und her und umklammert immer noch seinen Hals. Blut spritzt stoßweise aus dem Loch und zwischen seinen Fingern durch. Ich starre ihn verständnislos an, bin unfahig, zu denken oder zu handeln.

Parnell ist jetzt neben mir. Er nimmt meine Hand und zieht

mich aus dem Verarbeitungsbereich des Schiffes, weiter eine Treppe hinauf, hinaus aufs Deck, über das ein kalter Wind fegt. Das Schiff ist zehnmal größer, als ich dachte. Wir laufen zur Reling. Es ist am Pier angedockt, aber eine Gangway ist nirgends zu sehen – keine Möglichkeit, das Schiff zu verlassen. Natürlich muss es eine Möglichkeit geben, aber im Moment ist mir gerade nicht danach, jemanden nach dem Weg zu fragen. Am Ende des Piers führt eine Leiter ins Wasser. Ich erkenne die niedrigen Gebäude des Conley Terminals und weit hinten im Westen die vom Nebel verhüllte Skyline von Boston. Ich schnappe mir Parnell und ziehe ihn hinter mir her. Wir erreichen das flache, offene Heck des Schiffs, wo normalerweise die Netze eingeholt werden und der Fang abgeladen wird. Parnell versteht, was wir tun werden. In seinen Augen ist keine Angst. Wir halten uns an den Händen fest und springen.

KAPITEL 32

Die schweren Vorhänge mit den Quasten sind akkurat zugezogen, damit sie das helle Sonnenlicht aussperren. Ein säuerlicher Geruch hängt im Raum. Schmutzige Bettlaken, auf dem Tablett servierte Mahlzeiten, seit Stunden nicht angerührt. Milosa selbst ungewaschen. Nur eine Lampe brennt – eine Tiffany auf dem Nachttisch, kunstvoll und magisch, mit einem bernsteinfarbenen Schirm. An den Wänden Landschaftsgemälde in Öl mit vergoldeten Rahmen. Die Bilder – meist flache, unbewohnte Berge unter einem schweren, gescheckten Himmel – üben eine erstickende, melancholische Faszination aus.

Ich will die Vorhänge öffnen, doch er winkt mich zurück. »Kein Licht«, sagt er.

»Frische Luft?«

»Nein, nein. Wann bist du zurückgekommen?«

»Vor zwei Tagen.«

»Du hättest direkt kommen sollen.«

Heißt das, sein Zustand verschlechtert sich rapide? Ich bringe es nicht fertig zu fragen.

»Wie ist es gelaufen?«, fragt er.

»Es war ganz anders, als ich erwartet habe. Viel schlimmer.«

Er schnaubt verächtlich. »Das ist es immer.«

Er sitzt in seinem übergroßen Bett, mit Kissen im Rücken, die an einem massiven antiken Kopfbrett lehnen. Es ist das Bett, das er mit meiner Mutter geteilt hat und in dem Maureen nur kurz geschlafen hat, bis seine um sich schlagenden Glieder, wie sie sagt, sie in eines der Nachbarzimmer vertrieben haben. Er hat sich nicht in die Mitte verlagert, sondern schläft immer noch auf seiner Hälfte, obwohl seit vielen Jahren niemand mehr auf der anderen Seite lag.

Ich stehe am Fußende des Bettes. Es gibt keinen Stuhl, um sich zu setzen.

»Komm«, sagt er und klopft auf die Matratze. »Ich bin im Moment nicht gefährlich.«

Ich habe noch nie zuvor auf Milosas Seite des Bettes gesessen. Ich setze mich nur halb.

»Erzähl mir, was passiert ist. Eine gute Geschichte könnte ich gebrauchen«, sagt er. Sorgfältig faltet er das Laken über die Decke, streicht es glatt und verwandelt sich in ein salonfähigeres Publikum.

»Am Ende könntest du stolz auf mich sein.« Ich fasse es nicht, dass ich so etwas Zärtliches zu Milosa Kasparov gesagt habe.

»Das werde ich dann selbst beurteilen.«

Es ist eine Erleichterung, alles rauszulassen. Und genau das mache ich. Anfang, Mitte und Ende. Martin jedoch lasse ich aus, und auch Roger und die kleine braune Flasche, die in meiner Tasche steckt, als wäre sie nur eine kleine braune Flasche.

»War's das?«, sagt er, als ich am Ende angelangt bin.

»Genügt das nicht?«

»Den wichtigsten Teil hast du vergessen!«

»Was meinst du damit?«

»Was ist mit dem Schiff?«

»Welches Schiff?«

»Das Schiff, das die *Molly Jones* versenkt hat!«, brüllt er.

»Oh, das. Ich bin ziemlich sicher, dass es das russische Fang-

und Verarbeitungsschiff *Kapitan Jolkow* war, im Besitz von Jewgeni Petrenko. Es ist das größte verfluchte Schiff, das ich je gesehen habe, so eine Art Kreuzfahrtschiff. Mit einem dunkelgrauen Anstrich, genau wie ich dachte. Petrenko hat es benutzt, um die Stoßzähne der Narwale in europäische Häfen zu transportieren. Als Ned Rizzo aus der Jagd aussteigen wollte, hat Dustin Hall versucht, sein Schweigen mit einem Hummerboot zu erkaufen, was Petrenko allerdings nicht genügte. Er wollte Rizzo tot sehen. Also hat er die *Molly Jones* mit der *Kapitan Jolkow* gerammt. Und dann mussten Hall und John Oster die Sache vertuschen.«

»Er muss ein Ortungsgerät auf dem Hummerboot angebracht haben«, sagt Milosa mit der selbstgefälligen Autorität eines alten Ränkeschmieds.

»Ja, vermutlich. Die genauen Einzelheiten werden wir nie erfahren.«

Ein gerissenes Funkeln tritt in seine Augen. »Dann *war* es also Mord.«

Ich bringe ein dünnes Lächeln zuwege, bin bereit, Kreide zu fressen. »Ja, Milosa. Es war Mord. Du hattest recht.«

»Ahhh.« Seine Lippen schließen sich sanft, während er seinen Augenblick genießt. Aber er ist kein Mann, der sich länger auf seinen Lorbeeren ausruht. Er rutscht mit dem Rücken auf den flauschigen Kissen ein wenig höher. »Und jetzt, nehme ich an, bist du damit beschäftigt, dir selbst zu gratulieren.«

»Warum auch nicht?«, sage ich misstrauisch und erkenne zu spät, dass dies exakt die Frage ist, die er von mir hören wollte.

»Weil du noch nicht fertig bist!«

»Warum nicht? Was denn noch?«

»*Was noch?*« Seine Stimme schraubt sich in gespielter Ungläubigkeit immer höher und knallt dann mit der nächsten Frage zurück auf die Erde. »Erzähl mir doch mal, was du über den Schwarzmarkt für Narwal-Stoßzähne weißt.«

»Nicht viel, schätze ich. Parnell sagte, in den Kühlräumen des Trawlers lagen Hunderte zu kleinen Bündeln verschnürte Stoßzähne. Allerdings weiß ich nicht, ob noch mehr Stoßzähne an Bord waren oder wohin die Fahrt ging oder wie viele Fahrten es zuvor schon gegeben hat.«

»Lass mich dir jetzt mal etwas sagen, was du inzwischen auch selbst hättest herausfinden können. So viele Stoßzähne kann Petrenko nicht allein von Jaegers Gruppe bekommen haben. Er muss auch noch andere Quellen gehabt haben.«

»Oh, und ich vermute, du möchtest, dass ich sie finde«, sage ich in gespielt hölzernem Ton.

»Jemand sollte das tun, ja.«

Ich verschränke die Arme vor der Brust und unterdrücke meine Ungeduld. Wie er jetzt so im Bett aufsitzt, die Haare in alle Richtungen abstehend, sieht er wie ein verrückter alter Mann aus. Zum ersten Mal in meinem Leben frage ich mich, ob Milosa vielleicht tatsächlich ein kleines bisschen verrückt ist. Ich versuche, vernünftig zu klingen. »Ab diesem Punkt werden die Behörden sich darum kümmern.«

Genauer gesagt waren Parnell und ich vom späten Montagabend bis Dienstagmorgen auf dem Polizeirevier, während Johnnys Leiche und die Stoßzähne von Bord der *Kapitan Jolkow* getragen wurden. Nachdem wir uns ein paar Stunden in meiner Wohnung ausgeruht hatten, sind wir zurück aufs Revier, um Aussagen zu machen und Beschreibungen zu liefern und endlos Fragen zu beantworten. Das alles war recht anstrengend, und ich war froh, es hinter mir zu haben. Abends hatten Parnell und ich es uns mit Thai-Essen, das wir uns unterwegs besorgt hatten, auf der Couch bequem gemacht. In den Elf-Uhr-Nachrichten – lokal, nicht national – gab es einen Beitrag über die angebliche Verwicklung von Ocean Catch in die Machenschaften eines kanadischen Wal-Wilderer-Ringes. Er war keine Minute lang.

Womöglich hatte Johnny recht, als er sagte, es würde keinen Menschen interessieren.

»Mit Behörden meinst du die Küstenwache und Polizei, nehme ich an, ja?«, sagt Milosa trocken.

»Hm-mhm. Vielleicht auch irgendeine Bundesbehörde«, sage ich und widersetze mich dem, was er andeutet.

Der Blick seiner wässrigen Augen wandert in die Mitte des Raums und kommt dann auf etwas zur Ruhe, vielleicht auf einem seiner düsteren Bilder. Als würde ich ihn nicht mehr interessieren. »Ich verstehe, was passiert ist. Du hattest ein kleines Abenteuer, einen kleinen Sieg, und jetzt wirst du wieder weich. Gibst auf.«

»Ich muss mir das nicht anhören, weißt du?«

»Ihr Amerikaner seid so schnell zufriedenzustellen«, fährt er unbestimmt fort und spekuliert darauf, dass ich nicht einfach so gehe. »Ihr setzt ein paar Fakten zusammen und beglückwünscht euch, dass ihr die Wahrheit aufgedeckt und eure Geschichte bis zum Schluss erzählt habt. Aber Wahrheit kennt kein Ende. Sie entwickelt sich einfach immer weiter, und wenn man nicht den Mumm hat, ihr zu folgen, dann fängt man an zu sterben. Trotzdem glaubt ihr bequemen Menschen immer, alles zu wissen.« Er nickt bedächtig und nimmt meine Schwäche hin, dann kehren seine Augen zu meinem Gesicht zurück. »Ich sage es noch einmal, Pirio: Nichts ist vorbei. Du bist noch nicht fertig. Du bist nur müde und möchtest deine Beine hochlegen.«

Ich drücke mein Rückgrat durch und beuge mich vor. Ausnahmsweise, wenigstens dieses eine Mal möchte ich, dass er mir die Anerkennung zollt, etwas Gutes getan zu haben. »Was soll das mit diesen Geschichten? Wovon redest du überhaupt? Ich erzähle keine Geschichte. Fast zu ertrinken – war das eine Geschichte? Was ist mit der netten alten Dame, die ermordet wurde? Oder dem Meth-Süchtigen? Oder mit all den Walen? Ich habe sogar eine ganze Menge getan – mehr, als ich hätte tun müssen. Ich habe einen Wilderer-Ring auffliegen lassen, und ich habe zwei Mordfälle gelöst. Ich *muss* gar nichts mehr tun. Willst du wissen, warum nicht? Weil ich in einem zivilisierten Land lebe, in dem es Richter und Gerichte und ein Rechtssystem und Umweltschutz gibt. Klar, es ist nicht perfekt hier, aber in diesem Land, in diesem Amerika, das du so schmähst, obwohl du es zu deiner Heimat erkoren hast, funktionieren ein paar Dinge wirklich. Ab und zu kommt die Wahrheit heraus. Menschen können sich aufeinander verlassen, Sie können *vertrauen*.«

Er setzt sich auf und beugt sich zu mir vor, bis unsere Nasen nur noch dreißig Zentimeter auseinander sind. »Was höre ich da? Du hältst mir einen Vortrag über das Leben? *Du* belehrst *mich*? Was du weißt, füllt gerade einmal einen Fingerhut!«

Zorn und Vernunft wetteifern um die Kontrolle über meinen Mund, und die Wut gewinnt. Ich verringere den Abstand zwischen unseren Nasen auf etwa fünfzehn Zentimeter. »Ach ja, wirklich? Ist das so? Nur weil du in einem beschissenen Gulag aufgewachsen bist oder was immer das war, Hühnern die Köpfe abgehackt und deinen Wodka ausgekotzt hast, hast du noch lange nicht das Recht, mein Weltbild zu kritisieren!« Inzwischen weiß ich kaum noch, was ich sage. Die Worte sind nur Trümmer in einer Flut.

»Kritik«, spottet er und lehnt sich in seine Kissen zurück. »Ist es das, wovor Pirio Angst hat?«

»Du treibst mich in den Wahnsinn!« Ich erhebe mich in einem wütenden Anfall vom Bett. Ich stampfe tatsächlich mit dem Fuß auf. »Kein Mensch kommt mit dir aus. Du würdest selbst Mutter Teresa in den Wahnsinn treiben. Kein Wunder, dass Isa immer aus dem Haus gestürmt ist!«

Seine Miene verhärtet sich. »Noch ein Thema, von dem du keine Ahnung hast.«

»Oh, dräng mich nicht, was das betrifft, Milosa. Denn eigentlich weiß ich sogar eine ganze Menge.« Und ich bin drauf und dran, es ihm um die Ohren zu hauen. Isas Affäre. Es wäre zutiefst befriedigend, den gequälten Ausdruck auf seinem Gesicht zu sehen.

Doch ein Funken Verstand hält mich zurück. Ich sehe ihn dort sitzen, hochgelagert wie eine schwache Großmutter, in einem Baumwollschlafanzug, vorne drauf Flecken von verkleckerten Mahlzeiten. Er liegt allein in diesem leeren Bett, in seinem Leben. Stirbt. Das Blau seiner Augen wird nie wieder strahlend sein. Seine früher breiten Schultern hängen heute herab. Maureen ist den Flur hinunter in ihrem Büro, macht, was immer sie gerade tut, wenn sie sich nicht einem theatralischen Sturm gespielter Ungeduld hingibt und ihn ausschimpft wie ein kleines Kind. *Gnade* ist das Wort, das mir in den Sinn kommt.

Mit einiger Mühe schlucke ich meinen Zorn herunter, und zu meiner Überraschung kommen mir Tränen. »Können wir aufhören? Können wir bitte einfach aufhören?«

»Warum?« Seine Blicke provozieren mich. Er will einen guten Streit. Braucht ihn vielleicht auf eine Art.

Aber ich nicht. Ich setze mich wieder aufs Bett, rutsche ein Stück näher. »Milosa, du stirbst. Sieh doch nur, du liegst im Sterben, okay? Du *stirbst.*« Ich weiß nicht, warum ich das wiederholen muss. »Es ist deine Entscheidung, schnell zu gehen, stimmt's? Keine Medikamente, keine Dialyse. Das wolltest du doch. Okay. Von mir aus. Aber lass uns bitte nicht die Zeit verschwenden, die wir noch haben, indem wir all die Scheiße sagen, die wir uns schon Hunderte Male gesagt haben. Lass uns was Neues versuchen. Lass uns gottverdammt nett zueinander sein.«

Er bekommt große Augen. »*Nett*, sagst du. Also gut, wenn es das ist, was du willst. Dann bin ich zu dir *nett.*« Er faltet seine

Hände ordentlich auf der Bettdecke. Entkrampft sein Gesicht und lässt es in einem himmlischen Lächeln erstrahlen. Er könnte als Putte von Tizian durchgehen, wäre er nicht alt, miefend und verbittert.

»Witzig. Ha-ha. Aber ich warne dich: Ich werde mich nicht mehr mit dir streiten. Da wirst du dir einen anderen suchen müssen.«

»Ja, wen denn?«, schmollt er. »Maureen kann das gar nicht. Nicht so wie Isa. Oder du.«

Ich zupfe einen Fussel vom Ärmel seines Schlafanzugs. »Vielleicht kannst du jemanden einstellen. Es muss doch Leute geben, die dich gegen Bezahlung anpöbeln. Und jetzt hörst du mir bitte mal zu. Ich muss dir etwas geben. Du wirst sofort wissen, was es ist, glaube ich.«

Ich nehme das kleine braune Fläschchen heraus. Er kneift die Augen zusammen, während er es betrachtet und die Kappe abschraubt. Er weiß natürlich, dass es ein Parfüm ist, und hebt es mit einer geübten Mischung aus Gleichgültigkeit und Urteilsfähigkeit an die Nase. Der Augenblick des Wiedererkennens ist auf seinem Gesicht deutlich abzulesen. Fast kann man die Moleküle in sein Stammhirn schießen sehen, wo sie ihre ganz speziellen Rezeptoren finden und wie winzige Schlüssel in winzigen Schlössern lange verschlossene Türen öffnen. Zunächst ist er erschrocken. Dann taucht ein rätselhafter Ausdruck auf, der an einen jüngeren Milosa denken lässt. Stärker, geschmeidiger, hoffnungsvoll, herzlich. Ein junger Mann, der Klavier spielte, der sich verliebte. Dieser Ausdruck verschwindet schnell wieder. Als Nächstes ist er aufgewühlt, beißt die Zähne zusammen, wehrt sich gegen die völlig unerwartete Erfahrung, schraubt den Deckel des Fläschchens schnell wieder zu und gibt es mir zurück.

»Woher hast du das?«, fragt er angespannt.

Ich bin einen Augenblick verwirrt. Was soll ich sagen? »Ein Mann in Labrador hatte es. Ein Mann, der Isa kannte.«

Pause. Seine Finger biegen sich fest um den Saum des Lakens. »Oh ja«, sagt er in beiläufigem Ton. »Das wird dann wohl ihr Geliebter gewesen sein. Den sie favorisiert hat.«

»Du wusstest von ihm?«

»Wie sollte ich das nicht wissen? Wenn sie doch jedes Jahr Ende Juli in meinen Augen als völlig veränderte Frau zurückgekommen ist. Eine friedliche, wunderschöne Frau. Ich wusste, dass sie gut geliebt worden war.« Er unterbricht sich kurz. »Wo ist der Mann jetzt?«

»Er ist vor einem Jahr gestorben.«

»Wie schade«, sagt er mit einem Hauch Befriedigung. »Du musst dich doch auch an ihn erinnern. Ich bin sicher, ihr habt euch kennengelernt.«

»Ja, ich erinnere mich tatsächlich an ihn.« Fast will ich sagen, dass ich, obwohl damals noch so jung, sehen konnte, dass er Isa glücklich gemacht hat. Doch ich verschließe meinen Mund, bevor die Worte herauskönnen, denn ich will meinem Vater nicht noch mehr weh tun.

»Wie heißt er?«, fragt Milosa.

»Roger Naggek. Ein Einheimischer.«

Milosa nickt nachdenklich. »Ein guter Name, glaube ich.«

»Ich habe mich gefragt, ob … ich könnte doch vielleicht –«

»Sein Kind sein?«

»Ja.«

»Wie kommst du darauf?«

Ich schlucke schwer. »Ich habe schwarzes Haar. Ich bin nicht so groß wie du oder Isa. Und … du hast mich nie so geliebt, wie du es hättest tun sollen. Du hast mich weggeschickt, als ich nichts anderes wollte, als bei dir zu sein. Und in diesem Haus gibt es kein einziges Foto von mir.«

»Du bist meine Tochter, Pirio. Du bist in diesem Schlafzimmer gezeugt worden, in dem Bett, auf dem du jetzt sitzt. Ich habe dich nicht so geliebt, wie ich dich hätte lieben sollen, weil …« – er presst die Augen zusammen und atmet scharf durch die Nase ein –, »weil ich niemanden so geliebt habe, wie ich es hätte tun sollen. Nicht einmal deine Mutter. Ich habe sie angebetet, aber ich habe ihr nicht gegeben, was sie brauchte. Nur meine Besessenheit, meine Eifersucht. Ich habe sie verjagt. Dann auch dich. Und ich habe auch versagt, Maureen zu lieben.«

»Du hast mich nicht verjagt, Milosa. Ich bin hier. Ich sitze hier, in diesem Moment.« Ich strecke den Arm aus, berühre mit den Fingerspitzen seinen Handrücken. Ich habe ihn noch nie zuvor berührt.

Eine Träne rollt langsam über sein Gesicht. Er wischt sie nicht fort.

»Wegen der Bilder«, sagt er und entfernt sich schnell von den Gefühlen. »Isa wollte nicht, dass du fotografiert wirst, hat keine Kamera auch nur in deine Nähe gelassen.« *Außer in Labrador, wo sie sich in Sicherheit fühlte*, denke ich und erinnere mich an die Fotos von mir in Rogers Kiste. »Sie war völlig irrational, was das anging«, erzählt Milosa weiter, »wie im Übrigen auch bei so manch anderen Dingen. Sie sagte, sie wollte dich vor dem beschützen, was ihr widerfahren war.« Er stößt ein kurzes, verächtliches Schnauben aus.

Plötzlich umkreisen wir schon wieder den Strudel. Das Thema, über das wir nicht reden können. Ich muss die Frage stellen, dies könnte meine letzte Gelegenheit sein. »Was *ist* ihr denn in Russland zugestoßen, als ihr euch kennengelernt habt? Ich weiß, dass es etwas Schlimmes war, etwas, das sie dir nie verziehen hat.« *Du hast sie verkauft, Milosa, denn so hast du das Geld verdient, mit dem du in dieses Land gekommen bist und in*

New York Kontakte geknüpft hast, die ihr die Tür in die Modewelt öffneten.

Milosa schließt langsam die Augen. »Du weißt alles, was du wissen musst.«

Ich spüre, wie die Dringlichkeit der Frage schwindet. Er hat recht. Isa ist tot, Milosa wird ihr bald folgen. Ihre Leben, ihre Kämpfe und ihr Leiden, das alles verblasst bereits zu unbekannter Vergangenheit, in einem unermesslichen Meer unzähliger Millionen vergessener Leben, genauso schwierig, so voller Schmerz, so triumphal wie ihres. Was davon spielt wirklich noch irgendeine Rolle?

Er streckt eine Hand aus und berührt meine. Seine Finger sind warm.

Jetzt haben wir uns beide berührt. Zwei einfache, bemerkenswerte Gesten. *Was ist Liebe?*, frage ich mich. *Ist es das hier?*

Milosa setzt sich auf und streicht sein Laken glatt. Er trinkt einen Schluck Wasser und räuspert sich. Mit klarer, lebhafter Stimme sagt er: »So, und jetzt wirst du den Duft deiner Mutter nehmen und die Firma noch erfolgreicher machen. Und falls es einen Himmel gibt, wird Isa jetzt dort lächeln, sofern sie die Regeln außer Kraft gesetzt und sie überhaupt reingelassen haben. Und ich werde sie finden, den Gauner an die Luft setzen, mit dem sie womöglich zusammenlebt, und falls sie will, werden sie und ich es noch einmal miteinander versuchen.«

Er strahlt tatsächlich. Ich habe ihn noch nie so phantasievoll erlebt. Es ist nicht das alte Draufgängertum. Etwas Leuchtendes und Vertrauensvolles ist in seine Seele getreten.

»Du solltest mit hinaus auf die Terrasse kommen. In der Sonne sitzen. Es ist ein herrlicher Tag. Ich lasse uns von Jeffrey Tee bringen.«

»Morgen vielleicht.« Er verlagert sich unbehaglich im Bett, und ich bemerke ein leichtes Zittern seiner Finger. »Holst du mir bitte ein Taschentuch aus der obersten Schublade dort, bevor du gehst?«

Ich hole ihm eines. Es ist gestärkt, ordentlich gefaltet, das Monogramm ist mit einem goldenen Faden gestickt: MK. Es war Milosa schon immer eine große Freude, sich lautstark in feinem Leinen die Nase zu schnäuzen. Isa verdrehte dann die Augen und nannte dieses Verhalten Stallmanieren. Worauf er dann antwortete: *Stallmanieren? Ich gebe dir Stallmanieren. Mein Vater hat immer die Finger oder seinen Ärmel benutzt.*

Ach du meine Güte!, sagte Isa darauf. *Pirio, halt dir die Ohren zu. Dein Vater erzählt uns gleich, wie dein Großvater sich selbst seine verfaulten Zähne gezogen hat und wie außergewöhnlich häufig er in ihrer winzigen Hütte gefurzt hat.*

Nicht nur er, meine Süße. Und dann, wenn er dazu körperlich gerade in der Lage war, beugte Milosa sich leicht zur Seite, hob eine Hüfte und ließ einen gasförmigen Windstoß los. *Für Mütterchen Russland!*, brüllte er dann.

Isa seufzte daraufhin mit höflicher, strapazierter Geduld. *Siehst du, was ich ertragen muss, mein kleiner Liebling? Wer kann es mir verdenken, wenn ich diesen Mann einen Esel nenne?*

Milosa öffnet die Handfläche. »Und jetzt lass mich noch einmal den Duft dieser liederlichen Frau riechen.«

Ich lege das Fläschchen in seine Hand. Er öffnet es und tupft etwas von dem Parfüm auf den Stoff. Er sieht den feuchten Fleck irgendwie merkwürdig an, als ob er lebendig sein könnte, nimmt noch etwas mehr. Allerdings hebt er das benetzte Taschentuch nicht an die Nase. Faltet es nur ordentlich zusammen und legt es auf den Nachttisch neben die Tiffany-Lampe.

»So. Das ist meine Fahrkarte. Für die Reise«, sagt er.

Als ich bei einsetzender Abenddämmerung die Beacon Street hinunterkurve, sind die Fenster und das Schiebedach des Saab weit geöffnet. Ich mag es inzwischen, wenn es kalt ist, frisch, alle Fenster offen und Luft über meine Haut streicht. Der Körper passt sich an, wenn man ihn lässt, wächst, um den Raum auszufüllen, den er bekommt, tut, was man von ihm verlangt.

Am Kenmore Square halte ich an einer Ampel. Stoßstange an Stoßstange gefangen im Rushhour-Stau, denke ich über die Zukunft von Inessa Mark, Inc. nach. Ich werde mich mit Isa's Scent – ich denke, ich werde ihn sogar so nennen – richtig ins Zeug legen. Ich werde sämtliche Ressourcen der Firma hineinstecken. Werde auf meine Nase und mein Bauchgefühl setzen und tun, was mein Herz mir sagt. Ich möchte direkt anfangen, mit Maureen als Produktmanagerin. Ihre Erfahrung wird von unschätzbarem Wert sein. Nicht nur für dieses Produkt, sondern für all die anderen neuen Produkte, die wir auf den Markt bringen werden. Wir werden Inessa Mark zu einer Luxusmarke aufbauen.

Die Ampel springt um. Nur ein Dutzend Autos kommt über die Kreuzung von fünf Straßen, bevor wieder alles stillsteht, was zu einem Aufschrei von wütendem Gehupe führt. Ich schließe die Seitenscheiben und das Schiebedach, genieße es, wie das Glas das Geschmetter dämpft. Ich habe es nicht eilig. Ich bin zu Hause. Dies ist meine Stadt, mein Boston. Das Citgo-Schild mit seinem großen roten Dreieck winkt mir grüßend zu.

Ich schnappe mir mein Mobiltelefon, drücke Thomasinas Kurzwahl und halte mir das Telefon ans Ohr. Sie und Noah sind gestern Abend aus New Hampshire zurückgekommen. Nach einem etwas schwierigen Anfang haben sie sich offensichtlich gut im White Mountain Hotel and Resort eingelebt und wollten schließlich weder die atemberaubende Aussicht, die Bäderlandschaft und alle anderen Annehmlichkeiten missen noch eine geplante Heuwagenfahrt durch die Berge absagen. Also blieben sie ein bisschen länger als nötig. Noah ist heute wieder zur Schule gegangen.

Parnell und ich haben heute Morgen ausgeschlafen, noch lange im Bett gelegen und dann wunderbar gefrühstückt. Er will den Tag damit zubringen, einen Artikel über Caridad Jaeger zu schreiben, bevor er nach Falmouth fährt, um ihr zu sagen, dass ihre Anschuldigungen gegen ihren Ehemann nun endlich bewiesen werden können. Ich weiß nicht, was auf lange Sicht mit Caridad passieren wird, aber zumindest kommt ihre wahre Geschichte ans Licht.

Als ich gegen Mittag die Wohnung verließ, flogen die fünf Finger von Parnells gesunder Hand über die Tastatur, als wären es zehn. Ich habe ihm einen Kuss auf seine unrasierte Wange und die Locken seines ungekämmten Haares gedrückt. Er hat es kaum registriert, so vertieft war er. Was ich ihm gern verziehen habe, denn wir hatten den Morgen damit verbracht, jeden Zentimeter des anderen zu registrieren, hatten uns erkundet wie echte Abenteurer und unsere egoistischen Ansprüche ganz klar abgesteckt. Ich habe seinen Geruch immer und immer wieder eingeatmet, mich davon füllen lassen. Man kann es nicht beschreiben. Es wird ihn auf dieser Welt nicht noch einmal geben, und er könnte niemals abgefüllt und verkauft werden. Es ist einfach nur er, Parnell. Eine einzigartige Alchimie von Zellen, Flüssigkeiten, Enzymen, Antikörpern, Schweiß. Die Signatur seines Körpers in unauslöschlicher Tinte auf einem neuen leeren Blatt meines Herzens, das für immer und ewig seines sein wird.

Ich spüre seine Hand auf meinem Hintern, die pralle Feuchtigkeit seiner Lippen und ertrinke fast in der Erinnerung an das Gefühl – als das Klingeln in meinem Mobiltelefon von Noahs Stimme abgeschnitten wird.

»Hallo?«

»Noah. Hi. Ich bin's, Pirio.«

»Oh, hi. Wie geht's dir?«

»Bestens, danke. Und dir?«

»Ziemlich gut.«

»Hast du deine Ferien genossen?«

»Oh, ja. Das war voll cool. Das Hotel, in dem wir waren, hatte ein Spielzimmer und einen beheizten Pool. Ich hatte eine Tauchermaske und einen Schnorchel, und ich bin ohne Sattel auf einem Pferd geritten.« Kurze Unterbrechung. »Meine Mom hat gesagt, du hättest die Leute gesucht, die in das Boot von meinem Dad gekracht sind.«

»Stimmt.«

»Und? Hast du sie gefunden?«

»Nein, das habe ich nicht. Es tut mir leid, Noah. Ich hab mein Bestes gegeben.« Von den Narwalen und den speziellen Fahrten der *Sea Wolf* werde ich ihm nie erzählen. Sein Vater hat eine falsche Entscheidung getroffen. Er hat versucht, seinen Fehler zu korrigieren, ist aber nur den halben Weg gegangen und hat schließlich einen schlechten Deal gemacht, der ihn auf den Meeresgrund führte. Er hatte nur halb so viel Courage, wie er brauchte; was Thomasina schon immer wahnsinnig gemacht hat. Aber er ist ein guter Dad gewesen. Noah hat seine Scheibe eines Narwal-Stoßzahnes, von der er denkt, es sei ein Walknochen. Er hat glückliche Erinnerungen an Spiele der Red Sox und Bruins und wie Ned ihn auf der Schaukel anstieß. Er hat eine starke Hand auf der Schulter gespürt, zumindest manchmal. Das ist mehr als nichts. Es war echte Liebe. Heilig. Nichts, was angekratzt werden dürfte.

»Ist schon okay. Die werden schon noch auftauchen«, sagt Noah fröhlich. Reflexiver Optimismus ist seine schwache Barriere gegen das niederschmetternde Universum des Unsinns.

»Hast du oder habt ihr vielleicht Lust auf ein Abendessen?«, frage ich.

Noah hält den Hörer ungefähr fünfzehn Zentimeter von seinem Mund weg und brüllt *MO-OM?* den Flur hinunter.

»WAS DENN?«, höre ich Thomasina aus einem anderen Zimmer brüllen.

»HAST DU LUST AUF ABENDESSEN MIT PIRIO?«

»NATÜRLICH HAB ICH DAS«, brüllt sie zurück.

Es knistert und knackt im Telefon, dann ist Noahs wohlmodulierte Stimme wieder in der Leitung. »Können wir machen.«

Nach dem Essen, als Noah in seinem Zimmer ist und Hausaufgaben macht, breite ich mehrere bedruckte Blätter auf Thomasinas Küchentisch aus. Formulare zum Thema Vormundschaft, die ich an diesem Nachmittag von einem Anwalt erhalten habe. Wie er sagte, handelt es sich bei dem Dokument um einen Standardtext. Er ist ihn sorgfältig mit mir durchgegangen und hat den Wortlaut an einigen Stellen geändert, damit es auf die Situation passt. Ich habe ihm konkrete Angaben gemacht, mit denen er die leeren Stellen füllen konnte, und er hat dann alles von seiner Sekretärin ordentlich tippen und das Dokument in einen Umschlag mit dem Namen seiner Kanzlei stecken lassen. Jetzt brauche ich nur noch Thomasinas Initialen auf jeder Seite sowie ihre undatierte Unterschrift am Ende. Und dann wird Noah mein Mündel, wann immer ich meine Unterschrift und ein Datum dazusetze.

Thomasina wirft einen Blick auf die erste Seite des Dokuments. Ihr Mund zuckt, aber sie sagt nichts. Sie lässt sich auf einen Stuhl fallen, zieht die Seiten näher zu sich und liest alles sehr aufmerksam durch, steckt jedes Blatt hinter das letzte, wenn sie unten angekommen ist. Als sie fertig ist, lehnt sie sich zurück, seufzt und beißt sich auf die Lippe. Sie sieht mich nicht an, streckt einfach nur eine Hand aus. »Hast du einen Stift?«

»Ich möchte diese Unterlagen niemals einreichen, Thomasina.«

»Nein, natürlich nicht. Wo ist der Stift?«

Ich gebe ihr einen Kuli, sie nimmt ihn fest in die Hand, senkt den Kopf, drückt den Stift fest auf, als sie die Initialen auf jede Seite setzt, und unterschreibt dann auf der Linie am Ende. Sie starrt einige Sekunden auf ihre Unterschrift, dann legt sie den Kugelschreiber behutsam auf den Tisch.

»Thomasina, wie ich schon sagte, ich möchte nie –«

»Nein, nein. Sag nichts. Wir werden diese Unterlagen einreichen, sollte es je nötig werden, wann immer du es für angebracht hältst. Du bist diejenige, die entscheidet. Ich verlasse mich darauf, dass du es tust. Hast du mich verstanden?« Ohne meine Antwort abzuwarten, legt sie die Blätter ordentlich zusammen, lässt sie in den Umschlag gleiten und schiebt ihn über den Tisch.

»Danke«, sagt sie mit fester Stimme, obwohl sie die Schultern hängen lässt.

»Aber du –«

»Ich gehe zu Treffen. Ich versuche es weiter. Mehr kann ich nicht tun.« Ihr Gesicht ist gezeichnet, die Lippen beinahe farblos. Sie streicht sich das Haar aus dem Gesicht.

»Wie fühlst du dich?«

Sie sieht mich offen an, mit all der grauen Herrlichkeit ihrer aufgewühlten Augen. »Beschissen. Aber, verdammt, ich hab schon achtzehn Tage.«

DANKSAGUNG

Ich danke Holly Robinson, Terri Giuliano Long und Virginia Smith, die die Rohentwürfe des Manuskripts auseinandergenommen haben. Und Esmond Harmsworth, der das Gute darin sah. Und Pamela Dorman, die es wesentlich verbessert hat. Unendliche Dankbarkeit gilt Ben und Ellen, meinem ganzen Stolz, meinem Glück und meiner Inspiration, sowie Robert, ohne dessen Liebe und Unterstützung nichts hiervon je geschehen wäre.